三國志 諜報戰 첩보전

4. 강동에 감도는 살기

허무(何慕) 지음 | 홍민경 옮김

SPY LEGACY OF THE THREE KINGDOMS #4 (三國諜影 4)

三國志 첩보전 諜報戰

4. 강동에 감도는 살기

허무(何慕) 지음 | 홍민경 옮김

살림

위·촉·오 삼국시대의 세력도(2세기 말~3세기 중반)

『삼국지 첩보전』 제4권

이릉 전투(222년)는 동오와 서촉 모두에게 득보다 실을 안겨주었다. 위나라 조비는 시기를 정확히 간파해 어부지리를 기대하며 어가를 이끌고 직접 정벌전에 나섰다. 동오 손권은 어쩔 수 없이 대장군 주치를 전선으로 보냈다. 하지만 주치는 전선에 뛰어든 지 얼마 되지 않아 급사한다. 이에 삼국의 첩보기관은 최고의 역량을 겨루며 첩보전에 돌입했고, 사마의·제갈량·손권 등 『삼국지』의 거물급 인물이 모두 줄줄이 휘말려 들어간다. 가일의 수사망이 좁혀질수록 치명적 위험이 숨통을 조여오고, 손몽의 신분이 조금씩 진실을 드러낸다. 드디어 베일에 싸여 삼국의 판세를 좌우하던 한선이 오랫동안 계획해왔던 때를 기다리는데……

삼국 첩보 기구

위 魏

진주조(進奏曹)

수장[主官]: 만총(滿寵)

동조연(東曹掾): 고유(高柔)

서조연(西曹掾): 학소(郝昭)

촉 蜀

군의사(軍議司)

수장[主官]: 이엄(李嚴)

좌도호(左都護): 장익(張翼)

우도호(右都護): 장완(蔣琬)

오 吳

해번영(解煩營)

수장[主官]: 공석(空席)

좌부독(左部督): 우청(虞靑)

우부독(右部督): 여일(呂壹)

익운교위(翊云校尉): 가일(賈逸)

도위(都尉): 영맥(寧陌)

I. 정군산 암투

II. 안개에 잠긴 형주

III. 화소연영 火燒連營

IV. 강동에 감도는 살기

제1장

◆

잔잔한 파문

진시(辰時: 아침 7시에서 9시 사이)가 되기도 전에 2, 30대의 마차가 사해(四海) 화물 창고 입구에 발 디딜 틈도 없이 모여들었다. 마차에는 나무 상자들이 실려 있었고, 그 위를 고정해 묶은 삼끈이 마치 쇠꼬챙이처럼 팽팽하게 조여져 있었다. 마부들이 끊임없이 오가며 삼끈을 조이고 마바리를 끌며 조심스럽게 상자를 살폈다. 저 멀리 옷을 말끔하게 잘 차려입은 상인들이 서서 두런두런 대화를 나누고 있었다. 그들은 모두 오(吳)와 촉(蜀) 땅을 오가며 장사를 하는 행상들로, 어젯밤에 배를 타고 항구에 도착해서 날이 밝기도 전에 화물을 사해 창고까지 끌고 왔다. 지금 무창(武昌)은 동오(東吳)의 도성이 됐고, 이곳에 온 이상 무슨 일이든 규정에 따라 처리해야 했다. 시령(市令)이 사해 창고에 검품소를 설치해 위(魏)·촉의 화물을 검수한 후 무창성의 각 상점과 거래하도록 통과시켰다.

작년에 촉나라 황제 유비(劉備)가 이릉(夷陵) 전투에서 대패한 후 화병에 걸려 백제성(白帝城)에서 죽음을 맞았다. 그의 뒤를 이어 유선(劉禪)이 즉위했다. 유선은 등지(鄧芝)를 오나라에 사신으로 보내 오왕을 설득하고 우호 관계를 다시 맺고자 했다. 손권(孫權)은 반년 동안 결정을 내리지 못한 채 주저했다. 그는 올해 들어서야 비로소 보의중랑장(輔義中郞將) 장온(張溫)을 촉한(蜀漢)에 사신으로 보내, 두 나라가 연맹해 위나라에 맞서자는 제안에 동의했다. 이 소식이 전해지기 무섭게, 1년 넘게 단절됐던 오·촉 두 나라의 장삿길이 바로 열리며 활기를 띠기 시작했다.

사람들 무리 속에, 무명옷을 입은 장사꾼 한 명이 어깨를 축 늘어뜨리고 불안한 표정으로 배회하고 있었다. 그는 주신(朱信)이라는 강주(江州) 행상으로, 이번에 돈벌이를 좀 해볼 요량으로 촉금(蜀錦) 백 필을 싣고 무창으로 왔다. 하지만 거센 풍랑을 만나 나무 상자가 이리저리 요동치며 서로 부딪히다 깨질 줄 누가 상상이나 했겠는가? 그 바람에 촉금 절반이 옆에 쌓아놓았던 오동나무 기름에 물들어 색이 변해버렸다. 만약 서리(胥吏)들한테 퇴짜를 맞으면 이번에 가산을 탕진할 판이었다.

입구에서 한바탕 소란스러운 소리가 들려왔다. 주신이 고개를 들어 보니, 사해 창고의 울타리 문이 드디어 열리고 있었다. 상인들이 마부를 진두지휘하며 앞 다투어 마차를 몰고 안으로 들어가고 있는 와중에도 주신은 꼼짝도 하지 않았다. 그가 가져온 화물이 많지 않은 데다 기름까지 묻어, 서둘러 들어가봤자 서리와의 실랑이를 피하기 힘들었다. 가장 붐비는 시간에 들어갔다가 하자 있는 물건으로 찍혀 퇴짜를 맞으면 시전에 들어가는 것 자체가 불가능해진다. 아무래도 한산해질 때까지 기다리는 편이 나을 듯했다.

울타리 문 입구 쪽은 사람들로 시끌벅적하고 말 우는 소리와 개 짖는 소리까지 합쳐져 그야말로 아수라장이 따로 없었다. 병정들이 곤봉을 들고 새치기를 하려는 마부들을 위협해 돌려보내며, 순서를 지켜 줄을 서라고 고함을 질러댔다. 잡역들이 입구에 서 있는 마차들을 분류해 몇 군데로 분산시켰고, 상인들은 그곳에서 서리들의 검품을 기다렸다. 검품 작업의 목적은 본래 반입 금지 품목을 걸러내는 것이었지만, 지금은 단지 물건의 품질을 확인해 간상들이 불량품을 끼워 파는 행위를 막는 것에 그쳤다. 사실 이런 금지 품목은 모두 회사파(淮泗派)와 강동파(江東派)의 경로를 통해 암암리에 유입되지, 이런 정식 경로를 거쳐 공공연히 들어올 리가 없었다.

시령은 정갈한 옷차림의 중년 사내였다. 그는 저 멀리 석대 위에 앉아 무심한 표정으로 이쪽을 쳐다보고 있었다. 서리들은 화물을 한 차례 검품하고 나면 바로 시령에게 상세한 보고를 올리고 통첩을 받아 상인들이 화물을 가지고 성안으로 들어가도록 길을 내주었다. 화물 검품은 아주 빠른 속도로 진행돼, 한 시진도 되기 전에 2, 30대에 달하던 마차 중에 고작 몇 대만 남아 있었다. 주신이 소매를 더듬어 안에 넣어둔 얇은 죽편이 잘 있는지 확인한 후 마부를 불러 창고 울타리 문으로 향했다. 입구에서 잡역들이 지정해준 곳으로 가자, 그곳에 대기 중이던 잡역들이 상자를 열어 물건을 확인했다. 바로 그 순간 옅은 기름 냄새가 풍겨 나왔다.

서리가 촉금 한 필을 집어 올려 대충 훑어보며 말했다.

"아주 형편없이 됐군! 불량!"

주신이 웃는 낯으로 사정을 설명했다.

"나리, 오동나무 기름이 살짝 묻어 그리된 것뿐입니다. 여러 번 씻어 헹구고 잘 말리면 금방 멀쩡해지니 걱정하지 마십시오."

서리가 코웃음을 쳤다.

"이 촉금은 최상등 고치실로 짜서 만든 것인데, 물로 씻는다고 오동나무 기름이 빠질 리도 없고, 쥐엄나무 열매를 쓴다 해도 색이 누렇게 되고 실이 끊어질 것이다. 몇 번 씻어 헹구면 멀쩡해진다는 게 말이 되느냐?"

주신이 몇 마디를 얼버무리다 끝내 아무 말도 하지 못했다.

서리가 팔을 들어 올려 검품 목록에 '불량'이라고 인을 찍으려 했다. 그 순간 주신은 마음이 다급해져 서리의 팔을 잡아당기며 사정했다.

"나리! 한 번만 봐주십시오! 불량이라고 결정되는 순간 소인은 밑천을 다 날리고 빈손으로 돌아가야 합니다!"

서리가 호통을 쳤다.

"네놈들 같은 간상이 밑천을 다 날리든 말든, 내가 무슨 상관이란 말이냐? 설마 이런 형편없는 물건을 우리 오나라 백성들이 돈 주고 사서 쓰게 만들어야 한다는 것이냐?"

두 사람이 실랑이를 벌이는 사이, 어느 틈에 시령이 다가와 있었다.

"신분 문첩을 조회해보았는가?"

서리가 공수를 하며 말했다.

"장 시령, 이미 조회를 마쳤습니다."

주신이 손을 뻗어 시령의 팔을 잡아당겼다.

"나리, 부디 아량을 베풀어주시어……."

서리가 주신을 밀쳐내며 호통을 쳤다.

"이분은 우리 장우(張佑) 시령이시다. 어디서 감히 무례를 범하느냐!"

"괜찮네. 너무 몰아붙이지 말게."

장우가 주신에게 물었다.

"지금까지 몇 번이나 동오에 와서 장사를 했는가?"

주신이 고개를 숙이며 대답했다.

"잘 기억이 나지 않습니다. 처음 온 건 아마도 건안 16년쯤이었던 것 같고, 그다음에는 몇 번이나 왔는지 기억이 가물가물합니다."

"조사하게."

장우가 명령을 내렸다.

주신이 머리를 긁적이는 사이에 서리가 뒤편에 있는 곁채로 달려가고 있었다. 얼마 후 서리가 손에 죽간을 들고 달려왔다.

"읽어보게."

장우가 무심한 눈빛으로 주신을 쳐다보았다.

"주신. 익주(益州) 한중군(漢中郡) 면양(沔陽) 출신으로 건안 17년 식솔들을 데리고 성도(成都)로 이주했고, 오·촉 땅을 오가며 촉금 장사를 한 지 지금까지 12년이 되옵니다. 그간 무창항에 세 번, 건업(建業)항 여덟 번, 강하(江夏)항 다섯 번, 시상(柴桑)항에 일곱 번 들어왔습니다. 총 스물세 번 왕래하며 무역을 해왔고, 이상 행동이 포착된 적은 없습니다."

서리가 다 읽은 죽간을 '탁' 소리가 나게 합쳐 접으며 허리를 펴고 주신을 쳐다보았다.

주신이 이마에 배어 나온 땀방울을 닦아내며 당황한 목소리로 말했다.

"나리께서 소인에 대해 이렇게 자세히 조사하셨을 줄은 몰랐습니다."

서리가 오만하게 말했다.

"너희 같은 위·촉의 상인들이 우리 쪽에 장사하러 오면 모두 기록으로 남게 된다. 은근슬쩍 첩자 짓거리를 하면 바로 해번영(解煩營)에 보고가 올라가 목이 날아갈 것이다!"

"해…… 번영요?"

주신의 안색이 창백해졌다.

"나리, 소인 같은 장사치들이야 촉금을 팔아 입에 풀칠하며 사는 주제들인데, 어찌 감히 해번영을 상대로 그런 짓을 하겠습니까?"

"쳇! 해번영이 너 같은 조무래기들을 신경 쓸 만큼 한가한 덴 줄 아느냐?"

서리가 다시 주신을 상대로 으스대려 하자 장우가 그의 어깨를 툭툭 치며 말했다.

"이상한 행적이 없는 이상 통첩에 흠이 있다고만 표기해주고, 이자가 성안에 들어가 물건을 처분해 어느 정도 본전을 찾아 돌아갈 수 있도록만 하게."

서리가 대답을 하며 주신을 향해 말했다.

"네 이놈! 장 시령 덕분에 본전을 거두게 생겼는데, 아직 멍청하게 서서 뭐 하는 것이냐?"

주신이 서둘러 품에서 엽자금(葉子金)을 하나 꺼내 장우의 손에 억지로 들이밀며 말했다.

"장 시령, 정말 감사드립니다!"

장우가 엽자금을 서리에게 던지며 말했다.

"다들 요 며칠 고생이 많았으니, 저녁에 취선거(醉仙居)로 데리고 가서 맛있는 것 좀 먹이게."

서리가 싱글벙글 웃으며 말했다.

"장 시령께 정말 감사드립니다! 장 시령처럼 좋은 분을 모시게 돼서 저희는 아주 살맛이 납니다."

장우가 미소를 지으며 고개를 끄덕인 후 돌아서서 곁채 쪽으로 갔다. 주신은 머리를 긁적이며, 멀어지는 시령의 뒷모습을 멍하니 바라만 보고 있었다. 서리가 짜증스럽다는 듯 그를 발로 툭 차며 말했다.

"멍청하게 서 있지만 말고, 얼른 이 허접한 것들을 가지고 성으로 들어가거라."

주신이 연신 감사의 인사를 올리며 환한 표정으로 마차에 올라 성으로 향했다. 서리가 큰 소리로 잡역들에게 다음 마차의 검사를 지시했다. 두 사람은 모두 장우가 곁채 문 앞에 도착했을 때 살짝 몸을 돌려 곁눈질로 점차 멀어져가는 주신을 확인했다는 사실을 알아채지 못했다. 그는 주신을 눈으로 배웅한 후 바로 곁채로 성큼 들어가 빗장을 잠그고 벽 쪽 서가 옆에 이르러서야 소매에서 죽편을 꺼내 들었다.

이 죽편은 방금 주신이 엽자금을 그의 손에 쥐어줄 때 소매 속으로 흘려보낸 것이었다. 얇고 작은 죽편 위에 숫자가 몇 줄 새겨져 있었다. 장우는 그것을 자세히 들여다본 후 서가에서 『좌씨전(左氏傳)』 중 몇 권을 순서대로 꺼냈다. 그는 서안 앞으로 가서 죽간을 펼쳐놓고, 죽편에 쓰인 숫자가 알려주는 대로 몇 글자를 뽑아낸 뒤 손가락에 찻물을 묻혀 서안 위에 적어 내려갔다.

잠시 후 문장이 완성됐다. 그러나 그는 이 글에 대한 확신이 서지 않았다. 잠시 고심하던 장우는 다시 한번 숫자에 맞춰 글자를 찾아봤지만, 결과는 여전히 똑같았다.

'기회를 틈타 가일(賈逸)을 살해하라.'

촉한 군의사(軍議司) 신분으로 지난 12년 동안 첩자로 지냈던 그가 가일을 모를 리 없었다. 심지어 멀리서 몇 번 본 적도 있었다. 그의 눈에 비친 가일은 무기력하고 생기 없어 보이는 젊은이였다. 길을 걸으며 말을 할 때도 피곤한 기색이 배어 있고, 얼굴에 미소를 짓고 있다 한들 누구의 접근도 허용하지 않는 듯한 기운을 풍겼다. 그 역시 가일의 배경을 어느 정도 알고 있었다. 가일은 원래 조위(曹魏) 진주조(進奏曹)의 응양교위(鷹揚校尉)로, 한제(漢帝)가 업성(鄴城)으로 탈출하려 했을 때 큰 공을 세운 인물이었다. 그러나 혼인을 약조했던 여인이 조비(曹丕)의 손에 죽게 되면서 그와 반목해 원수가 됐고, 홀로 동오로 도망쳐 왔다. 그리고 우연히 인연이 닿은 단양(丹陽) 호족의 천거를 거쳐 손상향(孫尙香) 군주(郡主)의 사람이 되고 해번영에 들어갔다.

우청(虞靑)이나 여일(呂壹)과 비교해봐도 가일은 주변 인물에 지나지 않았다. 비록 오왕의 심복이자 손상향의 직속이기는 하지만, 몇몇 기이한 사건 수사에 참여한 것 외에 늘 독자적으로 움직여왔고 결코 위협적인 인물이라고 볼 수 없었다. 위에서 그를 죽이려는 이유가 뭐지? 설마 재작년에 그가 위림(魏臨)의 정체를 간파하고 승로대(承露臺) 암살 사건을 막았기 때문일까? 하지만 촉과 오는 다시 우호 관계를 맺었고, 올해 4월에 정식으로 동맹이 됐다. 군의사든 해번영이든 표면적으로 습격과 교란 사건이 훨씬 줄어든 마당에, 가일을 죽이는 것이 과연 시의적절한 일일까?

그는 회의가 들며 확신이 서지 않았다. 심지어 당장이라도 주신을 쫓아가 물어보고 싶은 마음이 간절했지만, 절대 해서는 안 되는 행동이라는 것을 그 역시 잘 알고 있었다. 쓸데없는 행동 하나로 신분이 노출될 수도 있는 문제였다. 게다가 주신의 신분은 지시를 전달하는 신사(信使)에 불과하니, 이 밀령의 내용을 알 리조차 없었다.

장우는 잠시 고심하다 손바닥을 펼쳐 서안 위의 물 자국을 깨끗이 지워버렸다. 윗선에서 어떤 계획을 세우고 있는지, 그 역시 짐작조차 할 수 없었다. 그러나 밀령이 내려온 이상, 이해가 되든 안 되든 무조건 따르는 것이 그의 임무였다. 다행히 가일은 중요한 인물이 아니고 관직도 높지 않은데다 호위도 따르지 않으니, 그의 목숨 하나 해치우는 것쯤은 문제 되지 않았다. 장우는 『좌씨전』 목간을 다시 서가로 가져다 꽂고, 죽편을 소매에 넣은 후 문을 열고 창고 입구로 걸어갔다. 그는 밀령을 전달하는 첩자일 뿐이니, 사람을 죽이는 일은 무창성에 잠복해 있는 사사(死士)를 찾아가 맡겨야 했다.

사해 화물 창고는 무창성 북쪽에 있는 평문문(平文門)에서 얼마 떨어져 있지 않아서, 걸어서 일각 정도면 충분했다. 장우는 어느새 성문 입구에 도달했다. 성문 입구에는 두 줄로 방어막을 세워 출입을 차단하고, 그 사이로 고작 한 장(丈) 정도의 통행로만 남겨두었다. 마차와 행인이 길게 늘어선 채 굼벵이처럼 꿈틀꿈틀 앞으로 조금씩 이동했다. 성문 입구의 병정이 신분 문첩을 확인했고, 마차의 통행은 특히 더 까다로운 절차를 거쳤다.

장우는 이 상황이 뭔가 싶어 옆에 있는 행인을 잡고 물었다.

"이보게, 오늘따라 왜 이리 검문을 철저히 하는 것인가?"

"듣자 하니 성 동쪽에 있는 고(顧)씨 저택에 도적이 들어 황금을 3백 냥 넘게 빼앗겼다지 뭡니까? 그래서 관아에서 그 집안의 도움을 받아 성문에서 검문을 강화해 이리된 겁니다."

장우는 예상치도 못한 일에 저절로 미간이 찌푸려졌다. 그는 단지 시령일 뿐이라, 사병의 몸수색을 피하기 힘들었다. 그 죽편이 발각되는 것도 시간문제였다. 장우가 까치발을 들고 성문 안쪽을 두리번거리다 속으로 쾌재를 불렀다. 오늘 당직을 서는 초위(哨尉)가 운 좋게도 오래전부터 알고 지내던 무안(武安)이었다. 그는 대열 밖으로 나가 곧장 방어막 앞으로 걸어가서 무안에게 아는 체를 했다.

무안이 몇 발자국 걸어 나와 웃으며 물었다.

"장 시령, 설마 빈손으로 날 보러 온 것입니까?"

"무 초위, 흰소리 그만하고 내 부탁 좀 들어주게. 내가 지금 급한 일로 집에 갔다가 성문이 닫히기 전에 다시 사해 창고로 돌아가야 한다네. 근데 검문을 하느라 이리 시간이 오래 걸리니……."

"그런 일이라면 당연히 먼저 보내드려야죠."

무안이 병사들에게 길을 터주라고 이르며 장우를 지나가게 해주었다.

"장 시령, 이번에 이리 편의를 봐드렸으니, 다음에 꼭 한턱 거하게 내십시오."

장우가 안으로 걸어가다 돌아보며 공수를 했다.

"물론이네. 며칠 후에 같이 취선거에 가서 무창어(武昌魚)나 먹세!"

"농담 좀 한 것이니 신경 쓰지 마십시오."

무안이 대답했다.

이제 성안으로 들어왔으니, 소식만 전하면 그만이었다. 가일을 어떻게 죽일지에 대해서는 그가 상관할 일이 아니었다. 만약 모든 것이 순조롭게 흘러간다면, 이번 달 안에 저잣거리에서 가일의 시체를 보게 될 것이다. 장우가 홀연 웃음을 터뜨렸다. 고작 해번영 교위를 상대로 '가령'이라는 말을 하는 것 자체가 우스웠기 때문이다. 가령이 아니라 반드시 순조롭게 풀려야 마땅했다. 이런 생각이 들자 그의 발걸음도 한결 가벼워졌다.

　석양이 어둠 속으로 사라지고 하늘이 완전히 어두워졌다.

　초위 무안은 굴처럼 생긴 성문에 서서 고개를 들어 저 멀리 쪽 내다보며 아무도 없다는 것을 확인한 후 뒤를 향해 손짓했다. 병사들이 다가와 좌우에 세워둔 방어막을 옮기고, 도르래를 돌려 성문 앞에 매달린 다리를 들어 올렸다. 그런 후 그들은 힘을 합쳐 쇠로 테를 두른 육중한 녹나무 성문을 힘껏 밀었다. 둔탁하게 굴러가는 문지도리 소리와 함께 성문 양쪽 문이 드디어 닫히고, 성 밖의 어둠을 가로막았다. 병사 여섯 명이 힘을 합쳐, 옆에 세워둔 둥근 나무 빗장을 짊어지고 호령 소리에 맞춰 성문에 걸었다.

　그중 한 명이 무안을 향해 웃으며 말을 걸었다.

　"대장, 오늘 일도 다 마무리된 셈인데, 좀 있다 우리랑 같이 판 한번 벌이실 거죠?"

　무안이 하품을 하며 대답했다.

　"이놈, 그렇게 매일같이 술 마시고 도박만 해대다, 도후(都候)한테 들키는 날에는 치도곤을 당할 것이니 조심하거라."

　나두창(癩頭瘡)쟁이 유(劉)가가 웃으며 말했다.

　"대장, 걱정 붙들어 매십시오. 도후는 여기서 반 리나 떨어진 곳에 있고, 이미 보초를 세워두었으니 도후가 나타나는 순간 신호가 오게 돼 있습니다. 게다가 성벽에 돌아가며 보초를 서고 있는데, 무슨 일이 있을 게 뭡니까? 지난번에 대장이 30전을 잃었는데, 오늘 다시 찾아가실 생각이 없으십니까?"

　"됐다! 내가 또 당할 줄 아느냐? 할 때마다 내가 지는 걸로 봐서, 네놈들이 작당하고 날 속이는 게 분명하다!"

　무안이 돌아서며 길을 따라 걸어갔다.

유가가 큰 소리로 그를 불렀다.

"무 초위님! 억울합니다! 다들 초위님 부하들인데, 어찌 한통속이 돼서 대장을 속여 돈을 딴단 말입니까?"

무안은 더 이상 말하고 싶지 않은 듯, 손을 내저으며 길을 따라 천천히 성루로 걸어갔다. 성가퀴 뒤에 있는 화로에서 타닥타닥 소리와 함께 불길이 활활 타오르며, 주위를 대낮처럼 훤히 밝혀주었다. 완전무장을 한 병사들이 화로의 그림자를 사이에 두고 도열해 저 멀리 어두운 곳을 바라보고 있었다.

무안은 하품을 하며 허리춤에 찬 환수도에 손을 얹은 채 성벽을 끼고 홀로 앞을 향해 걸어갔다. 군에 들어온 지 어느덧 16년의 세월이 흘렀다. 하지만 그는 무술 실력이나 통솔 능력이 뛰어난 것도 아니라, 마흔이 넘은 나이에도 여전히 초위 자리에 머물러 있었다. 다행히 사교성이 좋고 인정이 많아 부하들 사이에서 평판이 좋았고, 다들 그를 큰형처럼 따라주었다. 지난 16년 동안의 세월은 크게 굴곡지지 않고 무난하면서도 만족스럽게 지나갔다.

성벽을 따라 2리 정도 걷는 동안, 보초를 서는 병사들의 수가 갈수록 적어지더니 어느새 단 한 명도 보이지 않았다. 분명 대부분 유가와 도박판을 벌이느라 인원이 충분치 않은 탓일 것이다. 무안은 그쯤에서 멈춰 섰다. 여기서 1리를 더 가면 경계 초소가 나오고, 휘하의 병사들을 또 보게 될 터였다. 무안은 하품을 하며 성가퀴에 앉아, 시원하게 불어오는 바람에 몸을 맡겼다.

그는 기다리고 있었다.

오늘 낮에 무안은 소침(蘇琛)을 보았다. 그는 검은색 심의(深衣)와 문사관(文士冠) 차림으로 인파 속에 섞여 성을 들어오고 있었다. 소침은 성 밖에 있는 봉황집(鳳凰集)의 훈장으로 있었으며, 『설문해자(說文解字)』에 일가견이 있어 무창 일대에서 어느 정도 알려진 인물이었다. 하지만 무안은 그의 정체를 알고 있었다. 사람들은 그를 훈장으로 알고 있지만, 사실 그는 진주조에서 무창성에 잠입시킨 첩자였다. 소침이 북쪽에서 들어온 소식을 무안에게 전달할 때가 되면 늘 이런 차림으로 성에 들어오고는 했다.

밤바람이 불어오는 가운데 무안은 왠지 조금씩 마음이 불안해졌다. 오늘 소침은 다른 때보다 조금 늦고 있었다. 지금까지 소침은 늘 먼저 와서 그를 기다렸다. 무슨 일이라도 생긴 건가? 무안은 이런 생각이 드는 순간 가슴이 철렁 내려앉았다. 소침의 행적이 폭로되면 자신 역시 위험한 상황에 내몰리게 되기 때문이다. 이곳을 떠나야 하나? 아니면 계속 기다려야 할까? 무안은 갈등을 거듭하며 쉽게 결정을 내리지 못했다.

"그렇게 성가퀴에 걸터앉아 있다가 실수로 떨어지기라도 하면 어쩌려고 그러는가?"

등 뒤에서 익숙한 목소리가 들려오자, 무안은 그제야 안도의 한숨을 내쉬었다.

무안은 고개조차 돌리지 않은 채 대답했다.

"실수로 떨어지면 또 어떤가? 어차피 살아 있다 해도 별 의미 없는 인생인 것을."

소침이 앞으로 걸어 나와 그 옆에 걸터앉았다.

"그런 얘기를 들은 게 벌써 16년이네. 자네는 늘 입버릇처럼 사는 게 재미없다고만 말할 뿐, 진짜 죽으러 가지는 않더군."

"왜 이리 늦은 건가?"

무안이 소침의 장난 섞인 비웃음을 못 들은 체하며 물었다.

"오다가 해번영 쪽 놈이 하나 따라붙어서, 그걸 따돌리고 오느라 시간이 좀 걸렸네."

"따돌린 게 확실한가?"

무안이 의심스러운 듯 주변을 힐끗힐끗 쳐다보았다.

"내가 고작 해번위 한 명조차 못 따돌렸을까봐 그러는가? 물론 내 신분이야 이미 폭로됐겠지. 자네에게 이 소식을 전하고 나면 밤을 틈타 오나라를 빠져나갈 생각이네."

무안은 아무 말이 없었다. 소침과 16년을 알고 지낸 터라, 순간 아쉬운 마음이 찾아왔다.

"만남이 있으면 헤어짐도 있는 것이겠지. 너무 슬퍼하지 말게. 다 큰 사내 둘이 이별을 앞두고 한숨을 내쉬는 것도 볼썽사납네."

"쳇, 사돈 남 말 하고 있군."

무안이 툴툴댔다.

"어서 말해보게. 오늘은 무슨 소식인가?"

"위에서 가일을 죽이라는 지시가 내려왔네."

"누구를 죽이라고?"

"가일이 누구인지 모르는가?"

"우리 진주조의 옛 동료인데, 내 어찌 모르겠는가?"

무안이 눈살을 찌푸렸다.

"그런데 이상하군. 그자가 동오로 도망친 지 5년이나 되었거늘, 왜 이제야 죽이려드는 건가? 설마 그놈이 재작년에 육연(陸延)을 죽이고 우리의 계책을 망쳤기 때문에? 그렇다 해도 말이 안 되네. 설사 그 일에 대한 보복이라고 해도, 너무 긴 시간이 흘렀어."

"참 걱정도 팔자일세. 우리는 위에서 시키면 시키는 대로 하면 그만이네. 그런 거물들의 생각 따위 헤아릴 생각도 하지 말게."

소침이 성가퀴 아래로 내려가며 말했다.

"가일은 속을 알 수 없는 자이니, 그자를 어떻게 죽일지 신중하게 계획하고 움직여야 할 걸세."

"눈에 보이는 창은 피하기 쉽지만, 어둠 속에서 쏘는 화살은 막기 어려운 법이지. 내가 머리싸움은 자신이 없어도 암살에 실패한 적은 없었네. 안 그런가? 권력도 병력도 없는 고작 해변영 교위에 불과하니, 크게 신경 쓸 필요 없네."

무안이 크게 신경 쓰이지 않는다는 투로 말했다.

"그래도 신중하게 움직이도록 하게. 매번 일을 처리할 때마다 이렇게 앞뒤 가리지 않고 덤벼드니, 참. 지난 10여 년 동안 어떻게 살아남았는지 정말 알다가도 모르겠네."

무안이 바닥에 침을 내뱉었다.

"재수 없는 소리. 당장 꺼지게."

소침이 맞은편 성벽으로 기어 올라가 허리춤에서 가느다란 쇠사슬을 꺼내 갈고리가 달린 그 끝을 성가퀴에 걸었다. 두 사람이 아무 말 없이 서로를 마주 보는 사이, 소침이 무안에게 고개를 끄덕인 후 쇠사슬을 잡고 성벽을 따라 미끄러지듯 내려갔다. 얼마 지나지 않아 쇠사슬이 세 번 흔들렸다. 소침이 이미 바닥에 다 내려갔다는 신호였다. 무안은 쇠사슬의 갈고리를 뽑아내 아래로 내려보냈다.

무안은 어둠 속에서 잠시 머무르고 나서야 뒤돌아 걸어갔다. 몇 발자국 옮겼을 때쯤, 무안은 소침에게 부탁하려던 일을 깜빡했다는 사실을 떠올리며 후회의 탄식을 내뱉었다. 그는 소침에게 자기 대신 부모님을 찾아뵙고 안부를 전해달라고 부탁하려 했었다. 이미 16년 동안 찾아뵙지를 못했으니, 부모님도 나이가 들어 머리가 하얗게 세셨을 것이다. 하지만 살아서 다시 만날 수 있을지 장담하기도 힘들었다. 첩자의 신분으로 지난 16년 동안 발각되지 않고 사는 것도 쉬운 일은 아니었다. 상부에서는 여전히 그를 불러들일 생각이 없는 듯했고, 이 자리에서 몇 년 동안 더 첩자질을 해야 할지 알 수 없는 노릇이었다.

앞쪽에 보이는 창을 든 병사들의 수가 점점 많아졌다. 무안은 고개를 저어 그런 생각을 떨쳐버리고, 세상만사 전혀 개의치 않는 듯 껄렁껄렁한 미소로 자신의 속내를 감췄다. 그는 허리춤에 찬 환수도에 손을 얹고 망루에서 보초를 서는 병사들과 시답지 않은 농을 주고받으며 발길 닿는 대로 성루를 내려갔다. 길에 막 들어서는 순간, 땀을 뻘뻘 흘리며 달려오는 유가와 하마터면 정면으로 부딪힐 뻔했다.

무안이 웃으며 농담을 건넸다.

"이보게, 도박판에 있어야 할 사람이, 뭔 땀을 그리 흘리며 뛰어오는가? 설마 가산을 다 탕진한 건 아니겠지?"

유가가 침을 꿀떡 삼키며 소리쳤다.

"사방으로 대장을 찾아다니던 중인데, 이렇게나마 만나 다행입니다. 큰일이 터졌습니다!"

무안이 눈살을 찌푸리며 물었다.

"무슨 일인가? 도후가 불시에 들이닥치기라도 했는가?"

유가가 대답하기도 전에 앞쪽에서 날카로운 대나무 호각 소리가 어두운 밤하늘을 가르며 들려왔다. 그 순간 무안이 굳은 표정으로 호각 소리가 들리는 방향을 주시했다.

"해번영입니다! 방금 두 번이나 울렸는데, 여기 오니 점점 가까워지고 있습니다."

유가가 다급하게 물었다.

"범인을 쫓고 있는 게 분명합니다. 사람들을 불러 경계하도록 할까요?"

무안은 아무 대답도 하지 않은 채, 무슨 생각에 잠긴 듯 여전히 저 멀리 어두운 곳을 바라볼 뿐이었다.

유가가 조급한 마음에 더는 기다리지 못하고 그를 툭 쳤다.

"대장! 해번영의 호각 소리가 울렸으니, 인근 병사들을 동원해 적극 협조해야 합니다. 그러지 않으면 처벌을 면하기 어려우니, 감히 저들을 거스르는 행동을 해서는 안 됩니다!"

무안이 정신이 번쩍 든 듯 대답했다.

"물론이네. 당장 경계 태세를 갖추고, 의심스러운 자가 성문으로 나가지 못하도록 막게!"

10여 개의 횃불을 차례로 앞으로 던져 불을 밝히고, 성문 앞에 설치해둔 장애물 뒤로 궁수들을 겹겹이 배치해 공격 태세를 갖추었다. 그 순간 어둠 속에서 그림자 하나가 휙 나타나더니, 마치 시위를 떠난 화살처럼 돌격해 왔다. 횃불에 비친 그자는 분명 소침이었다. 무안의 심장이 덜컥 내려앉으며 환수도를 쥐고 있던 손이 희미하게 떨렸다.

눈 깜짝할 사이에 소침은 이미 성문 앞까지 거의 다가와 있었다. 그의 얼굴은 잿빛으로 변했고, 검붉은 피가 가슴을 물들이고 있었다. 오로지 그의 두 눈만이 여전히 결연한 의지를 담은 채 어둠 속에서 빛나고 있었다. 무안은 자신이 어떻게 해야 하는지 잘 알고 있었다. 그러나 그 말은 목구멍에서만 맴돌 뿐, 입 밖으로 쉽게 나오지 못했다. 그는 몇 번을 주저하다 끝내 명을 내리지 못했다. 소침은 장검을 들어 무안을 향해 힘껏 휘둘렀다. 검이 무안의 어깨를 스쳐 지나가며 그 뒤에 있던 궁수의 가슴을 관통했다.

"화살을 쏴라!"

유가가 목청껏 소리쳤다.

활을 당겼다 놓는 소리가 몇 차례 울려 퍼졌고, 화살 10여 개가 소침을 향해 곧장 날아가 꽂혔다. 무안이 얼른 달려가 환수도를 뽑아 들고 쓰러진 소침의 목에 가져다 댔다. 그의 두 눈빛이 서서히 초점을 잃어가고 있었다. 그가 입술을 달싹이며 거의 들리지 않을 만큼 희미한 목소리로 마지막 말을 토해냈다.

"잘 있게."

한바탕 쏟아지는 소나기처럼 다급한 발자국 소리가 들려왔다. 잠시 후 선두에 서 있던 해번위가 발을 들어 무안을 걷어차 넘어뜨리며 장검으로 그의 목을 겨냥했다. 또 다른 해번위가 소침의 맥박을 확인한 후, 뒤에 있는 도위(都尉)를 향해 고개를 가로저었다. 도위가 앞으로 걸어 나와 어두운 표정으로 소침의 시체를 힐끗 쳐다보더니, 바닥에 쓰러져 있던 무안을 매섭게 노려보았다.

"해번위 일곱 명이 진주조의 첩자를 추적하는 중이었는데, 네놈들이 숨통을 끊어놓아 단서조차 잡을 수 없게 만들었다. 이것이 우리 해번영의 무능함 때문이더냐, 아니면 네놈한테 문제가 있는 것이냐?"

이 도위의 바싹 마른 모습과 병색이 짙은 듯 창백한 얼굴이 보는 사람을 불편하게 만들었다.

"그게 무슨 말씀이신지요?"

무안이 가라앉은 목소리로 물었다.

"우리가 거의 한 달 동안 이 진주조 첩자의 뒤를 밟아왔다. 그러나 오늘 오후에 그가 성으로 들어오는 것을 보고 무슨 일이 생긴 게 분명하다고 확신하던 중이었다. 그런데 저자를 잡아서 족치기도 전에 네놈들이 죽인 것이다!"

도위의 눈빛이 싸늘하게 빛났다.

"성문의 경계가 삼엄하다는 것을 누구나 알고 있는 마당에, 이자가 왜 이쪽으로 도망쳤다고 생각하느냐?"

도위의 시선이 두 다리를 벌벌 떨며 서 있는 유가에게 향했다.

"네놈이 화살을 쏘라고 명령을 내렸느냐?"

유가는 아무 말도 하지 못했고, 굵은 땀방울이 그의 얼굴을 타고 흘러내렸다. 도위가 앞으로 한 걸음 내딛자 해번위들이 신속하게 움직이며 유가를 포위하기 시작했다.

무안이 도위를 힐끗 올려다보고 나서야, 그 역시 자신을 쳐다보고 있다는 것을 알아챘다.

"네놈이 초위라면 해번영의 호각 소리가 들리는 순간 반드시 적극 협조해야 마땅했다. 그런데 화살을 쏘라고 명을 내린 자가 왜 이자였지? 그때 너는 무엇을 하고 있었느냐?"

무안이 가라앉은 목소리로 대답했다.

"소관은 이자가 소관을 향해 칼을 날리는 바람에, 순간 당황해서 아무 생각도 할 수 없었습니다."

"당황을 해? 그래서 이자가 명을 내렸다는 것이냐?"

도위의 얼굴에는 여전히 아무런 표정도 드러나지 않았다.

"그렇다면 네놈은 초위 자리를 날로 먹고 있었구나."

"면목이 없습니다."

무안이 바닥에 넙죽 엎드렸다.

"날이 밝으려면 아직 두 시진 가까이 남아 있다. 너희들 중 절반은 계속 당직을 서고, 나머지 절반은 나를 따라 해번영으로 간다."

유가가 털썩 주저앉아 울며불며 읍소했다.

"제발 목숨만은 살려주십시오! 나리, 살려주십시오!"

무안이 몸을 곧추세우며 목소리를 낮춰 물었다.

"상관의 존함을 여쭤봐도 될는지요?"

도위가 살짝 의외라는 표정을 지었다.

"해번영 좌부독 휘하의 도위 영맥(寧陌)이다. 나의 요패를 보고 관직을 확인이라도 해야겠다는 것이냐?"

"소관이 어찌 감히 그런 무례를 범하겠나이까? 다만 상관이 비록 해번영 도위이기는 하나, 우리를 끌고 가 심문을 하려면 죄명이 있어야 한다는 걸 말씀드리려는 것뿐입니다."

"이 진주조 첩자가 성에 들어온 후 이 근방에서 한동안 모습을 감춘 것으로 보아, 네놈 구역 안에 있는 누군가와 접선을 한 게 분명하다. 또한 저 자가 해번위에게 발각된 후 성에 숨기보다 성문을 나가려 한 것은, 누군가의 손에 죽어 그자를 혐의 선상에서 벗어나게 해주고 싶은 마음이 작용했을 테지."

영맥이 말을 이어갔다.

"나는 네놈들 중에 진주조의 첩자가 있다고 의심하고 있고, 이 죄명이면 네놈들을 끌고 가 심문하기에 충분하지 않겠느냐?"

"상관께서 말하시는 진주조 첩자가 이 근방에서 한동안 모습을 감추었다면……."

무안이 고개를 들었다.

"그것은 다시 말해서 해번위가 이 근방에서 그를 놓쳤다는 것이 아닐는지요?"

영맥의 눈썹이 순간 치켜 올라갔다.

"그건 네놈과 상관없는 일이다."

"오나라 율법에 따르면, 성문을 무력으로 침범하는 자는 죽여도 무방하다고 돼 있습니다. 제 수하는 규정에 따라 일을 했을 뿐이니, 전혀 문제 될 것이 없습니다. 상관께서 이 첩자가 우리 중의 누군가와 접선을 했을 거라고 의심하는 부분 역시 증거가 있으신지요?"

무안의 목소리에서 힘이 느껴졌다.

영맥은 눈을 가늘게 뜨고 무안을 주시했다. 하잘것없는 초위 주제에 영 만만치가 않았다.

"무엄하다! 어디 감히 영 도위에게 맞서려드느냐! 입만 살아 겁 없이 나불대는 네놈부터 끌고 가주마!"

해번위가 긴 검을 무안의 목에 가져다 댔다.

"네 말에 일리가 있구나."

영맥의 얼굴에 서늘한 살기가 감돌았다.

"하나 해변영은 본래 도리를 따지는 곳이 아니다."

"좌부독은 도리를 따지지 않더라도, 우부독은 다를 수 있지요."

무안의 목울대가 칼끝 아래서 꿈틀거렸지만, 목소리는 여전히 한 치의 흔들림도 없었다.

"만약 우리를 붙잡아 간다면 우리 중에 진주조 첩자가 있다고 의심해 명예를 더럽힌 것이고, 그리되면 우리 도후도 그 죄에 연루되는 셈이 됩니다. 그는 자신을 지키기 위해 분명 우부독 여일을 찾아갈 테지요. 해변위의 좌·우 부독은 지금껏 사이가 좋지 않다 들었습니다. 좌부독이 진주조의 첩자를 추적하다 놓치고 성문을 지키던 병사들에게 그 죄를 뒤집어씌우려 했으니, 여일 부독께서는 당연히 이 사건을 지존께 보고해 우청 부독과 시시비비를 가리려 하실 겁니다."

영맥은 잠시 침묵하다 돌연 목소리를 높였다.

"지금 나를 협박하는 것이냐?"

무안이 곧바로 큰 소리로 대답했다.

"소관이 어찌 감히 그런 짓을 할 수 있단 말입니까? 소관은 그저 상관께 이치를 말씀드리는 것뿐이옵니다."

영맥이 무안 주위를 천천히 돌며 병사들의 얼굴을 하나하나 훑어보았다. 유가는 이미 다리에 힘이 풀려 땅에 주저앉았고, 남은 병사들은 하나같이 얼굴이 하얗게 질려 그와 감히 눈조차 마주치지 못하고 있었다. 오로지 무안만이 허리를 꼿꼿이 편 채, 이미 마음속에 타산이 있는 듯 결연한 눈빛으로 그를 보고 있었다.

영맥이 돌연 돌아서며 병사들을 향해 명을 내렸다.

"그만 철수하라!"

무안이 담담하게 공수를 하며 그를 배웅했다.

"그럼 살펴 가십시오."

영맥이 고개를 돌리며 말했다.

"초위 주제에 기백과 담력이 보통이 아니로구나. 마음만 먹으면 이런 미천한 자리에 머물지 않아도 될 텐데, 설마…… 어쩔 수 없는 고충이라도 있는 것이냐?"

무안은 아무 대답도 하지 않았다.

영맥도 더 이상 묻지 않고 성큼성큼 어둠 속으로 걸어갔다.

발자국 소리가 완전히 사라지고 나서야 무안은 비로소 안도의 한숨을 내쉬었다. 그의 등은 이미 땀으로 흠뻑 젖어 있었다. 오늘 밤의 대처로 잠시나마 위기에서 벗어날 수 있었을지 몰라도, 영맥의 의심은 더 깊어졌으니 신분이 발각되는 것도 시간문제였다. 하지만 그는 이렇게밖에 할 수 없었다. 그는 해번영에 붙잡혀 가 소침처럼 허망하게 죽고 싶지 않았다.

결국 가일을 죽이기까지 그에게 남은 시간이 이미 많지 않았다.

무창성 서쪽, 해번영.

무안의 이력이 반 시진 전에 영맥의 손에 넘어왔다. 그의 이력이라고 해 봤자, 고작 백 글자 정도의 짧은 내용이 전부였다. 워낙 짧다 보니, 몇 번 보고 나자 내용이 그대로 외워질 정도였다. 무안, 올해 나이 43세, 강하군 오림현(烏林縣) 농사꾼 집안 출신. 건안 14년 적벽대전(赤壁大戰)에서 위나라가 참패한 후 그의 고향이 불에 타버리자, 홀로 주유(周瑜) 군에 투항해 들어갔다. 16년 동안 공을 세운 적도 없지만 큰 잘못을 저지른 적도 없다. 일곱 차례 도후 직을 거치고 나서야 그 경력을 인정받아 지금의 초위 자리에 앉을 수 있었다.

이것은 얇디얇은 목간에 적힌, 지극히 평범한 이력에 불과했다. 아마도 하급 군관들의 이력 대부분이 이런 범주에서 크게 벗어나지 않을 것이다. 그러나 어젯밤 무안의 대처 능력으로 보건대, 그는 이렇게 평범한 인물이 절대 아니었다. 말재간, 배짱, 임기응변에 이르기까지 모든 것이 꽤 괜찮은 편이었다. 여기에 약간의 출세욕만 있었다면 16년이 넘도록 여전히 초위 자리에 머물러 있을 리 없는 사내였다. 영맥은 무안이 지난 16년 동안 당직을 설 때 여러 차례 잠을 자거나 도박을 하는 등의 사소한 실수를 저질러 승진 기회를 놓친 것에 주목했다. 만약 그가 이런 실수를 고의로 저질렀다면, 그것이 무엇을 의미하는지 너무나 명백했다. 첩자에게 중요한 것은 높은 관직이 아니라 그가 있어야 할 위치였다. 성문 초위는 낮은 관직이지만 출입하는 사람들을 검문하고 성문의 개폐를 책임지는 직책이므로, 결정적인 순간에 아주 중요한 역할을 담당할 수 있다.

영맥이 무안을 당장 체포해 심문하지 않은 이유는 딱 두 가지였다. 여일이 이 일을 핑계 삼아 문제를 일으킬까봐 꺼려졌고, 낚싯줄을 길게 늘어뜨려 대어를 낚고 싶은 마음이 컸기 때문이다. 무안을 붙잡아봐야 고문을 하거나 형을 집행하는 것 외에 별로 얻을 만한 소득이 없었다. 차라리 무안의 움직임을 암암리에 감시해 위나라 진주조의 첩보망을 뚫을 단서를 건지는 편이 나았다.

그가 목간을 서안 위에 툭 던져놓고 일어나 나무 문을 밀쳐 열었다. 어두운 하늘빛이 주위를 감싸고 선선한 바람이 불어 들어왔지만, 그의 얼굴에 드리워진 음울한 그림자는 여전히 그대로였다. 영맥은 뒷짐을 지고 입구에 서서 살짝 고개를 들어 동이 트기 직전의 하늘을 바라보았다. 은회색의 구름이 머리 위에 걸려, 언제라도 무너져 내릴 것처럼 무겁게 가라앉아 있었다. 3년 전 그날 아침의 하늘색 역시 이와 똑같았다. 그는 당직을 마치고 실타래 모양의 네 가지 사탕을 사서 집으로 돌아갔다. 하지만 대문을 여는 순간 그의 눈앞에 펼쳐진 것은 온통 핏빛이었다.

극심한 두통이 또 찾아왔다. 마치 천만 개의 붉게 달군 쇠못이 머리를 찌르는 것처럼 끔찍한 고통이었다. 영맥은 두 눈을 꽉 감고 이를 깨물며 한동안 그 고통을 견뎌내야 했다. 그렇게 한참이 지난 후에야 정신이 다시 돌아왔다. 그가 몸을 돌려 서늘한 눈빛으로 벽 쪽에 있는 서가를 바라봤다. 서가 위에 각종 목간과 백서가 쌓여 있고, 그중 한 층은 마로 짠 검은 천으로 덮여 있어 눈에 잘 띄지 않았다.

한 차례 발자국 소리가 들려왔다. 영맥이 고개를 돌려 소리 나는 곳을 쳐다보니, 좌부독 우청이 들어오고 있었다. 그녀는 능운계(凌雲髻)로 머리치장을 하고 하얀색 교령유군(交領襦裙: 치마를 저고리 위에 입은 복식)을 입었으며, 발에는 두 줄로 금테를 두른 목이 짧은 금사(金絲) 신을 신었다. 평소 우청은 검을 차고 갑옷을 입고 다녔고, 이런 식의 평상복은 입는 일이 극히 드물었다. 그런 의미에서 오늘의 복색은 평소와 많이 달랐다. 영맥은 호기심 어린 눈빛을 거둔 채 손을 모아 인사를 한 후 아무 말 없이 옆에 섰다.

"듣자 하니 어젯밤에 그 진주조 첩자를 놓쳤다지?"

우청이 부들방석에 앉으며 물었다.

"소관이 일을 제대로 처리하지 못해, 결국 평문문을 지키던 병사들의 손에 죽고 말았습니다."

영맥이 대답했다.

"누가 놓쳤느냐?"

"도백(都伯) 조명(曹銘)이옵니다. 단청(丹靑) 국수(國手) 조불흥(曹不興)의 조카이온데……."

"그자를 먼저 잡아다 옥에 가두고 천천히 심문하게."

영맥이 해명을 했다.

"부독, 지금 조명한테 혐의점이 있는 것도 아니고, 소침을 놓친 건 아무래도 상대가 노련한 놈이다 보니 그리된 것뿐입니다."

"그자에게 혐의점이 있든 없든, 그런 건 전혀 중요하지 않네. 중요한 건 여일의 입을 막는 것이지."

우청은 대수로울 것 없다는 듯 말했다.

"그 성문 초위를 놓아준 일을 여일이 모를 거라고 생각하는가? 그자가 나중에라도 지존 앞에서, 아랫사람을 비호하느라 간사한 자의 죄를 더 이상 묻지 않았다고 자네에게 누명을 씌우면 어찌 대처하겠는가? 자네는 사건을 수사하는 데 일가견이 있을지 몰라도, 관리로서는 그리 뛰어난 인재라 할 수 없네."

영맥이 고개를 숙이며 말했다.

"부독의 가르침을 마음에 깊이 새기겠습니다."

우청이 벽 쪽 서가 앞으로 걸어갔다.

"그 성문 초위는 상관하지 말게."

영맥이 미간을 찡그렸다.

"어째서입니까?"

"그것보다 더 중요한 일을 자네가 처리해줘야 하니, 그런 일로 시간 낭비할 필요 없네."

우청의 눈빛이 반짝였다.

"자네는 가일이 한선(寒蟬)이라고 계속 의심하며 1년 넘게 암암리에 뒷조사를 하지 않았는가? 이제 때가 왔으니, 더 이상 숨어서 그럴 필요 없이 마음 놓고 조사하도록 하게."

영맥이 잠시 깊은 침묵에 빠졌다.

"우 부독께서 가일을 상대로 손을 쓰실 작정이십니까? 하지만 그자의 뒤에 아직 손상향이 있는데⋯⋯."

"겁먹을 것 없네."

우청이 웃으며 말했다.

"자네가 가일이 바로 한선이라는 것을 증명할 수만 있다면, 손상향도 더 이상 그를 비호해줄 수 없네. 공개적으로 수사를 하고, 그 결과가 빨리 나올수록 좋으니 좌부독의 권한으로 마음껏 추진하게."

영맥은 살짝 고개만 끄덕일 뿐 기쁜 기색을 전혀 드러내지 않았다.

우청의 손이 그 검은색 천을 잡고 힘껏 걷어냈다. 천 아래에는 목간과 백서가 정갈하게 놓여 있고, 색이 거무스름해진 것으로 보아 누군가 자주 들춰본 듯했다.

"이것들이 모두 증거인가? 이것으로 가일의 정체를 밝힐 수 있겠느냐?"

우청이 손 가는 대로 목간 하나를 들어 펼쳤다.

"증거라고 할 수 없고, 그저 뜬구름 잡는 단서와 애매한 진술들에 불과합니다."

영맥의 낯빛에 흔들림이 없었다.

"게다가 가일과 관련된 것이 거의 남아 있지 않습니다. 이것들로는 그자의 털끝 하나 다치게 하지 못할 겁니다."

"그리 오랫동안 조사를 했는데, 건질 만한 게 없다는 건가?"

"소인의 능력 탓이겠지요."

"됐네."

우청이 손을 내저었다.

"그자는 줄곧 손상향의 비호를 받아온 터라, 자네도 운신의 폭이 좁았을 테지. 원점으로 돌아가서, 한선은 촉한의 첩자가 아닌가? 자네는 왜 가일이 바로 한선이라고 의심하게 된 거지?"

"소인이 생각하기에 한선은 촉한의 첩자일 뿐만 아니라 오·위·촉 세 나라를 돌아다니며 다방면으로 움직이는 첩자고, 한 사람이 아닐 수도 있습니다."

"자네의 그런 생각을 예전에도 한번 들어본 적이 있네."

영맥이 공수를 하며 말했다.

"네. 1년 전에 소인이 조회에서 이런 생각을 말씀드린 적이 있습니다. 그때 여일 부독이 입에서 나오는 대로 함부로 지껄이지 말라고 질책을 하는 바람에 동료들의 비웃음을 산 적이 있지요."

"당시 조회에 나는 참여하지 않은 탓에, 나중에 다른 이를 통해 전해 들은 게 전부네. 좀 더 자세히 얘기해줄 수 있겠는가?"

"한선과 관련해서 처음으로 증거가 될 만한 것이 생겼던 때가 전 왕조 성양왕(城陽王) 유장(劉章)이 지은 『전국책보록(戰國策補錄)』이었습니다. 그 책을 보면 방연(龐涓)이 손빈(孫臏)에게 패한 것은 일정 정도 한선이 내린 선물이라고 언급하는 대목이 나옵니다."

"방연, 손빈? 귀곡자(鬼谷子)의 제자들이 아니냐?"

우청이 웃으며 말했다.

"이미 5백 년이나 지난 일인데, 이렇게까지 오래 살 수 있는 사람은 이 세상에 없다. 분명 동명이인이거나 우연의 일치일 테지."

영맥은 가타부타 대답을 하지 않은 채 하던 말을 이어갔다.

"그 후로 소인이 계속해서 대량의 패관(稗官)·야사(野史)를 수집해 읽어보았습니다. 그랬더니 진시황(秦始皇) 영정(嬴政)이 노애(嫪毐: 진나라의 환관)의 반란을 겪고, 진평(陳平)이 백등산(白登山)에서 포위를 풀고, 한나라 황제 유계(劉啓: 경제[景帝])가 칠국의 난을 평정하는 등의 큰 사건에서 모두 한선의 흔적이 나왔습니다. 하지만 안타깝게도 『전국책보록』과 비슷한 수준으로, 자세한 내용이 없었던 터라 증거로 삼기 힘들었을 뿐이지요. 게다가 소인이 한 가지 기이한 점을 발견했습니다. 일부 패관·야사의 경우, 제목은 분명히 같지만 서로 다른 판본이 있더군요. 한선에 대해 기록된 판본은 늘 수량이 특히나 적고 보존 상태가 좋지 않았습니다. 하지만 보존 상태가 좋은 책은 수량이 많고 기록이 상세하게 돼 있는 반면에 한선에 대한 흔적을 전혀 찾아볼 수 없더군요."

우청이 물었다.

"자네의 말은, 누군가 일부러 한선에 관한 야사를 없애기 위해서 그 기록을 서서히 지웠다는 것인가?"

"이 점을 발견한 후에 제가 아예 야사를 제쳐두고, 지난 50여 년 동안의 한선에 관한 정보를 집중적으로 훑어보았습니다. 명확하게 기재된 것은 단 두 번이었는데, 그중 한 번은 건안 23년으로 김의(金褘)와 소부(少府) 경기(耿紀), 사직(司直) 위황(韋晃) 등이 비밀리에 도모한 반란이었고, 또 하나는 건안 24년 한나라 황제 유협(劉協)이 위풍(魏諷) 등의 협조를 받아 야반도주를 했을 때입니다. 나머지는 열일곱 차례 정도 나오는데, 모두 구전이라 확인할 방도가 없었습니다. 건안 24년 그 사건 당시에도 위왕 조비가 한선의 이름을 빌려 함정을 판 것일 뿐, 실제로는 한선과 전혀 상관이 없다는 소문이 돌았습니다."

영맥이 말을 이어갔다.

"이 두 사건은 표면적으로 한선이 촉한 쪽으로 치우쳐 있는 듯 보입니다. 하지만 제가 한선이 언급되었던 나머지 열일곱 번을 자세히 조사해보니, 처음 몇 번은 유비가 다른 사람의 휘하에 의탁하던 상황이라 한선을 그의 첩자로 볼 수 없었습니다."

"잠깐."

우청이 그의 말을 끊었다.

"자네 입으로 나머지 열일곱 번은 구전에 불과해 신뢰도가 전혀 없다고 하지 않았는가?"

"하지만 제 생각은 다릅니다."

영맥이 말했다.

"전 이 소문이 아무런 근거조차 없이 만들어졌다고 생각하지 않습니다.

그런 소문이 만들어질 만한 일이 일어났던 게 분명합니다. 물론 그중에는 아무 이유 없이 억지로 끼워 맞춘 것도 있겠지만, 열일곱 번 중에 단 몇 번쯤은 한선과 관련이 있을 겁니다."

"그럴 수도 있겠지. 한 발 물러서서, 한선이 촉한의 첩자가 아니라면 왜 가일을 끌어들여 연관을 시키는 거지? 당시 그자는 허도(許都)에서도 한선 사건을 조사하고 있었네. 그러다 혼인을 약속한 전천(田川)이 죽었고, 그 역시 사지를 헤매다 오나라까지 흘러들어왔지. 이 결말이 너무 황당하지 않은가?"

우청은 헛기침을 한 후 말을 이어갔다.

"그렇다고 해서 가일이 한선이 아니라는 뜻은 아니네. 내 말은, 만약 자네가 정말 가일이 한선이라고 믿는다면 굳이 무슨 증거를 찾으려 애쓸 필요가 없다는 것이지. 다른 죄명으로 그자를 모함해 사지로 몰아넣는다 해도 결과는 마찬가지가 될 걸세."

"그리되면 제 처는 죽어서도 눈을 감지 못할 것입니다."

영맥의 눈에 한 줄기 빛이 번뜩 스치고 지나갔다.

"전 기필코 한선을 찾아내, 제 처가 왜 살해당했는지 알아낼 것입니다. 고작 한선일 가능성이 있는 사람을 죽이는 것으로 끝날 일이 아니옵니다."

우청이 고개를 끄덕였다.

"그렇다면 도대체 무슨 근거로 가일이 한선과 관련이 있다고 여기는 것인가?"

"건안 24년 그가 한선을 추적 조사했고, 한제가 도주하던 그날 밤까지도 조비와의 사이가 나쁘지 않았습니다. 심지어 전천을 데리고 조비의 집에서 열린 연회에 참석해, 조비 앞에서 혼인이 기정사실이 되기도 했습니다. 그렇지만 그날 밤 전천이 죽었고 가일은 실종됐으며, 바로 뒤이어 조비가 가일을 잡기 위해 지명 수배령을 내렸습니다. 그사이에 도대체 무슨 일이 일어났는지 우 부독께서는 알고 계십니까?"

영맥이 물었다.

"모르네. 위나라는 이제까지 이 문제에 대해 명확히 밝힌 적이 없었지. 가일이 견락(甄洛)과 조식(曹植)이 사통한 사실을 알게 되자 조비가 그를 죽여 입을 막으려 했다는 소문이 돌기는 했었네. 사실 이것도 그리 설득력은 없어. 견락과 조식이 사통했다는 소문을 아는 사람이 어디 한둘이었는가? 그렇다고 조비가 그들을 모두 죽인 것도 아니지 않는가?"

"당초 허도성 성문에서, 진주조 교위 관복을 입고 있고 가일의 요패를 찬, 머리 없는 시체가 발견됐다고 하더군요. 진주조의 장제(蔣濟)는 가일이 전란 중에 죽었고, 한실의 옛 신하들이 그의 머리통을 잘라 분풀이를 했다고 보고를 올렸습니다. 조비는 머리 없는 시체를 대전 앞으로 가져와 직접 확인해본 후 가일이 아직 죽지 않았다고 결론을 내리고는 곧바로 전국에 수배령을 내렸지요. 그렇지만 가일은 흔적도 없이 사라져버렸고, 한 달이 지나서야 강동에 나타난 겁니다. 심지어 손상향 군주의 주청을 거쳐 해번영에 들어가 교위 관직을 달게 됐죠. 여기서 아주 중요한 두 가지 의문점이 생깁니다. 첫째, 과연 누가 가일을 이미 죽은 사람처럼 만들어 그가 층층 관문을 뚫고 천 리 밖에 있는 건업까지 도망치도록 만들었는가? 둘째, 왜 손상향 군주는 가일에 대해 한 치의 의심도 하지 않고 그를 해번영의 핵심 조서에 끼워 넣었는가? 우리가 아는 바로는, 첫 번째는 진주조의 옛 관료가 도움을 준 덕이었고, 두 번째는 가일이 단양 호족 세력의 비호를 받았기 때문입니다. 냉정히 말해서 이 두 가지 해석은 모두 믿을 만한 것이 못 됩니다.

게다가 가일이 해번영 교위 직을 맡은 후 해결한 몇 가지 사건은 모두, 보통 사람이 혼자서 감당할 만한 것이 아니었습니다. 설사 가일이 필적할 자가 없을 정도의 인재라 해도, 해번영의 도움을 전혀 받을 수 없고 심지어 사건 기록을 하나도 볼 수 없는 상황이 아니었습니까? 이 정도의 상황이라면 그가 아는 뒷배나 인맥이 없는 한, 혼자 힘으로 사건을 해결하는 것 자체가 불가능하다고 봅니다.

5백 년 전에 이미 존재했던 한선이었지만 조비는 허도에서 한선 사건을 전후해 태도가 돌변했고, 가일은 허도에서 한선 사건을 조사한 후부터 완벽에 가까운 능력을 보여주었지요. 이런 점들을 종합해 과감하게 추측을 해보니 한선은 한 사람이 아니라 단지 '호칭'에 불과하고, 그 밑에 있는 수하들이 그를 위해 일을 하는 것일지도 모른다는 결론이 나오더군요. 가일이 허도에서 한선 사건을 조사할 때, 무슨 일인지는 모르지만 그 일을 계기로 한선과 맹우가 된 것이 분명합니다. 그리고 조비는 그의 신분을 알아채고 수배령을 내렸을 겁니다."

영맥은 여기까지 말하고 난 후, 우청을 보지 않은 채 그저 묵묵히 그녀의 대답을 기다렸다. 이런 생각은 해번영 조회에서 비웃음을 산 후 더 이상 누구에게도 언급한 적이 없었다. 하지만 그는 그 후로도 계속해서 추적 조사를 하며 수정과 보완의 과정을 거쳐 지금의 결론을 얻을 수 있었다. 그는 우청이 그의 말에 전적으로 동의해줄 거라고 애초에 기대조차 하지 않았다. 그저 그녀가 조금이라도 지지해주기를 바랄 뿐이었다.

잠시 후 우청의 목소리가 들려왔다.

"영맥, 자네의 이런 생각이 납득이 가기는 하지만, 지나치게…… 허황된 생각이네."

영맥은 고개를 숙인 채 두 눈을 감고 아무런 반박도 하지 않았다.

"자네 부인의 죽음에 너무 집착하지 말게. 그녀가 한선의 손에 죽었는지 여부조차 확신할 수 없는 게 사실 아닌가? 자네의 능력과 자질이야 나무랄 데 없지만, 만약 계속해서 자신의 환상이 만들어낸 적과 싸우고만 있다면 조만간 막다른 길에 다다르게 될 것이네. 어쨌든 자네가 가일과 한선의 관계를 의심하고 있는 이상, 이번 기회에 가일을 사지로 몰아넣는 것도 좋겠지. 진실이 때로는 사치처럼 느껴질 때도 있다네. 설사 잘못 죽인 거라 해도, 절대 그냥 놔둘 수야 없겠지. 그래야 죽은 임열(林悅)을 볼 면목이 설 테니 말일세."

영맥은 여전히 아무 말이 없었다.

우청이 갑자기 목소리를 높였다.

"영 도위, 내 말을 알아들었는가?"

영맥이 공수를 하며 대답했다.

"네."

"알아들었다니 다행이군."

"요 며칠 사람을 시켜 가일을 주시하고 있네. 일단 기회가 생기면 우리 쪽에서 바로 손을 쓸 생각이네."

"네."

영맥은 우청이 방을 나서는 것을 눈으로 배웅하며, 그 자리에서 한참 동안 꼼짝도 하지 않았다. 창문을 통해 빛줄기가 비스듬히 쏟아지고, 그 속에 셀 수 없이 많은 미세한 먼지들이 떠다녔다. 사방이 쥐 죽은 듯 조용한 가운데 오로지 시간만이 소리 없이 흘러갔다. 영맥이 고개를 들자, 그의 시선이 빛줄기를 넘어 바닥에 떨어져 있는 검은 천 위에 가 닿았다. 그는 앞으로 걸어 나가 검은 천을 걷어 올려 먼지를 툭툭 턴 후 다시 그 목간과 백서 위에 덮었다.

그리고 난 후 입구로 걸어가 소리쳤다.

"진기(陳奇)!"

해번위 도백이 성큼성큼 걸어와 그 앞에 섰다.

"수하 두 명을 시켜 평문문 초위 무안을 교대로 감시하고, 일단 수상한 낌새가 발견되면 바로 내게 보고를 올리도록 하게!"

진기가 이해가 안 된다는 듯 물었다.

"하지만 방금 우 부독께서, 조명을 옥에 가두고 어젯밤 일을 더 이상 수사하지 말라고 하지 않으셨습니까? 도위, 그 명을 어기고 이렇게 하시면……."

"만약 무안이 진주조 첩자가 확실하다면 조만간 마각을 드러낼 것이네."

영맥의 창백한 얼굴에는 여전히 아무런 표정도 드러나지 않았다.

"무안의 죄명을 증명해낼 수만 있다면 조명도 풀려날 수 있네. 그 역시 내 사람이니, 이대로 두고 볼 수야 없겠지."

진기가 고개를 끄덕였다.

"소관은 영 도위의 결단을 믿고 따르겠습니다."

도백이 뜰을 나서자, 영맥이 허리춤에 찬 환수도를 뽑아 칼끝으로 발밑에 있는 청석판에 '가일'이라는 두 글자를 써 내려갔다. 그런 후 그는 환수도를 다시 칼집에 넣고, 한참 동안 아무 말 없이 이 두 글자를 응시했다.

제2장

◆

자객

이 연회는 오지 말았어야 했다. 이곳에 온 지 일각이 채 지나기도 전에 가일은 이런 생각을 떨쳐버릴 수 없었다.

상석의 왼쪽과 오른쪽에 앉아 있는 인물은 각각 주치(朱治)와 장온으로, 지금 조야를 뒤흔들고 있는 인물들이었다. 주치는 오나라 원로로 중평(中平) 5년에 손견(孫堅)을 따라 군사를 일으켰고, 손가를 3대째 보좌하고 있을 뿐 아니라 혁혁한 전공을 세운 인물이기도 하다. 작년에 오왕 손권은 그에게 안국장군(安國將軍)의 벼슬을 내렸고, 금인(金印)·자수(紫綬)를 하사하며 그를 고장후(故鄣侯)에 봉했다. 며칠 전에 오왕은 그를 무창으로 불러들여 세자 손등(孫登)에게 전쟁에 필요한 전략과 전술을 가르쳐달라며 태자태부(太子太傅)의 직책을 내렸다. 장온은 고작 이립(而立: 서른 살)의 나이에 보의중랑장 자리에 올랐다. 올해 그는 촉한에 사신으로 가서 승상 제갈량(諸葛亮)과 술을 마시며 환담을 나누고, 오-촉이 다시 동맹과 통상 관계를 맺는 데 큰 역할을 했다.

두 사람은 수십 살의 나이 차이가 나지만, 평소 자주 왕래를 하며 지냈다. 주치는 장온의 부친 장윤(張允)과 사이가 돈독했다. 그러다 장윤이 죽자, 주치는 장온을 벗 삼아 지냈다. 오늘 밤 연회에서 장온은 그의 나이와 신분에 걸맞게 하석에 앉았지만, 주치는 굳이 그를 상석으로 데리고 가 옆에 앉혔다. 두 사람은 서로의 술잔에 술을 따라주었고, 이렇게 술을 주거니 받거니 두어 번 했을 뿐인데도 둘 다 약간의 취기를 느꼈다.

가일은 술을 한 모금 마시고 양고기 한 점을 입에 넣고 천천히 씹고 있었다. 연회가 시작되고 지금까지 누구도 그에게 다가와 술을 권하거나 말을 걸지 않았고, 심지어 눈길조차 주지 않았다. 앞서 장온은 그를 초대하기 위해 하인을 보내왔다. 하인은 집요할 만큼 그를 설득했다. 주인어른께서 꼭 모셔오라고 했고 연회 후에 중요한 문제로 상의할 일이 있다고 하셨다며, 한 시진이 넘게 쩔쩔매며 그의 확답을 받아내려 안달을 했다. 하지만 막상 연회에 참석해보니 장온은 그에게 인사조차 하지 않았고, 가끔 시선이 마주쳐도 얼른 피하기 일쑤였다.

가일은 여전히 입안에 든 고기를 씹고 있었고, 아무 맛이 느껴지지 않을 때쯤이 돼서야 삼켰다. 솔직히 말해서 술과 음식은 풍성했지만, 그의 입맛에 맞는 것은 아무것도 없었다. 평소 가일의 식사는 아주 간소해서, 상에 올라오는 반찬이라고 해봤자 채소 한 접시가 전부였다. 가끔 취선거에 갈 때나 소한(蕭閑)·진풍(秦風)과 함께 술을 마시며 이런저런 요리를 맛보는 것이 전부였다. 그가 일부러 사서 고생하는 것이 아니라, 지난 4, 5년의 세월 동안 먹고 입는 것에 크게 욕심을 부리지 않고 살다 보니 이렇게 된 것뿐이었다. 그는 다시 술을 한 모금 마시며, 좀 더 앉아 있다가 자리를 뜰 작정을 했다.

바로 이때 화려한 옷차림의 문사가 술잔을 들고 휘청휘청 자리에서 일어섰다. 가일이 곁눈질로 힐끗 확인해보니, 오(吳) 부인의 친정 조카이자 오군 도독인 오분(吳奮)의 아우 오기(吳祺)였다. 오기는 자신을 무척 고명한 존재로 여기며 사는 인물이었다. 그래서 명사들이 모이는 곳에 가서 늘 장광설을 늘어놓고, 조정의 정치를 논했다.

오기가 연회석 중간으로 걸어가 두 손을 흔들며 큰 소리로 외쳤다.

"자, 자! 다들 여기를 주목해주십시오! 내가 할 말이 있소이다!"

모두의 시선이 그에게 향하고, 주위의 소리가 점점 잦아들었다. 개기름이 흐르는 그의 얼굴에 웃음이 번졌다.

"저의 세질(世侄) 보의중랑장 장온이 안국장군 주치를 영접하는 연회에 참석해주시니, 소인이 먼저 중랑장을 대신해 여러분에게 감사드립니다! 자, 내가 먼저 한잔 올리겠소!"

연회 석상이 다시 왁자지껄해지며, 술잔이 오가고 부딪치는 소리가 여기저기서 들려왔다.

오기가 다시 입을 열었다.

"지금 여러분이 이렇게 여유롭게 산해진미와 좋은 술을 앞에 두고 먹을 수 있게 된 것이 다 누구 덕인지 아십니까?"

그는 대답을 기다리지 않고 바로 말을 이어갔다.

"이 모든 것이 지존의 덕이외다! 파로장군(破虜將軍: 손견)이 군대를 이끌고 동탁(董卓)을 토벌하고, 토역장군(討逆將軍: 손책[孫策])이 국토를 개척하기 위해 강동을 점령한 것은 모두 불세출의 공이라 할 수 있소. 하나 그들은 모두 지존에 비할 바가 아닙니다! 지존께서는 위기 속에서 하늘의 명을 받고 제왕의 자리에 올라, 현신(賢臣)을 중히 여기고 소인배를 멀리하며 나라를 번영으로 이끄신 분입니다. 적벽대전에서 조조(曹操)와 싸워 승리하고 이릉에서 유비를 대파하셨으며, 형주(荊州)·양주(揚州)·교주(交州)를 모두 수복하고 강동에 웅거하며 천하를 굽어 살피고 있으니, 참으로 존경스럽고 탄복할 만한 분이 아니십니까! 자, 다들 한잔 거하게 드십시다!"

그가 탁자 위에 놓인 술잔을 집어 들어 단숨에 들이키더니, 호탕하게 웃으며 사방을 둘러보았다. 술자리 여기저기서 부화뇌동하는 소리가 들려왔고, 다들 손권의 선견지명과 멀리 내다보는 안목에 대해 칭찬을 아끼지 않았다. 주치와 장온조차 술잔을 높이 들 수밖에 없었다. 이런 식의 아부가 아무리 속 보이는 짓이라 해도, 혼자 따르지 않는다면 자칫 지존에게 불신의 마음을 품고 있는 것으로 오인받기 쉬웠다.

가일은 술잔에 가득 찬 술을 들이키며, 점점 무료해지는 이 자리를 벗어날 생각이었다. 그런데 그 순간 오기가 등장하는 바람에 눈에 띄지 않게 나갈 기회를 놓치고 말았다. 가일은 어쩔 수 없이 이 뚱보가 충심을 다 드러낼 때까지 참고 기다리는 수밖에 없었다. 오기가 또 술잔을 집어 올렸다.

"지금 조조와 유비가 이미 죽었으며, 조비는 지모가 뛰어나지만 결단력이 부족하고 유선은 머리가 아둔하고 무능합니다. 게다가 위·촉 양국의 뛰어난 신하와 명장들이 거의 목숨을 잃었고, 무능하고 쓸모없는 자들이 조당을 가득 채우고 있지요. 반면에 우리 강동은 지존께서도 영명하고 위풍당당하시며 문신과 무장들이 넘쳐나니, 사해가 태평하고 백성들이 평안하게 살고 있습니다. 좀 더 시간이 지나면 지존께서 영명하신 지도력으로 반드시 사방을 평정하고 천하를 통일해 천추만대를 빛낼 불세출의 공을 세울 것입니다!"

오기의 말이 끝나고 사람들이 모두 그의 말에 동조하려는 찰나에, 구석에서 나지막한 웃음소리가 들려왔다. 웃음소리는 크지 않았지만, 그 상황에서 사람들의 귀에 거슬리기에 충분했다. 오기가 차갑게 굳은 표정으로 소리가 나는 구석으로 걸어갔다. 가일이 허리를 곧추세우고 그 방향을 쳐다보니, 유생인 듯한 중년의 사내가 보였다. 그는 하얀색 심의를 입고 태연하게 홀로 상을 차지하고 앉아 술을 마시고 있었다.

오기가 거짓 웃음을 지으며 말을 걸었다.

"아니, 누군가 했더니 오군(吳郡)에 사는 한사(寒士: 가난하고 권력이 없는 선비)

기염(曁鹽)이 아닌가?"

그는 일부러 '한사'라는 두 글자에 특히 힘을 주며 말한 후, 득의양양한 표정으로 주위를 둘러보았다.

기염은 선조상서(選曹尙書)에 제배돼 인사 시험과 선발 임용의 직책을 맡았으니, 막강한 권력을 가진 높은 자리에 앉아 있었다. 그러나 오기는 그의 관직에 대해 일언반구도 하지 않은 채, 오로지 출신만을 거론해 비꼬려는 의도를 드러냈다. 주위에 있던 빈객들은 대부분 세도가 출신으로, 한사 출신으로 고위직에 앉아 있는 기염을 못마땅해했다. 그러던 중에 오기가 이런 식으로 말을 꺼내자, 속이 다 시원하다는 듯 너 나 할 것 없이 웃음을 터뜨렸다. 연회장 안이 웃음소리로 가득 찼지만, 기염은 표정 하나 변하지 않은 채 앞에 놓인 술잔에 술을 따를 뿐이었다.

가일은 기염에 대해 이미 잘 알고 있었다. 그는 가난한 집안 출신이지만 강직한 성격과 결단력 있는 일 처리로 오왕 손권의 눈에 들었고, 몇 년 사이에 연이어 승진을 거듭한 끝에 선조상서 자리까지 올라갈 수 있었다. 대다수 사람은 자신이 남과 다르다는 것을 드러내기 위해 거만하고 고결한 척 행동하는 경우가 많다. 그러나 기염은 달랐다. 그는 진짜 성인군자라도 되는 듯, 강항령(强項令: 강직해 굴하지 않는 현령이라는 뜻) 동선(董宣)의 기풍을 드러냈다.

오기는 상석에 앉아 있는 장온과 주치를 주시했지만, 두 사람이 별다른 반응을 보이지 않자 계속해서 큰 소리로 그에게 물었다.

"기염, 방금 자네의 웃음은, 이 나라가 창성할 거라는 내 말이 틀렸다고 생각해서인가?"

기염이 차갑게 대꾸했다.

"국운이 어찌 될지는 식견이 있는 사람이라면 대번에 알아볼 수 있는 문제이니, 누군가의 말 한마디에 그 판단이 달라질 리 없을 테지요."

"오? 그렇다면 자네처럼 식견 있는 사람의 눈에 보이는 국운은 대체 어떠한가?"

"북쪽에 있는 조위는 기주(冀州)·유주(幽州)·병주(幷州)·양주(涼州)·예주(豫州)·청주(靑州)·서주(徐州)·연주(兗州)·사주(司州) 아홉 개 주를 점거한 채 천하의 인구 중 7할을 얻었고, 병력과 군마가 우리보다 다섯 배 이상이며, 명장과 명신들도 그 수를 셀 수 없을 만큼 많습니다. 그런 자들이 강을 사이에 두고 우리를 호시탐탐 노리며 수시로 습격을 하고 있지 않습니까? 서쪽의 촉한은 한실(漢室)의 정통이라 자처하며 민심을 얻고 있고, 천하의 기재 제갈량이 조정을 다스리고 있을 뿐 아니라, 산천이 온통 천혜의 요새인 점을 이용해 형주를 노리고 있습니다. 남쪽에 있는 백월족(百越族)도 우리가 출정이라도 하게 되면 바로 그 틈을 이용해 후방에서 반란을 일으키고 백성들을 약탈할 가능성이 높으니, 이 또한 나라 밖에 도사리고 있는 우환이라 할 수 있겠지요."

오기가 호탕하게 웃으며 그에게 물었다.

"한사 출신이라 세상 보는 눈이 그리 좁은 것인가? 별거 아닌 일도 자네 같은 사람이 말하면 마치 조만간 하늘이 무너질 것처럼 들리니 말일세. 나라 밖으로 우환이 도사리고 있다 했으니, 나라 안에도 분명 걱정거리가 있겠군. 안 그런가? 설마 녹봉이 너무 적다거나, 먹는 것을 배불리 먹지도 못하고 옷조차 따뜻하게 입지도 못한다는 말을 하고 싶은 것인가?"

사방에서 또 한바탕 웃음이 터져 나왔다. 이 와중에 상석에 앉아 있던 주치와 장온은 여전히 자기네와 상관없다는 듯, 둘이 웃으며 두런두런 이야기를 나누고 있었다. 가일은 고개를 가로저으며 입맛이 다 떨어진 듯 젓가락을 내려놓았다. 기염의 말이 틀린 것도 아니었다. 다만 이런 장소에서 이런 사람들을 상대로 하기에는 그다지 어울리지 않는 말이었다.

기염이 자리에서 일어나더니 갑자기 목소리를 높였다.

"내우(內憂)란 바로 여기 계신 여러분들입니다!"

떠들썩하던 웃음소리가 순식간에 사라지고, 연회장 안이 쥐 죽은 듯 조용해졌다. 거의 모든 사람의 시선이 기염에게 향해 있었다.

기염은 사방을 둘러보며 말했다.

"지금 우리 오나라에서 인재를 추거하고 선발하는 권한을 강동 호족 혹은 회사파의 옛 관료들이 쥐고 있습니다. 그러다 보니 출신만 좋으면 누구나 추거를 받아 관직을 오를 수 있고, 진짜 인재는 도리어 재야에 묻혀 뜻을 펼칠 기회를 얻지 못하고 있습니다. 그 결과는 어떻게 됐습니까? 수재(秀才)라고 추대받은 자가 책을 모르고, 효자라고 뽑힌 자가 아버지와 따로 살며 효를 다하지 않는 일이 벌어지고 있습니다. 스스로 청빈하다고 말하는 관리는 진흙탕처럼 더럽고, 뛰어난 성적의 훌륭한 장수는 비겁하기 이를 데 없지요! 이미 권좌에 있는 공들은 강동 호족 출신이 아니면 회사파 출신의 공신이고, 지존의 시름을 덜기 위해 어떻게 공을 세울지 고민하는 것이 아니라 파벌의 이익을 위해 이전투구를 벌이며 사리사욕을 채우려는 생각뿐입니다!"

"무엄하다!"

"어디서 감히 막말을 지껄이느냐!"

"네놈이 감히 지존의 치국 능력을 그리 돌려 폄하하는 것이냐!"

사방에서 질책과 고성이 오가는 가운데, 도리어 오기가 나서서 손짓으로 좌중을 조용히 시키고 기염에게 계속 말할 기회를 주었다.

"이런 식으로 나간다면 몇 안 남은 인재들마저 나이가 들거나 죽게 될 텐데, 그때 가서 오나라 조정이 당신들 손에 들어간다면 과연 어떻게 변할 것 같습니까? 더 웃기는 건, 상황이 이 지경인데도 당신들은 여전히 자신을 현신(賢臣)이라고 떠벌리고 국력이 창성했다고 과시하고 있으니, 참으로 뻔뻔스럽소!"

오기가 굳은 표정으로 물었다.

"기염, 자네는 흑백을 전도하고, 지존을 은연중에 깎아내리고 있군. 도대체 무슨 속셈인가? 자네는 우리가 이 일을 지존께 알려 관직을 박탈당해도 상관없다는 건가?"

기염이 상석을 향해 허리를 굽혀 인사를 올리며 말했다.

"저 기염은 이 자리에 계신 분들과 더 이상 함께할 수 없으니, 이만 물러가옵니다!"

기염은 이 말을 남긴 후 소맷자락을 뒤로 쳐 넘기면서 뒤돌아 문으로 향했다.

오기가 큰 소리로 그를 불러 세웠다.

"멈춰라! 여기가 네놈이 오고 싶다고 오고 가고 싶다고 갈 수 있는 곳인 줄 알았더냐! 여봐라……."

장온이 홀연 끼어들었다.

"오 세숙(世叔), 술을 많이 마신 듯하니, 그냥 가게 놔두십시오."

오기가 다소 성이 난 표정으로 장온을 힐끗 쳐다봤다. 본래 그는 기염에게 한 방 먹일 생각이었는데, 뜻밖에도 장온에게 가로막히고 말았다. 장온 정도의 가문과 신분을 지닌 자조차 신경 쓰지 않는 마당에, 오기가 계속해서 기염과 신경전을 벌이는 것도 상궤를 벗어나는 일이었다. 오기는 어쩔 수 없이 분을 삭이며 가일의 표정을 슬쩍 살폈다. 그 순간 그의 얼굴에 음험한 미소가 떠올랐다.

오기는 술잔을 집어 들며 가일의 옆으로 다가갔다.

"가 교위가 줄곧 두문불출하며 이런 연회에 거의 참석하지 않는다고 들었는데, 오늘은 어쩐 일로 이리 왕림하셨소?"

"전에는 시간이 없어 그런 것이고, 오늘은 다행히 시간이 나서 이리 오게 됐습니다."

오기는 가일을 이용해 자신의 위풍을 되찾고 싶어 했다. 가일 역시 이 점을 눈치 채고 있었다. 평소대로라면 가일도 가볍게 웃어넘겼겠지만, 오늘은 그러고 싶은 마음이 전혀 안 생겼다.

"가 교위의 말뜻은, 평소에는 내내 바빴다는 것이오?"

오기의 얼굴에 떠오른 웃음기가 더 짙어졌다.

"거 참 이상하오? 가 교위는 해번영에서 중요한 일을 맡은 적이 없는 데다 우청 부독과 여일 부독의 무시를 당한다고 들었는데, 어찌 그리 혼자 바쁘단 말이오? 그렇다면 가 교위는 해번영과 상관없는 또 다른 일로 아주 바쁜가 보오?"

좌중이 또 한바탕 왁자지껄해졌다.

그 상황에서도 가일은 얼굴색 하나 바뀌지 않았다.

"존함이 어찌 되시는지요?"

오기의 얼굴에서 웃음기가 걷혔다.

"오늘 연회에 참석한 빈객들은 모두 하나같이 귀한 신분인데, 누가 오는지조차 모르고 왔단 말인가?"

"물론 어르신을 제외한 다른 이들의 이름이야 진즉에 알고 있습니다."

가일은 진심으로 궁금하다는 눈빛으로 오기를 바라보았다.

"누구신지요?"

오기가 노기를 띠며 대답했다.

"나는 강동의 호족 오씨 가문……."

"아! 생각났습니다. 오분 어르신이십니까?"

오기의 안색이 순간 창백해졌다.

"그분은 내 형님이고, 나는……."

"음, 어쩐지 이상하다고 생각했습니다. 오분 어르신께서는 오군에서 도독으로 지내며 공무로 하루 종일 정신없이 바쁠 터인데, 어찌 여기까지 와서 술 마시고 흰소리나 하며 유유자적할 수 있겠습니까?"

가일이 희미하게 미소를 지으며 말했다.

"면목이 없습니다. 제가 사람을 잘못 보았군요. 오분 어르신의 아우분인 줄도 모르고, 죄송하게 됐습니다."

오기의 얼굴은 이미 벌겋게 달아올랐다.

"나는 오……."

"아! 방금 제게, 해번영에서 하는 일이 없으니 틀림없이 해번영과 상관 없는 다른 일로 바쁜 거라고 하셨는데, 그게 무슨 뜻인지요?"

오기는 기분이 잔뜩 상해 화를 내듯 대답했다.

"말 그대로 자네가 해번영에서 놀고먹는다는 뜻이네!"

"아니오, 제가 알고 싶은 건, 틀림없이 해번영과 상관없는 다른 일로 바쁘다는 그 대목입니다."

가일은 침착하게 말을 이어갔다.

"아시다시피 전 지난 몇 년 동안 대부분의 시간을 군주부에서 지내왔습니다. 그런 마당에, 틀림없이 해번영과 상관없는 다른 일로 바빴을 거라는 말이 도대체 무슨 의미인지요? 아무래도 그 부분을 이 자리에서 분명히 말씀해주셔야 할 것 같습니다!"

오기는 당황한 듯 숨을 들이켰다. 지난 몇 년 동안, 가일이 진주조 출신인데도 불구하고 손상향의 두터운 신임을 얻을 수 있었던 것은 두 사람 사이에 모종의 관계가 있기 때문이라는 소문이 돌았다. 손상향은 이런 소문을 듣고 대로해, 몰래 소문을 퍼뜨린 사람을 찾아내 엄벌에 처하기도 했다. 만약 방금 한 그 말이 손상향의 오해를 사기라도 하면 오기 역시 껍질이 벗겨지는 중벌을 면하기 힘들 것이다.

오기가 노발대발하며 소리쳤다.

"나는 그런 뜻으로 한 말이 아니니, 애먼 말로 중상모략할 생각 말거라!"

"그러니 그 말이 무슨 뜻인지, 오분 어르신의 아우님께서 번거로워도 분명히 말씀해주셔야겠습니다."

가일은 한 발도 물러서지 않았다.

돌연 또렷하고 맑은 여자 목소리가 후당에서 들려왔다.

"감히 손 군주를 모욕하는 말을 내뱉다니, 이제 사는 게 지겨워지신 겁니까?"

가일이 소리 나는 곳을 쳐다보니, 병풍 뒤에서 큰 키의 여인이 걸어 나오고 있었다. 그녀는 버들잎 모양의 눈썹을 추켜세우며 오기를 노려보고 있었다. 이 여인이 누구인지 깨닫는 순간, 가일의 동공이 살짝 커졌다. 반첩(潘婕), 방년 열아홉 살, 강하 반씨 가문 출신으로 주치의 조카였다. 그녀는 성격이 강직하고, 말 타기 솜씨뿐 아니라 궁술까지 뛰어나 일찍이 주치를 따라 전쟁터로 나가 적과 맞서 싸우기까지 할 만큼 여장부였다. 오늘 손님으로 참석한 여인들은 모두 후당에서 따로 연회를 즐기고 있었다. 그 자리에 함께 있던 반첩은 기염과 오기 사이에 오가는 말을 병풍 뒤에서 몰래 엿듣던 중에, 오기가 가일을 궁지로 몰아넣으려 하자 더는 참지 못하고 모습을 드러냈다.

오기가 손을 내저으며 변명을 했다.

"나는 손 군주에게 전혀 악의가 없는 사람이다!"

"악의가 없다 하셨습니까? 그런 말을 하고도 발뺌을 하시는 겁니까? 손 군주는 여인 중의 호걸이고 가 공자는 절세 영웅인데, 두 사람을 한데 묶어 말도 안 되는 소문을 퍼뜨리려는 의도가 도대체 무엇입니까?"

반첩이 성큼성큼 걸어 나와 가일 곁에 섰다.

가일은 그녀를 보는 순간, 홀연 이상한 느낌에 휩싸였다. 오나라에 온 지 이미 5년이 지났고, 그동안 이런 장소에서 그를 위해 나서주는 사람은 극히 드물었다. 하물며 이렇게 아름답고 재기가 뛰어난 여인이 나서줄 거라고 누가 감히 상상이나 했겠는가?

오기는 창피하고 분한 나머지 더 역정을 냈다.

"계집 주제에, 여기가 어디라고 감히 끼어드는 것이냐!"

"그 나이 먹도록 나잇값을 못 하시고 낯 뜨거운 말을 아무렇지 않게 하시니, 더는 보고 있을 수 없어서 나선 것입니다!"

반첩이 말을 이어갔다.

"가 공자는 우리 오나라에 온 후 지존을 도와 형주 사족을 평정하고 태평도의 반란을 진압했으며, 이릉 전투에 도움을 주신 분입니다! 이분의 혁혁한 공을 모두가 알고 있는데, 어찌 그를 한량처럼 말씀하신단 말입니까? 그러는 대인께서는 평소 무엇을 하셨습니까? 가 공자의 공과 견줄 만한 것이 하나라도 있으신지, 어디······."

주치가 상석에서 가볍게 헛기침 소리를 냈다.

"첩아, 오 세백(世伯)께 너무 무례하게 굴지 말거라."

반첩이 오기를 노려보며 가일의 손을 잡아당겼다.

"가 공자, 이런 잘난 척에 허세만 가득한 사람들과 함께 있지 말고 나랑 같이 나가요!"

가일은 못 이기는 척 반첩을 따라 연회장을 걸어 나왔다.

장온이 자리에서 일어섰다.

"오 세백, 부디 화를 거둬주십시오. 제가 사죄의 의미로 한잔 올리겠습니다."

장온이 체면을 살려주려 하자, 오기도 어쩔 수 없이 일어나서 술잔을 들었다.

"세질, 너무 예를 차릴 필요 없네. 이것은 내가 나이 어린 사람들과 논쟁을 벌인 벌주라 생각하겠네."

빈객들이 잇달아 일어나 술잔을 들었고, 연회장은 마치 아무 일도 없었던 것처럼 다시 공리공론과 웃음소리로 가득 찼다. 주치가 잔에 담긴 술을 마시자마자 심한 기침을 하기 시작했다.

장온이 걱정스러운 듯 그를 보며 물었다.

"감기가 아직 다 안 나은 것입니까? 그럼 이제 술은 그만 마시는 게 좋겠습니다."

주치가 대수롭지 않다는 듯 대답했다.

"별거 아니니 걱정 말게."

"측실에 한기와 습한 기운을 없애주는 생강차가 좀 있으니, 가서 좀 마시고 한기를 쫓도록 하십시오."

좌중이 시끌벅적한 가운데 주치가 일어나 장온과 측실로 들어갔다. 장온이 나무 문을 닫고, 생강차를 가져올 생각조차 하지 않은 채 겸연쩍게 웃으며 주치를 쳐다봤다.

"이런 자리까지 만들어 의견을 들어볼 필요가 없다고 하지 않았는가? 한사코 해보자고 하더니, 이제 만족하는가?"

주치의 말에 장온이 한숨을 내쉬었다.

"사실 적어도 몇 사람은 기염의 생각에 동조할 거라고 생각했습니다. 그런데 하나같이 입 한 번 벙긋하지 않을 줄 누가 알았겠습니까?"

"제갈근(諸葛瑾) 등 몇몇 측근을 제외하면, 지금 조정의 문무 대신들은 강동파 아니면 회사파들 뿐이네. 작게는 자신의 이익을 챙기고 크게는 가문의 이익을 도모하니, 그런 자들이 우리의 생각에 동조하는 것은 호랑이에게 가죽을 벗기자고 의논하는 것과 다르지 않지. 조당이 크다 하나 우리처럼 나라의 앞날을 걱정하고 함께 길을 찾고자 하는 이들은 거의 찾아볼 수 없으니, 참으로 안타까운 일이네."

"적어도 기염과 서표(徐彪)는 우리 편이 아닙니까?"

"그들만으로는 부족하네."

주치가 문득 어떤 생각이 떠오른 듯 물었다.

"그건 그렇고, 가일은 왜 초대한 건가? 설마 그자를 끌어들일 생각이신가? 그자에 대한 소문이 별로 좋지 않네. 음험하고 간교할 뿐 아니라, 변덕이 심하고 충의와는 거리가 먼 자라 하더군. 아무래도 이 일에 참여할 만한 자가 아닌 것 같네."

장온이 고개를 가로저었다.

"내가 초대한 것이 아닙니다. 그자가 온 것을 보고 하도 이상해서 하인에게 물어보니, 분명 초대장을 가지고 왔다더군요. 어떻게 손에 넣었는지는 아직 확실치 않습니다."

주치가 순간 망설이다 말을 꺼냈다.

"그자는 지존의 총애를 받고 있지 않은가? 혹시 지존이 우리를 감시하기 위해 보낸 것이 아니겠는가?"

"그럴 리 없습니다. 지존이 우리를 의심할지언정, 자신의 아들마저 믿지 못할 리 없지요. 태자가 이미 지존에게 아뢰었으니, 지존은 우리가 하려는 일에 대해 묵인하고 있을 것입니다."

"그건 그렇고, 자네는 이미 결심을 한 건가? 이 일은 조정의 문무 대신들과 적이 되는 것이고, 일단 시작하면 절대 돌이킬 수 없다는 걸 염두에 두어야 하네."

"알고 있습니다. 하나 지금 우리 오나라는 겉으로야 강성해 보이나 속은 텅 비어 있습니다. 이런 식으로 계속 가면 이 나라의 운명이 어찌 될지 장담할 수 없다는 걸 잘 알고 계시지 않습니까? 결국 누군가는 나서서 무어라도 해야 할 때입니다. 게다가 기염과 서표가 전면에 나서면, 저야 그 뒤를 봐주는 것뿐이지요. 가난한 집안 출신의 두 사람도 두려워하지 않고 소신을 펼치는데, 제가 어찌 그들을 외면할 수 있겠습니까?"

주치가 고개를 끄덕였다.

"자네가 이미 결심을 굳혔다면, 나 역시 태자태부의 신분으로 미력한 힘이나마 보태겠네."

"우리가 이길 수 있을지 걱정입니다."

장온의 얼굴에 근심의 그림자가 드리워졌다.

"그것보다는 우리가 살아남을 수 있을지를 걱정해야겠지."

주치가 문을 밀어 열고 호사스럽고 왁자지껄한 세상 속으로 다시 들어갔다.

장온의 저택을 나온 후 가일은 달빛에 의지해 반첩을 자세히 살펴보았다. 반씨 가문의 이 낭자는 촉금으로 만든 홑옷 위로 벽옥과 금테로 장식한 허리띠를 매고 검은색 신발을 신고 있었다. 화장기 하나 없는 얼굴로 남장을 한 여인의 모습은 달빛 아래서 늠름하면서도 묘한 아름다움을 자아냈다. 그 순간 가일은 자기도 모르게 전천을 처음 만났을 때의 장면을 떠올렸다. 당시 전천은 반첩과 비슷한 옷차림으로 몰래 그의 뒤를 쫓고 있었다. 그때 전천은 그의 주먹에 맞아 상처를 입자 탕약 값을 달라고 계속 조르며 매달렸었다.

"가 교위, 이런 대로변에서 여인의 얼굴을 그리 뚫어지게 쳐다보는 건 예의가 아니지요."

반첩이 웃으며 그에게 주의를 주었다.

가일은 그제야 정신이 돌아온 듯 얼른 사과를 했다.

"미안하오. 반 낭자를 보니 불현듯 생각나는 사람이 있어서 잠시 딴 생각을 하고 있었소."

"설마 소문에 등장하는 그 전천 낭자 말씀이신가요?"

반첩이 궁금한 듯 물었다.

"가 교위에 관한 이야기는 많이 들었어요. 근데 그 말들이 사실인지 아넌지, 가면서 좀 들려줄 수 있을까요?"

"반 낭자는 주 장군을 기다려야 하는 것 아니었소?"

"기다려서 뭐 하게요? 아마 술에 잔뜩 취해서 여기서 주무실지도 몰라요. 그건 그렇고 가 교위, 가시는 길에 괜찮으시다면 나를 좀 데려다주시겠어요?"

연회 석상에서 가일을 빼내주고 이런 부탁까지 하는 것으로 보아, 이 낭자의 속내가 그대로 읽히는 듯했다. 지난 몇 년 동안 손몽을 제외하고 그에게 호감을 드러낸 여인은 반 낭자가 유일했다. 그는 잠시 주저하다 이내 고개를 끄덕였다.

두 사람은 어깨를 나란히 하고 걸었다. 걸어가는 내내 반첩은 이런저런 질문을 했고, 가일은 인내심을 가지고 하나하나 대답을 해주었다. 밝은 달이 하늘에 걸려 있고 밤바람이 솔솔 불어오는 가운데 두 사람은 인적이 드문 좁고 긴 골목길에 들어섰고, 그 순간 가일은 마치 다른 세상에 온 것 같은 기분마저 들었다. 오나라에 들어온 후부터 서로 속고 속이는 관계 속에서 하루하루를 살다 보니, 이렇게 아름다운 여인과 나란히 서서 발길 닿는 대로 걷는 일상은 꿈조차 꾸기 힘들었다. 걷는 내내 이런저런 이야기를 나누다 보니, 가일은 반 낭자가 그간의 소문 탓인지 그를 무소불위의 영웅으로 착각하고 있다는 것을 알 수 있었다.

가일은 오늘 갑작스럽게 등장한 이 아름다운 여인의 호감이 다소 불편하게 느껴져, 얼른 그녀를 숙소까지 데려다주고 이 만남을 끝내고 싶은 생각뿐이었다. 다행히 이 좁고 긴 골목만 지나면 바로 역관에 도착할 수 있었다. 가일은 예의를 갖춰 반첩과 한 걸음 정도의 거리를 유지하며 골목 중간까지 걸어갔다.

밤이 이미 깊어 골목 안은 정적만이 흐른 채 사람의 그림자조차 보이지 않았다. 길 양옆으로 높게 솟은 저택의 매끄러운 담장이 어둠 속에서 그 모습을 숨긴 채 위압감을 더했다. 희미한 달빛이 구름을 뚫고 새어 나와 간신히 발밑을 비춰줄 뿐이었다. 가일은 불길한 예감이 들었다. 이 골목은 오래전 그날 밤의 기억을 떠올리게 만들었다. 선혈, 흰옷, 단검, 횃불…….

"가 교위, 이런 질문을 하면 아니 될 것 같지만, 너무 궁금해서 안 되겠어요."

반첩이 조심스럽게 물었다.

"전천 낭자는 그날 밤에……."

그녀가 갑자기 말을 하다 말고 발걸음을 멈추더니 골목 끝을 주시했다. 그녀의 시선이 향하는 곳에 사람의 형체가 보였다. 그는 하얀색 비단옷을 입고 하얀색 비단 천으로 얼굴을 가린 채, 마치 호방하고 풍류를 아는 세도가 공자처럼 뒷짐을 지고 서 있었다.

가일은 누군가에게 배를 한 대 세게 얻어맞은 것처럼 위에서 극심한 통증이 느껴지고 쓴맛이 올라왔다. 그는 오른손을 허리춤에 찬 장검에 올리고, 검 자루를 핏줄이 튀어나올 정도로 세게 움켜잡았다. 무수히 많은 밤을 보내는 동안 꿈에서조차 벗어날 수 없을 만큼 그의 뇌리에 각인된 바로 그 모습이었다. 만약 이자와 언젠가 다시 마주하는 날이 찾아오게 된다면, 과연 그때처럼 똑같이 일격도 견디지 못하는 것은 아닐까 늘 생각해왔다.

백의검객(白衣劍客)은 꼼짝도 하지 않았고, 가일 역시 마찬가지였다. 반첩은 자기도 모르게 가일의 곁으로 바싹 다가서며 나지막이 속삭였다.

"저 사람, 좀 이상하지 않나요?"

가일은 아무런 대답도 하지 않은 채, 눈을 가늘게 뜨고 호흡을 가다듬었다. 백의검객이 검을 뽑아 들며 허공을 가르자 검광이 일렁였다.

"덤벼라."

가일이 가라앉은 목소리로 결전을 알렸다.

백의검객이 가일을 향해 다가오자, 매서운 살기가 압박해 오는 듯했다.

비록 반첩이 어릴 때부터 무예를 연마해 상당한 실력을 쌓아왔지만, 그 기에 눌려 가일의 뒤로 물러섰다.

"덤벼라."

다시 한번 그의 공격을 부추기는 가일의 목소리에서 아무런 감정도 느껴지지 않았다.

백의검객이 훌쩍 뛰어올라 번개처럼 빠른 속도로 가일을 향해 달려들었지만, 가일은 여전히 검을 뽑아 들지 않았다. 한 필의 흰 명주 같은 검광이 고작 3촌(寸) 정도의 거리를 남겨두고 다가오자, 가일이 왼팔을 올려 가볍게 휘저었다. 한 다발의 어두운 빛이 터지며 눈처럼 하얀 검광을 순식간에 집어삼켰다. 백의검객이 검을 날리듯 허공을 가르자, 몇 차례 쇠가 부딪히는 소리가 연이어 들리며 암기가 하나둘씩 흩어져나갔다. 그는 흔들림 없는 기세로, 눈 깜짝할 사이에 이미 가일의 코앞까지 치고 들어왔다.

가일이 발에 힘을 싣고 몸의 방향을 틀자 검날이 살짝을 스치고 지나갔다. 백의검객이 손목을 틀어 검을 휘두르려는 찰나에, 가일의 왼쪽 주먹이 허공을 가르며 그의 목젖을 향해 날아갔다. 백의검객은 어쩔 수 없이 검을 거두고 가일과 몇 발자국 떨어진 곳으로 물러섰다. 눈 깜짝할 사이에 두 사람은 이미 몇 초식을 주고받았고, 그 과정에서 백의검객은 계속 몰아붙이고 가일은 막느라 급급한 듯 보였다.

그러나 가일의 목소리에는 한 치의 흔들림도 없었다.

"자네는 곧 죽을 것이네."

백의검객이 드러낸 검법에 살기가 가득했다.

"자네는 대검사(大劍師) 왕월(王越)이 아니군. 자네의 무공 경지는 그에 비해 한없이 모자라지. 살의조차 거둬들이지 못할 만큼 말일세."

가일은 검 자루에 올려놓았던 오른손을 내려놓았다.

"나는 진주조……."

"자네는 진주조 소속도 아니네. 오래전에 그 골목에서 진주조의 적잖은 이들이 백의검객의 절세 무공을 지켜보았지. 만약 그들이 암살을 기도했다면, 자네처럼 실력이 형편없는 자를 시켜 대검사 왕월을 사칭할 리 없네."

가일이 물었다.

"군의사인가?"

"곧 죽을 자가 참으로 말이 많군."

백의검객의 목소리가 갈라졌다.

"됐다. 나를 죽이려는 자는 넘쳐나니, 굳이 물어볼 필요도 없다."

가일의 발이 미끄러지듯 움직이는가 싶더니, 어느새 그의 왼 손바닥에서 번뜩이던 서늘한 빛이 백의검객의 목을 향해 날아갔다.

백의검객이 검을 휘둘러 가일의 왼 손바닥을 베려 했지만, 쇠가 부딪히는 소리와 함께 그의 장검이 순식간에 두 동강이 나버렸다. 그가 크게 놀란 나머지 뒤로 물러서며 주춤하는 사이, 그 차가운 빛이 목을 그으며 선명한 핏자국을 남겼다. 그가 안도하는 사이, 그 서늘한 빛이 불가사의한 호선을 그리며 다시 그를 향해 날아왔다. 백의검객은 다시 막아낼 틈도 없이, 서늘한 빛이 가슴을 가르고 들어오려는 것을 지켜보아야 했다. 그사이 가일은 홀연 돌아서더니, 허리춤에서 장검을 뽑아 발아래 놓인 청석판 몇 개를 들어 올려 허공을 향해 날렸다. 그와 동시에 어둠 속에서 눈부신 불똥이 사방으로 튀며 일련의 폭발음이 울려 퍼졌다.

"나오너라."

가일이 장검을 앞으로 겨누며 어둠 속을 가리켰다.

오군 초위 한 명이 연노(連弩)를 들고 천천히 걸어 나왔다.

"네놈 하나 죽이기가 이리 힘들 줄은 몰랐구나. 이런 상황에서 제갈연노(諸葛連弩: 제갈량이 개발한 강력한 연노)까지 막아낼 줄 누가 알았겠느냐?"

"제갈연노? 자네도 군의사인가?"

가일의 목소리는 여전히 담담했다.

"진주조 소속 무안이다."

초위가 웃으며 말했다.

"제갈연노는 군의사에 죄를 뒤집어씌우려는 연막일 뿐이지."

"자네는 군의사보다 좀 더 성의를 보여주는군."

가일이 물었다.

"다만 한 가지 이해가 안 가는 게 있다. 진주조가 언제 군의사와 손을 잡은 것이냐?"

"손을 잡은 것이 아니다. 나는 단지 자네가 오늘 밤 이 연회에 효위(驍衛)를 대동하지 않은 채 참석할 거라는 소식을 받고 움직인 것뿐이다. 이건 우리 자객들에게 절호의 기회인 셈이니, 군의사 역시 오늘을 절대 놓칠 리 없었을 테지."

무안이 느긋하게 연노의 화살을 장착했다.

"군의사와 진주조가 서로에게 죄를 뒤집어씌우기 딱 좋은 기회군."

가일이 담담하게 말했다.

"요 몇 년 동안 암살의 위기를 수도 없이 넘겼지만, 같은 시간대에 두 무리가 동시에 온 것은 또 처음이구나."

백의검객이 이미 바닥에서 몸을 일으키고 있었지만, 그의 목에서 여전히 선혈이 흘러 그의 가슴을 온통 붉게 물들였다. 하얀 옷이 온통 흙투성이고 여기저기 찢어져 몰골이 말이 아니었다. 그는 쥐고 있던 잘린 검을 던져버리고 말없이 품을 더듬어 비수를 꺼내 들었다.

반첩은 얼굴이 하얗게 질린 채 벽에 기대서 어찌할 바를 몰라했다. 지금처럼 빈주먹으로 무공이 뛰어난 자객을 상대하는 일은 전쟁터에 나가 싸우는 것과 차원이 달랐다.

"낭자는 끼어들 생각 말고, 거기 그대로 서 있으면 되오."

가일이 모처럼 미소를 보이며 그녀를 안심시켰다.

"이제 다 끝나가오."

반첩이 고개를 세차게 끄덕이며, 마치 무소불위의 영웅을 보듯 그를 쳐다보았다.

무안은 이미 연노에 화살을 다 장착한 후 가일을 비웃었다.

"가일, 네놈 말대로 금방 끝내주마."

가일이 왼손을 흔들며 단검으로 백의검객을 위협하고, 오른손에 쥔 장검으로 무안을 겨냥했다.

"자, 둘 다 한꺼번에 덤벼라."

백의검객이 몸을 잔뜩 긴장한 채 경계 태세를 갖췄다. 장우는 서신을 통해 가일의 무공을 중상(中上) 수준 정도로 평가했고, 그의 마음속 문제를 이용해 백의검객으로 가장하면 반드시 일격에 해치울 수 있다고 했다. 그러나 방금 그와 직접 겨뤄보고 나서야 백의검객은 가일의 무공과 정신력이 자신을 뛰어넘어, 대적하기 힘들 정도로 강한 적이라는 것을 알아챌 수 있었다.

무안이 연노를 들어 올려 가일을 겨냥했다. 그의 눈빛은 흔들림이 없고 여유로워 보였지만, 활시위를 당기는 손가락은 희미하게 떨리고 있었다. 좀 전에 그는 가일과 백의검객이 교전을 벌이는 틈을 타 연달아 일곱 발의 화살을 쏘아 올리며 성공을 확신했다. 하지만 가일은 너무나 수월하게 그의 공격을 무력화시켰다. 그는 영맥의 감시망을 피하느라 혼자 온 것이 살짝 후회가 됐다.

무안이 억지웃음을 지으며 말했다.

"네놈 혼자……."

그의 말이 끝나기도 전에 가일이 어느새 백의검객을 향해 달려들고 있었다. 무안이 낮게 욕지거리를 내뱉으며 제갈연노를 들고 가일을 조준했다. 백의검객은 가일의 공격을 어떻게든 막아보려는 듯 자세를 잡았다. 가일의 공격을 막아내며 시간을 끌어야, 무안이 가일을 공격할 기회가 생긴다는 것을 그 역시 알고 있었다. 그사이 무안의 연노가 가일의 등을 조준하고 있었다. 그렇지만 가일의 검이 백의검객을 거의 찌르려는 찰나에 모두의 예상을 깨고 가일이 갑자기 공중회전으로 몸을 돌렸고, 검은 빛이 하늘을 가르며 날아가 무안을 향해 날아왔다.

무안은 크게 당황하며 무의식적으로 연노를 들어 검을 막았고, 그 힘에 밀려 연노가 소리를 내며 두 동강이 나고 말았다. 뒤이어 그 검은색 단검이 그의 어깨를 스쳐 지나가며 벽에 그대로 꽂힌 채 흔들리고 있었다. 무안이 재빨리 허리춤을 더듬어봤지만, 가일이 어느새 그의 앞에 다가와 있었다. 장검이 독사처럼 그의 허리춤을 연이어 예닐곱 번 공격해 들어왔다. 무안이 급소를 겨냥해 들어오는 칼끝을 이리저리 피해봤지만, 그 틈에 베인 상처에서 피가 흘러 나왔다. 가일의 등 뒤가 무방비 상태로 노출되자, 백의검객이 가까스로 일어나 죽을힘을 다해 달려들었다. 그들은 이 일격에 자신들의 생사가 달려 있다는 것을 잘 알고 있었다.

무안은 어둠 속에서 가일의 입가에 희미한 미소가 떠오르는 것을 보는 순간, 온몸이 얼어붙는 듯한 두려움을 느꼈다. 그가 백의검객에게 소리를 질러 경고를 하려 했지만 이미 한 발 늦고 말았다. 가일은 무안을 발로 짚고 공중제비를 돌아 백의검객의 머리 위에서 허공을 가르며 검을 날렸다. 백의검객이 본능적으로 손을 들어 검을 막아내봤지만, 뒤이어 피가 뿜어져 나왔다.

가일이 몸을 돌려 착지하며 손을 흔들어 검에 묻은 피를 털어낸 후 한 치의 흐트러짐도 없이 두 사람을 주시했다.

무안이 나지막한 목소리로 백의검객에게 말을 걸었다.

"이보게, 이제 우리 둘이 힘을 합칠 때네. 내가 위를 맡을 테니, 자네는 아래를 공격하게."

그렇지만 아무런 대답도 들리지 않았다. 무안이 곁눈질로 힐끗 쳐다보니 백의검객이 서서히 주저앉듯 쓰러지고 있고, 그의 목 뒤에 쇠뇌의 화살이 박혀 있었다.

무안이 한숨을 내쉬며 물었다.

"가 교위, 네놈의 검술만으로도 이미 고수의 경지에 이르렀거늘, 어찌 몸에 이런 암기를 지니고 다니며 비열한 짓을 하는 것이냐?"

"다들 나를 간사한 소인배에 변덕이 죽 끓듯 하는 자라고 욕하는 마당에, 그들을 실망시킬 수야 없겠지. 더구나 정정당당하게 실력을 겨루는 일 따위는 자네나 나 같은 인간이 논할 사항은 아닌 듯하군."

무안이 큰 소리로 웃음을 터뜨렸다.

"가일, 네놈이 이리 비열한 수를 쓰고도 그리 당당한 걸 보니, 과연 나보다 한 수 위로구나."

그는 허리춤에서 환수도를 뽑아 들고 왼발을 앞으로 내디디며 가일을 향해 칼을 겨누었다. 그는 이 싸움의 끝이 어찌 될지 누구보다 잘 알고 있었지만 여기서 멈출 수 없었다. 그가 이 길에 들어섰을 때 자신에게 했던 맹세 때문인지, 아니면 오랜 벗이었던 소침과의 우정 때문인지, 혹은 또 다른 무언가 때문인지 그 역시 확신할 수 없었다. 그는 좀 있으면 자신 역시 차가운 시체로 변할 거라는 사실을 알면서도 계속 싸워야 했다.

숙명.

머릿속에 이런 생각이 번뜩 스쳐 지나가는 사이, 죽음이 번뜩이는 칼끝을 따라 날카롭고 긴 소리를 내며 다가왔다.

가일이 한쪽 무릎을 굽힌 채 앉아서 백의검객의 몸을 조심스럽게 수색했다.

반첩이 그의 등 뒤에 숨어 두려움에 떨며 물었다.

"어서 이곳을 벗어나야 하지 않나요? 만에 하나 또 다른 살수가 나타나면 어떡해요?"

"하나는 진주조고, 다른 하나는 군의사에서 보낸 자요. 철천지원수나 다름없는 두 사람이 서로 피하기는커녕 도리어 힘을 합친 것만 봐도 조력자가 아무도 없다는 얘기요. 그러니 너무 걱정할 것 없소."

가일이 설명을 덧붙였다.

"매복의 공격을 받고 나면 늘 시체를 확인해 증거가 될 만한 것을 찾는 습관이 있소. 때로는 죽은 자를 통해 많은 정보를 얻을 수 있다오."

반첩이 몸을 숙여 시체를 바라봤다.

"이 백의검객 몸에서 무엇을 보았나요?"

"나이는 마흔이 되지 않았고, 피부가 하얀 걸로 봐서 대부분의 시간을 실내에서 지냈을 것이오. 손가락이 가느다랗고 건조한 데다 오른손 아귀와 엄지 첫 마디에 굳은살이 있고 손톱 사이에 먹물이 남아 있는 것으로 보아, 평소 붓을 쥐고 글씨를 쓰는 경우가 많은 편이오. 비록 하얀색 비단옷을 입고 있지만 중의는 마로 지은 검은색 옷을 입고 있으니, 신분은 분명 높지 않소. 게다가 이자의 몸에서 장뇌유(樟腦油) 향이 희미하게 풍기고 있소. 장뇌유는 가격이 비싼 편이라, 장기간 보관해야 하는 중요한 죽간이나 백서에 칠해 좀 먹는 것을 방지하는 데 주로 사용해왔소. 게다가 첩자들은 보통 관리나 조서에 잠복해 있는 경우가 많으니, 이자는 문연각(文淵閣)의 서리일 가능성이 높소."

"시체만 보고도 그리 많은 것을 알아내다니, 정말 대단한 능력이네요."

반첩이 감탄을 금치 못했다.

그녀가 몸을 점점 숙일수록 머리카락이 가일의 귓가에 와 닿았다. 가일은 머리카락을 타고 전해지는 옅은 체향 때문에 마음이 살짝 산란해지자 옆으로 몸을 옮겨 무안의 시체를 검사하기 시작했다. 반첩이 그를 따라와 다시 다가오더니, 의도적이든 아니든 뺨을 가일의 귓가에 가까이 댔다. 그런데 그 순간 그녀의 오른손이 아주 조심스럽게 품에서 검은색 비수를 더듬어 꺼내 가일의 등을 겨냥했다.

격전이 끝난 직후야말로 가장 방심하기 쉬운 순간이었다. 게다가 양갓집 규수가 돌연 살수로 변할 줄 누가 상상이나 했겠는가? 비수가 가일의 등에 거의 닿을 때까지도 가일이 전혀 알아채지 못했을 만큼, 그녀의 움직임은 극도로 절제된 채 서서히 이루어졌다. 잠시 후면 이 날카로운 칼이 가일의 옷을 뚫고 살 속을 파고들 것이다. 비수의 길이는 짧아도 날카로운 데다 독이 묻어 있었다. 이 독이 피와 섞이면 가일은 선향이 한 대 다 타 들어갈 정도의 시간이 지난 후 목숨이 끊어질 것이다. 반첩은 입술을 깨물며 잔뜩 긴장한 상태였지만, 한편으로는 득의양양해지는 기분이 들기도 했다. 군의사와 진주조 따위가 해내지 못한 일을 여자인 그녀가 해내는 날이 온 것이다.

"이 시체에서는 무엇을 알아냈나요?"

비수가 옷에 거의 닿으려는 순간까지도 반첩은 호기심을 드러내며 그의 주의력을 다른 데로 돌렸다.

"이자는 무안이고, 평문문에서 성문을 지키는 초위요."

반첩이 놀란 눈으로 물었다.

"가 공자는 시체를 보면 그의 이름과 신분까지 알 수 있나요?"

"내가 아는 자요."

"아는 사람이라면서, 왜 그렇게 오래 살펴요?"

반첩이 뿌로통하게 물었다.

"그러는 당신은?"

가일의 목소리가 묘하게 차가웠다.

반첩은 불길한 예감을 느끼며 이를 악물고 비수를 힘껏 내렸다. 칼날이 옷에 닿으려는 찰나에 반첩은 아랫배를 무언가에 가격당한 듯 비틀거리며 뒷걸음질을 쳤다. 그녀는 이를 악물고 극심한 통증을 견뎌내며 이마에 배어 나오는 땀을 닦아냈다. 그 순간 그녀의 눈에 들어온 것은 가일의 옆구리 아래로 비스듬히 뻗어 나와 자신을 겨냥하고 있는 칼집이었다.

가일이 천천히 몸을 일으키며, 마치 사냥꾼이 자신이 파놓은 함정에 빠진 사냥감을 바라보듯 무심하고 냉정한 눈빛으로 그녀를 쳐다봤다.

반첩이 이를 갈며 그를 노려봤다.

"말도 안 돼! 등 뒤에 눈이라도 달렸어요? 어떻게 눈치 챈 거죠?"

"당신이 연회에서 말할 때부터 이미 의심을 하고 있었소."

"하! 그 말 속에 의심을 살 만한 것이라고는 단 한 마디도 없는데, 무슨 근거로요?"

반첩이 화를 내며 따지고 들었다.

"그 말 속에 문제 될 것들은 아무것도 없었소. 하나 안타깝게도 당신이 그전에 했던 말과 전혀 상반되더군."

"그전에?"

"작년 6월 16일 당신이 세도가 여식들과 황곡산(黃鵠山)으로 놀러 갔을 때, 육숙(陸淑)이 나를 욕하며 그녀의 사촌 오빠인 육연을 죽음으로 몰아넣었다고 하자 당신 역시 나를 악랄하고 비열한 작자라고 동조했소. 작년 9월 17일 열래(悅來) 찻집에서 한 유협이 나를 거론하며 태평도의 음모를 무너뜨린 용맹하고 지모가 뛰어난 자라고 칭찬하자, 그때도 당신은 사람 보는 눈이 없다며 그를 비난했소. 심지어 올해 음력 정월 대보름에도, 내가 군주부에 빌붙어 살며 주인만 믿고 설치는 개 주제에 부끄러운 줄 모른다고 욕을 했지. 그랬던 사람이 갑자기 나에게 엄청난 호감을 보인다는 게 상식적으로 말이 된다고 생각하시오? 아름다운 여인이 보여주는 호감이 기분 나뻘 리 없으나, 안타깝게도 나는 옹졸하고 속이 좁아 뒤끝이 긴 편이라오."

반첩이 물었다.

"설사 당신을 욕하고 싫어했던 적이 있더라도, 여자의 마음은 갈대와 같은 것 아니겠어요? 내가 어떤 특별한 계기로 당신에 대한 생각이 달라질 수 있다는 생각은 안 드나요?"

"미안하지만 사람의 생각은 그리 쉽게 변하지 않소. 하물며 방금 내가 이두 명의 자객을 상대할 때조차 당신은 겁먹은 척 잔뜩 긴장하고 있었지만, 두 번이나 나를 공격하고 싶어 안달이 나 있더군. 아주 작은 움직임이었지만, 내 눈을 피해 갈 수 없었소."

반첩이 비수를 들어 올리며 가일의 가슴을 겨냥했다.

"내 정체를 이미 알고 있었으면서, 왜 곧바로 죽이지 않고 칼집으로 밀쳐만 낸 거죠?"

"아직 물어볼 게 남아 있소. 당신 배후에 있는 자가 도대체 누구요? 군의사·해번영과 손을 잡은 것이오? 왜 나를 죽이려 했소?"

"내가 진실을 말해줄 거 같아요?"

반첩이 오만하게 대답했다.

"그랬다면 날 너무 우습게 봤군요!"

"너무 자만하지 마시오. 어쩌면 당신은 모진 형벌과 고문을 견뎌낼 수 있을지도 모르지. 하나 반씨 집안과 주치는 어찌 될 것 같소? 만약 그들까지 연루된다면 당신의 마음이 편할 것 같소? 배후 인물을 위해 그들을 모두 끌고 들어가는 것이 과연 가치 있는 일이라고 생각하오?"

가일은 장검을 다시 오른쪽 허리춤에 걸며 천천히 반첩 쪽을 향해 걸어갔다.

"더구나 당신의 배후 인물이 도대체 어떤 목적으로 이러는 것인지 생각해본 적이 있소?"

반첩은 아무 말이 없었다.

"당신은 무공이 뛰어나지도 않고, 거침없고 솔직한 성격이라 자객으로 쓸 만한 자질을 전혀 갖추고 있지 않소. 그런 당신을 자객으로 선택했다면, 십중팔구 당신의 출신 성분에 주목했을 거요. 일이 성사되면 주치와 반씨 가문의 지위에 막혀 배후 인물을 더 이상 수사하기 힘들 것이고, 실패한다 해도 당신의 죽음을 이용해 나와 주치, 반씨 가문의 갈등을 부추기면 그만 이니 말이오. 그러니 당신이 죽든 살든 그 배후 인물은 신경조차 쓰지 않을 것이오."

"그따위 이간질에 넘어갈 내가 아니다!"

반첩이 가일의 말을 비웃듯 싸늘한 미소를 지었다.

"이용당한 걸 알고도 그자를 위해 기꺼이 죽겠다는 것이오?"

아무런 예고도 없이, 반첩이 돌연 손의 방향을 자기 쪽으로 돌리며 비수로 목을 찔렀다. 시뻘건 피가 뿜어져 나오는 와중에도 그녀의 눈동자는 여전히 형형한 빛을 잃지 않았다.

"철(徹) 공자를 위해 죽을 수 있는 것만으로도 내게는 영광이다! 네놈처럼 비열하고 파렴치한 무리들은 조만간 그분의 손에 갈기갈기 찢겨 죽을 것이다!"

가일은 달려가 구할 생각도 하지 않은 채 그 자리에 서서, 반첩이 경련을 일으키며 쓰러지는 것을 지켜보았다. 반첩이 저주처럼 퍼부은 말이 좁고 긴 골목길 안을 맴돌다 점점 어둠 속에 묻혀버렸다. 가일이 몇 발자국 앞으로 나가 그녀의 시체 옆에 다가가 앉았다. 비록 남녀가 유별했지만, 그는 전혀 개의치 않은 채 그녀의 몸을 샅샅이 뒤졌다. 선향이 한 대 정도 다 타들어갈 정도의 시간이 흘러갔지만 가일은 아무런 증거도 찾을 수 없었다. 뜻밖에도 반첩은 몸에 아무것도 지니고 있지 않았다. 여인들이 늘 지니고 다니는 향낭조차 없는 것으로 보아, 누군가의 지시를 받고 사전에 만반의 준비를 한 듯했다.

철 공자…… 그 이름이 가일의 머릿속에 맴돌았지만, 아무런 단서도 떠오르지 않았다. 반첩이 죽음을 각오할 정도로 따르는 자라면 고귀한 신분이고 적잖이 명성을 떨치고 있으며, 호방하고 위풍당당한 멋을 지닌 자겠지. 하지만 동오 안에 가일이 아는 세도가 공자만 해도 백 명이 넘고, 이런 조건에 걸맞은 이 역시 적지 않았다. 문제는 그중에서 '철'이라는 외자 이름을 가진 이가 없다는 것이다.

반첩이 연회에 참석해 오기의 말에 반박하며 자신을 위해 나선 걸 보면, 연회를 주최한 장온과 관련이 있는 것일까? 장온이 나에게 초청장을 보내고 하인을 시켜 극구 참석해달라고 종용한 것만 봐도 괴이하기 짝이 없었다. 그러나 정말 장온이 이 판을 설계했다면, 지나치게 단순하고 조악하기 그지없었다. 만약 그 설계자가 철 공자라면? 설마 초청장과 하인을 모두 철 공자가 보낸 것이고, 장온과는 아무런 상관이 없는 것일까? 그럼 내가 연회에 참석한다는 소식을 철 공자가 진주조와 군의사에게 흘린 것인가? 참으로 이상하군. 이 철 공자에 대해 지금껏 한 번도 들어본 적이 없는데, 도대체 어디서 튀어나온 거지? 무슨 목적으로 나에게 손을 쓰려 한 것이지?

가일은 자리에서 일어나 좌우를 살폈다. 시체 세 구가 바닥에 엎어져 있고, 시뻘건 피가 청석판 틈을 따라 사방으로 흐르며 소슬한 분위기를 더했다. 하룻밤에 자객을 연이어 세 번이나 만나 공격을 받는 것 자체도 드문 일이었다. 만약 그가 연회에 참석하기 전에 이미 의심을 품고 있지 않았다면 아마도 지금쯤 반첩의 손에 죽었을지도 모를 일이었다. 동오에 온 지도 벌써 5년째인데, 가일은 해가 거듭될수록 살얼음판을 걷는 듯 살아남는 것이 힘들게 느껴졌다. 한선 객경(客卿)의 신분이 하나 더 생기면서 기댈 곳도 더 늘었지만, 이 모든 것이 도리어 그를 더 깊은 소용돌이 속으로 끌고 들어가고 있는 듯했다.

일찍이 형주 공안성에 있을 때, 그는 한동안 방황을 하며 살아갈 이유를 찾지 못했다. 지금 돌이켜보면, 난세에 발목이 잡힌 보잘것없는 인물은 살아남을 수 있는 것도 일종의 사치였다. 이상·신념·추구는 모두 헛되고 실속 없는 꿈이자, 자신을 마비시키기 위한 핑계에 지나지 않았다. 가일은 무겁게 한숨을 내쉬며 몸에 묻은 흙을 털어내고 뒤돌아 어둠 속으로 걸어 들어갔다.

잠시 후 골목 옆에 있는 벽 위에서 밧줄 두 개가 내려오고, 검은 그림자가 그 밧줄을 타고 미끄러지듯 하강해 재빠르게 시체 옆으로 달려갔다. 가장 마지막으로 내려온 영맥이 반첩의 시체 옆으로 다가가 비수를 들어 자세히 살펴보았다. 그들은 무안을 뒤쫓다 이 골목까지 오게 됐고, 뜻하지 않게 가일이 자객의 습격을 연이어 받는 것을 보게 됐다. 그가 보기에 진주조와 군의사의 실수는 매복 공격에 실패했지만 전혀 신경 쓸 문제가 아니었다. 다만 반첩의 공격부터 실패까지 모든 것이 그의 예상을 벗어나 있었다. 특히 반첩이 말한 철 공자의 존재가 머릿속에서 계속 떠나지 않았다.

영맥 역시 그런 이름을 들어본 적이 없었다. 그러나 반첩이 죽음을 각오하고 가일을 죽이려 하고, 실패하자 그 자리에서 스스로 목숨을 끊은 것만 봐도 이자의 수완이 얼마나 대단한지 미루어 짐작할 만했다. 영맥은 이런 사람이 가일에게 손을 썼다는 것이 영 꺼림칙했다. 이것은 결코 좋은 징조가 아니었다. 자칫 잘못하면 자신이 가일과 한선의 관계를 완전히 밝히기도 전에 가일이 그자의 손에 죽을 판이었다.

해번위들이 시체를 살펴봤지만 쓸 만한 단서가 하나도 나오지 않았다. 영맥은 잠시 망설이다 해번위들을 불러들여 지시를 내렸다. 지금 수사 방향은 세 가지다. 하나는 무안이 교류했던 사람들을 중심으로 계속해서 탐문 수색하는 것이고, 또 하나는 문연각으로 가서 백의검객의 뒷조사를 하는 것이다. 마지막 하나는 난이도가 꽤 높았다. 비록 반첩이 가일을 죽이려 한 상황을 영맥과 수하가 모두 두 눈으로 똑똑히 봤지만, 이 일은 태부 주치와 관련돼 있기 때문에 사실대로 보고를 올리면 뒤따라올 골치 아픈 일이 한두 가지가 아니었다.

영맥이 큰 소리로 진기를 불렀다.

"자네는 역관으로 태부 주치를 찾아가서 반첩의 죽음을 알리도록 하게. 단, 반드시 우리가 진주조 첩자를 추적하는 과정에서 그녀의 시체를 발견했다고 말해야 하네."

진기가 선뜻 이해가 안 가는 듯 물었다.

"주치는 연회 때문에 아직 장온의 집에 있는 것이 아니었습니까? 그리고 반첩의 사인이 무엇인지도 우리가 말해야 할까요?"

"우리는 주치가 조서를 받고 무창에 왔다는 것만 알 뿐, 다른 일에 대해 전혀 아는 바가 없는 것이네."

진기가 영맥의 의중을 알아챈 듯 고개를 끄덕이고 자리를 떴다.

뒤이어 해번위 한 명이 앞으로 나와 하얀 천을 바닥에 펼쳐놓고, 주변에 흩어져 있는 암기와 병기들을 모조리 모아 그 안에 올려놓았다. 연노는 주목(朱木)으로 만들어져 목질이 단단하고 강도가 아주 높았다. 장검은 예리한 칼날에서 위협적인 한기가 뿜어져 나왔다. 하나같이 최상 등급의 병기들이었다. 그런데도 불구하고 지금 이 두 병기가 모두 두 동강이 나 있었다. 연노뿐 아니라 장검조차 절단면이 매끄러운 것으로 보아, 가일의 그 검은 단검이 얼마나 단단하고 예리한지 미루어 짐작할 만했다. 백의검객의 목에 박힌 화살은 일반적인 수노(袖弩)의 화살보다 훨씬 작았다. 얼핏 보면 너무 약해서 쉽게 부러질 것 같지만, 자세히 보면 화살 전체가 정련된 구리를 압축하고 다듬어 만든 만큼 섬세하고 정교했다. 이것을 만드는 데 들인 공과 시간만 따져봐도 밀문이 막힐 만큼 귀한 무기였다. 이것 외에 또 발견된, 길이가 한 치도 되지 않고 바늘처럼 가는 암기는 도대체 어떻게 발사했는지 도무지 이해가 되지 않을 정도였다.

영맥은 이 암기와 병기들을 모두 천에 담아 시체와 함께 해번영으로 가져가라고 명령을 내렸다. 그는 가일을 소환할 작정조차 하지 않았다. 가일보다 한 직급 낮은 그가 상관을 심문하는 것도 적절치 않았다. 게다가 그는 도위부 혹은 다른 사람이 이 사건에 끼어드는 것을 원하지 않았다. 그렇게 되면 그의 사건 수사에 혼선이 생길 수 있기 때문이었다. 이 습격 사건의 가장 좋은 처리 방법은 바로 시간을 끄는 것이었다. 어차피 무창성에서 누가 가일을 죽이려 했는지 신경 쓰는 사람은 거의 없었다. 어쩌면 대다수 사람이 그가 소리소문 없이 죽기를 간절히 바라고 있을지도 모른다.

하지만 영맥은 적어도 가일과 한선의 관계를 밝히기 전까지, 가일을 절대 죽게 내버려둘 수 없었다.

해가 중천에 뜨고 나서야 가일은 잠에서 깨어났다. 그는 침상에 앉아 잠시 정신을 추스르고 일어나, 청염(青鹽)으로 양치를 하고 세수를 한 후 느긋하게 대청으로 걸어갔다. 늘 그렇듯 탁자 위에 아침이 차려져 있었다. 콩죽 한 그릇과 백송 무침, 염교 절임이 각각 한 접시씩 놓여 있었다. 가일은 자리에 앉아 나무 수저를 들어 죽을 한 숟가락 떠먹었다. 아직 완전히 식지 않아 그럭저럭 맛이 괜찮았다. 가일이 뭔가 이상한 기분이 들어 고개를 들자, 진풍과 소한이 입구에 나란히 서서 그를 쳐다보고 있는 것이 보였다.

"자네들도 같이 들겠는가?"

가일이 웃어 보였다.

진풍이 한숨을 내쉬며 말했다.

"정말 아무 생각이 없군."

"아침밥 좀 먹는 데도 무슨 생각이라는 걸 해야 하는가?"

가일이 미간을 좁히며 투덜댔다.

진풍이 품에서 돈뭉치를 꺼내며 소한의 손에 쥐여주었다.

"자, 자네가 이겼으니 백 냥 받게."

소한이 웃으며 그 돈을 대충 탁자 위에 올려놓았다.

"우리끼리 내기를 했네. 진풍은 어젯밤 자네가 그런 일을 겪었으니, 일어나면 걱정이 한가득이라 아침밥도 입에 대지 못할 거라고 했네. 하지만 난 꼭 그렇지만도 않을 거라고 했지."

진풍이 건들거리며 탁자 옆에 앉아 콩죽을 옆으로 밀쳤다.

"어젯밤에 주치의 조카 반첩이 자네와 함께 나갔다는 게 정말인가?"

가일이 고개를 끄덕이며, 백송을 하나 집어 입에 넣고 아삭아삭 씹어 먹었다.

"그녀가 숙소로 돌아가던 중에 죽었다는 걸 알고 있는가?"

가일이 또 고개를 끄덕이며 이번에는 염교를 집어 먹으려 했지만, 진풍에게 젓가락을 빼앗기고 말았다.

"밖에 가장 빠른 말과 황금 서른 냥을 준비해두었으니, 얼른 말을 타고 서쪽으로 도망치게. 뒷일은 우리가 알아서 처리할 테니, 어서 가게. 더 지체할 시간이 없네."

"내가 왜 도망쳐야 하는가?"

가일이 물었다.

"반첩이 자네와 함께 나간 후에 길에서 비명횡사를 했지 않은가? 이 일이 자네와 아무 상관이 없다 해도, 자네를 못 잡아먹어 안달이 난 우청이 이런 호재를 그냥 넘길 리 없네. 자네가 양심에 거리낄 일을 하지 않았더라도, 일단 이 바람이 지나갈 때까지 피해 있는 게 상책이네."

소한도 가일을 설득했다.

"도망칠 필요까지 없더라도, 우청에게 억울한 일을 당하지 않고 주치의 오해를 사지 않으려면 군주부에 가서 자초지종을 상세히 알려야 한다고 보네."

가일이 호탕한 웃음을 터뜨렸다.

"자네들은 어찌 하나같이 내가 반첩을 안 죽였다고 확신하는가?"

진풍이 깜짝 놀라며 소리쳤다.

"자네가 정말 반첩을 죽였는가?"

진풍이 미간을 찡그리며 물었다.

"어찌 된 일인가?"

"그녀가 나를 죽이려고 달려들어 어쩔 수 없이 반격하다 보니 그리됐다고 하면 믿겠는가?"

"그녀가 자네를 죽이려 해?"

진풍이 눈을 휘둥그레 뜨며 되물었다.

"두 사람은 어제 처음 본 데다 아무런 원한도 없는데, 왜 자네를 죽이려 든단 말인가?"

소한이 고개를 갸우뚱했다.

"그녀 말로는 누군가의 지시를 받았다고 하더군. 하지만 그자의 신분을 묻기도 전에 스스로 목숨을 끊어버렸네. 내가 보기에도 이상한 점이 한두 가지가 아닌데, 도위부나 해번영에서 어느 누가 내 말을 곧이곧대로 믿어주겠나? 그래서 아예 곧장 이리로 온 것이네."

"아무튼 일단 피하고 보세. 내가 가서 말을 끌고 오겠네."

진풍이 돌아서 문을 나섰다.

"왜 군주부로 가지 않았는가? 설마 아무 일도 없을 거라고 확신하는 것인가?"

소한이 걱정스러운 듯 물었다.

"손 군주는 유별난 성격을 가진 여인이네. 문제를 일으키고 그녀를 찾아가면 자신을 이용한다고 생각해 상대조차 하지 않을 것이네. 반대로 궁지에 몰려서도 그녀를 찾아가지 않으면 도리어 자기 사람이 곤란한 상황에 처한 것에 화를 내며 먼저 손을 내밀어주지."

소한이 고개를 가로저었다.

"자네 말대로 손 군주의 성격이 그렇다 치세. 그럼 손몽(孫夢) 낭자라도 찾아갈 수 있지 않은가?"

"교주에서 막 돌아와 쉬고 있는 사람을, 이런 일로 힘들게 하고 싶지 않았네."

"하, 자네가 언제부터 그렇게 손 낭자를 끔찍이 배려했다고 그러는가?"

가일이 손을 내저으며 탁자 위에 있던 죽 그릇을 다시 자기 앞으로 잡아당겼다.

소한의 눈은 다른 곳을 보고 있었다.

"사실 계속 신경 쓰이는 문제가 하나 있었는데, 자네에게 물어보지를 못했네."

"뭔가?"

가일이 반쯤 남은 죽을 다시 한술 떠서 입에 넣었다.

"재작년에 육연 사건을 마무리한 후 우리가 이곳에서 술을 마셨던 거 기억나는가? 그때 자네가 손몽 낭자를 업고 오자 진풍은 둘이 드디어 그렇고 그런 사이가 된 거냐며 놀렸고, 나 역시 두 사람이 조만간 좋은 소식을 알려오지 않을까 내심 기대했었네. 그런데 술자리에서 자네는 계속해서 손몽에게 술을 먹이며, 과해 보일 만큼 발목에 있는 상처에 대해 캐묻더군."

"내가 그랬는가?"

가일이 고개를 들어 소한을 쳐다보았다.

"기억이 나질 않네."

"그때 손 낭자는, 예전에 손상향 군주와 함께 사냥을 나갔을 때 사고로 말에서 떨어지면서 생긴 상처라고 했네. 자네는 마치 그녀가 거짓말이라도 하고 있다는 듯 계속해서 술을 따라주며 장소·시간은 물론 구체적인 상황까지 꼬치꼬치 캐물었고, 그녀는 자네가 따라주는 술을 다 받아 마시다 결국 인사불성이 되고 말았네. 그 후 2년 동안, 딱히 뭐라고 콕 집어 말할 수는 없지만 자네가 손 낭자를 대하는 태도가 좀 이상하기는 하더군."

"설마 자네는 내가 그녀 발목에 있는 상처를 싫어한다고 생각하는 건 아니겠지?"

소한이 기가 막힌 듯 가일을 쳐다보다 이내 웃음을 터뜨렸다.

"그녀 발목의 상처는 말할 것도 없고, 설사 그녀가 절름발이라고 해도 자네는 그녀를 싫어하지 않을 것이네. 자네가 신경 쓰는 것은 그녀의 발목에 상처가 생긴 이유겠지. 근데 그 이유가 왜 그리 궁금한 건가?"

"이렇게 꼬치꼬치 캐묻는 걸 좋아하는 사람이 해번영 도위가 됐어야 하는데, 참으로 안타깝군."

가일이 말을 돌렸다.

소한이 다시 캐물으려다, 진풍이 헐레벌떡 뛰어 들어오는 것을 보며 놀리듯 물었다.

"어떻게 벌써 온 건가? 말을 끌고 날아오기라도 한 건가?"

진풍이 고개를 저으며 말했다.

"그…… 그게 아니라, 내가 막 중정을 나가 마구간에 가려는데 해번위들이랑 딱 마주쳤지 뭔가? 그자들이 자네를 잡으러 왔네."

소한이 놀란 눈으로 가일을 쳐다봤다.

"이렇게 빨리 잡으러 왔다고? 자네 혹시 현장에 무슨 물증이라도 흘리고 온 건가?"

"반첩을 내가 죽인 것도 아닌데, 무슨 물증이랄 게 있겠는가?"

가일이 자리에서 일어섰다.

진풍이 파풍도(破風刀)를 뽑아 들며 말했다.

"소한, 자네는 뒤로 물러서 있게. 저자들이 들어오면 내가 나서서 막을 테니……. 가일, 자네는 기회를 엿보다가 틈이 생기는 즉시 마구간으로 달려가게."

"흥분하지 말고 일단 상황을 지켜보세."

소한이 앞으로 나가 진풍의 팔을 잡고 진정시켰다.

"지금 이러면 오히려 죄를 인정하는 꼴이 되고 마네."

그사이 해번위들이 이미 방문 앞에 도달해 있었다. 해번위 여섯 명이 차례로 안으로 들어와 입구와 창문 앞을 지키고 서자, 그제야 안색이 창백하고 표정이 어두운 도위 한 명이 방 안으로 걸어 들어왔다. 그는 방을 쓱 훑어본 후 가일에게 공수를 하며 말했다.

"소관은 해번영 좌부독 휘하의 도위 영맥이라 합니다."

가일도 일어나 답례를 했다.

"영 도위, 이렇게 많은 이들을 대동하고 여기까지 무슨 일로 왔는가?"

"어젯밤에 주치 태부의 조카 반첩이 뜻밖의 사고로 목숨을 잃었고, 문연각 서리와 성문 초위도 살해당하는 일이 발생했습니다. 그 일로 소관이 가 교위께 몇 가지 물어볼 것이 있어 이리 무례를 무릅쓰고 여기까지 오게 되었습니다."

진풍이 목소리를 높이며 그를 비웃었다.

"크크, 묻고 싶은 거야 그쪽 자유겠지만, 가 교위가 꼭 대답할 이유는 없겠지."

가일이 진풍을 향해 손을 내저었다.

"문연각 서리와 성문 초위는 내가 죽인 것이 맞지만 반첩은 아니네. 내가 이렇게 말하면 믿겠는가?"

"믿습니다."

영맥이 모두의 예상을 깨고 한 치의 주저함도 없이 대답했다.

진풍이 의아한 듯 되물었다.

"그게 정말이오?"

"문연각 서리와 성문 초위의 신분은 이미 밝혀졌습니다. 두 사람은 군의사와 진주조의 첩자더군요. 그들이 밤을 틈타 무기를 들고 골목에 나타난 건 분명 가 교위를 공격하기 위한 것이었습니다. 가 교위는 자객의 공격에 맞서 반격한 것뿐이니 문제 될 것이 전혀 없습니다. 다만 반첩의 죽음은 상처의 모양으로 보아 그 두 사람을 죽일 때 사용한 무기와 다른 것이었습니다. 만약 가 교위가 죽였다면, 무공도 뛰어나지 않은 여인을 상대로 굳이 새로운 무기를 꺼내 사용할 필요가 없었을 겁니다."

가일의 눈썹이 희미하게 꿈틀거렸다.

"내가 두 개의 무기를 가지고 있었던 걸 어찌 알았는가?"

영맥의 눈빛이 반짝였다.

"때로는 죽은 자 역시 많은 걸 알려줄 수 있다는 말을 혹시 들어보셨는지요?"

어젯밤 가일이 반첩에게 했던 말이 지금 영맥의 입을 통해 나오고 있는 것으로 보아, 한 가지 사실은 확실해졌다. 영맥 역시 어젯밤에 그 골목 어딘가에 숨어 모든 것을 지켜보고 있었던 것이 분명했다.

"게다가 반첩을 죽게 만든 무기에서 독이 발견됐습니다. 가 교위 정도의 실력자가 일개 여인을 상대로 그런 비열한 수를 쓸 이유가 없겠지요. 더 중요한 건, 반첩이 비수를 쥐고 있는 자세와 상처의 위치로 볼 때 스스로 목숨을 끊었을 가능성이 훨씬 높습니다."

"내가 그렇게 만들었을 거라는 생각은 안 해봤는가?"

진풍이 한발 앞으로 나갔다.

"자네 지금 무슨 헛소리를 하는 건가!"

"가 교위께서 직접 사인을 밝히지 않는 한, 지금으로서는 이 사건을 증명할 증좌가 전혀 없습니다."

"자네 입으로 나에게 물어볼 것이 있어 찾아왔다고 했으니, 아마도 이런 것들이 아니겠는가?"

관청을 상대로 어떻게 대처해야 할지를 두고 가일은 어젯밤 이미 몇 가지 방법을 생각해두었다. 설사 만전을 기할 수 없어도, 자신에게 화를 초래하는 길은 가능한 한 피하는 것이 상책이었다. 그런데 오늘 찾아온 이 도위는 하는 말마다 가일의 예상을 빗나갈 만큼, 결코 만만히 생각할 인물이 아니었다.

"그럴 리가요?"

영맥이 손짓을 하자 해변위들이 일사불란하게 문을 나섰다. 그가 매서운 시선으로 진풍과 소한을 힐끗 쳐다보며 정중하게 나가달라는 손짓을 해보였다.

진풍이 말도 안 된다는 듯 버럭 화를 냈다.

"이 경화수월(鏡花水月)이 해변영이라도 되는 줄 아는가! 자네가 우리를 내보내고 싶다고 해서 우리가 꼭 나가야 한다는 법이라도 있는가?"

소한이 가일을 보며 물었다.

"자네 혼자 괜찮겠는가?"

가일이 고개를 끄덕였다.

소한이 진풍의 어깨를 툭툭 쳤다.

"자네 말이 맞네. 여기는 우리 구역이니 저들도 허튼 짓을 못 하지 않겠는가? 그러니 우리는 밖에서 기다리도록 하세."

소한이 먼저 뒷짐을 지고 밖으로 나갔다. 진풍은 어쩔 수 없이 가일에게 눈짓을 한 후 소한을 따라나섰다. 영맥은 뒤돌아 문을 닫은 후 가일의 맞은편에 앉았다.

그가 눈을 내리깔며 나지막하게 물었다.

"당신이 한선입니까?"

천둥소리가 귓가에 쾅 하고 치는 듯한 충격 속에서, 가일이 영맥의 창백한 얼굴을 바라보며 자동반사적으로 물었다.

"그게 무슨 말인가?"

"분명 알아듣고도 상대방에게 되묻는다는 건, 대부분 어떤 대답을 할지 고민할 시간을 벌기 위함이지요. 하나 정 원하신다면 다시 묻겠습니다. 당신이 한선입니까?"

"한선이 무엇인지 자네가 아는가?"

가일이 억지웃음을 지으며 물었다.

"가 교위가 진주조에 있을 때 한선에 대해 추적 조사를 한 적이 있다 들었습니다. 그런 가 교위가 한선을 모를 리 있겠습니까?"

영맥이 가일을 바라보는 눈빛이 매서웠다.

"결론이 난 것은 아무것도 없네. 촉한의 첩자거나 한제의 첩자일 수도 있고, 위왕 조비가 심어놓은 함정일 수도 있겠지."

"내 생각에 한선은 사람이 아닐 가능성이 높습니다."

그 순간 가일의 머릿속에 무수히 많은 생각이 스쳐 지나갔다. 심지어 이 도위를 죽일 생각까지 했다. 그는 그런 충동을 간신히 억누르며 물었다.

"사람이 아니면, 신이라도 된다는 건가?"

"그건 호칭이거나 직위를 뜻하는 것이 분명합니다."

가일이 남몰래 안도의 한숨을 내쉬었다. 이 말을 통해 가일은 영맥이 한선에 대해 단지 추측만 하고 있을 뿐, 그 실체와 접촉한 적은 없다는 것을 알아챘다.

"설마 제 추측이 틀린 겁니까?"

영맥이 돌연 가일의 표정을 살피며 물었다.

"추측이 틀려? 왜 그런 말을 하는가?"

가일이 물었다.

"제가 한선은 사람이 아닐 거라고 말했을 때, 가 교위의 입가가 굳고 눈썹이 살짝 올라갔을 뿐 아니라 주먹을 쥐고 있는 오른손의 핏줄이 두드러질 만큼 순간적으로 경계하는 모습을 보이시더군요. 그런데 그것이 추측에 불과하다는 것을 알고 나자, 입가의 긴장이 풀리고 오른손의 핏줄이 사라졌을 뿐 아니라……."

"자네가 한선은 사람이 아니라고 말했을 때, 나는 자네가 한선의 실체를 드디어 알아냈다고 생각했네. 그러니 자연히 긴장된 마음으로 자네가 무슨 말을 할지 기대했을 테지. 그러다 자네의 말이 추측에 불과하다는 것을 알게 됐으니, 당연히 황당하고 허탈한 마음에 긴장이 풀릴 수밖에."

가일이 그의 말을 비웃기라도 하듯 반박했다.

"영 도위, 어떤 일이든 선입견을 가지고 보면 안 되네. '도끼를 훔친 도둑'에 관한 이야기를 자네도 들어보았겠지? 사람은 누구나 자기가 믿고 싶은 대로 보고 듣는 경향이 있다는 것을 잊지 말게."

"그렇다면 가 교위께서 한 수 가르침을 주시지요."

영맥이 절도 있게 가일의 의견을 구했다.

"자네도 한선의 정체에 대해 모르는 이상, 어째서 내가 한선이라고 의심하는 것인가?"

가일이 물었다.

영맥이 품에서 네모난 천 주머니를 꺼내 탁자 위에 놓고 펼쳤다. 그 안에 아주 작고 정교한 화살과 바늘처럼 생긴 암기가 몇 개 들어 있었다.

"이 물건들을 아십니까?"

영맥의 눈빛은 흔들림이 없고 목소리는 칼날처럼 서늘했다.

"아네."

가일은 한 치의 주저함도 없었다.

"내 물건이네."

"제가 지난 수년 동안 해번영에서 일하면서 별의별 병기들을 다 보았지만, 이렇게 많은 공임과 시간이 드는 최상급 암기는 또 처음 봅니다. 게다가 이런 암기는 오·촉·위 어디에서도 볼 수 없는 것들이지요. 가 교위께서는 도대체 어떤 경로로 이런 것들을 손에 넣게 된 것입니까?"

영맥의 말이 빨라졌다.

"단양 호족에 대해 들어봤는가?"

"당연히 들어봤습니다. 단양은 좋은 철이 나오는 곳이고, 우림위(羽林衛)와 효위의 철검은 모두 단양 호족이 만들어 공급하고 있으며, 해번위의 패검 중 일부도 그곳에서 만든 것을 쓰고 있습니다. 하나 단양 쪽에는 좋은 철만 있을 뿐 구리도 나지 않고, 이렇게 정교한 암기를 만들 만한 장인도 없다고 알고 있습니다."

"맞네. 이 물건들은 단양 호족이 직접 만든 것이 아니네. 예전에 경주(瓊州)에서 온 객상 무리를 우연히 만났을 때 거액의 황금을 주고 사들인 것이지. 내가 위나라에서 오나라로 도망쳐 온 후에 단양 호족 중 친한 벗이 날 많이 도와주었네. 그 친구 덕에 손상향 군주 밑으로 들어가 해번영까지 들어갈 수 있었지. 단양을 떠나는 날, 그 친구가 이 물건들을 호신용으로 선물해주었네."

"경주의 객상이라……. 가 교위, 경주는 우리 오나라와 망망대해를 사이에 두고 있는 데다 오고가는 배편조차 거의 없는 곳입니다. 게다가 그곳은 벽촌과 다름없는 곳이라 사람을 보내 확인해볼 방도조차 전혀 없습니다. 그 말은, 가 교위가 거짓말을 한다 해도 믿을 수밖에 달리 도리가 없다는 뜻입니다."

"나는 자네가 묻기에 대답을 한 것뿐이네. 믿고 안 믿고는 자네 문제겠지. 고작 몇 개의 암기로 나를 한선이라고 의심하는 것 역시 내가 인정하지 않으면 그저 추측에 불과한 것들이지.”

“그야 그렇지요. 아직 다른 의문점들이 남아 있지만, 더는 묻지 않겠습니다.”

영맥이 말을 돌렸다.

“반첩은 스스로 목숨을 끊었고, 이 사실을 이미 우청 부독에게 보고하고 주치 태부와 도위부에도 통보를 했습니다.”

“자네가 이리하는 것은 단지 내가 한선인지 아닌지를 수사하는 데 좀 더 유리하기 때문이겠지.”

“맞습니다. 그러니 가 교위께서는 제게 고마워하실 필요가 없습니다. 아무래도 앞으로 더 많은 폐를 끼치게 될 듯싶습니다.”

가일이 남은 죽을 다시 한 수저 떠서 입에 넣었다. 죽은 이미 완전히 식어 있었다.

“말이 통하지 않으면 반 마디도 많은 셈이지. 영 도위 편할 대로 하게.”

영맥이 고개를 끄덕인 후 자리에서 일어나 문을 밀쳐 열었다. 그는 방을 나선 후 입구에서 걸음을 멈추었다. 햇살이 그의 어깨를 지나 비스듬히 내려와 바닥에 깔린 청석판에 떨어지면서 어슴푸레한 빛의 그림자를 만들어 냈다.

뜰에는 해변위들이 완전무장을 한 채 그의 호령이 떨어지기만을 기다리고 있었다. 소한이 회랑에 앉아 유유히 이쪽을 지켜보고 있었다. 진풍은 일찌감치 손에 칼을 들고 있고, 그의 뒤로 무장을 한 건장한 사내들도 서 있었다.

영맥은 창백한 얼굴에 별다른 표정을 드러내지 않은 채 돌아서 가일에게 읍을 올렸다.

“가 교위, 물러가겠습니다.”

그는 이 말만 남긴 채, 가일의 대답을 기다리지 않고 바로 성큼성큼 걸어
나갔다.

안국장군이자 태자태부의 신분을 동시에 지닌 주치는 오나라 신하들 중
에서도 지극히 특별한 존재였다. 그는 일찍이 손견·손책을 따라 천하를 정
벌하러 나섰던 인물로, 그들로부터 각별한 신임을 받았다. 심지어 손책은
모친과 손권·손익(孫翊) 등 어린 동생들을 주치의 집에 맡길 정도였다. 훗날
손책이 암살당하자 주치는 주유·노숙(魯肅)·장소(張昭)와 함께 손권을 추대
해 대권을 승계토록 한 일등공신이 됐다. 지난 세월 동안 그는 산월(山越)을
정벌하고 동남을 평정해 동오의 후방을 지켜냈다.

이치대로라면 주치가 주유 등과 함께 공을 세웠으니 당연히 회사파에
속해야 마땅했다. 그러나 그는 하필이면 강동 오군 출신인 데다 고(顧)·육
(陸)·주(朱)·장(張) 네 개 성씨 중 하나인 주환(朱桓)의 주씨 가문과도 혈연으
로 연결돼 있었다. 그야말로 피는 물보다 진한 사이였다. 건안 24년 회사
파와 강동파가 대도독 자리를 두고 다툴 때, 주환이 사촌 동생 주거(朱據)를
주치에게 보내 자식 혹은 조카의 예를 갖추며 가문을 위해 힘을 써달라고
완곡하게 설득했다. 모두의 예상을 깨고 주치는 그 자리에서 제안을 거절
했다. 주환은 본래 가문에 대한 자부심이 강하며 지고는 못 사는 성격으로,
이 화를 쉽게 삭이지 못했다. 그는 곧바로 강동 주씨 가문은 오군에만 있을
뿐, 단양 주치와는 아무런 혈연관계도 없다고 공표했다. 당연히 이것은 주
치와 강동파의 결별로 비쳤다.

그러나 놀라운 일은 그 후에 벌어졌다. 대도독을 추거할 때 주치는 회사
파의 감녕(甘寧)을 버리고 손권의 뜻에 따라 강동파의 육손(陸遜)을 선택했다.
이릉 전투 초반에 육손은 거의 인정을 받지 못했고, 휘하 장군들 사이에서
불평이 끊이지 않았다. 주치는 군에 있는 아들 주연(朱然)에게 여러 차례 서

신을 보내, 무슨 일이든 육손의 명에 따르고 사력을 다해 협력해야 한다고 간곡히 설득했다. 그 후 육손이 유비를 상대로 대승을 거두자 주연의 공도 더불어 커졌다. 그러나 주치는 오히려 상서를 올려 모든 것을 손권의 용인술 덕으로 돌렸다.

나라를 위해 공을 세운 원로대신이 당파에 휩쓸리지 않고 공을 자랑하지도 않는 모습만으로도 손권은 그를 높이 평가했고, 일찌감치 주치를 여몽(呂蒙)의 뒤를 이을 심복으로 눈여겨 봐두었다. 지금 또 그를 불러들여 태부의 자리에 앉히고 태자 손등에게 병법과 치군(治軍)에 대해 가르치도록 한 것 역시 엄청난 성은이 아닐 수 없었다.

이런 대단한 인물의 조카가 하룻밤 사이에 시체가 돼서 돌아왔으니, 어떤 반응을 보이겠는가? 만약 그에게 반첩이 먼저 공격을 했다고 사실대로 말하면 과연 믿어줄까? 가일은 별다른 복안이 떠오르지 않았다. 본래 그는 관에서 먼저 개입한 후에 주치와 대면할 생각이었다. 그러나 오늘 오전에 영맥이 그를 찾아와 깔끔하게 자살이라고 보고하는 순간, 해번영의 비호를 받는 듯한 착각마저 들었다. 가일은 오후까지 기다려보았지만 주치는 그때까지도 사람을 보내오지 않았다. 가일은 더 기다렸다가는 조만간 변고가 생길 것 같아 아예 자진해서 그를 찾아갔다.

역관에 도착한 후에야 가일은 주치가 감기에 걸렸다는 것을 알게 됐다. 때마침 오왕이 보낸 어의가 진료를 하는 중이라, 가일은 어쩔 수 없이 화청(花廳)에서 기다리는 수밖에 없었다. 그곳에는 가일 말고도 기다리는 이가 한 명 더 있었다. 그는 열예닐곱 정도의 세도가 자제로, 가일의 맞은편에 단정하게 앉아 있었다. 그는 옆에 놓인 비단 상자가 제대로 있는지 확인이라도 하려는 듯 이따금씩 발로 툭툭 건드려보았다. 그런 행동을 할 때를 제외하면 소년은 시선을 내리깔고 어른스럽게 앉아 기다림의 시간을 보냈다. 가일이 몇 번 말을 걸어보았지만 소년은 물음에 짧게 대답만 할 뿐 쉽게 마음을 열지 않았다. 대략 반 시진이 지나서야 가일은 이 세도가 자제의 이름이 고담(顧譚)이고, 태자 손등의 명을 받아 주치의 병문안을 온 것이라는 사실을 알아낼 수 있었다. 비록 고담이 예의를 갖춰 대답하고 있지만, 자신의 말과 행동을 극도로 자제하고 있다는 것이 눈에 보였다. 그것은 바로 마음에 안 드는 사람을 상대하고 싶지 않지만, 가정교육 탓에 예의 없이 굴지는 못하고 어쩔 수 없이 가식적으로 말하는 듯한 그런 느낌이었다.

가일도 그저 웃어넘기며 더 이상 그에게 말을 걸지 않았다. 요 몇 년 동안 타인의 눈에 비친 그의 모습은 간교하고 교활하며 악랄한 자였기 때문에, 그에게 호감을 보이는 사람은 극히 드물었다. 이런 취급을 받는 것도 나름 괜찮은 편이었다. 얼마 안 있어 고담이 불려 들어갔고, 가일은 홀로 남아 기다림을 이어갔다. 고담은 고옹(顧雍)의 손자로, 제갈각(諸葛恪)·장휴(張休)·진표(陳表)와 더불어 태자 손등의 벗이었다. 이 네 사람 중에 회사파의 후손은 물론 강동파와 무당파(無黨派) 신료의 후손도 있는 만큼, 배후 세력이 복잡하게 뒤엉켜 있었다. 그럼에도 네 사람은 서로 돈독한 관계를 유지해나갔다. 다만 훗날 손등이 대통을 잇게 되면 또 어떤 상황이 벌어질지 모를 일이었다.

고작 차 한 잔을 마실 정도의 시간이 흐른 후 고담이 나왔다. 가일이 일어나 하인을 따라 본당으로 들어갔다. 가일은 예를 행한 후 옆쪽 자리에 앉아 아무 말도 하지 않은 채 주치를 바라봤다. 주치는 약을 먹고 있었고, 탕약이 입가를 따라 몇 방울 튀면서 마로 지은 하얀색 평복에 어두운 색으로 얼룩이 지고 말았다. 그가 약사발을 내려놓자 약간 어두운 낯빛의 얼굴이 드러났다. 그는 연신 기침을 해댔다.

"어쩐 일인가? 좌불안석이라 이리 찾아온 것인가? 내가 첩이의 일로 자네를 곤란하게 만들까봐?"

주치의 목소리는 아픈 사람답지 않게 강단이 있었다.

"소관은 본시 장군께서 절 찾아 물어보실 거라 생각했는데……."

"물을 게 뭐가 있겠는가? 첩이는 자네를 죽일 능력이 안 되는 아이네. 도리어 자네의 손에 죽으면 모를까. 이번 일은 그 아이가 화를 자초한 것이니, 자네를 탓할 이유가 없네."

가일이 놀란 눈으로 물었다.

"장군께서는 반첩 낭자가 저를 죽이려 했다는 걸 알고 계셨습니까?"

"따지고 들 것 없네. 자네를 죽이는 건 내 생각이 아니라 그 아이 혼자 한 것이니. 내 비록 자네를 마음에 들어하지 않지만, 드러내놓고 처리할 수 없는 일들을 하려면 지존께 자네 같은 사람도 있어야 하겠지."

"만약 반첩 낭자가 뜻을 이뤘다면 저는 이미 시체가 돼 있을 텐데, 그때는 어찌 처리하셨을 겁니까?"

가일이 물었다.

"자네가 그 아이의 손에 죽었다 해도 자네의 허명만 탓할 뿐, 마찬가지로 그 아이를 원망할 수 없네."

"일리가 있는 말씀이군요."

가일이 웃으며 말했다.

"반씨 가문의 보복은 걱정할 필요 없네. 그들은 제멋대로 행동해온 이 방계 여식의 일에 지금껏 간여한 적이 없었던 것처럼, 앞으로도 그녀를 위해 절대 나서지 않을 것이네. 첩이가 자네 손에 죽었든 스스로 목숨을 끊었든 누구도 자네를 궁지로 몰아넣을 이가 없으니, 괜한 일에 마음 쓰며 불안에 떨 필요 없다는 말이네."

주치는 그 말을 끝내자마자 격렬하게 기침을 하기 시작했다.

가일이 잠시 기다렸다 물었다.

"장군께서 반첩 낭자가 저를 죽이려 했다는 걸 알고 계시다니, 한 가지만 여쭙겠습니다. 이 일을 지시한 배후 인물이 누구인지 알고 계십니까?"

주치가 고개를 가로저었다.

"그럼 철 공자라는 사람을 아십니까?"

"철 공자?"

주치가 그 이름을 다시 입 밖으로 내며 미간을 찌푸렸다.

"그건 왜 묻는가?"

"반첩 낭자가 공격에 실패한 후에, 배후를 캐내기 위해 일부러 그녀를 격분하게 만들었습니다. 그때 꺼낸 이름이 '철 공자'였는데, 무척 신임하는 것으로 보아 이번 암살 사건을 지시한 배후 인물이 분명합니다."

"그런 이름을 그 아이 입을 통해 들어본 적이 없네."

"단 한 번도 없으십니까?"

"그렇네."

가일은 살짝 실망스러웠다. 방금 주치의 표정만 봐서는 분명 무언가 생각난 듯했기 때문이었다.

"아, 이왕 여기까지 찾아왔으니, 한 가지 분명히 해두고 싶은 것이 있네."

주치가 말을 이어갔다.

"요즘 여기저기서 자네가 지존의 심복이라고 말하는 이들이 꽤 되더군. 자네도 그리 생각하는가?"

"심복이라는 말은 과장된 것이고, 저는 그저 어느 파에도 속하지 않은 자에 불과합니다. 지존의 심복이라고 불리려면 적어도 제갈근 정도는 돼야 겠지요."

"자신의 신분을 제대로 파악하고 있으니, 이제 말하기가 훨씬 편해지는 군. 나와 장온이 조만간 큰 파장을 불러올 만한 일을 도모하고 있네. 이 사실이 알려지면 무슨 수를 써서라도 반대하려는 자들이 적지 않을 테지. 자네에게 하고 싶은 말은, 첩이와의 관계 때문에 나를 적으로 간주해 그 일을 가로막으려 하지 말아달라는 거네."

그 몇 마디 말만 듣고 주치에 대한 의심이 완전히 사라지는 것은 아니었다. 열 길 물속은 알아도 한 길 사람 속은 모르는 것이 세상사이니, 더욱더 쉽게 마음을 열기 힘들 수밖에 없었다.

가일이 화제를 돌리며 물었다.

"장군께서 말씀하신 대사가 도대체 무엇입니까?"

"때가 되면 자연히 알게 될 것이니, 더는 묻지 말게."

"만약 지존께서 제게 그 일을 막으라고 명을 내리시면 어찌 합니까?"

"그럴 리 없네. 이 일이 지존께 가장 유리하다는 것을 그분도 분명 알고 계실 테니."

가일은 더 묻고 싶은 게 있었지만, 주치가 이미 찻잔을 드는 것을 보며 이내 마음을 접었다. 그보다 앞서 들어왔던 고담이 왜 그렇게 빨리 나왔는지 이제야 이해가 됐다. 주치는 일 처리가 깔끔하고 맺고 끊음이 정확해, 할 말이 끝나면 더 이상 상대방을 잡아두지 않고 돌려보냈다.

가일은 어쩔 수 없이 자리에서 일어나 공수를 하고 역관을 나왔다. 대문을 막 나서니, 맞은편에서 중무장을 한 진풍이 말 두 필을 끌고 계속 두리번거리는 모습이 눈에 들어왔다.

가일이 의아해하며 물었다.

"자네가 여기는 어쩐 일인가?"

"자네는 주치가 무슨 일을 벌일지 알고 이리 혼자 온 것인가? 내 아무래도 안심이 되지 않아 사람들을 모아 여기서 기다리고 있었네. 만에 하나 문제가 생기면 곧바로 쳐들어가 도와줄 요량이었지."

진풍이 가일 주위로 한 바퀴를 빙 돌며 이리저리 살펴보았다.

"괜찮은 건가? 그 늙은이가 무슨 헛짓거리를 한 것은 아니고?"

"아무 일 없었네."

가일이 물었다.

"소한은 왜 안 온 건가?"

"아무 일 없으니 걱정 말게. 아침 일찍부터 무슨 연지 물분을 사러 점포를 둘러본다고 나갔네."

연지 물분? 가일은 선뜻 이해가 가지 않았다. 소한이 마음에 둔 여인이 있다고 들어본 적도 없는데, 갑자기 여인들이 쓰는 물건을 둘러보러 나갔다고?

번개가 먹구름 틈새로 독사처럼 제멋대로 꿈틀거리듯 번쩍이고, 귀청이 떨어져나갈 듯한 천둥소리가 여기저기서 울렸다. 주위에서는 폭우가 쏟아지기 직전의 흙 비린내가 진동을 했다. 기염이 선조 조서 입구에 서서 고개를 들어, 짙게 드리워진 먹구름이 빠른 속도로 휩쓸리듯 이동하는 것을 지켜보았다. 빗방울이 간간이 목에 떨어지자 서늘한 기운이 닿으며 자신도 모르게 몸서리가 쳐졌다. 얼마 지나지 않아 억수같은 비가 쏟아져 내려, 그의 옷이 흠뻑 젖어 몸에 불쾌하게 달라붙었다.

기염이 뜰로 다시 들어서니, 좌우 양측의 곁채 문이 굳게 닫혀 있었다. 서리들은 이미 집으로 돌아가서 없고, 당직을 서는 병정 몇 명만이 처마 밑에서 비를 피하고 있었다. 기염이 빗속에서 천천히 걸어오자, 초장(哨長) 한 명이 얼른 유지 우산을 들고 달려와 그에게 건넸다.

기염은 그 우산을 들고 빗속에서 한참을 서서 펼치려고 애를 써봤지만, 끝내 고개를 저으며 포기해야 했다. 그는 발길 닿는 대로 후원으로 걸어가 차청(次廳)의 문을 밀쳐 열었다. 눈앞이 갑자기 어두워지자 기염은 잠시 그 자리에 서서 어둠에 익숙해질 때까지 기다렸다. 시선이 닿는 곳마다 목간 더미들이 허리 높이만큼 가지런히 쌓여 있었다. 목간들 사이로 사람이 겨우 한 명 정도 지나갈 만큼의 좁은 통로가 나 있었다. 방구석에서 희미한 빛이 일렁이며, 탁자에 코를 박고 빠른 속도로 글씨를 써 내려가는 사람의 모습을 비추었다. 그는 바로 선조랑(選曹郞) 서표였다. 그가 이곳에서 목간 들을 정리한 지 반년 정도 됐다. 기염이 젖은 옷을 벗어 벽에 걸어놓고 조심스럽게 서간 사이를 지나 서표에게 다가갔다. 서표는 이미 마흔을 넘겼고, 기염과 마찬가지로 가난한 집안 출신이었다. 두 사람은 10여 년 동안 같은 관서에서 함께 일했고, 성격이 서로 잘 맞아 시간이 날 때마다 늘 정치와 세상사에 대해 이야기를 나누고는 했다. 기염은 서표의 속관이었지만 훗날 오왕의 눈에 들어 승승장구하면서 지금은 서표의 상사가 됐다. 그럼에도 두 사람 사이의 우정은 여전히 변함이 없었다.

"불을 더 밝히지 않고, 왜 이리 어두운 데 있는 것인가?"

기염이 탁자 옆에 서서 물었다.

서표가 고개조차 들지 않은 채 대답했다.

"이 안이 목간 천지라, 등잔을 너무 많이 가져다 놓으면 자칫 불이 날 수도 있네."

"문무백관들의 인간관계를 정리하는 일은 지극한 기밀 사항이라, 믿을 만한 사람에게 맡길 수밖에 없었네. 지난 반년 동안 정말 고생이 많았어."

기염이 그에게 고마운 마음을 전했다.

"내가 해야 할 일을 했을 뿐이네."

서표가 잠시 후 다시 입을 열었다.

"근데 지금도 영 확신이 서지 않네. 자네가 말한 그 큰일이 정말 성공할 수 있는 건가?"

"물론이지. 태부 주치와 중랑장 장온이 모두 우리를 지원해줄 걸세."

"하나 내가 듣기로는, 그제 밤 연회에 참석한 자들 중 단 한 명도 자네를 반기지 않았다더군."

서표가 웃으며 말했다.

기염은 비에 젖은 발이 찝찝한 듯 아예 신발을 벗으며 서표의 맞은편에 앉았다.

그는 서표가 손을 코밑에 대고 부채질하는 것을 보며 투덜거렸다.

"큰일을 하는 사람끼리, 이런 발 냄새쯤은 초월해야 하는 걸세."

서표는 고개를 절레절레 흔들 뿐 아무런 반박도 하지 않았다.

기염이 말을 꺼냈다.

"그 빈객들, 아니 조정의 모든 문무 대신들은 하나같이 쓸모없는 자들일 뿐이니, 신경 쓸 가치도 없네. 이 목간들에 기록된 내용을 좀 보게. 지금 조정의 크고 작은 관직 중 9할 이상을 회사파나 강동파가 장악하고 있네. 요 몇 년 동안 천거된 효렴(孝廉)조차 모두 그들과 연고 있는 자들이지. 이런 식으로 간다면 장차 권세 있는 자들의 무능한 자식들이 관직을 다 차지할 판인데, 그들에게 조위나 촉한을 물리칠 능력을 기대나 할 수 있겠는가?"

"자네가 아무리 불평을 쏟아낸다 해도 소용없네. 설사 주치와 장온이 고관이라 하나, 고작 두 사람의 지지만으로 어떻게 이 일을 성사시킬 수 있단 말인가?"

서표가 한숨을 내쉬었다.

"설사 그들의 도움으로 판을 벌였다 해도, 자네와 나는 힘이 미약하니 판세를 뒤집을 만한 인물이 결코 될 수 없네."

"우리에게는 태자 손등이 있지 않은가?"

"태자는 성정이 어질고 덕을 갖추었으나 우유부단하네. 만약 이 일이 막강한 저항 세력에 부딪히게 되면 가장 먼저 중도에 포기할 사람은 다름 아닌 태자가 될 걸세."

"그렇다 해도 우리에게는 지존이 남아 있네."

"지존?"

서표가 되물었다.

"그렇네. 장온이 우리에게 아무런 걱정도 하지 말고 생각한 바를 추진하라고 했네. 그 말은 관리의 대대적 인원 감축과 기강 확립이 바로 지존의 뜻이기도 하다는 것일세. 지금 쓸데없이 자리만 차지하고 있는 관리들이 너무 많네. 우리 선조만 해도 선조상서는 나고, 시랑은 자네까지 포함해서 네 명이고, 원외랑(員外郞)이 일곱 명이네. 이 열두 명 중 일을 제대로 하는 사람은 많아야 다섯 명뿐이고, 이 다섯 명 중에서 맡은 바 직무에 충실하고 권력에 굴하지 않을 이는 자네와 나 둘밖에 없네."

"지존께서 정말 이들을 상대로 대대적인 인원 감축과 기강 확립을 단행하길 원하시는가?"

서표가 여전히 확신이 서지 않는 듯 캐물었다.

"그렇네. 자네도 한번 생각해보게. 선조에만 하는 일 없이 자리를 차지하고 있는 관원이 일곱 명이고, 다른 조서는 그런 현상이 더 심각하네. 이들은 일을 하기는커녕, 강동파·회사파로 나뉘어 서로를 견제하며 모함하고 공격하느라 여념이 없지. 공무를 처리할 때 가장 먼저 고려하는 것이 옳고 그름이 아니라 이익과 폐단이고, 공이 생기면 서로 차지하려 싸우고 과실이 있으면 책임을 전가하느라 급급하네. 이들은 조정의 분위기를 난장판으로 만들고 있고, 백성을 돌봐야 할 각 지역의 관아에서조차 일보다 사람이 넘쳐나 근무 태도가 나태하고 산만하기 이를 데 없지."

기염이 분노를 터뜨리며 말을 이어갔다.

"얼마 전에 내가 보관 중인 문서 하나를 찾아 열람하려는데, 무려 아홉 번의 수속 절차를 밟고 10여 명의 서명과 수결을 거쳐야 했네. 결국 한 달이 지나서야 그 문서를 손에 넣을 수 있었지. 선조조차 이렇게 복잡한 절차와 긴 시간이 필요한데, 힘없는 백성들은 또 어떠하겠는가? 이 조정은 이미⋯⋯."

"자휴!"

서표가 단호한 목소리로 기염의 자(字)를 직접 불렀다.

"내가 묻고자 하는 것은, 지존께서 정말 대대적인 인원 감축과 기강 확립을 하도록 명을 내리셨는지 여부네."

"장온의 말로는 지존께서 태자의 보고를 들었고, 비록 명시하지는 않았으나 이미 암묵적으로 허락하신 거나 다름없다고 했네. 자네도 생각해보게. 인원을 감축하고 기강을 확립하는 것은 손가의 천하를 지키는 일인데, 지존께서 마다할 리 있겠는가?"

"이 일이 일단 시작되면 나라의 제도와 법제를 바꾸는 것과 다름없다는 것을 똑똑히 알아야 하네. 예로부터 법을 바꾸려면⋯⋯."

"좋은 끝을 보인 적이 한 번도 없었지. 상앙(商鞅)이 그러했고, 오기(吳起)가 그러했고, 조조(鼂錯)가 그러했네."

기염의 두 눈에 확신과 열정이 가득 담겨 있었다.

"그러나 우리는 다르네! 지존은 형주를 수복하고 태평도를 주멸하고 산월을 평정하신 불세출의 공을 세운 명군이 아니신가? 만약 인원을 감축하고 기강을 확립하는 일이 성공하고, 조정에서 강동파와 회사파의 세력을 약화시키고 한문(寒門: 가난하고 문벌이 없는 집안) 출신의 인재들을 발탁해 부국강병을 이룰 수만 있다면, 천하를 통일할 날도 머지않을 것이네!"

다음 순간 기염의 목소리가 단호해지며 돌연 팔의 움직임이 더 커졌다.

"그때가 되면! 자네와 나는 모두 나라를 위해 공훈을 세운 원훈 공신으로 청사에 그 이름이 길이 남게 될 것이네!"

그가 팔을 움직일 때 일으킨 바람에 기름등이 꺼지며 사방이 어둠 속에 잠겼다.

서표가 탁자 위를 더듬어 화절자를 집어 들고 다시 불을 붙이자, 살짝 난처한 표정으로 웃고 있는 기염의 얼굴이 드러났다.

"청사에 길이 남든 말든, 그런 건 내 알 바 아니네. 그 일이 조정과 백성에게 이롭기만 하다면야 한번 해봐야겠지."

서표가 탁자 아래에서 두툼한 백서를 꺼내 들었다.

"자네가 쓴 이 계획과 책략에 대해 상세하게 퇴고를 해보았네. 그중에서 지나치게 급진적인 부분에는 모두 동그라미를 쳐놓았으니, 자세히 검토해보는 것이 좋겠네."

기염이 백서를 펼치고 대충 훑어보았다.

"이리 많은 것을 잠시 미뤄둔다면 어느 세월에 원하는 바를 달성할 수 있겠는가? 이건 아니라고 보네. 이왕 하기로 마음먹은 이상, 무서운 기세로 밀고 나가 부패한 세력을 무너뜨리고 단숨에 국면을 전환시켜야 하네."

"자휴, 너무 과격한 수단으로 일을 서두르다 도리어 대사를 그르칠까 걱정이네. 사실 우리한테 믿을 만한 뒷배가 있는 것도 아니지 않은가? 장온의 출신은 강동 사족 중 장씨 가문이고, 주치는 주씨 가문과 관련돼 있을 뿐 아니라 회사파와의 관계 역시 단언하기 힘드네. 지존의 마음이 도대체 무엇인지도 확실히 알 수 없고……."

"이보게! 대장부가 큰일을 도모하는데, 어찌 그리 이것저것 따지며 움츠러드는가!"

기염이 서표의 말을 끊었다.

"만약 우리가 단시간 내에 큰 변화를 이끌어내지 못하면 태자는 물론이고 장온·주치까지도 뒤로 물러서려 할 것이네. 이 일은 빠를수록 우리에게 유리하네!"

서표가 잠시 침묵하다 어쩔 수 없다는 듯 수긍하며 고개를 끄덕였다.

"알겠네. 자네 뜻대로 하게. 하나 이 방안을 펼치기 전에 먼저 어느 조서를 상대로 시험을 해보는 편이 좋겠네. 실제 적용 과정에서 허점이 드러날 수도 있으니, 미연에 방지하는 게 좋지 않겠는가?"

"미리 생각해둔 곳이 있네."

"어느 조서인가?"

"해번영!"

"해번영? 그들의 직권은 군정을 정탐하고 백관을 사찰하는 것이고, 하는 일이 모두 옳고 그름을 따질 수 없는 데다, 인맥이 복잡하게 얽혀 있지 않은가? 그런 조직을 과연 움직일 수 있겠는가? 어쩌면 그들에게 선수를 빼앗겨 죄를 뒤집어쓰고 옥고를 치를지도 모르네."

"그렇지는 않네. 우리가 움직이려는 것은 해번영 전체 조서가 아니고, 상징적으로 한두 명 정도만 인원을 감축하면 되네. 닭을 죽여 원숭이에게 겁을 주듯, 다른 조서에 경고를 하는 셈이지. 그리되면, 해번영도 피할 수 없는 화살을 우리가 무슨 수로 피할 수 있겠느냐고 다들 생각하게 될 것이네."

"자휴, 자네의 생각이 맞기는 하지만, 해번영에 쓸모없는 관직이 과연 있기는 한가? 이 조서는 조정에서 가장 간소한 조직 체계를 가지고 있지 않은가? 거기에 속한 도위·교위는 모두 목숨을 걸고 일하는 인재들이고……."

"건드릴 자가 딱 한 명 있네. 다들 못 내보내서 안달이 나 있는 그런 자이지."

서표가 이내 물었다.

"가일을 말하는 건가?"

"그렇네. 그자는 진주조를 배신하고 도망쳐 온 탓에 이곳에 기반이 없네. 비록 손상향 군주가 뒤를 봐주고 있기는 하나, 5년이 지난 지금까지도 여전히 교위에 머물러 있는 것으로 보아 손 군주도 그리 마음을 쓰고 있지는 않은 듯하네. 해번영에서도 그는 좌부독 우청이나 우부독 여일 누구에게도 예속돼 있지 않아 주변부로 밀려난 채 대접을 받지 못하고 있지. 게다가 며칠 전에 그자가 주치 태부의 조카 반첩과 함께 나갔는데 반첩이 돌연 목숨을 잃는 사건까지 벌어졌네. 해번영에서 반첩이 자살을 했다고 수사 결과를 보고했지만, 다들 해번영이 가일을 비호하고 있다고 입을 모으고 있네. 심지어 가일이 반첩을 함부로 건드리려고 해서 그녀가 순결을 지키기 위해 스스로 목숨을 끊었다는 소문도 돌고 있다네. 우리가 그자를 건드린다고 해서 누구도 막지 않을 것이고, 그를 나락으로 떨어뜨리기 위해 암암리에 도움을 주는 이들도 생길지 모르네."

"그건 안 되네. 비록 가일이 아무런 기반도 없다 하나, 몇 건의 중대 사안을 해결해 지존의 두터운 신임을 받고 있지 않은가? 요 몇 년 동안 그를 비방하는 자도 많았고 심지어 죄를 뒤집어씌우기도 했지만, 지존께서는 전혀 개의치 않으셨고⋯⋯."

"단지 운이 좋아서 우연치 않게 몇 가지 사건을 해결한 것뿐이네. 내가 보기에 지존께서도 그를 그리 중시하는 건 아닌 것 같네. 그자를 정말 총애했다면 지금까지 교위 자리에 남겨둘 리 없지. 나 같아도 일찌감치 부독 자리에 앉혔을 것이네."

기염의 두 눈이 확신으로 가득 차 반짝였다.

"안심하게! 자네가 초안을 잡아주면 내가 장온과 주치에게 보여주고, 문제가 없으면 바로 지존께 올리겠네. 이 의안이 시행되면 우리가 중간에 끼어들지 않더라도 누군가 이 기회를 이용해 가일을 자르려고 수단과 방법을 가리지 않을 것이네!"

서표는 여전히 침묵을 지켰다.

기염은 어느새 자리에서 일어나 탁자 주위를 이리저리 거닐고 있었다.

"가일을 자르고 나면 우리는 지난 경험을 바탕으로 신속하게 모든 조서에 개혁안을 시행하고, 3개월 안에 4할 이상의 불필요한 인력을 감축해야 하네!"

가일은 금화연지(金花燕支)의 뚜껑을 덮어 밀치며 소한에게 다시 돌려주었다.

소한이 그를 힐끗 쳐다보며 물었다.

"정말 필요 없는가? 자네 입으로 손몽이 이 금화연지를 즐겨 쓴다고 하지 않았는가?"

"필요 없네. 이런 물건은 내가 직접 사서 그녀에게 선물하는 것이 좋을 듯하네."

가일은 더 이상 구체적으로 말하고 싶지 않았다. 그때 공안성에서 가일은 손몽의 뒤를 밟다 연지를 파는 가게에 들어간 적이 있었다. 그 가게 주인은 그를 보자마자, 손몽이 전해달라고 했다며 금화연지 하나를 건넸다. 그 후부터 손몽은 금화연지를 쓰기 시작했다. 단지 전천이 금화연지를 즐겨 사용한 줄 잘못 알고 있었기 때문이었다.

"자네가 말하지 않는데 그녀가 무슨 수로 자네 마음을 알겠는가? 아무리 잘난 여인도 잘 구슬리고 마음을 달래줄 수 있어야 하네. 자네가 먼저 나서지 않으면 어떻게 진도를 뺄 수 있겠나? 두 사람 다 스무 살이 넘은 성인인데, 손몽 낭자를 계속 기다리게 할 셈인가? 만에 하나 손몽 낭자가 다른 놈한테 시집이라도 간다고 하면 어쩌려고?"

"진풍 말로는 자네가 성안에 있는 유명한 연지 파는 가게를 모두 돌아다녔다고 하더군. 설마 이 금화연지 때문에 그런 것은 아닐 테지?"

가일이 화제를 돌렸다.

"물론 아니지. 그 핑계로 소식을 좀 알아보러 간 것이네."

소한의 사업은 나날이 번성해 취선거와 은구(銀鉤) 도박장, 경화수월이 모두 무창성에서 손꼽히는 곳이 됐다. 특히 경화수월은 이미 고풍스러운 분위기 속에서 수준 높은 담론을 즐길 수 있는 곳으로 자리 잡았다. 이곳을 찾는 이는 모두 권문세가 출신이거나 고위 관직에 있는 자들이었다. 경화수월에 있는 여인들의 수수한 화장마저도 형주와 양주 일대에서 이미 유행하며 따라하는 여인들이 적지 않았다. 성안에서 손꼽히는 비단 점포, 장신구 점포, 연지 점포 들은 소한과 이미 줄이 닿아 있었고, 심지어 소한과의 거래를 자랑하며 손님을 끄는 곳도 있었다. 세도가 여인들이 이 점포에 자주 드나들며 이런저런 이야기를 주고받았고, 영리한 이들은 그런 내용을 잘 적어두었다가 그들의 취향에 맞춰 응대를 하기도 했다.

"반첩에 관해 알아본 건가?"

가일이 물었다.

"그녀가 무창성에 온 횟수가 많지 않은 걸로 알고 있는데, 이 점포들을 둘러본다 한들 별다른 정보가 있겠는가?"

"그러니 자네가 여인을 너무 모른다고 하는 것일세. 이런 세도가 여식들은 대부분 가까이 지내는 이들끼리 한 개 혹은 여러 개의 규방 모임을 갖는다네. 설사 그녀가 무창성에 자주 오지 않는다 해도, 그들 사이에는 이미 많은 소문이 오가고 있었을 것이네. 그러니 겉으로만 친한 척하고 뒤로 비방과 모함을 일삼는 이들 중 몇 명만 접촉해도, 생각지도 못한 소식을 들을 수도 있는 것이지."

소한이 말했다.

"그래서 무엇을 알아냈는가?"

"반첩이 워낙 강한 성격인 데다 창과 검을 가지고 노는 것을 좋아해서, 세도가 여식들 사이에서도 별종으로 통했다더군. 차를 마시는 모임이나 성 밖으로 꽃놀이를 갈 때 몇 번 나오기는 했는데, 그때도 시정을 논하고 백관을 비평하는 등 모임의 분위기와 전혀 맞지 않는 이야기를 즐겨 했다네. 한 가지 주목할 점은, 그녀가 작년부터 갑자기 자네를 극도로 증오하기 시작했다는 거네. 황곡산에 놀러 갔을 때부터 자네를 공격하는 말을 자주 했다더군."

"아마도 내가 육연을 죽게 만들었기 때문일 걸세."

당초 연회에 가기 전부터 가일은 이미 의심을 품고 있었기 때문에, 한선이 제공한 정보를 꼼꼼하게 읽어보았다. 그에게 적의를 가지고 있는 이들의 명단에 반첩이 두 번째로 적혀 있었고, 그 이유는 바로 육연의 죽음과 관련이 있었다.

"그건 아닐 걸세. 육연은 재작년 9월에 죽었고, 반첩은 작년 6월이 돼서야 자네에 대한 증오심을 드러냈네. 그녀가 아무리 반응이 느리더라도 반년이 훨씬 지나서야 그 감정을 드러낸다는 게 말이 되는가?"

"그래서, 하고 싶은 말이 뭔가?"

가일은 한선의 분석이 틀린 것은 아닌지 의문이 들기 시작했다.

"작년 5월에 반첩은 모임에 한 차례 참가해 한 사람을 언급했다더군. 다들 마치 대단히 존경하고 흠숭하는 대상에 대해 이야기하는 듯한 느낌을 받을 정도였다더군. 내 생각에 반첩이 자네에 대한 생각을 바꾼 건……."

"그자가 철 공자라는 사람인가?"

가일이 그의 말을 끊었다.

"그걸 어찌 알았는가?"

소한이 물었다.

"반첩이 나를 죽이는 데 실패한 후 그자의 이름을 언급했네. 자네 성격에 철 공자에 대해 안 알아봤을 리 없겠지. 뭐라도 알아낸 게 있는가?"

"안타깝게도 그가 누구인지 알아내지 못했네. 반첩이 누차 그의 존재를 언급했지만 신분과 지위에 대해서는 단 한 마디도 꺼내지 않는 바람에 정체를 밝힐 만한 실마리가 하나도 없었네. 가장 친하게 지내는 친구가 그에 대해 물었을 때조차, 박학다식하고 지략이 출중한 사람이라고만 할 뿐 말을 아꼈다더군. 근데 성 서쪽에 있는 그 연수각(煙水閣) 주인이 한 가지 새로운 사실을 알려주었네. 반첩이 올해 무창성에 한 번 온 적이 있는데, 그때 물분을 사러 자기 가게에 들러서 철 공자가 가장 좋아하는 것이라며 서역에서 들여온 옥면연지(玉綿臙脂)를 찾았다네."

"옥면연지라……. 몇 년 전에 지존의 본처 반 부인이 서역으로 직접 사람을 보내 그걸 샀다는 얘기를 들은 기억이 있네. 왕실 종친들만 사용한다는 그 연지가 아닌가?"

가일이 미간을 좁히며 물었다.

"설마 그 철 공자라는 자가 왕실 종친이란 건가?"

"하나 왕실 종친 중에 외자 이름을 쓰는 이가 없네. 어쩌면 그 이름도 가명을 쓴 것일지도 모르겠군. 만약 그 조건만 놓고 따져본다면, 가장 의심이 가는 인물이 누구인지 자네도 이미 감을 잡고 있을 테지."

가일이 잠시 고심하다 고개를 들고 말했다.

"태자 손등이지."

그는 홀연 한 가지 생각이 떠올랐다. 그가 주치를 만나기 위해 역관에 갔을 때 손등의 '사우(四友)' 중 한 명인 고담과 마주 앉았었다. 그때 그는 가일에 대해 겉으로 예의를 차리면서도 싫어하는 속내를 은연중에 드러냈다.

"올해 나이 열여섯의 동오 태자는 재주가 넘쳐나고 어질 뿐 아니라, 현자를 예로 대할 줄 안다고 들었네. 이런 이유 때문에 다들 그가 장차 대통을 이어 명군이 될 거라고 믿어 의심하지 않고 있지. 반첩이 아무리 오만하다 해도, 그런 사내에게 마음을 주는 것도 인지상정이라고 보네. 근데 손등이 자네를 죽이라고 지시한 게 사실이라면, 정말 골치 아프게 됐군."

"태자를 본 게 고작 몇 번뿐이지만……."

가일이 기억을 떠올려보았다.

"적의를 느껴본 적이 단 한 번도 없었고, 도리어 나의 처지를 이해하고 배려해주기까지 했네. 지존이 철 공자라면 믿겠지만, 태자가 철 공자라고? 아무리 생각해도 연결이 되지 않네."

"비록 다들 손등이 어질고 너그럽다고 하지만, 그가 도대체 어떤 사람인지 그 자신만이 알고 있겠지. 주공(周公)이 섭정을 하며 왕을 자처해 반란을 평정하고 영토를 확장할 때, 세상 사람이 모두 분수에 넘치는 짓을 했다고 말했네. 왕망(王莽)이 검소한 생활을 하고 겸양과 공손이 몸에 배어 있으며 덕망 있는 학자들과 두루 교분을 맺자, 조정에서는 그를 성인이라고 추켜 세우기까지 했지. 만약 그들이 모두 그때 죽었다면 주공은 간신으로 불리고 왕망은 충신이 되지 않았겠는가? 사람의 마음이야말로 가장 들여다보기 힘든 것이 아닐까 싶네. 그가 태자 신분이니, 자연히 사람을 부리는 능력이 뛰어날 테지. 이제부터라도 알아서 조심하도록 하게."

소한이 다시 무언가 생각난 듯 말을 꺼냈다.

"예전에 허도에서도 하마터면 조비의 손에 죽을 뻔하지 않았는가?"

좁고 긴 골목, 차가운 청석판, 서늘한 검광, 시뻘건 선혈…… 어지럽게 흩어져 있던 기억의 파편들이 한꺼번에 쏟아져 나오자, 가일은 마치 그때로 또 돌아가 어둠 속에 홀로 서 있는 듯했다. 정신없이 전천의 상처에 금창약을 쏟아부으며 지혈을 했지만, 손가락 틈새로 뿜어져 나오는 선혈을 무기력하게 보고만 있어야 했던 그 순간이 다시 떠올랐다.

가일이 자리에서 일어섰다.

소한이 의아한 표정으로 물었다.

"뭘 하려고 그러는가?"

"군주부로 가야겠네. 그 금화연지를 좀 빌려주게."

소한이 입꼬리가 슬쩍 올라갔다. 그는 금화연지를 가일의 품에 넣어주며 문까지 그의 등을 밀고 갔다. 가일이 문을 나서려는데, 때마침 거들먹거리며 걸어오는 진풍과 마주쳤다. 그는 술 한 단지와 구운 양고기 다리 한쪽을 들고 걸걸하게 웃으며 말했다.

"가긴 어딜 가나? 방금 주방에서 요리한 양고기랑 술을 가져왔으니, 오늘 밤새 진탕 마셔보세!"

소한이 걸어 나가 진풍을 잡아당겼다.

"가일은 중요한 일이 있어서 지금 가야 하네. 자, 오늘은 내가 같이 마셔 주겠네."

"무슨 일인데? 마시고 가면 되지 않는가?"

"술을 잔뜩 먹여 보냈다가는 손 낭자가 칼자루로 자네 머리통을 날려버 릴 텐데, 그래도 괜찮은가?"

"아…… 손몽한테 가는 거였군. 그럼 가야지! 어서 가보게!"

진풍이 껄껄 웃으며 말했다.

"오늘 밤은 돌아오지 말게! 문을 아예 걸어 잠그고 열어주지도 않을 테 니 그리 알고!"

가일이 고개를 절레절레 흔들며 금화연지를 들고 경화수월을 나섰다.

군주부 입구를 지키는 효위는 이미 가일과 잘 아는 사이라, 보고를 올리 지 않고 곧바로 문을 열어주었다.

가일은 군주부 안을 크게 한 바퀴 돌아서야 저 멀리 호수 한가운데 세워 진 정자에 비스듬히 누워 있는 손몽을 볼 수 있었다. 그는 멀찍이 떨어진 곳에서 뒷짐을 진 채 손몽의 뒷모습을 가만히 바라보았다. 손몽은 촉금으 로 지은 편안한 옷을 입고 나무 침상에 비스듬히 기댄 채, 별로 내키지 않 는 듯 한 손으로 낚싯대만 잡고 있을 뿐 물 쪽으로 시선조차 주지 않고 있 었다. 또 다른 손으로는 포도를 한 알 집어 살짝 깨문 다음 껍질을 한 겹씩 벗겨내, 속 알맹이만 입안에 넣고 눈을 감은 채 천천히 음미했다.

만약 얼굴과 몸의 형태를 보지 않고 표정과 동작만 놓고 본다면 손몽과 전천을 하나로 연결시켜 생각하기 힘들었다. 손몽은 약삭빠르고 똑똑하며, 말할 때면 늘 상대방의 눈을 뚫어지게 쳐다보고 상대방의 눈빛과 어투 속 에서 그의 생각을 읽어내기를 좋아한다. 가끔 성질을 내거나 잔꾀를 부릴 때도 있지만, 이 또한 자신이 생각한 목적을 이루기 위한 수단일 뿐이다. 그러나 전천은 전혀 그렇지 않았다. 그녀는 기쁘면 웃고 화가 나면 바로 감정을 드러냈다. 빙빙 돌리거나 감정을 숨기는 법을 모르고, 더 많은 것을 얻기 위해 한 발 물러설 줄도 모르고, 자화자찬하기를 좋아하고, 자신의 능력을 과신하기도 할 만큼 살짝 어리석은 면도 있었다.

지난 몇 년 동안 가일은, 전천과의 사이에 평생 잊지 못할 만한 어떤 일이 있었기에 이토록 그녀에게 연연하는 것인지 끊임없이 생각하고 또 생각해보았다. 하지만 아무리 떠올려봐도 그런 일은 단 하나도 없었다. 그의 마음속에서 전천을 떨쳐낼 수 없는 이유가 그날 밤 그녀의 죽음에 대한 양심의 가책 때문이라고 생각한 적도 있었다. 그러다 그는 진주조에 있을 때부터 이미 그녀를 좋아하게 되었다는 것을 나중에야 깨닫게 됐다. 그녀는 어딘지 모르게 어설프고 얼빠져 보이지만, 그가 가질 수 없는 순수함과 진실한 마음을 가지고 있었다. 그것은 마치 한겨울에 내리비치는 따스한 햇살처럼 그의 세상에 온기를 불어넣어 주었다.

다만 안타깝게도 그녀는 이미 이 세상 사람이 아니었다.

소한은 가일에게, 손몽이 전천이든 아니든 그의 마음에 응어리로 남게 해서는 안 된다고 충고했다. 사내가 본처를 두고도 첩을 몇 명이나 들이는 것이 흔한 세상에서, 설사 전천이 아직 살아 있다 해도 그와 손몽이 함께하는 데 장애가 될 수 없다. 하물며 전천은 이미 죽은 사람이 아닌가? 사람의 가장 큰 비극은 과거의 늪에 빠져 현재를 놓치고 미래를 꿈꾸지 못하는 것이다. 과거에 발목이 잡혀 앞으로 나아가지 못하는 것은 상대에 대한 감정이 깊어서가 아니라 단지 현실 도피일 뿐이며, 죽은 자든 산 자든 모두에게 잔인한 짓이었다.

가일은 한숨을 내쉬면서 구불구불하게 이어진 회랑을 지나 정자에 들어섰다.

손몽이 그를 보자 장난스럽게 웃으며 말을 걸었다.

"듣자 하니 며칠 전 밤에 미인을 데려다주다 하마터면 저승길로 갈 뻔했다지요? 미색을 곁에 두고도 경계를 늦추지 않은 걸 보면, 아무래도 경화수월에서 미인들을 하도 봐서 단련이 된 모양이네요?"

가일이 헛기침을 했다.

"손 낭자, 농담이 지나친 것 같소."

손몽이 코웃음을 치며 그를 거들떠보지도 않은 채 포도 한 알을 집어 들었다.

가일은 아무 말 없이 한참을 앉았다가 품에서 금화연지를 꺼내 그녀 쪽으로 쓱 건넸다.

"그동안 곁에서 많이 도와준 것에 대한 보답으로 선물을 하나 샀소."

"선물요?"

손몽이 그를 힐끗 쳐다보더니 똑바로 앉아 나무 상자를 무릎 위에 올려놓았다. 그녀는 하얀 비단 천으로 손을 닦은 후 상자 뚜껑을 열고 냄새를 맡아보았다.

"음, 최고급 금화연지네요."

가일이 고개를 끄덕였다.

"이걸 사려면 적어도 석 달 치 녹봉이 들어갔을 텐데, 당신이 이걸 샀다고요?"

손몽이 물었다.

"안 봐도 훤하네요. 분명 소한이 사다 주면서 가져가서 내 비위를 잘 맞추라고 했겠죠."

가일은 순간 뜨끔해졌다.

"그게……."

"자초지종이 어찌 되었든, 당신이 선물이라고 내게 준 것이니 그것으로

됐어요."

손몽은 상자를 옆에 내려놓았다.

"자, 말해봐요. 또 무슨 일이 생겼기에 나를 찾아와 손 군주에게 가서 말해달라는 거죠?"

"아무 일도 없소. 그저 인사차 얼굴이나 좀 볼까 하고 온 것뿐이오."

손몽이 고개를 갸우뚱하며 물었다.

"그걸 나더러 믿으라는 건가요?"

"지난번에 내가 억지로 고집을 부려 효위들을 철수시키는 바람에 손 군주가 크게 역정을 내시지 않았소? 당신이 중간에서 중재를 해주지 않았다면 내 입장이 아주 곤란해질 뻔했소. 동오에서 지낸 지난 몇 년 동안 손 낭자에게 전적인 도움을 받고 있으니, 정말 고마운 마음이 크오."

"흥, 내가 보고 싶어서 온 줄 알았더니 그것도 아니었네."

손몽이 작은 목소리로 투덜대다 바로 화제를 바꿨다.

"당신이 매복의 습격을 받았다는 소식은 이미 비둘기를 날려 손 군주에게 서신으로 전했어요. 손 군주께서는 반첩의 배후 인물이 거물급일 가능성이 높다며, 당신이 찾고자 한다면 함께 수사에 착수하고 모든 지원을 아끼지 말라고 하셨어요."

"고맙소. 군주의 이번 사냥은 얼마나 걸릴 것 같소?"

"그걸 누가 알겠어요? 손 군주의 성격으로 볼 때, 한 번 꽂히면 반년 넘게 안 돌아올 수도 있어요."

손몽이 그를 빤히 쳐다보며 물었다.

"혹시 그분께 직접 물어보고 싶은 말이라도 있나요?"

"반첩은 철 공자라는 자의 지시를 받고 나를 죽이려 했소. 나는 그 이름이 어느 세도가 공자의 가명이라고 의심하고 있소."

"철 공자요?"

손몽이 잠시 그 이름을 떠올려보았다.

"그런 이름은 들어본 적이 없어요."

"태자 손등은 어떤 사람이오?"

"기품이 있고 온화한 성품을 가지고 있죠. 비록 내성적인 성격이기는 하나, 주관이 확고한 편이기도 하고요."

손몽이 문득 그 질문의 의도를 깨달은 듯 물었다.

"설마 지금 태자를 의심하고 있는 건가요?"

"그저 추측일 뿐이오."

가일이 나지막이 대답했다.

손몽이 가일을 뚫어지게 처다보다 포도 접시를 가일 쪽으로 밀면서 권했다.

"포도 좀 들어요."

가일이 손을 내저었다. 이 포도는 전 왕조 때 장건(張騫)이 서역에서 들여온 것으로, 몇 년 동안 품종 개량을 거쳐 재배되고 있어 더 이상 진기한 과일은 아니었다. 하지만 평민들이 쉽게 사 먹기에는 여전히 가격이 비쌌다. 손몽이 갑자기 포도를 권하는 의도를 그는 너무나 잘 알고 있었다. 그녀는 포도를 권하는 척하며 입을 다물라고 무언의 압박을 가하고 있었다.

"생사가 걸린 일이니, 의심이 가면 조사를 할 수밖에 없소."

다른 사람 앞에서 태자를 의심하는 일은 죽음을 자초하는 것과 다름없었다. 하지만 수차례 생사를 함께해왔던 손몽 앞이라면 그런 걱정을 할 필요가 없었다.

"그는 태자예요. 앞으로 대통을 이을 사람이고, 동오가 그의 것이 될 거예요. 그런 그가 무슨 이유로 반첩을 이용해, 당신처럼 주류도 아닌 일개 관원을 죽이려 하겠어요?"

손몽이 포도를 한 알 집어 앞니로 껍질을 살짝 뜯어내 가일의 입가에 갖다 댔다.

"정말 안 먹을래요?"

가일이 고개를 살짝 뒤로 젖혔다. 이런 행동은 지나치게 애매했고, 자칫 오해를 사기 십상이었다.

손몽이 재미나다는 듯 웃으며 손을 거둬들였다. 그녀는 포도 껍질을 모두 벗겨 투명하고 탱글탱글한 포도 알갱이를 입술 사이에 넣고 맛을 음미하듯 씹었다.

"어쨌든 나도 태자가 철 공자가 아니라고 생각하고 있고, 혹시나 해서 그냥 한번 말을 꺼내본 것뿐이오."

그는 물 위에 떠 있던 찌가 흔들리는 것을 발견하고 손몽에게 알려주려고 돌아보았다. 하지만 그녀의 동작은 그보다 훨씬 빨랐다. 그녀가 낚싯대를 잡고 있던 손을 가볍게 털자 물고기 한 마리가 허공에서 완벽한 호를 그리며 가일의 품안으로 떨어졌다.

무려 한 근이 넘는 잉어가 가일의 품 안에서 끊임없이 팔딱팔딱 뛰놀았다. 가일이 손으로 그것을 잡으려다, 잉어가 팔딱거리며 뿌려대는 물에 얼굴이 온통 젖자 어쩔 수 없이 옷으로 감싸 안으며 물었다.

"주방에 보낼 것이오?"

"그냥 놓아주세요."

손몽이 시큰둥하게 대답했다.

"놓아주려는 거요?"

가일이 놀란 눈으로 물었다.

"낚시의 매력은 미끼를 문 물고기를 들어 올리는 그 찰나의 손맛을 즐기는 거지, 물고기를 잡아먹으려고 하는 게 아니에요."

손몽이 낚싯대를 다시 던지더니 입꼬리를 올리며 가일을 쳐다봤다.

제3장

◆

연이어 터지는 살인 사건

영맥이 사해 화물 창고의 대청 입구에 서서, 해번위가 방 안에 있는 궤짝을 샅샅이 뒤지며 수색하는 모습을 지켜보았다.

그날 밤 골목에 매복해 있다가 가일을 공격했던 백의검객은, 조사를 거친 결과 문연각의 서리로 밝혀졌다. 영맥은 대열을 거느리고 이곳에 와서, 지난 며칠 동안 이 서리와 접촉했던 사람들을 전부 감시하며 하나하나 의심 가는 이들을 걸러내는 중이었다. 사해 창고를 수색하던 중에 시령 장우가 목을 매 숨진 채 발견됐다. 대다수 첩자는 일이 실패로 돌아가면 적의 추적 조사를 원천적으로 차단하기 위해 죽음을 선택한다. 그러나 수사 경험이 많고 노련한 추적자는 첩자의 죽음을 모든 증거의 인멸로 받아들이지 않는다.

방 안은 아주 깔끔하게 정리돼 있었다. 모든 물건이 가지런히 놓여 있고, 장우가 죽기 전에 물수건으로 가구를 깨끗이 닦은 듯 자국 하나 남아 있지 않았다. 실마리가 될 만한 것들은 이미 소각한 것이 분명했다. 하지만 죽은 자조차 생각지도 못한 아주 사소한 곳에서 사건의 단서가 나올 가능성을 완전히 배제할 수 없었다. 영맥은 방 안을 이 잡듯이 훑어보았다. 그러다 그의 시선이 어느 순간 창 쪽에 있는 서가에 멈춰 움직이지 않았다. 위 칸에 둘둘 말린 채 가지런히 놓여 있는 목간들은 제자백가의 저서였다. 『예기(禮記)』『오두(五蠹)』『도덕경(道德經)』『전국책(戰國策)』『좌씨전』……. 그의 시선이 『좌씨전』에서 멈춘 채 움직이지 않았다. 이 목간들의 색깔은 다른 것보다 좀 더 짙었다. 그는 앞으로 걸어 나가 그중 한 권을 꺼내 목간을 이은 끈을 자세히 살펴보았다. 끈이 접힌 자국이 비교적 많고, 어떤 부분에는 이미 올이 성겨지고 거칠어져 있어 자주 펼쳐보았다는 것을 미루어 짐작할 수 있었다.

일개 시령이 오랜 세월 동안 화물 창고에 앉아 『좌씨전』을 깊이 연구한다는 것이 무슨 의미일까? 영맥은 목간을 가지고 탁자 앞에 가서 앉았다. 전체를 검은색으로 칠한 탁자는 특이할 것이 전혀 없었다. 다만 오른손이 닿는 부분은 색이 바랜 듯 살짝 하얀빛을 띠고 있었다. 그는 탁자에 놓인 자기 접시에 주목했다. 그 안에는 물이 가득 담겨 있었지만, 방 안 어디에도 물통이나 바가지 같은 것이 보이지 않았다.

영맥은 잠시 고심하다 손가락에 물을 묻혀 탁자 위 색이 살짝 바랜 듯한 곳에 아무 글자나 되는 대로 적어보았다. 손가락이 스쳐 지나가는 촉감이 다른 부위보다 훨씬 매끄러웠다.

첩자들이 소식을 전달할 때는 보통 음부(陰符)의 형식을 사용한다. 음부는 크게 두 종류로 나뉜다. 하나는 독창적으로 만들어낸 부호다. 각 부호가 하나의 문자와 대응하기 때문에 직접적인 해독이 가능하다. 또 하나는 숫자를 전달하고 그 숫자에 해당하는 행과 열을 찾아 글자를 찾을 수 있도록 정해진 책, 즉 모본(母本)이 존재한다. 『좌씨전』의 사용 정도와 탁자의 해묵은 물때로 추측해볼 때 장우가 사용한 방법은 후자가 확실하고, 『좌씨전』이 바로 모본일 가능성이 높았다.

우청의 뜻에 따라 지금 가일을 수사하는 데 전력을 기울이려면 진주조와 군의사의 사건을 모두 내려놓아야 마땅했다. 그러나 영맥은 가일이 매우 다루기 어려운 인물이라는 것을 알기에, 정면충돌이 반드시 이득을 볼 수 없다면 주변부에서부터 우회해 들어가는 편이 낫다고 판단했다. 그날 밤 가일을 공격한 자들은 각각 세 개의 세력권에 예속돼 있었다. 그럼에도 같은 장소, 같은 시각에 함께 공격을 감행했다는 것은 절대 우연의 일치로 치부될 일이 아니었다. 무안은 진주조에 속한 인물로, 소침에게서 밀령을 전해 듣고 발각될 위험을 감수하며 가일을 암살하려 했다. 문연각의 그 백의검객을 통해 이미 시령 장우의 정체를 알아냈고, 그들은 군의사에 소속된 것으로 추정하고 있다. 반첩은 물론, 아직 정체불명인 철 공자의 지시를 받은 인물이다.

서로 다른 조직에 속해 있는 세 명이 한 사람을 암살하기 위해 동시에 나타난 것만 해도 상당히 이례적인 일이었다. 더 보기 드문 상황은 가일이 그들의 공격을 받고도 살아났다는 사실이다. 영맥의 창백한 얼굴에는 표정이 전혀 드러나지 않았다. 그는 자리에서 일어나 방 안을 몇 바퀴 거닐며 생각을 정리해보았지만, 마음속 의혹은 쉽게 풀리지 않았다. 세 개의 세력이 동시에 가일을 공격하도록 만들 만큼 큰 판을 짠 인물이 도대체 누구일까? 이런 일이 어떻게 가능했을까?

한 차례 미풍이 불면서 창문가에서 울리는 맑은 소리가 영맥의 주의를 끌었다. 그것은 죽편 몇 개를 엮어 만든 풍경(風磬)이었다. 영맥의 시선이 그 몇 개의 죽편에 가 닿아 떨어질 줄을 몰랐다. 대나무로 만든 풍경을 창가에 걸어두면 바람을 맞고 햇볕을 받아 서서히 색이 바랜다. 그러나 이 풍경 죽편의 색은 동시에 엮어 걸어둔 것이 아닌 듯 색이 일정하지 않았다. 영맥이 창가로 걸어가 풍경을 떼어내 죽편의 겉면을 더듬어보니, 희미하게 우툴두툴한 느낌이 손끝에 느껴졌다.

원래 죽편에 새겨져 있던 글자의 흔적을 누군가 긁어낸 것이 분명했다. 영맥은 색이 가장 옅은 죽편을 골라내 밝은 빛에 비춰봤지만 별다른 것을 발견할 수 없었다. 그가 석탄 조각을 구해 와 죽편 위에 얇게 칠한 후 젖은 천으로 닦아냈다. 석탄가루가 파인 홈에 흔적을 남기면서 숫자가 몇 줄 드러났다. 영맥이 『좌씨전』을 가져와 숫자와 대조해가며 행과 열을 찾아나갔다. 몇 차례 실패를 거친 후 마침내 문장이 완성됐다.

'가일이 바로 한선이다.'

만약 다른 사람이었다면 이 순간 흥분을 감추지 못한 채 벌떡 일어났을 테지만, 영맥의 안색은 점점 어두워져갔다. 이것은 그를 겨냥한 함정이었다. 한선이 모습을 드러낸 횟수는 많지 않고, 증거로 삼을 만한 기록이 있는 사건들은 대부분 조위와 동오에 맞서는 것이었다. 촉한과는 협력 관계에 훨씬 더 가까웠고, 심지어 법정(法正)이 아직 살아 있을 때 두 사람의 교분이 매우 두터웠다는 소문이 돌기도 했다.

색이 제일 옅은 죽편은 장우가 가장 마지막으로 받은 음부가 확실했다. 군의사는 가일이 바로 한선이라고 이미 추단해놓고 왜 사람을 보내 그를 죽이려 한 것일까? 이것은 전혀 논리에 맞지 않았다. 첩자를 동원해 자기편을 죽이는 일과 다르지 않았다. 게다가 장우는 들보에 목을 매 자살할 시간이 있었는데도 불구하고 왜 모든 흔적을 없애지 않은 것일까? 큰불을 내 이곳을 태우면 모든 증거를 충분히 인멸할 수 있었다.

영맥이 문득 어떤 생각이 떠오른 듯 물었다.

"장우의 시체는 검시관이 부검을 마쳤느냐?"

"이미 부검을 끝내고 의장(義莊)으로 옮겼습니다."

진기가 대답했다.

"들보에 목을 매 죽은 것이 확실하다 하더냐?"

"시체를 발견했을 때 이미 사인이 밝혀진 게 아니었습니까?"

영맥이 고개를 들고 그 들보를 쳐다보았다. 그들이 방에 들어왔을 때 장우의 시체는 이미 여러 시간을 매달려 있던 상태였다. 능력이 뛰어난 살수라면 시령을 상대로 죽음조차 가장할 수 있으니, 그의 죽음을 자살이라고 단정 짓는 것은 아직 시기상조였다.

만약 자살이 아니라면 그를 죽인 자는 대체 누구란 말인가? 이 단서들을 남기고 가일이 바로 한선이라고 말하는 그 사람은 분명 영맥이 이 사건을 수사하고 있다는 것을 알고 있고, 영맥이 가일을 한선으로 의심하고 있다는 것조차 꿰뚫고 있다. 그러나 영맥이 사건을 수사하고 있고 가일을 의심하고 있다는 사실을 해번영에서 모르는 이가 없으니, 의심스러운 인물을 걸러낼 수조차 없었다. 그는 해번영·진주조·군의사를 제외한 또 다른 세력이 가일을 겨냥하고 있는 듯한 느낌을 어렴풋이 받았다.

철 공자? 영맥은 불현듯 반첩이 언급했던 이 이름을 떠올렸다. 만약 장우를 죽이고 풍경을 만들어 단 것이 모두 이자의 소행이라면, 나의 모든 행보가 그의 손바닥 안에 있는 것은 아닐까? 그날 밤 반첩은 가장 마지막으로 암살을 시도했다.

그렇다면 이 또한 철 공자가 모종의 수단을 이용해 이 세 명이 함께 가일을 공격해 죽이도록 판을 짠 것이 아닐까? 만약 정말 그렇다면 그는 왜 가일을 죽이려 하는 것일까? 영맥은 의심만 점점 커질 뿐 답을 찾을 수 없는 상황이 답답하게 느껴졌다.

"진기, 모든 서리들을 불러들여 요 며칠 장우가 수상한 자와 접촉하는 것을 본 사람이 있는지 알아보도록 하게."

진기가 문을 나서려는데, 해번위 한 명이 급히 뛰어 들어오느라 그와 정면으로 부딪히고 말았다. 영맥이 미간을 찡그리며 호통을 치려는데, 그 해번위가 어느새 다가와 귓가에 대고 나지막한 목소리로 보고를 올렸다. 영맥의 표정이 돌변하며 일그러지고, 『좌씨전』을 들고 있던 그의 손마저 희미하게 떨렸다. 잠깐의 침묵이 흐른 후 그가 목간을 팽개치고 벌떡 일어나 문을 향해 성큼성큼 걸어갔다.

진기가 정신을 차렸을 때 영맥은 이미 방을 나간 후였다. 진기는 그 해번 위를 잡고 다급히 물었다.

"어찌 된 일이냐? 혹 이 사건의 수사를 중단하라는 명이라도 내려온 것이냐?"

그 해번위가 목소리를 낮춰 소식을 전했다.

"이 사건과는 상관이 없습니다. 방금 전한 내용은 주치 태부가 독살되셨다는 소식이었습니다!"

가일은 두 시진 후에야 이 사실을 알게 됐다.

그때 그는 군주부에서 경화수월로 돌아간 후 잠자리에 들 준비를 하고 있었다. 궁에서 나온 환관이 다급하게 찾아와, 즉시 주치 독살 사건 수사에 착수하라는 지존의 어명을 하달했다. 가일은 어명을 받든 후 몇 가지 의문에 휩싸였다. 주치가 왜 갑자기 죽었으며, 이 사건 수사를 왜 가일에게 맡기는지 도무지 이해가 가지 않았다. 가일이 어떻게 물어봐야 할지 잠깐 고민하는 사이에 환관은 황급히 자리를 떴고, 소한이 준비한 선물조차 마다한 채 갈 길을 재촉했다.

가일은 관복으로 갈아입고 허리에 장검을 차는 내내, 군주부에 들러야 할지 선뜻 결정을 내리지 못하고 있었다. 비록 낮에 손몽이 이미 손 군주의 뜻을 전했지만, 가일은 아무래도 어색하고 망설여졌다. 손몽의 발에 난 지난 상처가 그의 마음을 무겁게 만들었다. 그는 이런 기막힌 우연의 존재를 믿지 않으면서도 진실을 밝힐 용기를 내지도 못했다. 특히 그녀의 발목에 생긴 오래된 상처를 보게 된 후부터 손몽을 볼 때면 왠지 더 어색하고 불편해졌다. 눈 깜짝할 사이에 모든 준비를 마쳤지만, 가일은 여전히 멍하니 서서 발길을 옮기지 못했다.

진풍이 어느새 검은색 옷으로 갈아입고, 역시 검은색 천으로 파풍도를 감싸 허리춤에 찬 채 흥분한 목소리로 재촉을 했다.

"어서 가세! 내가 함께 가주겠네!"

소한이 어이가 없다는 듯 웃으며 고개를 가로저었다.

"가 교위는 지존의 명을 받들어 주치의 죽음을 수사하러 가는 것이네. 그런데 자네의 이 차림새는 밤을 틈타 살인과 약탈이라도 하러 가는 사람의 행색이 아닌가?"

진풍이 눈을 부릅뜨며 말했다.

"며칠 전에도 가일을 죽이려고 매복해 있던 자들이 있지 않았는가? 나는 동행하려는 게 아니라, 아무도 모르게 뒤를 따르면서 자객이 나타나는 순간 해치워버릴 것이네!"

"해번영의 그 영맥이라는 자가 그때 그 사건을 빌미로 무창성 안팎을 이 잡듯 뒤지며 군의사와 진주조의 첩자들을 잡아들이고 있네. 이런 마당에, 바보가 아닌 이상 누가 함부로 설치고 다니겠는가?"

진풍이 기분이 언짢아진 듯 툴툴거렸다.

"이보게, 지금 내가 멍청하다고 은연중에 깎아내리는 것인가?"

소한은 그저 담담하게 웃으며 대답했다.

"그걸 말이라고 하는가? 사건을 수사하는 일인 만큼 우리 손 낭자를 데리고 다녀야 도움이 되지, 무슨 구경거리가 난 것도 아닌데 자네가 가봐야 도움이 될 게 없네."

그 순간 진풍이 자신의 이마를 탁 쳤다.

"아, 이런 멍청한 놈을 봤나? 자네 말이 맞네. 손 낭자…… 그래, 손 낭자가 있었지. 크크…… 가일, 자네는 정말 복도 많네. 사건을 수사할 때도 그런 정인과 함께할 수 있으니……."

가일은 머리가 지끈거리는 것을 느끼며 얼른 변명을 하려는데, 밖에서 까랑까랑한 목소리가 들려왔다.

"한 놈은 멍청하니 흰소리나 해대고 또 한 놈은 실실 쪼개며 부추기니, 너희 둘이 한패거리가 돼서 가일한테 나쁜 물을 들이는 것이냐?"

말이 끝나기 무섭게 손몽이 이미 문 앞에 모습을 드러냈다. 그녀는 테를 두른 연갑을 입고 허리에 장검을 찬 채, 예닐곱 명의 효위를 대동하고 나타났다.

소한이 진풍을 잡아끌며, 아무 일도 없었던 것처럼 곧장 측문으로 줄행랑을 쳤다. 가일은 어쩔 수 없이 난처한 표정으로 공수를 했다.

"이리 늦은 시각에 손 낭자가 어쩐 일로 여기까지 온 것이오?"

손몽이 물었다.

"지존의 어명을 받았나요?"

"받았소. 지금 군주부로 당신을 찾아가려던 참이었소."

손몽이 눈을 치켜뜨며 물었다.

"믿어도 되나요?"

가일이 헛기침을 하며 말했다.

"이 일이 심상치 않은 데다 혹시 무슨 문제가 생길 수도 있으니, 당신과 함께 가는 것이 도움이 될 거라고 생각했소."

"무모하게 행동하지 않아서 다행이기는 하네요. 이 사건은 신중한 접근이 필요해요. 그러니 역관에 가서도 절대 함부로 말해서는 안 된다는 걸 명심하세요."

"일단 가면서 이야기를 나눕시다."

가일이 문을 나서며 말했다.

"무슨 소식이라도 들었소?"

"주치가 죽고 나서 그의 가족이 직접 지존께 보고를 올렸다고 들었어요.

당시 지존께서는 해번영 좌·우 부독과 중요한 문제를 논하고 계셨는데, 보고를 받자마자 대로하시며 당신에게 수사를 맡기라고 명을 내리셨다더군요. 그러자 해번영 좌부독 우청이 나서서, 주치가 죽기 전에 당신이 역관에 찾아간 이야기를 지존께 알렸죠. 이치대로 따진다면 당신도 주치를 독살한 혐의를 받는 범인 중 한 명이니 이 사건을 수사하기에 적합하지 않아요. 그래서 우청이 영맥이라는 도위를 추거했죠. 우부독 여일도 주치의 조카 반첩의 죽음이 석연치 않은 데다 주치까지 독살됐으니, 당신의 혐의가 더 짙어졌다고 진언을 올렸어요.”

손몽이 여기까지 말한 후 가일에게 물었다.

“어떤가요, 해번영 좌·우 부독한테 동시에 모함을 당하는 기분이?”

가일이 쓴웃음을 지었다.

“대수로울 것도 없소. 이미 익숙한 일이오.”

“그럼 당시 지존께서 우청·여일과 무슨 일을 상의하고 계셨는지 알고 있나요?”

“설마 그것도 나와 관련된 일이었소?”

“맞아요. 선조상서 기염이 상주문을 올려, 조당의 조직을 간소화하고 쓸데없이 자리만 차지하고 있는 관원의 관직을 박탈해야 한다고 요구했어요. 그 첫 번째 희생양이 될 조서가 바로 해번영이에요. 주치·장온·서표가 연대 서명을 했고, 가장 먼저 관직을 박탈할 쓸모없는 관원은 바로 가일 당신이에요.”

가일이 한참을 침묵하다 입을 열었다.

“그런데도 지존께서 이 사건 수사를 나에게 맡기셨다는 것이오?”

“지존이 수사를 맡긴 것이 당신을 특별히 총애해서라고 착각하는 건 아니죠?”

가일은 아무 대답이 없었다.

"지존이 비록 겉으로야 인자하고 후덕해 보이지만 실제로 어떤 사람인지 당신이 나보다 더 잘 알 거라고 생각해요. 그분이 이렇게 결정했다는 건, 이 사건을 수사할 적임자가 당신 말고는 없기 때문이에요. 다시 말해서 이 사건이 아주 민감하다는 뜻이기도 하죠. 일단 문제가 생기면 언제라도 당신이라는 패를 버려 문제를 무마시키면 그만이니까요."

가일이 고개를 끄덕였다. 손권의 성격에 관해서라면, 지난 몇 년간의 접촉을 통해 이미 누구보다 잘 알고 있었다. 그의 머릿속에서 모든 일은 흑백이 아니라 오로지 이익과 폐단만으로 구분된다. 그렇기 때문에 이익을 위해서라면 수단과 방법을 총동원하고, 정의에 얽매여 버리지 못할 패도 존재하지 않는다.

다만 이번 주치 독살 사건과 관련해서 그는 그 뒤에 도대체 어떤 내막이 숨어 있는지 가일을 이용해 알아내야만 했던 것이 아닐까?

역관에 도착하자, 입구를 지키는 이들은 이미 우림위로 바뀌어 있었다. 손권이 서둘러 보낸 것이 분명했다. 가일은 그들에게 다가가 요패를 보여 준 후 손몽과 함께 안으로 들어갔다. 수사와 관련이 없는 사람들을 모두 내보낸 탓에 마당 전체가 텅 빈 것처럼 보였다. 문병(門屛: 밖에서 집 안이 들여다보이지 않도록 대문이나 중문 안쪽에 가로막아 놓은 담이나 가리개)을 돌자 본채 입구에 나무 평상이 있고, 그 위에 주치의 시체가 놓여 있었다.

가일이 주위를 둘러보니 검시관이 아무것도 하지 않은 채 구석에 서 있고, 옷차림새로 보아 오왕부에서 나온 듯했다. 가일은 미간을 좁히며 이 일이 점점 더 이상하게 돌아가고 있다고 느꼈다. 시위부터 검시관까지 모두 오왕부에서 나온 자들이었다. 이것이 과연 무엇을 의미하는 것일까? 손권이 이 사건을 얼마나 중요하게 생각하는지 보여주기 위한 것일까? 아니면 다른 이유가 있는 것일까?

가일이 앞으로 나가 시체를 자세히 살펴보았다. 시체의 얼굴은 파란빛을 띠고, 입과 귀에 말라붙은 핏자국이 있었다. 가슴 쪽 옷섶은 이미 찢겨 있었다. 팔다리는 경련으로 오그라들었고, 뼈마디가 하얗게 질린 두 손 역시 곱아 있었다.

모든 신체적 상황으로 볼 때 죽기 전에 고통 속에서 격렬하게 몸부림을 친 것이 분명했다. 가일은 며칠 전에 차분한 모습으로 위엄을 지키던 주치의 모습이 떠올라, 자신도 모르게 고개를 절레절레 흔들었다.

"어떤 독약에 죽은 것인가?"

검시관이 우물쭈물하며 대답했다.

"중독된 징후로 볼 때 견기약(牽機藥)일 가능성이 높습니다."

"가능성이라 했느냐?"

"주 태부처럼 지위가 높은 분을 상대로, 소인이 어찌 감히 그분의 시신을 모독할 수 있겠습니까?"

검시관의 눈빛이 흔들렸다.

검시관의 말로 미루어볼 때, 가일의 명을 기다리고 있었던 듯했다. 가일의 명대로 부검을 하고 난 후 무언가 발견하게 되면 자연히 가일이 책임을 져야 하기 때문이다.

손몽이 가일의 소매를 살짝 잡아당겼다.

"시체의 수염과 손가락 사이를 좀 봐요."

가일의 시선이 시체의 입가에 난 수염에 가 닿았다. 그의 수염 중 일부가 희끗희끗해져 있었다. 그가 천을 하나 가져와 입가에 대고 대나무 막대기로 조심스럽게 턱수염에서 하얀색 가루를 떼어냈다. 고개를 돌리자 오그라든 손가락 사이에서도 수염에 있는 것과 똑같은 하얀색 가루가 살짝 보였다. 가일이 미간을 좁히며 천을 코밑에 대고 살짝 냄새를 맡아보니, 왠지 익숙한 꽃향기 같은 냄새가 났다.

고개를 들어보니, 멀지 않은 곳에 있는 탁자 위에 정교하게 만들어진 비단 상자가 놓여 있었다. 가일이 그곳으로 걸어가 상자를 열어보았다. 눈처럼 하얀 계화떡이 눈에 들어왔고, 그 달달한 향이 코를 찔렀다. 그는 이 비단 상자를 기억하고 있었다. 이것은 며칠 전 주치를 방문하러 왔을 때 본 그 고담이라는 소년이 가지고 온 선물이었다.

"떡에 독을 넣어 죽인 건가요?"

손몽이 작은 소리로 물었다.

"단언하기 아직 이르오."

가일이 검시관을 힐끗 보며 말했다.

"시체를 부검하기 전에는 모든 것이 단지 추측에 불과하오."

"그럼 이제 이 검시관한테 시체 부검을 시킬 건가요?"

"아니, 먼저 심문을 할 것이오."

가일은 손권이 그렇게 많은 의혹에도 불구하고 왜 그에게 이 사건을 수사하도록 맡겼는지 이미 알고 있었다. 이 사건의 수사가 어려워서가 아니라, 단서가 너무 명확해 독살을 한 혐의자의 윤곽이 이미 잡혔기 때문이었다. 다만 이 혐의자의 신분이 지나치게 특수한 것이 문제였다. 그는 바로 지존의 아들 손등이었다. 시위와 검시관을 모두 오왕부의 사람들로 바꾼 것 역시 정보를 통제하기 위해서였다. 가일이 이곳에서 무엇이라도 알아내면 바로 손권에게 전달되니, 정보가 절대 외부로 새어 나갈 수 없었다.

심문은 상당히 순조롭게 진행됐다. 역관에서 시중을 들던 하인은 주치가 계화떡을 먹다가 갑자기 발작을 일으키며 죽었다고 진술했다. 검시관도 계화떡에 견기약이 들어 있다고 확인해주었다. 이 계화떡은 고담이 태자 손등을 대신해 태부 주치에게 전달한 선물이었으며, 그 안에는 손등의 친필 서신도 들어 있었다. 그렇다면 모든 정황을 종합해 봤을 때, 고담이 계화떡에 독을 넣었다는 것이 현재 가장 유력한 결론이었다.

그러나 누가 봐도 고담이 범인이라고 여기기 쉽지 않은 상황이었다. 강동 고씨 가문의 장손 고담은 평소 진중하고 행동거지가 단정한 인물로 소문이 나 있었다. 그런 자가 직접 독약이 든 떡을 선물로 가져오고, 심지어 원한 관계가 전혀 없고 천하에 모르는 이가 없는 태자태부를 독살하는 게 과연 가능할까? 만약 이 결론이 세상에 알려지면 주치 일가는 물론 조정의 문무 대신들, 심지어 조위와 촉한에서조차 대대적으로 문제를 삼을 수 있다. 고담이 주치를 독살할 리 없다면, 혐의는 자연스럽게 태자 손등에게 넘어간다. 그러나 손등이 자신의 '사우' 중 한 명을 시켜 자신의 친필이 담긴 계화떡을 들고 찾아가 자신의 스승을 독살하도록 하는 그런 어리석은 짓을 했다는 것도 말이 되지 않는다. 그러나 만약 두 사람 모두 범인이 아니라면, 진짜 독을 쓴 사람은 누구란 말인가? 어떻게 해야 그자를 찾아낼 수 있을까?

가일은 곁채를 나와 주치의 시체 주위를 몇 바퀴 돌며 시종 미간을 좁힌 채 깊은 생각에 잠겼다.

견기약……. 가일의 머릿속에 불현듯 떠오르는 생각이 있었다. 가일은 탁자 옆으로 황급히 걸어가 계화떡을 한 조각 들어 냄새를 몇 번 맡아보았다. 향긋하고 달콤한 향 외에는 맡아지는 냄새가 없었다. 그는 떡을 몇 조각으로 쪼개 하나하나 코끝에 대보고 나서야 희미하게 나는 약간의 쓸쓸한 냄새를 맡을 수 있었다.

손몽이 물었다.

"무슨 냄새를 맡는 거죠? 방금 검시관이 이 떡에 독이 들었다고 하지 않았나요?"

"견기약은 마전자(馬錢子)를 정제해서 만들기 때문에 맛이 아주 쓰오. 그런데 이 떡은 아무리 냄새를 맡아봐도 쓴 내가 별로 나질 않소."

"그야 당연하죠. 계화떡은 달고 견기약은 쓰니, 떡에 견기약을 섞어 넣는다 해도 아주 소량을 넣어야 해요. 그러지 않으면 주치가 한입 베어 물자마자 쓴맛을 느끼고 분명 문제가 있다고 생각했을 거예요."

가일은 떡을 상자에 다시 집어넣었다.

"쓴맛을 숨기기 위해서는 견기약의 양을 줄여야 하고, 그리되면 독성이 제대로 효과를 낼 수 없소. 이건 어떻게 설명하겠소?"

손몽이 잠시 주저했다.

"하지만 주치는 분명 계화떡을 먹었을 때 죽었어요. 그렇다면 그 안에 독약이 충분히 들어 있었다는 거잖아요?"

가일이 고개를 가로저었다.

"반드시 그렇다고 할 수 없소. 이제 검시관에게 부검을 하라 이르는 것이 좋겠소."

"계화떡에 견기약이 있었고 또 그 독약에 중독돼 죽었다면 결과는 다 나와 있는 거 아닌가요? 군이 부검까지 할 필요가 있을까요?"

손몽이 이해가 안 간다는 듯 눈을 깜박이며 물었다.

"아니, 때로는 아무리 확실해 보이는 일도 예상치 못한 결과를 가져오는 법이라오."

가일이 뜰로 나가 어슴푸레한 하늘빛을 올려다보았다.

"당신은 부검을 지켜봐주시오. 나는 가볼 곳이 좀 있소."

"이런 결정적인 순간에 또 어딜 가게요?"

손몽이 물었다.

"가서 한 가지 일을 확인해야, 이 사건을 계속 수사할지 말지 결정이 날 것 같소."

방 안에 등불을 켜지 않아 사방이 어둠 속에 잠겨 있었고, 아무것도 보이지 않았다.

기염은 어둠 속에 앉아 깊은 생각에 잠겨 있었다. 그는 본래 가난한 집

안 출신으로, 벼슬길에 오른 지 10여 년이 지나서야 비로소 현승(縣丞)의 자리에 오를 수 있었다. 게다가 부임지 역시 거의 아무도 가기를 원하지 않는 오군 누현(婁縣)이었다. 오군은 강동 사족이 모여 사는 곳으로, 그곳에 사는 세도가 자제들은 대부분 제멋대로 굴며 법을 지키지 않아 이곳에 부임하는 현승들을 끝없이 곤란하게 만들었다. 기염은 이곳에 부임한 후 관저 밖에 다섯 가지 색깔의 커다란 몽둥이를 걸어놓고, 계율이 적힌 종이를 붙여놓았다. 첫날 세도가 자제 네 명을 잡아들여 각각 곤장 스무 대의 벌을 내렸다. 곧바로 세도가 가족들이 관서로 몰려와 소란을 피웠지만, 그들 역시 그 자리에서 체포돼 감옥에 갇혔다. 그는 사정을 봐달라고 찾아오는 지인들의 청은 물론 군수의 경고조차 묵살한 채 자신의 뜻을 굽히지 않았고, 삽시간에 청렴결백하고 공명정대한 관리로 천하에 이름을 날렸다.

기염의 이런 행동은 주치의 눈에 드는 계기가 됐고, 그를 통해 장온과도 인연을 맺었다. 장온은 그와 깊이 있는 이야기를 나누어본 후 주치와 함께 그를 선조시랑 자리에 추거했다. 기염은 선조에 들어간 지 3년이 되지 않아, 권세에 굴복하지 않는 기백과 공정한 일처리를 인정받아 상서로 승진하며 연이어 승승장구했다. 하지만 기염은 자신에게 기반이 전혀 없다는 것을 누구보다 잘 알고 있었다. 주치와 장온을 제외하면 거의 모든 사람이 그를 꺼렸다. 이쯤 되면 웬만한 사람들은 적당한 선에서 타협도 할 줄 알고 고집도 좀 꺾어가며 원만하게 관계를 유지해야 앞으로 출셋길이 더 열릴 거라고 생각할 것이다.

그러나 기염은 관리 사회가 이렇게 돼서는 안 된다는 확고한 신념을 가지고 있었다.

밑바닥에서부터 높은 자리에까지 올라간 사람은 보통 두 가지 중 한 가지 길을 선택한다. 그들은 더 심하게 부정부패를 탐하거나, 자신의 모든 능력을 총동원해 잘못된 관행을 바로잡는 데 진력한다. 기염은 후자에 속한다. 그는 부정부패를 일삼는 문관과 죽음을 두려워하는 무관들, 매사에 의기투합하며 사직과 백성들의 이익과 폐단 따위는 아랑곳하지 않은 관리들, 정무를 돌보지 않고 자리만 차지한 채 봉록만 받아가는 관리들을 더 이상 두고 볼 수 없었다. 그는 파벌 싸움을 끝내고 무능한 관리들로 인한 내적 소모를 줄인다면 동오의 국력을 크게 신장시켜 촉과 위에 맞서고, 더 나아가 천하를 통일할 수 있을 거라고 확신했다. 선조에서 3년 동안 시랑으로 일하고 반년 이상을 상서로 지내면서 기염은 오나라의 위아래를 통틀어 이런 일을 할 수 있는 사람은 오로지 자신밖에 없다고 여겼다. 그렇기 때문에 그는 이 일이 아무리 험난해도, 분골쇄신을 해서라도 한 번쯤은 시도해 봐야 했다.

문 축에서 끼익 소리가 나자, 열린 문틈으로 빛이 쏟아져 들어왔다. 기염이 고개를 들어 서표가 들어오는 것을 보자 얼굴에 미소를 지었다.

"얼굴에 왜 그리 수심이 가득한가?"

서표가 고개를 흔들며 말했다.

"가일의 과실과 죄상을 고발해 자리에서 물러나게 해야 한다는 상주문을 올렸는데도 지존께서는 일단 보류시키고, 가일에게 주치 사건을 수사하라고 명을 내리셨네. 우리의 첫 번째 작전이 완전히 빗나가고 말았어."

"그러게 말일세. 이런 결과가 나올 줄 상상도 못 했네. 그 가일이라는 자가 주치와 만난 게 확실하다면 어느 정도 혐의가 있는 셈이 아닌가? 그런데도 지존께서 그 사건 수사를 그에게 맡기실 줄 누가 알았겠는가? 아무래도 지존에게 가일은 아직 버릴 패가 아닌 듯싶네."

"이 일은 그렇다 치고, 주치는 뜬금없이 왜 독살을 당한 것인가? 설마 우리가 하려던 일과 관련이 있는 것인가?"

"그럴 리 없네. 우리 계획은 소수의 사람과 태자만이 알고 계시네. 설사 계획이 새어 나갔다 해도, 저들이 손을 써야 할 대상은 자네와 나지 주치일

리가 없지. 주치 장군은 성격이 강직해 적잖은 사람들에게 미움을 샀으니, 어쩌면 그에게 원한이 있는 자의 소행일지 모르네."

"설사 정말 그렇다 해도, 상황이 우리에게 불리하게 돌아가고 있지 않은 가? 소문에 듣자 하니 주치가 계화떡을 먹고 독살됐다더군. 그 떡을 선물한 이가 고담이라네. 아마 지금쯤 해번영에 붙잡혀 갔을 테고, 태자 역시 의심을 받고 있을 걸세. 주치가 독살당했으니 태자도 자기 살길을 찾아야할 거고, 장온 혼자서는 세력이 약해 일을 이룰 수 없네. 그렇다면 이번 일을 일단 보류해야 하지 않겠는가?"

"안 될 말이네. 이 일을 여기서 멈춰선 안 되네. 어렵게 태자의 동의를 구했고 지존께서도 암묵적으로 허락하신 일인데, 어찌 여기서 멈춘단 말인가? 일단 멈추면 언제 다시 기회가 올지 기약하기 힘들 것이네."

기엄은 살짝 조바심을 냈다.

"내가 보기에 이 사건은 그리 복잡하게 얽혀 있지 않아서, 가일이 빠른 시일 안에 진상을 밝혀낼 가능성이 크네. 그때 가서 기회를 봐 일을 처리하게 되면, 혼란한 틈을 타 이득을 챙길 수 있을 것이네."

서표가 한숨을 내쉬었다. 그는 기엄 역시 별다른 대책이 없으면서, 포기하고 싶지 않아 고집을 부린다는 것을 알고 있었다. 몇 년 동안 동료로 지내면서 기엄의 훌륭한 인품을 그 역시 모르지 않았다. 그러나 성격이 지나치게 강직하고 객관적인 조건을 무시한 채 서둘러 목적을 달성하는 데 급급한 편이라, 늘 걱정스럽고 마음이 놓이지 않았다.

"알겠네. 하나 지금 가일을 건드리는 일은 이미 불가능해졌지 않은가? 이제 우리가 어찌해야겠는가?"

"전면전을 펼치려면 이 사건을 구실로 삼아야겠지. 나에게 이틀의 말미를 주면 방법을 강구해보겠네."

기엄이 문득 무언가 떠오른 듯 물었다.

"근데 그건 그렇고, 주치 사건이 민감한 사안인 건 분명해 보이네. 만약 자네가 가일이라면 어떤 식으로 수사에 착수할 것 같은가?"

서표가 고개를 가로저었다.

"사건을 수사하는 것은 가일이지 내가 아닌데, 그런 걸 생각한들 무슨 소용이 있겠는가? 지금 시간이 되면 나랑 같이 안건의 초안이나 잡아보세. 이번에는 반드시 꼼꼼하게 따져보고 가능성을 파악해서 실행 여부를 확정 짓도록 하세."

기염이 자리에 앉았다.

"그야 당연하지. 안건은 반드시 구체적이고 완벽하게 작성해야겠지. 근데 만약 내가 가일이라면 고담부터 수사를 착수할 것이네. 협박을 하든 어르고 달래든, 모든 수단과 방법을 동원해서 입을 열게 한 다음에……."

서표가 탁자를 톡톡 치며 진지한 눈빛으로 쳐다보자, 기염이 멋쩍게 웃으며 말을 멈추고 시선을 목간으로 돌렸다.

가일의 예상을 깨고 그는 너무 쉽게 고담과 만날 수 있었다.

그는 고씨 집안의 대저택 밖에서 하인에게 해번영 요패를 보여주었고, 성명을 통보한 지 얼마 되지 않아 대문이 활짝 열렸다. 가일이 하인을 따라 편청으로 갔을 때, 고담은 이미 그곳에 앉아 그를 기다리고 있었다. 이 세도가 공자는 검은 빛깔의 평복을 입고 탁자 뒤에 정좌를 하고 앉아 가일이 아닌 먼 곳을 바라보고 있었다. 스무 살이 되지 않은 나이인데도 중년의 사내를 보는 듯한 착각마저 들었다. 가일이 문으로 들어서자 고담은 담담하게 일어나 예를 갖추어 인사를 하고, 단 한 마디도 하지 않은 채 다시 자리에 앉았다.

가일도 인사를 생략한 채 직접적으로 물었다.

"고 공자, 주치 장군이 돌아가신 소식을 전해 들었습니까?"

고담이 고개를 끄덕였다.

"그럼 그분이 어찌 돌아가셨는지도 아십니까?"

"독살되었다고 들었네."

"공자가 역관에 가져온 계화떡에 독이 들어 있었습니다."

가일이 틈을 주지 않고 바로 물었다.

"그 떡 상자는 태자께서 주치 장군에게 보낸 선물이라 들었는데, 정말입니까?"

"내가 죽였네."

고담이 무표정하게 대답했다.

가일은 순간 당황할 수밖에 없었다. 그는 고담이 이렇게 빨리 죄를 인정할 줄 상상조차 하지 못했다. 그 순간 고담의 뒤에 놓인 병풍 쪽에서, 마치 누군가 숨어 있는 것처럼 무슨 소리가 어렴풋하게 들려왔다. 가일이 일부러 아무 말도 하지 않고 있자, 병풍 뒤에서 나던 소리도 더 이상 들리지 않았다. 계화떡에 독이 들어 있었다는 이 소식은 자신이 이곳에서 처음 흘린 정보가 아니었다. 역관에서 심문을 할 때 하인 여러 명이 하나같이 증언한 내용이기도 했다. 주치의 가족이 도위부로 가서 그의 죽음을 알리지 않고 오왕부에 먼저 보고를 올린 것 역시, 독이 든 떡이 태자와도 연관이 있기 때문일 것이다. 병풍 뒤에 있는 사람이 태자일까? 오왕부에서 소식을 전해 들은 후 밤을 틈타 출궁해 고담과 대책을 논의한 것일까? 다만 이것은 장기에서 차(車)를 버려서 장(將)을 지키는 것처럼 그리 현명한 수는 아니다.

"소관이 똑똑히 듣지 못해서 그러니, 공자께서 한 번만 더 말해주어야겠습니다."

"독은 내가 넣은 것이고, 태자와는 관계가 없네."

고담의 표정은 담담하고 크게 변화가 없었다.

"만약 공자가 그리 주장한다면, 난 어쩔 수 없이 공자를 체포해 재판에 넘길 수밖에 없습니다."

가일의 말이 끝나기 무섭게 병풍 뒤에서 격분한 목소리가 들려왔다.

"여기가 어디라고 감히 헛소리를 지껄이는가? 지금 고담이 태자에게 누가 될까 두려워 스스로 죄를 뒤집어쓰려고 하는 것이 보이지 않는가? 멍청하긴! 좀 전까지 그쪽을 계속 칭찬한 나 자신이 한심하게 느껴지는군!"

가일이 고개를 돌리자, 키가 큰 젊은이가 병풍 뒤에서 튀어나왔다. 머리카락과 눈썹이 듬성듬성 나 있고 콧대가 납작하며 이마가 넓고 반들반들했다. 게다가 옷마저 지나치게 크고 평퍼짐해 우스꽝스러워 보이기까지 했다. 가일은 그의 등장에 내심 살짝 놀라움을 금치 못했다. 그는 바로 제갈각이었다. 이자는 제갈근의 아들로, 머리 회전이 빠르고 임기응변에 능해 어릴 때부터 강동에서 신동으로 이름을 날렸다. 한번은 연회 석상에서 손권이 제갈근을 당나귀 상이라고 놀리며, 실제로 하인을 시켜 당나귀를 끌고 와 그 목에 '제갈근'이라고 쓴 나무패를 걸었다. 연회석이 한바탕 웃음바다로 변하자, 당시 여섯 살이었던 제갈각이 침착하게 붓을 들고 와 나무패에 '지려(之驢: ~의 당나귀)'라는 두 글자를 덧붙여 쓴 후 어깨를 으쓱거리며 당나귀를 끌고 갔다.

제갈각이 고담 앞으로 걸어와 책망하듯 물었다.

"아까 한참 동안 그리 얘기했거늘, 도대체 왜 이러는가? 자네가 먼저 나서서 그 죄를 다 떠안으려고 하지 말라고 내 누누이 말하지 않았는가? 이 일의 진상이 아직 밝혀지지 않았는데 자네 혼자 좌불안석이니, 이건 마치 태자가 정말 사람을 죽인 것처럼 보일 수도 있단 말일세."

고담이 얼굴을 살짝 붉히며 변명을 했다.

"난 그저 태자가 누명을 쓰게 하고 싶지 않아서 그런 것뿐이네."

제갈각은 그의 말을 외면한 채 돌아서 가일을 쳐다봤다.

"우리는 사람을 죽이지 않았고, 태자와도 무관하네. 그러니 당장 해번영으로 돌아가 머리라는 걸 좀 굴려보란 말이네. 그러고 나서 우리를 찾아와도 늦지 않을 테니."

가일은 품에서 검은색 천을 꺼내 탁자 위에 펼쳤다. 그 안에는 잘게 부순 계화떡이 들어 있었다.

"계화떡 안에 들어 있던 건 견기약이 확실합니다. 그러나 그 양이 사람을 죽일 만큼 충분하지 않더군요. 그렇다면 주치는 떡에 든 독 때문에 죽은 것이 아니라는 결론이 나옵니다."

고담이 무슨 말을 꺼내려 했다. 그러자 제갈각이 막아서며 회심의 미소를 지었다.

"가 교위의 머리가 아직은 쓸 만한 듯하니, 이제야 좀 말이 통할 것 같군. 주치를 죽인 게 우리가 아니라는 것을 알았으면서, 여기는 왜 찾아온 것인가?"

"주치가 계화떡에 든 독 때문에 죽은 게 아니라고만 말했을 뿐, 고 공자가 죽인 게 아니라고 말한 적은 없습니다. 이 사건이 해결되기 전까지 고 공자는 여전히 혐의 선상에 있을 겁니다."

"흥, 수사에 완벽을 기하겠다는 건가?"

제갈각이 코웃음을 치며 말했다.

"가 교위, 듣던 대로 쉬운 상대는 아니군."

"내가 이곳을 찾아온 건 몇 가지 묻고 싶은 게 있어서입니다. 이 문제들을 명확히 해야 서로에게 좋은 것이니, 협조해주시기 바랍니다. 이 떡 상자는 어디서 온 겁니까?"

제갈각이 아무 말 없이 팔꿈치로 고담을 툭툭 쳤다.

고담이 입을 열었다.

"주치 태부가 무창에 도착한 후에, 태자가 내게 스승님께 드릴 선물을 구해달라고 부탁했네. 그리고 어르신이 부담스러워하고 싫어하실 수 있으니, 너무 사치스러운 것은 피해달라고도 하셨지. 여기저기 알아보니 주치 태부께서 계화떡을 좋아하신다기에 성 서쪽에 있는 아치헌(雅致軒)에 가서 최고급 떡을 두 상자 샀고, 그걸 오왕부로 가져가서 함께 맛을 본 후에 맛이 꽤 괜찮기에 나머지 한 상자를 내가 역관으로 들고 간 것이네."

"그러니까 떡을 두 상자 사서 그중 한 상자를 먹고 남은 하나를 선물로 보냈다는 겁니까?"

가일이 물었다.

"그렇네. 그걸 살 때도 보이는 대로 두 상자를 골랐을 뿐이었지. 태부께서 계화떡 때문에 돌아가셨다는 소식을 듣고 난 후 우리가…… 내가 그날 밤 아치헌으로 달려가 남아 있던 스무 개가 넘는 떡 상자를 모두 사서 다 열어봤지만 독은 들어 있지 않았네."

가일의 미간이 좁혀졌다. 이 계화떡을 구입해서 선물하는 과정에서 중간에 누군가 독을 넣을 틈이 전혀 없었다. 그렇다면 독은 역관에 있는 사람이 넣은 것인가?

"이보게, 이제 이해가 되는가?"

제갈각이 답답한 듯 물었다.

"가 교위도 알다시피 계화떡은 달고 견기약은 쓰네. 계화떡에 견기약을 넣어도 그 양이 적으면 사람을 죽일 수 없고 양이 많으면 쓴맛 때문에 금세 발각이 되는데도 독을 넣었다면, 이건 누군가 태자에게 화를 전가하려는 것이지 주치를 독살하는 것이 목적이 아니네!"

과연 제갈 가문의 자제답게 머리 회전이 빠르고 영특했다. 가일은 감정을 드러내지 않은 채 침착하게 물었다.

"그렇다면 흉수가 어떤 식으로 독을 써 주치를 죽게 만들었다고 생각하십니까?"

제갈각의 눈빛이 반짝였다.

"이렇게 간단한 문제도 추리를 못 하는 것인가? 견기약은 그냥 쓰면 누구나 알아챌 만큼 맛이 쓰네. 그렇다면 요 며칠 주치가 먹은 음식 중에서 가장 쓴맛이 나는 게 무엇이 있겠는가?"

가일이 고개를 번쩍 들고 용모가 변변치 못한 제갈 공자를 바라보았다. 그의 말은 정말이지 거침이 없었고, 심지어 가일의 대답을 기다리지도 않은 채 바로 그 답을 입 밖으로 뱉어버렸다.

"탕약이네!"

"제갈각!"

고담이 버럭 화를 내며 소리쳤다.

"무슨 소리를 하는 건가!"

한 명은 너무 진중했고, 또 한 명은 지나치게 경거망동했다. 이 두 사람이 비록 강동의 인재라 하나 아직은 너무 젊고 무모했다. 가일은 제갈각의 말을 곱씹었다.

"탕약이라……. 여기에 오기 전에 이미 검시관을 시켜 시체를 부검했습니다. 견기약은 독이 퍼지는 속도가 빠르기 때문에, 정말 탕약이 원인이라면 반드시 위장 속에 잔여물이 남게 돼 있습니다."

"말도 안 되는 소리!"

고담이 잔뜩 긴장한 목소리로 이 사실을 부인했다.

"지금 두 사람은 지존을 의심하고 있고, 이건 대역무도한 죄를 저지르는 것이네!"

"우리가 의심하는 것은 지존이 아니라 주치를 돌보던 어의네. 이건 주치가 계화떡을 먹고 독살됐다며 태자가 아니라 떡을 만든 자를 의심하는 것과 같은 이치지."

제갈각이 이죽거리며 가일에게 물었다.

"가 교위, 내 말이 틀렸는가?"

"맞는 말입니다. 주변인들을 심문할 때 저 역시 그 점을 염두에 두고 있었습니다. 그래서 말인데, 두 분은 그 어의에 대해 알고 계십니까?"

"물론이네. 진송(陳松)이라는 자인데, 의술도 꽤 뛰어난 편이고, 열흘마다 한 번씩 궁에서 당직을 서네."

제갈각이 먼저 나서서 알려주었다.

"지금 어디에 있습니까?"

"그저께 당직을 섰으니, 오늘은 성 남쪽 백화(百花) 골목에 있는 집에 머물고 있을 테지."

제갈각이 결의를 다지듯 두 주먹을 불끈 쥐었다.

"지금 당장 그자를 찾아가 심문을 하겠는가?"

"역관 하인에게 물어보니 진송이 매일 해질 무렵에 한 번씩 가서, 불 조절을 하려면 자기가 있어야 한다며 직접 탕약을 달였다더군요. 탕약을 다 달인 후에도 그가 주치 장군의 처소에 바로 가져가 장군이 다 마시는 걸 확인했다 들었습니다."

가일이 말을 이어갔다.

"사건을 조사하며 또 한 가지 풀리지 않는 의문이 생기더군요. 주치 장군이 왜 몸에 독이 퍼질 때에 맞춰 계화떡을 먹고 있었을까요? 마치 누군가 모든 혐의를 공자들에게 뒤집어씌우려고 작정한 듯 말입니다."

"진송이 직접 탕약을 달이고 자기 손으로 들고 가 태부에게 올렸으니, 당연히 적당한 시기를 보고 행동에 옮길 수 있었을 테지. 그가 탕약과 계화떡에 각각 독을 넣은 후에, 주치 태부에게 먼저 탕약을 마시게 하고 쓴맛을 없애도록 계화떡을 권했을지도 모를 일이네."

제갈각이 고개를 가로저었다.

"아니지……. 설마 지금 자네는 진송이 주치를 독살한 목적이 태자를 모함하기 위해서라고 암시하고 있는 건가?"

"맞습니다. 제 마지막 질문은 바로 이겁니다. 태자께서 최근 들어 어떤 일 때문에 누군가와 갈등을 빚고 계십니까?"

가일이 나지막이 물었다.

제갈각과 고담은 굳은 표정으로 서로 눈빛을 교환했다.

가일은 더 이상 추궁하지 않았다. 이런 문제 앞에서 세도가 자제들의 입은 천근보다 더 무거워지는 법이었다. 얼마 후면 역관의 부검 결과가 자신의 추측을 입증해줄 것이고, 이 사건은 더 이상 독살 사건으로 끝날 문제가 아니었다. 이 어의는 어떤 경로를 통해 태자가 주치에게 선물한 것이 계화떡이라는 사실을 알게 됐을까? 어째서 자신이 주치의 병을 치료하러 역관으로 가게 될 거라고 확신했을까? 이 두 가지 정보를 모두 알고 있는 것으로 보건대, 그 배후 인물의 지위는 분명 그리 낮을 리 없을 것이다. 가일은 며칠 전 주치를 방문했을 때 그에게 철 공자에 대해 물었던 순간을 떠올렸다. 비록 주치는 그에 대해 아는 바가 없다고 말했지만, 가일은 당시 그의 표정에서 무언가를 떠올린 듯한 미묘한 변화를 읽어냈다. 진송의 배후에 바로 반첩이 말한 그 철 공자가 있는 것은 아닐까? 내가 역관을 나온 후 주치가 철 공자에게 가서 그 사실을 알렸고, 그 결과 그를 죽여 입을 막은 것은 아닐까?

"태자가 최근 들어 한 가지 일을 추진하고 있었던 것은 맞지만, 자네에게 알려줄 수는 없네. 가 교위가 이해해주게."

고담이 말했다.

"혹시 그 일이 주치와도 관련이 있습니까?"

두 사람의 시선이 허공에서 마주쳤다.

"그렇네. 우리가 할 수 있는 말은 여기까지니, 더는 추궁하지 말게."

그렇다면 주치를 독살한 것은 일석이조의 효과를 노린 치밀한 계획이었던 셈이다. 가일은 돌연 등골이 오싹해졌다. 만약 한 사람이 이 모든 판을 짰다면, 얼마나 주도면밀하고 막강한 자란 말인가?

가일이 자리에서 일어나 문으로 걸어가다 또 물었다.

"혹시 왕실 종친 가운데 태자와 사이가 안 좋은 사람이라도 있습니까?"

고담이 무의식적으로 고개를 흔들었다.

"그럼 왕실 종친 중에 철 공자라고 불리는 분이 계십니까?"

고담은 물론 제갈각의 얼굴에서도 전혀 들어본 적이 없다는 듯한 표정
이 드러났다.

가일이 고개를 끄덕인 후 방을 나섰다.

가일은 고담의 집을 막 나오자마자, 맞은편에서 말을 끌고 기다리고 있
는 손몽을 발견했다.

가일이 잰걸음으로 다가가 물었다.

"결과가 나왔소?"

"당신이 추측한 대로 견기약에 중독돼 죽었어요. 근데 계화떡과는 상관
이 없어요. 계화떡 안에 든 견기약의 양이 너무 적어서 사람을 죽일 정도는
아니었어요. 진짜 결정적인 역할을 한 건 다른 거예요."

손몽이 목소리를 한껏 낮췄다.

"고담을 보러 오기 전에 이미 생각해둔 걸 계속 조사할 건가요?"

"결정적인 역할을 한 게 무엇이었소?"

가일이 대답 대신 물었다.

손몽이 가일을 한참 쳐다보다 어쩔 수 없다는 듯 대답했다.

"주치의 위장에서 대량의 견기약이 발견됐어요. 독을 먹인 과정을 추정
해보자면 아주 간단해요. 견기약의 쓴맛을 감추기 위해서 당연히 더 쓴 탕
약을 이용했을 거예요. 다만 누구도 감히 이런 생각을 하지 못할 뿐이죠."

"이 탕약을 지존께서 하사하셨기 때문에?"

가일이 물었다.

"만약 흉수가 당신들의 이런 생각을 이용하고 있다면 화를 면하기 딱 좋지 않겠소?"

"만약 흉수가 정말……로?"

손몽의 목소리가 더 작아졌다.

"엄청난 거물을 파헤쳐야 하는데, 괜찮겠어요?"

가일이 이해할 수 없다는 듯 손몽을 바라봤다.

"흉수는 지존일 리 없소. 진상이 어찌 됐든 흉수가 지존일 리 없는데, 왜 그런 걱정을 하는 것이오?"

손몽이 잠시 멍하니 그를 바라보다가 이내 그 말뜻을 이해한 듯 농을 던졌다.

"정말이지 파렴치하고 뻔뻔하기 짝이 없네요."

"어의를 보내 주치를 치료하게 한 건 지존이고, 탕약에 독을 탄 것은 지존이 아니오. 이 점만 제대로 파악하고 있다면 수사에 그리 문제 될 것이 없소. 어쨌든 어의가 직접 탕약을 달여 주치에게 들고 가 먹인 것만 봐도, 독을 탈 최적의 시기를 잡기 위한 것이 분명하오."

"그럼 이제 어떡할 거죠? 혼자 오왕부로 쳐들어가서 그 어의를 잡아들일 건가요?"

손몽이 물었다.

"그자는 오늘 당직이 아니라, 성 남쪽 백화 골목에 있는 집에 있소."

"이미 모든 상황을 파악하고 머릿속에 계획을 다 세워두었는데, 괜히 나 혼자 멍청하게 여기서 기다리고 있었네요."

"아니오. 나 역시 방금 들어서 알게 된 것이오. 우선 같이 해번영으로 가서 해번위들과 함께 백화 골목으로 가도록 합시다."

"왜 해번영에 가려는 거죠? 우리 두 사람이랑 효위들까지 있는데, 그깟 어의 하나 붙잡지 못하겠어요?"

손몽이 불현듯 무언가 깨달은 듯 헛웃음을 터뜨렸다.

"지난 2년 동안 갈수록 뻔뻔하고 비열해지고 있는 거 알아요?"

가일은 모처럼 웃음을 보였다.

"무슨 말을 그리 섭섭하게 하시오? 나는 그저 사건을 해결하기 위해 그러는 것뿐이오."

가일이 자신의 이 결정을 후회하기까지, 그리 오랜 시간이 걸리지 않았다. 해번영에서 당직을 서고 있던 자는 다른 누구도 아닌 영맥이었다. 그는 손몽에게서 간단한 설명을 듣고 난 후 사람을 시켜 우청에게 보고를 올리고, 또 한편으로는 해번위 10여 명을 집합시켜 수행을 명했다. 가일은 이 모든 것을 거절할 방도가 없었다. 어쨌든 제 발로 찾아온 것은 가일이었다.

게다가 영맥이 가일을 대하는 태도가 아무리 정중하다 해도, 곳곳에서 기선을 제압하려는 모양새를 드러냈다. 진송의 거처를 수사하러 갈 때조차 그는 그곳이 정확히 어디인지 말하지 않은 채, 그저 자신이 길을 안내하겠다고 말한 후 해번위 예닐곱 명을 데리고 앞장서 갔다.

가일과 손몽은 일정 정도 거리를 유지하며 그 뒤를 따를 수밖에 없었다.

손몽이 입을 삐죽거리며 불쾌감을 드러냈다.

"그쪽 해번영 인간들은 왜 다들 저 모양이죠? 공을 다툴 일만 생기면 바싹 긴장해서 서로 견제하느라 난리들이잖아요?"

가일은 아무 대답도 하지 않았다. 본래 그는 해번위 몇 명만 데리고 가서 어의를 잡아다, 심문을 하는 등의 골치 아픈 일을 해번영 소관으로 넘길 생각이었다. 그런데 그곳에서 영맥을 만나게 될 줄 누가 상상이나 했겠는가? 이 도위는 관직이 높지 않아도 머리 회전이 빠르고 주도면밀한 데다, 성격마저 어둡고 배타적이라 다루기가 쉽지 않은 상대였다. 표면적으로는 공을 다투는 것처럼 보이지만, 실제로는 사태의 진행 과정에서 주도권을 잡아 가일을 자신이 원하는 방향으로 끌고 가려는 속셈이었다. 만약 어의 진송의 집에서 무언가를 발견한다면 가일은 영맥의 눈치를 볼 수밖에 없었다.

어느새 진송의 집 앞이었다. 영맥은 해번위를 분산시켜 대문과 후원의 출구를 봉쇄하도록 명을 내렸다. 그런 후 그는 검을 들어 빗장을 잘라내고 가일에게 들어가라는 손짓을 했다. 가일은 서두르지 않고 대문을 지나 뜰로 들어갔다. 이곳은 그리 크지 않은 저택으로, 좌우에 곁채가 있고 맞은편이 바로 안채였다. 집안은 마치 아무도 없는 것처럼 쥐 죽은 듯 고요했다.

가일은 허리춤에서 장검을 뽑아 들고 안채 문 앞으로 걸어갔다. 안채 안에서도 아무런 소리가 들리지 않았다. 그가 손목을 움직여 검 끝으로 방문을 밀어젖히자 빛이 안으로 쏟아져 들어갔다. 그 순간 눈에 들어온 것은 바로 온몸뿐 아니라 손과 발끝까지 굽은 채 웅크리고 있는 시체였다. 가일이 검을 거두고 남몰래 한숨을 내쉬었다. 정황상 또 한발 늦은 것이 분명했다.

영맥이 앞으로 나가 손을 뻗어 시체의 목을 짚어보았다.

"진송입니다. 이미 죽었습니다."

손몽이 물었다.

"죽어요? 누군가 죽여서 입을 막은 건가요? 어떻게 이렇게 발 빠르게 움직일 수 있죠?"

가일이 옆쪽 탁자에 놓여 있는 나무 사발을 쳐다보았다. 그 안에 아직 탕약 찌꺼기가 약간 남아 있었다. 그가 자세히 살펴보려는 순간, 영맥이 이미 한발 앞서 나가 나무 사발을 들고 냄새를 맡아보았다.

"견기약입니다. 아직 열기가 남아 있는 것으로 보아, 죽은 지 얼마 안 된 것이 확실합니다."

죽은 지 얼마 안 됐다면……. 가일은 일이 심상치 않게 흘러가고 있다는 것을 어렴풋이 느끼고 있었다. 흉수는 진송의 사망 시각을 너무나 정확하게 맞춰 그를 죽인 셈이다. 한두 시진 앞당겨 죽였다면 계화떡을 이용해 태자에게 화를 전가하려던 계책이 수포로 돌아간다. 반면에 한두 시진 늦게 죽이면 해번영에 체포돼 그 배후 인물을 실토하도록 심문을 받았을 것이다. 다시 말해서 주치가 탕약 때문에 가일이 죽었다고 추정할 때, 진송을 죽인 자가 이미 그 정보를 손에 넣었다는 의미가 된다.

누가 정보를 누설했을까? 아니, 정보를 캐낼 필요조차 없었을지 모른다. 그들의 동향을 주시하기만 하면 사건의 수사 과정을 추측해낼 수 있다. 어쩌면 그들이 백화 골목으로 가고 있을 때 진송은 이미 누군가의 손에 죽었을지도 모른다.

"가 교위, 진송의 죽음이 자살이라고 생각하십니까?"

영맥이 나무 사발을 내려놓고 시체를 자세히 관찰하기 시작했다.

"저자의 죽음이 자살이든 타살이든 달라지는 것은 없어요. 중요한 단서가 사라진 게 안타까울 뿐이죠."

손몽이 퉁명스럽게 말하며 끼어들었다.

"일리가 있는 말입니다."

영맥이 고개를 끄덕이며 가일을 계속 추궁했다.

"가 교위, 이 사건이 반첩의 그 사건과 연관이 있다고 생각하십니까?"

가일은 순간 흠칫하며 대답을 하지 못했다.

"가 교위도 여기까지 생각을 못 하셨나 봅니다. 저는 가 교위가 굳이 해번영의 지원을 받으려고 찾아온 것을 보고, 전혀 상관없는 사람을 대동하고 가서 증인으로 삼기 위해서라고 생각했습니다. 그래야 무언가를 발견하더라도 자신의 혐의를 씻어낼 수 있기 때문이겠죠."

"영 도위, 그게 무슨 말인가? 설마 내가 이 일을 벌였다고 지금 생각하는 건가?"

"반첩은 가 교위와 함께 밤길을 걸어가다 뜬금없이 자살했습니다. 다음

날 가 교위는 그녀의 외숙 주치를 만나러 갔고, 그날 주치도 독살을 당했습니다. 이 일련의 사건만 연결해보더라도 가 교위를 혐의 선상에서 배제시키기 힘듭니다. 그러나 전 가 교위가 반첩을 죽였다고 생각하지 않습니다. 물론 주치도 죽었을 리 없다고 봅니다."

"그리 빙빙 돌려가며, 도대체 무슨 말이 하고 싶은 거죠?"

손몽이 비꼬듯 물었다.

영맥의 얼굴에서 아무런 표정의 변화도 일어나지 않았다.

"가 교위, 이 사건 역시 철 공자가 한 짓이라고 생각하십니까?"

그 이름을 듣는 순간, 가일이 흠칫 놀란 눈으로 고개를 들어 영맥을 쳐다보았다. 이자가 어떻게 그 이름을 아는 거지?

영맥이 뒷짐을 지고 허리를 숙여 진송의 시체를 들여다보며 꼼짝도 하지 않았다. 가일은 이상한 낌새를 채고 그의 시선을 따라가다 순간적으로 숨이 턱 막혔다. 영맥이 무릎을 꿇고 앉아 조심스럽게 진송의 등 뒤에 깔려 있던 그 손을 잡아당겼다. 그러자 황금빛의 작은 조각이 눈에 들어왔다. 가일의 심장이 요동치고 이마에서도 식은땀이 배어 나왔다. 그는 애써 침착을 가장하며 가까이 다가가 물었다.

"무엇을 발견했는가?"

영맥이 아무 말 없이 진송의 손을 펼쳐 그 동그란 황동 조각을 빼낸 후 입구에서 들어오는 빛에 비춰보았다. 그것은 아주 정교하게 만들어진 영패로, 표면에 고목 가지 위에 매미 한 마리가 고요히 앉아 있는 그림이 새겨져 있었다.

제4장

◆

태자 손등

한선이 다시 나타났다는 소식이 전해졌지만, 그리 큰 파란은 일어나지 않았다.

이 비밀에 휩싸인 첩자는 조위를 상대하기 위해 나타난 적은 몇 번 있지만, 오나라 안에서는 별다른 움직임을 보이지 않았다. 진송의 손에서 한선의 영패가 발견되자, 그가 한선과 관련이 있으며 주치를 독살하고 태자에게 화를 전가하려 한 것이 모두 한선의 짓이라고 소문이 돌기 시작했다.

그러나 이러한 소문은 고작 며칠 들끓다가 사그라졌다. 더 많은 사람의 관심은 주치의 뒤를 이어 장차 태자태부 자리에 앉을 사람이 강동파일지 아니면 회사파일지에 쏠렸다. 앞서 주치는 경륜과 명성 등 모든 면에서 경쟁 상대가 없는 최적의 인선이었다. 그가 죽고 난 후 손권의 수하 중 당과 파벌에 속하지 않은 신하 가운데 제갈근을 포함해 누구도 이 자격에 미치지 못했다. 그러니 태자태부 자리는 강동파 혹은 회사파 중에서 고를 수밖에 없었다.

조야의 관심이 모두 공석인 태자태부 자리에 쏠려 있다 보니, 가일은 비로소 조금은 평정심을 찾을 수 있었다. 진송이 쥐고 있던 한선의 영패를 보았을 때 옆에 손몽이 없었다면, 그는 또 한 번 영맥을 죽이고 싶은 충동이 들었을지도 모른다. 동오에 잠복해 지낸 지 5년 만에 처음으로 한선의 영패가 만천하에 드러나는 것을 보고 하마터면 이성을 잃을 뻔했다. 가일은 자신이 기밀을 숨기고 산 지 너무 오래돼서 과도한 반응을 했다는 것을 깨달았고, 이 일을 진지하게 자신을 반성하는 계기로 삼았다.

그 영패는 유심히 살펴본 결과 크기와 모양, 문양과 조각 수준, 재질 등이 진짜와 흡사한 가짜였다. 진짜 한선의 영패는 매미 모양 부분이 황금으로 만들어졌고, 비록 그 색은 황동과 거의 구분하기 힘들 정도지만 무게에서 미묘한 차이가 드러난다. 게다가 매미 꼬리 문양이 있는 곳에 지극히 은밀한 설계를 해두었기 때문에 그것을 통해서도 진위를 가릴 수 있었다.

영패를 손에 넣었을 때부터 가일은 이미 그것이 가짜임을 알고 있었다. 그러나 도대체 누가, 무슨 목적으로 진송의 시체 아래 이 가짜 영패를 집어넣어 둔 것일까? 영맥은 영패를 본 후 휘하 해번위를 대동하고 집 안 구석구석을 이 잡듯 뒤지며 발칵 뒤집어놓았다. 영맥은 한선과 무슨 관계이기에 한선과 관련된 모든 것에 이렇게 예민하게 반응하는 거지? 가일은 자신이 손을 뻗어도 보이지 않을 만큼 짙은 안개 속에 서 있는 듯한 착각마저 들었다. 이 안개 속에서 굶주린 맹수가 날카로운 발톱과 이를 드러낸 채 언제라도 그를 향해 달려들 준비를 하고 있었다.

밤이 깊어지자 거리는 텅 비고, 길 양옆에 늘어선 가게들도 모두 영업을 끝내고 문을 닫았다. 오로지 입구 쪽에 있는 나무 패루(牌樓: 마을 입구에 세워진 탑 모양의 문) 옆의 작은 술집 딱 한 곳에만 아직 불이 켜져 있었다. 술집 안에 손님은 보이지 않았고, 주인은 탁자에 턱을 괴고 기대 앉아 연신 하품을 해 댔다. 가일은 손을 허리춤에 찬 장검에 올리고 술집 입구를 지나 몇 발자국을 걷다가 다시 돌아왔다. 그는 입구에 서서 안을 힐끗 쳐다본 후 걸어 들어갔다.

주인이 벌떡 일어나며 손님을 맞았다.

"손님, 뭘 드릴까요?"

가일은 안쪽에 있는 창가 자리를 골라 앉았다.

"옥로춘(玉露春) 한 동이랑, 술안주로 뭐가 있는가?"

"양고기 찜과 닭구이는 다 팔렸고, 지금 남은 건 백채 절임이랑 잠두콩 요리뿐입니다."

잠두콩 요리는 소한의 취선거에서 처음 만들어 팔기 시작해서 순식간에 성 전체에 유행처럼 번져나갔다. 다만 가격이 너무 비싸 평민들이 먹기에 다소 부담스러운 것이 문제였다. 그 후 소한이 일부러 잠두콩 요리 비법이 새어 나가게 만들었고, 한 가게에서 그 방법대로 잠두콩 요리를 만들어 보니 놀랍게도 그 맛이 그럭저럭 괜찮았다. 그렇게 해서 잠두콩 요리는 무창성에 널리 퍼지기 시작했고, 그 후 형주는 물론 오나라 전체로 전해졌다. 취선거의 잠두콩 요리를 먹어본 사람들은 모두 다른 곳에서 파는 잠두콩은 그 맛이 안 난다고 입을 모았고, 그렇게 입소문을 타면서 취선거의 장사는 나날이 번창했다.

술과 안주가 어느새 상 위에 차려졌다. 가일은 술잔을 내려놓고 술을 절반쯤 따랐다. 가게 주인은 음식을 내온 후 가게 문짝을 절반쯤 닫고, 고의든 아니든 사람이 겨우 한 명 나고 들 수 있을 정도의 입구에 기대 꾸벅꾸벅 졸았다. 가일의 방향에서 보면 그 주인이 문 밖의 경치를 거의 다 가리고 있는 셈이었다. 가일은 술잔을 들고 한 번에 쭉 들이켰다. 잠두콩의 맛은 확실히 취선거만 못했지만 그럭저럭 먹을 만했다.

나무 창문 위에서 세 번은 길고 두 번은 짧게 두드림 소리가 났다. 가일이 탁자 위를 한 번은 길고 네 번은 짧게 두드려 신호를 보냈다. 잠깐의 침묵이 흐르고 창가에서 젊은 사내의 목소리가 들려왔다.

"오면서 확인해보니 따라붙은 자가 없었네. 영맥이 붙인 자가 동쪽 시전에서 자네를 놓치더니 아직도 그곳을 돌며 자네를 찾고 있더군."

"그거 잘됐군."

가일이 자기 잔에 또 술을 따랐다.

"우청 쪽은?"

"작년에 이미 자네를 미행시키던 자를 철수시켰네. 자네 뒤를 밟은 지 거의 3년이 다 돼가는데도 이상한 기미를 발견하지 못했으니, 더 버텨봤자 의미가 없다고 생각했겠지. 안심하게. 우리가 여기서 손발을 맞추고 있으니, 누구라도 자네에게 손을 쓰려는 자가 나타나면 막을 방도를 강구해낼 수 있네."

가일은 마치 생각이 다른 곳에 가 있는 것처럼 잠두콩을 입에 던져 넣으며 무심하게 대답했다.

"알겠네."

"영맥의 내막 역시 이미 밝혀냈네. 그자가 자네를 물고 늘어지는 건 자네가 한선과 관련이 있다고 의심하기 때문이더군. 3년 전에 영맥의 처 임열이 한선에게 살해당했는데, 그때부터 그자가 줄곧 우리 뒤를 캐고 있네. 그자가 자네의 정체를 알아내는 것도 시간문제일 걸세."

창가에서 들려오는 목소리에 좀 더 힘이 들어갔다.

"영맥은 몸놀림이 빠르고 예리할 뿐 아니라 결단력이 있는 자네. 어찌 보면 우청보다도 훨씬 강한 자라 할 수 있지. 우리 쪽에서 그자에게 가짜 단서를 흘려 방해를 하겠지만, 자네 역시 조심해야 하네."

가일이 술잔에 입을 대고 한 모금을 마셨다.

"그자는 우청에게 예속돼 있지만 자기 주관이 아주 뚜렷한 인물이라, 우청을 등에 업고 적잖은 일을 해왔지. 최근 들어 무창성에 잠복해 있던 군의사와 진주조 첩자들이 잠잠해진 것도 그자 때문이네. 그날 밤 내가 매복의 공격을 당한 후 영맥이 그 단서를 근거로 그들을 이 잡듯 잡아냈으니 그럴 수밖에. 이자를 자네들 편으로 끌어들일 생각은 안 해봤는가?"

"자네들 편이라니, 그게 무슨 소린가? 자네는 한선의 객경이니 응당 우리라고 해야 맞네."

창가에서 가벼운 웃음소리가 들려왔다.

"영맥은 안 되네. 우리에 대한 선입견이 너무 강하고, 머릿속이 온통 복수로 가득 차 있어서 객경의 조건에 부합하지 않네."

"그의 부인을 우리가 죽인 게 맞는가?"

"이 일은 자네와 상관이 없네. 자네는 지금 사건을 어떻게 대처해야 할지만 생각하게."

"진송까지 수사망을 확대한 것만으로도 이미 돌이킬 수 없는 길을 들어서고 만 것이네. 다른 자들은 이 사건이 한선과 관련이 있다고 보겠지. 하나 난 그들에게 그 한선의 영패가 가짜라는 사실을 말할 수 없네. 사실 요 며칠 계속 고민해봤네. 그날 밤 반첩의 공격을 받았을 때부터 시작해서, 주치가 독살되고 태자가 모함을 받고 진송이 살해당하는 일련의 사건이 일어났지. 그리고 이 사건은 모두 한 사람의 소행이 분명했네."

"철 공자라는 자를 염두에 두고 있는 건가? 그자에 대해 이미 조사를 해봤지만 아무 단서도 찾을 수 없었네. 혹시 반첩이 죽기 전에 자네에게 혼선을 주기 위해 그 인물을 거론했다는 생각은 안 해봤는가?"

"그럴 리 없네. 철 공자는 분명 존재하네."

가일은 그날 밤 반첩의 표정을 떠올렸다.

"물론 이건 단지 나의 직감일 뿐이지만, 이 일련의 사건이 묘하게 비슷한 경향을 보여주고 있다는 생각이 드네."

"만약 철 공자가 한 게 확실하다면, 그 목적이 무어란 말인가?"

"영맥은 나를 겨냥해서 이 일련의 사건에 끌어들인 거라고 하더군. 하나 나는 그의 목적이 그렇게 간단할 리 없다고 생각하네. 아무래도 어떤 큰 판을 짜고 있는 듯한 느낌이 드네."

"자네는 우리가 어떤 식으로 일을 처리하는지 알고 있을 것이네. 일을 계획한 후에 행동으로 옮기니, 언제 멈추어야 득이 되는지를 알고 있지. 만약 일이 불분명해서 앞이 잘 보이지 않는다면 그것이 확실히 보일 때까지 기다리게. 우리의 실력이면 상대가 먼저 공격해 오기를 기다렸다가 제압하면 그만이네."

가일은 아무 말 없이 술잔에 또 술을 따랐다.

"아차차!"

창가의 목소리가 살짝 경박해졌다.

"요즘 자네와 손몽의 관계가 조금은 이상하던데, 어찌 된 일인가?"

"별일 없네."

가일이 한참의 침묵 끝에 입을 열었다.

"손몽의 내막은 여전히 오리무중인가?"

"그렇네. 자네도 알다시피, 우리조차 그 내막을 알아낼 수 없는 인물은 십중팔구 첩자가 분명하네. 게다가 여전히 아주 깊숙이 뿌리박혀 숨어 있는 그런 첩자겠지. 지금이야 별다른 악의를 보이지 않는다 해도, 매사 조심하고 자네 진짜 신분이 드러나지 않게 하게."

"이미 몇 년이 지났는데도 그녀의 신상 정보조차 알아낼 수 없군."

가일은 가볍게 탄식을 내뱉었다.

"자네도 들어봤겠지만, 한선이라고 해서 모든 걸 다 할 수 있는 건 아니라네."

창가의 목소리가 진지하게 변했다.

"이 세상의 형세가 빠르게 변하고 있고 인심을 예측하기도 힘드니, 사람이든 조직이든 뭐든 귀신처럼 알아맞히고 예언하는 일은 불가능하겠지. 한선이 이렇게 오랜 세월 동안 존재할 수 있었던 것도, 그가 무소불위의 힘을 가지고 있어서가 아니라 취사선택에 능하고 인내할 줄 알기 때문일 걸세. 우리는 모두 한선이 두는 바둑의 바둑돌이 아닌가? 그러니 가장 명심해야 할 것 역시 마음속에 집념을 가지고 있지 말아야 한다는 걸세."

가일은 술잔을 만지작거리며 들릴 듯 말 듯 탄식을 내뱉었다.

"사람이 사는 동안 조금의 집념조차 없다면 그 인생이 무슨 의미가 있겠는가?"

그렇지만 창가에서는 이미 아무 소리도 들리지 않았다.

가일은 조회에 참석할 만한 관품이 아니었다. 그런 그가 오나라에 들어온 지 5년 만에 처음으로 무창궁에 발을 들여놓게 됐다.

무창궁은 손상향의 진두지휘 아래 지어진 곳이다. 당시 손권은 군대를 이끌고 공안(公安)에 주둔하며, 서쪽으로 유비를 상대하고 북쪽으로 조비와 대항하느라 정신없이 바쁜 나날을 보내고 있어 이 일에 신경 쓸 여력이 전혀 없었다. 무창궁은 더할 나위 없이 웅장하게 지어졌다. 길이와 너비가 각각 약 천 장(丈)이고, 궁문을 다섯 개 만들었다. 대전이 세 곳이고, 편청과 상방이 백여 곳에 달한다. 전체 궁에 쓰인 재료도 무척 까다롭게 선별했다. 목재는 교주의 박달나무를 사용했고, 석재는 천악산(天岳山)의 험준한 산봉우리를 뚫어서 마련했으며, 기와조차 고운 진흙으로 만들었다.

2년 후에 손권이 공안에서 악주(鄂州)로 천도한 후 이곳을 무창으로 개명했다. 손권은 손상향과 함께 새로 지은 궁궐을 둘러본 후, 과도하게 사치하고 호화로운 모습이 그가 주창해온 근검절약 정신에 부합하지 않는다며 크게 화를 냈다. 군신들이 여러 차례 그를 설득한 후에야 그는 국정을 처리할 때만 궁에 들어가고, 성안에 오래된 저택을 구해 기거하며 오왕부라고 일컬었다.

조회는 태극전(太極殿)에서 거행됐다. 가일은 서쪽 열의 가장 끝자리에 앉았고, 그의 앞쪽으로 3, 40명의 관원이 있었다. 손권은 가장 상석에 앉아 군신들을 내려다보며 정사를 하나하나 경청하는 중이었다. 가일이 자세히 들어보니, 서산(西山)의 구리 광산을 채굴해 돈을 주조하고, 건업에 주둔 중인 서성(徐盛)이 병력 지원을 요청했고, 백월이 관리를 죽이고 반란을 일으켜 진압이 시급하다는 등의 지루하기 짝이 없는 내용들이었다.

대략 한 시진이 흐르고 나서야 주치 사건을 보고할 순서가 됐다. 가일이 옆으로 걸어 나와 무표정하게 사건 경과를 보고했다. 그는 태자와 고담이 혐의를 벗었고, 진송이 범인으로 지목됐음을 밝혔다. 모든 것은 한선의 주도하에 이루어진 것이며, 비록 진송이 이미 죽었으나 영맥과 함께 무창성에서 한선을 전면적으로 조사할 거라는 내용이 주를 이뤘다. 보고를 마친 후 그는 자리로 다시 돌아갔다. 이제 손권이 주치의 죽음을 애도하기 위해 몇 마디 말을 전하고 나면, 회사파와 강동파가 태자태부의 인선을 놓고 치열한 자리다툼을 벌일 것이다.

그런데 가일의 예상을 깨고, 그가 자리에 앉자마자 왼쪽 편에서 문관 한 명이 걸어 나왔다. 바로 선조상서 기염이었다. 가일은 손몽이 했던 말이 문득 떠올랐다. 기염은 주치가 죽기 전에 손권에게 쓸모없는 관원을 줄이자는 상주문을 올리며 그를 1순위로 지목한 자였다. 그렇다면 지금 저자가 나서는 이유가 설마 이 사건의 수사 결과에 의문을 제기하기 위해서인가?

기염이 고개를 들고 당당하게 손권에게 아뢰었다.

"지존, 신은 가 교위의 말이 틀렸다고 생각하옵니다. 고작 영패 하나만으로 이 사건이 한선과 관련이 있다고 단정 짓는 것은 지나치게 경솔한 판단이 아닐 수 없습니다. 지금까지 한선의 영패는 수차례 세상에 모습을 드러냈으니, 마음만 먹으면 그것을 위조하는 것도 그리 어렵지 않을 것입니다. 실제로 건안 24년에 위제 조비가 한선을 사칭해 한실의 옛 신하들을 일망타진했다 들었습니다."

모든 신하들이 비스듬히 몸을 돌려 기염을 쳐다봤다. 선조상서가 해번영의 수사를 거친 사건을 반박하는 것은 직권 밖의 일이자 보기 드문 경우였다.

손권이 자세를 고쳐 앉으며 물었다.

"기 상서는 주 태부가 한선의 손에 죽은 게 아니라고 생각하나 본데, 무슨 증거라도 있는가?"

"신이 이번에 발견된 한선의 영패가 가짜라고 생각하는 이유는 두 가지입니다. 첫째, 한선이 세상에 존재를 드러낸 시기는 대부분 한실·조위·서촉 간의 싸움과 연관돼 있으니, 그는 한실에 충성을 바치던 옛 신하가 분명하옵니다. 한제가 선양한 후에 한선 역시 소리소문 없이 사라졌습니다. 그런데 한실이 무너지고 여러 해가 지난 지금 왜 한선이 다시 우리 오나라에 나타나 중신을 독살하고 태자를 모함한단 말입니까? 이렇게 하는 것이 한실을 부흥시키는 데 무슨 도움이 될 수 있겠는지요? 둘째, 방금 가 교위가 했던 말처럼 이 사건이 어의 진송의 소행이고 한선이 그 배후라면, 분명 오나라에서 여러 해 동안 준비 과정을 거쳐 판을 짜야 인심을 책동할 수 있을 겁니다. 하나 지난 몇 년 동안 오나라에서 한선의 활동을 눈치 챌 만한 어떤 기미가 있었던가요? 아니면 우리 해번영이 너무 무능해 발견을 못 한 걸까요? 셋째, 만약 이 사건이 한선의 소행이라면, 모든 일을 치밀하게 설계하고 심지어 해번영이 진송의 집에 도착하기 전에 진송의 입을 막아놓고도 왜 유독 가장 중요한 한선의 영패를 남겨놓았을까요? 누가 봐도 앞뒤가 안 맞는 상황 아닙니까?"

이곳에 모인 관료들 역시 많든 적든 이런 의문을 품은 적이 있지만, 그 진상에 대해 관심을 둔 사람은 거의 없었다. 주치가 이미 죽은 마당에, 그들의 관심은 오로지 주치의 공석을 누가 채울 것인지에 쏠려 있었다.

손권이 물었다.

"자네의 말이 일리가 있어 보이는군. 그럼 자네는 주 태부가 왜 죽었다고 생각하는가?"

"신이 어찌 감히 그 말을 입에 올릴 수 있겠는지요?"

기엽의 목소리가 더 커졌다.

"조정의 일에 감히 못 할 말이 무엇이 있겠는가?"

손권이 살짝 성가시다는 듯 그를 재촉했다.

"계속 처리해야 할 의제가 예닐곱 개나 더 남아 있으니, 시간 낭비하지 말고 가능한 빨리 말하게."

"신은 주치가 회사파와 강동파의 파벌 싸움 때문에 죽게 됐다고 생각하옵니다."

기엽이 이 말을 꺼내기 무섭게, 정전 안이 쥐 죽은 듯 고요해지고 싸늘한 분위기마저 감돌았다. 한참이 지난 후에야 손권이 비로소 입을 열었다.

"기엽, 그 말이 무슨 의미인가?"

"우리 동오의 조정을 회사파와 강동파가 좌지우지하고 있다는 건 세 살짜리 아이도 다 아는 일이니, 신도 더는 장황하게 거론하지 않겠습니다. 우선 지존께서 주치를 태자태부로 발탁하신 것은 탁월한 결정이셨습니다. 주치가 경륜과 명성 면에서 태부에 가장 적합한 인물이라는 것을 누구도 부인할 수 없을 겁니다. 더구나 그 어떤 당파에도 속하지 않은 채 오로지 조정과 지존을 위해 충성을 다해온 인물이었지요. 그가 태부가 됐으니, 태자께서 대통을 이어받은 후에도 강동파와 회사파 어디에도 기울지 않은 채 조정의 균형을 유지할 수 있었습니다. 다만 최근 몇 년 동안 강동파와 회사파가 암투를 벌이며 서로를 배척하고 있고, 그 상황이 이미 서로를 용납할 수 없는 지경에 이르렀습니다. 지금 주치가 죽었으니, 그들은 태자태부 자리를 차지하고 태자를 자기 쪽으로 끌어들일 절호의 기회를 얻게 된 셈이지요. 이런 이유 때문에 신은 주치가 강동파와 회사파의 손에 살해됐다고 생각하옵니다."

"너무 억지스럽다는 생각이 드는군. 강동파든 회사파든 모두 우리 오나라의 신하들인데, 어찌 자리싸움을 위해 사람을 죽이는 일을 벌일 수 있겠는가?"

손권이 동쪽 편에 있는 문신들 가운데 가장 상석에 앉아 있는 장소에게 물었다.

"장 공, 그대는 기염의 이 말을 어떻게 생각하시오?"

장소는 삼대에 걸쳐 왕을 모신 원로대신으로 회사파의 수장이기도 했다. 비록 지금은 고희(古稀)에 가까운 나이라 머리카락과 수염이 온통 하얗게 셌지만 정신은 여전히 온전했다. 손권의 질문을 받은 후에도 그는 바로 대답을 하지 않은 채, 마치 아무 소리도 듣지 못한 것처럼 두 눈을 살짝 감고 있었다.

손권이 헛기침을 한 번 하며 다시 질문을 반복하려 하자, 장소가 그제야 느긋하게 입을 열었다.

"노신이 조정에서 기염과 일한 지 오래되지 않았으나, 그의 성격이 강직하다는 것을 익히 알고 있습니다. 아무리 그렇다 해도, 지금 조당의 가장 큰 폐단을 감히 말한다는 것이 결코 쉬운 일은 아니겠지요. 다만 주치의 죽음을 파벌 싸움 탓으로 돌리는 건 그저 그의 추측에 불과할 뿐, 아직 인증과 물증이 전혀 없으니 객관성을 결여했다 볼 수 있습니다."

손권이 고개를 끄덕이며 다시 장온을 향해 돌아섰다.

"기염은 자네가 추거한 자가 아닌가? 자네의 생각은 어떤가?"

비록 장온이 새로운 정책을 지지한다 해도, 조당에서 기염을 지나치게 두둔하기는 쉽지 않았다. 특히 장소가 이미 태도를 표명한 후라 말을 더 신중하게 해야 했다. 장온은 감히 시간을 너무 오래 끌지 못한 채 고개를 숙이고 예를 갖춰 대답했다.

"지존께 아뢰옵니다. 소신 역시 장소 대인의 말에 일리가 있다고 생각하옵니다. 아무런 증거도 없는 상황에서 추측만으로 단언하는 것은 옳지 않습니다. 이것은 가일이 영패만으로 이 사건이 한선의 소행이라고 단정하는 것보다 더 무모한 생각이옵니다. 다만 지금 조당에서 벌어지고 있는 파벌 싸움이 이미 격해져 물과 기름처럼 서로를 배척하니, 천추 대업에 불리한 것 또한 사실이옵니다. 기염이 선조상서로서 이 문제를 거론한 이상, 이미 대책을 세워두었는지 궁금하옵니다."

손권이 기염을 바라보았다.

기염이 곧장 공수를 하며 대답했다.

"지존께 아뢰옵니다. 신은 이미 수일 전에 상주문을 올려 이 일의 해결 방안을 상세히 적어놓았습니다. 지존께서는 어찌 보셨는지요?"

손권이 미간을 좁혔다.

"조서를 개혁하고 불필요한 관리를 잘라, 뛰어난 인재들을 위해 등용문을 넓혀야 한다는 그 상주문을 말하는 것인가? 하지만 굳이 그럴 필요가 있겠느냐?"

"반드시 해야 하는 일입니다. 촉나라 장무(章武) 2년 제갈량·법정·이적(伊籍)·유파(劉巴)·이엄(李嚴) 등 다섯 명이 '촉과(蜀科)'를 제정해, 법과 예로 나라를 다스리고 위엄과 덕을 병행할 것을 주장했습니다. 팔무(八務)·칠계(七戒)·육공(六恐)·오구(五懼) 등의 조항을 만들어 촉나라 관리와 장병들을 권계하고 가르치는 데 사용했으며, 3년의 세월을 거치면서 촉한 조정은 모든 것이 원활하게 돌아갔고 관리의 공무 집행이 점차 투명해졌습니다. 조위 역시 황초(黃初) 원년에 이부상서(吏部尚書) 진군(陳群)의 의견을 받아들여 구품중정제(九品中正制)를 추진했습니다. 각 주·군·현의 중정관이 지방의 인사를 덕행과 재능에 따라 아홉 등급으로 분류하고 판정해 천거하면서, 그간

권문세가에서 쥐고 휘둘러온 인재 천거 권력이 약해지고 가난한 집안 출신의 인재들이 두각을 나타내기 시작했습니다."

기염이 잠시 숨을 돌리고 다시 말을 이어갔다.

"지존, 촉한과 조위는 우리 동오의 오랜 화근이옵니다. 저들이 모두 관리의 공무 집행 체계를 바로잡아 인재 등용에 집중하고 있는데, 지존께서는 동오의 부정부패를 이대로 보고만 계실 것입니까? 이런 식이라면 선주께서도 구천에서 편히 눈을 감지 못하실 것이옵니다."

손권은 한참을 침묵하다 다시 장소에게 물었다.

"장 공, 어찌 생각하시오?"

장소는 여전히 눈을 살짝 감고 있었다.

"지존께서 만약 나라의 기강을 바로잡고 싶으시다면, 굳이 주치 사건을 억지로 끌어들일 필요가 없겠지요. 신은 지존께 한 말씀만 올리겠습니다. 조정에서 파벌 싸움이 격화되고 서로를 배척하는 일은 예로부터 늘 있어 왔던 일이지요. 진나라 시황제나 한나라 무제(武帝)처럼 영명하다 해도 이 폐단을 뿌리 뽑을 방도는 없을 것입니다. 본시 인간의 본성은 이기적인지라, 설사 요(堯)와 순(舜)이 왕이라 해도 그들의 조정 역시 위로부터 아래까지 군신이 한마음이 되는 것은 불가능합니다. 한 나라의 왕이 군신 간의 균형과 견제를 유지하며 최고의 협력 관계를 끌어내고 갈등을 최소화하는 경지에 도달하는 것 자체가 이미 탁월한 능력에 속한다 하겠지요. 신하의 권세를 약화시키고 자신의 뜻만을 관철시키려 한다면, 자신의 양팔을 자르고 자멸의 길로 들어서는 것과 다르지 않습니다."

장소는 이 말만을 한 채 내시의 부축을 받으며 휘청휘청 일어섰다. 그는 눈을 부릅뜨고 조정의 군신들을 쭉 둘러보며 대전 밖으로 천천히 걸어 나갔다.

손권은 그를 만류하기는커녕, 이 노인이 걸어 나가는 모습을 무심한 눈빛으로 쳐다보며 아무 일 없었다는 듯 말을 꺼냈다.

"자, 이렇게 하세. 주 태부 사건은 두 사람이 나눠서 수사를 하도록 하게. 가일은 누가 태부 자리를 노리고 이 일을 꾸몄는지 진실을 밝히도록 하고, 우청은 한선이 우리 오나라에서 무슨 일을 도모한 적이 있는지 철저히 수사하도록 하게."

중신들이 한목소리로 동의했다. 손권이 또 하나의 상주문을 펼쳐 들며 세금에 대한 논의를 시작했다.

가일은 자리에 앉아 기엄·장온·손권의 표정을 살폈다. 관리 체계를 개편하는 일이 어찌 진행되든 그는 조금도 관심이 없었다. 다만 주치 사건이 이런 식으로 발전할 줄은 그 역시 꿈에도 생각하지 못했다. 손권의 뜻에 따라 한선에 관한 수사는 우청에게 넘어갔다. 우청은 이 일을 당연히 영맥에게 맡길 것이다. 이렇게 되면 가일이 사건을 수사할 때 영맥은 그를 수사하는 꼴이 되고 만다. 그는 반첩의 입에서 흘러나온 철 공자를 다시 떠올렸다. 혹시 그자가 보고자 했던 결과가 이런 것이 아니었을까?

조회가 끝난 후, 가일은 일부러 대신들이 모두 나갈 때까지 기다렸다가 태극전을 나섰다. 그러다 보니 무창궁을 나오기까지 무려 반 시진이 걸렸다. 그는 궁문 밖에서 한참을 주저하다 돌아서서 경화수월 방향으로 걸어갔다. 요즘 들어 군주부에 가는 횟수가 전보다 많아졌지만, 손몽을 보기가 여전히 껄끄러운 것도 사실이었다. 특히 요 근래 손몽이 의도적이든 아니든 애매한 행동을 하는 경우가 많아지고 있었다.

가일은 손몽이 전천인지 아닌지를 알기 위해 이제 더 이상 아무 노력도 하지 않았다. 한선도 알아내지 못하는 그녀의 정체를 그 혼자 알아내는 것도 불가능했다. 그러나 한편으로는 한선에 대해 여전히 일말의 의심을 품고 있었다. 가일은 한선이 손몽에 대해, 자신에게 알려준 것보다 훨씬 많은 사실을 알고 있을 거라고 확신했다. 객경으로 오래 지내면서 알게 된 사실이 한 가지 있다면, 한선은 가일이 자신보다 더 많은 정보를 가지고 있는 것을 결코 좋아하지 않는다는 것이다.

걷다 보니 어느새 번화가로 접어들었다. 저 멀리 마차 행렬이 오고 있고, 그 의장으로 보아 오왕부에 소속된 것이 분명했다. 가일은 걸음을 멈추고 길옆으로 몸을 피했다. 그는 고개를 숙인 채 매서운 눈빛으로 마차를 주시했다. 단서만 놓고 보면 철 공자가 왕실 종친일 가능성이 높았지만, 의심이 가는 사람을 골라낼 방도가 없었다. 오왕부에는 왕실 종친 중 일부만 살고 있고, 그 나머지는 대부분 무창성 여기저기에 흩어져 거주하고 있었다. 심지어 일부는 건업과 오군 등지에 살기도 했다. 왕실 종친 중 공자만 해도 족히 6, 70명은 됐고, 그중 나이와 지위 등이 부합하지 않는 자를 제외한다 해도 40명 정도가 남았다. 이들의 행적과 내막을 가일 혼자 하나하나 조사하려면 상당한 시간과 정력이 필요했다. 하물며 그는 이들을 조사할 근거를 전혀 가지고 있지 않기 때문에, 발각되는 순간 대역 죄인이 되고 만다. 철 공자가 바로 태자 손등이라고 추측하는 것도 말이 되지 않았다. 손몽의 말처럼, 장차 왕위를 계승할 태자가 일개 교위를 상대하기 위해 이런 일련의 일을 벌였다는 것 자체가 모순이었다.

그 오왕부의 마차가 가까워질 때쯤, 별안간 가일의 등 뒤에서 활시위가 떨리는 희미한 소리가 들리더니 화살이 그의 귓가를 스쳐 앞에 있는 마차에 가서 박혔다. 마차를 호위하던 우림위가 즉각 일사불란하게 움직이며 길 양쪽에 있는 사람들을 향해 빠르게 돌진하며 제압했다. 가일이 뒤돌아보니 검은 그림자가 길모퉁이를 지나 잽싸게 빠져나가고 있었다. 그가 추격을 하려는 순간, 우림위들이 어느새 그의 앞을 가로막으며 긴 창을 들고 그를 겹겹이 둘러쌌다.

"이게 누구신가!"

누군가 우림위를 제치고 나와 가일 앞에 섰다.

"가 교위, 이제 하다 하다 안 되니 태자를 암살하기로 마음을 먹었단 말이냐?"

큼지막하고 헐렁한 비단옷을 입고 허리에 비스듬하게 장검을 찬 모습이 닭을 잡은 족제비를 보는 듯 우스꽝스러워 보이는 이자는 바로 태자 손등의 '사우' 중 한 명인 제갈각이었다. 가일의 머릿속에 순간적으로 이런 생각이 스치고 지나갔다. 지금 마차에 타고 있는 자가 태자라면, 방금 등 뒤에서 화살을 쏜 자의 목표물이 내가 아니라 태자가 아닐까? 하지만 우림위가 물샐틈없이 에워싸고 있어 태자가 도대체 어느 마차에 타고 있는지 찾아낼 방도가 없다. 게다가 그 화살은 태자의 마차가 어느 것인지도 모른 채 무작정 날아갔다. 그렇다면 등 뒤에서 화살을 쏜 자는 태자를 죽이려는 것이 아니라 나에게 화를 전가시키기 위해 그런 짓을 한 것인가?

"가 교위, 갑자기 왜 꿀 먹은 벙어리가 된 것이냐? 미안하지만 몸수색을 좀 해야겠네."

제갈각이 한껏 조롱하듯 웃으며 말했다.

우림위 두 명이 곧장 앞으로 다가갔지만, 가일은 저항조차 하지 않은 채 순순히 협조를 해주었다. 얼마 후 그가 몸에 지니고 있던 암기들이 모두 바닥에 하나하나 쌓여갔다. 제갈각이 패검으로 몇 개를 집어 올리며 말했다.

"몸에 재밌는 물건들을 많이도 지니고 다니는군."

"해번영의 일이 매일 위험에 노출되어 있다 보니, 자신을 방어하기 위해 지니고 다니는 것들입니다."

제갈각이 수노를 끄집어내며 말했다.

"쯧쯧, 이리 흉기도 찾았으니, 이제 발뺌도 못 하겠군."

가일이 깊은 한숨을 쉬며 상황을 설명했다.

"제갈 공자, 이 주변에 있는 사람들 중 그 화살이 내 등 뒤에서 날아온 것을 본 자들이 적지 않을 것입니다."

"그런가? 하나 사람의 입은 거짓말을 할 수 있으니, 믿을 만한 것이 못되네."

제갈각이 고개를 저으며 말했다.

가일은 이 황당한 상황이 기가 막힐 뿐이었다. 이 제갈 공자가 주치 사건에 앙심을 품고 지금 이 일을 핑계 삼아 나를 궁지로 몰아가려 하는구나. 가일이 정신을 가다듬고 이 상황을 벗어날 묘책을 고민하고 있을 때, 어디선가 점잖은 목소리가 들려왔다.

"원손(元遜) 형님, 가 교위에게 무례를 범해서야 쓰겠소?"

가일이 소리 나는 곳을 쳐다보니, 뒤편에 있는 마차 쪽에서 기품이 넘치는 세도가 공자가 미소를 지으며 그를 향해 걸어오고 있었다. 그는 정갈하게 빗어 올린 머리를 백륜건(白綸巾)으로 묶고, 앞자락이 곡선으로 돼 있는 검붉은 색의 심의를 입고 있었다. 대나무 조각으로 엮어 만든 부채까지 들고 있어 선비의 풍모를 여실히 드러냈다.

그가 가일에게 읍을 하며 인사를 건넸다.

"가 교위, 소생은 손등이라 하네."

가일이 깜짝 놀라며 얼른 몸을 숙여 절을 올렸다.

"해번영 익운교위 가일이 태자 전하를 알현하옵니다."

손등이 두 손을 내밀어 가일의 팔에 얹으며 말했다.

"격식 차릴 필요 없네. 가 교위는 이 나라의 영웅호걸이 아닌가? 잔악한 자들을 처벌하는 데 자네의 노고가 가장 크거늘, 이런 격식에 얽매일 필요 없네."

이 태자는 과할 정도로 겸손하고 상대를 배려했다. 그럼에도 가일은 그의 행동이 가식이라는 생각도 들지 않았다. 그의 눈빛 하나, 동작 하나가 모두 더할 나위 없이 진실해 보였다. 지난 몇 년 동안 손등은 세인들로부터 좋은 평가를 받고 있었다. 조위와 촉한조차 장차 그가 어질고 총명한 군주가 될 거라고 인정할 정도였다.

제갈각이 옆에서 목소리를 높이기 시작했다.

"전하, 이자를 너무 가까이하지 마십시오. 이자는 전하를 암살하려 한 혐의를 아직 벗지 못했습니다."

손등이 그를 힐끗 쳐다보더니 웃으며 고개를 저었다.

"지금 웃음이 나오십니까! 지금 우리가 범인을 잡고 무기까지 손에 넣은 마당에, 또 무골호인처럼 이자를 놓아줄 생각 마십시오!"

제갈각이 흥분을 감추지 못했다.

손등이 그 수노를 집어 들고 안에 있는 화살을 꺼내 마차 옆으로 갔다. 그는 마차에 꽂힌 화살을 뽑아 두 개를 나란히 들고 사람들에게 보여주었다. 두 개의 화살 중 하나는 길고 하나는 짧으며, 하나는 세공이 정교하고 다른 하나는 거칠고 조잡스러웠다. 누가 봐도 똑같은 화살이 아니었다.

"보셨소? 마차에 꽂힌 이 화살은 가 교위의 수노와 크기가 맞지 않소. 그렇다면 이 화살은 가 교위가 쏜 것이 아니라, 다른 누군가가 가 교위를 모함하기 위해 쏜 것이 분명하오."

손등이 가일을 향해 사과를 했다.

"가 교위, 괜한 오해로 억울한 일을 겪게 했네."

가일이 공수를 하며 연신 송구하다는 말을 반복했다.

제갈각이 여전히 생트집을 잡으려 들자, 손등이 웃으며 그를 말렸다.

"이제 그만 됐소. 원손 형님은 고담의 일 때문에 마음이 상해 여기서 그때 당했던 걸 되갚아주려고 그러는 것 아니오? 형님은 장차 문무를 겸비한 인재가 돼야 할 사람이니, 이런 사소한 일에 더 이상 얽매여서야 쓰겠소? 자꾸 이러면 앞으로 문객들에게 웃음거리가 될지도 모르오."

손등이 또 가일을 향해 공수를 하며 예를 행했다.

"본시 가 교위와 마주 앉아 깊은 이야기를 나누고 싶었으나, 중요한 일이 있어 이만 가봐야겠네. 고담의 혐의를 풀어줘서 고맙네. 나중에 힘든 일이 생기면 언제라도 사람을 시켜 내게 알려주면, 내 힘껏 돕도록 하겠네."

가일이 답례를 했다.

"사건의 진실을 밝히는 것은 신의 본분이니, 당연한 일을 했을 뿐입니다. 태자 전하께서는 너무 마음 쓰지 마십시오. 주 태부 사건은 반드시 진실이 밝혀질 겁니다."

제갈각이 여전히 못마땅한 듯 비꼬았다.

"진상을 밝히든 말든 다 필요 없네. 괜히 무고한 사람을 끌어들여 머릿수를 채울 생각만 하지 말게."

손등이 손을 저어 제갈각을 저지하며 고개를 끄덕였다.

"가 교위를 믿네. 반드시 주 태부가 편히 눈감으실 수 있도록 해주게."

서로 몇 마디 더 인사치레 말을 주고받은 후, 손등이 먼저 작별 인사를 하고 마차에 올랐다. 그가 탄 마차가 출발하자 의장도 따라 움직였다. 가일은 마차 행렬이 일으키는 흙먼지를 바라보며, 지나치게 자세를 낮추던 손등의 태도가 영 꺼림칙했다. 태자로서 이런 모습을 보이면 당연히 인심을 회유할 수 있을 테지.

하지만 위엄이 전혀 없는 모습으로 어떻게 백관들을 휘어잡을 수 있겠는가? 아니, 어쩌면 이것은 단지 태자로서 보여준 모습일지도 모른다. 예로부터 왕은 생살여탈권을 쥐고 있으니, 왕위에 등극하기 전에 아무리 인재를 중시하고 예로써 그들을 대한다 해도 일단 그 자리에 오르면 변하지 않는 이가 없었다. 만약 그 자리에 올라서도 변함이 없다면 오래 버티지 못한 채 치열한 정쟁 속에서 권좌에서 끌려 내려오게 돼 있었다.

가일은 어차피 자신과 상관없는 일이라는 생각에 이내 고개를 가로저었다.

선조 조서 안에서 기염이 손에 든 문건을 빠른 속도로 훑어보았다.

이 안건은 서표의 사정을 거쳐 적잖은 부분이 삭제됐고, 특히 관리를 시찰 평가하고 불필요한 인원을 감축하는 방면으로 이미 비교적 완화가 된 상태였다.

그는 붓을 들고 다시 고쳐서 옮겨 쓰기 시작했다. 그는 서표가 잣대를 느슨하게 적용한 곳을 찾아내 엄격하게 고쳐나갔다.

며칠 전 조정에서 벌어졌던 그 논쟁의 결과가 그를 흥분시켰다. 강동파 고옹은 손자 고담이 사건에 연루돼 있기 때문에 아무런 의견도 피력할 수 없었다. 육손은 이릉 둔전에 있고 주환은 유수(濡須)에 주둔하고 있어, 반대를 하고 싶어도 할 수 없었다. 장온은 일찌감치 자기편에 섰고, 개혁안을 지지하는 태도를 은연중에 내비쳤다. 강동파는 더 이상 문제 될 것이 없었다. 이제 남은 것은 회사파였다. 장소가 기염의 의도를 간파했지만, 감정적으로 대처하며 무례하게 물러가는 바람에 지존의 심기를 크게 건드렸다. 비록 지존은 그 자리에서 직접 태도를 표명하지 않았지만, 기염이 다음 논의 때까지 안건을 수정하고 보완하는 일에 착수하도록 암묵적으로 동의했다. 기염은 이제 승세를 탔으니 자신의 개혁안이 순조롭게 진행될 거라고 확신했다.

잠시 후 그는 안건의 수정을 완료한 뒤 편청으로 서표를 찾아가 그것을 탁자 위에 올려놓았다. 기염은 탁자 위에 놓여 있던 간식을 보이는 대로 하나 집어 입에 넣고 씹으며 웅얼거리는 발음으로 서표에게 말했다.

"어서 이걸 좀 보게. 이 잣대와 범위로 개혁안을 시행하면 혼탁했던 조정의 물이 티끌 하나 없이 맑아질 걸세!"

그것을 하나하나 꼼꼼히 읽어 내려가던 서표의 표정이 점점 굳어졌다. 그는 새롭게 추가된 조항에 주목했다. 그중 하나가 '동궤투서(銅匭投書)'를 만들자는 조항이었다. 조서 입구에 동으로 만든 궤짝을 놔두고 누구나 조서 관리의 잘못된 행적을 써서 봉인된 궤짝에 넣을 수 있게 만들자는 것이다. 선조는 매일 그 궤짝의 투서를 한데 모아 관리에게 넘겨 추적 조사를 실시한다. 조사를 거쳐 투서 내용이 사실로 입증되면 해당 관리를 처벌하고 투서한 자를 포상하며, 사실이 불분명하거나 증명할 방도가 없으면 해당 관리를 따로 분류해놓고 투서한 자의 죄는 추궁하지 않는다.

서표가 이 항목을 가리키며 물었다.

"이렇게 하면 무고와 밀고를 일삼는 풍조가 성행하지 않겠는가?"

"성인께서도, 정책이 관대하면 백성이 태만해지니 그 태만을 준엄함으로 다스려야 한다고 했네."

기염이 손에 붙은 간식 찌꺼기를 털어내며 말했다.

"지금 불필요하고 무능한 관리 수가 너무 많으니, 이 또한 부득이한 조치네! 이 조항은 조서를 숙청한 후에 없애도 늦지 않네!"

"이건 너무 급진적이라, 조서 속관들의 반발을 불러일으킬까 걱정이네. 그렇게 되면……."

"이것저것 다 따지면서 무슨 큰일을 이룰 수 있겠는가? 우리가 원하는 건, 벼락이 마른 풀과 썩은 나무를 꺾듯 부패하고 무능한 자들을 몰아내는 것이네! 흐흐, 이 일이 성공하면 자네와 내 이름이 청사에 길이 남아 전 왕조 경제(景帝)의 삭번(削藩) 정책과 무제의 추은령(推恩令)에 버금가는 공을 인정받을 것이네!"

서표가 고개를 가로저었다.

"그럼 조조(鼂錯)와 주보언(主父偃)의 말로가 어찌 됐는지도 알겠군."

"이제 와서 뭘 그리 두려워하는 건가? 관리 체계를 개혁하는 것은 단지 첫걸음에 불과하네. 이 첫걸음을 떼고 나면 농업과 양잠을 장려하고 노역을 경감하며 군비 및 법령을 강화하는 일이 이어질 걸세. 10년 동안 인구 증가와 부국강병에 힘쓰고 10년 동안 백성과 군대를 교육하고 훈련하는 일에 매진한다면, 20년 후 우리 오나라가 천하를 누비며 호령하는 날이 올 것이네!"

서표는 아무 말이 없었다.

기염이 그의 어깨를 힘껏 치며 안심을 시켰다.

"안심하게. 며칠 전 조정에서 있었던 일을 자네도 알지 않는가? 모든 것이 더할 나위 없이 순조롭게 풀리고 있으니, 아무 문제도 생기지 않을 것이네. 자네도 말했듯이 우리의 이 개혁안은 법과 제도를 고치는 일에 해당하니, 윗자리에 앉아 있는 자들의 지지가 절대적으로 필요하네. 태자가 이미 태도를 명확히 했고 지존도 묵인한 마당에, 도대체 걱정할 일이 뭐가 있다고 그러는가?"

"태자가 지지 의사를 확실히 밝힌 건가?"

서표가 의외라는 듯 물었다.

"지난번 의안을 보더니, 자네처럼 좀 과격하다고 말하기는 하더군."

기염이 우스갯소리처럼 말했다.

"문제 될 것 없네. 태자는 어질고 너그러운 사람이니, 나쁜 역할은 내가 해야겠지."

서표가 한숨을 내뱉었다.

"물이 너무 맑으면 물고기가 안 논다 했지. 우리 수단이 지나치게 과격하면, 이 일을 성공할 수 있을지 단언하기 힘드네. 주치처럼 하루아침에 죽임을 당할 수도 있는 문제니, 신중히 생각하게."

"이보게, 또 시작인가? 주치 사건은 해번영의 가일과 우청이 조사 중에 있고, 그것이 한선의 소행이든 강동파와 화사파의 당파 싸움 때문이든, 우리와 무슨 상관이란 말인가? 그때가 되면 관리 조직의 개편과 인원 감축이 본격적으로 추진되고 있을 걸세!"

기염이 품에서 비단 쪼가리를 꺼내 서표에게 건넸다. 그 위에는 수많은 이름이 빼곡하게 적혀 있었다. 서표가 그 명단을 쭉 훑어보니, 모두 조서 속관의 이름이었다.

"내가 오랫동안 일하면서 하릴없이 자리만 차지하고 있었던 것은 아니었네. 아무렴 나라고 분별력이 없겠는가? 장온이 우리에게 준 이 명단에 적힌 이들은 대부분 나름의 능력을 가지고 맡은 바 일을 잘 처리할 수 있는 관원들이네. 우리가 인원을 감축할 때 그중 개선 가능성이 있는 이를 남겨두면 조서도 예전처럼 잘 돌아갈 수 있고, 무슨 문제가 생길 리도 없을 걸세. 그러나 그 3분의 2의 관리를 모두 잘라내고도 조정이 여전히 원활하게 잘 돌아가고 심지어 이전보다 더 효율적으로 운영된다면, 그때 가서 어느 누가 억울하다는 말을 입 밖으로 낼 수 있겠는가?"

기염이 탁자를 '탁' 치며 자신만만하게 말했다.

"이 일은 반드시 성공할 걸세!"

경화수월은 지난 몇 년 동안 소한의 뛰어난 사업 수완 덕에 오나라에서 가장 격조 높은 곳으로 명성을 떨치기 시작했다. 매일 이곳 문 앞에 마차들이 줄지어 서 있을 정도였다. 장사가 너무 잘되고 손님들로 늘 붐비다 보니, 소한은 맞은편 가게까지 사들여 찻집을 차리고 세도가 자제와 부잣집 나리들에게 공짜로 차를 마시고 한담을 나누며 기다릴 수 있는 공간으로 삼았다.

이제 가일이 경화수월의 동업자라는 것을 모르는 사람이 없다 보니, 문 앞에서 그를 본 사람들마다 붙잡고 인사를 나누는 일도 많아졌다. 가일은 그런 번거로움을 피하기 위해 뒷문으로 다녔다. 뒷문은 골목 안에 있어 조용하고 지나다니는 사람도 드물었다.

그런데 요 며칠, 가일의 눈에 골목에서 전병을 팔기 시작한 장사치가 눈에 들어왔다. 그는 비가 오나 바람이 부나 늘 그곳에 자리를 잡고 있었고,

손님이 오든 말든 전혀 신경 쓰지 않았다. 가일은 일부러 앞문으로 돌아갔고, 앞문에서 멀지 않은 곳에서 쪼그리고 앉아 있는 거지 한 명을 보는 순간 상황이 어떻게 돌아가는지 단번에 알아챘다. 보아하니 영맥이 경화수월에 감시자를 붙인 것이 틀림없었다.

후원의 곁채로 들어가자 소한이 찾아와 농을 던졌다.

"어떻게 됐는가? 또 손 낭자를 찾아갔는가?"

가일이 그를 힐끗 쳐다보며 경고했다.

"앞으로 손 낭자를 자꾸 끌어들이면, 다시는 안 보고 사는 수가 있으니 조심하게."

"이게 다 자네를 위해서 그러는 거 아닌가? 손 낭자 정도면 정말 괜찮고……."

"됐네. 그런 쓸데없는 소리 그만하고, 나를 찾아온 용건이나 말해보게."

"밖에 손님이 많아지고 있는 걸 자네도 눈치 챘는가? 진풍이 손 좀 봐주려고 하는 걸 내가 말렸네. 누가 보낸 건가?"

"분명 해번영일 걸세."

"그 영맥이라는 도위의 수하인가?"

"저들과 문제를 일으키지 말게. 우리는 그저 암암리에 소문을 퍼뜨리는 것으로 충분하네. 영맥이 사람을 시켜 경화수월을 찾아온 손님 명단을 기록해 이들이 풍속을 해친 죄를 고발하고, 기염의 관리 개혁안에 협조해 이들의 관직을 박탈하려 한다고 말일세."

소한이 혀를 차며 말했다.

"어쩐지, 손 낭자가 왜 자네가 점점 교활해지고 있다고 했는지, 이제야 이해가 되는군."

가일이 자조적으로 말했다.

"나는 배신을 하고 도망쳐 나와 투항한 신하고, 자네는 돈만 좇아가는 간교한 상인이네. 그런 우리가 공명정대를 논하는 것 자체가 사치스러운 일이겠지."

소한이 껄껄 웃으며 손사래를 쳤다.

"그냥 농담 한번 한 거 가지고 뭘 그리 정색을 하고 그러는가? 그건 그렇고, 기쁜 소식이 한 가지 있네. 우리가 최근에 큰 사업을 하나 따냈는데, 황학루(黃鶴樓)를 짓는 일이 우리 손에 떨어졌다네!"

황학루? 손권이 며칠 전에 성을 나가 황곡산으로 사냥을 갔을 때, 산꼭대기에 망루를 지어 성을 지키는 초소로 삼고 싶다고 말한 적이 있었다. 본래 이 일은 관례대로 손상향에게 맡겨야 마땅했다. 그러나 손권은 무창궁을 지나치게 호화롭게 지은 일로 여전히 마음이 풀리지 않은 상태였다. 그래서 그는 딸인 노반(魯班) 공주에게 이 일의 총책임을 맡겼고, 호화롭고 사치스러운 것을 금하고 최대한 견고하고 실용적으로 지을 것을 요구했다.

"어떻게 된 건가? 공주가 자네에게 그 일을 맡겼다는 건가?"

"그렇다네. 내가 전체적인 그림을 머릿속에 그린 후 장인들을 몇 명 찾아가 가능성 여부를 타진했지. 그러고 나서 곧장 공주에게 달려가 남해(南海) 명주(明珠) 몇 개를 선물로 안기고 최저가로 낙찰을 받았네."

소한이 득의양양하게 웃었다.

"그러니까 그 말은, 이번에는 자네가 돈을 벌 수 없다는 것이겠군?"

가일은 이 상황이 바로 이해가 됐다.

"자네는 공주와 친분 관계를 만들고 싶은 건가?"

"그렇지."

소한이 명쾌하게 대답했다.

"선조에서 자네를 이번 개혁안의 첫 번째 희생양으로 삼으려 한다는 말을 듣는 순간부터 이 일을 궁리하고 있었네. 지금 자네는 사방이 적으로 둘러싸여 있고, 해번영조차 자네를 못 잡아먹어 안달이지. 손상향 군주만 너무 믿지 말고, 우리도 인맥을 좀 넓혀놔야 하네. 지존에게 자네의 가치는 회사파와 강동파 그 어디에도 속하지 않는다는 것이고, 그 말은 그 어떤 권세의 힘도 자네를 위해 쓸 수 없다는 것이겠지. 그러니 당연히 그 딸을 노려볼 수밖에."

가일이 무슨 말을 꺼내려다 말고 입을 다물었다.

"하나 이 노반 공주에 대한 평이……."

"나도 다 아네."

소한이 개의치 않는다는 듯 손사래를 쳤다.

"나이도 어리고 평이 안 좋은 데다 남자를 좀 밝힌다더군. 하지만 우리 세 사람 중에 자네는 고지식하고, 진풍은 덩치만 크고 거칠기만 하지. 여자를 다루는 이런 일에는 나만 한 적임자가 없네. 게다가 노반 공주가 얼굴은 아주 반반하니, 나도 손해 볼 거 없는 장사지!"

가일이 소한을 바라만 볼 뿐 아무 말도 하지 않았다.

"공주가 나랑 얘기를 나눌 때 계속 웃으며 즐거워한 것으로 봐서, 나를 꽤 마음에 들어하는 것 같더군. 만약 황학루가 성공리에 완공되면 나도 조만간 귀한 대접을 받는 입장이 돼 있을 테지. 그때가 되면 우리 뒤에 큰 산이 두 개나 버티고 있는 셈이니, 누구도 감히 건드리지 못할 걸세!"

가일이 자리에서 일어나 밖으로 걸어 나갔다.

소한이 그의 뒤를 따르며 말했다.

"날이 어두워졌는데, 또 어딜 가려고 그러는가?"

"연못이라도 찾아가 내 귀를 좀 씻어야겠네."

"아이쿠, 사람이 뭐 그리 꽉 막혔어? 자네가 나를 절반만 닮았어도 벌써 손 낭자랑 혼인을 했을 것이네. 안 그런가? 여인이라는 존재는 말일세, 자네와 손끝만 스쳐도 모든 걸……."

가일이 이미 멀어지는 바람에 그 뒤의 말은 그의 귀에 들어가지 못했다.

가일이 경화수월 입구 앞에 섰다. 왼쪽은 군주부 방향이고, 오른쪽은 진송의 집 방향이었다.

가일은 잠시 주저하다 오른쪽으로 발길을 옮겼다.

한선의 영패를 발견한 후에 해번위들이 진송의 집을 대충 수색하고 다들 물러갔다. 가일도 영맥 때문에 이의를 제기하지 못했다. 지금 그 집을 지키고 있던 해번영 보초가 철수했다는 소식이 들리니, 가일은 다시 가서 수색해보고 싶은 생각이 불현듯 들었다.

날이 이미 완전히 저물었고, 진송의 집 주변으로 보초는 물론 지나가는 행인조차 보이지 않았다. 가일이 집으로 다가가 나무 문에 바싹 기대 문틈으로 안을 들여다보았다. 안은 쥐 죽은 듯 고요했고, 이상한 기미는 보이지 않았다. 그가 과감하게 나무 문을 밀어 열고 안으로 들어갔다. 만약 안에서 누군가를 만난다 해도, 해번영에서 수사를 나왔다고 말하면 누구도 감히 의심할 수 없을 것이다.

안채의 문이 열려 있고, 진송의 시체는 이미 의장으로 옮겨 가고 없었다. 달빛이 활짝 열린 대문을 통해 들어와 바닥을 어슴푸레하게 비췄다. 가일이 화절자를 켜고 방 안으로 들어가 주위를 둘러보니, 지난번과 비교해서 별다른 변화가 없었다.

가일이 안채를 걸어 나가 곁채 문을 열었다. 보통 곁채는 집안의 어른이 거주하는 경우가 많았다. 그러나 진송은 홀몸이었기 때문에, 곁채를 손님 대접하고 이야기 나누는 공간으로 쓴 듯했다. 가일이 방 안을 훑어보았지만 이상한 점을 발견할 수 없었다. 막 돌아서 나가려는데, 그의 시선이 무의식중에 구석에 놓인 술 단지 몇 개에 가 닿았다. 그중 하나의 입구를 막은 진흙 색이 다른 것보다 더 짙은 것으로 보아, 봉인한 시간이 다른 것이 확실했다.

가일이 다가가 술 단지를 하나하나 들어 바닥에 쓰인 글자를 확인했다.

이 술 단지들은 전부 같은 양조장에서 만들어졌고, 그 안에는 같은 종류의 술이 들어 있었다. 가일이 미간을 찡그리며 그 술 단지의 진흙 봉인을 툭툭 건드려보았다. 단지 안에는 술이 가득 차 있지 않았다. 아니다. 이것은 원래부터 술이 가득 차 있지 않은 것이 아니라, 누군가 술을 마신 후 진흙으로 봉해놓은 것이 분명했다. 술 단지를 개봉하고 난 후 한 번에 다 마시지 못하면 대나무 조각이나 나무 판자로 입구를 덮어놓으면 그만이었다. 번거롭게 다시 진흙으로 봉할 이유가 전혀 없었다. 이렇게까지 했다는 것은 이 술 단지에다가 마신 흔적을 숨기기 위해서다.

가일이 일어나 벽장 앞으로 걸어갔다. 선반 위에 자기로 만든 술잔과 도구가 놓여 있고, 그중에 손잡이가 달린 칠기 술잔 두 개가 유독 눈에 띄었다. 그가 그중 하나를 집어 코끝에 대고 냄새를 맡아봤지만 아무런 냄새도 나지 않았다. 불빛에 가까이 비춰보니 술잔 안도 깨끗했다. 그가 옆에 있는 구리 잔을 들어 손가락으로 쓱 만져보자 먼지가 살짝 묻어났다. 칠기 술잔은 귀한 편이라, 귀한 손님이 왔을 때 많이 사용했다. 자주 쓰는 구리 술잔에 먼지가 아직 남아 있는 데 반해 칠기 술잔은 아주 깨끗했다. 다시 말해서 누군가 칠기 술잔을 사용한 후에 깨끗이 씻어놨다는 의미이기도 했다.

설마…… 진송이 죽기 전에 귀빈이 찾아와 두 사람이 이 술을 마셨던 걸까? 그 귀빈이 진송에게 견기약을 먹이며 자살하도록 압박을 가한 걸까? 아니, 어쩌면 이 귀빈이 술에 마취제를 넣어 진송을 마취시킨 후 견기약을 먹여 자살로 위장하고, 한선의 가짜 영패를 그의 손에 밀어 넣었을지도 모른다.

가일은 다른 나무 선반을 훑어보다 몇 군데에서, 그 위에 놓여 있던 물건을 어디로 옮긴 것 같은 흔적은 발견했다. 그가 자세히 살펴보려는 찰나에, 마당 입구 밖에서 발자국 소리가 들려왔다. 가일은 얼른 손에 든 화절자를 끄고 곁채 문 뒤로 숨었다. 발자국 소리가 점점 가까워지더니 마당으로 들어와 곧장 안채로 향했다. 가일이 방문을 슬며시 밀어 밖을 내다보자, 검은 그림자 하나가 안채로 휙 들어갔다. 그가 문을 밀고 나가, 오른손으로 허리춤에 찬 장검의 손잡이를 잡고 안채 앞으로 조심스레 접근했다. 흉악한 범죄를 저지른 범인은 대부분 범행 장소에 다시 나타난다고 했다. 혹시나 남겨둔 단서가 없는지 확인하기 위해서다.

집 안에서 발자국 소리가 여전히 들리는 것으로 보아, 검은 그림자가 방 안을 이리저리 걸어다니며 무언가를 찾는 듯했다. 가일이 한 발자국 더 다가가려는 순간, 발 옆에 엎드려 있던 까마귀가 놀라 푸드덕 소리를 내며 날아올랐다. 찰나의 순간에 활시위를 떠난 화살이 방 안에서 정면으로 날아오자, 가일이 즉각 칼을 뽑아 들고 반격에 나섰다. 그 순간 화살이 반쯤 뽑아 든 검에 부딪히며 튕겨 나갔다.

가일은 물러서지 않고 검을 방패막이 삼아 곧장 방 쪽으로 빠르게 움직였다. 검과 검이 부딪치는 소리가 연이어 터져 나오며 여기저기서 불꽃이 번뜩였다. 눈 깜짝할 사이에 두 사람은 이미 서른 번이 넘는 초식을 이어가고 있었다. 이 검은 그림자의 검 솜씨는 살길을 열어두지 않고 죽을 각오로 덤비는 듯 맹렬한 기세를 드러내, 가일조차 한동안 기선을 제압할 방도가 없었다. 10여 초식을 더 주고받고 나서야 가일은 허점을 뚫고 뒤로 뛰어오른 뒤 손을 들어 수노의 화살을 쏘았다. 검은 그림자가 황급히 검을 휘두르며 화살을 피하기 무섭게, 그의 뒤쪽에 있던 나무 창문에 화살이 박히며 산산조각이 났다. 그 바람에 창문이 열리며 달빛이 쏟아져 들어와 검은 그림자의 얼굴을 비췄다.

영맥이었다.

가일은 그를 향해 검을 겨냥하며, 빛이 들어오는 문 쪽으로 물러서 이 창백한 얼굴의 젊은이를 쳐다보았다.

"가 교위의 솜씨가 보통이 아니십니다. 제가 조금만 늦게 피했어도 화살에 맞았을 겁니다."

영맥이 검을 검집에 꽂아 넣으며 물었다.

"여긴 무슨 일로 오신 겁니까?"

"그러는 자네는 왜 왔는가?"

가일이 질문에 질문으로 답했다.

"궁금한 게 있어 확인을 좀 하러 왔습니다."

영맥이 대답했다.

"수하들도 대동하지 않고 혼자 온 것인가?"

"가 교위처럼 가끔은 혼자 해야 하는 일도 있는 법이지요."

영맥이 의미심장한 말을 뱉었다.

"진송은 한선의 사람이 아니네. 한선의 영패는 누군가 시선을 다른 데로 돌리기 위해 일부러 그의 손에 넣어둔 것이 분명하고, 이 일련의 사건은 한선과 관계가 없네."

"그걸 어찌 확신하십니까?"

"다년간 한선을 조사한 내 경험상, 이렇게 쉽게 단서를 드러내는 사건을 한선이 했을 리 없네."

"가 교위는 근거 없이 추측할 분이 아니시죠."

영맥의 눈빛이 차갑게 빛났다.

"곁채에 있던 반 정도 마신 술 단지가 다시 진흙으로 봉해져 있고, 손잡이가 달린 칠기 술잔도 깨끗이 닦여 있는 것으로 보아 사용한 지 얼마 안 된 듯하더군. 진송이 죽기 전에 귀빈을 맞아 술을 대접한 게 분명하네."

"그거라면 저도 이미 조사를 마쳤습니다."

영맥이 말을 이어갔다.

"이 귀빈은 자신이 온 흔적을 철저히 없애려 했더군요. 이걸로 추측하건대, 누군가 진송을 죽여 입막음을 하고 한선에게 죄를 뒤집어씌우려고 한

게 분명합니다."

"그걸 이미 다 알고 있었으면서, 오늘 밤에 또 무슨 일로 여기를 찾은 건가?"

가일은 영맥의 수사 능력이 자신보다 한 수 위라는 생각에 살짝 놀라움을 느꼈다.

"한 가지 이해가 안 가는 점이 있습니다. 이 귀빈은 진송을 죽여 이미 목적을 달성해놓고, 왜 한선의 영패를 남긴 걸까요? 한선은 오나라 땅에서 문제를 일으킨 적이 거의 없고, 조정 대신들 대부분이 그를 적으로 간주하고 있지 않은데, 왜 이런 사족을 굳이 달았을까요?"

영맥이 가일을 쳐다봤다.

가일은 아무 대답도 하지 않았다. 이런 식으로 상대방의 속을 떠보는 듯한 애매한 질문은, 어떤 각도에서 반박을 하더라도 자신의 생각을 들킬 수밖에 없기 때문이다. 이럴 때는 침묵이 최선의 대응이었다.

영맥은 잠시 침묵하다 말을 이어갔다.

"내가 가 교위와 한선의 관계를 의심하고 있다는 사실은 이미 알고 계실 거라 생각합니다. 주치 독살 사건은 가 교위가 수사를 맡았고, 진송을 조사하려는 시점에 그마저 피살되고 한선의 영패까지 나타났습니다. 만약 규정대로라면 가 교위는 이 사건을 수사할 자격이 없다고 할 수 있습니다. 이 판을 짠 자의 입장에서 보면 일석이조라 할 수 있겠지요. 가 교위를 이 사건 수사에서 밀어내고, 가 교위에 대한 나의 의심을 더 확고하게 만들었으니 말입니다."

철 공자. 가일의 머릿속에 또다시 이 이름이 불쑥 떠올랐다. 이런 결과는 철 공자라는 자에게 가장 유리하게 작용할 것이다. 가일은 주치의 죽음이 철 공자와 관련이 있다고 이미 의심해왔고, 한선의 영패는 그야말로 절묘한 반격이라 할 만했다. 가일은 순간적으로 불안감에 휩싸였다. 한선의 영패를 발견했을 때 영맥이 느닷없이 철 공자의 소행이 아닐지 의심했던 일이 불현듯 떠올랐다. 설마 영맥이 그 짧은 시간 안에 이런 결정적인 연결고리들을 파악하고 사건을 하나로 꿰뚫어 보고 있었다는 말인가?

"만약 이치대로 풀렸다면 가 교위가 조회에서 이 사건과 한선의 관련 가능성에 대해 보고를 올렸을 때 지존께서 이 사건의 처리를 가 교위에게 맡겼을 것이고, 그럼 우 부독은 조회가 끝난 후 지존을 알현하며 그 부당함을 호소했을 테지요. 흥수 역시 이런 예상을 하고 있었을 겁니다. 그런데 안타깝게도 기염이 튀어나와 일장 연설을 하며 한선의 개입을 부정하는 바람에 우 부독도 더 이상 자신의 의견을 주장할 방도가 없어진 겁니다. 결국 가 교위가 이 사건 수사를 맡고 내가 한선을 수사하는 쪽으로 판도가 바뀌었지요. 아마도 이것은 흥수도 예상하지 못한 결과였을 겁니다."

"한선과 관련된 수사에 진전이 있는가?"

"그 문제는 대답하기 곤란하군요. 어쨌든 지금 가 교위는 한선과 관련이 있는 인물로 가장 의심을 받고 있으니 말입니다."

"자네가 한선에 집착하는 이유가 자네 부인이 한선의 손에 죽었다고 믿기 때문이라 들었네. 하나 자네도 말했듯이, 한선은 오나라에서 문제를 일으킨 적이 거의 없지. 그런데 왜 자네 부인을 한선이 죽였을 거라고 확신하는가? 어쩌면 이 또한 그자에게 죄를 뒤집어씌워 화를 전가하는 것이라는 생각은 안 드는가?"

"나 역시 확신할 수 없습니다."

영맥이 담담하게 말했다.

"열이가 살해당했을 때 유일한 단서가 한선뿐이었고, 도대체 왜 열이를 죽였는지 물어보려면 그자를 잡는 것밖에는 달리 할 수 있는 일이 없을 뿐입니다."

"만약 내가 한선이고……."

가일이 잠시 말을 멈췄다.

"이 사건과 한선이 아무 관련이 없다고 말한다면 어쩌겠는가?"

영맥의 눈빛이 싸늘하게 변했다.

"가 교위도 아시겠지만, 우리 같은 사람은 다른 사람의 말을 함부로 믿어서는 아니 됩니다. 우리가 믿을 수 있는 건 자신이 직접 찾아낸 결과뿐입니다."

무창성에서 가장 호화롭고 사치스러운 술집으로 추의각(秋意閣)만 한 곳이 없었다. 말이 술집이지 사실은 격조 높은 사교와 공리공론의 장이고, 세도가 출신들에게만 그곳에 드나들 자격이 주어졌다. 설사 돈을 싸 들고 온 고위 관리라 해도, 출신이 빈천하면 출입조차 할 수 없었다.

오기가 추의각 입구에 마차를 세우고 내려, 소맷자락을 뒤로 치며 위풍당당하게 안으로 들어갔다. 그는 시녀들을 앞세워 가장 큰 연회장으로 들어섰다. 그곳에는 이미 2, 30명의 사람들이 모여 있었다. 이들은 오기를 보자마자 잇달아 자리에서 일어나 절을 올렸다. 오기가 손을 내저으며 곧장 상석으로 가서 앉으며 연회장 안을 둘러보았다. 모인 사람들은 모두 강동 명문가 자제들이었고, 그중 집안의 어른은 단 한 명도 없었다. 그는 살짝 실망스러웠지만, 그의 명성에 기대 불러 모을 수 있는 이들이 이 정도 수준이라는 것을 누구보다 잘 알고 있었다. 그가 손을 내젓자 시녀들이 전부 물러가며 문을 닫았다.

오기가 목소리를 가다듬으며 말했다.

"오늘 자네들을 이 자리에 청한 것은 상의해야 할 중요한 일이 있기 때문이네. 다들 이미 들어서 알고 있겠지만, 선조상서 기염이 지난 상순(上旬)에 열린 조회에서 우리 강동파와 회사파의 내부 갈등이 이미 오래됐다며, 불필요한 인원을 감축하고 관리 조직을 개편할 것을 제안했네. 이 제안에 대해 다들 어찌 생각하는지 이야기를 나눠볼까 하네."

다들 서로의 얼굴만 쳐다볼 뿐, 쉽게 말을 꺼내지 못했다. 오기가 한참을 기다리다 더는 참지 못하고 한 명을 지목해 물었다.

"반희(潘熙), 자네 집안의 어르신께서는 기염이 저리 제멋대로 날뛰는 것에 대해 어찌 말씀하시던가?"

오기가 지목한 젊은이가 자리에서 일어섰다.

"부친께 여쭤봤더니, 기염은 멋모르고 설치고 다니는 어릿광대에 불과하니, 걱정할 가치도 없다고 하셨습니다."

"걱정할 가치도 없다?"

오기가 고개를 가로저었다.

"며칠 전에 기염과 그의 수하가 이미 의안에 대한 수정 작업을 모두 마쳤다고 들었네. 그들이 지존께 그 의안을 보고하는 순간, 우리 목에 칼날을 들이대는 것과 같네! 자네 반씨 가문에서 이런 수모를 참을 수 있겠는가?"

반희가 대답했다.

"하지만…… 부친께서, 지존은 그리 어리석은 분이 아니시니 기염의 뜻대로 되지 않을 거라 하셨습니다."

"보아하니 자네의 반씨 가문은 사태를 낙관하고 있는 듯하군. 임씨 가문에서는 누가 왔는가?"

중년의 문사가 일어나 공수를 했다.

"소인 임려(林黎)가 오 세숙께 한 말씀 여쭙겠습니다. 세숙께서는 어찌하여 기염의 의안이 지존의 인정을 받을까봐 걱정을 하시는지요? 지존께서는 6, 7년 전에야 비로소 우리 강동파 사인들을 중용하기 시작하셨고, 여기 모인 이들도 모두 최근 몇 년 사이에 승급이 됐습니다. 지존처럼 진중하고 사리에 밝으신 분이 이렇게 빨리 말을 번복할 리 없지 않습니까?"

오기가 한숨을 내쉬었다.

"자네가 몰라서 하는 말이네. 그때와 지금은 상황이 완전히 다르다 할 수 있지. 몇 년 전만 해도 우리 동오는 앞뒤로 적의 공격을 받았고, 지존께서는 군수(軍需)와 인력을 보강하고 회사파의 독주를 막기 위해 어쩔 수 없이 우리 강동파에 힘을 실어주신 것이네. 그 덕에 육손이 도독에 올라 근 반년 동안 병력을 이끌고 촉한에 맞서 싸우고 있지 않은가? 그러나 지금 유비와 조조가 이미 죽었고, 동년배의 패주들 중에 남은 사람은 지존 한 분뿐이네. 촉한의 후계자 유선은 수성자(守成者)고, 변경에는 육손이 버티고 있지. 비록 조비가 여러 차례 습격을 해 오기는 했지만, 서성과 같은 장군들이 지키고 있으니 그 또한 아무런 수확도 거두지 못했네.

사실 지금 우리 오나라는 바깥의 근심거리는 그리 크지 않다고 볼 수 있네. 그렇다면 지존의 관심은 당연히 나라 안 근심거리에 쏠릴 수밖에 없을 것이고, 듣기 불편하겠지만 그 근심거리에는 바로 여기 있는 사람들도 모두 포함이 되네. 지난 몇 년 동안 지존은 우리 강동파의 인력과 재력을 이용하기 위해, 전에 없이 관대하게 관직과 작위를 내리셨지. 그 덕에 우리 강동파는 화사파와 이미 대등한 세력을 유지하고 있지만, 그 대가로 조서가 지나치게 방대해졌고 불필요한 관원들이 넘쳐나게 됐네. 그러다 보니 거리를 지나가다 보면 낭관(郎官)과 도위가 발에 차일 정도로 많아졌다는 우스갯소리까지 나올 정도네. 매년 이들에게 지급되는 녹봉만으로 적지 않은 나랏돈이 나가고 있지. 이보다 더 중요한 문제는 우리가 회사파를 상대로, 오로지 그들이 무슨 정치적 공적과 군사적 공훈을 세울까 두려워 서로를 견제하며 암암리에 흉계를 꾸미기에 급급하고, 이런 상황이 지난 2년 사이에 갈수록 심각해지고 있다는 것이네.

기염은 바로 지존의 이런 마음을 간파하고 관리 조직의 개편과 불필요한 인원 감축은 물론, 한문 출신의 인재를 대거 발탁할 것을 제안했지. 지금은 지존의 마음이 움직일 리 없다고 누구도 확신하기 어려운 상황이네.

만약 의안이 통과돼 시행되면 6할 이상의 관리들이 잘려나갈 테지. 더 끔찍한 상황은, 일단 기염의 뜻대로 관리 체계의 개편과 개혁이 이루어지면 인재 발탁에 우리 세도가의 입김이 더 이상 닿을 수 없고, 한문 출신의 자제들이 조정으로 더 많이 유입될 것이네. 일단 그들이 세력을 형성하면, 우리 쪽 인재들이 관리로 조정에 들어가고 싶어도 그 길이 점점 좁아지게 될 것이 불 보듯 훤한 일이네."

한바탕 무거운 침묵이 흐른 후, 나이가 살짝 들어 보이는 이가 물었다.

"회사파 쪽에서는 무슨 움직임이라도 있습니까?"

누군가의 쉰 목소리가 들렸다.

"장소가 조당에서 지존의 심기를 건드린 후, 지금은 칩거한 채 문 밖 출입을 하지 않고 있다고 들었습니다. 설종(薛綜)·엄준(嚴畯)·정병(程秉) 등 몇몇 가문의 자제들이 술자리에서 불만을 쏟아냈을 뿐, 별다른 기미는 보이지 않고 있습니다."

"장소도 움직이지 않는데, 우리가 나서서 기염을 상대해야 할까요?"

"우리 강동파가 언제부터 회사파의 눈치를 보며 일했다고 그러십니까?"

"하지만 적어도 네 가문의 의중은 알고 있어야지요."

"고옹의 손자 고담은 주치 독살 사건에 연루된 혐의를 받고 있고 아직 그 혐의를 완전히 벗지 못했으니, 아마도 그 집안은 앞장서 나서지 못할 겁니다."

"육손은 이릉 일대에 주둔하고 있고, 육모가 사람을 보내 그 의중을 몇 차례 물었지만 아직까지 소식이 없습니다."

"육백언(陸伯言: 육손)처럼 지나치게 소심하고 신중한 자에게 무슨 기대를 할 수 있겠습니까? 재작년에도 그가 나서서 지존께 왕위에 오르라 권하는 상주문을 올렸다지요? 아들이 죽임을 당했는데도 그럴 수 있다니, 참으로 인내심이 대단하지 않습니까?"

"주환 장군은 어떻습니까? 주 장군은 성격이 강직하고 불같은 분이 아닙니까? 그분은 어찌 말하셨습니까?"

"주치 때문인지, 이 일에 간여할 생각이 전혀 없다 들었습니다. 지난 몇 년 동안 갈등을 빚던 주치가 갑자기 죽었으니 마음이 편치 않은 거지요. 예전에 그와 감정적으로 대립했던 일들을 후회하며, 지금은 주치의 자손을 주씨 족보에 다시 올리는 일을 서두르고 있다더군요."

"그럼 이제 남은 건 장씨 가문뿐이군요."

"장온이 조당에서 했던 그 말은 빙빙 에둘러서 이번 개혁안에 동의하는 것이 아니고 무엇이겠습니까? 허허, 이렇게 하는 것이 장씨 가문에 무슨 도움이 되는 것인지 정말 이해가 안 됩니다."

"이제 어쩌면 좋습니까? 우리 강동파 고·육·주·장 4대 호족 가문 중 단 한 곳도 나서는 이가 없으니, 저들 회사파만도 못한 것이 아닙니까?"

오기는 의론이 분분하고 좌중이 점점 소란해지자 눈살을 찌푸렸다. 사실 이곳에 들어섰을 때부터 그는 오늘 이 모임에서 무슨 해결책이 날 거라고 생각하지 않았다. 하나같이 이 일을 그리 중요하게 생각하지 않았고, 가주들이 아무도 오지 않은 상황에서 여기 모인 누구도 결정을 내릴 권한이 없었다. 그저 말을 들어보고 불평을 쏟아내는 것이 전부일 수밖에 없다.

"오 세백!"

한 젊은이가 일어섰다.

"어쨌든 세백의 집안 역시 손씨 가문과 인척 관계가 아니십니까? 그러니 세백께서 여기 모인 사람들을 이끌고 지존께 상주문을 올려 간언을 좀 해보시는 건 어떠신지요?"

"나도 그런 생각을 안 해본 것은 아니네. 하나 나는 도정후(都亭侯) 작위만 가지고 있을 뿐 관직이 없으니, 조정에 나가는 것은 물론 안건을 논의할 자격이 없네. 그러니 내가 나서는 것은 현실적으로 맞지 않네."

"군이 누군가를 앞세울 필요가 뭐가 있습니까? 만에 하나 지존께서 기염이라는 자의 의안을 허락하신다면, 우리 쪽에서도 뜻을 같이하는 이들을 모아 오왕부 앞에서 탄원을 하면 됩니다. 그럼 지존께서도 민심을 저버리지 못하실 겁니다!"

"그게 말이 되는가? 그건 핍궁(逼宮)에 해당하는 죄가 아닌가?"

"핍궁이면 어떤가? 지존께서 우리의 살길을 끊어버리려는 마당에, 가만히 앉아서 죽기를 기다려야 하는가? 지존은 결코 우매한 군주가 아니니, 우리 역시 이런 결과까지 염두에 두어야 하네."

"입조심하게! 자네 목숨이 두 개라도 되는 줄 아는가? 몇 년 전에 지존께서 형주 사족을 몰살한 일을 벌써 잊었는가?"

"형주 사족이 우리와 비교가 된다고 보는가? 우리는 지존을 도와 유비와 조조에 항거하며 큰 공을 세워왔네. 만약 지존께서 우리를 모두 몰살한다면, 천하 명사들의 지탄을 어찌 감당할 수 있겠는가?"

오기가 일어나 두 팔을 뻗어 모두의 말을 중단시켰다.

"우리가 이 자리에서 아무리 언성을 높인다 한들 무슨 소용이 있겠는가? 다들 돌아가 오늘 나온 이야기를 가주에게 알려드리고, 그분들이 신중하게 이 문제를 고민해보도록 하는 편이 나을 듯싶네. 만약 누군가 좋은 방도를 찾는다면, 나 오기는 기꺼이 따를 것이네. 우리 강동 세도가가 가난한 집안 출신 소인배 따위에게 이리저리 휘둘리는 것을 두고 볼 수야 없겠지. 안 그런가?"

대답 소리가 일제히 울려 퍼진 후 하나둘씩 자리에서 일어나 연회장을 빠져나갔다. 그중 몇 사람은 오기와 이런저런 이야기를 더 나눈 후에야 자리를 떴다. 널찍한 연회장 안이 텅 비고 나서야 오기는 문을 닫고 상석 뒤에 있는 병풍으로 다가가 허리를 굽혔다.

"오늘 모임에 온 이들이, 부독이 내게 한 말을 그대로 각자의 가주에게 전할 것이니 분명 적잖은 이들을 각성시킬 수 있을 겁니다. 부독이 이리 일 깨워주지 않았다면 나도 저들처럼 이 일에 안일하게 대처했을 테지요. 역시나 부독께서는 사태를 정확히 간파하고 멀리 내다보는 식견을 가지고 계신 분이 아닐 수 없습니다."

병풍 뒤에서 여인의 목소리가 들려왔다.

"저한테 그런 능력이 어디 있겠습니까? 나 역시 귀인이 전해준 말씀을 그대로 전달한 것에 불과합니다."

오기는 그 귀인이 누구인지 물으려다 이내 입을 다물었다.

"어찌 됐든 우리 강동파가 몰락하면 고·육·주·장 네 가문도 오합지졸이 돼서 아무 일도 이룰 수 없게 될 겁니다."

"걱정하지 마십시오. 이번 모임은 다시 불씨를 남긴 것뿐이고, 동풍이 불기 시작하면 온 들녘을 다 태우게 될 겁니다."

"부독이 말하는 동풍이…… 무슨 뜻인지요?"

"동풍은 바로 기염 자신입니다. 그자는 단번에 모든 문제를 해결하는 데에만 급급해, 칼날이 너무 날카로우면 부러지기 쉽다는 것을 망각하고 있더군요."

병풍 뒤에 있던 여인이 느릿하게 발걸음을 옮겼다.

"지금은 강동파 대다수가 관망만 하고 있지만, 의안이 통과되고 칼끝이 그들의 몸을 찌르는 순간 고통을 느끼고 바로 반응을 보일 겁니다."

"과연 모든 걸 꿰뚫고 계시는군요. 그때 가서 제 도움이 필요하시면 언제라도 분부만 내려주십시오."

병풍 뒤에서 모습을 드러낸 이는 연갑을 입고 허리춤에 장검을 찬 해번영 좌부독 우청이었다. 그녀가 웃으며 말했다.

"과연 나리께서는 대의명분을 잘 아시는 듯합니다. 귀인의 분부에 따르기만 한다면, 나리께서 제안하신 몇 가지 안건은 크게 문제 될 리 없습니다. 해변영이든 도위부든 나리를 번거롭게 하는 일은 없을 겁니다."

오기는 그제야 안색이 밝아지며 길게 읍을 올렸다.

"귀인께 견마지로를 약속드린다고 꼭 전해주십시오."

우청이 손을 내저으며 상석에서 내려와 다시 돌아보며 물었다.

"가일이라는 자를 어떻게 생각하십니까?"

"반역을 저지르고 도망쳐 나온 자고, 운 좋게 몇 가지 사건을 해결해 지존의 총애를 받아 기고만장하고 있으니 그 끝이 좋을 듯싶지 않습니다. 부독과 그자 사이에 오랜 원한이 있다 들었는데, 손을 좀 봐줘야 할까요?"

"서두를 것 없습니다. 이미 그자의 뒤를 캘 사람을 붙여놨습니다. 나리의 벗들이 경화수월에 자주 간다 들었습니다. 필요할 때가 오면 나리께서 해줄 일이 있을 듯도 싶습니다."

오기가 공수를 하며 대답했다. 우청은 옅은 미소를 지었고, 그녀의 두 눈에 살기가 가득했다.

마지막 공문을 마무리 짓고 난 후 영맥이 기름등을 끄고 방을 나섰다. 그는 문을 나서서야 밖에 비가 내리고 있다는 것을 알아챘다. 당직을 서던 해번위가 뛰어와 그에게 유지 우산을 건넸다. 영맥은 고개를 끄덕이며 우산을 받아 들고 빗속을 걸어갔다.

빗방울이 만 길 높은 허공에서 우산 위로 떨어지며 우산살을 타고 미끄러지듯 흘러내렸고, 그 모습이 마치 주렴을 쳐놓은 듯했다. 영맥이 우산을 받쳐 들고 물웅덩이를 최대한 피해 조심스럽게 걸어갔지만, 결국 신발이 온통 젖고 말았다. 흙탕물이 신발의 이음새를 통해 새어 들어가 양말마저 온통 젖고 말았다.

이 꼴로 돌아갔다가 또 한소리 들을 생각을 하니 영맥의 입가에 미소가 떠올랐다. 하지만 이 모습으로 집에 돌아간다 한들 그에게 잔소리를 해줄 사람이 더 이상 없다는 것을 깨닫는 데는 그리 오랜 시간이 걸리지 않았다. 3년이었다. 설사 3년의 세월이 흘러갔다 해도, 그는 여전히 그 일을 잊지 못했다. 뼈를 에는 듯한 한기가 두 발에서 전해지면서 영맥은 문득 오한이 느껴졌다.

그는 아무도 없이 적막한 거리를 바라보았다. 어둠이 끝없이 펼쳐진 거리를 보고 있노라니, 그곳을 지나 따뜻한 온기가 넘치는 집에 영원히 도달할 수 없을 것만 같은 착각마저 들었다. 아니, 그 집 역시 온기를 잃은 지 이미 오래였다. 매번 집에 돌아가는 길은 늘 어둡고 적막했으며, 단 한 줄기의 생기도 찾아볼 수 없었다. 임열이 죽은 그 순간 그 집 역시 생명을 다한 셈이었다.

머리에서 또 극심한 통증이 느껴졌다. 마치 쇠로 된 만 개의 바늘이 찌르기라도 하는 것처럼 끔찍한 고통이 찾아오고, 한순간 현기증이 느껴지며 우산이 손에서 미끄러져 흙탕물 위로 떨어졌다. 영맥은 거친 숨을 몰아쉬며 벽에 기대 비틀거렸다. 그는 눈을 감고 얼굴을 들어 만 길 높이에서 떨어지는 얼음장처럼 차가운 빗줄기를 그대로 맞으며 견뎌냈다.

서늘한 기운이 뺨을 타고 흘러 따뜻한 피부를 미끄러지듯 내려가, 목을 지나 온몸으로 퍼져 나가면서 어지러웠던 증상이 서서히 가라앉았다. 시간이 지나면 이 고통도 사라질 거라고 생각했다. 그러나 이미 일어난 일은 아무리 발버둥을 쳐도 지워지지 않았다. 그날의 광경은 마치 칼이 심장에 새겨진 듯 무방비 상태가 될 때마다 온몸을 난도질하며 극도로 지친 몸과 마음을 다시 한번 갈기갈기 찢어놓았다.

그 사람은 이미 세상을 떠났다.

그 사람은 이미 세상을 떠났는데…….

산 사람은 또 이리 살아지는구나.

빗물 때문에 시야가 흐려지자 영맥은 힘겹게 손을 들어 빗물을 거둬냈다. 그는 두어 발자국을 떼며 흙탕물 속에 떨어져 있던 우산을 집어 다시 들어 올렸다. 빗줄기가 우산을 두드리며 내는 '타닥타닥' 소리가 마치 무기력하게 새어 나오는 탄식 소리처럼 들렸다. 영맥은 어둠에 잠긴 먼 곳을 바라보며 힘겨운 발걸음을 내디뎠다.

그는 사는 동안 생사 이별을 적잖이 겪으면서도, 오랫동안 슬픔에서 헤어 나오지 못할 만큼의 고통을 겪은 적이 단 한 번도 없었다. 그러나 임열만큼은 어떤 식으로도 벗어날 수 없었다. 그것은 집념이자 가슴에 맺힌 한이거나, 영맥조차 확실하게 말하기 힘든 또 다른 무엇 때문일지도 모른다. 그는 아내가 왜 살해당해야 했는지 알고 싶을 뿐이다. 그러나 설사 진실이 밝혀진다 해도 그는 받아들일 자신이 없었다. 그의 수사망이 좁혀질수록 무언가 감지되는 것이 있었다. 지난날 무심코 지나쳤던 사소한 부분이 반복되는 기억 속에서 풀리지 않는 의혹으로 바뀌며, 그를 돌아올 수 없는 길로 이끌고 갔다. 그는 새하얀 옷을 입고 꽃처럼 화사하게 웃어주던 선하고 고운 자신의 아내에게 또 다른 신분이 있었다는 것을 알고 있었다. 그러나 도대체 누가, 왜 그녀를 죽였을까?

이 모든 것이 어쩌면 하루아침에 밝혀질지도 모른다.

다만 그때가 된다고 해서 또 뭐가 달라질 수 있을까? 어찌 됐든 임열은 살아 돌아올 수 없다.

어느새 집 앞에 도착한 영맥은 대문을 열고 안으로 걸어 들어갔다. 번개 한 줄기가 하늘을 가르며 사방을 대낮처럼 환하게 비추었다. 그 순간 안채 문지방에 앉아 잔소리를 퍼부을 듯한 표정으로 그를 쳐다보고 있는 임열의 모습이 어렴풋이 눈에 들어왔다.

"왜 또 이렇게 늦게 오셨어요? 신발은 왜 또 그렇게 더러워진 건데요? 도대체 길을 보면서 걷기는 하는 거예요?"

천둥 번개가 우르릉 쾅쾅 내리치는 순간, 이 모든 환상이 흔적도 없이 사라졌다. 영맥은 방문 앞에 우산을 두고 어두컴컴한 방 안으로 들어갔고, 그의 눈가가 뿌옇게 흐려졌다.

가일은 아침 일찍부터 군주부에 갔지만, 손몽은 아직 취침 중이었다.

효위가 그를 지난번에 갔던 석정으로 데리고 갔다. 가일은 어쩔 수 없이 그곳에 앉아 손몽을 기다려야 했다. 돌로 만든 탁자 위에 다과가 놓여 있었지만, 그는 입맛이 당기지 않는 듯 손 하나 대지 않은 채 옆에 놓인 낚싯대로 시선을 옮겼다. 가일은 낚싯대를 집어 들고 대충 손대중을 해본 후 팔을 들어 올려 낚싯줄을 힘껏 던졌다. 낚싯바늘이 허공에서 포물선을 그리더니 물속으로 떨어졌다.

반첩에게 그를 죽이라고 지시한 자는 철 공자였다. 가일은 주치에게 그의 존재에 대해 아는지 물었고, 주치는 처음 듣는 이름이라고 부인했다. 하지만 가일은 그의 표정에 드러난 미묘한 변화를 놓치지 않았다. 며칠 후 주치는 독살당했고, 태자가 모함을 받았으며, 단서가 지목하는 인물이었던 진송을 체포하러 갔지만 그 역시 이미 살해당했다. 그리고 그곳에 한선의 가짜 영패가 놓여 있었다. 이 사건이 과연 철 공자와 관계가 있기는 한 것일까? 아직까지도 가일은 결정적인 증거를 하나도 찾아내지 못했다. 그러나 그의 직감은 영맥의 판단 쪽으로 기울고 있었다.

진송의 집에서 발견한 누군가의 방문 흔적은 이 사건에 한 가닥 생기를 불어넣어 주었다. 이 단서를 중심으로 조사를 해나가다 보면 무언가를 발견할 수 있다. 다만 지금 가일을 도와줄 수하가 한 명도 없다는 것이 문제였다. 이런 일을 소한과 진풍에게 맡기기 마땅치 않으니, 어쩔 수 없이 며칠 전에 손몽에게 도움을 청할 수밖에 없었다.

오늘 이른 아침에 효위가 경화수월로 찾아와 손몽이 무언가를 알아냈다고 전했다. 그 말을 듣자마자 가일은 아침 식사도 거른 채 서둘러 달려왔다. 손몽이 무엇을 알아냈는지 아니면 그저 장난을 친 것인지 지금이야 알 길이 없으니, 가일은 그저 인내심을 가지고 기다릴 뿐이었다. 그날 조회가 끝난 후 가일은 더 이상 기염을 주목하지 않았다. 원래 선조에서 그에게 가장 먼저 칼을 대려고 한다는 말을 이미 들어서 알고 있지만, 그 결과는 너무 뻔했다. 손권은 절대로 그를 버리는 패로 삼지 않을 것이다.

그러나 기염이 조회에서 막무가내로 끄집어낸 말 탓에 손권은 관리 체계 개혁에 신경이 쓰이는 듯, 가능한 빨리 의안을 수정해 다시 논의할 것을 약조했다. 이날 이후 관리의 8할 이상을 감축하고 보직을 재검토하며 가난한 집안 출신의 인재를 대거 발탁할 거라는 등의 각종 유언비어가 궁 안팎에 돌기 시작했다. 가일은 이런 일에 전혀 관심이 없었다. 그는 원래부터 자리에 집착하지 않았고, 지금 이 자리에 있는 것도 그의 의지가 아니라 한선의 안배였다.

"물고기를 잡았어요?"

손몽이 하품을 하며 오솔길을 걸어왔다.

"아니오."

"낚시에는 재주가 없나 보네요."

"미끼를 끼우지 않았소. 그냥 시간을 보내려고 하는 것뿐이었소."

"왜요? 설마 지금 오래 기다리게 했다고 날 탓하는 건가요?"

손몽이 그를 흘겨보았다.

"그럴 리가."

가일이 난처한 표정을 지었다.

"낚싯줄을 보고 있자니, 지난번에 당신이 했던 말이 떠올라 나름 깨달음을 얻었소."

손몽이 또 하품을 했다.

"어젯밤에 도위부 감옥에서 사람을 빼내 이곳까지 끌고 오느라 밤새 한 시진밖에 눈을 못 붙였어요. 그러니까 여기서 좀 기다렸다고 날 원망하면 정말 양심도 없는 거라고요."

"어떤 자를 데려온 것이오? 그자가 진송의 집에서 물건을 훔친 게 확실하오?"

"상습적으로 도둑질을 하는 자였어요. 그래서 손 군주의 명의를 빌려서 도위부에서 직접 수사를 나가도록 요구했어요. 그자들이 장물을 처분하기 위해 자주 들르는 점포에 잠복해 있다가 그자가 옥으로 만든 절구를 꺼내 처분하려 하는 순간 현장에서 바로 붙잡았죠. 확인해보니 절구에 지존의 하사품이라는 각인이 있었고, 진송의 집에서 잃어버린 물건이 확실했어요. 그런데 진송이 죽기 전후에 그자의 집에서 물건이 없어진 걸 어떻게 알았죠?"

"나무 선반에 빈 공간이 꽤 많았고, 빈 자리마다 물건이 있다가 사라진 자국이 선명하게 남아 있는 것으로 보아, 오랫동안 방치해두었던 물건을 누군가 가져간 것임을 알 수 있었소. 나무 선반에 놓여 있던 물건은 모두 평범해서, 어느 것 하나 값이 나가는 것이 없었소. 그런데도 없어진 물건이 꽤 됐으니, 그중 가장 값나가는 물건을 도둑맞았을 가능성이 높다고 판단한 것이오. 오왕부에 있는 사람에게 물어보니, 지존께서 진송에게 옥으로 만든 약 절구를 하사하신 적이 있는데 그것이 보이지 않는다고 하더군. 하사품을 잃어버리면 관아에 반드시 보고를 해야 하지만, 진송은 그런 보고를 올린 적이 없었소. 이 몇 가지 의문점을 조합해보면, 옥 절구를 도둑맞았을 때 진송이 그걸 관에 보고할 상황이 아니었을 가능성이 높소."

"당시 진송이 그 손님을 대접했거나 아니면 이미 살해된 상태였겠네요."

손몽이 고개를 끄덕이며 말했다.

두 사람이 이야기를 나누는 중에 그 도둑이 끌려왔다. 입가와 눈 주변이 시퍼렇게 멍이 든 것으로 보아, 이미 꽤나 맞은 듯 보였다. 가일이 손몽을 힐끗 쳐다보자, 그녀는 애써 그의 시선을 외면하며 딴청을 피웠다. 효위가 도둑을 앞으로 밀치며 검집으로 그의 무릎 뒤를 힘껏 치자, 도둑은 무릎이 꺾인 채 털썩 주저앉았다. 이자는 서른 살 안팎으로 왜소한 체구였다. 그는 겁에 질린 듯 계속 작은 눈을 굴려가며 주위를 두리번거렸다.

가일이 물었다.

"겁먹을 것 없다. 나는 해번영에서 나왔다. 이름이 무엇이냐?"

"소인의 성은 장(張)이고 이름은 문(文)이옵니다."

"진송의 집에서 무엇을 보았느냐?"

"전…… 전 억울합니다. 그 옥 절구는 제가 길에서 주운 것이고, 절대 훔친 게 아닙니다. 도위부에서 사람을 잘못 보고……."

가일이 손몽에게 의심의 눈초리를 보내자 손몽이 효위에게 눈짓을 했다. 효위가 검집을 휘둘러 도둑의 등을 매섭게 후려치자 도둑이 고통스러운 듯 꿈틀거렸다.

뒤이어 '탁, 탁, 탁' 소리가 연이어 들리고, 도둑은 더 이상 참기 힘든 듯 연신 용서를 빌었다.

손몽이 손을 들어 효위를 제지하며 미소 띤 얼굴로 물었다.

"어찌 해번영에서 나온 사람한테도 또 똑같은 수작을 부리는 것이냐? 네놈의 머리통은 먹는 것만 기억하고 얻어맞은 일은 까맣게 잘도 잊어버리나 보구나?"

도둑이 비굴하게 웃는 낯으로 비위를 맞추며 말했다.

"조서의 나리께서 또 바뀌었으니, 속여 넘길 수 있을지 한번 시험을 해본 것뿐입니다. 소인이 더는 함부로 지껄이지 않을 것이니, 제발 매질은 그만 멈춰주십시오."

"그럼 네놈의 이름이 무엇인지부터, 해번영에서 나온 이분 앞에서 다시 말해보거라."

"소인의 이름은 진삼(陳三)이고, 진송의 먼 조카입니다."

가일은 기가 막힌 듯 한숨을 내쉬며 물었다.

"진송의 물건을 훔친 게 네놈이 맞느냐?"

"네, 제가 훔쳤습니다. 어차피 친척 사이고 하니 잠시 빌린 셈 치고 가져가 요긴하게 쓰고, 형편이 좋아지면 두 배로 갚을 생각이었습니다."

진삼은 손몽의 눈썹이 꿈틀거리는 것을 보자마자 얼른 변명을 늘어놓았다.

"훔친 물건 중 절반만 처분했고, 나머지는 집에 숨겨놨습니다. 두 분 나리만 좋으시다면 제가 나중에 보답으로 드리겠습니다."

손몽이 그를 노려보며 물었다.

"그런 쓰레기 같은 물건으로 어디서 수작질을 하는 것이냐! 이제부터 묻는 말에 한 치의 거짓도 없이 대답해야 할 것이다. 진송을 네놈이 죽인 것이 맞느냐?"

진삼의 눈이 휘둥그레지며 얼굴이 하얗게 질렸다.

"말도 안 됩니다! 저는 물건을 좀 훔쳤을 뿐, 사람을 죽이는 일은 절대 하지 않았습니다!"

손몽이 효위에게 다시 매질을 하라는 듯 손짓을 보냈다. 진삼이 얼른 바닥에 이마를 쿵쿵 찧으며 억울함을 호소했다.

"저는 정말 사람을 죽이지 않았습니다. 제가 도둑질을 할 때 그자는 이미 죽어 있었습니다!"

가일이 진삼의 멱살을 잡아 올리며 물었다.

"확실히 말해야 할 것이다. 진송이 살해당하는 것을 보았느냐?"

"그건 아닙니다. 제가 그날 담을 넘어 들어가 안채를 한 바퀴 돌았지만, 돈이 될 만한 물건을 발견하지 못했습니다. 그래서 다른 곳으로 장소를 옮기려고 하는데, 갑자기 문소리가 들리는 바람에 어쩔 수 없이 대들보에 올라가 몸을 숨겼습니다. 진송이 밖에서 누군가와 이야기를 나누더니 곁채의 문이 열리는 소리가 들리더군요. 한참이 지나서야 곁채 문이 다시 열리는 소리가 들렸고, 누군가 허겁지겁 안채로 들어왔습니다. 저는 숨을 죽이고 꼼짝도 하지 못했고, 그자는 방 안에서 한참을 바삐 움직이더니 나가더군요. 발소리가 멀어질 때쯤 대들보에서 뛰어 내려왔는데, 그게 하필 진송의 시체 옆이라 하마터면 제가…….”

“시끄럽고! 도대체 무엇을 보았는지 그것만 말하거라!”

손몽의 그의 말을 끊었다.

진삼이 움찔하며 말을 이어갔다.

“그자가 들어왔을 때 전 잔뜩 숨을 죽이고 대들보에 납작 엎드려 있느라, 고개를 내밀어 밑을 볼 수조차 없었습니다.”

“아무것도 못 봤다는 것이냐?”

가일이 실망한 듯 물었다.

“지금까지 시간만 버리고 헛수고를 한 셈이군. 지존의 하사품을 도둑질한 죄는 죽음으로 다스리게 돼 있으니 베어버릴 수밖에.”

손몽이 효위에게 명을 내리려는 순간 진삼이 다급하게 그녀를 막았다.

“잠깐, 제 말을 끝까지 들어보십시오. 사실 아무것도 못 본 것은 아닙니다. 제가 쓸 만한 정보를 드리면 저를 풀어주실 겁니까?”

“쓸 만한 것이라면 당연히 그래야겠지.”

가일이 말했다.

“사실 그자가 방에 들어와 이것저것 할 때 곁눈질로 몰래 훔쳐보기는 했습니다. 비록 얼굴을 보지는 못했지만, 머리에 쓴 관은 확실히 보았습니다. 그 관은 진현관(進賢冠) 모양이었지만, 건책(巾幘)과 빗살이 없었습니다. 그리고 테두리에 금색으로 선을 둘렀고, 관 꼭대기에도 최상급의 진주가 달려 있었습니다.”

"확실히 본 게 맞느냐?"

손몽이 미간을 좁히며 재차 확인을 했다.

"이 두 눈으로 분명히 봤습니다. 그런 모양의 관은 저도 처음 보는지라, 유독 기억에 남습니다."

진삼이 목을 길게 빼며 조심스럽게 물었다.

"이 정보가 나리들에게 도움이 됐습니까?"

손몽은 굳은 표정으로 아무 대답도 하지 않았다.

가일 역시 차갑게 대꾸했다.

"그 정도로 무슨 도움이 되겠느냐? 너는 도위부 감옥으로 돌아가 목숨이나 잘 부지하고 있거라."

"나리, 제가 아는 걸 숨김없이 모두 말씀드린 것이오니, 부디 소인의 목숨만은 살려주십시오……."

"진삼, 지금 너에게는 도위부 감옥이 가장 안전한 곳이다. 네가 오늘 여기서 한 말은 누구에게도 절대 발설해서는 안 된다. 그걸 발설하는 순간 네 놈은 죽은 목숨이 될 것이니 명심해라. 알겠느냐?"

진삼이 벌벌 떨며 대답했다.

"소…… 소인은 머리에 쓴 관만 본 것뿐인데, 그게 그리 큰 죄가 되는 것입니까?"

"소리소문 없이 죽기 싫으면, 지금 한 말을 명심해야 할 것이다."

가일은 그 말을 한 후 손몽을 쳐다봤다. 손몽이 손짓을 하자 효위가 진삼을 끌고 나갔다.

"관의 테두리에 금선을 둘렀다면 왕실 종친이 특별히 제작한 관의 양식이 분명하오. 어쩌면 이 손님이 바로 철 공자일 수도 있겠네요."

손몽이 뻑뻑해진 눈을 비비며 말했다.

"꼭 그렇지만은 않을 거요. 철 공자처럼 정체를 철저히 감추고 있는 자가 고작 진송을 죽이기 위해 직접 나설 리 없소. 그렇다면 왕실 종친 중의 누군가가 철 공자를 돕고 있는 걸지도 모르겠소."

"아직도 태자를 의심하고 있는 건가요?"

"그건 아니오. 얼마 전에 태자를 만난 적이 있는데, 성정이 유하고 인정이 많은 데다 우유부단하다는 느낌을 받았소. 손씨 가문의 자손들 중 나이와 지위를 고려해 대충 추려보니, 조건에 맞는 자가 4, 50명은 족히 되더군. 문제는 해번영에 믿을 만한 수하가 아무도 없다 보니, 그들을 전부 수사할 방도가 전혀 없다는 것이오. 하지만 지금 이자가 왕실 종친의 특별히 제작한 관을 쓰고 있고 그 위에 진주 장식까지 있었다는 것을 알아냈으니, 그 조건에 맞춰 추려보면 대충 10여 명 정도로 수사망이 좁혀질 것이고……."

손몽이 그의 말을 끊었다.

"효위를 동원할 생각은 하지 말아요. 당신이 왕실 종친을 수사하고 내가 그걸 돕고 있다는 사실을 손 군주가 알게 되면 나를 가만두지는 않을 거예요."

가일이 손을 내저었다.

"설사 당신이 효위를 내준다 해도, 이렇게 많은 손씨 가문의 자손을 상대로 수사에 착수하는 것은 거의 불가능에 가깝소. 이런 식의 수사가 지존의 눈을 피해 갈 수 있을 거라고 보오? 수사를 시작해봐야 결국 철 공자가 누구인지 알아내지도 못한 채, 내가 모반을 꾀하려 한다는 의심을 받기 십상이오."

"진송의 몸에서 한선의 영패가 나온 것도, 영맥이 당신과 한선의 관계를 줄곧 의심하고 있다는 것을 철 공자가 알고 일부러 당신에게 혐의를 뒤집어씌우려고 한 것이겠네요. 이제 어쩌죠? 철 공자가 당신에게 맞서고 있는 걸 알았다 해도, 당신은 반격할 수단이 아무것도 없잖아요? 이건 그냥 가만히 앉아서 죽음을 기다리는 거 아니겠어요?"

"반첩이 나를 죽이려 한 것은 이해가 되오. 하지만 주치를 독살하고, 태자를 모함하고, 진송을 죽여 입을 막은 것도 모자라 한선의 영패까지 남긴 이 일련의 사건들은 좀처럼 갈피를 잡기 힘든 것이 사실이오. 이렇게 많은 사건을 일으킨 목적이 단지 나 하나를 상대하기 위해서라면, 판을 지나치게 크게 벌인 거란 생각이 안 드오?"

가일이 고개를 가로저었다.

"무슨 말을 하고 싶은 거죠?"

"아무래도 철 공자가 비밀리에 대사를 모의하고 있는 것은 아닌지 의심이 드오."

"대사요? 지금 당장 닥친 큰일이 하나 있긴 하죠. 선조상서 기염이 관리 체제를 개혁하는 안을 이미 수정 보완해 내일 지존께 보고를 올린다고 들었어요. 그럼 지존께서 중신들을 소집해 그 안에 대해 논의를 하시겠죠. 일전에 연회에서 당신과 논쟁을 벌였던 그 오기라는 자도 강동파 자제들을 모아놓고 한바탕 선동질을 했다더군요. 회사파 쪽에서도 계속 장소의 집을 찾아가 공동 서명한 상주문을 올려야 한다고 그를 설득 중이에요. 지금 다들 대책을 강구하느라 물밑 작업을 하고 있고, 민심도 동요하고 있어요. 이런 상황에서 당신의 교위 자리를 보존할 수 있겠어요?"

가일은 그녀의 말에 어떻게 대답해야 할지 잠시 망설여졌다. 의안의 논의 방향이 어떻게 흘러가든, 결국 한선이 그를 대신해 모든 수단과 방법을 동원해 교위 자리를 지켜줄 것이다. 가일은 믿는 구석이 있는 탓에 이 문제에 대해 별다른 걱정을 해본 적이 없었다. 그러나 이런 말을 손몽에게 솔직하게 말할 수 없으니, 그는 시치미를 떼고 개의치 않는 듯한 태도를 보일 수밖에 없었다.

"지존께서 내게 주치 사건의 수사를 맡기신 지 얼마 되지 않았으니, 그 결정을 다시 철회하는 일은 없을 것이오."

"너무 안심하지 말아요. 어쨌든 나도 손 군주에게 연통을 넣어, 지존께 청을 넣어달라고 부탁해놓았어요. 그게 효과가 있을지는 그때 가봐야 알 겠죠."

"이렇게까지 신경을 써주다니 너무 고맙소."

가일의 얼굴에 미소가 떠올랐다. 그녀의 이런 배려가 그의 마음을 따뜻하게 감싸주었다.

"그렇게 웃지 말아요. 바보 같으니까."

손몽이 장난스럽게 그를 타박했다.

"이제 곧 오시(午時)가 돼가네요. 같이 식사한 지도 꽤 된 것 같은데, 밥 먹고 갈래요?"

가일이 고개를 끄덕였다.

"내가 가서 당신이 좋아하는 찬을 좀 준비하라고 해야겠어요. 당신은 여기 앉아서 미끼 없는 낚시나 즐기고 있어요."

손몽이 석정을 걸어 나가며 또 하품을 했다.

"준비 다 되면 부르러 올게요."

가일은 손몽의 뒷모습에서 눈을 떼지 못했다. 그 모습은 전천과 너무나 흡사했다. 그는 이내 고개를 가로저으며 옆에 있는 낚싯대를 집어 들었다. 낚싯줄이 호선을 그리며 허공을 가로질러 날아가고, 낚싯바늘이 물로 떨어졌다. 가일은 물 위에서 점점 사라지는 파문을 조용히 바라보았다.

제5장

◆

황학루 앞

가일이 경화수월로 돌아왔을 때, 그의 눈에 들어온 것은 방문 앞에 앉아 있는 제갈각이었다. 이 제갈 공자는 꼬깃꼬깃 주름 진 삼베옷을 입고 문지방에 양반다리를 하고 반쯤 걸터앉아, 머리를 이리저리 돌리며 하늘을 쳐다보고 있었다.

가일이 다가가 인사를 했다.

"제가 제갈 공자를 오래 기다리게 했나 봅니다."

제갈각이 널찍한 옷소매를 펄럭이며 손을 저었다.

"아니네. 원래는 자네 방에서 기다리고 있었는데, 한번 휘 둘러보고 나니 더는 볼 게 없어 이리 나와 하늘을 구경하며 상상의 나래를 좀 펼치고 있었네."

"상상의 나래요?"

가일의 눈썹이 치켜 올라갔다.

"가끔 나는 내가 새가 되어 훨훨 나는 상상을 해본다네. 그럼 골치 아픈 일에서 잠시나마 도망칠 수 있거든."

제갈각이 자리에서 일어나 엉덩이를 툭툭 치며 먼지를 털었다.

"가 교위, 군주부에 갔다더니, 어찌 이리 오래 걸린 것인가?"

"오시가 가까운 시간이다 보니 손 낭자가 식사를 하고 가라 만류해 늦었습니다."

"쯧쯧, 손몽 그 계집이 식사를 하고 가라고 붙잡다니, 해가 서쪽에서 뜰 일이군."

제갈각이 문을 열고 먼저 안으로 들어갔다.

가일이 그 말을 놓치지 않고 물었다.

"그리 말씀하시는 걸 보니, 손 낭자와 잘 아는 사이라도 되십니까?"

"그 계집으로 말할 것 같으면, 어릴 때 나를 쫓아다니며 자기를 누이라 부르라고 못살게 굴고, 그렇게 안 불러주면 나를 때리기도 한 원수라네. 내 그때 기억을 아직도 가지고 있을 정도지."

제갈각이 상석으로 걸어가 양반다리를 하고 앉았다.

"몇 년이 지난 후부터 손몽이 자주 외지로 떠도는 바람에 볼 기회가 거의 없었네……. 보아하니 두 사람이 줄곧 붙어 다니는 듯한데, 조심해야 할 걸세."

"무엇을 말입니까?"

가일이 물었다.

"자네가 그렇게 사납고 약아빠진 여인을 아내로 삼으면 남은 평생을 고통 속에서 살아야 할 테니 하는 말이네. 사내가 장가를 가려면 무조건 예쁘고 멍청한 여자와……."

가일이 그의 말을 끊었다.

"제갈 공자께서 오해가 있나 봅니다. 손 낭자와 나 사이에는 사적인 감정이 전혀 없습니다."

"사적인 감정이 없다면 더 잘됐군. 가능하면 손몽을 좀 멀리하게. 그렇게 하루 종일 같이 다니며 밥도 먹고 손도 잡고 그러지 말고. 듣자 하니 자네가 업어주기도 했다지? 쯧쯧, 그러고도 지금 아무런 감정이 없다고 억울해하는 꼴이라니."

제갈각이 고개를 저으며 혀를 찼다.

"그러고 보면 가 교위도 얼굴이 참 두꺼운 듯하네."

가일이 빨갛게 달아오른 얼굴로 난처한 표정을 지었다.

"사건을 수사하느라 그런 것일 뿐 아무 사이도 아니니, 오해는 마십시오. 만약 손 낭자의 명예를 더럽히는 일이 생긴다면 제가 책임을 질 것입니다."

"쓸데없는 얘기는 이쯤 해두세."

제갈각이 접시에 담긴 간식을 집어 입에 넣으며 말했다.

"오늘 이리 찾아온 것은 달리 할 말이 있어서네. 음? 맛이 꽤 괜찮군."

"무슨 일입니까?"

가일이 나지막이 물었다. 이 제갈 공자는 이미 약관의 나이가 됐는데도 말과 행동이 여전히 제멋대로인 데다 껄렁껄렁했다. 그의 아버지 제갈근과는 그야말로 천지 차이였다.

"기염이 관리 체계를 개혁하고 인원을 감축하는 의안의 수정을 마쳤고, 이제 곧 중신들을 모아 검토에 들어갈 것이네. 만약 의안이 통과되면 모든 조서에서 한 차례 조사와 평가 과정을 거쳐 불필요한 인력을 감축하게 될 터이지. 소문대로라면 조서마다 3분의 2 정도의 인력을 정리할 거라고 하더군."

제갈각이 가일을 비웃기라도 하듯 웃음을 터뜨렸다.

"두렵지 않은가? 자네가 교위 자리에서 쫓겨나면 그 누구의 보호도 받을 수 없으니 귀찮게 하는 인간들이 꽤 될 것 같은데, 안 그런가?"

가일이 미간을 찡그렸다.

"제갈 공자께서 내가 그 감원 대상에 포함되어 있다는 소식이라도 들으신 모양입니다?"

제갈각이 한숨을 내쉬며 근심스러운 표정으로 가일을 바라볼 뿐, 아무 대답도 하지 않았다. 가일이 다시 물으려는 찰나에, 그가 또 웃으며 가일의 신경을 건드렸다.

"나는 본시 좋은 소식만 전할 뿐, 나쁜 소식은 다른 사람의 입을 통해 전한다네. 그러니 안심하게. 태자가 자네를 위해 지존께 특별히 청을 올렸으니, 이번 감원 대상에 자네가 포함되는 일은 없을 것이네. 그러니 자네는 걱정 말고 수사에만 전념하도록 하게."

"태자의 은덕에 감사드리옵니다."

가일이 형식적으로 감사의 인사를 전했다.

"사실 태자 역시 힘들이지 않고 선심을 쓰는 셈이지. 군주가 자네를 심복으로 삼은 마당에, 고작 교위 자리 하나 지켜주지 못하시겠는가? 듣자 하니 자네와 의형제라는 그 소한이 최근 노반 공주를 꼬여 황학루 짓는 공사를 총괄하게 됐다더군. 아, 내가 오후 내내 경화수월에 있었는데, 어찌 그자가 코빼기조차 보이지 않는 건가? 지금 나를 무시하는 건가?"

"소한은 황학루를 짓는 일 때문에 황곡산에 가서 며칠째 돌아오지 않고 있습니다. 아무래도 지반을 닦는 일이 워낙 중요하다 보니, 자리를 뜰 수 없다더군요."

"자네는 이번 관리 체계 개혁안이 정말 추진될 수 있을 거라 보는가?"

제갈각이 갑자기 또 화제를 바꿨다.

가일이 그의 말을 경계하며 형식적으로 대답했다.

"고작 일개 교위에 불과한 제가 조정의 일을 어찌 알고 감히 함부로 논하겠습니까?"

제갈각은 그의 대답에 개의치 않고, 하고 싶은 말을 이어갔다.

"예로부터 관리 조직의 개편이나 인원 감축 같은 사안은 하나같이 파벌 싸움의 결과물들이었지. 지금 조정은 그나마 나은 편이네. 이걸 이용해 파벌 싸움을 잠재우려 하니 말일세. 기염이라는 자는 고지식하고 세상 물정에 어두운 바보가 분명하네. 그 자신이 청빈하고 성실하다고 해서 모든 관리들도 자기와 똑같이 생각하고 행동해야 한다고 여기고 있으니 말일세. 세상은 가지각색의 사람이 모여 사는 곳이고, 각자 자신만의 행동 방식과 원칙을 가지고 있지. 그걸 무시한 채 모든 사람이 똑같아지기를 바란다면, 이건 하늘의 이치와 인륜에 위배되는 일이니 그런 길은 절대 가서는 안 되네. 태자께도 이미 말씀드렸지만, 나는 차라리 이번 기회를 이용해 강동파와 회사파의 세력을 약화시키고, 태자당을 양성해 이후 후계 자리에 오를 때를 대비하는 편이 낫다고 생각하네. 하나 태자께서는 이것이 성인의 가르침을 위배하는 것이고, 그리 많은 관원을 자르게 되면 그들이 역심을 품을지 모른다며……."

"제갈 공자!"

가일이 그의 말을 끊었다.

"지금 무슨 말을 하는지 하나도 알아듣지 못하겠습니다."

어떤 사람들은 어떤 일에 대해 이런저런 말을 꺼내며 솔직한 속내를 다 보여주는 것처럼 행동하지만, 사실 이것은 상투적인 말에 불과하다. 만약 이런 말에 휩쓸려 자신의 생각을 그대로 드러낸다면 결국 그가 파놓은 함정에 빠지고 만다.

제갈각이 손을 내저었다.

"그것도 맞는 말이겠지. 어쨌든 내가 왜 자네한테 이런 푸념을 하고 있는지 모르겠군. 그건 그렇고, 철 공자에 대한 수사는 잘 돼가고 있는가?"

가일이 눈을 치켜떴다. 지난번에 고담의 집에서 두 사람에게 그의 존재에 대해 물었을 때만 해도, 둘 다 전혀 모르는 표정을 지었다. 그런데 지금 제갈각은 마치 그자를 아는 것처럼 말을 하고 있었다. 설마 지난번에 모른

196

척 거짓말을 한 건가?

"어느 정도나 수사가 진전됐는가?"

제갈각이 물었다.

"왕실 종친 쪽을 의심하고 있는 것인가?"

가일이 고개를 번쩍 들어 제갈각의 태연한 얼굴을 쳐다봤다.

"왜 그런 말을 물으십니까?"

제갈각이 또 간식을 입에 넣으며 말했다.

"지난번 고담 집에서는 자세히 말할 상황이 아니었네. 사실 지난 2년 사이에 철 공자라는 이름을 들어본 적이 있네. 하지만 근거 없는 단편적인 말들에 불과했고, 그것이 진짜인지 확인할 길도 없었네. 그저 그자가 여인들 사이에서 평판이 아주 좋은 것으로 보아, 신분과 지위가 높고 풍류를 아는 사람일 거라는 추측만 해볼 뿐이지. 반첩이 가 교위를 죽이는 데 실패하자 철 공자와의 비밀을 지키기 위해 스스로 목숨을 끊은 것만 봐도 알 만하지 않은가? 여인은 말일세, 신의와 대의를 위해 자기 목숨을 내놓는 경우는 드물어도, 흠모하는 사내를 위해서라면 충분히 그럴 수 있지."

"도대체 무슨 말을 하고 싶은 겁니까?"

가일이 물었다.

"태자는 너무 고지식해서, 어딜 가나 정해진 틀을 벗어나지 못하네. 이런 사내를 좋아할 여자가 몇이나 되겠는가?"

제갈각이 한숨을 내쉬었다.

"그래서 말인데, 삐딱하게 생각하지 말고 들어주게. 태자가 철 공자일 리 없네. 그랬다면 태자가 자네를 도와 왕실 종친 중에 누가 여자의 환심을 사고 있는지 눈여겨 살피기까지 하겠는가?"

제갈각의 말은 이리 튀고 저리 튀어 갈피를 잡을 수 없었지만, 결국 한 가지 사실을 암시하고 있었다. 태자는 가일에게 적이 아니고 심지어 서로

도울 수 있다는 암시였다.

"알겠습니다. 제가 감사히 생각하고 있다는 말을 태자께 전해주십시오."

"그리 빨리 알아듣다니, 가 교위와는 역시 말이 잘 통하는군."

제갈각이 일어나 자신의 배를 툭툭 치며 말했다.

"할 말을 다 하고 나니 허기가 지는군. 듣자 하니 이 경화수월에서는 미인의 시중을 받으며 취선거의 맛있는 요리를 먹을 수 있다지? 가 교위, 나를 잘 대접해야 할 걸세. 그러지 않으면 내가 돌아가서 자네 욕을 잔뜩 할지도 모르니 말일세."

가일이 어색하게 웃으며, 어쩔 수 없이 하인을 불러 제갈각을 귀빈실로 모시고 가라 일렀다.

제갈각이 문을 나서다 갑자기 돌아보며 웃었다.

"자네가 이리 호의를 베풀어주니, 내 소한이라는 자에게 선물 삼아 한마디 해주겠네. 노반 공주는 사리를 따지는 이가 아니니, 그녀의 정부가 되기로 한 것이 좋은 결정이 아닐 수도 있다는 걸 알아야 할 걸세. 화가 복이 되고, 복이 또 화가 되기도 한다는 말이 딱 맞겠군."

"귀한 충고를 소한에게 전해드리지요."

제갈각의 모습이 문에서 사라지고 난 후 가일이 안도의 한숨을 내쉬려는 순간, 그가 다시 문틀을 잡고 고개를 쑥 내밀며 장난스럽게 웃었다.

"이보게, 나 혼자 대체 무슨 재미로 술을 마신단 말인가? 같이 가지 않겠는가?"

가일이 기가 막힌 표정으로 막 대답을 하려는데 제갈각이 또 손을 내저었다.

"됐네, 관두게. 여자 끼고 술 마시는 자리에 자네를 불러들인 걸 손몽이 알면 날 가만두지 않을 걸세. 차라리 혼자 노는 게 속 편하겠군."

그는 가일의 대답을 기다리지 않은 채 소맷자락을 뒤로 쳐 넘긴 후 거드름을 피우며 걸어갔다. 가일은 그 자리에서 꼼짝도 하지 않고 방금 제갈각이 한 말을 곱씹었다. 비록 귀에 거슬리는 말이었지만, 반박할 수 없는 사실이었다. 그와 손몽은 이미 남녀의 벽을 허물고 지내는 터라, 옆에서 보기에 오해할 수밖에 없었다. 소한이 줄곧 의도적으로 둘 사이를 맺어주려고 애쓴 것도, 이런 식의 관계를 지속하는 데 문제가 있다고 판단했기 때문일 것이다. 이제 어찌해야 할까? 손몽에게 혼담을 꺼내야 할까? 하지만 전천은……. 게다가 한선의 객경인 내가 과연 혼인을 할 수 있을까? 만약 나중에 무슨 변고라도 생기면 손몽은 또 무슨 죄란 말인가?

가일은 무거운 한숨을 내쉬며 머리를 떨구었다.

소한과 진풍이 산꼭대기에 있는 커다란 바위 위에 서 있었다. 거센 바람이 사방팔방에서 불어오는 통에 두 사람의 머리가 정신없이 나부끼며 헝클어졌다. 두 사람의 앞쪽으로 백 명이 넘는 일꾼들이 쉬지 않고 일을 하고 있고, 장인 몇 명이 공사장을 돌아다니며 감독을 했다. 지반을 다지기 위해 사방으로 널찍하고 깊게 땅을 파 내려가며 자갈과 흙을 퍼내고 옮기는 일이 반복됐다.

"이 정도 깊이면 된 것 아닌가?"

진풍이 목청을 높이며 소리쳤다.

"내 지금까지 살면서, 집 하나 지으려고 땅을 이리 깊이 파는 건 또 처음 보네!"

"우리가 지으려는 건 집이 아니라 누각이네! 노반 공주가 준 도면대로라면, 5층짜리 건물이 들어서는 것일세!"

소한이 그의 어깨를 툭툭 치며 바위에서 내려가 바람을 등지는 곳으로 가자고 손짓을 했다.

진풍이 소한의 겨드랑이에서 하얀 비단 두루마리를 빼내 펼쳐 보며 연신 고개를 끄덕였다.

"원래 5층짜리였군. 어쩐지 깊이 파더라니."

"무식하기는. 그림이 뒤집혔네."

진풍이 민망한 듯 얼른 그림을 뒤집었지만, 여전히 알아보기 힘든 건 마찬가지였다. 그는 더는 보고 싶지 않다는 듯, 두루마리를 대충 말아 소한의 겨드랑이에 다시 쑤셔 넣었다.

"횡으로 종으로 줄만 쫙쫙 그어져 있는 것이, 봐도 뭐가 뭔지 하나도 모르겠네."

"속상해할 것 없네. 봐도 모르는 건 나도 마찬가지니."

진풍이 눈이 휘둥그레졌다.

"저것도 못 알아보는데, 어떻게 이 공사를 감독한단 말인가?"

"그래서 거금을 들여 이 분야의 전문가를 몇 명 모셔 오지 않았는가? 괜찮네. 공주도 관의 일이라는 것이 모두 이런 것이니 걱정할 거 없다 했네. 건축에 일가견이 있는 자들에게 돈만 주면 건물을 짓는 데 아무 문제 될 것이 없는 법이지. 설계 도면은 장작사(將作司)에서 만들었고, 건물을 짓는 일은 장인들이 하고 있고, 공정을 감시하고 엄밀히 점검하는 일은 그 분야 전문가들이 맡아서 하니 아무 문제 될 것이 없네. 무창궁처럼 큰 궁전조차 손상향이 이런 과정을 거쳐 지었는데, 하물며 우리처럼 이런 작은 황학루쯤이야 더 수월하지 않겠는가?"

"이 세상에 재물을 탐하지 않는 관리가 없고 교활하지 않은 장사꾼이 없다더니, 그 말이 딱이로군. 이번에는 이 일로 또 얼마나 벌어들이는 건가?"

"이번 일은 돈을 보고 하는 게 아니네. 본래 노반 공주가 공사 비용을 아주 낮게 잡은 데다, 좋은 자재를 선별해서 쓰고, 여기저기 들어가야 하는 돈이 많다 보니 오히려 손해 보는 장사를 하고 있는 셈이지."

"장사치가 손해 보는 장사를 한다는 말을 나더러 믿으라는 건가?"

진풍이 무언가 불현듯 떠오른 듯 소리쳤다.

"아! 그렇다면 돈 대신 공주의 미색을 탐하는 게로군."

소한이 그를 흘겨보며 장난스럽게 맞장구를 쳤다.

"이제야 머리가 돌아가는군."

"내 자네를 알다가도 모르겠네. 노반 공주가 얼마나 방탕한 여인인지 이미 소문이 파다하지 않은가? 그런 여인이 자네와 어울리기나 하겠는가? 차라리 양갓집 참한 규수를 하나 찾는 편이……. 그것도 좀 힘들겠군. 자네처럼 장사꾼 출신에게 딸을 시집보낼 양반네가 있을 리 없지."

진풍의 목소리가 점점 잦아들면서 소한의 혼인 문제를 고민하기 시작했다.

소한은 그런 그를 아랑곳하지 않은 채, 손으로 햇빛을 가리며 먼 곳을 내다보았다. 산으로 올라오는 길에 흙먼지를 일으키며 사람을 태운 말이 한 무리 몰려오고 있었다. 그가 옷 모양새를 바로잡으며 앞으로 마중을 나갔다. 며칠 전 노반 공주가 현장 조사를 위해 사람을 보낼 거라고 말했으니, 아마도 그들일 가능성이 높았다.

소한이 입구로 걸어갔을 때쯤, 그들도 이미 도착해 있었다. 기수들은 모두 소매가 좁고 앞자락이 곡선으로 돼 있는 비단옷을 입고 허리춤에 장검을 찬 준수한 외모의 사내들이었다. 가장 선두에 선 자는 하얀색 비단옷을 입고 있었다. 그의 옷차림과 머리카락은 한 치의 흐트러짐도 없었고, 유한 얼굴 뒤로 음흉하고 검은 속내가 감춰져 있는 듯한 인상을 주었다. 소한이 절을 올리며 영접하자, 그는 고개를 빳빳이 들고 코웃음을 치며 말을 몰고 지나갔다. 뒤따르던 기수들 역시 소한 혼자 그 자리에 우두커니 남겨둔 채 아무 말 없이 가버렸다.

소한이 얼른 돌아서서 웃는 낯으로 앞장서 가는 흰옷의 공자를 쫓아 달려갔다. 그는 한 손으로 고삐를 잡고 다른 한 손으로 고급스럽게 만들어진 비단 주머니를 건네며 넌지시 말을 건넸다.

"귀한 분께서 오셨는데 멀리 마중을 나가지 못했으니, 큰 실례를 범했사옵니다."

흰옷의 공자가 주머니를 손으로 대충 가늠해본 후 소맷자락에 넣었다. 그제야 그의 표정이 살짝 풀어진 듯 보였다. 그는 소한의 부축을 받으며 말에서 뛰어내려 곧장 공사장으로 걸어갔다. 그곳에 가까워지자 그가 갑자기 코를 막으며 인상을 찡그렸다.

"사방에서 어찌 이리 땀 냄새가 진동하느냐? 이자들은 씻지도 않고 사는 것이냐?"

소한이 대답을 하려는데, 뒤에 있던 기수가 어느새 명첩을 건넸다. 그 위에 쓰인 글자를 보니, 이 공자의 이름은 손오(孫敖)로 손권의 백부 손강(孫羌)의 서자였다. 왕실 종친의 서열로 따지자면 그리 중요한 인물은 아니지만, 노반 공주가 보낸 자이니 절대 소홀히 대할 수 없었다.

소한은 여전히 미소 띤 얼굴로 명첩을 허리춤에 끼워 넣으며, 그 김에 손에 잡히는 대로 엽자금 몇 개를 꺼내 손오에게 건넸다.

손오가 그를 비웃으며 말했다.

"다들 자네가 사람 노릇을 잘한다고 하더니, 과연 그 말이 틀린 말이 아니로구나."

"과찬이십니다. 소인처럼 하루하루 벌어먹고 사는 장사치들이야, 전부 나리처럼 귀한 분들 덕에 먹고사는 것이지요."

손오가 뒷짐을 지고 또 몇 발자국 걸어 나갔다.

"공사를 시작한 지 10여 일이 지났는데 고작 이것밖에 못 판 것이냐? 진행 속도가 너무 늦구나."

"공자께서도 아시겠지만, 이 산에 돌이 워낙 많습니다. 곡괭이질을 한 번 하면 그대로 팅겨져 나와 손이 마비돼 얼얼해질 정도라, 시간이 상당히 오래 걸리고 있습니다. 백여 명의 일꾼들이 밤낮으로 교대해가며 일한 덕에 이제야 지반을 어느 정도 파 내려갔고, 이제 얼마 남지 않았습니다. 지반만 다 다지고 나면 공사에 속도가 더 붙을 것이니, 목재와 기와를⋯⋯."

손오가 더 들을 필요 없다는 듯 소한의 말을 끊었다.

"어째서 이곳에는 쉴 곳조차 없는 것이냐?"

"면목이 없습니다. 지금은 지반을 파내는 작업에 총력을 기울이다 보니, 다른 것에 신경 쓸 겨를이 없었습니다. 손 공자께서 문제점을 지적해주셨으니, 이제부터라도 공사를 시작해보도록 하겠습니다."

소한이 웃으며 손오의 비위를 맞춰주었다.

"다음에 다시 오실 때쯤이면, 조용하고 풍광이 멋진 곳에서 쉬시다 가실 수 있도록 준비를 해놓겠습니다."

"이런 험한 곳에 내가 몇 번이나 올 수 있겠느냐? 이게 다 너를 위해서 하는 말이다."

손오가 미간을 찡그리며 말했다.

"나중에 노반 공주가 갑자기 마음이 동해 너를 보러 왔는데, 그때도 이런 곳에서 바람을 맞고 흙먼지를 먹으며 서 있게 할 것이냐?"

"그건⋯⋯ 소인의 생각이 짧았습니다."

손오가 차갑게 대꾸한 후 몇 발자국 걸어 나갔다. 그 순간 발밑에 널린 돌에 걸려 그의 몸이 비틀거리자, 소한이 잽싸게 그를 부축해 넘어지는 것을 막았다.

소한은 손오가 화를 내기 전에 선수를 쳤다.

"공자께서 이리 먼 길을 오고 가느라 얼마나 노고가 많으십니까? 제가 취선거에 주연을 마련하고 경화수월의 여인들을 보내 시중을 들게 하면 어떻겠는지요?"

손오가 소한을 힐끗 쳐다보며 말했다.

"여자와 술로 나를 포섭하려는 것이냐? 나한테 그런 방식은 안 통한다. 너는 안심하고 이 건물이나 잘 짓도록 하거라. 또한 노반 공주를 상대로 헛생각 따위는 버리는 게 좋을 것이다. 안 그러면 앞으로 우리가 좋은 얼굴로 보지 못할 것이니 명심하거라."

그가 소한을 밀쳐내며 말에 올라타 거들먹거리며 떠나갔다.

손오 일행이 멀어지는 것을 보고 나서야 진풍이 풀을 씹으며 걸어왔다. 그가 소한을 힐긋 쳐다보며 물었다.

"왜 그러는가? 분이 안 풀리는가? 내가 쫓아가서 저 기생오라비같이 생긴 놈을 한 방 먹여줄 수도 있네."

"아니, 그러지 말게."

소한이 연신 손을 내저었다.

"이 정도도 참지 못하면서 어찌 큰일을 도모할 수 있겠는가? 저자가 비록 말은 거슬리게 하지만 마음속에 다른 꿍꿍이가 있는 자는 아니니, 나름 다루기 쉬운 물건이네. 진짜 골칫거리는 겉으로 호형호제하며 뒤로 딴마음을 품는 자들이지."

"자네가 쉽게 돈을 버는 줄 알았는데, 저런 자들을 상대로 간도 쓸개도 다 내놓아야 하다니 세상에 쉬운 일은 하나도 없나 보네. 가일이나 자네나 둘 다 너무 하나에 얽매여 사는 느낌이 드네. 한 명은 관직에, 또 한 명은 돈에 얽매여 나처럼 마음 가는 대로 자유롭게 살 수 없는 게지."

"물론 하늘 아래 가장 마음 가는 대로 자유롭게 사는 유협의 눈에 그리 보일 수도 있겠지. 하나 모든 사람이 유협이 될 수 없지 않은가? 태어나는 그 순간부터 세상사에서 자유롭지 못한 것이 우리네 인생이기도 하네."

"세상사에서 자유롭지 못한 것 역시 스스로 자초한 것이네. 시야만 좀 넓혀도 내려놓지 못할 것이 없다네."

진풍이 말했다.

"내려놔?"

소한이 허탈하게 웃으며 고개를 가로저었다.

"그런 말을 누군들 못 하겠는가? 문제는 그렇게 하는 게 말처럼 쉽지 않다는 것이네. 마음속에서 집념을 끊어낼 수 있는 사람은 그리 많지 않지. 설사 내려놓았다 해도, 나를 잃어버린다면 그게 또 무슨 의미가 있겠는가?"

소한이 고개를 가로저었다.

"됐네. 이런 속 터지는 얘기는 그만하세. 그건 그렇고, 자네가 보기에 저 손오라는 자가 노반 공주와 무슨 관계인 거 같은가?"

"면수(面首: 남자 첩)겠지. 저자한테 무슨 말을 들은 건가?"

"아무래도 공주 앞에서 저자와 총애를 다툴 날이 올지도 모르겠군."

소한이 짐짓 심각한 표정을 지었다.

"사실 공주의 정부가 되겠다고 했던 말은 그저 농일 뿐이네. 색(色)으로 여자의 환심을 사 뜻을 이루려는 자는 결국 그 색으로 망하게 돼 있지. 그동안 계속해서 공주 주변을 염탐해봤더니 면수가 꽤 많았고 모사와 검객도 적지 않은 데 반해서, 나처럼 돈을 벌어들일 수 있는 능력을 가진 자는 유독 단 한 명도 없더군."

"그럼 자네는 그 여자가 시키는 대로 돈을 벌어주면 되는 거 아닌가?"

"아니, 내 목표는 그녀의 문객이 되는 것이 아니네. 그런 일에 흥미조차 없지. 지금 가일의 처지를 보면, 비록 손상향 군주가 뒤를 봐주고 있다지만 사방에서 견제를 하고 있고, 다른 사람의 명에 따라 움직이려니 몸뿐 아니라 마음고생까지 심할 것이네. 내가 원하는 건 노반 공주와 동등한 지위와 권력을 갖고 서로에게 필요한 것을 주고받는 것이지."

소한의 눈빛이 반짝였다.

"만약 모든 일이 순조롭게 풀리면 아마도 내가 도주공(陶朱公: 월[越]나라 범려[范蠡]의 다른 이름)이 돼 있을 것이네."

"그리 많은 돈을 벌어 뭐에 쓰려고 그러는가?"

진풍이 이해가 안 간다는 듯 물었다.

"가난이 두렵고 싫어서 그런다네."

소한이 큰 소리로 웃으며 화제를 돌렸다.

"요즘 우리 둘이 계속 이곳에 와 있는 통에, 가일의 사건 수사가 잘 돼가고 있는지 신경을 제대로 못 쓰고 있군."

"사건 수사라면 가일을 따라갈 자가 없지."

진풍이 엄지를 척 올리며 말했다.

"가끔은 가일이 사람의 마음을 훤히 들여다보고 있는 것은 아닌지 의심이 들 때가 있을 정도라네."

갈피가 전혀 잡히지 않았다.

장온의 집에서 연회가 열렸던 그날 밤부터 시작해서 가일은 일이 심상치 않게 흘러가고 있다는 것을 감지하고 있었다. 그러나 어디서부터 문제가 시작되고 무엇이 잘못됐는지 명확히 설명할 길이 없었다. 그날 밤 군의사·진주조·반첩의 공격이 실패로 돌아간 후 한 달여 동안, 그에 대한 암살 시도는 더 이상 일어나지 않았다. 아무래도 적은 그의 뒤에 숨어 있는 정체불명의 막강한 존재를 감지하고 직접적인 공격을 포기한 듯했다.

뒤이어 주치가 독살되고 태자가 모함을 받았으며, 진송이 살해당하고 한선의 영패까지 나타나 영맥을 수사 현장에 끌어들이게 만들었다. 이 일련의 일이 가일을 측면에서 공격하기 위해 벌인 일이라면 지나치게 멀리 돌아가는 길이 아닐 수 없었다. 분명한 것은, 이자가 이 일련의 일을 벌이는 데는 나름의 목적이 있다는 점이었다. 가일에게 모든 화를 전가시키는 것은 단지 그를 이용하는 것에 불과했다. 지금 가장 큰 의문은 철 공자가 이런 일을 벌인 진짜 목적이 무엇이냐는 것이다.

현재 유일한 단서는 바로 진삼에게서 알아낸 진술로, 진송을 죽인 자가 왕실 종친이라는 것뿐이다. 그러나 이 단서로는 수사를 진행할 수 없으니, 아무짝에도 쓸모가 없는 셈이었다. 그렇다면 이제 어떻게 해야 할까? 이자가 계속해서 범행을 저지르고 허점을 드러낼 때까지 기다려야 할까? 아니면 직접 나서서 뱀을 굴 밖으로 유인해내야 할까? 가일은 이런저런 생각을 떠올려보다 이내 하나하나 지우기를 반복했다. 그렇게 몇 시진이 흘러갔지만, 실행 가능한 대책은 하나도 나오지 않았다.

창 밖에서 무슨 일이라도 난 듯, 소란스러운 소리가 들려왔다. 당분간 소한과 진풍이 황곡산에서 먹고 자야 하는 탓에 경화수월의 크고 작은 문제는 그가 모두 처리해야 했다. 가일이 문을 열고 나가보니, 한 중년의 여인이 사색이 돼서 금세라도 쓰러질 것처럼 휘청휘청 달려오고 있었다. 다들 석류(石榴) 누님이라고 부르는 여인으로, 가일도 아는 얼굴이었다. 그녀는 소한 밑에서 일하면서 지난 2년 동안 경화수월을 꽤 잘 관리해왔다. 평소 괄괄하고 드센 성격의 그녀가 오늘처럼 놀라고 겁에 질려 있는 모습을 보인 적은 단 한 번도 없었다.

어느새 그녀가 가일 앞까지 달려와 그의 귀에 대고 무슨 말을 하자, 가일의 안색이 순식간에 돌변했다. 가일은 문 옆에 세워둔 장검을 들고 서둘러 바깥대청으로 발길을 옮겼다. 그는 몇 개의 회랑과 가산(假山)을 돌고 돌아 귀빈실 문 앞에 도착했다.

가일이 숨을 죽이고 문을 밀치자, 여기저기 널브러져 있는 시체들이 눈에 들어왔다. 그가 재빨리 안으로 들어가 문을 닫고 자세히 주위를 살폈다. 방에 있는 여섯 구의 시체가 화려한 옷차림인 것으로 보아, 술자리에 초대받고 온 빈객들인 듯했다. 이들 외에 다른 누구도 없었다. 가일은 무언가 이상한 느낌이 들어 앞으로 나가 시체를 하나하나 확인해보다, 그중 낯이

익은 얼굴을 하나 발견했다. 잠시 기억을 더듬어보니 지난번 장온의 집에서 열린 연회에서 만난 그 강동 사족 오기였다.

시신이 웅크린 자세를 하고 있었으며 낯빛이 파란색을 띠고 입과 코에서 핏자국이 말라 있는 것으로 보아 견기약에 중독된 증상과 똑같았다. 가일이 나머지 시체를 하나하나 검시해보니 전부 같은 자세와 증상을 보이고 있었다. 그가 몇 걸음 뒤로 물러나 문 앞에 서서 시체의 위치를 전체적으로 확인해보았다. 시체는 모두 자기가 앉아 있던 자리 근처에 쓰러져 있었고, 문까지 나와 도움을 요청할 시간조차 없었던 듯했다. 그렇다면 견기약의 양이 적지 않았던 것이 분명했다. 가일은 탁자 위를 쭉 훑어보았지만, 쓴맛이 날 만한 음식은 아무것도 없었다. 여섯 사람이 많은 양의 견기약을 먹었는데 어떻게 아무도 쓴맛을 느끼지 못한 거지?

등 뒤에서 누군가 문을 밀고 들어오는 소리가 들리자마자, 가일이 돌아서며 검을 뽑아 들어 검을 그의 턱 밑에 가져다 댔다. 가일은 석류의 얼굴을 확인한 후에야 검을 거두며 물었다.

"어찌 된 일인가?"

석류는 하얗게 질린 얼굴로 덜덜 떨며 대답했다.

"저도 모르지요. 들어와보니 다들 죽어 있지 뭐예요?"

"이곳에 술을 마시러 온 자들이라면서, 어찌 방 안에 악사나 무희들이 하나도 없는 것인가?"

"물론 있었죠. 근데 나중에 조용히 할 이야기가 있다면서 다들 내보냈어요. 한참이 지난 후 다른 방에 있던 손님들이 모두 갔는데, 유독 이 방만 아무런 인기척이 들리지 않았어요. 저녁 장사를 하려면 방도 청소하고 준비도 해야 해서 재촉을 좀 하려고 방에 들어갔는데, 문을 열자마자 이런 광경을 보게 될 줄 누가 상상이나 했겠어요?"

석류의 손이 계속 떨리고 있었다. 그러나 그녀는 충격과 두려움을 가까스로 참아가며 그에게 물었다.

"이렇게 많은 자가 죽었는데, 우리 장사에 영향을 주지 않을까요?"

"자네 말고 또 누가 이곳에 들어왔는가?"

가일이 물었다.

석류가 연신 고개를 저었다.

"없어요. 이런 일을 누구한테 말하겠어요? 그랬다간 순식간에 소문이 퍼져 한동안 장사도 못 하지 않겠어요? 그래서 이 방 상황을 보자마자 바로 문을 닫고 둘째 나리를 찾아간 거예요. 나리, 입이 무겁고 믿을 만한 사람을 찾아 이 시체들을 후원으로 옮기고 묻어야 하지 않을까요?"

"자네는 나가서 문을 막고 아무도 들어오지 못하게 하게."

가일은 그녀에게 지시를 내린 후 문득 이런 생각이 들었다. 이 여인이 두려움에 손을 벌벌 떨면서도 행여 가게에 피해가 갈까봐 이리 대범하게 생각하고 행동하는 걸 보니, 과연 소한의 사람 보는 눈이 정확했군.

석류가 물러간 후 가일은 탁자 위로 다시 눈길을 돌렸다. 여섯 사람이 먹던 음식이 다 제각각이었다. 만약 흉수가 그들을 동시에 죽이려면 같은 시간에 똑같이 독약을 먹어야 한다. 그럼 음식에 독약을 넣어 죽였을 가능성은 그리 크지 않았다. 어쨌든 모든 사람이 동시에 한 가지 음식을 먹을 가능성은 매우 적었다. 그렇다면 견기약을 술에 탄 후 누군가 건배를 제안해 동시에 술을 마셔야 독이 퍼져나가 거의 동시에 발작을 일으킬 수 있다.

가일은 술잔을 들어 냄새를 맡아봤지만, 견기약 냄새가 전혀 나지 않았다. 그가 옆에 놓여 있던 술 단지에서 술을 떠 코끝에 대어보았지만 여기서도 견기약 냄새가 안 나기는 마찬가지였다. 이상하군. 흉수가 어떤 방식으로 이 여섯 사람에게 견기약을 먹인 거지? 가일은 오기의 시체 옆에 앉아 그의 몸 구석구석을 샅샅이 살피다, 작고 정교하게 만들어진 도자기 병을 하나 찾아냈다. 그가 병을 몇 번 흔들어보니 사락사락 소리가 들렸다. 가일이 뚜껑을 뽑아서 안에 담긴 물건을 쏟아보니 황갈색의 가루가 나왔다. 그가 가루 위에서 조심스럽게 손부채질을 해보자 쓴 냄새가 확 느껴졌다. 견기약이었다.

어찌 된 일이지? 독을 넣은 자가 오기라고? 그가 왜 자기 사람을 독살한단 말인가? 아니면 흉수가 독을 쓴 후에 이 병을 오기의 몸에 일부러 두고 간 것인가? 하지만 이렇게 하는 게 무슨 의미가 있는 거지? 가일이 일어나 두 번째 시체 쪽으로 갔다. 시체의 몸에서는 별다른 것이 나오지 않았다. 하지만 그의 손에서도 오기의 것과 똑같은 작은 도자기 병이 발견됐다. 가일의 미간이 좁혀졌다. 세 번째, 네 번째……. 확인해본 결과 여섯 구 모두의 몸 혹은 주위에서 똑같은 모양의 도자기 병이 나왔다. 어떤 병은 비어 있고, 또 어떤 병에는 견기약이 조금 남아 있었다.

여섯 명이 서로 약속이나 한 듯이 동시에 독을 먹었다는 것인가? 사건은 갈수록 미궁에 빠져들었다. 가일은 잠시 고민하다 오기의 시체를 뒤집어보았다. 과연 시체 아래 한선의 영패가 깔려 있었다. 가일이 영패를 집어 자세히 들여다보니, 지난번에 발견된 가짜 영패와 똑같이 생긴 것이었다.

가일의 표정이 어두워졌다. 그가 무의식적으로 영패를 만지작거리다 다시 주위를 둘러보았다. 문과 창은 굳게 닫혀 있어, 누군가 들어온 흔적이 전혀 없었다. 그가 아는 한 오기는 한선에게 화를 전가하기 위해 스스로 음독해 죽을 용기조차 없는 그런 인물이었다. 가일의 마음속을 채우고 있는 모호한 추론은 계속해서 하나의 형태를 만들어내지 못하고 있었다. 문 밖에서 다급한 발자국 소리가 들리고, 그들을 저지하며 소리치는 석류의 목소리가 이어졌다.

그 순간 가일의 손에 들려 있던 영패가 그의 소맷자락 속으로 미끄러져 들어갔다. 곧이어 방문이 열리고 해번위 몇 명이 줄줄이 들어왔다. 맨 뒤에 따라 들어온 자는 다름 아닌 영맥이었다. 그는 가일을 보자마자 살짝 당황한 표정을 지으며 공수를 했다.

"가 교위, 여기서 또 뵙다니, 기막힌 우연이군요."

"우연이랄 게 뭐가 있나? 여기서 사건이 벌어졌고, 이곳의 주인인 내가 직접 와서 확인해보는 게 당연한 것이지."

가일의 말투는 담담했다.

"영 도위는 어찌 알고 이리 온 것인가?"

영맥이 가일에게 다가가며 품에서 하얀 비단 천을 꺼내 건넸다.

가일이 조심스럽게 펼쳐보니, 숯을 이용해 삐뚤빼뚤하게 쓴 글자가 눈에 들어왔다.

'한선이 경화수월에 다시 나타났다.'

"해번영에서 당직을 서고 있는데, 누군가 화살에 이 천을 묶어 날려 보냈더군요. 소관이 지존의 명을 받들어 한선을 수사하는 입장이다 보니, 비록 이곳이 가 교위의 영업장이라는 것을 알면서도 이리 와서 폐를 끼칠 수밖에 없었습니다."

영맥은 가일의 양해를 구하는 내내 예리한 눈빛으로 방 안의 시체를 주시했다.

가일은 아예 뒤로 한 발자국 물러섰다.

"영 도위가 현장을 조사해보도록 하게. 내가 들어왔을 때 이미 이 상태였네."

영맥이 시체 옆으로 걸어가 가일이 했던 것과 똑같이 시체를 살폈다. 시체의 죽은 모양을 관찰하고, 몸을 수색하고, 시체를 자세히 살피고, 깊은 생각에 잠겼다. 석류가 문 앞에서 계속 안을 들여다보다 가일의 눈짓을 알아채고 쏜살같이 그곳을 빠져나가 종적을 감췄다. 가일이 소맷자락을 들어 올려 묵직한 영패를 소매 깊숙한 곳으로 미끄러져 들어가게 한 후 여유롭게 영맥의 조사가 끝나기를 기다렸다.

그의 예상을 깨고, 고작 한 잔의 차를 마실 정도의 시간이 지났을 뿐인데 영맥이 불쑥 질문을 했다.

"가 교위, 한선의 영패는 어디 있습니까?"

"영패라니, 그게 무슨 소린가? 그런 걸 본 적이 없네."

가일이 고개를 바짝 치켜들고 대답했다.

"가 교위께서는 지금 위협적인 표정으로 분노를 드러내고 계십니다. 하지만 갑작스러운 질문을 받았을 때 보통 사람들은 어리둥절하거나 놀란 표정을 짓기 마련이지요."

"자네가 계속해서 나와 한선의 관계를 의심해왔고, 지금 또 나에게 영패의 행방을 물으니 화가 나는 것이 당연하지 않겠는가?"

가일이 차갑게 웃으며 그에게 경고를 했다.

"상대의 마음을 공격하는 자네의 공심술(攻心術)은 나에게 맞지 않는 듯하니, 그만 거둬두게."

"물론 가 교위처럼 반응이 기민하고 언변이 뛰어난 분이 이런 공심술에 걸려들 리가 없겠지요."

영맥이 솔직하게 자기 생각을 드러냈다.

"소관은 이 사건을, 가 교위가 한선과 관련이 있다고 모함하기 위해 벌인 일이라고 생각하고 있습니다. 지난번에 진송이 한선과 관계가 있다는 것을 암시하기 위해 짰던 판과 거의 비슷하니 말입니다. 그렇다면 이번 사건 현장에서도 당연히 한선의 영패가 나와야 하는데, 방금 시체를 샅샅이 뒤져봐도 그 영패를 찾을 수 없었습니다."

"내가 한선과 관련이 있다고 모함하기 위해 벌인 일이라고? 왜 그렇게 생각하지?"

"이들은 모두 강동 세도가 출신으로, 공리공론을 늘어놓고 정치를 논하기 좋아하는 자들입니다. 특히 오기는 며칠 전 추의각으로 강동파 자제 서른두 명을 불러들여 기염의 개혁안에 어떻게 대처할지를 의논하기도 했습니다. 가 교위께서도 기억하시겠지만, 얼마 전 장온의 집에서 열린 연회에서도 오기가 기염을 무시하는 발언을 하고 가 교위를 난처하게 만들지 않았습니까?"

"그자의 이름은 모르고, 그저 오분의 아우라고만 기억하고 있네."

"그를 포함해 여섯 사람이 모두 견기약에 중독돼 죽었고 각자의 몸에서 사기 병이 발견됐으니, 그 병 안에 남아 있는 가루는 의심할 것도 없이 견기약이 확실합니다. 내가 알기로 저 여섯 사람은 모두 자결은커녕 닭조차 감히 죽이지 못할 만큼 겁약한 자들이지요. 그런 자들이 왜 함께 견기약을 먹게 됐을까요? 가 교위께서는 그 이유를 생각해보셨습니까?"

가일이 고개를 가로저었다.

"두서없이 생각만 해보았을 뿐이네."

"이곳 경화수월은 가 교위의 영업장이고, 오기는 장온 댁 연회에서 가 교위께 모욕을 당한 것에 불만을 품고 뜻을 같이하는 자들을 이곳으로 불러들여 같이 독을 마셨습니다. 아마도 가 교위에 대한 복수가 아니었나 싶습니다."

가일은 내심 놀랄 수밖에 없었다. 그는 영맥의 머리 회전이 이 정도로 기민할 거라고 미처 생각하지 못했다. 그는 짐짓 믿을 수 없다는 표정으로 물었다.

"방금 자네 입으로 저들이 자결도 못할 만큼 겁약한 자들이라고 하지 않았는가? 게다가 고작 나에게 복수하려고 여섯 명의 목숨을 버린다는 게 말이 되는가? 앞뒤가 안 맞는다고 생각하지 않는가?"

"그건 자신이 먹는 약이 견기약이라고 생각하지 않았기 때문일 겁니다. 아니, 저들에게 도자기 병을 준 자가 그것을 견기약이 아닌 다른 것이라고 알려준 게 분명합니다. 방 안에 여섯 구의 시체만 있고 악사나 무희가 없는 것으로 보아, 저들은 병에 든 가루약을 먹기 전에 이 일과 관계없는 사람들을 모두 내보냈을 겁니다. 단지 눈속임을 위해서였겠지만, 결과적으로 자신들이 죽을지도 모른다는 가능성을 전혀 염두에 두지 않았다는 명백한 증거이기도 합니다. 그게 아니라면 악사와 무희 들 앞에서 급작스럽게 죽는 것이 아무도 모르게 말없이 죽는 것보다 훨씬 번거로웠을 테니 말입니다. 안 그렇습니까?"

영맥의 안색은 여전히 창백했지만, 눈빛만은 칼날같이 예리했다.

가일은 자신이 한선의 영패를 숨긴 것이 실수일지도 모른다는 생각이 어렴풋이 들었다. 하지만 그는 그 사실을 계속 숨긴 채 물었다.

"저들에게 사기 병을 준 자가 어찌 저들의 신임을 받았다고 생각하는가?"

"그런 일은 식은 죽 먹기보다 쉽습니다. 오기 같은 세도가 자제들은 명성만큼 생각이 기민하지 못한지라, 누군가 작정하고 살짝 부추기기만 하면 금세 계략에 걸려들게 돼 있습니다. 예를 들어 저들에게 병에 든 것이 구토약이나 설사약이니, 그 약을 먹기만 하면 이 경화수월에서 중독이 된 것이라며 가 교위에게 죄를 뒤집어씌울 수 있다고 말하는 거죠. 하지만 안타깝게도 저들은 구토약과 설사약만으로 그 배후에 있는 사람을 만족시킬 수 없다는 걸 알아채지 못했을 겁니다. 그자는 여섯 명의 목숨을 이용해 이 일을 걷잡을 수 없는 지경까지 몰고 가서 가 교위를 벼랑 끝으로 밀어낼 계획을 세우고 있었을 텐데 말입니다."

가일의 목소리가 낮게 가라앉았다.

"설사 그렇다 해도, 이것 역시 나를 모함하기 위해 독을 먹인 사건일 뿐이네. 그런데 왜 자네는 내가 한선과 관계가 있다고 모함하기 위해 저들이 이 판을 짰다고 말하는 것인가?"

영맥은 아무 말 없이 하얀색 비단 천을 품에서 꺼내 들고 만지작거렸다.

가일의 마음이 무겁게 가라앉았다. 그 배후 인물이 오기 등을 부추겨 한선의 영패를 지니고 경화수월에서 음독 자살을 하게 만들었다. 그리고 한편으로는 영맥에게 한선이 경화수월에 나타났다고 알렸다. 진송 사건과 연결시켜 추론해보면, 오기가 죽은 장소에서도 한선의 영패가 나와야 마땅했다.

게다가 영맥이 서둘러 경화수월에 도착했을 때 가일이 바로 사건 현장에 있었다. 만약 가일이 한선과 관련이 없다면 당연히 한선의 영패를 발견해 건넸을 것이다. 반대로 가일이 한선과 관련이 있다면 분명 그 영패를 숨길 것이다.

가일의 등줄기에서 식은땀이 배어 나왔다. 그는 이 사건의 배후 인물이 이토록 치밀하게 판을 짰을 거라고 예상하지 못했다. 심지어 영맥조차 이렇게 짧은 시간 안에 이 모든 사건의 정확한 맥을 잡아낼 줄 상상조차 하지 못했다.

"영 도위의 추리가 참으로 거침이 없군."

가일이 말을 돌렸다.

"증거는 있는가?"

"전혀 없습니다."

영맥이 대답했다.

"이제 오기를 포함한 이 여섯 명과 가까이 지낸 이들을 체포해 심문할 것입니다. 저들의 입이 무겁지 않으니, 이 사건의 목적이 어느 정도 밝혀질 거라고 보고 있습니다."

"어쩌면 자네가 내 몸을 수색해 자네가 말한 그 한선의 영패가 있는지 확인해볼 수도 있겠군."

가일은 영맥을 응시하며 조금도 물러서지 않았다.

영맥이 가일의 눈을 바라보다 이내 고개를 숙이며 말했다.

"그럴 리 있겠습니까? 소관은 절대 그런 뜻으로 드린 말씀이 아니었습니다.”

가일이 차가운 웃음으로 그의 말을 받아쳤다.

“이렇게 된 이상, 영 도위는 이 사건을 어떻게 처리할 생각인가?”

“조사를 거쳐 제 생각과 일치하면 지존께 사실대로 보고를 올릴 것입니다. 만약 제 생각과 다른 결과가 나온다면 다시 증거를 찾기 위해 수사를 할 생각입니다.”

영맥의 눈가에 한 줄기 냉기가 스쳐 지나갔다.

“제 추측을 떠나서, 가 교위께서는 이 사건이 한선의 소행일 가능성이 있다고 보십니까?”

“여섯 명의 강동 사족을 독살한 이 사건이 미리 새어 나가 누군가 해번영에 미리 알리기까지 했네. 한선이 이렇게 무능하다고 보는가, 영 도위?”

가일이 반문했다.

“이제 곧 이 여섯 구의 시체를 옮겨 갈 이들이 도착할 거고, 가 교위의 장사에 지장을 주지 않도록 최대한 조용히 이 사건을 처리할 생각입니다.”

영맥이 돌아서며 말했다.

“하지만 이 사건에 대해 결국 지존께 보고가 올라갈 테고, 그리되면 지존뿐 아니라 우청도 나서서 사건을 추궁할 테지요. 가 교위께서는 어떻게 대처할지 미리 생각해두셔야 할 것입니다.”

영맥은 이 말을 한 후 공수를 하고 해번위와 함께 사건 현장을 떠났다.

정적이 감도는 방 안에 가일과 시체 여섯 구만이 남겨졌다. 석양빛이 격자창을 통해 들어와 빛의 회절을 일으키며, 눈앞을 명암이 서로 번갈아 나타나는 네모난 조각으로 갈라놓았다. 가일이 소매에서 한선의 영패를 꺼내 들고 황혼 빛 속에 비춰보았다. 한참이 지난 후 그의 서늘한 목소리가 방 안을 감돌며 울려 퍼졌다.

“철 공자.”

무창성 밖.

석양이 이미 서쪽으로 떨어지고 남은 햇살이 강 위로 내려앉아 흩뿌려진 금가루처럼 반짝이고, 그 금가루가 소용돌이치는 강물에 휩쓸려 동쪽으로 떠내려갔다. 양쪽 기슭에 연이어 있는 푸른 산은 빛이 사라지자 점점 어둠 속에 잠기며 검은 그림자처럼 그 형태만이 남았다.

강가에 떠 있는 작은 배 위에 놓인 화로의 빛이 주위를 밝게 비추었다. 뱃머리에는 숯불 난로가 하나 놓여 있고, 약한 불씨가 옹기 바닥에 남아 언제라도 꺼질 듯 사그라지고 있었다. 잠시 후 대나무 주렴을 걷어 올리고 나와 뱃머리로 걸어오는 그림자 하나가 보였다. 화로의 빛 속에 비친 그의 모습은 기운 자국이 가득한 옷을 입은 백발의 노인이었다. 그가 강기슭 쪽을 한참 동안 바라보다, 몸을 돌려 거문고를 집어 무릎에 올리고 두 손을 현 위에 두었다.

그의 손가락이 움직이며 현을 누르고 뜯고 튕기고 문지르는 주법이 시작되자, 묵직하고 깊이가 느껴지는 거문고 연주 소리가 흘러 나왔다. 그 소리가 양쪽 강기슭의 푸른 산을 감싸 돌며 힘찬 기운을 몰고 왔다. 연주가 절정에 이르렀을 때, 강기슭 저 멀리서 통소 소리가 들려왔다. 부드럽고 거침이 없이 흘러나오는 통소 소리가 거문고 연주에 호응하며, 때로는 혼탁한 파도가 절벽을 치는 듯하고 때로는 흐르는 물이 바위를 에둘러 흐르는 듯했다. 이 소리는 마치 일엽편주가 첩첩산중을 지나 바닥이 보일 정도로 맑은 물가에 이른 것 같은 기분이 들게 만들었다. 통소 소리가 점점 가까워지자, 백발이 성성한 노인이 강기슭에 있는 숲속에서 걸어 나왔다. 그는 나무꾼 같은 차림새를 하고 있었다.

두 사람의 악기 연주는 이미 최고조에 도달했고, 그 실력은 당대 최고의 대악사에 버금갔다. 이런 사람들이 왜 어부와 나무꾼 차림새를 하고 있는지 알다가도 모를 일이었다. 거문고와 통소의 합주 소리가 홀연 잠잠해졌다 다시 한번 격앙되기 시작했다. 이 소리를 듣고 있자니, 마치 구천을 넘나들며 구름과 안개를 뚫고 높은 산과 흐르는 물을 내려다보는 것처럼 가슴이 탁 트였다. 눈 깜짝할 사이에 나무꾼이 작은 배 앞까지 다가왔고, 거문고 소리와 통소 소리가 동시에 뚝 그쳤다. 그리고 그 여음이 천지를 휘감고 흐르며 끊임없이 귓가에 들려왔다.

어부가 일어나 장작 하나를 화로에 던져 넣으며 조심스럽게 거문고를 제자리에 두었다. 그가 아는 체를 하기도 전에 나무꾼이 먼저 뱃머리로 뛰어 올라 화로 옆에 앉았다. 그가 연잎 꾸러미를 꺼내 펼치며 뱃머리에 내려놓았다. 그 안에서 나온 것은 한 움큼의 잠두콩이었다. 그는 코를 찡그리고 힘껏 숨을 들이키며 냄새를 맡았다.

"오, 담근 지 오래된 여아홍(女兒紅)이 아닌가? 이런 귀한 술을 가져오다니, 과연 유(兪) 형답네."

어부가 잠두콩을 하나 집어 입 속에 넣고 음미하듯 씹으며 고개를 끄덕였다.

나무꾼이 웃으며 말했다.

"취선거에서 사 온 것이라네. 고작 이만큼이 소금에 절인 소고기 서 근 값보다 비싸더군. 어떤가? 맛이 괜찮은가?"

"맛있고 좋은 것 앞에서 값을 따지는 건 저속한 짓이네."

어부가 대수로울 것 없다는 표정으로 대답했다.

나무꾼이 호탕하게 웃으며 대답했다.

"저속하면 좀 어떤가? 내가 본시 속물인걸. 고고한 척은 자네 혼자 다 하고 살게."

어부가 말했다.

"몇 달 못 본 사이에 자네의 통소 연주 솜씨가 더 좋아진 것 같군."

"그런 쓸데없는 소리는 됐고, 지금 무창성에 자네 쪽 사람이 남아 있기는 한가?"

어부가 화로에 놓여 있던 옹기를 들어 손잡이가 두 개 달린 술잔에 술을 채웠다.

"좋은 술을 앞에 두고 안 마시는 것도 죄가 되겠지. 일단 이 잔부터 비우고 얘기하세."

나무꾼이 술을 단숨에 들이켜고 잠두콩을 하나 집어 먹으며 말했다.

"우리 쪽은 전멸이네. 해번영에 가일이라는 살신(殺神)만 있나 했더니, 영맥이라는 자까지 나타나 무안의 뒤를 캐며 여러 명의 첩자를 줄줄이 잡아들이더군. 어쩔 수 없이 만총(滿寵) 조연(曹掾)이 천자께 보고를 올렸고, 진주조의 인력을 무창에서 철수시키고 때를 기다리라는 명이 내려왔네."

"천자의 성은 유(劉)씨지 조(曹)가가 아니네."

어부는 눈을 살짝 감으며 이렇게 말했다.

나무꾼은 이런 논쟁을 피하고 싶어, 하던 말을 계속 이어갔다.

"자네 군의사 쪽은 어떤가? 듣자 하니 문연각과 사시(司市) 쪽 첩자들이 모두 영맥에게 붙잡혔다던데. 성에 아직 사람이 남아 있는가?"

"자네 쪽에서도 작전상 후퇴를 한 마당에, 우리라고 다를 것 없네."

"그러면 지금 무창성에 진주조와 군의사를 막론하고 첩자가 하나도 남아 있지 않으니, 당분간 저들이 무슨 짓을 벌이는지 미리 알아낼 방도가 없겠군."

나무꾼이 화제를 돌렸다.

"근데 자네 쪽에서 왜 갑자기 가일을 건드린 건가?"

어부는 아무 대답도 하지 않았다. 성안에 잠복해 있던 첩자의 행방이 노출된 것은 모두 가일 암살을 시도한 탓에 벌어진 일이었다. 영맥이 문연각에 잠복해 있던 그 사사(死士)부터 시작해서 사통 화물 창고의 시령 장우까지 추적해 수사망을 좁혀갔고, 장우의 행적과 알고 지내던 자를 조사해 나머지 첩자들을 잡아들였다.

"조사를 해보니 소침이라는 자가 소식을 전했더군. 그자가 만총 조연의 친필 서신을 받았는데, 그 안에 가일을 가능한 빨리 죽이라는 명이 담겨 있었네. 서신은 하얀 비단 천을 죽통에 담아 뚜껑을 봉랍하고 그 위에 진주조의 인이 찍힌 상태로 전달됐네. 평소 전달되던 밀령과 전혀 다를 바가 없었지만, 그것은 가짜였네. 만총은 가일을 죽이라고 밀서를 보낸 적이 없고, 그런 일을 계획한 적도 없었네. 누군가 진주조의 손을 빌려 사람을 죽이려 한 수에 우리가 걸려든 것이네."

어부가 술잔을 들어 한 모금을 삼켰다.

"가일이 매복의 공격을 받았다는 소식을 전해 듣고 우리 역시 놀라기는 마찬가지였네. 제갈 승상이 이제껏 그런 일을 도모한 적이 없고, 이엄 도호도 이 일에 대해 전혀 모르고 있었기 때문이지. 나중에 소식을 전한 사람을 취조하고 나서야 그자가 지니고 간 음부 죽편이 도중에 바꿔치기당했을 가능성을 염두에 두게 됐지."

두 사람은 더 이상 아무 말이 없었고, 화로 안의 장작이 타닥타닥 타는 소리만이 사방의 정적을 더 두드러지게 만들었다. 진주조의 밀령과 군의사의 음부는 모두 극비에 해당하는 전달 수단이었다. 만약 두 가지가 모두 중간에 바꿔치기당했다면, 그것을 바꿔치기한 사람이 이 전달 수단을 이미 꿰뚫고 있다는 의미였다. 그렇다면 이자는 대체 누구란 말인가?

"이자가 이렇게 한 이유가 뭐라고 생각하는가? 우리가 무창성에 심어놓은 매복을 유인해내기 위해서라고 보는가?"

나무꾼이 술잔에 술을 또 채웠다.

"이 수단은 딱 한 번밖에 쓸 수 없는 것이네. 자네나 우리 쪽 모두 소식을 전달하는 수단을 바꿀 테니 말일세. 고작 가일 한 명을 죽이기 위해 이런 비장의 무기를 폐기해버리는 것이 과연 가치 있는 일이겠는가?"

어부가 고개를 가로저었다.

"군의사와 진주조 외에 그날 밤 제삼의 실수가 또 있었다는 것을 잊지 말게."

"반첩 말인가?"

"만약 우리 쪽 첩자를 유인해내기 위한 것이라면 반첩을 끼워 넣을 이유가 전혀 없겠지. 이자는 가일을 죽이는 일이 더 중요했던 거네."

"그자가 우청은 아닐 걸세."

나무꾼이 말했다.

"당연히 그 멍청한 여인일 리 없지. 내가 보기에 해번영 쪽 사람도 아닐 걸세."

"해번영이 아니라면 도대체 누구란 말인가? 진주조·군의사·해번영을 제외하고 그렇게 대단한 능력을 가진 자가 또 있단 말인가?"

나무꾼이 어부의 술잔에 술을 따랐다.

"일전에 죽은 어의의 손에서 한선의 영패가 발견됐다더군. 설마 한선은 아니겠지? 자네 쪽은 한선을 상대한 적이 있으니, 우리보다야 잘 알고 있지 않은가?"

어부는 대답을 회피한 채 말을 돌렸다.

"한선이 이런 졸렬한 실수를 할 거라고 보는가? 지난날 조비가 한선의 이름을 빌려 한제의 야반도주를 획책했을 때도 이보다 훨씬 치밀했었네."

"그 말은, 자네 쪽에서도 한선이 한 게 아니라고 보고 있다는 건가?"

어부가 술을 한 모금 들이켰다.

"제갈 승상은 이 일이 한선과 관계가 없다고 보고 있네. 이 배후 인물이 가일을 죽이려 하는 건 무슨 원한 때문에 그런 게 결코 아닐 걸세. 아무래도 가일의 존재가 앞으로 그가 하려는 일에 걸림돌이 되기 때문일 테지. 바로 이런 이유 때문에, 그날 밤 암살에 실패한 후 더 이상 가일에 대한 매복 공격을 시도하지 않고 있는 것일세. 그자가 이미 새로운 수법으로 갈아탄 게 분명하네."

"어젯밤에 경화수월에서 강동 사족 여섯 명이 독살됐네. 분명 그자가 또 다른 수법으로 가일을 우회 공격하려는 것일 테지."

나무꾼이 말을 이어갔다.

"한 가지 소식을 더 전하자면, 영맥이라는 자가 가일과 한선의 관계를 의심하며 뒷조사를 하고 있다고 들었네."

"만약 가일이 한선과 관련이 있다면, 그를 제거하려는 자가 한선일 리는 없겠군."

어부가 한숨을 내쉬었다.

"지금은 당장 확인할 수 없는 소식이 난무하다 보니, 도리어 이 일이 더 오리무중에 빠지는 듯하네."

"만약 그자가 단지 가일을 제거하기 위해 움직이는 거라면, 사실 이 일 은 우리와 크게 상관도 없는 거겠지."

나무꾼이 고개를 젖히며 술을 쭉 들이켰다.

"그렇네. 제갈 승상도 사태를 지켜보는 쪽으로 가닥을 잡으셨네."

"우리 진주조도 마찬가지네. 당분간 더 이상 무창성에 첩자를 심어둘 계 획이 없네."

나무꾼이 웃으며 말했다.

"자네의 말이 사실이라면 우리도 한동안 한가로워지겠군."

"과연 그럴 거라 생각하는가? 지난달 자네 쪽 가주(家主)가 수군을 이끌 고 영수(潁水)를 지나 회하(淮河)로 들어가 수춘성(壽春城)에 이르렀다 들었네. 이제 곧 큰 전쟁이 벌어지지 않겠는가?"

"큰 전쟁은 무슨! 천자께서는 새로 훈련시킨 수군의 실력을 검증하려는 것뿐이니, 기껏해야 장강(長江)을 한 바퀴 도는 것으로 끝날 것이네."

나무꾼이 말했다.

"그런가? 지금 동오는 곧 시행될지도 모를 관리 체제 개편과 인원 감축 때문에 민심이 흉흉해질 것이네. 그 틈을 타 광릉(廣陵)에서 강을 따라 공격한다면, 이 또한 기막힌 한 수라 할 수 있겠지."

"광릉 쪽은 안동장군(安東將軍) 서성이 지키고 있고, 강을 따라 백 리에 달하는 목조 누각을 지은 데다 크고 작은 전함이 천여 척에 달한다고 들었네. 하물며 손권이 비록 그 개혁안을 허락한다 해도 그 대상이 모두 문관과 정무에 국한돼 있고, 군에 대한 인원 감축은 없네. 게다가 연초에 이미 장령들을 적잖이 발탁해 강을 방어하고 있지 않은가? 강을 이리 삼엄하게 방어하고 있는데, 천자가 새로 훈련시킨 수군을 이끌고 함부로 남하할 리 없을 것이네."

"내 재차 말하는데, 조비를 천자라 불러서는 안 되네."

어부가 말했다.

"우리야말로 한실의 정통이고, 자네 쪽은 머지않아 사라질 반역자에 불과하다는 걸 잊지 말게."

"알았네, 알았어. 이 천하가 모두 유씨의 것이지."

나무꾼이 대충 얼버무리며 논쟁을 피했다.

어부는 그제야 나무꾼의 잔에 술을 가득 따라주었다.

나무꾼이 불현듯 무언가 떠오른 듯 물었다.

"자네가 방금 제갈량이 상황을 지켜보기로 결정했다고 하지 않았는가? 그런데 왜 군의사 쪽 사람이 회사파 사족과 연락을 취하고 있는 건가?"

어부가 나무꾼을 흘겨보았다.

"자네들만 하겠는가? 조비가 직접 군대를 이끌고 나갔고, 진주조 역시 새로운 정책에 불만을 품은 강동파 사족과 접촉을 하고 있지 않은가?"

나무꾼이 호탕하게 웃으며 잔을 들었다.

"이런 재미없는 이야기는 그만하고 술이나 마시세."

어부가 술잔을 들고 가볍게 한 모금 삼켰다.

나무꾼이 잔에 든 술을 단숨에 입 안에 털어 넣은 후 뱃전에 기대 누워 말했다.

"사실 지난 몇 년 동안 유 형에게 계속 물어보고 싶었지만 꾹 참았던 말이 있었네."

"뭔가?"

"우리도 어떤 의미에서 보면 지기(知己)인 셈인데, 자네의 진짜 성이 유가 맞기는 한 건가?"

어부가 한참을 침묵하다 태연하게 물었다.

"그러는 자네의 성은 종(鍾)이 맞는가?"

두 사람은 눈을 마주치고 웃으며 술잔을 들고 가볍게 부딪쳤다.

가일은 이번 상대가 예사롭지 않다는 것을 이미 감지하고 있었다.

만약 반첩을 자극해 '철 공자'라는 이름을 뱉어내게 하지 않았다면 가일은 상대의 이름조차 알 수 없었을 것이다. 게다가 이자의 신분마저 지나치게 비밀스러워, 설사 이 이름을 알고 있고 어느 정도 단서를 찾아냈다 해도 왕실 종친으로 수사망만 좁혔을 뿐 그 이상의 진척이 어려웠다.

그날 경화수월에서 영맥이 해번위들과 철수한 후 그는 돌연 막혀 있던 물꼬가 트이기라도 한 것처럼 큰 깨달음을 얻었다. 주치와 진송, 강동 사족의 독살과 한선의 영패의 이르기까지 모든 것을 관통하는 하나의 복선이 드러나기 시작했고, 그 놀라운 사실에 가일의 등줄기가 오싹해졌다.

반첩이 가일을 죽이려 한 것은 대수로울 것 없는 사건의 시작에 불과했다. 그렇지만 주치의 죽음부터 시작해서 철 공자는 이미 가일을 벼랑 끝으로 몰아가고 있었다. 주치가 태자태부의 신분이다 보니, 그 독살 사건을 수사하는 일이 가일에게 떨어졌다. 이와 더불어 손등의 '사우' 중 한 명인 고담이 주치를 독살한 혐의를 뒤집어썼고, 그는 가일의 수사를 거쳐야만 비로소 억울함을 벗을 수 있기에 두문불출하며 지냈다. 이 일로 인해 가일은 손등과 인연을 맺게 됐고, 서로에 대한 느낌이 그리 나쁘지 않았다.

주치 독살 사건 이후 각종 소문이 연이어 흘러 나왔고, 기염은 조당에서 주치의 죽음을 강동파와 회사파의 권력 싸움 탓으로 몰고 갔다. 이 사건은 여기서부터 변질되기 시작했지만, 가일이 그것을 감지하지 못했을 뿐이었다. 뒤이어 주치가 기염이 제기한 정책을 지지했고, 주치의 배후가 바로 태자 손등이라는 소문이 돌기 시작했다. 호사가들은 기염에게 증거를 요구했고, 기염은 한 치의 흔들림 없이 그들과 맞섰다.

얼마 후 오기가 추의각에서 강동 사족을 불러 모아 기염의 신정책을 함께 저지하자고 호소했지만 크게 호응을 얻지 못했다. 어차피 강동 사족은 고·육·주·장 4대 가문을 중심으로 움직여왔고, 이들이 아무런 반응을 보이지 않는 상황에서 오기의 지위와 경륜만으로는 아무 일도 할 수 없었다. 그리고 뒤이어 오기와 강동 사족 다섯 명이 경화수월에서 독살당했다. 경화수월은 가일의 또 다른 은신처였기에, 살인 사건이 이곳에서 발생했다는 것은 그 고의성이 다분했다. 철 공자는 또 영맥을 끌어들여 이 사건을 확대시켰고, 가일에 대한 그의 의심을 증폭시켰다.

가일은 자신이 사건 현장에서 충동적으로 한선의 영패를 숨긴 일이 어쩌면 잘한 행동일지도 모른다는 생각이 들었다. 그렇게 하지 않았다면 한선이 기염을 도와 정적을 제거해주었다는 추측이 나오고, 강동파와 회사파가 이것을 미끼로 대대적인 선동질을 할 것이 불 보듯 훤했다. 그 역시 경화수월의 주인 중 한 명인 탓에 한선과의 관계를 의심받게 되고, 결과적으로 그의 운신 폭이 좁아질 수밖에 없었다.

가일은 평소와 달리 초조한 감정에 휩싸였다. 지금까지 많은 사건을 겪었지만, 이번처럼 곳곳이 함정인 경우는 극히 드물었다. 그는 자신이 결국 철 공자가 촘촘하게 짜놓은 그물망에 걸려들어 옴짝달싹 못 하게 될까봐 불안해졌다.

설사 그가 한선의 영패를 숨겼다 해도, 지금 여전히 불리한 입장에 놓여 있기는 마찬가지였다. 가일은 고담이 혐의를 벗도록 도와 태자 손등의 인정을 받게 됐다. 두 사람은 길에서 우연히 마주쳤고, 누군가 가일의 뒤쪽에서 태자를 향해 화살을 쏘았다. 그러나 태자의 혜안 덕에 진실은 금세 밝혀졌고, 가일은 위기에서 간신히 벗어날 수 있었다. 그 후 기염이 새로운 관리 체계 개혁안을 시행하며 그 첫 번째 희생양으로 가일을 염두에 두고 있다는 소문이 퍼졌다. 이 말을 전해 들은 태자는 지존을 찾아가 가일의 지위를 박탈해서는 안 된다고 주청을 올리며, 총애하는 인재를 자신의 곁에 두려는 의지를 드러내 보였다. 그 후 기염의 새로운 정책에 반대해오던 오기 등이 경화수월에서 독살당했고, 이 사건은 음모의 냄새를 강하게 풍겼다. 이 사건이 알려지면서, 태자가 가일의 손을 빌려 반대파를 제거하려 한다는 의심이 일파만파 퍼져나갔다. 물론 이런 의심을 황당하게 생각하는 사람이 대다수였지만, 의심이 많은 손권도 과연 그렇게 생각했을까?

가일이 한선과의 관계를 의심받으며 계속해서 모함과 공격을 받는 상황에서도 손권이 그의 손을 놓지 않는 이유는 단 한 가지뿐이다. 바로 그가 무당파 신료이기 때문이다. 만약 그가 태자 손등에게 기울어진다면 그의 이용 가치도 사라지게 된다. 철 공자는 표면적으로 아무 쓸모가 없어 보이지만, 실제로 솥 밑에서 장작을 꺼내 그 불씨를 완전히 제거하는 수단을 쓰고 있으니 그 수가 그야말로 악랄하고 치밀했다.

가일은 철 공자의 목적을 이미 어렴풋이 간파했다. 가일은 그저 시선을 돌리기 위한 희생양일 뿐이고, 그가 진짜 제거하려는 대상은 바로 태자 손등이었다. 태자태부 주치를 죽여 손등의 한 팔을 잘랐고, 유언비어를 퍼뜨리고 오기 등을 독살해 강동 사족이 기염의 새로운 정책에 반대하고 나서 도록 부추겼다. 기염의 새로운 정책이 사장된다면 손등의 명성과 권위에 적잖은 타격을 주게 될 것이다.

설마 이 또한 태자 자리를 둘러싼 음모인가? 그러나 손권에게는 아들이 셋뿐이었다. 차남 손려(孫慮)는 고작 열두 살로 아직 성인의 나이가 되지 않았다. 셋째 아들 손화(孫和) 역시 어리기는 마찬가지였다. 이 두 사람을 상대로 태자 자리를 놓고 싸움을 부추기는 것 자체가 어불성설이었다. 그 나머지 종친 중 자격이 있는 사람은 손권의 아우 손랑(孫朗)이다. 하지만 손랑도 재작년에 죄를 지어 서인으로 폐출됐다. 다시 말해서, 설사 손등을 태자 자리에서 끌어내린다 해도 지금 당장 이익을 볼 수 있는 자가 아무도 없다는 것이다. 만약 태자 자리를 다투기 위한 것이 아니라면, 철 공자가 손등을 제거하려는 동기는 도대체 무엇일까?

방문이 끼익 소리를 내며 열리고, 소한이 흙먼지를 잔뜩 뒤집어쓴 모습으로 걸어 들어왔다.

"자네 소식을 듣자마자 쉬지도 않고 달려왔네. 일이 심상치 않게 돌아가는 건가?"

"진풍은 왜 같이 안 왔나?"

"노반 공주가 계속해서 공사를 재촉하는 바람에 어쩔 수 없이 관리 감독을 맡기고 왔네. 그건 그렇고, 그자들은 왜 하필 여기서 독살된 건가?"

가일이 그에게 앉으라고 손짓했다.

"아마 나를 겨냥한 것 같네."

"그럴 리가? 누가 감히 자네를 상대로 그런 짓을 한다는 건가? 자네는 손 군주의 사람이고, 노반 공주와도 연결돼 있네."

"솔직히 말해서, 이번 상대가 예사롭지 않네. 자네는 장사꾼이고 지난 몇 년 동안 어렵사리 기반을 닦아왔지. 지금 상황이 아주 불리하게 흘러가고 있는 만큼, 내가 이 일에서 몸을 뺄 때가 된 것 같네. 지난 2년 동안 내 존재가 장사에 조금 도움이 됐을지 모르지만, 단 한 번도 이 일에 간여해본 적이 없네. 이곳 장사가 자리를 잡은 건 모두 자네 공이니, 이익금 같은 건 받지 않아도 되네. 앞으로도 자네는 이 일에 전념하도록 하게. 내가 군주부에 의탁하면 그 철 공자라는 자도 더 이상 자네를 괴롭히지 못할 걸세."

소한이 팔짱을 끼고, 알 수 없다는 표정으로 가일을 쳐다보았다.

"지금 아무 탈 없이 조용하던 곳에 피바람을 불러 일으켜놓고 혼자서만 발을 빼겠다는 건가? 그런 밑지는 장사를 하며 자네를 놔줄 수야 없지."

가일이 한숨을 내쉬었다.

"자네를 떠보려고 하는 말이 아니야. 자네는 진풍과 다르네. 진풍은 성격이 곧고 직선적인 데다 충동적이네. 자네는 머리 회전이 빠르니 상황 파악을 잘 하고 있을 거라고 보네."

"틀린 말은 아니군. 장사치의 입장에서 보면, 자네 같은 골칫덩어리는 당장에 차버려야겠지. 어차피 나 역시 노반 공주의 줄을 탔으니 말일세."

소한이 탁자 위에 다리를 올리고 피곤에 지친 다리를 쭉 펼쳤다.

"하지만 내가 고작 장사치 짓이나 하려고 이 일을 시작한 줄 아는가?"

가일이 고개를 절레절레 흔들었다.

"괜히 미안한 마음 따위 가질 필요 없네. 우리가 무슨 생사를 같이한 사이도 아니지 않은가?"

"육연 사건을 함께 겪은 후 진풍이 왜 더 이상 유협으로 살지 않고 이곳에 정착해 살고 있는지 아는가?"

소한이 불쑥 이런 질문을 했다.

가일이 살짝 당황한 기색을 드러냈다.

"진풍이 예전에 이런 말을 하더군. 우리를 만난 후부터 더 이상 세상을 떠돌며 살고 싶은 마음이 생기지 않는다고 말일세. 진풍도 나와 마찬가지로 고아 출신이네. 20년이 넘게 정처 없이 떠돌다 믿을 만한 사람을 만났고, 마음 편히 지낼 곳이 생겼다는 건 정말 기적 같은 일이지. 지난 2년 동안의 생활이 예전보다 시시할 수도 있지만, 마음만은 전보다 더 편안하고 든든했네. 좋은 일이든 나쁜 일이든 함께 화내고 기뻐할 수 있는 벗이 늘 곁에 있어 외롭지 않았지. 우리 같은 고아 출신이 난세를 만나 부평초처럼 떠돌다 서로를 이용하기보다 의기투합할 수 있는 진정한 벗을 만났으니, 이보다 더 큰 행운이 또 어디 있겠는가?"

가일은 쓸쓸한 기분이 들었다. 동오에서 지낸 몇 년 동안 그는 소한과 진풍을 벗으로 여기면서도 온전히 마음을 열지 못했고, 가끔은 의식적으로 약간의 거리를 두었다. 그가 한선의 객경으로 지내는 이상, 언제 무슨 일이 벌어질지 한 치 앞을 예측하기 힘들었기 때문이다.

"처음 자네를 찾아간 목적은 든든한 배경이 필요했기 때문이었지."

소한이 그때를 떠올리며 미소를 지었다.

"지금 세상에 장사라는 게 가장 멸시받는 천한 일이 아닌가? 자네는 해번영 교위 신분이니, 나 같은 장사치와 벗이 되면 출셋길에 걸림돌이 될 수도 있겠지. 하지만 이런 관(官)-상(商) 관계라는 것이 모두 관리들에게 돈줄이 되니, 쉽게 뿌리칠 수 없는 유혹일 수밖에 없네. 그 당시 난 자네가 행여 권력을 이용해 모든 걸 빼앗아 가기라도 할까봐 나름 살길을 궁리해두기까지 했었지. 서로 이용해먹으려고 하는 일인데, 인정사정을 봐줄 이유가 뭐가 있겠는가? 그런데 시간이 지날수록 자네라는 사람이 영 이해가 되지 않더군. 자네는 돈에 전혀 관심이 없었네. 지금까지 장부를 확인한 적도 없고, 자네 몫의 이익금조차 이곳에 맡겨둔 채 단 한 푼도 쓰지 않더군. 내가 20여 년을 살아오면서 자네처럼 멍청한 관리는 이제껏 만나본 적이 없네. 돈 때문도 아니라면 왜 나처럼 천한 장사치와 호형호제를 하며 지내는지 도무지 이해가 되지 않았네. 그러다 자네가 진풍을 대하는 태도를 보며 조금씩 이해가 되기 시작했네. 이 세상에는 자네처럼 출신과 지위를 따지지 않고 마음 맞는 이와 벗이 되는 사람도 있다는 것을 말일세. 지난 몇 년간 고난을 함께하며 적잖은 일들도 겪는 동안 자네는 늘 긴장 속에서 살고 있더군. 함께 술을 마실 때조차 크게 취하는 모습을 본 적이 없네. 한때는 자네에 대해 몰래 알아보기도 했지만, 그게 다 무슨 소용인가 싶어 그 짓거리도 오래가지 못했네. 지금 의기투합하고 진심을 나눌 수 있는 벗을 만났다면, 그 사람의 과거 따위가 무슨 상관이란 말인가?"

가일이 쓴웃음을 지었다.

"자네는 정말 나와 함께 이 혼탁한 물을 건널 결심을 한 건가?"

소한의 눈이 반짝였다.

"물론이지. 형님이 죽고 난 후 이 세상에 자네들 말고 내게 남은 이가 또 누가 있겠는가? 지금 내가 자네를 차버리면 평생 발 뻗고 못 살 거고, 진풍도 아마 날 죽이려 들 걸세."

가일이 한숨을 내쉬었다.

소한이 결의에 차서 말했다.

"진정한 벗이자 형제라면 고난을 함께해야 마땅하네. 자네는 나를 떠나보낼 생각을 할 시간에, 이 사건을 어떻게 해결할지나 고민하는 편이 나을 걸세."

가일은 별다른 말 없이 그저 고개만 끄덕였다. 그는 쉽게 피가 들끓거나, 낯간지러운 말을 할 줄 아는 성격도 아니었다.

"지존께서 아직 어명을 내리지 않으셨지만, 특별한 변수가 없는 한 이 사건은 내가 계속 맡아서 수사하게 될 걸세. 하나 영맥의 움직임이 더 빨라지겠지. 손몽의 말로는 해번영이 이미 오기 등 여섯 명의 가족을 심문하고 있다더군."

"영맥이 멋대로 떠벌리고 다니지 않는 게 좀 의외더군."

소한의 표정이 진지해졌다.

"그자가 자네와 한선의 관계를 계속 의심하지 않았는가? 그런데 요즘 들어 그의 행보를 보면, 왠지 자네를 보호하는 것 같지 않은가?"

"그자는 한선이 왜 자기 부인을 죽였는지를 밝히고 싶어 하네. 지금 유일한 단서는 내가 한선과 관계가 있을지도 모른다는 것뿐이지. 만약 내가 죽거나 감옥에 갇히면 이 유일한 단서가 사라지게 되네. 지금 상황에서 영맥은 우리에게 적이나 벗이 될 수 없는, 그저 이해관계가 얽힌 사이 정도라고 보면 되네."

"그런 거였군. 그러면 이번 살인 사건을 어떻게 수사할지 생각은 해두었는가?"

"이 모든 게 철 공자라는 자의 소행으로 보이지만, 지금으로서는 그를 추적할 방도가 없네. 하지만 한 가지 확실한 것은, 그가 겨냥한 대상이 태자라는 것이지. 그러니 이 단서를 근거로 방책을 좀 꾀해볼 생각이네."

"태자의 줄을 잡으려는 것인가? 그래도 괜찮겠는가?"

"당연히 안 괜찮네. 나는 지존을 알현하러 가서 일단 그의 의중을 떠볼 생각이네. 그 김에 지존의 의심을 사지 않도록 태자와의 관계에 대해서도 언급을 해야겠지. 오기 사건과 관련해서는 영맥의 수사력이 우리보다 더 나을 걸세."

"알겠네. 사건은 자네가 알아서 계속 조사하고, 나와 진풍의 도움이 필요하면 언제든지 말하게."

"황학루 쪽은 진행 상황이 어떤가?"

"이제 한 층의 골조가 완성됐네. 노반 공주가 손오라는 자를 보내 계속 트집거리를 찾아내는 탓에 머리가 다 지끈거릴 정도지. 돈도 적잖이 썼는데, 갈수록 하는 짓이 가관이네."

소한이 기지개를 켰다.

"나는 주방에 가서 먹을거리를 좀 만들라고 해야겠네. 황곡산에서 내리 달려오느라 물 마실 틈도 없었거든."

소한이 문을 나서자 방 안은 다시 고요해졌다. 가일이 탁자 앞에 앉아 관자놀이를 누르자, 피곤한 기운이 한바탕 전신으로 퍼져 나갔다. 소한을 설득하는 데 실패했으니 진풍은 더 말할 필요조차 없었다. 동오에 들어와 5년을 사는 동안 그의 곁에 벗이라는 이름으로 남아 있는 사람은 소한·진풍·손몽이 전부였다. 만약 언젠가 그가 벼랑 끝으로 떠밀리게 되면 그들 역시 파멸의 길을 가게 되는 것은 아닐까? 가일은 그런 생각을 하며 무거운 한숨을 내쉬었다. 창밖으로 스치고 지나가는 밤바람 소리가 마치 그의 탄식 소리처럼 들렸다.

기염이 말을 몰고 병조 관서 문 앞으로 갔다. 그는 득의양양하게 그곳에 서서 줄줄이 끌려 나오는 관리들을 지켜보았다. 오늘 그는 새하얀 준마를 빌려 타고 차림새에 특별히 더 신경을 썼다. 새로운 관복과 화려한 용천(龍泉) 장검이 그를 더 위엄 있어 보이게 만들어주었다.

그가 올린 안건은 이미 사흘 전에 검토와 협의를 마쳤다. 비록 강동파와 회사파의 격렬한 반대에 부딪혔고 육손·주거 등 장령들까지 나서 이의를 제기했지만, 새로운 정책은 결국 손권의 묵인하에 대대적으로 시행되기 시작했다. 최종 안건은 대부분 조서의 관원을 절반 이상 정리하고, 사사로이 뇌물을 수수하는 등 법을 어겨 고발된 자들을 정리해 추후 재조사에 들어가는 내용이 주축을 이루었다. 어떤 관서에서는 오전 내내 평소처럼 근무하던 관리에게 오후에 해고 통보를 내렸고, 또 어떤 관서에서는 명만 받들뿐 미적거리며 해고 명단을 제출하지 못했다. 병조 쪽에서는 상서가 계속피하며 나타나지 않고, 병조 종사관이 수하들을 데리고 나와 선조에서 보낸 사람들을 내치기까지 했다.

기염은 이 소식을 듣자마자 군병 5백 명을 대동하고 위풍당당하게 병조 관서로 직접 찾아갔다. 그는 군병들에게 병조 종사관을 체포해 감옥에 가두라고 명을 내린 후, 병조 관원 명단을 꺼내 거침없이 동그라미를 쳐 내려가며 그중 절반을 직접 잘랐다. 무창성에서 새로운 정책에 대해 저항이 가장 큰 조서가 도리어 가장 빠른 속도로 정리됐다.

강동파 원로와 회사파 중신 몇 명이 각각 손권을 알현해 기염의 죄를 다스려달라 청하려 했지만, 모두 수포로 돌아갔다. 오왕부는 손권이 두통 때문에 국사를 논할 상황이 아니라는 이유로 알현을 거절했다. 이 소식은 빠른 속도로 퍼져나갔고, 오늘까지 무창성에서 감원 대상에 들어간 조서는 모두 명단을 발표한 상태였다.

이 전쟁은 깃발을 내걸자마자 승리를 거두었다. 기염은 전대미문의 순조로운 결실에 크게 만족하며, 군병 5백 명을 이끌고 성의 각 조서 앞을 의기양양하게 순시했다. 얼마 전까지 그를 본체만체하던 콧대 높은 관리들이 이제는 그를 보자마자 모두 고개를 조아리며 지나갔고, 그중 누구 하나 감히 그를 정면으로 쳐다보지 못했다.

기염은 성을 한 바퀴 순시한 후 선조 관서로 돌아갔다. 그는 문 앞에서 기다리고 있던 서표를 보자마자 말에서 뛰어내려서는 호탕하게 웃음을 터뜨렸다.

"이보게, 10년 묵은 체증이 다 내려가는 것 같네. 자네도 나랑 같이 한 바퀴 돌면서 그 집 잃은 개 같은 그자들의 표정을 봤다면 속이 다 후련했을 걸세."

서표가 인적이 드문 곳으로 기염을 잡아끌며 나지막하게 물었다.

"나 모르는 사이에 두 번째 안건을 상정하기라도 한 건가? 어째서 계속해서 관리들을 자르고 있는 건가? 이게 도대체 어찌 된 일인가?"

기염이 웃어 보였다.

"그건 지존의 뜻이라네. 첫 번째 단계는 불필요한 관리를 자르고, 두 번째 단계는 무능한 관리를 자르는 것이지. 조서마다 2, 3할만 남겨두고 자른 뒤 다시 인재를 발탁할 것이네."

"지존의 뜻? 조정에서 의안을 협의하고 검토할 때 분명히 그리 말씀하셨는가?"

"그건 아니지만 분명 그런 뜻으로 받아들였네."

기염이 뒤로 두어 걸음 떨어지며, 그리 크지 않은 조서의 대문을 바라보았다.

"이번 일에 대한 내 결의를 보여주기 위해 이미 관까지 짜서 문 앞에 가져다 놓았네. 이번 개혁안이 지존의 근심을 풀어드릴 수 없다면 내 여기서 죽을 각오로 시작하는 것이네!"

"자휴!"

서표가 목소리를 높이다 얼른 다시 낮췄다.

"태자께서 보낸 이가 지금 안채에서 자네를 기다리고 있네."

"우리를 축하하기 위해 온 것인가? 그런 형식적인 일이라면 됐네."

기염이 웃으며 말했다.

서표의 표정이 복잡해졌다.

"제갈각이 왔네. 그리 좋은 일은 아닌 듯 보였네."

기염이 어리둥절한 표정으로 잠시 고심하다, 이내 서표와 함께 안채로 향했다. 제갈각이 상석에 앉으며 그들을 보자 말을 걸었다.

"오, 기 상서! 위풍당당한 기세가 이제 한풀 꺾인 것이오?"

기염이 뒷짐을 지며 말했다.

"제갈 공자, 태자 전하께서 무슨 일로 보내신 것입니까?"

제갈각이 자리에서 일어섰다.

"기 상서가 무창성을 헤집고 다니며 강동파와 회사파를 궁지로 몰아넣고 있으니, 정말 대단한 능력이오? 태자께서, 당초 합당한 절차에 따라 진행하기로 했던 약조는 어디 가고 어찌 이리 폭풍우 휘몰아치듯 일 처리를 하는 것인지, 그 이유를 물으라 하셨소."

"이것은 지존의 뜻입니다."

기염이 목소리를 높였다.

"지존께서 이 개혁안을 적극 지지하고 계시니, 태자께서는 걱정하실 필요가 없다고 전해주십시오. 불필요하고 무능한 관리를 자르는 것은 손가의 천하를 만들기 위한 과정이고, 장차 태자께서 왕위를 이을 때가 오면 이 기염의 충심을 이해하게 되실 겁니다."

제갈각이 콧구멍을 파며 알 수 없는 표정으로 기염을 쳐다보았다.

"그리된다면 기 상서가 나라를 위해 충성을 다하고 있는 것이니, 참으로 탄복할 일이오."

"또 전할 말이 있으신지요? 더 이상 할 말이 없다면 그만 돌아가주시지요. 저는 아직 처리할 공무가 남아 있습니다."

제갈각이 호탕하게 웃으며 곧장 밖으로 걸어 나갔다.

서표가 나지막이 말했다.

"저자는 태자가 보낸 이네. 이런 식으로 돌려보내는 것은 모양새가 좋지 않아."

"내가 제일 싫어하는 부류가 바로 저리 건들거리며 안하무인으로 행동하는 자들이네. 태자가 어찌 생각하는지는 모르겠지만, 이런 중요한 일에 대해 저런 자를 보내 말을 전한다는 게 말이 되는가? 됐네. 태자와 그의 사우인지 뭔지가 계속 쓸데없는 걱정을 하든 말든, 우리는 이 일을 계속 해나가면 그만이네."

서표는 그의 말을 묵묵히 듣고만 있을 뿐이었다. 새로운 정책이 순조롭게 추진되고 있어서인지 모르겠지만, 요즘 들어 기염은 흥분을 감추지 못한 채 말과 행동에 거침이 없었다. 서표의 귀에도 안 좋은 소문이 암암리에 들려왔다. 그 소문은 대부분 기염이 득의양양해 천지 분간을 못 하고 날뛰며, 소인배보다도 못한 짓을 하고 다닌다는 것이었다. 이번에 제갈각을 이리 쫓아 보냈으니, 서표는 태자 쪽에서 어떤 반응을 보일지 걱정이 앞섰다. 만약 태자의 지지가 없었다면 이 의안은 애당초 사장됐을 것이다. 그런데 지금 일이 성사되자 태자를 찬밥 취급하고 있으니, 배은망덕이라 욕을 먹고도 남을 일이었다.

문 밖에서 하인이 보의중랑장 장온이 찾아왔다고 전해 왔다. 서표가 그를 맞이하기 위해 문으로 향하려는데, 기염은 여전히 자리에 앉아 목간을 들춰보며 투덜거릴 뿐이었다.

"정신없이 바빠 죽겠는데, 또 방해꾼이 나타났군."

주관(主官)이 가만있는데 속관이 나가 손님을 맞이하는 것도 예가 아니었다. 서표는 어쩔 수 없이 자리를 지키며 장온이 들어오기를 기다려야 했다. 장온은 비단옷을 입고 목간 두루마리를 손에 쥔 채 평소와 다름없는 표정으로 걸어 들어왔다. 기염은 자리에서 일어서지도 않은 채 공수만 할 뿐이었다.

"소관이 공무로 정신없이 바빠 멀리 나가 마중을 하지 못했습니다. 중랑장께서 너그러이 양해해주십시오."

"괜찮네. 요 며칠 선조가 관리 감원에 전력하는 과정에서 걸림돌이 적잖이 있었지만, 자네 덕에 잘 해결됐네."

기염의 얼굴에 미소가 떠올랐다.

"저 같은 가난한 집안 출신이 그런 능력이라도 있어야겠지요. 이번 개혁안은 엉킨 실을 단칼에 잘라내며 밀고 나갈 수밖에 없으니, 그 과정에서 이런저런 잡음이 생길 수밖에 없습니다."

장온은 여전히 서 있었다.

"주 태부가 돌아가시기 전에 우리 역시 새로운 정책을 어느 정도 예상하고 있었지만, 이렇게 빨리 진행될 줄은 몰랐네. 이것은 기 상서와 선조 관원들이 한마음으로 애쓴 결과겠지. 이 일이 잘 마무리되면 지존께서도 기 상서를 달리 보시게 될 것이네."

기염이 드디어 자리에서 일어나 웃으며 말했다.

"모르시는 말씀입니다. 선조에서 이 일을 위해 애쓴 이는 나와 서표뿐이고, 다른 이들은 모두 자리만 차지하고 앉아 아무 도움이 되지 않았지요. 이번 폭풍우가 한바탕 지나가고 나면 선조에서도 대대적인 인원 감축을 할 작정입니다."

옆에 있던 서표는 무언가 심상치 않은 느낌을 어렴풋이 받았다. 이 의안을 추진하기 전에 그와 기염이 장온을 몇 차례 만나본 적이 있었다. 그때도 장온은 두 사람을 예로써 대해주었다. 그런데 그때와 달리 지금 그에게서 왠지 모를 거리감과 차가움이 느껴졌다. 기염은 그 미묘한 차이를 알아채지 못하고 있는 듯했다. 기염은 장온을 상석으로 이끌었지만, 장온은 손을 내저을 뿐 꼼짝도 하지 않았다.

서표가 보다 못해 끼어들었다.

"이 모든 것이 중랑장과 태자가 뒤에서 지지를 해주시고, 강동파와 회사파의 모함과 비방을 막아주신 덕이지요."

장온이 웃으며 손에 들고 있던 목간을 펼쳤다.

"전에 우리가 관원 감축을 논의할 때, 각 조서마다 능력 있고 추진력이 강한 인재들을 남겨두기 위해 명단을 작성한 적이 있네. 그런데 지금 각 조서에 공표된 감원 명단을 보니, 그들 중 절반이 그 안에 포함돼 있더군. 기 상서, 일에 착오가 있었던 것이 아닌가?"

기염이 목간을 받아 들고 쓱 훑어보았다.

"우리 선조는 각 조서에서 자체적으로 작성한 감원 명단을 심사할 뿐입니다. 물론 그 과정에서 처음에 저희가 작성했던 명단에 있는 자들을 제외시켰습니다. 하지만 각 조서에서 우리가 명확한 기준 없이 사사로이 명단을 변경했다고 이의를 제기했습니다. 이런 식으로 일을 추진하면 서로 책임을 전가하고 대사에도 영향을 미칠 거라 판단해, 아예 각 조서에서 작성해 올린 처음 명단에 따라 감원을 진행하기로 결정하게 된 겁니다."

"그리되면 능력과 추진력을 갖춘 인재들조차 의지할 곳을 잃고 살아남기 힘들지 않겠는가? 아무리 일의 속도가 중요해도, 조서에 일을 맡길 만한 사람이 없다면 우리의 본래 취지와도 어긋나는 것이 아닌가?"

장온이 의문을 제기했다.

기염은 일부러 허세를 부리며 웃었다.

"중랑장이 모르시는 게 있습니다. 지금 남아 있는 자라고 해도 반드시 끝까지 남아 있을 수 있는 것은 아닙니다. 얼마 후면 또 한 번의 심사를 거쳐 능력이 안 되는 자들을 다시 걸러낼 예정입니다. 그들이 다 나가고 나면 새로 인재를 선발할 거고, 이전에 쫓겨난 관리들도 선조의 심사를 거쳐 다시 발탁될 기회를 얻게 될 겁니다."

장온이 한참을 침묵하다 물었다.

"기 상서, 그게 말이 된다고 보는가?"

"중랑장, 이건 지존의 뜻입니다."

기염이 '지존' 두 글자에 힘을 실어 말했다.

장온이 순간 할 말을 잃은 듯 기염을 뚫어지게 쳐다보았다.

"그게 무슨 말인가? 지존께서 자네에게 정말 이렇게 하라고 지시하셨다는 건가?"

"그렇습니다. 이번 감원의 진짜 목적은 강력한 수단으로 강동파와 회사파를 자극해 동오의 주인이 누구인지 확실히 깨닫게 만드는 것입니다. 이 기회를 이용해 그동안 불만을 품고 선동질을 일삼으며 유언비어를 퍼뜨린 자들을 찾아내고, 도를 넘어 소란을 피우는 자들에게 죄를 물어 감옥에 집어넣을 작정입니다. 아마도 그들은 스스로 새로운 정책을 받아들일 때까지 그곳에 있게 될 테지요. 어쨌든 촉한과 우호적인 관계를 유지하고 있고 조위가 남하할 가능성도 크지 않은 지금이야말로, 나라 안의 근심을 제거하고 실력을 키울 절호의 기회라고 할 수 있습니다."

기염이 단숨에 말을 마치고도 아직 할 말이 더 남아 있는 듯 다시 입을 열었다.

"비록 지존께서 이런 뜻을 직접적으로 말하지 않았으나, 저는 이것이 그분의 뜻이라는 것을 확실히 느꼈습니다. 중랑장, 우리는 신하 된 자로서 지존의 근심을 함께 짊어지고 덜어드려야 하지 않겠습니까? 그분이 말로 하기 힘든 부분을 알아서 처리하는 것이 신하 된 도리이거늘, 너무 몸을 사려서야 되겠습니까?"

장온의 표정이 흔들렸다.

"자네의 좋은 머리가 득이 되기도 하겠지만, 때로는 똑똑하다는 게 좋은 일만은 아니라네."

"중랑장, 새로운 정책이 자리를 잡게 되면 파벌 간의 결탁이나 붕당 정치를 일소하고, 불필요한 인력을 감축해 관리 체계의 효율을 높일 수 있을 겁니다. 그리만 된다면 내가 많은 사람들의 지탄을 받고 결국 이 자리에서 물러난다 한들 대수로울 것이 없습니다. 장차 사서에 상앙·오기와 함께 나란히 내 이름을 올릴 수 있다면 그것으로 족한 것이지요."

장온의 침묵이 이어졌다. 그는 끝내 뒤로 두어 걸음 물러나 읍을 한 후 뒤도 돌아보지 않고 선조를 나섰다.

서표가 우려와 의심이 섞인 표정으로 입을 열었다.

"자휴, 자네가 지존에게 그리 충성심이 강한 줄 내 오늘 처음 알았네."

기염이 웃으며 그를 쳐다보았다.

"장온에게는 그리 말할 수밖에 없었네. 그러지 않으면 무슨 수로 저자를 막을 수 있겠나? 내가 무슨 생각을 하는지 아는 사람은 아마 세상 천지에 자네뿐일 걸세."

서표가 숨을 들이켰다.

"백성을 위해서라는 건가?"

"맞네. 지금 천하는 호족 세력이 판을 치고 있지. 강동파와 회사파를 막론하고 저들이 광대한 옥토를 차지하고 있고, 돈이 되는 장사 역시 저들이 독점하고 있네. 저들의 자제들은 자질이나 능력과 상관없이 나이가 차면 너무나 쉽게 추거를 받아, 당연한 수순처럼 벼슬길에 오르네. 그러다 보니 권력 세습이 이루어지고, 관료 사회의 부정부패가 만연해질 수밖에. 각 조서의 관료들은 조정에 유리한 정책을 펼치는 것이 아니라 자신의 집안에 이익이 되는지를 더 중요하게 생각하고 일을 하고 있네. 그들은 백성을 노비처럼 생각하고, 터무니없이 무거운 세금을 징수하며 사치를 일삼고……."

서표가 그의 말을 끊었다.

"자휴, 천하는 지금까지 그리 흘러왔네."

"지금까지 그리 흘러왔다고 해서 그게 옳은 것인가?"

기염이 반문했다.

서표가 한숨을 내쉬었다.

"지금 새로운 정책이 이렇게 순조롭게 진행되는 이유가 무엇이라고 생각하는가? 그건 지존께서 강동파와 회사파의 손에서 권력을 빼앗았기 때문이네. 만약 지존께서 우리의 목적을 알아챈다면, 자네는 하늘을 거역하는 이 일이 성공할 수 있을 거라고 보는가?"

기염이 웃으며 대답했다.

"해보지도 않고 우리가 하늘을 거스를 수 있는지 없는지 어떻게 알겠는가?"

"우리가 하는 이 일은 천하의 호족 세력과 대적하는 것인데, 두렵지 않은가?"

"두렵다 한들 계속 가는 수밖에. 뒤로 한 걸음 물러서는 순간 천 길 낭떠러지니, 이래 죽으나 저래 죽으나 마찬가지네. 이왕 이런 기회가 생겼으니, 이 하늘을 거스를 수 있는지 어디 한번 해보는 수밖에!"

가일은 기분이 영 꺼림칙했다.

원래 손권을 만나기 위해 우림위를 따라 대전에 왔지만, 손권은 자리에 없고 그 옆에 노반 공주가 앉아 있었다. 가일이 고개를 들어 살짝 훔쳐보니, 공주가 어깨를 반쯤 드러낸 촉금으로 만든 순백의 심의를 입고 그를 보며 환하게 웃고 있었다. 그런데 그 눈빛이 무척 애매했다.

가일은 느낌이 안 좋아 얼른 잰걸음으로 대전에서 물러나려 했다. 바로 그때 공주의 은방울 같은 웃음소리가 들려왔다.

"왜 날 보자마자 가려는 것이냐? 내가 잡아먹기라도 할까봐 겁이 나는 것이냐?"

가일이 어쩔 수 없이 허리를 숙여 절을 올렸다.

"그런 게 아니오라, 소관은 공주 마마께 무례를 범한 듯해 물러가려던 중이었습니다."

"가일, 내가 우림위를 시켜 자네를 데려오라고 했는데, 무례를 범하다니 가당치도 않다."

공주가 하늘거리는 걸음걸이로 가일의 곁으로 다가오자, 향긋한 향이 코끝에 와 닿았다.

"가 교위가 동오로 온 후에 여러 사건을 해결했다고 들었다. 그래서 얼굴에 수염이 잔뜩 나고 우락부락하게 생겼을 줄 알았는데, 이렇게 준수한 사내일 줄이야."

공주는 이 말을 하는 사이에 손을 뻗어 그의 어깨를 다독였다. 그 바람에 가일이 잔뜩 긴장해 허리를 더 낮게 굽혔고, 그의 이마에서 식은땀마저 배어 나왔다.

"지금 우리 고모님이 사시는 군주부에서 머물고 있다지?"

공주가 유혹하듯 웃으며 말했다.

"그분은 사냥을 나가느라 저택에 머무는 날이 거의 없을 텐데, 혼자 지내기 심심하지 않느냐? 내가 사는 곳으로 와서 지내는 건 어떠하냐?"

가일이 경직된 목소리로 대답했다.

"소관은 근래 들어 경화수월에서 지내느라 군주부에 거의 들르지 못하고 있습니다."

공주가 혀를 찼다.

"쯧쯧, 정말이지 나무토막이 따로 없군. 자네는 소한을 따라가려면 한참 멀었어."

향기가 점점 멀어지며 그녀가 다시 자리에 가서 앉았다.

"손몽은 재미있기는 한데 질투심이 너무 강하지. 그러니 안심하거라. 난 그 계집이랑 한 남자를 두고 싸울 생각이 없으니. 그랬다간 날 잡아먹으려고 혈안이 돼서 덤빌 테니, 하루도 편할 날이 없을 것이다."

"저와 손 낭자는……."

가일은 제갈각의 말이 불현듯 떠올라, 말을 하다 말고 입을 다물었다. 계속해서 그녀와의 관계를 부인한다면 도리어 손몽에게 모욕을 주는 일이 될 것 같았다.

"손몽을 헐뜯으려고 하는 말이 아니니 오해 말거라. 그 아이의 성격은 내 고모님을 쏙 빼닮아서, 자기 걸 남에게 뺏기는 걸 아주 싫어하지."

공주가 심의의 옷자락을 끌어올려 드러나 있던 어깨를 가렸다.

"가 교위가 손몽과 혼인을 하고도 밖에서 허튼짓을 하는 날에는 목숨이 남아 있지 않을 것이다. 사실 고작 몇십 년밖에 못 사는 짧은 인생인데 즐기고 살면 그만이지, 왜들 그렇게 재미없게 사나 모르겠구나. 안 그러냐?"

가일은 고개를 숙인 채 아무 말도 하지 않았다.

공주가 눈썹을 찡그리며 물었다.

"내가 묻고 있는데, 왜 대답이 없느냐?"

눈썹을 찡그리는 모습부터 웃는 모습에 이르기까지 보는 이의 시선을 사로잡는, 그야말로 절세미인이 따로 없었다. 수많은 사내들이 그녀의 남자가 되기 위해 줄을 서는 이유를 알 것 같기도 했다. 가일이 헛기침을 하며 말을 꺼냈다.

"공주 마마, 소관은 일개 무사인지라, 남녀 간의 일에 대해 그리 아는 바가 없습니다."

"그만 됐다. 듣던 대로 정말 무뚝뚝하고 재미없는 사람이 확실하구나."

공주가 붓을 들고 목간에 글자를 써 내려갔다.

가일은 이도 저도 못 한 채 그 자리에 그대로 서서 기다릴 수밖에 없었다. 차를 두 잔 정도 마실 만큼의 시간이 흐른 후에야 그녀가 붓을 내려놓고 목간을 들어 먹물을 말렸다. 그러더니 그녀가 어린아이처럼 가일에게 쪼르르 달려와 목간을 보여주었다.

"아바마마께 올린 내용인데, 어떠하냐?"

가일이 고개를 들어 쭉 훑어보니, 글자체가 수려하고 정갈했다. 그런데 그 내용은 놀랍게도 소금과 철의 국영 전매권에 관한 정책으로, 병폐를 지적하고 급소를 겨냥했으며 그 해결 방안 역시 합당하고 실행 가능했다. 이 책론만 보면 학식이 풍부하고 권위 있는 인사의 글로 보일 뿐, 여인의 머리에서 나온 거라고 절대 상상조차 할 수 없을 정도였다.

가일은 자기도 모르게 탄복하며 그녀의 능력을 치켜세웠다.

"공주 마마의 식견에 소관은 그저 탄복할 뿐이옵니다."

공주는 칭찬에 기분이 좋아져 활짝 웃으며 뒷짐을 지었다.

"바깥사람들이 나를 어떻게 생각하는지 알고 있다. 다들 나에 대해, 하루 종일 면수를 끼고 흥청망청 방탕하게 노는 구제 불능의 한심한 여인이라고 손가락질하고 있다지? 그들은 나의 공적 따위는 외면한 채 언급조차 하지 않아. 만약 내가 사내였다면 아무리 많은 여인을 곁에 두고 산다 한들 신경조차 쓰지 않았을 테고, 오로지 내 공적을 높이 평가하며 당대의 귀재라고 추켜세웠을 것이다. 아니 그러하냐? 단지 내가 여인이라는 이유로 내능력조차 무시당하는 이 세상이 우스울 뿐이다."

"누가 또 너를 화나게 했느냐?"

손권이 미소를 띠며 후당에서 대전으로 들어섰다.

공주가 어린아이처럼 투정을 부리던 표정을 지우고 옅은 웃음을 지으며 대답했다.

"잠시 가 교위와 한담을 좀 나누던 중이었사옵니다."

"가일과 무슨 얘기를 나누었느냐?"

손권이 가일을 가리키며 말했다.

"가일은 해번영에서 내가 가장 믿고 의지하는 신하이니, 괜히 허튼 생각 하지 말거라."

"그럴 리가요? 지나친 염려세요. 소녀도 천지 분간은 할 줄 아옵니다. 다들 소녀를 안 좋게 말하는 것이 화가 나 불평을 좀 한 것뿐인걸요?"

"그런 말 따위는 신경 쓰지 말거라. 듣자 하니 네 밑에 있는 그 문객들이 어제도 동시(東市)에서 만취한 채 소란을 피웠다던데, 네가 단속을 잘해야 되지 않겠느냐?"

손권이 직접적으로 말하지 않았지만, 사실 그 문객들은 바로 공주의 면수에 지나지 않았다. 그들은 공주의 권세를 등에 업고 늘 제멋대로 행동하며 악행을 저질러 백성들의 원성이 자자했다.

"지당하신 말씀이시옵니다. 제가 돌아가서 매질을 해서라도 단속을 할 테니, 너무 염려 마시어요."

공주는 변명조차 하지 않은 채 깨끗하게 잘못을 인정했다.

손권이 만족스러운 듯 고개를 끄덕이며 가일에게 시선을 돌렸다.

"저 아이가 소문은 그리 났을지 몰라도, 정사에 도움을 줄 만큼의 능력은 가지고 있다네. 지난 2년 동안 나를 도와 재정과 세무 방면의 일들을 처리해왔고, 평준(平準: 물가를 공평하게 조절함)과 균수(均輸: 창고의 곡식을 출입시켜 물가를 조절함), 주각(酒榷: 주류 전매 제도) 같은 국책이 모두 저 아이 머리에서 나왔지. 그 덕에 국고를 꽤 불릴 수 있었다네."

가일이 공수를 했다.

"방금 공주 마마께서 작성하신 소금과 철의 국영화 정책을 보고, 실로 뛰어난 식견과 정확한 소견에 감탄을 금치 못했습니다."

지난 2년 동안 손권은 평준·균수·주각 정책을 추진해 강동파와 회사파, 지방 유지의 수중에서 돈을 빼내 적잖은 이익을 챙겼다. 지금 조정의 재정 상황은 지금 중 전답에 부과한 세금이 차지하는 비중이 이미 크게 감소하고, 국고 소득이 해마다 증가해 지난 몇 년 동안 호족 세도가에 의존해야 했던 상황에서 점점 벗어나고 있었다. 그러나 이런 정책을 두고 의론이 분분한 것도 사실이었다. 그들은 손권의 이런 정책이 백성들의 이익을 빼앗고 성인의 법도에 어긋나는 것이라고 주장했고, 이것이 노반 공주의 머리에서 나왔다는 사실에 경악했다.

가일은 손권이 왜 이렇게 애매한 태도로 기염의 개혁안을 지지하는지 어렴풋이 알 것 같았다. 천하의 세력이 세 개로 나뉘어 있고 위와 촉이 몇 년 안에 큰 전쟁을 일으킬 가능성이 없으니, 지금이야말로 내부를 정돈할 절호의 기회였다. 게다가 지난 몇 년 동안 추진한 평준 등의 정책을 통해 재정과 인력 방면으로 강동파와 회사파에 대한 의존도를 크게 낮출 수 있었다. 불필요한 인원을 줄이고 관리 조직을 개편하는 정책은 강동파와 회사파의 권세를 지금보다 더 약화시켜 손권의 천하로 만드는 과정이기도 했다.

이런 식으로 호족 세도가를 약화시키다 보면, 결국 그들의 인내심이 한계에 달해 언제 폭발할지 누구도 장담하기 힘들었다. 그렇다면 손권은 이에 대한 대책까지도 이미 준비해놓은 것일까?

"소녀가 여인의 몸으로 이런 식견과 통찰력을 가질 수 있었던 것도 모두 아바마마께서 평소 잘 이끌어주신 덕이옵니다."

공주가 웃으며 말했다.

"가 교위가 요즘 오라버니와 부쩍 가깝게 지낸다고 들었네. 그럼 등 오라버니가 얼마나 학식이 깊고 인품이 뛰어난지 가 교위도 아마 잘 알고 있겠군."

이 여인은…… 정말 보통내기가 아니었다. 중요한 문제를 대수롭지 않게 꺼내며 손권이 묻고 싶은 말을 대신 하고 있었다. 가일이 고개를 들고 침착하게 대답했다.

"소관은 주치 태부 사건에서 고담의 혐의를 벗겨줄 때 태자 전하를 가끔 만났을 뿐, 개인적으로 친분이 있는 사이가 아니옵니다."

"듣자 하니 얼마 전에 길에서 오라버니가 지나갈 때 누군가 자네 뒤에서 화살을 쏘았다지? 그자는 잡았느냐?"

공주는 가일을 쉽게 놓아줄 생각이 없는 듯했다.

"아직 못 잡았습니다. 몇 년 동안 제가 해번영에 있으면서 원한을 맺은 이가 적지 않다 보니, 그중 한 명이 소관을 모함하기 위해 벌인 일일 것입니다. 다행히 태자 전하의 혜안으로 억울한 누명을 벗을 수 있었습니다."

가일이 담담하게 대답했다.

"요 근래 제갈각이 자네를 찾아갔다지? 그 무뢰한 같은 자가 가 교위를 곤란하게 만들지는 않았는가?"

공주가 웃으며 물었다.

"그는 태자 전하의 사우 중 한 명이고, 제가 주치 사건을 수사하는 과정에서 태자 전하를 배후 인물로 의심할까 걱정돼 일부러 해명을 하기 위해 찾아온 것뿐입니다. 비록 제갈 공자의 말과 행동이 상규를 벗어나기는 하나, 동오의 보기 드문 젊은 인재라고 할 수 있지요."

"그 아비에 그 아들이겠지. 그 피가 어디 가겠는가? 지금껏 등 오라버니는 인재를 예로써 대해왔으니, 가 교위도 이번 기회를 빌려 오라버니와 더 가깝게 지내는 것도 나쁘지 않을 것이네."

"태자 전하는 동오의 저군(儲君: 장차 왕위를 계승할 왕자)이시고 소관은 일개 교위에 불과하온데, 어찌 감히 그분을 가까이 하겠나이까? 또한 소관은 평소 맡은 바 소임을 다하느라 바빠 정무를 논할 시간조차 없사옵니다."

공주가 대수롭지 않게 하는 말들이 하나같이 모두 가일을 시험하고 있었다. 이 순간 가일이 조금이라도 얼버무리거나 긴장한 기색을 드러내면 그 즉시 손권의 의심을 살 수 있었다. 이럴 때는 차라리 솔직하게 사실대로 말하는 편이 나았다. 손권은 아무 말 없이 두 사람의 대화를 다 듣고 나서야 가볍게 기침을 하며 서탁 위에 있던 『염철론(鹽鐵論)』을 집어 들었다.

공주가 하품을 하며 말했다.

"참, 등 오라버니 얘기를 하다 보니, 황학루를 짓느라 애쓰고 있는 소한 얘기를 한다는 걸 깜빡했군. 그자가 자네와 의형제를 맺었다지? 어쨌든 그자는 상업의 기재(奇才)답게, 성안에 주루·도박장·기방 등 여러 곳에서 장사를 하고 있고 입소문도 아주 좋은 편이라 들었네."

손권이 그제야 끼어들었다.

"그자에게도 상을 좀 내리거라. 그래야 출신 성분을 막론하고 조정을 위해 힘을 쓰면 누구나 상을 받을 수 있다는 것을 백성들이 알게 될 것이다."

공주와 가일이 함께 공수를 하며 감사 인사를 올렸다.

손권이 물었다.

"며칠 전에 우청에게서, 새로운 정책에 반대하는 사람들 중 몇 명이 자네의 점포에서 독살됐다고 보고를 들었네. 이 사건 수사가 어찌 진행되고 있는가? 주치 사건과 관련이 있는 것인가?"

"지금 강동파와 회사파의 세도가 자제들이 이 일로 상당히 격분한 상태입니다. 기염이 자신의 뜻과 다른 사람들을 제거하고 있다는 소문이 돌고 있습니다. 하오나 신은 누군가 고의로 갈등을 부추겨 지존의 새로운 정책을 방해하기 위해 이 사건을 일으킨 것이 아닌지 의심하고 있습니다. 또한 이 사건 역시 주치 사건과 동일한 세력의 소행이 분명합니다. 지금은 단서를 조금 확보한 상태고, 계속 수사를 진행하고 있습니다."

이 세력은 철 공자일 가능성이 높다. 그러나 이것 역시 추정에 불과하기 때문에 가일은 그 말을 입 밖에 낼 수 없었다. 이 말을 꺼내는 순간 그가 왕실 종친을 의심하고 있다는 사실을 손권에게 알리는 것과 다르지 않았다.

"음, 사건은 계속 수사해야 하지만, 누군가 사건을 빌미로 새로운 정책에 반대하는 것 역시 막아야 할 것이네. 저 호족 세도가들이 걸핏하면 새로운 정책 때문에 사직이 무너지고 나라의 근본이 흔들릴 거라며 선동질을 하고 있지. 또한 그간 시행해온 평준·균수·주각 정책마저도 아무 쓸모가 없다고 평가하며, 백성들이 고통에 신음하고 도탄에 빠졌다고 말하더군. 가일, 자네는 늘 시정을 누비며 다니지 않는가? 저들의 말이 정말인가?"

"신은 그런 광경을 본 적이 없습니다. 지존의 새로운 정책은 강동파와 회사파 세도가들의 권세를 약화시키고 그들의 이익에만 손해를 줄 뿐 나라와 백성에게 이로우니, 저들이 한목소리로 반대하는 게 당연하겠지요."

"그리 생각하는 걸 보니, 조정을 통찰하는 능력도 어느 정도 갖추고 있군. 우청과 여일은 자네와 달리 충성심만 드러내며 반대하는 자들을 모두 잡아들여야 한다는 어리석은 말을 하더군."

손권이 갑자기 말을 돌렸다.

"하나 무언가를 꿰뚫어 보는 능력이 있다고 해서, 자신이 해야 할 일과 하지 말아야 할 일을 구분하지 못하면 안 되겠지. 사람은 언제 어디서나 자신의 신분과 지위를 잊지 않는 게 가장 중요하다는 걸 명심하게. 알겠는가?"

가일이 공수를 하며 대답했다. 이 말은 바로 태자와 너무 가깝게 지내지 말라는 일종의 암시였다.

제왕의 가문에서 보통 사람들이 생각하는 혈육의 정을 기대해서는 안 된다. 지난 수천 수백 년 동안 왕권과 황위를 쟁탈하기 위해 형제가 서로 반목하고 부자가 서로를 죽이는 일이 수도 없이 반복됐다. 진 시황제와 한 무제조차 그 비극을 피하지 못했다.

손권은 본래 의심이 깊고 권력욕이 매우 강해, 휘하의 신료들이 당을 만들어 결속하는 것을 용납하지 않았다.

"가 교위는 똑똑한 사람인걸요."

노반 공주의 말 속에 또 다른 의미가 들어 있었다.

"그러니 진주조를 배반하고 우리 쪽으로 도망 와서도 중용이 됐겠지요."

"지존의 신임에 감사드리며, 저를 천거해준 손 군주께도 깊이 감사드리옵니다."

가일이 예를 갖춰 감사의 인사를 올렸다.

손권이 손을 내저었다.

"이제 그만 물러가도 좋다."

가일이 절을 올리고 뒤로 물러서 대전 문을 막 나서려는데, 안에서 공주의 웃음소리가 들려왔다. 이 여인은 정말 쉽게 볼 여자가 아니군. 게다가 태자와 비교가 되지 않을 정도로 손권의 총애를 독차지하고 있지 않은가?

소한이 그녀를 도와 황학루 짓는 일을 도맡게 된 것이 과연 복일까, 아니면 화가 될까?

경화수월에서 독살된 시체 여섯 구에 대한 부검이 모두 끝났다. 검시관이 제출한 문건의 내용대로라면 그들은 모두 견기약에 중독돼 죽은 것이 확실했다. 영맥은 해번위를 보내 오기를 포함한 여섯 명의 강동 사족의 가족들을 하나하나 취조하고 단서를 찾으려 애를 썼지만 별다른 성과를 거두지 못했다. 지금까지 알아낸 것은 오기가 이번 모임을 주도했고, 그 나머지 다섯 명은 평소 오기와 사이가 좋았으며, 그들이 강동파 중에서도 그리 눈에 띄지 않는 가문 출신이라는 것 정도였다. 그날 밤 그들은 가족들에게 기염의 새로운 정책에 어떻게 대처해야 할지 의논하기 위해 모임에 간다고 했을 뿐, 달리 별다른 말이 없었다.

여섯 명이 말을 맞춘 것처럼 똑같은 말을 하고 집을 나선 것만 봐도, 사전에 입을 맞춘 것이 분명했다. 그들의 진짜 목적은 어쩌면 기염의 새로운 정책과 전혀 관계가 없었을지도 모른다. 어쨌든 그들의 신분과 지위로 새로운 정책을 저지한다는 것은 사마귀가 앞발을 들어 수레를 막는 것과 다르지 않았다. 영맥은 수사 범위를 확대해 여섯 명과 관계가 밀접한 주변 사람들을 붙잡아 들였고, 결국 오기의 첩을 통해 실질적인 성과를 거둘 수 있었다.

오기의 첩은 그가 모임에 가기 며칠 전에 술을 마신 후, 해번영에서 키우는 개 한 마리가 감히 주치의 연회에서 그의 체면을 구겼다고 불만을 잔뜩 늘어놓더니, 경화수월에서 가일을 큰코다치게 만들 기회가 생겼다는 말을 했다고 진술했다. 그때 그녀는 해번영과 군주부의 보복이 두려워 오기에게, 신중하게 생각하고 행동하라고 충고를 했다. 그러자 오기는 높으신 분의 지시를 받은 것이니, 해번영은 물론 군주부조차 가일을 비호할 수 없을 거라고 장담했다. 그러나 이 높으신 분이 누구인지 오기는 절대 말해주지 않았다고 한다. 이 정보를 통해 영맥은 자신의 추리가 맞았다는 것을 확인받을 수 있었다. 오기는 누군가에게 속아 경화수월에서 한바탕 소동을 일으켜 가일을 궁지로 몰아넣을 수 있을 거라고 생각했고, 자신이 죽을지도 모른다는 생각은 전혀 하지 못했던 것이 분명했다.

영맥은 한선의 영패를 꺼내 손가락 사이에 두고 이리저리 돌려보았다. 영패는 황동으로 만들어졌고, 장인의 손을 거친 듯 조각이 정교했다. 그러나 영맥은 이것이 진짜가 아니라고 이미 단정 짓고 있었다. 영패는 증표와 같기 때문에 자주 사용될 수밖에 없고, 아무리 조심해 다룬다 해도 시간이 오래고 나면 색이 검어지고 약간의 미세한 흠이 생기기 마련이었다. 그런데 이 영패는 마치 주조된 지 얼마 안 된 것처럼 너무 새것에 가까웠다. 게다가 이제까지 한선은 일 처리가 은밀하고 철두철미해 이렇게 큰 실수를 범한 적이 거의 없었다. 결정적으로 그는 한선의 진짜 영패를 본 적이 있었다. 이 영패의 무게는 비교적 가벼울 뿐 아니라, 매미의 꼬리 무늬 부분에서 치명적인 실수를 드러냈다.

진송의 죽음부터 시작해서 이 일련의 살인 사건을 저지른 자는 어떻게든 물을 혼탁하게 만들어 영맥이 가일과 한선의 관계를 의심하게 만들려하고 있었다. 그렇다면 가일이 결백하고 한선과 관계가 없다는 것일까? 꼭 그런 것만도 아니었다. 얼마 전에 영맥은 진기를 공안성으로 보내 가일이 남긴 단서를 암암리에 조사시켰고, 조명에게 무창성에서 태평도 사건에 연루된 자들을 찾아 조사해보라고 명령했다. 영맥은 가일이 아무리 사건 해결의 귀재라 해도 군주부와 단양 호족의 도움에만 의지해, 세상을 발칵 뒤집어놓은 그 두 사건을 해결할 가능성은 그리 크지 않다고 여기고 있었다. 가일이 그 두 사건에서 대적한 상대는 군의사와 진주조에서 잔뼈가 굵은 자들이다. 그들은 칼에 피를 묻히고 사는 데 익숙한 자들로, 대적한다 해도 한 번의 실수로 승패가 결정될 만큼 고수들이었다. 가일은 해번영의 지원도 없이 매번 기선을 제압했고, 귀신처럼 모든 일을 예측해왔다. 그가 가진 정보와 수사 인력은 군주부와 단양 호족이 줄 수 있는 수준이 아니었으며, 막강한 실력과 정보력을 가진 누군가의 지원이 있어야 가질 수 있는 것이었다.

천하를 통틀어 그런 능력을 가진 자는 한선뿐이었다.

다만 애석하게도 증거가 없었다. 그러나 설사 증거가 있다 해도, 영맥은 가일을 우청에게 넘겨줄 마음의 준비가 돼 있지 않았다. 우청이 원하는 것은 가일의 죽음이지만, 영맥은 가일을 통해 아내의 죽음을 밝히고 싶을 뿐이었다. 영맥은 시간이 지나면 임열의 죽음도 기억 속에서 흐릿해질 거라고 생각했다. 그러나 3년이 지난 지금에 와서야, 시간이 흘러도 어제 일처럼 또렷하게 기억되는 일이 있다는 것을 깨닫게 됐다. 그는 자리에서 일어나 방문을 밀어 열었다. 밖은 어둠 속에 잠겨 있었다. 하늘에 뜬 외로운 달이 먹구름 속에 모습을 감추고 있고, 별빛마저 더 쓸쓸해 보였다. 영맥이 한숨을 쉬며 좀 쉬기 위해 곁채로 가려는데, 발자국 소리가 들리더니 월문을 넘어오는 조명의 모습이 보였다.

"무슨 일인가? 새로운 단서라도 알아냈느냐?"

영맥이 물었다. 조명은 무창성에서 지난 한 달여 동안 사건을 조사 중이었고, 그에게 매번 물어볼 때마다 돌아오는 대답은 단서를 전혀 찾을 수 없다는 말뿐이었다. 지금 그가 이 야심한 시각에 이리 달려온 것을 보면 무언가 새로운 소식을 알아낸 것이 틀림없었다.

"도위, 가일이 한선과 관련이 있다는 증거는 발견하지 못했으나, 이상한 점을 찾아냈습니다."

영맥이 조명을 방으로 들어오라 한 후 문을 닫았다.

"어서 말해보게."

"태평도 사건이 일어났을 때 가일이 육씨 가문의 문신을 한 살수의 공격을 받았고, 군주부에서 효위를 보내 그를 호위하도록 했습니다. 그때부터 가일이 어디를 가든 효위들이 그 뒤를 따랐고, 누군가 그때의 일을 상세히 기록해두었다는 정보를 입수했습니다. 그래서 제가 인맥을 동원해 그 내용이 기록된 목간을 빼돌린 후 태평도 사건의 진행 과정을 대조해보다 약간의 실마리를 찾아낼 수 있었습니다."

조명이 품에서 목간 두 개를 꺼내 탁자 위에 펼쳐놓았다.

"도위, 여기를 좀 보십시오. 가일이 가끔 찻집과 술집, 심지어 도박장에 간 적이 있는데, 그가 그곳에 갔다 온 후 하루 이틀만 되면 사건 해결에 진전이 있었습니다."

영맥이 목간을 자세히 대조해보았다. 조명의 말이 맞았다. 비록 매번 사건 해결에 진전이 있을 때마다 가일이 그 장소에 간 것은 아니지만, 가일이 그곳에 갔다 오고 나면 문제 해결의 돌파구가 생긴 것도 사실이었다. 영맥은 이것이 무엇을 의미하는지 알기에 더 흥분할 수밖에 없었다. 설사 효위들이 늘 그를 따라다녀 운신의 폭이 좁았다 해도, 이 장소에서 배후 세력과 가일이 정보를 주고받았을 가능성이 매우 컸다.

"이 장소들을 모두 적어두었는가?"

영맥은 자신의 목소리가 살짝 떨리고 있는 것을 알아챘다.

"소관이 이미 그중 세 곳을 찾아가봤는데 특별한 점을 발견할 수 없었고, 다만 당시에 있었던 주인과 하인들이 모두 바뀌어 있었습니다."

"언제 바뀌었지?"

"가일이 가고 난 후 늦으면 보름, 빠르면 수일 안에 바뀌었습니다. 게다가 소관이 알아보니, 시가의 8할 정도만 받고 싸게 내놓아서 매매가 금방 이루어진 걸로 보입니다."

"중개업자와 시정(市正: 시장을 관리하는 관원) 쪽은 모두 조사했는가? 그 가게의 주인은 누구던가?"

"조사해보니 문서상에 기록된 주인의 이름은 장반(張攀)이고, 지금도 남성(南城)에 살고 있습니다."

영맥이 탁자 옆에 놓아둔 장검을 집어 들며 물었다.

"후원에 말이 몇 필이나 있는가?"

"그건……."

조명은 영맥이 어째서 그런 질문을 하는지 모르겠다는 듯 머리를 긁적거렸다.

"오늘 밤 우리 좌부독 휘하에서 당직을 서는 해번위는 스무 명뿐이니, 가서 그들을 모두 후원으로 집합시키게. 그리고 말 수대로 모두 출동시키도록 하게!"

"도위, 지금 남성에 가시려는 겁니까?"

조명이 선뜻 나서지 못했다.

"우 부독께 보고를 올리지 않으면, 우리가 공을 채가려 한다고 오해하지 않을까요?"

"그걸 잊고 있었군."

영맥이 잠시 고심하다 다시 지시를 내렸다.

"우 부독에게 알리지도 말고, 병사들을 집합시킬 필요도 없네. 자네와 내가 먼저 가서 상황을 살피도록 하세. 누구에게도 이 사실을 알려서는 안 된다는 걸 명심하게."

조명이 뒷문으로 달려 나가자, 영맥은 연갑으로 갈아입은 후 짧은 활 두 개를 집어 들고 월문 밖으로 나갔다. 방금 조명이 말리지 않았다면 그는 충동적인 감정에 휩쓸려 하마터면 많은 사람을 이끌고 나갈 뻔했다. 만약 우청이 이 일을 알게 된다면, 앞으로 수사 방향이 그의 손을 벗어나 다른 곳을 향할 위험이 컸다.

얼마 후 조명이 말을 끌고 나타났다. 영맥은 짧은 활 하나를 그에게 건네고 말에 올라타 함께 남성으로 질주했다. 일각이 지났을 때쯤, 두 사람은 이미 장반의 집 앞에 당도해 있었다. 이곳의 집들은 낮은 흙벽돌집이고, 심지어 그중에는 초가지붕인 곳도 있었다. 오수가 담 모퉁이를 따라 흐르고 가끔 썩은 채소 잎이 둥둥 떠내려가기도 했으며, 도처에서 시큼한 악취가 풍겼다. 점포를 몇 개나 가진 자가 이런 곳에서 산다고?

영맥이 허리춤에 찬 검 손잡이에 손을 올리고 곧장 그의 집 쪽으로 걸어갔다. 문 앞에 도착하기 무섭게 천둥이 치는 듯한 코골이 소리가 들리고 술 냄새가 풍겨 나왔다. 달빛에 비친 방 안은 단출했다. 바닥에는 술 단지가 나뒹굴고, 독한 술 냄새가 코를 찔렀다. 방문 맞은편에 깔린 돗자리 위에 누워 코를 골고 있는 깡마른 사내는 영맥이 온 것도 모른 채 곯아떨어져 자고 있었다.

영맥은 만일의 사태에 대비해 조명에게 문 밖을 지키라 한 후, 장검을 뽑아 들고 사내를 발로 툭 건드렸다. 사내가 몸을 뒤척이며 잠꼬대처럼 중얼거렸다.

"아, 거 참! 귀찮게 노름빚을 왜 여기까지 와서 달라 그러시오?"

영맥이 다시 한번 그를 발로 차며 물었다.

"네가 장반이냐?"

사내는 눈을 거슴츠레 뜨고 고개를 들다 장검을 보는 순간 기겁하며 구석으로 피했다.

"도…… 도둑이야!"

"정신 차리고 잘 보거라. 관아에서 나왔느니라!"

영맥이 장검을 앞으로 뻗으며 물었다.

"다시 묻겠다. 네놈이 장반이냐?"

"소, 소인이 맞습니다!"

"기록을 보니 1년 전쯤에 네놈의 명의로 된 가게가 성안에 다섯 군데나 되던데, 어찌 이런 곳에서 살고 있는 것이냐?"

장반은 영맥이 무슨 소리를 하는지 모르겠다는 듯 놀란 입을 다물지 못했다.

"네 명의로 가게가 있다는 걸 몰랐느냐?"

영맥의 눈빛이 얼음장처럼 차가웠다.

"소…… 소인은 나리께서 무슨 말씀을 하시는지 모르겠습니다. 소인에게 가게가 있다면 왜 이러고 살고 있겠습니까요?"

장반이 울상이 돼서 물었다.

"사람을 잘못 보신 거 아닙니까?"

"그렇다면 어째서 네놈의 이름이 매매 계약 문서에 버젓이 쓰여 있단 말이냐?"

"소인 같은 일자무식이 그런 데다 이름을 썼을 리가요?"

장반이 고개를 갸우뚱거리다 무언가 떠오른 듯 다시 말을 꺼냈다.

"그러고 보니 소인의 둘째 숙부가 중개업을 하시는데, 3, 4년 전에 여러 장의 계약서를 가지고 오더니 저더러 자기가 쓰는 대로 그대로 따라 쓰라고 한 적이 있긴 합니다. 그러고 난 후 제게 돈을 주면서, 어떤 사람이 내이름을 빌려 가게를 열려 한다고 했습니다."

"그 숙부는 지금 어디 사느냐?"

"재작년에 성을 나갔다가 산적을 만나 살해당했습니다."

영맥은 무언가로 뒤통수를 얻어맞은 듯 제자리에서 꼼짝도 할 수 없었다. 그는 한참이 지난 후에야 허탈하게 한숨을 내쉬며 검을 다시 검집에 집어넣었다. 이렇게 쉽게 한선의 정체에 접근할 수 있을 거라고 기대한 것은 아니지만, 단서가 이렇게 칼같이 끊어져버릴 줄은 몰랐다.

조명이 고개를 돌리며 물었다.

"도위, 이자를 어찌 처리할까요?"

"일단 해번영 감옥에 처넣고, 지금 한 말이 사실인지 다시 취조를 하도록 하게."

영맥은 그 집을 나오고 나서야 보슬비가 내리고 있다는 것을 알아챘다. 조명이 장반을 포박해 말 뒤에 태우고 나자, 영맥도 말에 올라탔다. 떨어지는 빗줄기가 그의 얼굴을 적시고, 시야마저 흐릿해졌다. 빗줄기 사이로 저 멀리 골목 어귀에 임열의 모습이 또 어른거리는 듯했다.

영맥은 짧게 한숨을 내쉬며 눈을 질끈 감고 고개를 숙인 채 앞을 향해 달려갔다.

제6장
◆
공조

진풍의 원래 성격대로라면 진즉에 손오를 패주었어야 했다. 그러나 소한이 떠나기 전에 무슨 일이 있어도 참아야 한다고 신신당부를 한 탓에, 진풍은 어쩔 수 없이 손오의 오만과 횡포를 다 받아주어야 했다. 소한이 자리를 비운 며칠 사이에 이 기생오라비같이 생긴 손오가 또 나타나 온갖 트집을 잡기 시작했다. 현장 관사(管事: 관리자)가 상황을 지켜보다가 또 돈주머니를 쥐여주고서야 상황을 무마하고 그를 돌려보낼 수 있었다. 지금 황학루를 3층까지 올리는 동안 손오에게 흘러들어간 돈주머니가 무려 아홉 개나 됐다.

이날 황혼 무렵에 진풍은 길 초입에서부터 말 한 마리가 질주해 오는 것을 보자마자 소한이 오는 줄 알고 기뻐서 달려 나갔다. 하지만 막상 다가가보니 말 위에 탄 자는 소한이 아니라 손오였다. 진풍은 속으로 욕지거리를 내뱉으며 휙 돌아서 오던 길을 다시 돌아갔다. 손오가 뒤에서 소리를 지르며 불렀지만, 그는 못 들은 척 계속 걸어갔다. 곁눈질로 옆을 슬쩍 보니, 관사가 허둥지둥 달려오고 있었다. 진풍은 허리춤에 찬 술 호리병을 들어 한

입 벌컥 마시고 돌아서서 손오를 흘겨보았다.

이 손가의 공자는 손가락 하나로 툭 치기만 해도 쓰러질 것처럼 호리호리했고, 얼굴에 두껍게 분을 바르고 볼에도 붉은 기가 돌게 화장을 했다. 원래 소한은 그를 노반 공주의 측근이라고만 생각했다가 나중에야 그녀가 가장 총애하는 면수라는 것을 알고는 바로 넙죽 엎드려, 한동안 진풍의 놀림을 받았다. 하지만 진풍은 왜 여인이 자기처럼 건장하고 거친 사내가 아니라 이렇게 기생오라비같이 생긴 사내를 좋아하는지 영 이해가 되지 않았다. 그래서인지 손오를 볼 때면 더 화가 치밀었다.

손오는 무슨 급한 일이라도 있는 듯 돈주머니를 품에 쑤셔 넣은 후 말에서 뛰어내려 곧장 공사 현장으로 갔다. 그는 거드름을 피우며 한 바퀴 돌고 관사에게 한바탕 성질을 부리더니 인부들에게 작업을 멈추라고 호령한 후 혼자 나무 건물로 걸어 들어갔다. 관사는 그를 따라 들어가려 했지만, 도리어 욕만 얻어먹고 쫓겨나 어쩔 수 없이 건물 밖에서 기다렸다. 진풍이 또 술을 벌컥 들이마시며 인부들에게 식사를 하러 가라고 손짓을 보냈다.

관사는 인부들이 우르르 흩어지는 것을 보며 걱정스러운 듯 물었다.

"나리, 인부들이 여기 없으면 안에 있는 저 나리가 나와서 또 괜히 화를 내며 트집을 잡지 않을까요?"

"할 테면 하라지. 저자가 일을 멈추라 한 마당에, 여기서 멍하니 기다리면서 시간만 죽이면 또 뭐 하겠느냐?"

진풍이 눈을 부릅떴다.

"저자가 건물 안을 둘러봤으니, 나오면 또 트집 잡을 일만 남았네요. 사람이 어쩜 저리 드러내놓고 추하게 굴 수 있는지, 기가 막힙니다. 이제는 대놓고 뻔뻔하게 남의 돈을 요구하지 않습니까? 아무리 그래도 왕실 종친인데, 왕실 체면이 있지, 참."

"자네 아들도 아닌데, 저리 살든 말든 뭔 상관인가? 자네도 밥이나 먹고 오게. 이곳은 내가 지키고 있을 터이니."

관사가 억지웃음을 지었다.

"나리 성격에 저자가 나오면 무슨 사달을 낼까 걱정입니다. 아무래도 제가 남아서……."

그의 말이 끝나기도 전에 진풍의 안색이 확 바뀌더니 허리춤을 치자 파풍도가 튀어나오며 관사를 향해 날아갔다. 관사가 반응을 할 틈도 없이 '챙강' 소리가 들리는가 싶더니, 화살 한 대가 이미 두 동강이가 나 바닥으로 떨어졌다. 진풍이 관사를 밀치며 저 멀리 달아나는 검은 옷의 복면 사내를 쫓아갔다. 관사는 그제야 정신을 차리고, 쓰러질 듯 휘청거리며 인부들이 밥을 먹고 있는 천막으로 정신없이 달려갔다.

검은 옷의 괴한은 산 아래로 도망쳤다. 진풍은 검을 등 뒤에 차고 다리에 힘을 실어 전력을 다해 쫓아갔다. 진풍은 소한이 무창성으로 돌아간 이유가 경화수월에서 사람이 죽었기 때문이라는 것을 알고 있었다. 그 역시 바보가 아니기에, 누군가 그들의 영역에서 사람을 죽였다면 황학루 쪽도 위험할 수 있다는 것을 모르지 않았다. 요 며칠 그는 긴장의 끈을 놓지 않고 계속해서 주위를 살펴왔고, 방금 그가 이상한 낌새를 채지 못했다면 화살이 이미 관사의 목을 관통했을 것이다.

검은 옷 괴한의 발이 아무리 빠르다 한들, 진풍에 비할 바가 아니었다. 진풍의 그 다리에 오랜 세월 천하를 유력하며 산 내공이 실려 있었다. 얼마 안 가 진풍은 괴한과 몇 발자국을 사이에 둘 만큼 거리를 좁혔다. 이자를 잡기만 하면 도대체 누가 세 사람을 죽이려드는지 그 진상을 밝혀낼 수 있을 것이다.

진풍이 숨을 훅 들이키며 돌연 위로 솟구쳐 올라 괴한을 향해 몸을 날렸다. 괴한은 등 뒤에서 들리는 심상치 않은 소리를 듣자마자 몸을 돌려 장검을 들고 공격을 막았다. 그 순간 검이 번쩍이며 두 동강이가 났고, 뒤이어

두 사람이 부딪치며 산비탈을 따라 몇 차례 굴렀다.

진풍은 잉어가 튀어오르듯 땅을 치고 벌떡 일어나 괴한을 향해 검을 휘둘렀다. 검은 옷의 사내는 황급히 잘린 검으로 공격을 되받아쳤고, 눈 깜짝할 사이에 두 사람의 검이 챙강 챙강 부딪치며 10여 초식을 서로 주고받았다. 괴한은 진풍의 공격을 막기에 급급하다 결국 얼굴에 주먹을 맞고 뒤로 넘어갔다. 진풍이 한쪽 무릎으로 괴한의 복부를 힘껏 내리치며 복면을 벗겨냈다. 처음 보는 얼굴이고, 나이는 3, 40대 정도로 보였다. 진풍이 무언가를 물어보려는데, 괴한의 눈빛이 흉악하게 번뜩이며 자신의 허리춤을 있는 힘껏 쳤다. 그러자 코를 자극하는 냄새가 퍼지기 시작했다. 진풍은 불길한 예감에 휩싸였다. 이것은 등유 냄새였다. 이것은 예전에 가일이 소한과 그에게 보여준 적이 있는 기름으로, 불이 닿기만 하면 순식간에 불길이 번지는 위험한 물건이었다.

괴한이 화절자로 불을 붙이며 괴성과 함께 진풍을 향해 달려들었다. 진풍은 쏜살처럼 빠르게 뒤로 물러섰다. 그 순간 괴한의 허리춤에 차고 있던 물주머니가 찢어지고, 안에 있던 등유가 새어 나오는 것이 보였다. 그가 익히 알고 있던 검은색의 끈적끈적한 액체가 맞았다. 괴한의 몸에 불이 붙자 화염이 화르르 솟구쳤고, 그 뜨거운 열기와 불씨가 바람을 타고 진풍에게까지 전해졌다. 화마가 이미 괴한의 몸을 휘감았고, 진풍은 죽을힘을 다해 괴한에게 파풍도를 날려 그를 바닥에 쓰러뜨렸다. 진풍은 그제야 바닥을 몇 바퀴를 구르며 몸에 붙은 불을 껐다.

진풍은 힘겹게 몸을 일으켜 앉아 거친 숨을 몰아쉬며, 저 멀리 활활 타오르고 있는 검은 옷의 사내를 바라보았다. 비록 강호를 누비며 산 세월이 적지 않았지만, 좀 전과도 같은 생사의 고비와 맞닥뜨린 적은 그리 많지 않았다. 그는 허탈한 마음으로 자리에서 일어섰다. 괴한을 잡아 정보를 캐내려던 계획이 물거품이 된 것도 모자라 시체조차 사라져버렸다.

저 멀리 산 위 하늘이 돌연 붉은빛을 띠자, 진풍은 불길한 예감에 휩싸여 미친 듯이 그곳을 향해 달려갔다. 이 검은 옷 사내의 목적은 관사나 진풍을 죽이는 것이 아니라 그를 산 아래로 유인하는 것이었다. 어쨌든 일은 터졌고, 유인책으로 일석이조의 계책을 썼든 말든 그런 것은 이제 더 이상 중요하지 않았다. 얼마 안 가 진풍은 산 정상에 도착했고, 그의 눈에 활활 타오르는 황학루가 들어왔다. 인부들이 물을 뿌리며 불길을 잡으려 애를 써봤지만, 애당초 산 정상에 짊어지고 올라온 물은 목을 축이고 밥을 지을 정도의 양밖에 되지 않았다. 결국 물이 가득 들어 있던 항아리는 얼마 안 가 바닥을 드러냈고, 다들 타오르는 불길을 속수무책으로 바라만 볼 뿐 더는 어찌해볼 방도가 없었다.

진풍이 관사를 한쪽으로 끌고 가 소리치며 물었다.

"어떻게 된 일이냐? 황학루가 왜 타고 있는 것이냐?"

관사가 겁에 질려 조심스럽게 대답했다.

"나리, 저 역시 화살이 날아든 후 너무 놀라고 겁에 질려 일꾼들이 모여 있는 천막으로 도망쳐 있던 터라, 불이 난 것도 모르고 있었습니다. 일꾼 하나가 밖에 불이 났다고 외치는 소리를 듣자마자 일꾼들과 물동이를 들고 나갔지만, 그땐 이미 불길이 너무 거세져 어찌할 방도가 없었습니다."

"불을 붙인 자를 보았느냐? 달리 이상한 기미는 없었느냐?"

진풍이 하나라도 더 알아내기 위해 물었다.

"없었습니다. 그런데 나리……."

관사는 갑자기 무언가 생각난 듯했지만 차마 말을 잇지 못했다.

"할 말 있으면 빨리 하거라!"

진풍이 답답하다는 듯 버럭 소리를 질렀다. 3층까지 올라간 누각이 불에 다 타버렸으니, 다시 지으려면 엄청난 금전적 손해를 떠안아야 할 뿐 아니라 공사 기간도 맞추기 힘들어진다.

"손…… 손오가 아직 저 안에 있는 것 같습니다."

진풍이 놀란 눈을 부릅뜨며 관사의 어깨를 움켜쥐고 흔들며 다급하게 물었다.

"그게 무슨 말이냐?"

"저희가 나와 봤을 때 불길이 이미 너무 거세진 상태였고, 안에서 누가 나오는 걸 보지 못했습니다."

관사의 얼굴이 하얗게 질려갔다.

"손오가 십중팔구 저 안에서 불에 타 죽은 것 같습니다."

진풍이 고개를 들어보니, 건물 전체가 불길에 휩싸이고 목재가 타 들어가며 여기저기서 무너져 내렸다. 이 정도의 화마라면 그 안에서 누구도 살아남기 힘들었다.

"정말 골치 아프게 생겼군."

진풍이 혼잣말처럼 중얼거렸다.

가일과 소한이 서둘러 도착했을 때, 손오의 시신은 밖에 실려 나와 있었다. 시체는 새까맣게 타버려, 옆에 쏟아져 나와 있던 동전이 아니었다면 그의 신분을 확인할 수조차 없을 정도였다.

건물의 대부분이 이미 무너져 내렸고, 검게 그을린 나무 기둥만이 일부 남은 채 아슬아슬하게 흔들거렸다. 산바람이 잔존한 건물의 뼈대를 스치고 지나가며 내는 소리가 마치 야수의 포효처럼 들려왔다. 진풍은 머리를 감싸 쥐고 폐허 옆에 앉아 한 마디도 하지 않고 있었다. 소한도 그의 옆에 서서 눈앞의 처참한 광경을 묵묵히 바라볼 뿐, 아무 말이 없었다. 오로지 가일만이 폐허가 된 담벼락 쪽으로 걸어가 남겨진 단서를 찾느라 여념이 없었다. 그는 손오가 죽은 장소에 앉아 주위를 자세히 살폈고, 1층의 나뭇재 속에서 가느다란 검은색 실 하나를 집어 들었다. 이 실은 금속 재질이었고,

표면을 힘을 줘 문지르자 황금빛이 드러났다. 금선(金線)? 가일이 벌떡 일어나 주위의 부러진 나무 조각들을 힘겹게 옮기며 급히 무언가를 찾기 시작했다. 그의 이마에 맺힌 땀방울이 바닥에 쌓인 잿더미 위로 뚝뚝 떨어져 내렸다. 일각 정도의 시간이 흐른 후 가일은 드디어 동글동글한 물건 하나를 주웠는데, 표면이 이미 검게 타버려 손가락으로 한 번 짓이기자 바스러지며 가루가 돼서 떨어졌다.

가일이 밖으로 나와 긴장한 표정으로 진풍에게 물었다.

"이 손오라는 자가 여기 왔을 때 어떤 옷을 입고 있었는가?"

"사람이 이렇게 다 타버린 마당에, 무슨 옷을 입고 왔든 그게 다 무슨 소용인가? 이보게들, 아무래도 내가 이 시체를 공주부로 가져가 용서를 구하는 편이……."

"진현관 모양의 머리 관이긴 한데 건책과 빗살이 없고, 테두리는 금선으로 장식돼 있고, 관 꼭대기에 진주가 장식돼 있지 않았는가?"

"그…… 그걸 어찌 알았는가? 저자는 매번 올 때마다 그런 치장을 하고 와서 거드름을 피웠는데, 어찌나 재수가 없던지."

"어떻게 이럴 수 있지?"

가일의 마음이 맹렬하게 요동쳤다.

이 손오라는 자는 바로 진송을 죽인 그 왕실 종친이 분명하다! 그렇다면 위조한 한선의 영패를 이 손오가 진송의 손에 쥐여준 것이다. 가일은 제자리를 왔다 갔다 하며 혼란스러운 마음을 가누지 못했다. 그는 이 단서가 이렇게 쉽게 눈앞에 나타났다 흔적도 없이 사라질 거라고는 상상조차 하지 못했다.

손오가 살해당했다는 소식은 의심의 여지 없이 이미 새어 나갔을 거고, 그렇다면 진삼이 살아 있을 가능성도 크지 않았다. 사실 그동안 가일은 왕실 종친을 색출하는 일이 쉽지 않을 거라고 생각해 그 방면으로 선뜻 손을 대지 못하고 있었다. 그런데 그사이 황학루에 들러 손오와 마주치기만 했어도 그동안 풀리지 않던 의문이 저절로 해결됐을 터였다. 그리되었다면 그는 손오를 이용해 긴 줄을 던져 대어를 낚듯 힘들이지 않고 철 공자를 수면 위로 끌어올릴 수 있었다.

그러나 지금 철 공자는 또 한 번 그보다 앞서 움직이며, 손오를 한창 공사 중인 황학루에서 태워 죽였다. 이렇게 함으로써 그는 가일이 손오를 조사하고 노반 공주와 손잡을 가능성을 모두 끊어버리는 일석이조의 이득을 얻었다. 가일은 허탈하고 무기력한 기분마저 들었다. 이 철 공자는 거의 모든 일을 귀신처럼 예측하며 늘 가일을 앞서갔다. 가일이 아무리 애를 쓴다 해도 그의 적수가 될 수 없었다. 심지어 지금까지 살인 사건이 여러 차례 일어나는 동안, 그는 계속해서 그에게 코가 꿰여 끌려 다니고 있는 상황이었다.

"걱정 말게. 황학루 공사 현장 책임자는 나니까, 내가 공주에게 가서 용서를 빌든 벌을 받든 하면 되네."

소한이 웃으며 농을 던졌다.

"혹시 아는가? 내가 손오처럼 화장을 곱게 하고 가면 공주가 나를 마음에 들어할지?"

진풍이 버럭 화를 냈다.

"내가 공사 현장을 제대로 못 살펴 저자를 죽게 만들었는데, 왜 자네가 죄를 뒤집어쓴단 말인가? 그럴 순 없네!"

소한이 손을 내저었다.

"공주의 화를 잠재우려면 자네 정도로는 안 되네."

진풍이 반박을 하려는데, 산기슭 아래서 기마 부대가 질주해 오며 곧장 다가오는 것이 보였다. 가장 선두에서 달리는 기수의 등에 매달려 바람에 펄럭이고 있는 깃발에 쓰인 글자는 바로 노반 공주의 이름이었다.

"어떻게 알고 벌써 온 거지?"

진풍이 의아한 표정으로 물었다.

"아무래도 공사장 인부 중에 공주가 심어놓은 첩자가 있었나 보네. 이제야 온 것도 그리 빠르다 할 수 없지."

가일이 놀랄 것도 없다는 듯 담담하게 말했다.

"자네가 방금 진풍에게 물어본 말도 그렇고, 혹시 무언가 알아낸 건가?"

소한이 물었다.

"손오를 죽인 자는 아마도 경화수월에서 살인 사건을 벌이고 진송·주치를 독살한 자와 동일 인물인 듯하네."

소한이 탄식을 내뱉었다.

"이번 사건은 왠지 자네가 계속 밀리는 느낌이네. 자네가 이리 낭패를 보다니, 만만한 상대는 아닌가 보네."

"이번 상대는 확실히 한 수 위네. 하나 사건이 마무리된 것도 아니니, 아직 희망은 남아 있는 셈이지."

가일이 소한의 어깨에 손을 얹으며 안심을 시켰다.

"걱정할 것 없네. 우리가 이 고비를 잘 넘길 수 있을 테니."

"만약 동오에서 못 살게 되면 나랑 같이 천하를 주유하며 사세!"

진풍이 목청을 높였다.

"강호에 내 벗이 넘쳐나니, 그들과 어울리며 술과 고기로 배를 채우고 근심 걱정 없이 살면 그만이지. 아마 여기 처박혀 사는 것보다 훨씬 나을 걸세!"

세 사람은 웃으며 서로를 마주 본 후 나란히 앞쪽으로 걸어 나가, 점점 가까워지는 기마 부대를 마주했다. 눈 깜짝할 사이에 기마 부대가 그들 바로 앞에 멈춰 서더니, 양옆으로 나뉘어 재빠르게 세 사람을 포위했다. 노반 공주는 허리를 묶은 갑옷을 입고 허리춤에 장검을 차고 있었다. 머리에는 옥비녀 외에 아무런 장신구가 없었고, 화장기조차 없는 얼굴에는 노기가 가득했다. 그녀가 말에서 내리자마자 곧장 장검을 뽑아 들고 세 사람을 향해 빠르게 다가왔다. 가일은 소한과 진풍을 등 뒤로 밀치며 자신이 앞에서 막아섰다. 공주가 발로 가일의 허리를 걷어차자 가일은 고통으로 휘청거리며 두어 발 뒤로 물러섰다. 그러나 그는 이내 숨을 들이마시며 고통을 참고 다시 앞으로 나가 그녀를 막아섰다.

"저리 꺼지거라!"

공주가 매섭게 소리를 지르며 장검을 뻗어 가일을 겨냥했다.

가일이 공주의 손목을 움켜쥐고 침착하게 말했다.

"전하, 손오를 죽인 건 소한이 아니라 철 공자입니다!"

공주의 눈빛이 흔들렸다.

"철 공자?"

가일이 물었다.

"전하께서도 철 공자를 아십니까?"

공주가 미간을 찡그렸다.

"이 우악스러운 손 좀 놓고 말하거라!"

가일이 당황하며 얼른 뒤로 물러섰다. 공주가 손목을 털며 장검을 다시 검집에 꽂아 넣는 척하다, 갑자기 가일을 곁을 지나 소한을 발로 차 쓰러뜨렸다. 진풍이 나서서 막으려는 찰나, 가일이 그를 잡아당기며 저지했다. 공주는 소한을 무려 10여 차례나 발로 차고 나서야 분이 조금은 풀리는 듯 다시 돌아서며 물었다.

"그러니까, 철 공자가 손오를 죽였다는 것이냐?"

"그렇습니다."

가일이 다시 공주를 떠보았다.

"전하, 철 공자라는 자를 아십니까?"

"한번 들어본 적이 있네. 영명하고 용맹한 데다 풍류를 아는 자로, 주공근(周公瑾: 주유)과 견줄 만하다 했지. 어쨌든 왕실 종친일 테지."

공주가 그자를 알고 있다는 사실에, 가일은 혹시나 하는 마음으로 물었다.

"누구한테 들으신 겁니까?"

공주가 그를 힐끗 쳐다보았다.

"이미 죽은 사람이네. 그것도 자네 앞에서."

"설마…… 반첩을 말하시는 겁니까?"

가일은 다시 뒤통수를 맞은 듯 허탈해졌다.

"맞네."

공주가 물었다.

"그건 그렇고, 왜 철 공자가 손오를 죽였다고 의심하는지부터 설명하는 게 순서 아니겠느냐?"

"제 생각에 손오가 철 공자를 위해 일을 해왔던 것 같습니다."

"손오가? 철 공자를 위해?"

공주가 놀란 눈으로 물었다.

"그게 말이 되느냐?"

"손오가 진송을 독살하는 걸 본 자가 있습니다. 진송은 바로 주치를 독살한 그 어의입니다."

공주의 표정이 어두워졌다.

"그러니까 가 교위 말은, 주치 사건부터 시작된 일련의 사건들을 모두 철 공자가 주도했다는 것이냐?"

"네."

가일이 대답했다.

"아바마마께도 보고를 올렸느냐?"

"일개 신하가 단편적인 증거만으로 왕실 종친을 의심하는 것은 대역죄가 아닐 수 없습니다."

공주가 잠시 고심하다 입을 열었다.

"만약 이 일을 모두 철 공자가 한 거라면, 그자의 진짜 목적은 등 오라버니를 궁지로 몰아넣으려는 것이 분명하다. 가 교위는 이 일이 왕실 종친에 관련된 일이라 선뜻 나서지 못하는 게 아니라, 태자 자리와 관련된 싸움에 개입하고 싶지 않은 거겠지."

가일은 내심 깜짝 놀랄 수밖에 없었다. 이렇게 빠른 시간 안에 이런 생각까지 해내다니, 과연 남다른 총기를 가진 여인이 분명했다.

"바로 이거였군. 아바마마께서 손오의 죽음과 황학루 화재 사건의 수사권을 자네에게 맡기라는 명을 내리셨네. 그때까지만 해도 아바마마의 생각을 이해할 수 없었는데, 이제야 알 것 같군. 자네는 자신의 신분을 망각하지 않고 분수를 지킬 줄 아는 사람이고, 윗사람들은 사건의 진상을 밝히는 것도 중요하지만 기반이 흔들리는 것을 원치 않으니, 자네 같은 사람이 딱 적임자일 수밖에."

"지존께서 제게 이 일을 계속 수사하라 명하셨습니까?"

가일이 어리둥절한 눈으로 그녀를 쳐다봤다. 그는 사건 수사에 진전이 전혀 없다 보니, 조만간 이 일에서 물러날 거라고 짐작하고 있었다.

공주가 불만에 가득 찬 표정으로 콧방귀를 뀌었다.

"흥, 황학루에 불이 났다는 소식을 듣자마자 아바마마께 알렸더니, 자네를 곤란하게 하지 말라는 말만 들었느니라. 그 말만 아니었어도 네놈의 무례를 내가 그냥 보아 넘겼을 줄 아느냐? 이 칼로 일찌감치 네 목을 쳤을 것이다!"

가일이 허리를 굽혀 사죄의 절을 올렸다.

공주가 소한을 노려보며 명을 내렸다.

"끌고 가라!"

명이 떨어지기 무섭게 병사들이 몰려와 쇠사슬로 소한의 목을 감고 족쇄를 채웠다. 옆에 있던 진풍이 칼을 뽑아 들고 막으려 하자, 가일이 그의 손을 누르며 저지했다.

공주가 눈썹을 치켜떴다.

"어찌 됐든 이놈은 당분간 감옥에 갇혀 있을 것이다. 손오가 여기서 억울하게 죽었는데, 내가 너희 셋을 그냥 놔둔다면 사람들이 나를 우습게 여기지 않겠느냐?"

소한이 웃으며 공주를 떠보았다.

"소인이 전하와 공주부로 가면, 전하의 화가 풀릴 때까지 바로 불러다 매질을 하실 수 있으시겠지요. 다만 이 황학루를 짓는 일을 지체할 수 없는지라……."

공주가 코웃음을 치며 말했다.

"이 일은 아바마마께서 이미 제갈근에게 맡기셨다. 네놈은 내 마음이 풀릴 때까지 감옥에서 나올 꿈도 꾸지 말거라!"

소한이 더는 설득할 방도가 없자, 가일에게 나지막이 속삭였다.

"아무 일도 없을 테니 내 걱정은 말고, 사건 해결에 전념하게."

공주가 버럭 성질을 냈다.

"둘이서 무슨 말을 수군거리는 것이냐! 끌고 가라!"

그녀가 말에 올라타 말 머리를 돌리고 산 아래로 내려가다, 다시 고개를 돌려 가일을 매섭게 노려보았다.

진풍이 물었다.

"이보게, 저 여자가 소한을 데려가는 걸 그냥 보고만 있을 건가?"

"노반 공주는 체면을 목숨처럼 여기는 여인이네. 좀 전에 자네가 칼을 휘둘렀다면 아마 우리 셋 다 감옥으로 끌려갔을 테지. 소한이 끌려갔다고 해서 목숨이 위험한 일은 없을 것이네. 내가 소한을 빼낼 수 있는지 알아보도록 할 테니, 너무 염려 말게."

진풍이 고개를 가로저으며 한숨을 내쉬었다.

"젠장, 관아와 연결돼 있다는 건 정말이지 속 터지는 일인 것 같네. 이것 저것 몸을 사리고 따질 일들만 수두룩하니 말일세. 그래서 말인데, 이 사건이 해결되면 우리 셋이 같이 이곳을 떠나 강호를 한번 돌아다니는 것이 어떤가?"

가일은 무의식적으로 반응하며 고개를 끄덕일 뿐, 머릿속은 근심으로 가득했다. 손상향 군주가 사냥을 나가 돌아오지 않은 상황에서 손몽의 도움을 받아 노반 공주의 마음을 바꿀 수 있을까? 만약 안 된다면 그에게 부탁을 할 수밖에 없다. 하지만 이렇게 되면 손권의 의심을 피하기 힘들다. 가일에게 지금 상황은 그야말로 진퇴양난이었다.

군주부 정자.

"지금 나더러 그 미친 여자를 찾아가서 부탁을 하라는 거예요? 어림도 없는 소리 말아요!"

손몽이 화가 잔뜩 나서 목소리를 높였다.

"듣자 하니 저번에 대전에서 만났을 때 그 여자를 그리 추켜세워 줬다던데, 당신을 위해 이 정도의 체면도 못 세워준대요?"

가일은 아무 대답도 하지 않았다.

손몽은 그를 힐끗 보며 말이 너무 과했다는 생각이 들어서 얼른 변명을 했다.

"내 말은 당신을 돕기 싫다는 게 아니라, 그 여자가 손 군주와 사이가 그리 좋은 것도 아니고, 나와도 여러 번 옥신각신한 적이 있어서 그래요. 속이 좁아터진 여자라, 손 군주든 나든 나서서 사정을 봐달라고 부탁을 해봐야 도리어 더 어긋나 불난 집에 부채질하는 꼴이 될 수 있어요."

"알겠소. 그저 한번 물어본 것뿐이니, 너무 개의치 마오."

손몽이 화제를 돌렸다.

"근데 불에 탄 자가 정말 손오가 맞나요? 형체도 알아볼 수 없을 만큼 새까맣게 탔다던데, 어떻게 손오인지 알았죠?"

"손오가 누각에 들어가기 전에 관사가 그에게 돈주머니를 건넸는데, 그 안에 들어 있던 동전이 시체 옆에 흩어져 있었소."

"손오가 돈을 다른 사람 옷 속에 집어넣고 그자를 죽인 후 도망칠 수도 있지 않나요?"

"그런 추측은 너무 억지스럽소. 만약 손오가 정말 그렇게 했다면 평생 이름을 숨기고 살아야 할 텐데, 노반 공주가 그걸 믿겠소?"

가일이 고개를 가로저었다.

"하물며 현장에 남겨진 관모의 흔적으로 추측해볼 때, 손오는 진송을 독살한 그 종실일 가능성이 크오."

"또 철 공자가 입을 막으려고 죽인 건가요?"

손몽이 물었다.

"내가 도위부 감옥에 가보니, 진삼이 며칠 전에 급사했다고 했소. 아무래도 우리가 적을 너무 쉽게 생각했던 것 같소. 철 공자가 이 정도로 어려운 상대인지 몰랐소."

손몽이 살포시 한숨을 내쉬었다.

"왜 이렇게 운이 안 따라주는 걸까요? 이런 골치 아픈 사건을 자꾸 맡게 되잖아요?"

가일이 고개를 돌려 손몽의 옆모습을 바라보았다. 살짝 찡그린 버들잎처럼 가늘고 긴 눈썹, 작고 앙증맞은 콧대에 잡힌 희미한 주름, 입꼬리가 살짝 올라간 꽉 다문 얇은 입술……. 근심에 잠긴 모습만으로도 그의 마음이 살짝 흔들렸다. 가일은 그녀를 품에 안고 위로해주고 싶은 충동에 휩싸였다. 하지만 결국 그는 두 눈을 감고 마음을 가다듬으며 이런 생각을 지워 버렸다.

"이제 어떻게 할 거죠?"

손몽이 물었다.

"노반 공주와 인맥이 닿는 사람을 찾아, 소한을 빼낼 수 있는지 알아볼 생각이오."

"내 말은, 사건을 어떻게 처리할 거냐는 거예요. 지금 마음이 다른 데 가 있는 거 아니에요?"

"아니오."

가일이 얼른 정색을 했다.

"이제부터 손오를 조사해야겠지. 우리 손에 쥐고 있는 유일한 단서는 이 것뿐이오."

"어떻게 조사할 거죠?"

손몽이 물었다.

"그자는 평소 안하무인이고 인색해서, 종친들 중에도 가까이 지내는 이 가 별로 없었어요. 게다가 당신이 암암리에 종친들을 조사하게 되면, 지존 쪽은 어떻게 상대할 거죠?"

"몰래 움직일 필요 없소. 공주를 직접 만나 물어볼 생각이오."

"손오가 불에 타 죽었으니 소한도 그 사건에서 완전히 자유로울 수 없는 데, 공주가 순순히 응해줄까요?"

"이미 손오에 대한 의심을 공주에게 말해주었소. 한 이불을 덮고 자던 사내가 철 공자와 결탁했을 가능성이 있다면, 그녀도 분명 그 진상을 알고 싶을 거라고 보오."

"그럼 내가 함께 가줄까요?"

손몽이 물었다.

"필요 없소. 사람이 많으면 도리어 말하기 꺼려질 수도 있으니, 차라리 혼자 가는 편이 나을 듯하오."

손몽이 고개를 끄덕였다.

두 사람 사이에 침묵이 흐르고 잠시 어색한 분위기가 이어졌다. 가일은 무슨 말이든 꺼내보려 했지만, 딱히 무슨 말을 해야 좋을지 몰라 그저 찻잔을 들고 차만 조금씩 음미할 뿐이었다. 최근 들어 그는 한동안 초조하고 불안한 감정에 휩싸여 있었다. 무슨 안 좋은 일이라도 일어날 것만 같은 불길한 예감이 자꾸 그를 괴롭혔다. 그에게 손몽의 존재는 심장 한가운데 박힌 가시와도 같았다. 그가 동오에 온 지 햇수로 이미 5년이 됐고, 그사이 손몽도 혼인을 할 나이가 됐지만 여전히 그와 애매한 관계를 이어가고 있었다. 당초 육연과 손몽이 혼약을 한 사이라는 것을 알고 난 후 가일은 육연이 신경 쓰여 손몽에게 마음을 고백하고 싶은 충동을 느낀 적도 있었다. 그러다 육연이 자결하면서 그는 다시 마음을 숨긴 채, 손몽과 가까운 것 같기도 하고 아닌 것 같기도 한 관계를 이어갔다. 계속 이런 식으로 흘러가면 가일은 전천에 대한 옛정에서 벗어나기 힘들어진다. 그러나 손몽은 또 뭐란 말인가?

"참, 해번영을 그만둘 생각은 해봤어요?"

"갑자기 그건 왜 묻소?"

"그냥요. 요즘 당신이 몸과 마음이 다 지친 것 같아 보여 걱정이 좀 되나 보죠."

손몽이 민망한 듯 살포시 웃었다.

가일의 얼굴이 살짝 붉어졌다.

"이런 생활에 염증이 나는 것도 사실이지만, 내 뜻대로 되는 일이 아니라오."

"그만두면 되지 않나요?"

손몽이 눈을 깜빡였다.

"만약 당신이 벼슬길에 별다른 야심이 없다면 관직에서 물러나 평민으로 살면 되죠. 손 군주가 거둬주지 않으면 나라도 먹여 살려줄 테니 걱정 말아요."

가일이 씁쓸하게 웃었다. 그는 한선이 얼마나 공을 들여 그를 해번영에 들여보냈는지 모르지 않았다. 만약 내가 관직에서 물러난다면 한선에게 무슨 이용 가치가 있을까? 한선의 기밀을 알고 있지만 한선을 위해 쓰일 수 없는 자가 과연 살아남을 수 있을까?

"그만둘 생각이 없군요."

손몽이 살짝 실망한 기색을 드러냈다.

"그건 아니오. 다만 이런저런 이유 때문에 지금은 그만둘 수 없소."

가일이 한참을 침묵하다 마침내 용기를 내서 말했다.

"이 사건이 마무리되면 손 군주에게 혼담을 꺼낼 생각이오."

손몽이 손을 떨며 놀란 눈으로 물었다.

"그게 무슨 말이죠?"

가일이 그녀를 바라보며 나지막이 말했다.

"손 군주에게 혼담을 넣어 당신과의 혼인을 허락해달라고 할 생각이오."

손몽이 벌떡 일어나며 믿을 수 없다는 표정을 지었다.

"뭐 잘못 먹은 거 아니죠? 지금 제정신인 거 맞아요?"

"나는 당신을 전천의 대신으로 삼으려는 것이 아니고, 진심으로 당신과 혼인을 하고 싶소."

가일이 망설임 없이 말을 이어갔다.

"비록 내가 단지 해번영의 일개 교위에 불과한 데다 온종일 살얼음판을 걷는 듯한 날들을 보내고 있고 동오에 아무런 기반도 없지만, 그럼에도 손 낭자가 나에게 시집와주기를 바라는 분에 넘치는 욕심을 품고 있소."

손몽이 팔짱을 끼고 정자 돌기둥에 기대서서 물었다.

"지금 혼담을 꺼내면 전천 낭자에게 미안하지 않겠어요?"

"미안하오."

가일의 목소리가 무겁게 가라앉았다.

"흥, 남자들은 하나같이 양심이란 게 없죠."

손몽이 코웃음을 쳤다.

"하지만 더는 당신에게 미안한 일을 하고 싶지 않아졌소."

고개를 든 가일의 눈빛이 언뜻 한없이 적막하고 쓸쓸하게 느껴졌다.

손몽이 순간 당황해 마음을 풀며 변명을 했다.

"당신을 비꼬려고 한 말이 아니었어요. 그냥 생각나는 대로 꺼내본 말이에요."

가일이 숨을 깊게 들이쉬었다 내뱉으며 물었다.

"그래서 말인데, 손 낭자의 생각은 어떻소?"

손몽이 투덜거리며 대답했다.

"정말 너무 무심한 거 아니에요? 혼담을 이런 식으로 꺼내다니, 너무 성의가 없잖아요?"

가일이 난처한 표정을 드러냈다.

"내가 이런 일에 대해 잘 몰라서, 일단 먼저 당신의 대답을 들어보고 나서 계획을 좀 세울 작정이었소. 만약 당신이 좋다고 하면 가장 잘하는 중매쟁이를 찾아 손 군주에게 보낼 납채(納采: 신랑 측에서 신부 측에 보내는 청혼 예물) 같은 걸 예법과 구색에 맞춰 하나하나 준비하고……."

"내 말뜻은 그런 게 아니에요."

손몽이 기지개를 켰다.

"왜 갑자기 그런 생각을 하게 된 거죠?"

"어제 진풍이 나를 끌고 가서 술을 마셨는데, 술이 거나하게 취할 때쯤

해준 얘기가 하나 있었소. 그 얘기를 듣는 순간 정신이 번쩍 들었지."

"무슨 얘기인데요?"

손몽이 호기심에 물었다.

"당신이 신방에 들어오기 전까지 절대 말해주지 않기로 진풍과 이미 약조를 했소."

가일이 난처한 표정을 지었다.

"쳇, 그 시꺼면 뚱보 입에서 나온 말이 뻔할 뻔 자겠죠."

손몽이 진풍을 얕잡아 보며 말했다.

"걱정 말아요. 내가 쫓아다니면서 물을 정도로 유치하지는 않으니까요."

"설마 그 말 속에 거절의 의미가 담겨 있는 것이오?"

가일이 긴장하며 물었다.

손몽이 콧등을 문질렀다.

"내가 언제 거절한다고 그랬나요?"

"그럼…… 당신이 허락한 걸로 받아들이겠소."

가일이 그녀의 생각을 떠보듯 물었다.

손몽이 답답한 듯 체념 섞인 한숨을 내쉬었다.

"어휴, 당신이라는 사람은 정말……. 손 군주가 당신을 제대로 보기는 했네요."

"손 군주가 나를 어떻게 보았소?"

"사건을 조사할 때는 추진력 있고 칼같이 예리하고 노련하지만, 여인을 대할 때는 서툴고 에둘러 말할 줄도 모르니 썩은 느릅나무 옹이 같다고 했어요."

손몽이 수줍게 웃으며 말했다.

"근데 난 그런 당신이 좋아요. 이런 남자라면 적어도 안심은 되잖아요?"

가일은 그제야 한시름 놓은 듯, 안도의 한숨을 내쉬며 미소를 지었다.

"당신이 이렇게 웃는 모습을 정말 간만에 보는 것 같아요. 자, 같이 밥이나 먹으러 가요. 그 김에 내가 술친구도 해줄 테니, 답답한 속을 좀 풀도록 해요."

가일도 자리에서 일어났다.

"취선거에 갈 거요? 아니면 경화수월?"

"아뇨, 송학루에 갈 거예요. 당신이 처음 밥을 산다고 했던 날, 내가 그곳 맥적이 먹고 싶다고 했잖아요?"

"잘됐군. 소한 덕에 내가 지금은 부자가 됐으니, 먹고 싶은 만큼 실컷 시켜도 좋소."

"이따가 딴소리나 하지 말아요."

손몽이 빙그르 돌자 치맛자락이 꽃봉오리처럼 감아 돌았다.

"내가 그곳 맥적을 다 먹어줄 테니!"

가일이 석정에 가만히 서서, 햇살 아래 생기 넘치는 손몽의 모습을 바라보았다. 그는 앞으로 또 무슨 일이 일어날지 알 수 없지만, 이 순간만큼은 무거운 짐을 내려놓고 처음 느껴보는 이 따뜻한 기분에 흠뻑 취해보고 싶었다. 다만 이 시간을 영원히 멈출 수 없다는 사실이 안타까울 뿐이었다. 인간 세상에서 행복을 느낄 수 있는 기회는 늘 순식간에 지나가버린다. 만약 요행을 바랄 수 있다면, 설사 단 한순간일지라도 이 기회를 무작정 잡고 싶었다. 어렴풋하게 눈앞에 전천의 얼굴이 나타나 가일을 향해 미소 짓고 있었다.

가일도 따라서 그녀에게 미소를 지어주었다.

손등이 평범한 소달구지로 바꿔 타고 그 안에 앉아, 반투명으로 비치는 비단 발을 통해 길 양옆의 조서 관저를 바라보았다.

그는 오전 내내 무창성 안을 돌아다니며 거의 모든 조서 관저의 문 앞을 지나갔다. 그사이 그가 본 광경은 최근 들었던 이야기와 크게 다르지 않았다. 대다수 조서 관저에는 평소와 달리 오가는 사람이 거의 없이 한산했다. 어떤 관저 앞에서는 관리 식솔들이 주저앉아 억울함을 호소하며 소란을 피우기도 했다. 그들 중에는 노인뿐 아니라 멋모르고 따라나선 어린아이도 섞여 있었다. 문 앞을 지키는 병정들은 이미 익숙한 광경인 듯 무심하게 그들을 바라볼 뿐이었다.

손등이 무겁게 한숨을 내쉬었다.

"백성이 편히 살 수 없는 세상을 원한 것이 아니었는데, 어찌 이리되었는지?"

옆에 있던 제갈각이 대답했다.

"전하, 지금 와서 한 발 물러서려는 것은 아니시지요? 이번에 새로 시행되는 정책을 전면에 나서서 시행하는 자는 기염이지만 그 배후 조력자가 전하고, 전하께서 장온과 주치의 뜻을 받아들여 기염에게 힘을 실어주고 있다는 사실을 조정에서 모르는 이가 없습니다."

"당초 나의 구상은 절차에 따라 점진적으로 정책을 추진하며, 무능한 자들을 자르고 조직을 개편한 후 능력 있는 인사들의 봉록을 높이는 것이었소. 그런데 기염이 이리 무모하게 일을 크게 만들고 있으니, 이는 내가 처음 의도한 바와 위배되는 것이오."

손등이 탄식을 내뱉었다.

"저기 관저 앞에 엎드려 억울함을 호소하는 부녀자와 아이들이 가련해 보이지도 않소? 이번 정책이 얼마나 많은 이의 살길을 끊어냈는지 생각해 보았소?"

제갈각이 웃으며 말했다.

"전하, 그런 걱정은 안 하셔도 될 듯합니다. 조서에서 일할 정도의 관리 중에 가난한 이가 있기는 하겠습니까? 저들이 저리 나와 억울함을 호소하는 것도 그저 시늉만 하는 것뿐이니, 너무 염려 마십시오."

손등의 미간이 좁아졌다.

"원손 형님, 어째서 그리 생각하시오? 이번에 잘린 관리들 대다수가 학식이 깊은 자들인데, 그런 치욕적인 행동을 할 리가 없지 않소?"

"그럴지도 모르지요."

소달구지가 오왕부에 곧 당도하려 하자, 제갈각이 다급하게 당부의 말을 했다.

"전하, 지존을 뵈었을 때, 신정책의 폐단에 대해 절대 말씀하시면 안 됩니다."

"한 마디도 꺼내지 말란 말이오? 잘못된 일이라면 우리가 고치는 게 좋지 않겠소?"

"하오나 지금 기염이 저리하는 것은 지존의 묵인이 있었기 때문임을 잊으시면 안 됩니다. 전하께서 문제가 있다고 말하는 것은 지존의 잘못을 지적하는 것과 같지 않겠습니까?"

제갈각이 충고를 했다.

"이번 신정책을 앞장서서 이끄신 분은 바로 전하십니다. 만약 지금 전하께서 그 정책이 잘못되었다고 말한다면, 이 어찌 말을 번복하는 것과 다르지 않겠습니까? 이번 정책에 대한 각 조서의 반응이 어떠하든, 전하께서는 끝까지 밀고 나가셔야 합니다."

손등이 혼잣말처럼 불평을 했다.

"손가의 체면 때문에 잘못된 것조차 잘못되었다 말할 수 없단 말인가?"

제갈각이 정색을 했다.

"잘못된 것이 문제가 아닙니다. 진짜 중요한 것은 지존의 생각이지요. 전하는 지존의 아들이고, 지존은 지금 오왕이십니다. 그러니 전하께서는 당연히 그분의 뜻에 따르셔야 합니다."

손등이 한참을 침묵하다 억지로 대답을 했다.

"원손 형님의 말대로 하리다. 하나 훗날 내가 왕위에 오르면 절대 이리하지 않을 것이오."

제갈각이 발을 걷어 올리며 말했다.

"전하, 그건 그때 가서 생각하셔도 됩니다. 그때까지 반드시 말과 행동을 조심하셔야 한다는 것을 명심하십시오."

손등이 고개를 끄덕이며 소달구지에서 내렸다. 그는 의관을 정리한 후 곧장 오왕부로 걸어갔다. 뒤이어 각 문을 지키는 우림위를 통해 그의 당도를 알리는 소리가 이어지고, 손등은 어느새 대전 밖에 도착해 부친의 부름을 기다렸다. 손등은 이제까지 늘 손권에게 공손하게 예를 다하며 순종해 왔다. 가끔 논쟁이 벌어질 때를 제외하면, 그의 뜻을 거스르는 행동을 거의 하지 않았다. 그러나 이번만큼은 손권의 잘못된 처사를 받아들이기 힘들었다. 그는 장온을 통해 기염에게, 조그만 성과와 눈앞의 이익에 급급해 일을 처리하지 말라고 충고를 전하기도 했다. 하지만 장온의 중간 다리 역할도 아무런 효과를 거두지 못했다. 기염은 지존을 방패막이 삼아 모든 것이 지존의 뜻이라고 주장했고, 손등은 더 이상 어찌해볼 방도가 없었다.

대전 밖에서 기다린 지 얼마 되지 않아, 환관이 안으로 들라고 부르는 소리가 들렸다. 그런데 대전 안에 들어서자마자 예상치도 못한 인물이 그의 눈에 들어왔다. 바로 기염이었다. 그는 득의양양한 표정으로 웃으며 손등을 바라보고 있었다. 손등은 그의 모습에 내심 놀라 주춤하다, 이내 손권을 향해 예를 행하고 묵묵히 옆자리로 가서 앉았다.

"등아, 때마침 잘 왔구나. 지금 불필요한 인력을 줄이고 관리 체제를 재정비하는 신정책이 순조롭게 진행되고 있다니, 이 정책을 처음 제안한 네 공이 크다. 내가 방금 기염과 너에 대해 이야기를 나누던 중이었다. 앞으로 2년 정도 후면 네가 관서를 열어 관리를 두고 태자의 신분으로 조정에 참여할 수 있게 될 것이다."

손등이 허리를 굽혀 감사의 절을 올렸다.

"부왕의 깊은 배려에 그저 감사할 따름이옵니다."

기염이 옆에서 웃으며 말했다.

"당초 태자 전하께서 선조를 시찰하시고, 현재 각 조서에 관원이 넘쳐나니 사람은 많고 일은 적다는 말씀을 하셨습니다. 그때 바로 소신은 전하께서 과감한 일 처리와 원대한 식견을 가지신 분이라고 느꼈사옵니다. 다행히 전하께서 배서(背書)해주시고 장온 중장랑의 지원을 받은 덕에, 1년도 안 되는 짧은 시간 안에 새로운 정책을 이리 순조롭게 추진하게 되었나이다."

"그건 자네의 공이지, 나와는 그리 상관이 없네."

손등이 차갑게 대답했다.

"기 상서의 거침없이 밀어붙이는 벼락치기 같은 수완이 정말 대단하더군. 다만 관원들을 자르더라도 그 뒤처리까지 잘해주기 바라네."

"너에게도 새로운 소식을 들려주어야겠구나. 방금 기염이 그의 다음 계획에 대해 말하던 중이었느니라. 지금 각 조서에 5, 6할 정도의 속관을 남겨두었다. 하나 그중에도 여전히 자리만 차지하고 있는 이들이 있지. 그래서 기염이 가까운 시일 안에 한 차례 심사를 거쳐 2, 3할의 속관을 줄이자는 건의를 해왔느니라. 너는 어찌 생각하느냐?"

손등은 순간 너무 놀라 목소리를 높이며 말했다.

"또 2, 3할에 해당하는 속관을 줄인단 말씀이십니까?"

기염이 대답했다.

"그렇습니다. 이렇게 하면 조정에서 매년 지급하는 봉록을 크게 줄일 수 있고, 관원 수가 너무 많아 초래되는 책임 전가와 일보다 사람이 많은 문제를 해결할 수 있습니다."

손등이 정색을 하며 물었다.

"기 상서, 원래 열 사람이 있어야 처리할 수 있는 정무를 고작 두세 사람에게 처리하라고 한다면, 그들의 업무 강도가 어느 정도일지 생각해보았는가?"

"전하, 솔직히 말씀드리자면, 선조의 기존 속관은 무려 열두 명이나 됐지만, 저와 서표를 제외하면 일을 하고자 하는 자나 할 능력이 되는 자가 단 한 명도 없었습니다. 그러다 보니 저희 두 사람이 1년 내내 쉬지도 못한 채 선조를 집 삼아 일을 해왔으니, 그 고생을 미루어 짐작하시리라 생각되옵니다. 그럼에도 지존의 신하 된 자로서 저희 두 사람은 불평 한번 하지 않고 최선을 다해 제 몫의 일을 묵묵히 해왔습니다."

"그래서 지금 자네는 다른 조서의 속관들도 자네들처럼 고생을 해야 한다고 말하는 건가?"

"맞습니다. 나라의 녹을 먹는 자는 군주의 근심을 나누어 짊어져야 마땅하겠지요. 누구라도 이런 고생을 마다한다면, 당장 그 자리에서 물러나야 할 것입니다."

기염의 얼굴에 서늘한 미소가 떠올랐다.

"어쨌든 그 세도가 자제들은 대부분 인맥을 쌓고 교류하면서 사리사욕을 채우기 위해 관리가 됐을 뿐입니다."

손등이 손권을 쳐다보았다. 손권은 시종일관 희미한 미소를 지은 채, 기염의 말을 두둔하지도, 그렇다고 반박하지도 않았다. 손등이 남몰래 한숨을 내쉬었다.

"부왕, 이 계획은 지나치게 각박한 면이 없지 않사옵니다."

"달리 무슨 생각이라도 있는 것이냐?"

손권이 물었다.

"지금 절반에 가까운 속관을 자른 것만으로도 이미 이번 정책의 목적을 이뤘다고 볼 수 있습니다. 천거를 통해 가난한 선비를 불러들이든 심사를 통해 정사를 독촉하든, 얼마든지 준비를 통해 착수할 수 있는 문제이니 굳이 다시 감원을 할 필요가 없다고 보옵니다."

기염이 공수를 하며 말했다.

"전하, 지금 감원당한 속관들은 모두 속으로 신정책을 반대하고 있고, 심지어 서로 한통속이 돼서 뜻을 같이하는 자들을 모아 문제를 일으킬 모의를 하고 있습니다. 만약 우리가 이 시점에서 물러선다면, 지금까지 한 일이 모두 물거품이 될 것이옵니다. 그리되면 앞으로 나올 새로운 정책에도 안 좋은 선례로 남게 될 것이라고 사료되옵니다."

"기 상서, 내가 이곳에 오기 전에 각 조서 관저를 둘러보았네. 자네는 관서 문 앞에 무릎 꿇고 앉아 억울함을 호소하는 부녀자와 아이들을 보지 못했는가?"

"새로운 정책을 추진하려면 어느 정도 희생이 따르기 마련이옵니다. 하물며 앞으로 다시 현사들을 등용할 때 그들에게도 똑같이 기회가 주어질 것입니다."

"설사 다시 천거를 통해 관리가 된다 해도, 자네처럼 1년 내내 쉬는 날조차 없이 조서에 나와 하루 종일 정무에 매달려야 한다는 결론이 나오지 않는가?"

"나라의 녹을 먹는 자는 군주의 근심을 나누어야 마땅하며……."

"기 상서!"

손등이 목소리를 높였다.

"그들은 사람이지 우리 손씨 가문의 노비나 도구가 아니네! 그들이 벗을 만나 강에 배를 띄우고 술 한잔 기울이며 시부를 짓고 달을 감상하는 여유조차 없이 살아야 한단 말인가? 지금 그들에게 1년 내내 일만 하면서 자신의 생활과 즐거움마저 관에 저당 잡힌 채 살라고 말하는 것인가? 만약 이런 식으로 흘러간다면, 세상 사람들이 우리 동오를 어찌 생각하겠는가? 아마도 선비를 노예처럼 부리고 문인을 모욕한다는 비웃음과 조롱을 살 것이네!"

기염이 일어서며 정색을 하고 말했다.

"전하의 너그럽고 인자한 성품과 백성을 아끼는 마음은 널리 칭송받아 마땅하나, 지금 천하의 대세는 우리 동오를 위태롭게 만들고 있습니다. 서쪽으로는 촉한이 언제 돌변할지 모르고, 북으로는 조위가 호시탐탐 기회를 노리고 있으니, 저희가 어찌 자신의 안위만 생각하며 편하고 즐겁게만 살아갈 수 있겠는지요? 지난날 진나라 황제 영정은 침식을 잊고 나랏일에 힘쓰고 나서야 여섯 나라를 병합했고, 월나라 왕 구천(句踐)은 와신상담하고 나서야 춘추(春秋)를 제패할 수 있었사옵니다. 맹자(孟子)께서 말씀하시기를, 근심과 걱정은 사람을 살리고 평안과 즐거움은 사람을 망친다고 하셨지요. 전하, 부디 심사숙고해주시옵소서!"

손등이 다시 반박을 하려다, 손권의 헛기침 소리를 듣고서야 어쩔 수 없이 애써 그 말을 눌러 담아야 했다.

손권은 여전히 옅은 미소를 지으며 시종에게 대전 밖에 나가 장미 가지를 꺾어오라고 한 후, 그 가지를 바닥으로 던졌다. 그는 손등을 보며 무표정하게 말했다.

"줍거라."

손등은 그 말뜻을 이해하지 못한 채 일단 손을 뻗어 가지를 주우려다 화들짝 놀라 손을 다시 거둬들였다. 기염이 한숨을 내쉬며 앞으로 나가 장미 가지를 주워 그 위에 난 가시를 하나하나 조심스럽게 제거한 후 손등에게 건넸다. 손등은 기염의 손을 보는 순간 살짝 당황스러운 감정을 느꼈다. 그것은 세월의 풍상을 그대로 드러내듯 굳은살과 상처로 가득한 손이었다.

"신은 그 세도가 자제들과 달리 한문 출신으로 어릴 때부터 물을 지고 밭을 갈고 옷감을 짜며 살았고, 농번기가 오면 식구들을 모두 데리고 나가

논일을 해야 했습니다. 전하께서 말씀하시는 삶이나 즐거움을 신은 경험해 본 적이 한 번도 없었지요. 소신과 같은 한문 출신이 죽순대와 같다면, 세도가 자제들은 흡사 난초와 같습니다. 비록 난초가 고고하고 죽순대는 비천하다 하지만, 천하를 다스리는 도를 논할 때 난초는 화려하나 실속이 없고 죽순대는 큰 쓰임이 있사옵니다."

손등은 복잡한 눈빛으로 그 자리에서 꼼짝도 하지 못했다.

"어떤 일이 너에게 맞지 않는다면, 이 아비를 위해서라도 너를 대신해 그 일을 처리해줄 사람을 쓸 줄 알아야 한다."

손권의 묵직한 목소리가 들렸다.

"저군이라면 저군의 자리에 걸맞은 생각을 해야 하며, 네 개인적인 생각으로 일을 처리해서는 안 된다."

손등이 반박을 하려다 말기를 반복하다 결국 침묵을 선택했다.

손권의 안색이 어두워졌다.

"아무래도 네가 시간을 내서 네 누이를 좀 찾아가 보는 게 좋겠구나. 그 아이가 요 몇 년 사이에 내놓은 평준·균수·주각 정책이 어떤 식으로 국고를 가득 채우고 군사력을 키웠는지, 좀 보고 배우는 것도 괜찮겠지. 온종일 성현들의 책이나 들여다보며 세도가 자제들과 공리공담만 하지 말고 말이다. 너는 저군이니, 어떻게 해야 그 자리를 지킬 수 있는지를 알아야 할 것이다. 알겠느냐?"

손등이 드디어 입을 열었다.

"부왕의 말씀을 가슴 깊이 새기겠사옵니다. 다만 신이 알기로 지난날 요 임금과 순 임금은 인의(仁義)로 백성을 다스렸고, 제왕의 강압적 정치가 없었음에도 나라가 평화롭고 백성의 생활이 안정됐나이다."

기염이 크게 놀라 고개를 돌려 손권의 안색을 살폈다. 손권은 여전히 옅은 미소만 짓고 있을 뿐이었다.

"네 말에도 일리가 있으니, 앞으로 어찌해야 좋을지 다시 숙고해보마. 오늘은 내가 피곤하니, 그만 물러가보거라."

손등이 절을 올리고 물러갔다.

기염이 바닥에 납작 엎드리며 감히 숨소리조차 내지 못했다. 손권이 손을 내저으며 그에게도 물러가라는 표시를 했다. 손권은 대전 안에 홀로 남아 두 눈을 살짝 감고 있었다. 그 모습은 마치 마음을 진정시키는 것 같기도 하고, 또 무언가를 생각하는 듯도 했다. 한참 후 손권이 벌떡 일어나 서탁 위에 놓여 있던 죽간을 휩쓸어 바닥에 떨어뜨리며 분노에 가득 찬 표정으로 소리쳤다.

"배은망덕한 놈! 네놈이 감히 자기를 요·순에 비유하는 것도 모자라, 나를 걸왕(桀王)과 주왕(紂王) 취급을 해?"

영맥이 손에 들고 있던 목간을 접어 탁자 위에 올려놓더니, 눈을 감고 깊은 생각에 잠겼다. 그것은 진기가 공안성에서 조사해 보낸 정보였다. 그런데 뜻밖에도 무창성에서보다 훨씬 많은 수확이 있었다.

가일이 당초 공안성으로 간 이유는 제갈근을 도와 관우(關羽)에게 혼담을 넣기 위해서였다. 비록 공안성에서 온갖 고초를 겪었지만 무사히 위기를 모면했다. 심지어 막바지에는 지존을 도와, 모반을 꾀한 형주 사족을 전멸시키는 큰 공을 세우기도 했다. 진기는 공안성에서 다방면으로 두 달 가까이 염탐을 한 끝에 가일의 행적에 대한 대략적인 윤곽을 그려냈고, 그 속에서 몇 가지 의문점을 발견했다.

우선 손몽과 가일의 관계다. 당시 공안성에서 손몽의 신분은 반간이었고, 부사인(傅士仁)을 겉으로만 추종하는 척하며 형주 사족을 올가미 안으로 유인했다. 이치대로라면 그녀와 가일은 초면이고 아무런 친분도 없었다. 그러나 그녀는 의식적으로 가일을 보호하고 있는 듯했다. 우청과의 정면충돌을 감수하면서까지 가일을 막아서 궁수의 시선을 막았고, 군대를 이끌고 태수부로 쳐들어가기까지 했다. 이 모든 것을 돌아볼 때, 그녀의 행동은 동료의 선을 뛰어넘고 있었다. 가일의 죽은 정혼녀 전천과 손몽의 생김새가 거의 흡사하게 생겼으니, 그 역시 손몽에게 호감을 가졌을 것이다. 설마…… 손몽이 바로 전천인 것일까?

영맥이 고개를 가로저었다. 손몽은 손 군주의 친척 동생이고, 어릴 때부터 강동에서 나서 자랐다. 그러나 전천은 전주(田疇)의 여식이고 유주 출신이다. 이 두 사람의 신분은 어디를 봐도 겹치는 부분이 없다. 그렇다면 손상향 군주가 암암리에 손몽에게 가일을 보호하라고 지시한 것일까? 하지만 손 군주가 반역을 저지르고 도망쳐 온 진주조 교위 따위를 왜 이렇게 높이 평가하는 거지? 고작 단양 호족이 천거했다는 이유 하나로만 보기에는 너무 부족했다.

둘째, 그 부사인의 의붓아들 부진(傅塵)이다. 이자는 공안성에서 10여 년동안 거론할 만한 공과도 없이 있는 듯 없는 듯 살아온 인물이었다. 그런자가 마지막 연회에서 여몽을 죽여 그곳에 모인 모든 이들을 경악하게 만들었다. 그 후로 그는 물방울이 강으로 섞여 들어가듯 흔적도 없이 사라졌다. 여기서 의심스러운 부분은 바로, 뒤이어 서둘러 도착한 지존이 그를 추적하라는 지시를 전혀 하지 않았다는 점이다. 부진이 여몽을 죽이고 손권을 도와 형주 사족을 제거한 것이 마치 누군가와 이미 약조된 일처럼 느껴질 정도였다. 그리고 이 부진이라는 자는 가일에게 수배령이 떨어졌을 때 공안성에서 다방면으로 그의 도피를 도와주었다.

또한 가일과 해번위들이 조위 역관에서 부사인 수하의 매복 공격을 당했을 때도 백의검객이 나타나 그를 겹겹이 에워싼 포위에서 구해준 일도 있었다. 이 백의검객이 부진인지 여부는 아직 알 수 없다. 그러나 부진이 공안성에서 자유롭게 움직일 만큼 운신의 폭이 넓고, 굴을 세 개 파놓는 교활한 토끼처럼 행동을 했던 것으로 볼 때 혼자서 이 모든 것을 해냈을 리 없었다. 만약 부진의 뒤에 한선이 있다면, 그것은 도대체 무엇을 의미하는 것일까?

그 후에 새로 손에 넣은 소식에 따르면 형주 사족을 제거하고 배후에서 판을 짠 사람은 손상향 군주고, 복선을 깐 사람은 손몽이고, 가일은 그 허명을 등에 업고 있을 뿐이었다. 어쨌든 형주 사족은 여러 개의 군을 거느리고 백 년을 이어온 세도가고, 손씨 가문은 그들의 원한을 사고 싶지 않아 아예 가일의 존재를 이용하고 있는 것이다.

영맥은 이 정보야말로 손몽이 왜 가일을 비호하는지 설명해줄 수 있을 만큼 어느 정도 일리가 있다고 생각했다. 그렇다면 무창과 공안 두 곳의 단서로부터 볼 때, 가일의 등 뒤에 상상하기 힘든 세력이 존재하고 있는 것이 확실했다. 그러나 이 세력이 도대체 한선인지 여부는 아직 확실하게 단정 지을 수 없었다.

또 하나는 가일이 한선과 관계가 있든 없든, 지금 누군가 영맥을 그 방향으로 조사하게 유인하고 있다는 사실이다. 진송 집에 나타난 한선의 영패와 해번영 관저로 쏘아 날려 보낸 밀서를 막론하고 모두 음모의 냄새를 풍기고 있었다. 이자는 십중팔구 철 공자였다.

진기와 조명이 단서를 찾을 때 영맥도 암암리에 자신의 상관인 좌부독 우청을 수사하고 있었다. 이 일은 누구도 알지 못하게 은밀하게 진행됐다. 가일이 매복의 공격을 당한 후 그는 그 사건을 빌미로 진주조와 군의사가 무창성에 심어둔 첩자들을 색출해냈을 뿐 아니라 오기에 대한 감시를 강화했다. 그때만 해도 장온의 연회에서 오기가 가일과 언쟁을 벌였다는 것이 이유의 전부였다. 그는 해번위를 몰래 심어 그를 감시하게 만들고, 이상한 기미가 보이면 바로 보고를 올리도록 했다. 사실 이 조치는 혹시 모를 가능성을 염두에 둔 것이었지만, 생각지도 못한 수확을 안겨주었다.

그날 해번위는 오기가 일부 강동파 세도가 자제들을 불러 모아 추의각에서 비밀 회동을 하고 있다고 보고를 올렸다. 때마침 쉬고 있던 영맥은 해번위를 돌려보낸 후 혼자 내막을 알아보러 갔다. 그때까지만 해도 영맥은 그곳에서 우청을 보게 될 거라고 상상조차 하지 못했다. 그런데 강동파 사족과 오기가 모두 떠난 후 우청이 추의각을 걸어 나오고 있었다.

그리고 얼마 후 경화수월에서 오기 등 여섯 명이 독살되는 사건이 터졌다. 영맥은 이미 그 전에 우청을 보고 난 후 무수히 많은 추리와 판단을 해왔던 터라, 가일 앞에서 막힘없이 사건을 추론해낼 수 있었다. 그리고 곧이어 오기의 첩을 심문하면서 우청의 혐의가 더 확실해졌다. 우청이 가일에게 해묵은 원한을 가지고 있다는 것을 영맥도 알고 있었다. 지금 이 사건에서 가장 큰 의문점은 바로 우청이 진송 사건을 모방한 것인지, 아니면 진송 사건 역시 우청의 소행인지 여부였다.

영맥은 이런 의문을 자신의 마음속에만 묻어둘 뿐이었다. 이런 말을 내뱉는 순간 치명적 재난이 닥칠 가능성이 높기 때문이었다. 그는 우청 뒤에 또 누가 있는지 확신할 수 없었다. 그러나 적어도 그동안 은밀히 조사한 내용을 근거로 볼 때, 우청 혼자서 가일을 음해하는 이런 일을 벌일 리 만무했다.

밖에서 돌연 대문 두드리는 소리가 들려왔다. 영맥이 일어나 나가보니, 가일이 들어오는 모습이 보였다. 그가 살짝 몸을 숙여 예를 행했다.

"가 교위께서 어쩐 일로 여기까지 오셨는지요?"

가일이 문 밖에 서서 말했다.

"말하기 부끄럽지만, 내 해번위에 들어온 지 2년이 다 돼가도록 동료와 서로의 방에 발을 들여놓은 적이 없다네."

영맥은 물러설 생각이 없는 듯 그대로 서서 말했다.

"할 말이 있으시면 밖에 서서 하셔도 됩니다."

가일이 좌우를 살핀 후 나지막이 말했다.

"영 도위가 상관없다면 여기 서서 말하겠네. 내게 시간을 좀 주겠나? 그럼 내가 자네 부인이 피살된 사건의 진상을 밝혀보겠네."

"제가 왜 가 교위께 시간을 드려야 합니까? 더구나 가 교위께서 왜 저를 도와줄 때까지 기다려야 합니까?"

영맥은 고개를 숙이고 있었지만, 그의 목소리는 여전히 서늘했다.

"자네는 진기와 조명을 보내 공안성과 무창성에서 나에 대해 알아봤지만 별다른 성과를 거두지 못했지. 내 쪽은 소한이 노반 공주에게 붙잡혀 갔고, 철 공자까지 내 목을 조여오고 있네. 이런 식이라면 사건의 진상을 밝히기도 전에 붙잡혀 가거나 죽게 되겠지. 그렇게 되면 자네가 지난 몇 년 동안 수사해온 모든 것들이 물거품이 될 거고, 한선은 다시 어둠 속으로 종적을 감출 것이네. 결국 자네는 평생 진상을 밝힐 수 없을 테지."

영맥은 아무 말이 없었다. 그의 가늘고 긴 눈 속에 어느새 차가운 빛이 번뜩였다.

"솔직히 말하자면, 나는 한선과 인연이 좀 닿아 있네."

가일이 차분한 어조로 말했다.

영맥의 눈썹이 치켜 올라갔다.

"제가 우 부독에게 보고해도 상관없으신 겁니까?"

"무엇을 보고한단 말인가? 내가 한선과 인연이 좀 닿아 있다고 말한 것 말인가? 그것은 그때 가서 내가 인정하지 않으면 그만이네."

가일이 잠시 멈췄다 다시 말을 이어갔다.

"하나, 난 자네가 우청에게 이 말을 하지 않을 거라고 보네."

"무슨 자신감으로 그런 말씀을 하십니까?"

가일이 목소리를 낮추었다.

"자네가 암암리에 그녀를 조사하고 있기 때문이지."

영맥의 눈이 커지며 곧바로 한쪽으로 비켜섰다.

"안으로 드시지요."

가일이 방 안으로 재빨리 들어서자, 영맥이 입구에 서서 마당을 둘러본 후 문과 창문을 단단히 닫았다.

영맥이 미간을 좁히며 물었다.

"가 교위, 어찌 그런 말을 하십니까? 내가 어찌 내 직속상관을 조사할 수 있단 말입니까?"

가일이 담담하게 말했다.

"우리 사이에 에둘러 말할 필요가 무엇이 있겠는가? 만약 자네의 이 약점을 잡지 못했다면, 내 오늘 이리 찾아오지도 않았을 것이네."

"설사 그 사실을 우 부독에게 알린다 해도, 나 역시 변명 거리를 준비해 두었으니 가 교위의 말을 곧이곧대로 믿지 않을 것입니다."

"그럼 한번 그리 해보도록 하지."

영맥의 침묵이 이어졌다. 그가 아는 한 우청은 하찮은 원한이라도 반드시 갚아야 할 만큼 속이 좁은 여자였다. 일단 그녀는 자신이 위협받고 있다는 의심이 드는 순간, 진상 여부를 떠나 먼저 손을 쓸 가능성이 컸다.

"솔직히 말해 그날 오기 등 여섯 사람이 경화수월에서 독살됐을 때, 나도 한선의 영패를 보았네."

영맥이 고개를 들어 가일을 쳐다보았다. 그의 창백한 얼굴에 아무런 표정도 드러나지 않았다.

"자네가 나와 한선의 관계를 수사하고 있다는 것을 알기에, 그 영패를 보는 순간 나도 모르게 일단 그걸 숨겼네. 뒤이어 자네가 들이닥쳐 한선이 경화수월에서 사람을 죽였다는 밀서를 받았다고 했지. 단도직입적으로 물어보겠네. 지금은 어찌 생각하는가? 이 두 가지 사건을 보면서, 누군가 자네를 자신이 원하는 쪽으로 유인하고 있다는 생각이 들지 않던가?"

"그 말뜻은 한선의 영패가 철 공자의 속임수에 불과하다는 겁니까? 하나 방금 가 교위 본인의 입으로 직접 한선과 인연이 닿아 있다고 하지 않았습니까?"

"맞네. 하지만 그 말이 한선을 대신해 진송·오기 등을 죽였다는 것은 아니네."

"그렇다면 내 처가 살해된 진실을 확실히 알고 계신 겁니까?"

"지금은 아니네. 하나 철 공자의 존재를 처리하고 나면 자네를 도와 알아내줄 수 있네."

영맥의 눈빛이 매서워졌다. 그는 입술을 꾹 다문 채 쉽지 않은 결정 앞에서 한참을 주저했다.

"우리가 힘을 합치면 일석이조일 뿐, 해가 될 것은 없네. 영 도위, 내가 자네의 적이 아니라는 것을 이미 알고 있지 않은가?"

"그렇다고 해서 우리가 벗도 아니지요."

"벗이 아니면 서로 힘을 합칠 수 없다는 건가?"

"제가 왜 가 교위를 믿어야 합니까? 이것이 단지 시간을 벌기 위한 당신의 계책일 수도 있지 않습니까?"

"맞네. 그래서 자네가 도박을 할 수 있는 기회는 단 한 번뿐이지. 자네는 나에 대해 이미 너무 많은 것을 알아냈네. 하지만 계속 나를 추적 조사해 온다면, 이제 내가 해야 할 일은 의심의 여지 없이 자네를 견제하고 반격을 가하는 것이 될 테지. 우리 둘이 협력을 하지 않으면 둘 다 피해를 볼 것이고, 반대로 서로 힘을 합친다면 서로에게 득이 될 것이네."

영맥이 물었다.

"앞으로 무엇을 하려 하는지 말해줄 수 있으십니까?"

"동오에서 지낸 5년 동안 나는 늘 살얼음판을 걷는 듯 살아왔네. 무슨 일을 하든 앞뒤를 철저히 따져가며, 만에 하나 실수가 없도록 신중을 기해왔지. 하지만 지금은 상황이 다르네. 철 공자가 이미 나를 벼랑 끝으로 몰아 넣었고, 만약 내가 이대로 아무것도 하지 못한다면 가만히 앉아서 죽음을 기다리는 것과 다르지 않을 걸세."

"철 공자가 누구인지 알아내셨습니까?"

"아직이네. 그래서 이제부터라도 대담하고 광범위하게 조사를 해볼 작정이네. 어떤 수단을 쓰든, 발각만 되지 않으면 염려할 필요가 없네."

가일이 영맥을 보며 말했다.

"아직 나의 질문에 대답하지 않았네."

영맥이 잠시 고심하다 이내 고개를 들었다.

"그렇게 하지요."

"그럼 그리 알고 있겠네."

가일이 나가려다 말고 문 앞에 멈춰서 물었다.

"한 가지 궁금한 게 있네. 왜 우청을 조사하기 시작한 건가? 무슨 이상한 점이라도 발견한 건가?"

영맥은 순간적으로 한 가지 사실을 깨달았다. 가일은 우청과 오기가 함께 추의각에 나타났고, 우청이 오기 사건의 배후 인물일 가능성에 대해 전혀 모르고 있었다. 영맥은 그 사실을 숨기며 대답했다.

"이것은 나와 그녀 사이의 사적인 원한 때문일 뿐, 가 교위와는 상관이 없습니다."

"알겠네. 그럼 이제부터 나는 철 공자를 조사할 테니, 자네는 우청을 맡도록 하게."

"가 교위가 살아남기를 바랍니다."

"피차일반일세."

가일이 문을 열자 어둠이 짙게 깔려 있었다. 그는 상체를 앞으로 살짝 기울이며 허리춤에 찬 장검에 손을 얹고 곧장 어둠 속으로 걸어 들어갔다.

연로한 장소가 대자리 위에 앉아, 몸을 살짝 뒤로 젖히고 눈을 가늘게 반쯤 뜬 채 하늘을 바라보았다.

그의 맞은편에 대여섯 명의 중년 사내들이 앉아 있었다. 회사파 안에서 권력을 쥐고 있는 자들이었다. 불필요한 인력을 감축하고 관리 체제를 개편하는 신정책이 추진된 후부터 회사파 사족은 이미 여러 차례 회합을 가졌다.

그들 중 몇 사람이 지존의 신정책을 반대해달라고 독촉하기 위해 장소를 찾아갔다. 하지만 그들은 장소의 집에 도착하고 나서야 그가 아침 일찍 성 밖으로 바람을 쐬러 나갔다는 사실을 알게 됐고, 간신히 그를 찾아내 지금 자신들의 의견을 전한 후 답을 기다렸지만 장소는 애매한 표정을 짓고 있었다.

또 한참이 지나서야 그중 한 사람이 더는 기다리지 못하고 먼저 입을 열었다.

"장 공, 지금 기염이 무슨 심사를 실시해 2, 3할의 관리를 더 감원할 거라는 소문이 돌고 있습니다. 이자의 간계가 성공한다면 앞으로 우리의 살길이 막히지 않겠습니까?"

또 다른 이가 말을 이어갔다.

"맞습니다. 이자가 감히 우리 회사파와 맞서려 들다니, 참으로 죽고 싶어 환장한 자가 아닙니까? 장 공, 우리가 이대로 가만히 있으면 저자의 무시를 받아들이는 꼴이 되지 않겠습니까?"

"맞습니다. 기염은 한미한 집안 출신으로 근본이 없는 자입니다. 우리가 지존을 설득해 그자의 뒷배를 없앤다면 얼마든지 이 상황을 뒤엎을 수 있습니다!"

"지존께서 무슨 생각을 하시는지 도무지 모르겠습니다. 한미한 집안 출신의 기염이 조정을 발칵 뒤집어놓아 민심이 흉흉하고 장차 사직이 기울어질 판인데, 이 모든 게 지존의 눈에는 하나도 안 보인단 말입니까?"

"이대로는 안 됩니다. 차라리 우리가 암암리에 사람을 구해 기염을 죽이고 강동파에게 화를 전가하는 게 좋겠습니다."

이들의 말이 갈수록 상궤를 벗어나자, 장소가 지팡이를 짚고 하인의 부축을 받아 자리에서 일어섰다. 지금 그들이 모여 있는 곳에서 저 멀리 무창성 성벽이 보였다. 다들 서로에게 눈짓을 보내며 일어나 장소의 뒤로 가서 섰다.

"장 공, 무엇을 보고 계십니까?"

누군가 물었다.

장소가 무창성 방향으로 턱짓을 했다.

"자네들에게 묻겠네. 저기가 누구의 집인가?"

"무창요? 당연히 우리의 집이지요."

장소가 지팡이로 땅을 툭 치며 옅은 미소를 지었다.

"이것이 바로 문제의 핵심이네. 누군가는 저곳이 우리의 집이라고 생각하지 않는다는 것이지."

"말도 안 됩니다. 우리의 집과 논밭이 모두 저기에 있는데, 어찌 우리의 집이 아니라는 것입니까? 누가 그리 멍청한 생각을 한단 말입니까?"

장소가 돌아서서 말하는 이를 바라보며 물었다.

"지금 지존을 모욕하는 것인가?"

말하던 이가 경악하는 사이, 옆에 있는 자가 분개하며 말했다.

"장 공의 말뜻은 잘 알겠습니다. 하늘 아래 왕의 땅이 아닌 곳이 없고 온 나라 백성 중에 왕의 신하가 아닌 자가 없다고 했지요. 무창은 손가의 것이고, 우리는 손가의 신하이니 우리의 집 역시 당연히 손가의 것이옵니다. 하나 장 공, 당시 지존은 장 공과 주유가 옹립했고, 지금 동오의 대부분 강토 역시 우리 회사파가 손가를 도와 기반을 다져왔습니다. 지금 천하가 셋으로 나뉘고 강한 적들이 호시탐탐 기회를 엿보고 있는 마당에 지존께서는 우리 공신들과 맞서려 하시다니, 참으로 납득이 되지 않습니다!"

장소가 그를 힐끗 쳐다보았다.

"한종(韓綜), 여기 있는 사람들 중에 그나마 머리가 제대로 돌아가는 이는 자네뿐인 듯하군. 다만 안타깝게도 자네 역시 모르는 것이 있네. 당시 지존께서 대권을 물려받을 수 있도록 가장 먼저 그분을 옹립한 건 주유와 여몽이네. 나와 동습(董襲) 등 대부분의 회사파 인사들은 원래 손익을 천거했다가 나중에야 지존으로 갈아탄 것이네. 이렇게 오랜 세월이 흘러 군신의 사이가 좋다 하지만, 지존의 마음속에 그때의 앙금이 남아 있는지는 본인만이 알고 있을 테지."

한종이 말을 하려는 찰나, 장소가 지팡이를 들어 그를 저지했다.

"자네가 말한 지난날의 공로로 말하자면, 잡을 새가 없어지면 좋은 활도 무용지물이 되듯 천하가 평정된 후에 공신들의 운명도 마찬가지라는 것을 어찌 모르는가? 지금 능력 있는 신하와 명장 중 우리 회사파가 과연 몇 할이나 되는가? 지존께서 강동파조차 한꺼번에 그 세를 약화시키는 마당에, 우리가 여전히 지난 공로를 들먹이며 억울해한다 한들 지존께서 과연 우리의 말에 귀를 기울여주시겠는가?"

"장 공, 비록 우리가 나이를 먹었다 하나, 자손들이 멀쩡히 앉아 죽기만 기다리는 꼴을 보고만 있을 수 없지 않습니까?"

누군가 가라앉은 목소리로 말했다.

"여범(呂範), 지금 우리가 할 수 있는 유일한 일은 기다리는 것뿐이네."

장소가 담담하게 말했다.

"지존께서 추진하는 새로운 정책의 가장 큰 피해자는 우리가 아니라 강동파네. 지난 몇 년 동안 저들은 거침없이 세를 확장하며 군권과 정권의 7할 가까이를 쥐게 됐고, 각 조서조차 심지어 전부 저들 강동파 사람들로

채워졌네. 이번 감원 폭풍이 지나고 나면, 비록 우리도 일부 관직을 잃겠지만 강동파의 독주도 그 세가 꺾일 것이네. 기염이 무슨 심사를 추진하고 있다고 했는가? 이제 또 관원을 추거하게 될 것이니, 자네들은 돌아가서 무조건 적장자를 추거하던 관행을 금지시키고 학식과 재능을 겸비하고 그 자리를 감당할 만한 유능한 자제를 추거하도록 만들게. 앞으로 조서는 회사파·강동파·한문 출신으로 꾸려질 것이니, 우리가 더 많은 자리를 차지하려면 제대로 된 인재가 필요하네."

"실력과 능력만 보고 서출들을 관직에 내보냈다가 우리 쪽 적자들의 기세가 눌리기라도 하면 어찌합니까? 우리 조종(祖宗)의 가법(家法)이 뒤엉켜 엉망이 되지 않겠습니까?"

화려한 복색을 한 중년의 사내가 근심 가득한 표정으로 물었다.

"장 공, 그렇다면 방법을 바꿔 한문 출신의 자제를 우리 편으로 끌어들여야 하지 않는지요?"

"하달(賀達)."

장소가 그의 말을 비웃으며 말했다.

"내 자네에게 충고를 하나 하지. 한문 자제들을 끌어들일 생각 따위는 절대 하지 말게. 지존께서 관리를 감축하고 관리 체계를 개편하는 정책을 펼치며 한문 출신 자제들을 선발하려는 목적이 무엇이라고 생각하는가? 바로 우리 회사파와 강동파의 손에서 권력을 빼앗아 그의 절대적 권위를 수립하고 자신의 뜻대로 정치를 하기 위해서네. 좀 더 명확히 말하자면, 앞으로 선발될 한문 출신은 모두 지존의 사람들이네. 그렇다면 자네가 그들을 끌어들이는 것이 무슨 의미겠는가?"

하달은 붉게 달아오른 얼굴을 푹 숙인 채 아무 말도 하지 못했다.

"장 공, 저 기염이라는 자를 그냥 둬도 괜찮겠습니까? 그자가 권세를 휘두르며 저리 횡포를 부리는 꼴을 그냥 보고만 있어야 합니까?"

장소가 코웃음을 치며 눈을 감았다.

"기염은 지존이 부리는 개에 불과하네. 자네는 체통 떨어지게, 개와 힘겨루기라도 하려는 건가? 더구나 예로부터 법을 바꾸는 일에 앞장선 자들 중 그 끝이 좋았던 이가 과연 몇이나 되던가? 이쯤 말했으면 됐으니, 다들 물러가도록 하게. 자네들이 어떻게 해야 하는지, 어느 정도까지 할 수 있는지, 어떤 결과를 얻을 수 있는지는 모두 각자의 재간에 달려 있다는 것을 명심하게."

다들 허리를 굽혀 절을 올린 후 자리를 떴다. 장소는 또 고개를 들어 담담한 표정으로 하늘을 올려다보았다. 하인이 그의 시선을 따라가봤지만, 하늘 위로 흐르는 구름만이 보일 뿐이었다.

노반 공주 관저의 배치와 양식은 가일의 예상과 전혀 다른 모습이었다. 소문대로라면 노반 공주처럼 면수를 많이 거느린 여자는 관저도 화려하고 사치스러울 거라고 생각하는 게 당연했다. 그러나 가일이 하인을 따라 대청으로 가는 내내 본 곳곳의 풍경은 의외로 소박하고 정갈했다. 군주부의 화려함에 훨씬 못 미쳤을 뿐 아니라, 대다수 세도가의 정원과도 비교가 안 될 정도로 소박했다.

대전에 들어서니 공주는 『여씨춘추(呂氏春秋)』를 한 손에 들고 가일이 들어오는 것도 모를 정도로 몰입해 읽고 있었다. 가일이 옆자리로 가서 앉자마자 공주의 목소리가 들려왔다.

"소한을 풀어달라고 부탁하러 온 거라면, 당장 꺼지는 게 좋을 것이네."

가일은 어쩔 수 없이 일어나 공수를 했다.

"소관이 어찌 감히 그러겠나이까? 소관이 이리 찾아온 건 손오가 피살된 사건을 조사하기 위해서입니다."

공주가 손에 들고 있던 목간을 내려놓으며 삐딱하게 그를 쳐다보았다.

"조사를 하면 하는 것이지, 왜 여기까지 찾아온 것이냐?"

"공주 마마께 7월 8일 손오의 행적에 대해 여쭙고자 하옵니다."

공주가 한참을 생각하다 입을 열었다.

"그리 오래된 일이 기억이 나겠느냐?"

가일이 나지막이 말했다.

"그날은 주치를 독살한 어의 진송이 피살된 날이옵니다."

공주가 차갑게 웃으며 말했다.

"이것이 무슨 손오의 피살 사건을 수사하는 것이냐? 누가 봐도 이건 손오가 철 공자를 위해 일을 하며 한편으로는 진송을 살해한 것이 아닌지 조사하는 것이다!"

가일이 고개를 들고 담담하게 대답했다.

"맞습니다."

"무엄하다!"

공주가 목간을 내동댕이치며 물었다.

"손오는 내 사람일 뿐 아니라 왕실 종친이다. 네놈이 지금 무슨 짓을 하고 있는 줄 알고 있느냐?"

"만약 손오가 철 공자를 위해 일한 것이 밝혀진다면, 태자는 이미 위험한 상황에 처해 계신 것입니다. 왕실의 체면을 위해 이 썩은 종기를 그냥 두시려는 것입니까? 전하, 부디 숙고해주시옵소서."

공주는 미간을 찡그린 채 아무 말도 하지 않았다.

"철 공자가 지금까지 한 일은 모두 태자를 겨냥하고 있었습니다. 주치를 독살해 태자의 오른팔을 잘랐습니다. 유언비어를 퍼뜨리고 오기 등 여섯 명을 죽여 기염의 새로운 정책에 대한 사족들의 반발을 더 부추겼지요. 기염의 새로운 정책에 대해서도, 지존께서 권력의 일부를 물려주기 위해 태자를 단련시키는 것이라고 소문이 퍼져 있습니다. 그러다 보니 사족들 사이에서 태자에 대한 평판이 나쁘게 변하고 있는 것도 사실입니다.”

“황당하기 그지없구나! 등 오라버니를 저군 자리에 앉힌 건 부왕이시다. 지금 다른 왕자들은 나이가 어려 오라버니와 태자 자리를 놓고 싸울 자격이 되지 않는다. 설사 오라버니에 대해 불만을 품고 있다 한들, 그게 무슨 의미가 있겠느냐? 괜한 말로 문제를 일으킬 생각 따위 하지 말거라.”

“맞습니다. 이것 역시 제가 줄곧 도무지 이해할 수 없는 부분이었습니다. 그래서 지금이라도 손오 사건을 중심으로 사건의 실마리를 하나하나 풀어나가고자 합니다.”

공주가 잠시 고심하다 하인에게 소리쳤다.

“후원으로 가서 손오와 늘 함께했던 자들을 모두 불러오너라!”

하인이 종종거리며 뛰어나간 지 얼마 되지 않아, 용모가 빼어난 젊은이 몇 명을 데리고 들어왔다. 이들은 분명 사내였지만, 얼굴에 두껍게 분칠을 하고 볼을 붉게 물들이고 있었다. 심지어 화려한 색깔의 귀고리까지 하고 있었다. 가일은 남몰래 고개를 저으며, 이제야 소한의 마음이 이해가 되기 시작했다.

공주가 물었다.

“7월 8일에 손오를 본 적이 있느냐?”

“전하, 이걸 물어보시려고 급히 찾으신 거군요? 그거라면 제가 대답해드릴 수 있습니다.”

젊은이 한 명이 앞으로 한 발짝을 걸어 나왔다.

“그날 손 공자가 자신이 한턱낼 테니 내이루(來怡樓)로 나귀 고기를 먹으러 가자고 해서 갔는데, 반 정도 먹었을 때쯤 손 공자가 급히 볼일이 있다며 가더군요. 아무리 가기 전에 계산을 끝냈다 해도, 다들 흥이 깨지는 것이 당연하지 않겠습니까?”

“7월 8일이라면 이미 한 달도 더 전인데, 자네는 그때 일을 어찌 어제 일처럼 그리 똑똑히 기억하는가?"

가일이 물었다.

"아휴, 별걸 다 트집을 잡으십니다. 그야 전날 밤이 칠월칠석이라, 다들 전하가 손 공자를 좋아하니 그를 부추겨 한턱 얻어먹자고 했지요. 처음에는 농담처럼 한 말이었는데, 웬일로 손 공자가 진지하게 받아들이더니 바로 다음 날 나귀 고기를 먹으러 가자고 해서 기억에 더 남는 것뿐입니다."

"다른 이들도 기억이 나는가?"

가일이 다른 젊은이들을 쳐다보며 물었다.

"물론입니다. 그날 손 공자가 유난히 기분이 좋아 보였지요. 금실로 테두리를 두르고 진주가 달린 관모까지 썼지 뭡니까?"

"나도 그날 촉금으로 지은 심의를 입었는데도 비교가 되더라니까?"

"그날 나온 나귀 고기는 너무 익혀서 무른 데다 기름지고, 식감도 그다지……."

몇 사람이 이러쿵저러쿵 수다를 떨기 시작하자, 가일은 마음이 다급해져 손짓으로 그들을 저지했다.

공주가 찡그린 표정으로 그들에게 주의를 주었다.

"여기 해번영 관원이 묻는 말에만 대답하고, 쓸데없는 말은 삼가도록 하거라. 알겠느냐?"

다들 일제히 대답을 하며, 호기심에 가득 찬 눈으로 가일을 쳐다보았다.

가일이 헛기침을 한 후 물었다.

"당시 손 공자에게서 이상한 점을 발견하지 못했는가?"

"기억납니다."

귀고리를 한 사내가 얼른 나서서 말했다.

"손 공자가 우리랑 술을 마시다가 중간에 측간에 간다고 나갔는데, 돌아오자마자 급한 일이 있어 먼저 간다며 서둘러 갔습니다."

"그때 우리끼리, 손 공자가 측간에 가다가 바지에 실례를 한 거 아니냐고 말하기도 했지."

또 다른 사내가 웃으며 말했다.

"그건 아닐 걸세. 다시 돌아왔을 때 손 공자 몸에서 아무 냄새도 안 났거든."

"내가 보기에, 우리가 너무 많이 시키니까 돈 내기 싫어서 도망을 치려고 한 것 같네. 그때 내가 계산을 하고 가라고 주의를 주지 않았으면 그날 밥값은 아마 우리가 나눠 내야 했을 걸세."

이 사내들이 또 자기들끼리 수다를 떨기 시작했다. 가일이 공주 쪽을 쳐다보니, 그녀 역시 기가 막힌 듯 이마에 손을 짚은 채 더는 간여할 마음이 없어 보였다.

가일은 어쩔 수 없이 목청을 높여 그들에게 다시 물었다.

"당시 손 공자가 무엇을 하러 간다는 말은 안 했는가?"

"그런 말은 없었습니다."

"계산도 다 한 마당에, 그런 건 알아 무엇 합니까? 간다면 가게 두는 거지요."

"근데 손 공자랑 내이루에 세 번을 갔었는데, 갈 때마다 늘 도중에 나갔습니다. 처음 두 번은 다들 각자 돈을 내고 먹기로 하고 간 거라 손 공자가 중간에 가든 말든 신경도 안 썼지요."

가일이 물었다.

"손 공자가 내이루에 갈 때마다 중간에 나갔다는 것인가?"

"그렇습니다. 어쨌든 전하께서 그에게 맡기신 일이 많아 주머니에 돈도 제일 많을 텐데, 늘 계산을 안 하고 도망칠 궁리만 하니 정말 알다가도 모르겠습니다."

"그러게 말일세. 돈 좀 빌려달라고 해도 들은 체 만 체하고 살벌하게 돌변한다니까?"

가일이 그들의 수다를 끊었다.

"내이루는 어디에 있는가?"

"은구 도박장 옆입니다. 대문이 붉은 색이라 눈에 확 띄지요."

"박달나무 현판 위의 글자는 조불흥이 썼고, 갈 때마다 사람들로 붐벼서 자리가 없을 정도지요."

"하지만 음식 맛은 취선거에 비해 별로이니, 기대 안 하는 게 좋을 겁니다."

공주가 일어나 그들의 말을 끊었다.

"가일, 이 주루에 무슨 문제라도 있는 것이냐?"

"문제가 있는지 없는지는 일단 소관이 조사를 해봐야 알 것 같습니다."

가일이 공수를 했다.

"전하, 만약 소관이 손오와 철 공자의 결탁을 증명할 증거를 정말 찾아낸다면 어찌 대처하실 건지요?"

"당연히 대의를 위해 친족의 정을 끊을 것이네."

공주가 차갑게 번뜩이는 눈빛으로 대청에 있는 젊은이들을 훑어보았다.

"너희도 명심하거라. 평소 밖에 나가 무슨 소란을 피우든 내 상관할 바 아니나, 누구라도 감히 조정의 쟁론에 연루된다면 내 기필코 너희의 뼈를 부러뜨리고 껍질을 벗겨내 죽일 것이다!"

젊은이들이 벌벌 떨며 잔뜩 움츠린 채 고개를 끄덕였다.

가일이 고개를 숙이며 물었다.

"전하, 그때가 되면 소한을 풀어주실 건지요?"

"그 문제는 그리 쉽게 결정할 것이 못 된다. 설사 손오의 죄를 밝힌다 한들, 소한이 현장 책임자로서 황학루를 불태운 책임에서 자유로울 수 있겠느냐? 본래 황학루를 짓는 일은 나나 소한에게 둘 다 득이 되는 일이었지만, 결과적으로 그놈 때문에 내가 부왕 앞에서 얼굴을 들 수 없게 됐다. 어디 이뿐이더냐? 공주부에서 거액의 돈을 제갈근에게 내주고 황학루를 다시 짓는 데 쓰도록 했느니라. 이런 상황에서 아무 이유 없이 소한을 풀어준다면, 내가 입방아에 오를 게 불 보듯 훤하니라."

가일은 잠시 고심하다 이내 마음을 접었다.

"전하의 뜻을 잘 알겠사옵니다. 소관이 내이루에 다녀온 후에 전하께 만족스러운 결과를 전하도록 하겠나이다."

공주가 귀찮다는 듯 손을 내저었다.

"볼일 다 봤으면 방해하지 말고 다들 당장 물러가거라."

가일이 대청에서 물러나며 후원 쪽을 슬쩍 살폈다. 이곳으로 오는 동안 이미 눈치 챘지만, 공주부 안은 서너 발자국이 멀다 하고 초소가 세워져 있고 도처에 창을 든 시위가 서 있어 군주부보다 경계가 훨씬 삼엄했다. 진풍이 밤을 틈타 공주부 담을 넘어 소한을 구하자고 했던 말이 얼마나 황당한 소리인지 절로 실감이 될 정도였다.

이렇게 된 이상, 가능한 빨리 소한을 감옥에서 꺼내려면 어쩔 수 없이 하책 중의 하책을 쓸 수밖에 없었다.

기염이 무창성을 나와, 긴 길을 따라 성큼성큼 앞으로 걸어갔다.

오늘 아침에 열린 조회 역시 아주 순조롭게 진행됐다. 원로 장소가 병을 핑계로 나오지 않아, 회사파는 오합지졸이 따로 없었다. 비록 승상 손소(孫邵)가 자진해 나서서 기염과 반 시진 가까이 열띤 논쟁을 벌였지만, 결국 역부족이었다. 이렇게 해서 관리들을 상대로 심사를 시행하는 정책 역시 별 탈 없이 통과됐다. 지금 각 조서에서 이미 지존의 어명을 받아 관원의 2할을 다시 감축했고, 남은 관원들은 하순에 한문 출신의 자제들과 함께 심사를 치르게 될 것이다. 말이 심사일 뿐, 사실은 선조에서 책문(策問)·의례(議

禮) · 논경(論經)을 거행해 평가를 거쳐 인재를 선발하게 된다.

기염이 뒷짐을 지고 걸으며 길 양옆으로 분주히 움직이는 장사꾼들을 기분 좋게 바라보았다. 벼슬길에 오른 지 10여 년 만에 드디어 조정에서 포부를 펼치게 됐으니, 어찌 기쁘지 않겠는가? 앞으로 심사를 거쳐 능력 있고 말 잘 듣는 한문 출신의 자제들이 대거 유입되면 농업 제창, 노역 경감, 군비와 법령 강화 등 새로운 정책이 추진되는 데 더할 나위 없이 적합해질 것이다. 관리 인원을 감축하고 관리 체계를 정비하는 것은 부국강병과 천하 제패의 첫걸음에 불과했다.

기염이 전에 없이 기분이 좋아져, 이상하게 쳐다보는 행인들의 시선 따위는 아랑곳하지 않은 채 길을 따라 계속 왔다 갔다 했다. 앞으로 회사파는 쇠락의 길을 걷게 되고, 최근 몇 년 사이에 급부상한 강동파조차 그 상승세가 꺾일 것이다. 그는 한문 출신이 동오 조정의 주류가 될 거라고 감히 장담할 수 없지만, 적어도 동오의 반을 점거할 수 있을 거라고 확신했다. 그리되면 그는 조정의 정국을 바꾸고 한문 출신 자제들의 참정 시대를 연 창시자가 되는 셈이다.

"저기, 나리, 저희 가게 앞을 세 바퀴나 왔다 갔다 하시던데, 들어와서 차나 한잔 드시며 쉬다 가시는 건 어떠십니까?"

늙은이 한 명이 웃는 낯으로 기염에게 인사를 했다.

기염이 잠시 당황한 눈빛으로 그를 쳐다보았다.

"어차피 목도 마르니, 그것도 괜찮겠군."

그가 조복 자락을 쳐 올리며 찻집으로 성큼 걸어 들어갔다. 찻집은 그리 크지 않았다. 안에 고작 서너 개의 탁자가 있고, 그 위에 차에 곁들여 먹을 만한 흔한 간식거리들이 놓여 있었다. 대낮인데도 가게 안은 손님이 없어 텅 비어 있었다.

기염은 창가에 자리를 잡고 앉았다. 노인이 서둘러 찻잔을 올리고 찻

잎을 우렸다. 기염은 차를 한 모금 음미해봤지만 별다른 맛을 느낄 수 없었다.

"여기 손님이 없는 이유를 알 것 같군. 차의 풍미가 이리 없어서야, 누가 찾아오겠는가?"

노인이 웃는 낯으로 말했다.

"나리, 그런 말씀 마십시오. 동전 한 냥을 받고 계속 우려 마실 수 있게 파는 차인데, 어찌 좋은 차를 쓸 수 있겠습니까?"

"진작 말을 했어야지. 이건 물리고, 더 좋은 차를 내오게."

"나리, 더 좋은 차는 한 잔에 동전 다섯 냥이나 내야 하는데……."

"내가 다섯 냥도 못 낼까봐 그러느냐?"

기염이 눈을 부릅떴다.

"쓸데없는 소리 그만하고, 어서 차를 다시 내오게."

노인이 얼른 새 차를 가져와 기염 앞에 내려놓았다. 기염은 찻잔을 들어 코끝에 대고 향을 맡아보았다.

"이제야 차향이 좀 느껴지는구나. 보아하니 자네 가게도 꽤나 오래된 것 같은데, 어찌 좋은 차를 내놓지 않는 것인가?"

노인이 한숨을 내쉬었다.

"나리께서 모르셔서 그러십니다. 평범한 백성들은 차를 마실 형편이 안 되고, 평소 차를 즐겨 마시는 사람 중 대다수가 사족의 자제나 관원이지요. 근데 요즘 들어 그분들도 발길이 뜸해졌습니다. 듣자 하니 기염이라는 자가 남아도는 관리들을 자르고 사족의 수중에서 권력을 빼앗아 가는 각종 정책을 추진한다고 하더군요. 원래 한 잔에 다섯 냥이던 차가 가장 잘 팔렸는데, 지금은 마시러 오는 사람이 하나도 없습니다. 그러니 어쩔 수 없이 한 냥짜리 차를 팔 수밖에요."

기염은 그제야 어찌 된 상황인지 이해할 수 있었다. 그가 목소리를 높이며 말했다.

"이보게, 지금 이 상황이 최근 몇 년간 추진된 평준·균수·주각 같은 새로운 정책 때문이라는 것인가?"

"저 같은 백성 나부랭이가 나리께서 말씀하신 그런 게 무엇인지 어찌 알겠습니까?"

노인이 억지웃음을 지었다.

"소인이 아는 것은, 지금 좋은 차를 마시러 오는 사람이 갈수록 줄어들고 있다는 것뿐입니다."

기염이 고개를 끄덕였다. 이 노인의 장사에 영향을 주는 것은 관원을 자르는 것 외에 평준·균수·주각 등의 새로운 정책들도 포함돼 있었다. 이 신정책은 노반 공주가 제기한 것으로 이미 수 년 동안 실시돼왔고, 대량의 전답과 점포를 독점한 호족 세도가에게 큰 영향을 미쳤으니 일반 사족은 더 말할 필요도 없었다. 호족이 이런 길거리 찻집에 올 리 없고, 평소 들르던 손님은 모두 일반 사족과 관리들이었다. 그러니 신정책이 나오면서 찻집의 장사도 자연히 파리를 날리게 된 것이다.

"그건 걱정 말게. 최근 새로운 정책이 추진되고 있지 않은가? 각 조서에서 관리들이 바뀌고 정책이 시행되면 자네 찻집에도 손님이 점점 많아질 것일세."

"다시 새로운 정책이 시행되면 장사가 잘될 거라고요? 그럴 리가요? 지금 자리에 앉아 있는 관리와 사족 들이 하나같이 나라가 곧 망할 것이라고 입을 모으더이다."

"새로운 정책이 시행되면 그들이 가장 먼저 피해를 입게 되지. 그러니 그런 말로 사람들을 두렵게 만드는 것뿐이네."

기염이 찻잔을 내려놓고 더 자세하게 설명을 하려는데, 입구에서 화려한 복색의 사족 자제들이 들어오고 있었다.

노인이 황급히 다가가 굽실거리며 물었다.

"나리, 한 냥짜리 차를 내올까요, 아니면 다섯 냥짜리 차를 내올까요?"

가장 앞에 서 있던 사족의 자제가 기염을 힐끗 보더니 노인을 밀치고 곧장 다가갔다. 기염은 당황한 기색 없이 찻잔을 들어 여유롭게 한 모금을 마셨다.

"기염, 네놈이 쓸모없는 관리가 너무 많다며 그리 많은 이들을 자리에서 밀어내더니만, 지금 여기 와서 혼자 여유작작 신선놀음을 하고 있는 것이냐?"

그가 기염의 맞은편에 앉자, 나머지 사족 자제들이 그 주위를 에워쌌다.

"어느 가문의 자제들인가? 조정의 일을 조정 밖에서 왈가왈부하면 안 된다는 것을 모르는가?"

"조정 밖에서 왈가왈부해? 한문 출신 주제에 요행히 큰 벼슬을 했다고 감히 우리 앞에서 허세를 부리는 것이냐? 네놈이 그럴 자격이 있다고 생각하느냐?"

"일을 잘하고 능력이 있으면 그게 바로 자격이네. 아무것도 할 줄 모르는 자가 남을 가르치려 들며 자격을 운운하는 건가?"

기염이 조롱을 퍼부었다.

사족 자제 한 명이 찻잔을 들어 가일의 얼굴에 차를 뿌렸다.

"이보게, 이놈과 말 섞을 필요 없네. 이런 놈은 맞아야 정신을 차리지!"

사족 자제 한 명이 탁자를 발로 차 뒤엎으며 기염에게 곧바로 주먹을 날렸다. 기염은 순간 눈앞이 깜깜해지고 귀가 먹먹해진 채 바닥에 벌러덩 나자빠졌다. 곧바로 발길질과 주먹질이 연이어졌다. 기염은 있는 힘을 다해 몸을 웅크리고 머리를 감싼 채 이를 악물고 고통을 견뎌냈다. 그는 문득 어린 시절 고향에서의 일이 떠올랐다. 그때도 강동 오씨 가문의 공자와 말다툼이 벌어지는 바람에 이렇게 흠씬 두들겨 맞았다. 몇십 년이 지난 지금,

과거의 장면이 또다시 눈앞에서 재연되고 있었다. 이런 생각을 하다 보니, 그는 자기도 모르게 헛웃음을 터뜨렸다.

사족 자제들은 기염이 웃자 더 분개해 미친 듯이 그를 구타했다. 기염은 신음 소리조차 내지 않고 바닥에 웅크린 채 이를 악물고 견뎌냈다. 한참이 지나고 나서야 그들은 구타를 멈췄고, 우두머리가 치를 떨며 소리쳤다.

"한문 출신이 아무리 높은 자리에 올라도, 우리 눈에 네놈은 그저 개에 불과하다! 어디서 감히 개 한 마리가 세상 물정 모르고 날뛰느냐! 앞으로 그 가소로운 정책을 계속 추진한다면, 내 널 가만두지 않을 것이다!"

발소리가 점점 멀어지고 나서야 기염은 꿈틀거리며 간신히 자리에서 일어나 앉았다. 구석에 숨어 있던 노인이 그제야 달려와 떨리는 목소리를 용서를 구했다.

"소인이 보는 눈이 없어 나리께서 기 상서라는 것을 알아보지 못했습니다. 소인이 죽을죄를 지었습니다!"

기염은 무슨 말을 하려다 고통이 밀려와 숨을 훅 들이마셨다. 노인이 얼른 뒷방으로 달려가 상처에 바를 금창약 한 병을 가지고 나왔다.

기염이 손을 내저으며 말했다.

"괜찮네. 내 워낙 이런 일에 워낙 단련돼, 이따위 상처가 대수로울 것도 없다네."

노인이 공수를 하며 탄복해 말했다.

"기 상서께서는 정말 강한 분 같습니다. 좀 전에 그리 맞으면서도 용서를 빌며 살려달라는 말을 입 밖으로 내지 않으시는 걸 보고, 정말 다시 보게 됐습니다."

"내가 다른 건 몰라도, 더러운 성격과 강한 의지는 타고났다네."

기염이 탁자를 짚고 고통을 참으며 천천히 일어섰다. 그는 품에서 돈 주머니를 꺼내 노인에게 건넸다.

"미안하게 됐네. 나 때문에 가게 꼴이 말이 아니군. 이 돈으로 수습하도록 하게."

노인이 깜짝 놀라며 물었다.

"소인이 어찌 이걸 받겠습니까?"

기염이 돈 주머니를 그의 품에 쑤셔 넣으며 말했다.

"이것 하나만은 내 약속하겠네. 자네 장사가 이리 안 되는 것 역시 잠시뿐이니, 조금만 더 참게. 지금 추진하는 새로운 정책에서 관리를 감원하는 것은 첫걸음에 불과하네. 이제 농업을 제창하고 노역을 경감하며 법령을 엄격히 하고 나면 백성들의 삶도 점점 좋아질 테지. 설사 관원과 사족들이 찾아오는 경우는 적어지더라도, 백성들의 수중에 돈이 있으니 다섯 냥짜리 차를 마실 정도의 여유도 생길 것이네. 그리되면 자네의 이 찻집도 지금과 달리 손님들로 북적일 것이네."

기염은 노인의 대답을 기다리지 않고 절뚝거리며 찻집을 나갔다. 노인은 품 안의 돈주머니를 부여잡고 한참을 멍하니 서서 문 쪽만 바라봤다. 그동안 차를 마시러 온 관원이나 사족 들은 오만방자하고 거드름만 피웠다면, 지금 본 기염은 그들과 달라도 너무 달랐다. 노인은 한참이 지난 후에야 정신이 돌아온 듯 문 밖으로 달려 나가, 기염이 떠난 방향을 향해 털썩 주저앉으며 절을 올렸다.

"나리! 감사합니다. 기 상서는 정말 훌륭하신 분입니다!"

식사 시간이 지나서인지, 내이루는 이미 덧문을 달고 고작 사람 한 명 드나들 정도의 공간만 남겨둔 상태였다. 가일과 손몽이 차례로 들어가보니 안은 텅 비어 있고, 주인 혼자 앉아 장부를 계산하고 있었다. 주인은 누군가 들어오는 소리가 들리자 고개를 들어 입구 쪽을 바라봤다.

"식사하실 거면 좀 더 있다 오십시오. 주방장이 잠시 쉬려고 집에 가 있으니, 지금은 식사가 안 됩니다요."

손몽이 말했다.

"우리는 식사를 하러 온 게 아니라 좀 물어볼 게 있어 왔네."

주인이 눈을 치켜뜨며 말했다.

"우리는 음식만 팔 뿐, 정보를 팔지 않습니다."

가일이 앞으로 나가 해번영 요패를 꺼내 들었다.

"이런 우연이 있나? 나도 이제껏 정보를 판 적이 없다네."

주인이 얼른 표정을 바꾸며 웃는 낯으로 물었다.

"이런, 해번영 나리셨군요. 무엇을 물어보러 오셨는지요?"

"손오."

"손 공자에 대해 무엇이 알고 싶으신 건지요?"

"손오를 아는가?"

가일의 손이 허리춤에 찬 장검의 손잡이로 올라갔다.

주인이 살짝 겁에 질린 듯 굳은 표정으로 대답했다.

"손 공자라면 여기 몇 번 온 적이 있는데, 씀씀이가 헤펐던지라 소인이 기억을 하고 있습니다."

"그래? 그가 자네 가게에서 무려 세 번이나 계산을 안 하고 도망을 친 것으로 아는데, 참으로 이상하군."

가일의 얼굴에 조소가 떠올랐다.

"자네는 무슨 근거로 손 공자의 씀씀이가 크다고 말하는 건가?"

주인이 난처한 듯 웃으며 변명을 했다.

"이놈의 기억력을 보게나. 제가 착각을 한 모양입니다."

"정말 착각을 한 게 맞는가? 자네가 손오에게, 견기약으로 진송을 독살하라는 철 공자의 명을 전한 건 아니고?"

가일의 말이 떨어지기 무섭게 주인이 두 주먹을 휘두르며 가일에게 덤벼들었다. 가일이 가볍게 몸을 피하며 다리를 걸어 그를 넘어뜨렸다. 주인은 그 바람에 바닥을 몇 차례 뒹굴었고, 다시 일어서는 그의 손에 이미 새까만 비수가 들려 있었다. 가일이 그 비수를 보며 고개를 끄덕였다. 그것은 반첩이 그를 죽이려 했을 때 쥐고 있던 것과 모양이 똑같았다. 모든 정황상 이자 역시 철 공자의 하수인이 분명했다.

가일이 손몽을 뒤로 밀치며 말했다.

"조심하오. 비수에 맹독이 묻어 있으니."

주인이 허리를 굽히며 말했다.

"둘 다 참으로 겁을 상실했구나. 내 정체를 간파해놓고도 아무도 대동하지 않고 둘만 나타난 것이냐? 이제 황천길로 가야 할 텐데, 고작 둘이면 너무 외롭지 않겠느냐?"

가일이 가소로운 듯 웃으며 한 발자국 성큼 다가가 뒷짐을 지었다.

주인이 말했다.

"어찌 검을 뽑지 않는 것이냐?"

"그럴 필요까지 있겠느냐?"

그 말과 동시에 가일의 몸이 어느새 그의 옆까지 다가가 있었다. 주인이 비수를 들어 가일을 찌르려 해봤지만, 가일의 주먹이 어깨를 가격하는 바람에 하마터면 비수마저도 놓칠 뻔했다. 그가 비틀거리며 몇 발자국을 물러나 중심을 잡기도 전에 가일의 무릎이 그의 배를 강타했고, 그는 이를 악물고 고통을 참으며 식은땀을 흘렸다. 주인이 정신없이 비수를 날리며 가일을 저만치 떨어뜨리고 기둥에 기대 거친 숨을 몰아쉬었다.

"자네는 소식을 전달하는 자에 지나지 않는데, 왜 하필 철 공자를 위해 목숨을 내놓으려는 것인가? 자네보다 신분이 훨씬 높은 손오조차 입막음을 위해 철 공자의 손에 가차 없이 죽고 말았네. 자네도 그리되고 싶은 것인가?"

주인이 고개를 들었다.

"너는 누구냐?"

"가일이라 하네."

가일이 담담하게 대답했다.

주인이 돌연 웃음을 터뜨렸다.

"철 공자가 죽이려던 자가 바로 너였구나. 네놈이 한 발을 이미 무덤에 들여놓은 셈이니, 조만간 저승에서 너를 또 보겠구나."

"그렇다 해도 너보다는 훨씬 나을 것이다. 계속해서 완강히 버틴다면 네놈의 목숨은 바로 이 자리에서 끝이 날 것이다."

"그럼 지옥에서 너를 기다리마."

주인이 불현듯 팔을 들어 비수로 자신의 가슴을 찔렀다.

가일은 차가운 시선으로 그를 쳐다볼 뿐, 꼼짝도 하지 않았다. 손몽이 다가가려 하자 가일이 그녀를 막아섰다.

"가면 안 되오. 이런 사사는 죽는 그 순간까지도 마지막 수를 숨겨두는 법이니, 함부로 다가갔다가 큰 변을 당하게 되오."

기둥에 기대 있던 사내의 몸이 힘없이 서서히 내려앉으며 그의 왼손에 쥐고 있던 비수가 바닥으로 툭 떨어졌다. 그가 두어 번 기침을 하며 마지막 힘을 쥐어짰다.

"네놈이 제아무리 냉정하고 노련한들 무슨 소용이 있겠느냐? 철 공자의 눈 밖에 난 이상, 절대 살아남지 못할 것이다."

가일은 사내의 숨이 끊어지고 나서야 조심스럽게 다가가 목에 손을 대고 맥을 짚어보았다. 그는 확실히 죽었다는 것을 확인한 후에야 그의 몸을 뒤지기 시작했다.

손몽이 가게 안을 둘러보며 이상하다는 듯 말했다.

"꽤 오랫동안 소란스러웠는데, 어떻게 한 사람도 나와서 보는 사람이 없죠?"

"이자는 소식을 전달하는 역할을 맡았을 뿐이라, 다른 사람들은 그저 평범한 사람이라고만 여겼을 것이오. 더구나 가게 주인이 누군가와 목숨 걸고 싸우는 판에, 누가 감히 나와 보겠소? 아마 관아에 신고를 하러 갔을 가능성이 더 크오."

가일이 말을 하는 동안에도 계속해서 사내의 몸을 수색해 자질구레한 물건들을 하나하나 꺼내놓았다. 그것은 동전, 대나무 산가지, 열쇠 같은 물건들로, 전혀 특별할 것이 없었다.

손몽이 실망한 듯 물었다.

"간신히 단서를 더듬어 여기까지 왔는데, 모든 기대가 또 물거품이 돼버렸네요."

"반드시 그렇다고 볼 수 없소."

가일이 일어나 후원으로 걸어갔다.

"손오는 세 번이나 식사 도중에 자리를 떴고, 그것이 단지 밥값을 내지 않으려고 도망쳤다기보다 철 공자의 밀령을 받고 임무를 수행하기 위해 나간 것이 거의 확실해졌소. 이곳이 소식을 전달하는 장소로 쓰인 이상, 이곳 주인이 밀령을 보관해둔 장소가 분명 있을 것이오."

후원은 그리 크지 않았다. 주방과 땔감을 쌓아둔 창고를 제외하면 방 두 칸이 전부였다. 가일이 그중 한 곳의 문을 열자, 심부름꾼의 거처처럼 보이는 어수선한 방이 나왔다. 그가 또 다른 방으로 들어가자 가구가 몇 개 놓여 있었다. 방 안이 그럭저럭 깔끔하게 정리가 된 것으로 보아, 이곳이 바로 주인의 방이 확실했다. 가일이 방 안을 왔다 갔다 하며 바닥을 걸어보았지만, 어디에도 텅 빈 공간에서 나올 법한 소리는 들리지 않았다. 가구를 쭉 둘러봐도 별다른 특이점이 없었다.

손몽이 문 앞에 서서 말했다.

"효위들을 불러 샅샅이 수색하는 편이 낫지 않겠어요?"

"사람이 적다고 해서 있는 물건이 안 나오고 많다고 해서 없는 물건이 나오는 것은 아니라오. 더구나 철 공자가 이렇게 용의주도하고 예측 불가하니, 해번영과 군주부에도 그의 밀정을 심어놓았을까봐 그게 걱정이오."

가일은 나무 침상 옆에 서서 이리저리 상판을 두드려보다, 좀 더 밝은 색의 손잡이로 시선을 돌렸다. 그가 손으로 손잡이를 문질러보니 얇게 기름을 바른 것처럼 약간 매끄러웠다. 가일이 손잡이를 살짝 흔들어보다 몇 번의 시도 끝에 그것을 뽑아냈다. 그 아래로 얇은 목간 몇 개가 숨겨져 있었다. 가일이 손가락을 넣어 목간을 끄집어냈다. 목간에는 의미를 전혀 알 수 없는 이상한 부호가 새겨져 있었다.

"이것이 바로 소식을 전달하는 밀서인가요? 근데 음부로 쓰여 있으니, 아무 소용이 없네요. 우리한테 모본이 없으니, 그 의미를 알 길이 없어요."

가일은 목간을 보며 생각에 잠겼다. 손몽은 목간을 집어 들고 자세히 살펴보다 별안간 가일의 코앞에 들이댔다.

"이 목간에서 이상한 냄새가 나는 거 같지 않아요?"

"음, 장뇌유 냄새군."

가일이 대답했다.

"장뇌유는 좀 먹는 걸 막는 데 쓰는 기름 아닌가요? 설마 이 목간이 문연각에서 나온 걸까요?"

손몽이 고개를 가로저었다.

"아닐 거예요. 영맥이 이미 문연각을 발칵 뒤집어놨는데, 철 공자의 사람이 어떻게 또 거기에 남아 있겠어요?"

"문연각 말고 각 조서에서도 장뇌유를 사용해 목간을 보존하오."

가일이 말했다.

"이 목간들의 모양을 보면 상단이 일반 목간과 다르게 미세하게 패어 있소. 이런 목간은 보통 색인을 할 때 쓰이는데, 팬 곳에 가는 줄을 걸어 표시를 해두기 편하기 때문이고, 또 촛물로 그것을 봉해 관원들의 개인 공문서를 대량으로 보관하는 곳에서 자주 사용하오."

"관원들의 개인 공문서를 대량 보관해요?"

손몽이 잠시 멈칫하다 물었다.

"그럼……."

"선조요."

가일이 대신 그 답을 말했다.

"일이 점점 골치 아파지고 있소."

"선조 안에 철 공자의 사람이 있다는 거군요?"

손몽이 미간을 찡그렸다.

"아니, 이것도 어쩌면 화를 다른 곳으로 전가하려는 술수가 아닐까요?"

가일이 목간을 하나하나 펼치며 자세히 살핀 후, 다시 손가락으로 하나하나 문지르며 고개를 끄덕였다.

"소식을 전달하려면 전후 과정이 있어야 하고, 이 목간들처럼 한 번에 전달되는 것은 절대 불가능하오. 이곳 주인장이 어떤 마음으로 이 목간을 숨겼든 말이오. 이 목간들을 손잡이 안에 넣는 시기가 다르기 때문에 목간마다 미세한 색 차이가 날 수밖에 없소. 한데 이 목간들은 색과 부호가 새겨진 깊이마저도 일치하오. 그렇다면 따로 넣은 것이 아니라 한꺼번에 넣은 것이 분명하오."

"그 말은, 이것 역시 철 공자가 미리 꾸민 짓이라는 거군요. 일단 주인장의 행적이 드러났으니, 이곳을 수사하는 사람에게 혼선을 주고 선조로 눈을 돌리게 만들려는 속셈이네요. 철 공자라는 자가 이 정도로 물샐틈없이 판을 짤 줄은 정말 몰랐네요. 절대 만만한 상대가 아니에요."

가일이 손잡이를 원래 위치에 끼워놓았다.

"만약 우리가 이곳에 함정을 파놓는다면, 과연 철 공자가 걸려들지 모르겠소."

"어떤 함정요? 철 공자처럼 주도면밀한 자를 속일 수 있겠어요?"

"그자가 첫 번째 단계를 간파한다면 두 번째 단계로 넘어가면 되오. 그동안 철 공자의 일 처리가 조금은 기이하다는 생각을 어렴풋이 가지고 있었소. 하나 어디가 잘못됐는지 딱히 말로 설명하기가 쉽지 않소. 어쩌면 이곳에서 연환계(連環計: 차례로 고리를 잇는 계책)를 펼치면 사건의 실마리를 조금이나마 볼 수 있을 것이오."

손몽이 호기심에 물었다.

"철 공자의 진짜 목적이 태자 손등을 궁지로 몰아넣는 것 아니었나요? 뭐가 이상하다는 거죠? 도대체 무슨 생각을 한 거예요?"

"그저 느낌일 뿐 아무런 증거가 없소. 그러니 말해봤자 이해하기 힘들 것이오."

가일은 그 느낌을 설명할 생각이 전혀 없었다.

"지금은 달리 더 좋은 방법이 없으니, 하나씩 해보고 추이를 살펴보는 수밖에 없소."

그는 목간들을 품에 넣고 손몽과 함께 후원을 나왔다. 주루로 들어가보니 주인장의 시체는 원래 자리에 그대로 있고, 바닥에 고인 피의 색깔도 이미 갈색으로 변해 응고돼 있었다. 가일은 그곳에 더 머물 생각이 전혀 없었다. 도위부 사람이 곧 도착할 때가 됐기 때문이었다. 만약 그들과 맞닥뜨리기라도 하면 또 한바탕 상황을 설명해야 하고, 자칫 그의 연환계에도 영향을 줄 수 있었다.

두 사람이 내이루를 나오는데, 가일이 갑자기 걸음을 멈추고 맞은편 술집을 쳐다봤다. 길 끝에서 검은색 옷차림의 도위부 사람 몇 명이 달려오자 손몽이 가일을 잡아당겨 반대 방향으로 빠르게 걸어갔다. 잠시 후 두 사람의 모습이 모퉁이를 돌아 사라졌다.

　맞은편 술집에 손님 두 명이 앉아 있었다. 그중 연갑을 입은 뚱뚱한 무인이 술잔을 들고 술을 벌컥벌컥 마시고 있었다. 또 다른 한 명은 비단옷 차림의 마르고 유약해 보이는 선비였다. 그는 청죽 부채를 들고 가일과 손몽이 모퉁이를 돌아 골목으로 들어가는 것을 지켜보고 있었다.

　"방금 그자가 우리 쪽을 보았네. 설마 우리를 알아챈 건 아니겠지?"

　선비가 말했다.

　"그 주제에 우릴 어떻게 알아보겠는가?"

　무인이 가일을 얕잡아 보며 말했다.

　"양소(楊素), 벌써 20여 년이나 지났는데, 자네의 그 소심한 성격은 언제쯤 고칠 텐가? 고작 하찮은 교위에 불과한데, 뭘 그리 신경 쓰는가?"

　선비가 개의치 않는 듯 웃으며 말했다.

　"서위(徐渭), 아무리 쉬운 일도 방심하다 일을 그르칠 수 있네. 저자는 길거리에서 진주조와 군의사 자객을 죽였고 반첩의 정체를 간파할 정도였으니, 보통내기가 아닌 것은 확실하네. 우리 둘이 20여 년 동안 함께 일하며 실패를 맛본 적이 거의 없었던 것도, 늘 조심하고 신중했기 때문이라는 걸 잊지 말게."

　무인이 코웃음을 쳤다.

　"저자 정도의 무공으로 자네의 상대가 되기는 하겠는가? 자객을 상대로 살아났든 좀 전에 술집 주인을 죽였든, 저자의 실력은 결코 고수라고 볼 수 없네. 자네 양심에 손을 얹고 한번 말해보게. 둘이 붙었을 때 저자가 몇 초식이나 견딜 것 같은가?"

　선비가 잠시 고심하다 진지하게 대답했다.

　"적어도 열 초식은 견딜 수 있을 거네."

"열 초식을 버티면 또 무슨 소용인가? 어차피 스무 초식 안에 지게 돼 있는걸."

무인이 고개를 가로저었다.

"이번에는 철 공자의 계획이 너무 느슨한 감이 없지 않아. 솔직히 이렇게 질질 끌 필요 없이, 차라리 나한테 가일을 죽이라고 했으면 금방 해결될 일이 아닌가?"

선비가 웃으며 구박을 했다.

"철 공자의 깊은 뜻을 자네 같은 멍청이가 어찌 알겠는가? 사람 하나 죽이는 건 쉽겠지. 하나 사람 하나 죽인다고 해서 모든 일이 해결되는 건 아니라네. 가일의 뒤에 단양 호족이 있으니, 철두철미하게 계획을 세워야 대적하기 쉬워지는 법이지. 지금 내이루의 주인은 이미 죽었고, 이제 가일이 그 밀서를 발견했는지가 관건이네. 내가 이미 대응책을 일곱 가지나 마련해뒀지만, 저자가 또 무슨 일을 벌일지 안심할 수 없으니 매사에 조심해서 해될 것은 없을 테지."

무인이 또 술잔을 들고 단숨에 벌컥 들이마셨다.

"이렇게 머리 쓰는 골치 아픈 일은 자네가 알아서 처리하게. 어차피 머리싸움을 하든 무공을 겨루든, 가일은 우리 두 형제의 적수가 아니니 좀 가련하기는 하군."

"나무가 크면 바람을 부른다고 했지."

선비가 부채를 펼치며 웃어 보였다.

"지난 몇 년 동안 우리 손에 꺾여나간 인재들이 한둘이었는가? 괜히 마음에도 없는 말은 하지 말게나."

무인이 능글맞게 웃으며 탁자를 쳐 주인장을 불렀다.

"이보게! 좋은 술로 한 동이 더 내오게!"

가일이 무당파라는 사실은 그가 이 동오에 발붙이고 사는 데 도움을 주는 결정적 조건이기도 했다. 가일 역시 이 사실을 잊지 않으려 늘 스스로에게 각인을 시켜왔다. 동오에 들어와 5년의 세월을 보내는 동안, 그는 조정의 그 누구와도 가까이 지내지 않았고 세도가에 의탁하지도 않은 채 지금까지 홀로 움직여왔다. 소한·진풍·손몽을 제외하면 벗으로 불릴 만한 이가 단 한 명도 없었다. 이런 이유 때문에 손권은 그에 대해 별다른 의심을 하지 않았고, 관례를 벗어난 일들의 대부분을 가일에게 맡겨왔다.

그런데 지금 가일은 어쩔 수 없이 군신 간의 묵약(默約)을 깨고 태자 손등에게 손을 내밀었다. 이것은 그가 가장 가고 싶지 않은 길이기도 했다. 하지만 지금 그에게 남은 유일한 선택은 이 길뿐이었다. 물론 한선에게도 도움을 청했었지만, 그 역시 이 일에 개입하기를 원하지 않았다. 그 이유는 아주 간단했다. 노반 공주의 생각이 치밀하고 기민해, 한선의 인맥을 동원하다 만에 하나 발각이 되면 화를 자초하는 꼴이 되기 때문이었다. 결정적인 순간이 닥쳤을 때 한선은 자신의 객경조차 버릴 수 있는 존재였고, 그런 한선에게 객경의 친구 따위는 언급할 가치조차 없는 대상이었다.

그래서 가일은 어쩔 수 없이 제갈각을 찾아가, 태자 손등에게 성 밖에서 만나고 싶다는 청을 전해달라고 부탁했다. 제갈각은 그 말을 꼭 전하겠다고 대수롭지 않게 대답하며, 태자가 가고 안 가고는 확답하기 어려우니 너무 기대하지 말라고 했다. 어쨌든 한 나라의 저군이 성 밖에서 일개 교위를 만나고 그 교위 역시 청할 일이 있어 그를 불러낸 것이니, 이래저래 말이 안 되는 황당한 상황인 것만은 확실했다. 가일은 성 밖에 있는 정자에 앉아 무창성 방향을 바라봤지만, 약조한 시각이 한참 지나도록 기다리는 사람의 모습은 보이지 않았다.

이 정자는 원래 관도(官道) 옆에 지어져, 하루 종일 오고 가는 사람과 거마가 끊이지 않았다. 그러나 후에 관도의 방향이 바뀌면서 정자의 쓰임새도 급격한 변화를 겪었고, 지금은 시선이 닿는 곳마다 무성한 수풀로 뒤덮여 있을 뿐이었다. 미풍이 불어오자 잡초들이 바람을 따라 움직이는 모습이 마치 물결이 일렁거리는 것처럼 보였다. 가일은 몇 년 전 진주조에 있으면서 장제와 함께 교외로 사냥을 나갔을 때가 떠올랐다. 그때도 이렇게 잡초들이 끝없이 펼쳐져 있었다. 그때의 그는 자신감과 패기가 넘쳐났고, 머지않아 출셋길에 올라 아버지의 원수를 죽일 수 있을 거라고 생각했다. 그런데 고작 5년 사이에 그가 세상 풍파를 다 겪으며 쓸쓸하고 무기력한 사람으로 변해 있을 줄 누가 알았겠는가?

인생은 십중팔구 뜻대로 풀리지 않고, 사는 동안 두세 명의 좋은 벗을 얻기도 쉽지 않다. 처음 오나라에 와서 사신단을 태운 배를 타고 형주로 향할 때 손몽이 그에게, 무조건 살아남아야 희망이나 가능성도 생기는 거라고 충고해준 적이 있었다. 지난 몇 년 동안 손몽이 정신적으로 뒷받침이 돼준 덕에 그는 비로소 잠 못 이루던 무수히 많은 날들을 견뎌낼 수 있었다. 그 후 소한과 진풍을 만나 함께 수많은 위기를 넘겨왔고, 그들은 얼음장처럼 차가운 타향살이에 온기를 전해준 소중한 존재였다.

소한은 반드시 구해내야 한다. 노반 공주의 마음이 그 끝을 알 수 없는 심연과도 같다지만, 단순히 화풀이 대상으로 삼기 위해 소한을 장기간 감옥에 가둬둘 리 없었다. 그는 최근에 일어난 일련의 일을 통해 어렴풋이 이상한 기운을 느꼈지만, 도대체 무엇이 문제인지 딱 집어 말하기 힘들었다. 예전에도 이런 느낌이 든 적이 있었다. 바로 전천이 죽기 전이었다. 그래서인지 가일은 이번만큼은 무슨 일이 있어도 철저히 대처해 소한을 구해내고 싶은 마음이 간절했다.

약속한 시각을 넘어 황혼 무렵이 됐지만 태자는 나타나지 않았다. 그렇다면 어쩔 수 없이 밤을 틈타 찾아가는 수밖에 없었다. 그때 저 멀리서 말을 타고 달려오는 한 무리가 눈에 들어왔다. 그는 허리춤에 찬 장검 위에 손을 얹고 숙연히 서서 일말의 요행을 기대했다. 선두에서 말을 타고 달려오는 사람의 모습이 점점 더 가까워졌다. 백륜건을 쓰고 검붉은 심의를 입고 있는 것으로 보아 태자 손등이 분명했다.

가일이 한쪽 무릎을 꿇고 앉아 인사를 올렸다.

"소관이 태자 전하를 알현하옵니다."

손등이 말에서 내려 가일을 일으켜 세웠다.

"가 교위, 자네처럼 공을 세운 신하는 이리 격식을 차릴 필요가 없네."

제갈각이 뒤에 서서 비꼬듯 말했다.

"전하, 이자는 전하께 청할 것이 있어 이리 굽실거리는 것이니, 너무 괘념치 마십시오. 지난번에 봤을 때는 말뚝처럼 서서 꼿꼿하기가 이루 말할 수 없지 않았습니까?"

손등이 고개를 돌려 제갈각을 저지했다.

"가 교위, 내 본래 서둘러 오려 했으나, 출궁을 하기 전에 갑작스레 일이 생겨 이제야 오게 된 것이니 양해해주게."

"황송하옵니다. 소관이 부득이 전하를 이곳에서 뵙자고 했나이다."

"내 자네의 처지를 잘 알고 있네."

손등이 고개를 끄덕였다.

"가 교위, 나에게 소한의 일을 부탁하려는 건가?"

가일이 몸을 숙여 예를 행했다.

손등이 난처한 기색을 드러냈다.

"만약 소한이 도위부나 해번영에 붙잡혀 있다면 처리하기가 훨씬 쉬웠겠지. 하나 하필 내 누이동생한테 붙잡혀 있으니……."

"말하기가 좀 껄끄럽네. 노반 공주가 이제까지 태자 전하를 잘 따르던 이도 아니니 더 그럴 수밖에."

제갈각이 끼어들었다.

"동오를 통틀어 노반 공주를 다룰 줄 아는 이는 오직 지존밖에 없을 거네. 하지만 지존의 성격상 자네가 부탁한다고 해봐야 별 소용이 없을 테지. 황학루가 불에 탄 일만 해도, 자네를 문책하지 않은 것을 다행으로 알게."

"소관도 알고 있지만, 그럼에도 태자 전하께 청을 올려보는 것입니다."

가일이 염치 불고하고 말했다.

제갈각이 말했다.

"가 교위, 이 세상에서 가장 돌려받기 힘든 것이 바로 인정이라는 것을 알아야 할 걸세. 태자께서 자네를 위해 노반 공주를 찾아가 중재를 하면 소한이 풀려날 수도 있겠지. 하지만 이렇게 되면 훗날 공주가 일이 생겨 전하에게 부탁을 했을 때 전하도 거절하기 힘들어질 걸세. 자네 같은 외톨이 하나를 돕는 것이 전하에게 무슨 이점이 있단 말인가?"

"전하, 좌우를 물려주십시오."

가일이 나지막이 말했다.

"괜찮네. 이들은 오랜 세월 나를 따른 친위병이네."

"전하의 생사와 관련된 일입니다."

제갈각이 손짓을 하자 친위병들이 일제히 말머리를 돌려 30보 밖으로 물러갔다. 모두 물러가고 나자 제갈각이 비꼬듯 말했다.

"이제 됐느냐?"

"소관이 전하를 위해 철 공자를 처리할 수 있습니다."

"지금 그걸 말이라고 하느냐? 그 철 공자라는 자는 줄곧 자네를 겨냥해 왔다. 그런 자가 태자와 무슨 상관이란 말이냐?"

제갈각의 눈빛이 형형하게 빛났다.

가일은 손등의 표정이 미미하게 변하는 것을 감지하며, 제갈각과 손등이 이미 철 공자의 진짜 목표를 알고 있었다는 것에 주목했다. 그렇다면 일이 훨씬 수월해질 수 있다.

"태자 전하께 여쭙겠습니다. 지금 조정 안에서 신정책의 배후 지지자가 전하라는 소문이 돌고 있습니다. 지금 시행 중인 신정책에 대해 만족하시는지요?"

손등이 한숨을 내쉬었다.

"지금의 신정책은 전하의 구상에서 이미 벗어났고, 갈수록 극단적으로 변질돼 조정의 문무 대신들 사이에서 원성이 자자합니다. 지존의 태도 역시 여전히 애매하다 보니, 백관들의 원성은 고스란히 전하를 향하고 있습니다. 전하, 억울하지 않으십니까? 누가 이런 상황을 만들었는지 생각해보셨는지요?"

"철 공자라는 자가 주치를 독살할 때부터 이미 나를 목표로 계획을 짜고 있다는 것을 알고 있네."

"그렇습니다. 주치는 태자태부로 조야를 통틀어 가장 명망이 높은 분이셨습니다. 게다가 기염 역시 그에게 자신을 알아봐준 은혜를 입었지요. 기염은 본래 오군 누현의 현승에 불과한 자였으나 주치와 장온의 도움으로 지존께 천거됐고, 선조상서 자리까지 올라갔습니다. 만약 주치가 살아 있었다면 기염을 단속해 이 정도로 급진적인 행동을 하지 못하게 했을 테지요. 철 공자는 일찌감치 이 점을 간파했고, 새로운 정책이 추진되기 전에 전하에게 가장 힘이 돼줄 존재를 제거한 겁니다."

손등이 물었다.

"지금 주 태부가 독살된 건 강동파와 회사파가 태자태부 자리를 빼앗기 위해서라는 주장이 제기되고 있네. 또 다른 주장을 하는 자들은, 그가 새로운 정책을 지지한다는 이유로 불만을 품은 관리들이 청부업자를 사서 독살한 거라고 하더군. 그런데 가 교위는 어째서 철 공자가 죽인 거라고 생각하는가?"

"전하께서 말씀하신 첫 번째 주장은 기염의 터무니없는 생각일 뿐이고,

두 번째 주장은 철 공자가 퍼뜨린 소문이자 그가 묻어놓은 복선입니다. 소신은 주치를 독살한 범인으로 어의 진송을 의심했습니다. 그렇지만 저희가 그의 집에 도착하기도 전에 그는 이미 독살당했습니다. 그리고 현장에 한선의 영패가 남아 있었지요. 처음에는 이것이 단지 수사를 혼선으로 빠뜨리기 위한 위장술이라고 생각했습니다. 그런데 다시 생각해보니, 그 한선의 영패에 또 다른 숨겨진 뜻이 있었습니다. 얼마 전에 기염의 신정책에 반대하는 오기 등 여섯 사람이 소한이 경영하는 경화수월에서 독살당했고, 그곳에도 한선의 영패가 있었습니다. 해번영의 영맥은 밀서를 받고 나서 한선의 소행이라는 것을 알아챘지만, 소인은 그가 사건 현장에 당도하기 전에 그 영패를 숨겼습니다. 전하, 이 두 사건 현장에 왜 한선의 영패가 남겨져 있었다고 생각하십니까?"

제갈각이 가소롭다는 표정을 지으며 대답했다.

"한선의 영패를 이용해 진송과 오기를 연관시키고 둘 다 같은 사람 손에 죽었다는 것을 암시하기 위해서겠지. 오기 등은 신정책에 반대했고, 진송도 신정책을 지지하는 주치를 살해했네. 그렇다면 이 두 살인 사건의 배후 인물은 자연히 신정책을 지지하는 자일 걸세. 이 모든 것이 고의로 전하께 혐의를 뒤집어씌우기 위한 것이네."

손등이 한숨을 내쉬었다.

"원래 이런 것이었군. 그나마 가 교위가 영패를 숨겨서 다행이네. 안 그랬다면 일이 어떻게 흘러갔을지 누가 알겠는가?"

제갈각의 한쪽 입꼬리가 올라갔다.

"전하, 이자에게 고마워하실 필요 없으십니다. 영맥이 가 교위와 한선의 관계를 의심하고 있으니, 영패를 숨기지 않았다면 저자 역시 화를 피하기 힘들었을 겁니다. 손오 사건에 대해서도 한번 말해보거라. 손오가 황학루에서 불에 타 죽은 사건은 누가 봐도 너를 겨냥한 것이었다. 안 그런가? 그 사건이 어째서 태자 전하와 관계가 있다는 것이냐?"

"얼마 전 저와 손몽이 진삼이라는 좀도둑을 찾아냈습니다. 그자는 진송이 독살되기 전에 우연히 도둑질을 하러 들어갔다가 범인이 머리에 쓴 관을 보았고, 그것을 근거로 왕실 종친으로 수사망이 좁혀졌습니다. 하지만 제 신분으로는 왕실 종친을 상대로 수사를 하기 쉽지 않아, 나중을 위해 진삼을 다시 도위부 감옥으로 돌려보냈습니다. 저와 손몽은 공주부 면수의 증언을 토대로 내이루를 찾아갔고, 손오가 바로 그곳에서 철 공자의 지령을 받고 진송을 독살했다는 것을 확인할 수 있었습니다."

"그래서, 도대체 이것이 태자 전하와 무슨 상관이란 말이냐?"

"내이루 주인의 방에서 음부가 적힌 목간을 발견했습니다. 철 공자가 전달한 밀령이 분명합니다. 또한 이 목간의 형태가 선조의 색인 목간과 똑같았습니다."

"뭐라?"

제갈각의 놀란 목소리가 터져 나왔다.

손등의 안색도 급격하게 어두워졌다.

"어찌 그런 일이? 그게 말이 되는가?"

두 사람은 이 일이 얼마나 끔찍한 사태를 불러올지 단번에 깨달았다.

원래 한선의 영패는 단지 짐작과 추정만을 이끌어낼 뿐이었다. 하지만 지금 발견된 목간은 선조가 이 사건에 가담했다는 결정적 증거였다. 지금까지 일어난 일련의 살인 사건은 신정책을 시행하는 자가 자신과 뜻을 달리하는 자들을 척결하고 저항 세력을 소탕하기 위해 벌인 일로 추정될 뿐이었다. 사실 지금 신정책을 지지하는 사람은 지존이고, 손등은 전혀 찬성하는 입장이 아니었다. 그럼에도 불구하고 손등은 그 정책의 제창자라는 이유 때문에 공개적인 장소에서 확실한 태도를 드러낼 수 없었다. 그렇다면 모든 갈등의 책임을 손권에게 전가하는 것이 효에 어긋나는 일이 돼버린다. 그래서 지금 세상 사람들은 모두 선조상서 기염의 배후 지지자가 바로 태자 손등이라고 여기고 있고, 선조가 이 사건에 가담했다는 것이 밝혀지면 손등이 당연히 철 공자라고 믿게 될 것이다. 만약 이 일이 세상에 알려지면 조정의 문무 대신들은 손등이 겉으로만 겸허한 척 예를 갖춰 사람을 대할 뿐, 실제로는 악랄하고 무자비하게 사람을 죽이는 위선자라고 생각할 것이다. 이로 인해 손등의 명성에 큰 흠집이 생길 수밖에 없다. 그런데 이보다 더 심각한 문제는 손권의 의심이다. 그가, 손등이 겉으로만 신정책을 반대할 뿐 암암리에 자신과 생각이 다른 자들을 제거하며 세력을 키우고 있다고 의심하는 순간 재앙이 닥쳐올 것이다.

"부왕께서는 나를 믿어주실 걸세."

손등이 오랜 침묵을 깨고 마지막 희망을 품듯 이 말을 꺼냈다.

"장담하기 힘듭니다."

제갈각이 고개를 내저었다.

"영명한 진 시황제와 한 무제도, 한 사람은 장자에게 자진을 명했고 또 한 사람은 태자를 주살하지 않았습니까? 만약 지존께서 정말 태자를 의심한다면 그 뒷일은 예측하기 힘듭니다."

"부왕께서 아들을 죽이려 한다면 아들 역시 그 뜻을 받아들여야겠지."

손등이 장탄식을 내뱉었다.

"말도 안 되는 소립니다!"

제갈각이 마음이 다급해져 가일에게 물었다.

"이보게, 이 철 공자라는 자가 도대체 어떤 인물이기에 이리 치밀하고 용의주도하단 말인가? 마치 풀숲을 움직이는 뱀처럼, 물리기 전까지는 단서조차 찾을 수가 없단 말인가?"

"저도 아직은 모릅니다. 벼슬길에 오른 이래 이자처럼 상대하기 힘든 적수는 저 역시 처음입니다. 하지만 그 목간들이 지금 제 손에 있으니, 제가 화를 전가시킬 수 있는 그 단서를 따라 수사만 하지 않는다면 당분간 전하에게 화가 미치는 일은 없을 것입니다."

"지금 그걸로 전하를 협박하는 것이냐?"

제갈각이 버럭 화를 냈다.

"원손 형님, 진정하시오. 모처럼 가 교위 덕에 정신이 번쩍 들었소. 지금은 가 교위를 돕는 것이 나를 돕는 것이니, 괜한 일로 언성을 높일 필요는 없을 듯하오."

"소관의 벗이 관련된 일이라 이리할 수밖에 없음을, 전하께서 넓은 아량으로 이해해주시옵소서."

가일의 태도는 비굴하지도 거만하지도 않았다.

"내가 자네를 위해 최선을 다해보겠네. 하나 내 누이동생은 말로 설득하기 쉬운 상대가 아니라네. 만약 일이 뜻대로 되지 않는다 해도, 나의 무능을 너무 탓하지 말아주게."

"이 일의 결과가 어찌 되든, 소관은 약조한 대로 전하에게 피해가 가지 않도록 전력을 다해 철 공자를 상대할 것이옵니다."

가일이 공수를 했다.

손등이 한숨을 내쉬었다.

"철 공자라는 자가 대체 누구일꼬? 만약 가능하다면 내 그자와 만나, 이리하면 안 되는 일도 있다는 것을 가르쳐주고 싶군."

손등은 그 말을 한 후 쓴웃음을 지었다.

"참으로 감상적인 생각이 아닌가?"

가일은 아무 말 없이 공수를 했다.

손등은 고개를 가로저으며 말에 올라타, 제갈각과 함께 잡초로 우거진 길을 지나 곧장 앞을 향해 달려갔다. 그들의 모습이 거의 보이지 않을 때쯤이 돼서야 가일은 손을 입에 대고 휘파람을 불었다. 멀지 않은 수풀 속에서 진풍이 일어나 가일을 향해 달려왔다.

"혼자 와도 된다니까, 뭘 군이 따라오고 그러는가?"

"만에 하나 무슨 일이 생길 것에 대비한 것뿐이네. 지금 소한이 감옥에 갇혀 있네. 그러니 자네마저 무슨 일이 생기면 나라도 공주부로 쳐들어갈 수밖에."

"걱정 말게. 소한은 풀려날 것이니."

가일이 고개를 들어 석양을 바라보았다.

"만약 태자도 도움이 되지 않는다면, 아직 최후의 수단이 남아 있네."

제7장

◆

권모술수

사방에서 불어오는 바람에 깃발이 '펄럭펄럭' 소리를 내고, 깃발에 커다랗게 쓰인 '위(魏)' 자가 허공에서 그 존재를 알렸다.

조비가 강변 망루에 서서 앞을 내다보았다. 끝없이 이어지는 물결이 바람을 타고 강을 가로질러 일어나며, 마치 들쭉날쭉한 괴석이 솟아오른 빙설로 뒤덮인 평원을 보는 듯한 착각을 불러 일으켰다. 강기슭에 있는 거대한 누선조차 넘실거리는 파도에 이리저리 흔들릴 정도였다. 배에 타고 있는 수병들은 도백의 명에 따라 분주히 움직이며 돛을 내리고 밧줄을 단단히 고정시키는 중이었다. 새로 훈련시킨 수군을 이끌고 광릉에 온 지 며칠이 지나도록, 거센 바람 때문에 누선을 타고 강을 따라 순시를 할 기회조차 잡기 힘들었다.

조비는 무료함을 느끼며 몸을 내밀어 맞은편 기슭 쪽을 바라보았다. 백 리에 달하는 방호 시설과 셀 수 없이 많은 목책 및 망루가 세워져 있고, 그 위로 개미 떼처럼 많은 병사들이 순찰을 돌고 있었다. 수천 수백 개에 달하는 깃발이 바람에 펄럭이니, 그야말로 장관이 따로 없었다. 맞은편 기슭에 주둔하고 있는 군대의 수장은 오나라 명장 서성으로, 방어전에 능한 강표호신(江表虎臣) 중 한 명이었다.

조비는 고개를 가로저었다.

"자네들 진주조의 정보가 어찌 이리 정확도가 떨어진단 말인가? 지난달에만 해도 강의 방어망이 허술하다더니, 어찌 한 달 사이에 저리도 견고해질 수 있단 말인가?"

장제가 한 발자국 성큼 앞으로 나왔다.

"폐하, 듣자 하니 서성이 대군 오는 것을 알고 맞은편 기슭에 깃발을 더 배치하고 가짜 망루를 설치해 위장 전술을 펼치고 있다고 합니다. 이 백 리에 달하는 방어 시설도 그중 6, 7할은 아마도 가짜일 것입니다."

"그렇다면 우리가 밤을 틈타 몽동(艨艟) 몇 척을 띄워 시찰을 나가보면 어떻겠는가?"

"지금은 바람이 너무 강해 위험합니다. 폐하, 장강은 천연의 요새로, 특히 지금처럼 광풍이 불 때는 절대 함부로 건너서는 안 됩니다. 건안 21년에 동습이 다섯 척의 누선을 띄워 강을 건너려 했지만 광풍을 만나 전부 침몰하고 말았습니다. 누선에 타고 있던 병사들은 물론 동습조차 목숨을 건지지 못했지요."

"알겠네. 조급할 필요 없으니, 여기서 더 머문다 한들 무슨 상관이 있겠는가?"

조비가 웃으며 말했다.

"손권이 무슨 새로운 정책을 추진 중이라, 조정은 물론 민심이 흉흉하다더군. 지금 내가 대군을 이끌고 변경을 압박하고 있으니, 이미 그를 진퇴양난으로 밀어붙이고 있는 셈이네. 무창을 지키고 앉아 있으면 민심을 달랠 수야 있겠지만 군대가 힘을 쓰지 못하니, 강의 방어선이 뚫릴 것을 걱정하고 있을 테지. 반대로 군대를 이끌고 나와 저항을 하려니 궁 안에서 일어날 갈등과 분규가 걱정될 것이네. 솔직히 지금 그자의 표정이 어떨지, 그 면상을 한번 보고 싶을 정도라네."

"만약 손권이 태자 손등에게 감국(監國)을 하게 하고 대군을 이끌고 이곳으로 온다면 어찌 합니까?"

"손등은 그럴 만한 깜냥이 되지 않네. 유가 도덕에 파묻혀 살아 예법을 중시하고, 성정이 어질고 관대해 모든 일을 성인의 가르침에 따라 하려고만 들지. 손등이 한 가지 놓치고 있는 사실이 있네. 이런 성인들의 글은 모두 신하들의 마음을 교화하고 농락하기 위해 쓰였다는 사실이지. 한 나라의 군주라는 자가 매사 성인의 가르침을 따른다면 자멸을 향해 가는 것과 다를 바 없네. 춘추 연간에 송(宋) 양공(襄公)은 초나라 군대와 홍수(泓水)에서 결전을 벌일 때 인의를 따르기 위해 그들이 강을 건너 대오를 정비할 때까지 기다렸다 전투를 벌였고, 그 결과 참패를 하고 말았지. 그 역시 큰 부상을 입고 이듬해 죽고 말았네. 인의만으로는 아무것도 얻을 수 없는 것이 바로 세상살이의 이치네. 손등처럼 고지식한 자는 강동파와 회사파 세도가 호족들을 절대 제압할 수 없네. 만약 그가 평범한 사족 집안에서 태어났다면 훌륭한 인품을 지닌 선비로 살아갈 수 있었을 테지. 그가 제왕의 가문에 태어난 것이 안타까울 뿐이네. 손권이 그에게 왕위를 물려준다면, 지금 동오의 정세로 볼 때 망국의 군주가 되는 수순을 밟게 될 것이네."

"다시 말해서, 손권이 군대를 이끌고 와서 맞선다면 후방이 불안해진다는 얘기가 되겠군요."

장제가 말했다.

"문제가 그것뿐이겠는가? 그가 새로운 정책을 추진하면서 회사파와 강동파 안에서도 많은 이가 불만을 드러내고 있네. 진주조에서 일찌감치 손을 써놓고 있으니, 그가 군대를 이끌고 북상하게 되면 무창이 계속해서 동오에 속해 있을지 장담하기 어려울 것이네."

조비가 두 눈을 살며시 감으며 득의양양한 표정을 드러냈다.

"싸우지 않고도 상대를 이기는 병법이라는 것이 바로 이런 것이네. 손권은 천하가 셋으로 나뉘어 모양새를 갖출 무렵을 틈타, 관리 체계를 정비하고 새로운 정책을 추진해 권력을 집중시키고 국력과 군비를 증강하려 하고 있지. 하지만 과연 내가 그에게 그런 기회를 줄 것 같은가?"

조비는 지난 4년 동안 황제 노릇을 하면서 때를 기다릴 줄도 알게 됐지만, 그 대신 이전보다 더 편협해지고 스스로 공을 자랑하는 경향이 강해졌다. 지난 2년 동안 명장 하후상(夏侯尙)과 조홍(曹洪) 등이 사소한 일로 조비에게 질책을 받고 파면까지 당했다. 지금 위나라 조정에서 감히 조비의 말을 거역할 수 있는 사람은 이미 몇 되지 않았다.

장제가 공수를 하며 그를 치켜세웠다.

"폐하께서 그리 먼 앞날까지 내다보시며 전략과 전술을 짜시다니, 실로 위나라 조정의 대복이옵니다."

조비가 흡족한 듯 웃으며 고개를 끄덕인 후 화제를 돌렸다.

"예전에 자네 밑에 있었던 그 가일이라는 자가 지금 동오의 해번영에 있다지?"

"네, 손상향 휘하로 들어가 익운교위가 됐습니다. 지난 몇 년 동안 중요한 사건을 몇 개 해결해 나름 인정을 받고 있는 듯합니다. 신이 한 가지 궁금한 것이 있사옵니다. 원래 폐하께서는 그를 죽이려 하지 않으셨습니까? 근데 왜 마음을 바꾸신 것입니까?"

"사마의가 나에게 일깨워준 것이 있네. 시야를 넓히고 좀 더 멀리 내다볼 줄 알아야 한다고 했지. 지난 몇 년 동안 각국에서 배반하고 도망친 신하들이 적지 않고, 대부분 좋은 대접을 받고 있네. 지금 천하가 셋으로 나뉘었고, 진주조·군의사·해번영이 모두 적지에 첩자와 밀정을 심어두고 있지. 하지만 그들 중 높은 자리까지 올라갈 수 있는 사람은 극히 드무네. 그래서 나는 배신하고 도망친 자들을 서둘러 모두 죽일 필요가 없다고 생각하네. 그들이 그곳 생활에 익숙해질 때까지 기다렸다가 적당한 기회에 사람을 보내 거짓 투항을 시키고, 적의 조정에 잠복해 기밀 정보를 전달하거나 중신을 암살하게 만들 생각이네. 가일 하나 때문에 이 계획을 망칠 수야 없겠지."

장제가 고개를 숙이며 말했다.

"폐하께서 신에게 인재를 선발해 공들여 키우라고 한 것도 이런 큰 뜻을 위해 초석을 다지신 것이었군요."

"맞네. 지금까지 지켜본 결과 좋은 싹들이 움터서 자라고 있는 것이 보이더군. 곽수(郭脩)·은번(隱藩)만 봐도 그러하지 않은가? 앞으로 2년 정도 후에 그들을 지방관으로 임명하고, 다시 기회를 봐서 거짓 투항을 하게 만들 생각이네."

"다만…… 이들이 적지로 간다 해도, 단시간 내에 신임을 얻기는 힘들 것이옵니다."

"그래서 멀리 내다볼 줄 알아야 한다는 것일세. 몇 년 혹은 10여 년의 시간을 들여서라도 그들이 높은 자리까지 오를 수 있도록 도와야 하네."

조비가 웅장한 기세의 강을 바라보며 미소를 지었다.

"그 성과가 꼭 내 때에 이루어질 수는 없겠지. 그러나 몇십 년 후에 그들이 병권을 잡거나 조정의 핵심 세력이 돼 있고 심지어 유선이나 손권을 암살할 수 있다면, 정말이지 세상이 깜짝 놀랄 일이 아니겠는가? 안팎으로 호응해 적을 무찌르고 부정부패한 세력을 뿌리 뽑을 수 있으니, 천하가 모두 우리 위나라 손에 들어올 것이네."

"폐하의 원대한 안목과 식견에 신은 그저 탄복할 뿐이옵니다."

장제는 공수를 하며 조비를 칭찬하면서도, 한편으로는 사마의의 능력에 두려운 마음마저 들었다. 최고의 책사는 세상을 깜짝 놀라게 할 만한 계책을 얼마나 많이 바쳤는지가 아니라 말을 에둘러 상대를 자신이 생각하는 방향으로 이끄는 능력에 의해 결정된다. 조비는 이미 자신도 모르는 사이에 사마의의 영향을 받고 있었다. 사마의의 조련술이 이미 최고의 경지에 이르렀다고 할 만했다.

어찌 됐든 상관없다. 어차피 그는 적이 아니다. 장제는 이런 생각을 떨쳐내며 조비의 시선을 따라 맞은편 기슭을 바라보았다.

노반 공주가 백서를 손권에게 바치고 옆자리에 앉아 조용히 그의 반응을 기다렸다.

손권은 백서를 펼쳐 들고 꼼꼼히 읽어 내려갔다. 그는 절반 정도 읽어 내려가는 내내 연신 고개를 끄덕이고 수염을 쓸어내리며 흡족한 미소를 지었다. 두 번째 관리 감원 정책은 원성이 자자한 가운데 이미 막바지에 접어들고 있었다. 손권은 선조와 손등, 노반 공주에게 곧 이어질 관원 심사를 어떻게 진행해 관리를 선발할지에 대해 방책을 내도록 한 후 함께 논의하고자 했다. 공주는 선조와 손등보다 하루 늦게 방책을 올렸다.

손권이 흡족해하는 표정을 보며 공주가 조심스레 물었다.

"아바마마, 소녀의 방책이 쓸 만하옵니까?"

"물론이다."

손권이 백서에서 눈을 떼지 않고 대답했다.

"선조와 등이가 올린 것보다 훨씬 좋구나. 선조의 기염은 법가에 치우쳐 논했고, 등이는 유가 경전에 너무 치우쳐 있었지. 너만이 둔전(屯田)·치민(治民)·형송(刑訟) 등에 관한 물음을 생각했구나."

"기 상서의 방책이 법가에 편중된 것은 상행하효(上行下效: 윗사람이 하는 것을 아랫사람이 따라하다)의 틀을 다시 바로잡기 위한 것이고, 등 오라버니의 방책이 유가에 편중된 것은 아마도 관리의 품덕을 갖추고자 한 것이겠지요."

336

공주가 웃으며 말했다.

"소녀만이 그렇게 멀리 내다보고 생각하지 못한 채 관리의 기본적인 도리에만 치중했으니, 두 사람의 비웃음을 살까 걱정이옵니다."

"우리 조정에서 가장 넘쳐나는 것이 바로 입으로만 도리를 떠벌리며 행동으로 옮길 줄 모르는 자들이다. 그래서 두 번의 감원 정책이 시행된 것이니라. 너의 방책을 중심으로 두 사람의 방책을 보완한다면 당장이라도 심사 작업을 시작할 수 있을 것이다. 이 일은 빠를수록 좋으니, 절대 지체하면 안 된다."

"아바마마, 이번 정책이 다 마무리되면, 다시 군대를 이끌고 북상해 조비와 대적하실 것이옵니까?"

손권이 한숨을 내쉬었다.

"그때 가면 늦지 않을지 걱정이구나. 서성이 수비에 능한 장수고 주위의 장병들을 보내 지원을 하고 있지만, 위나라에서 천자가 직접 출정을 했으니 오왕인 내가 직접 나가 대적하지 않으면 군심이 동요하고 사기가 꺾일 우려가 있느니라. 조비는 욕심이 많고 잔인한 자답게 기회를 정확히 간파하고 직접 출정을 나섰으니, 내 요 며칠 침식을 잊을 만큼 마음이 편치 않구나."

공주가 미소를 지었다.

"아바마마, 걱정하실 필요 없으세요. 관원을 심사하는 일이 시행되는 사이에 군량을 준비하고 병력을 이동시킨 후, 두 가지 일이 모두 어느 정도 궤도에 오르고 나면 조정의 일을 등 오라버니에게 맡기세요. 그때 다시 북상해도 늦지 않을 것이옵니다."

손권은 가타부타 말을 하지 않은 채 도리어 그녀에게 물었다.

"혹 가일의 벗이라는 그 소한이라는 자를 풀어줄 생각을 하고 있는 것이냐?"

"네."

공주가 대답했다.

"소녀가 생각하기에 소한이 비록 잘못을 했지만 고의가 아니었고, 계속 감옥에 가둬두면 조정을 위해 일하는 자들이 몸을 사리게 될까 걱정이 되옵니다."

"듣자 하니 등이가 너를 찾아가 부탁을 했다지?"

손권의 말투만 들어서는 아무런 감정도 읽어낼 수 없었다.

"오라버니가 찾아와 부탁을 하기에 소녀도 정말 뜻밖이었답니다. 하오나 소녀가 보기에 오라버니는 가일과 교분이 그리 두터워 보이지 않았습니다. 아무래도 오라버니가 마음이 여리고 남을 돕는 걸 좋아하다 보니 그런 것이겠지요."

"그리 두둔해줄 필요 없느니라. 등이의 성격상 파벌 없는 신하 쪽에 손을 뻗을 리 없다는 것을 내 어찌 모르겠느냐? 다만 가일이 저군과 손을 잡은 것이 소한을 빼내기 위해 위험을 감수한 것인지, 아니면 다른 마음을 품고 그의 편에 선 것인지 판단이 서지 않는구나."

"소녀가 지금까지 가일을 몇 번 만나보니, 명리를 추구하지 않는 사람이라는 느낌이 들었는걸요. 더구나 송백은 서리를 맞고도 더 꿋꿋하게 서 있고 그 잎이 더 무성해진다 했으니, 아바마마야말로 그런 기질을 타고난 분이 아니시옵니까? 설사 가일이 살길을 남겨두려 한다 해도, 위험을 감수하면서까지 이리 빨리 손을 쓸 이유가 없을 것이옵니다."

손권은 한참을 침묵하다 이내 고개를 가로저었다.

"그리 쉽게 장담할 일이 아니다."

노반 공주는 더 이상 아무 말도 하지 않았다. 그녀는 손권의 마음속에 드리워진 무거운 그림자를 고작 몇 마디 말로 걷어낼 수 없다는 것을 잘 알고 있었다. 일전에 주치가 독살되기 전에 손권 역시 오왕부 안에서 독살될 위기를 가까스로 넘겼다. 그날 밤 그는 식사를 마친 후 복통과 흉통은 물론 어지럽고 사지가 차가워지는 증상이 느껴지자, 급히 어의를 불러들여 비상에 중독됐다는 것을 알게 됐다. 그는 신속하게 석청(石靑)·방풍(防風)을 복용한 뒤 먹은 것을 모두 토해내고 나서야 위기를 넘길 수 있었다. 그 후 손권은 이 사실이 밖으로 새어 나가지 못하도록 철저히 입막음을 했다. 심지어 당일 그의 시중을 들었던 태감과 궁녀 들까지 모두 죽였다. 이 사실을 아는 사람은 공주를 비롯한 극소수뿐이었다.

손권은 해번영 우부독 여일에게 밀령을 넣어 이 사건을 극비리에 조사시켰다. 범인은 바로 주방 일을 총책임지는 자였다. 이자는 스스로 진주조의 밀정이라고 밝히며, 조비의 밀령을 받아 손권을 독살하려 했다고 자백했다. 그리고 그는 심문 과정에서 고문을 견디지 못하고 혀를 깨물고 자결했다. 여일이 상주문을 올려, 범인의 진술에 의심할 만한 점이 많은 것으로 보아 진주조 밀정일 가능성이 매우 적다고 말했다. 그는 범인이 강동파 혹은 회사파와 연루돼 있을 가능성을 염두에 두었지만, 단서가 없기 때문에 더 이상 수사를 진행할 방도가 없었다.

손권은 여일의 추정을 거의 기정사실로 받아들였다. 일찍이 평준·균수·주각 등의 정책을 시행할 때, 해번영은 강동파와 회사파 중 사리 분별을 못하고 자신이 가장 많은 손해를 입었다고 느끼는 자들이 손권을 제거하고 손등을 왕위에 올리기 위해 밀모를 꾸민다는 소문을 입수했다. 그들은 유약한 손등이 제위에 오르면 그를 꼭두각시로 삼아 세도가 호족과 손씨 집안이 함께 강동을 통치하는 꿈을 실현시킬 수 있다고 여겼다.

이상하게도 사람들은, 남은 실패해도 자신만은 그렇지 않을 거라고 확신한다. 과거 형주 사족도 이런 식의 생각을 하다 비참하게 전멸했다. 다만 이들은 아직 사활을 알 수 없을 뿐이다. 손권은 밀령을 이미 여일에게 전했고, 이 두 번의 감원 기회를 이용해 암암리에 가장 격렬하게 반대하는 자들과 불평불만이 많은 사족들의 명단을 기록해두고 한 번에 처리할 기회를 기다리고 있었다.

노반 공주가 허리를 살짝 숙이며 공손하게 말했다.

"최근 가일의 수사 속도가 빨라지고 있어요. 얼마 전에는 절 찾아와서 이것저것 물어보고 갔는데, 손오가 철 공자를 위해 일을 한 혐의점을 이미 찾았다고 하더군요."

손권의 미간이 좁아졌다.

"가일은 사건 수사의 귀재라 불릴지는 몰라도, 조정 일에 있어서는 상당히 서툰 면이 많은 자니라. 그는 손상향의 천거를 받아 해번영에 들어갔고 지난 몇 년 동안 꽤 괜찮은 실력을 보여준 귀한 인재인 셈이니, 좀 더 지켜보도록 하자꾸나."

공주가 대답을 한 후 물었다.

"아바마마, 관원을 심사하는 일을 기염과 등 오라버니 중 누구에게 맡기실 작정이시옵니까?"

"당연히 내가 직접 주재할 것이다."

손권이 항변의 여지조차 남기지 않고 말했다.

"알겠사옵니다. 며칠 안에 소녀가 아바마마께서 분부하신 내용에 맞춰 계획과 책략을 세워보겠사옵니다."

손권이 전에 없이 그녀를 위로했다.

"고생이 많구나. 이 일이 다 처리되면, 밤낮없이 일하며 몸을 망치지 말고 좀 쉬도록 하거라."

노반 공주가 고개를 끄덕이며 대전에서 물러나갔다. 그녀는 월문을 지나 오왕부 앞에 세워둔 자신의 마차 옆으로 가서 대나무 주렴을 걷어 올리고 안으로 들어갔다. 주렴을 내리고 외부의 빛이 거의 차단되고 나서야 공주는 피곤한 듯 의자에 등을 기댔다. 그 순간 그녀의 입가에서 보일 듯 말

듯 쓴웃음이 떠올랐다.

　해번영 수하들이 방에 들어가 궤짝을 뒤집어가며 샅샅이 수색을 하는
동안, 영맥은 정원에 앉아 기다리고 있었다. 손오의 집을 수색하는 일은 단
지 통과 의례일 뿐이었다. 그는 그 안에서 단서를 발견할 거라고 기대조차
하지 않았다. 지금 그가 신경 쓰고 있는 일은, 암암리에 우청을 수사하는
과정에서 갈수록 이상한 점이 드러나고 있다는 것뿐이었다.

　가일을 죽이려던 반첩이 우청과 잘 알고 지냈고, 두 사람의 관계도 꽤 좋
았다. 반첩은 주치를 따라 무창에 올 때면 늘 우청을 만나러 가고는 했다.
그렇지만 반첩이 가일을 죽이려던 계획이 실패한 후에 우청은 그녀에 대
해 물어보기는커녕 장례에 참석조차 하지 않았다. 진삼이 도위부 감옥에
서 급작스럽게 병사를 하기 전에도 우청은 도위부 사건 기록부를 가져다
보았다. 손오가 불에 타 죽던 그날 우청의 행적을 아는 사람은 아무도 없었
다. 게다가 영맥은 그녀가 오기와 거의 동시에 추의각에 나타난 것을 보았
다. 이 모든 정황이 우청에 대한 의심으로 이어졌고, 그 의심은 점점 깊어
져갔다.

　영맥은 우청이 바로 철 공자일지도 모른다는 생각을 잠깐 해본 적이 있
었지만, 이내 머릿속에서 지워버렸다. 반첩·진송·손오 등의 상황을 통틀
어 추리해볼 때 철 공자는 왕실 종친일 가능성이 가장 컸고, 그렇다면 우청
과 신분이 맞지 않았다. 게다가 영맥이 아는 한 우청은 모든 사건이 긴밀하
게 연결돼 있는, 이런 치밀한 판을 짤 만한 능력의 소유자가 아니었다. 우
청은 반첩과 마찬가지로 철 공자를 위해 일하는 존재에 가까웠다. 도대체
어떤 자이기에 해번영의 좌부독을 휘하로 끌어들일 수 있었던 거지? 이런
저런 생각을 하다 보니, 그럴 만한 자격이 되는 사람은 태자 손등밖에 없어
보였다. 하지만 철 공자가 하는 이 모든 일은 손등에게 절대적으로 불리하

니, 앞뒤가 맞지 않았다.

사실 철 공자가 누구인지 알아내는 것은 영맥에게 큰 의미가 없었다. 우청과 철 공자 같은 인물은 본래 그가 반드시 수사해야 하거나 수사할 수 있는 대상이 아니었다. 그의 본래 목적과 지존이 그에게 맡긴 임무는 단지 한선을 제대로 수사하는 것뿐이었다. 원래는 가일부터 수사를 진행하면 한선에 관한 단서를 찾을 수 있을 거라고 생각했다. 그러나 몇 차례 수사를 진행하면서, 비록 의심 가는 점은 많았지만 손에 넣은 단서가 모두 무용지물이 되며 이제 거의 사방에 벽이 둘러쳐진 기분이 들 정도였다. 한선의 수단은 철 공자보다 더 은밀하고 자신을 드러내지 않는다. 진주조와 암투를 벌였던 지난 10여 년 동안 단 한 번도 진짜 한선의 존재가 드러나지 않은 것만 봐도 영맥은 그의 상대가 되지 않았다.

지금 그는 가일의 제안을 받아들여, 각자 철 공자와 우청을 수사하는 것 외에 달리 방도가 없었다. 만약 반첩은 물론 우청까지 연관돼 있다면, 이 일련의 사건에서 한선은 전혀 개입하지 않은 것이 분명하다. 그렇다면 한선의 영패는 철 공자가 의도적으로 만든 눈속임에 불과할 뿐이다. 진송 사건 현장과 경화수월에서 발견된 한선의 영패는 그가 가지고 있는 그것과 미세한 차이를 보여주었다. 이 때문에 영맥은 또 다른 가능성을 열어두고 암암리에 조사를 해왔지만, 안타깝게도 아무런 수확이 없었다.

이런저런 생각에 빠져 있던 영맥은 방에서 그를 부르는 소리에 놀라 고개를 번쩍 들었다. 잠시 후 달려 나온 조명의 손에 황금빛 영패가 들려 있었다. 자세히 들여다보니 과연 한선의 영패였다. 영맥은 영패를 받아 든 후 계속 수사를 하라고 손짓을 했다.

조명이 잘 이해가 안 되는 듯 물었다.

"이건 손오 역시 한선이 보낸 사람에게 죽었다는 증거가 아닙니까?"

얼마 전에 조명은 실수로 진주조의 첩자를 놓치는 바람에 우청의 눈 밖에 나 옥에 갇힌 적이 있었다. 그 후 영맥이 무창성 안에 있는 진주조 첩자를 전부 색출해내고 나서야 그는 겨우 풀려날 수 있었다. 이때부터 조명은 영맥을 은인으로 여기며 충직하게 그를 따랐다.

영맥은 인내심을 가지고 그에게 설명을 해주었다.

"영패 하나 정도는, 실력이 뛰어난 장인이라면 누구나 그것을 모방해 똑같이 만들어낼 수 있네. 진송 사건부터 시작해서 이미 세 개의 영패가 발견됐지. 아무리 멍청해도 무려 세 번이나 실수로 영패를 떨어뜨리고 간다는 것은 있을 수 없는 일이네. 만약 한선의 사람이 모두 이런 오합지졸이었다면 진주조에서 일찌감치 그들을 발본색원했을 테지."

조명은 그제야 상황이 이해가 됐다.

"누군가 한선의 영패를 이용해 시선을 다른 데로 돌리려는 거였군요."

영맥이 고개를 끄덕였다. 그가 신임하는 또 다른 해번위 도백 진기와 달리, 조명은 몸을 쓰는 일은 잘하지만 머리 회전은 그리 빠르지 않았다. 진기는 오기 사건을 수사하는 과정에서 영맥에게, 누군가에게 화를 전가하기 위한 계책일 수 있다며 그 가능성을 제기하기도 했다. 하지만 조명은 지금까지도 사건의 맥을 짚지 못하고 있었다.

"아, 도위 댁 이웃에 사는 주백(周伯)의 아들이 그저께 조서로 도위를 찾아왔었습니다. 그때 도위께서 안 계셔서 그냥 돌려보냈는데, 다시 찾아왔습니까?"

조명이 물었다.

영맥은 순간 긴장했다. 며칠 전 그는 주백의 집을 찾아가 3년 전 그의 아내가 살해되던 날 밤의 상황을 에둘러 물어본 적이 있었다. 지난 몇 년 동안 이미 수없이 물어본 말이었지만, 이번만큼은 그 방법을 달리해 간접적으로 접근을 했다. 그는 우청의 외모와 평소 자주 입는 옷차림의 특징을 세세하게 들려준 후, 그날 그런 비슷한 자를 보았는지 물어보았다. 주백이 한참 동안 기억을 더듬어보는 듯했지만 결론은 똑같았다. 당시 영맥은 그에게, 이 일을 다른 사람에게 절대 누설해서는 안 된다고 신신당부를 했다. 그런데 그 후 그의 아들이 왜 조서를 찾아온 것일까? 설마 주백이 새로운 기억이라도 떠올린 것일까?

영맥은 대수로울 것 없다는 듯 대답했다.

"집에 못 들어간 지 여러 날이 됐으니, 그를 볼 일이 없었네. 그자가 무슨 일로 날 찾아왔다고 하던가?"

"무슨 다급한 일이 있는 듯 보였는데, 물어보지를 못했습니다. 그때 진기가 그자와 이야기를 나눴는데, 도위께 보고를 올리지 않았습니까?"

조명이 고개를 가로저었다.

"아무래도 요즘 사건 수사 때문에 너무 바빠 깜빡했나 봅니다."

"아마 큰일은 아닐 걸세. 그러고 보니 진기가 어찌 안 보이는가?"

"도위께서도 정신이 없기는 매한가지인가 봅니다. 진기는 오늘 번을 서는 날이 아닙니다."

"아, 그렇군."

영맥이 일어나 방으로 들어갔다. 방 안은 이미 정신없이 어질러져 있었고, 그 한선의 영패 외에 달리 또 나올 만한 것은 없어 보였다.

그가 돌아서며 조명에게 지시를 내렸다.

"다시 꼼꼼히 찾아보고, 더 이상 나올 게 없다고 판단되면 곧장 조서로 돌아오게."

조명이 대답을 한 후 물었다.

"먼저 조서로 돌아가시는 겁니까?"

"아니네. 아는 분을 만나뵈러 가네."

영맥이 느릿느릿 발걸음을 옮겼다. 하지만 그는 문을 나서자마자 말에 올라타 채찍을 휘두르며 서둘러 떠나갔다. 지금 그의 관심은 주백이 무슨 기억을 떠올렸는지가 아니라, 주백의 아들이 진기와 무슨 말을 나누었는지에 온통 쏠려 있었다. 비록 지난 몇 년 동안 진기와 함께 일하며 서로 좋은 관계를 유지하고 있다 해도, 이런 일과 맞닥뜨렸을 때 자기방어 심리가 작용하면 비밀을 숨기기 힘들어질 수밖에 없다. 만약 그가 우청에게 보고를 올렸다면, 그 결과는 가히 짐작할 만했다.

일각의 시간이 흐른 후 영맥은 이미 집 앞 골목길에 다다랐고, 골목 안에서 어렴풋이 곡소리가 들려왔다. 그가 말에서 내려 골목 입구로 들어서니, 주백의 집 문 앞에 상장(喪杖)이 세워져 있었다.

영맥이 의아한 표정으로 그의 집 앞으로 다가가 안을 들여다보았다. 마당에 검은 관이 놓여 있고, 상복을 입은 몇 사람이 고개를 숙인 채 울고 있었다. 일을 도와주러 온 이웃이 그에게 다가와 하얀 천 조각을 건넸다. 영맥은 그 천을 오른팔에 묶었다.

"어찌 된 일인가? 누가 간 것인가?"

영맥이 그에게 물었다.

"에휴, 주백의 아들입니다. 아들이 아비보다 먼저 갔으니……."

"주백의 아들이 죽어?"

영맥이 믿기지 않는 듯 되물었다.

"며칠 전만 해도 멀쩡하던 이가 왜 갑자기 죽는단 말인가?"

"듣자 하니 밤에 집으로 오는 길에 마차에 치여 죽었다 하옵니다."

"어느 집 마차였는가?"

"밤이라 너무 어두워 제대로 본 사람이 아무도 없답니다. 영 도위, 한 동네 사는 이웃이니, 들어가서 향을 피우시겠습니까?"

영맥이 고개를 끄덕이며 안으로 들어갔다. 주백이 일어나 그를 맞으며 향 세 개를 그에게 건넸다. 영맥이 향을 피우고 절을 한 후 동전을 한 움큼 꺼내 주백에게 건넸다.

"이리 허망하게 갈 줄 누가 알았겠습니까? 작은 성의니 받아두십시오."

주백이 눈시울이 붉어진 채 한숨을 내쉬었다.

"지금 이런 말을 묻는 게 좀 그렇지만, 부하에게 듣기로 그저께 아드님이 조서로 나를 찾아왔다더군요. 무슨 일인지 아십니까?"

주백이 어리둥절한 표정으로 물었다.

"그저께? 그저께라면 잠깐 나갔다 온다고 나가긴 했는데, 자네를 찾아간 줄은 몰랐네."

"그저께 돌아오기는 했습니까?"

"물론이지. 집에서 한참 머무르다 답답했는지, 바람 좀 쐬고 오겠다며 나갔네."

"나갈 때 별다른 말은 없었습니까?"

"없었네."

"그럼 평소와 다른 점은 없었습니까?"

"딱히 그런 건⋯⋯."

주백이 무언가 생각난 듯 다급히 물었다.

"영 도위, 혹시 내 아들이 무슨 사건에 연루된 것인가?"

"아닙니다. 그런 거 아니니 안심하십시오. 아드님에게 물어볼 게 좀 있었는데, 이런 일이 생겼을 줄은 몰랐습니다. 몸을 잘 챙기고, 너무 상심하지 마십시오."

주백은 소맷자락으로 눈물을 훔치며 대답을 하려는데, 또 다른 문상객이 대문을 들어서고 있었다. 그는 어쩔 수 없이 영맥에게 양해를 구하고 그들을 맞으러 갔다. 영맥은 그곳을 나와 자신의 집으로 들어가 뜰에 있는 돌 의자에 앉았다. 그는 주백 아들의 갑작스러운 죽음이 믿기지 않았다. 시간 상 주백의 아들은 집에 있을 때 그의 부친에게서 영맥이 물었던 일을 들었고, 바로 해번영 조서로 영맥을 찾아갔다가 진기를 만난 것이 분명했다.

이해가 안 되는 부분은 바로 여기서부터다. 만약 영맥이 우청을 뒷조사하고 있다는 사실을 진기가 알아채고 우청에게 보고하기로 결정했다면, 주백의 아들을 증인으로 남겨놓아야 한다. 반대로 진기가 몰랐다면 주백의 아들을 죽일 필요가 없다. 설사 진기가 우청에게 보고를 올리지 않기로 결정했다 해도, 영맥에게 모든 사실을 알려야 마땅했다. 그가 제멋대로 주백의 아들을 죽여 입을 막고, 심지어 그 후에조차 아무 말도 하지 않는다는 것은 있을 수 없는 일이었다.

이것이 도대체 어떻게 된 일이지? 그러다 어느 순간 영맥은 간담이 서늘해지는 두려움에 휩싸였다. 지금 그는 이미 한선을 쫓는 사냥꾼에서 누군가에게 쫓기는 사냥감이 돼 있었다.

가일은 회랑 기둥에 기대 금로주(金露酒)를 가득 채운 술병을 들고 한 모금 들이켰다. 그러자 얼얼한 느낌이 목구멍을 따라 흘러 들어가 오장육부로 스며들었고, 그 열기가 단전에서부터 솟구쳐 올라오는 듯했다. 이것은 강동의 술에 익숙하지 않은 가일을 위해 소한이 특별히 거금을 들여 북방에서 사 온 술이었다.

태자 손등의 서신이 인편을 통해 전해졌다. 그는 노반 공주를 찾아가 소한을 풀어달라고 설득한 끝에 간신히 그를 빼내는 데 성공했다고 알려왔다. 마침내 이 일이 일단락됐지만, 가일은 여전히 근심에서 헤어 나올 수 없었다. 손권 쪽에서 이미 그를 의심하기 시작했을 터였다.

그는 담담하게 웃으며 술병을 들어 허공에 매달린 달을 향해 건배를 한 후, 또 한 모금을 벌컥 들이마셨다. 그는 두 눈을 감고 온몸으로 퍼져나가는 뜨거운 기운에 자신을 고스란히 맡겼다. 한선의 객경 신분으로 해번영에 잠복해 지낸 지난 세월 동안, 그는 늘 살얼음판을 걷는 듯 전전긍긍하며 살아야 했다. 지난 5년의 세월 동안 그에게 남겨진 미련이나 즐거운 기억이 있다면 손몽과 소한·진풍의 존재뿐이었다. 비록 손등에게 부탁을 한 일이 그의 처지와 어울리지 않는 행동이었다 해도 상관없었다. 그는 출세와 부귀영화를 쫓지 않고, 한선과의 관계도 별다른 귀속감이 있다기보다 그저 속박에 지나지 않았다.

귓가를 스치는 희미한 바람 소리에 가일이 고개를 돌려 회랑 쪽을 쳐다보았다. 언제부터인지 모르지만, 가일조차 눈치 채지 못한 사이에 검은 옷차림의 사내가 그곳에 서 있었다. 그는 가일과 멀지 않은 곳에 서 있었지만 복면을 쓰고 있어 얼굴을 볼 수 없었고, 몸이 살짝 구부정하다는 정도의 인상만 줄 뿐이었다. 한밤중이라 경화수월 안은 오가는 사람이 아무도 없었다. 이 복면의 사내는 귀신처럼 그곳에 서서 미동조차 하지 않았다. 가일은 아무런 반응을 보이지 않은 채 술병을 들어 다시 한 모금을 들이켰다.

검은 옷의 사내가 희미하게 한숨을 내쉬었고, 그 소리는 마치 차가운 바람이 얼어붙은 수면 위를 스치고 지나가는 듯했다. 잠시 후 그의 거칠고 메마른 목소리가 들려왔다.

"인내할 줄 알아야 뜻을 이룬다."

이것은 한선의 암호였다. 가일 역시 그다음 구절이 무엇인지 너무나 잘 알고 있었다. 하지만 그는 암호를 대지 않은 채 희미하게 미소를 지으며 그를 쳐다보았다.

"앉게. 무슨 일로 날 찾아온 것인가?"

"인내할 줄 알아야 뜻을 이룬다."

사내는 꼼짝도 하지 않은 채 싸늘한 목소리로 암호문을 다시 읊조렸다.

"마음이 없으면 근심 걱정도 없다."

가일은 어쩔 수 없이 웃음기가 사라진 얼굴로 암호를 댔다.

"가 교위, 서로의 존재를 알면서도 군이 암호를 대는 것처럼 어리석고 우스워 보여도 해야 하는 일이 있는 반면에, 한선의 객경으로서 절대 하면 안 되는 일들도 있네."

가일은 여전히 회랑 기둥에 기대서서 아무 말도 하지 않았다.

"자네는 소한을 구해내기 위해 이미 손권의 의심을 샀네. 그의 의심을 잠재우기 위해 앞으로 우리가 얼마나 많은 공을 들여야 하는지 생각해본 적이 있는가?"

"물론이네. 하지만 내게는 그럴 만한 가치가 있는 일이었네."

가일이 말했다.

"가치가 있는 일이었다……."

검은 그림자가 그의 말을 곱씹었다.

"나를 객경으로 받아들였을 때, 벗조차 구하면 안 된다는 규정을 누구에게서도 듣지 못했네."

"한선의 객경은 누구든 벗을 만들어서는 안 되네."

"사실 벗이 있어 더 도움이 되는 경우도 있네. 지난번 태평도 사건만 해도, 소한과 진풍이 없었다면……."

"그들을 이용하는 것은 상관없지만, 마음을 나눌 필요는 없네. 그들이 자네의 진짜 신분을 알게 된다면 어떻게 생각할 것 같은가? 벗? 우정이라는 것은 나약한 자들이 서로에게 기대고 위로받고 싶어 만든 핑계일 뿐이지. 자네는 외로운 것이 두려워 그러는 것뿐이네."

검은 그림자는 가일의 마음을 단호하게 비난했다.

"진짜 강한 자는 영원히 벗을 필요로 하지 않는 법이지."

가일은 아무 말 없이 술병을 들어 또 한 모금을 마셨다.

"다음은 없네. 만약 자네가 다시 벗을 구하기 위해 어리석은 행동을 한다면……."

검은 그림자가 잠시 뜸을 들이다 다시 입을 열었다.

"최악의 경우를 염두에 두어야 할 걸세."

"알겠네."

가일의 목소리는 여전히 담담했다.

"또 한 가지 물어볼 것이 있네. 왜 손 군주에게 손몽과의 혼담을 꺼내려 하는가? 손몽을 진심으로 좋아하는 것인가, 아니면 그녀가 전천과 닮았기 때문인가?"

"기막힌 정보력이군. 이 일을 자네도 알고 있는 건가?"

가일이 기가 막힌 듯 물었다.

"아무래도 내 일거수일투족이 자네들의 감시와 통제에서 벗어날 수 없어 보이는군."

"아직 대답을 듣지 못했네."

"태자 손등을 찾아가 청을 했으니, 이미 손권의 의심을 샀네. 손상향 군주에게 혼담을 넣어 손몽과 혼인을 하면 그의 의심에서 벗어날 수 있지 않겠는가? 군주부의 사위라는 신분은 언제 어디서나 손 군주, 다시 말해서 손권의 명을 들어야 하는 것을 의미하기도 하니 말일세. 손몽과의 혼인은 손등에게 청한 일을 만회하기 위한 후수에 불과하네."

"그 말은, 손몽에게 사사로운 정이 전혀 없다는 것인가?"

"아니, 물론 그녀를 좋아하네. 전천의 대신이 아니라 그녀, 손몽을 좋아하는 것이네."

"자네는 한선의 객경이네. 자네가 혼인을 하면 그녀를 행복하게 만들어 줄 수 있다고 보는가?"

검은 그림자가 비난하듯 말했다.

"전천이 어떻게 죽었는지 잊은 건가?"

"그건 나중 일이고, 지금은 눈앞의 일만 생각하면 그만이네. 지금 그런 일까지 생각하며 한 발자국도 나가지 못한다면, 구더기 무서워 장 못 담그는 것과 뭐가 다르겠는가?"

검은 그림자는 그 말을 묵묵히 듣고 난 후 차가운 어조로 대답했다.

"혼인도 나쁘지 않겠지. 어쨌든 부부가 친구보다 좀 더 든든한 울타리가 돼줄 수 있으니 말이네. 하나 손상향은 자네가 단양 호족의 천거를 받았다고 굳게 믿고 있네. 설사 자네가 손몽과 혼인을 한다 해도, 절대 자신의 신분을 누설해서는 안 되네. 발각되는 순간 우리는 그녀를 죽여 입을 막을 수밖에 없다는 것을 명심하게."

가일이 피곤하다는 듯 웃음을 보였다.

"강한 반대에 부딪힐 줄 알았는데, 일이 이렇게 수월하게 풀릴 줄은 몰랐군."

"객경에게 배우자가 있는 것도 나쁘지 않네. 지난 세월 동안 정신적 압박을 견디지 못하고 무너져 내린 객경이 적지 않았지. 자네가 계속 비밀을 지킬 수 있다면 앞으로 5년, 10년 후에 손몽을 데리고 멀리 떠나 은거할 수도 있네. 그곳에서 세상사에 간여하지 않고 산다면 누구도 자네를 찾아가 귀찮게 하는 일은 없을 걸세."

"그거 정말 감사한 일이군."

가일이 담담하게 말했다.

"우청의 일은 이미 조사가 끝났네. 한 가지 확실한 건, 그녀가 반첩·진송·오기·손오 등과 전부 알고 지냈고, 이 네 사람이 사고를 당했을 때마다 그녀 역시 종적을 감췄다는 것이네. 그녀는 철 공자 쪽의 사람이 확실하니, 자네도 조심하도록 하게."

"그녀를 죽여도 되는가?"

"그런 상황이 온다면 정당한 수단을 이용해 먼저 그녀의 죄명을 사실대로 증명할 수 있어야 하네. 그렇지 않으면 한선의 정체가 노출될 위험이 따르네. 사건을 해결하는 것보다 더 중요한 것이 바로 자기방어라는 것을 잊지 말게."

"알겠네."

"자네가 부탁한 선조에 대한 조사 결과도 이미 나왔네. 지금 선조의 인원은 96명이고, 그중 관원은 다섯 명, 서리가 서른한 명이네. 나머지는 모두 그곳을 지키는 병사들이지. 그자들 중 색인 목간을 이용하거나 가져가도 의심을 받지 않을 자는 스물두 명에 불과하네."

검은 그림자가 손을 뻗어 백서 하나를 가일을 향해 던졌다.

"가장 의심이 가는 자는 바로 기염과 서표 두 사람이네. 그러나 철 공자가 고의로 가짜 진을 짠 것은 아닌지 여부는 자네가 직접 알아보아야 할 것이네."

"알겠네. 내 며칠 안에 손을 쓸 생각이네."

"경화수월에서 발견된 그 한선의 영패는 조각 솜씨와 재질로 미루어 볼 때 양주 명장(名匠) 설해(薛海)가 만든 것이네. 이자는 자신의 솜씨에 자부심이 강해 영패에 자신의 성을 몰래 문양처럼 숨겨두는데, 붉은빛을 비춰야만 그것을 찾아낼 수 있지. 그의 이런 습관을 아는 자가 아니라면, 누가 모작을 만들었는지 알아챌 수 없네."

가일이 고개를 가로저었다.

"똑똑한 사람도 어리석은 짓을 할 때가 있다더니, 딱 그 격이군."

"일단 단서는 자네에게 주었으니, 이제 자네가 누구의 의심도 사지 않을 방법으로 수사를 하도록 하게. 그에게 영패를 만들라고 지시한 사람이 누구인지 알아내는 건 자네 수완에 달려 있네."

"안심하게. 자부심이 강한 그런 자를 상대하는 데 내 일가견이 있으니."

검은 그림자가 돌아서 가려는데, 가일이 돌연 질문을 던졌다.

"영맥의 부인 임열은 도대체 왜 죽은 건가?"

"그건 자네가 관심을 둘 일이 아니네."

"영맥의 말로는 그의 부인이 죽은 후 집을 이 잡듯 뒤진 끝에 벽돌 조각

아래서 방수포에 싸인 한선의 영패를 발견했다고 하더군. 나와 그자는 서로 거래를 하기로 했네. 내가 그의 부인이 왜 죽었는지를 밝혀주면 더 이상 나를 의심하거나 몰아붙이는 짓은 하지 않겠지."

"그자의 부인이 왜 죽었다고 생각하는가?"

가일이 반문했다.

"임열을 죽인 자가 철 공자와 관련이 있다고 보는가? 한선에게 또 화를 전가시키려는 저자들의 술책인 것인가? 아니면 임열이 어떤 일 때문에 한선과 이해 다툼이 벌어져 죽임을 당한 것은 아닌가?"

"이건 자네 임무와 관계없는 일이 아닌가? 개인적으로 관계가 있는 일인가? 왜 조사를 하려는 거지?"

"영맥과 약조를 했으니, 적어도 알아보기는 해야겠지. 철 공자와 관련된 이 골치 아픈 사건을 해결한 후에 내가 약조를 지키지 않았다는 걸 알게 되면 계속해서 날 괴롭힐 걸세."

"해번영 도위 하나 죽이는 것이 뭐가 그리 대수겠는가? 불의의 사고로 죽게 만들어줄 수 있네."

검은 그림자가 돌아서며 살기를 드러냈다.

회랑 저쪽에서 왁자지껄한 소리가 나는 것으로 보아 아무래도 진풍이 오는 듯했다.

가일이 고개를 돌려 힐끗 보니, 등롱의 불빛이 흔들리며 다가오는 모습이 모였다. 그가 무의식적으로 검은 그림자 쪽을 돌아보니, 그는 이미 마치 온 적도 없었던 것처럼 흔적도 없이 사라져버렸다.

"가일! 누가 왔는지 좀 보게!"

진풍이 등롱을 들어 올리며 회랑 저쪽에서부터 신바람이 나 달려왔다.

등롱의 흐릿한 불빛 뒤로 그 사람의 윤곽이 드러났다. 회색 심의는 찌든 때와 얼룩으로 더럽혀져 있고, 헝클어진 머리 위에 쓴 관도 살짝 비뚤어져

안 그래도 수척해진 얼굴이 더 말이 아니게 보였다. 엉망으로 변해버린 모습과 달리, 그는 득의양양한 표정으로 환하게 웃고 있었다.

소한은 가일의 손에서 술병을 뺏어 들더니 벌컥벌컥 들이켰다. 그러고 나서야 그는 고개를 들고 달을 향해, 답답한 속이 뻥 뚫린 듯 길게 숨을 토해냈다.

가일이 소한의 어깨를 토닥거리며 위로를 했다.

"돌아왔으니 됐네."

"고맙네."

소한이 웃으며 말했다.

가일은 소한이 감옥에서 얼마나 고초를 겪었는지 묻지 않았고, 소한도 가일에게 그를 빼내기 위해 얼마나 힘들었는지 묻지 않았다. 서로 말하지 않아도 아는 사이에 설명이나 공치사는 더 이상 필요하지 않았다.

진풍이 회랑 난간으로 뛰어 올라가 소리쳤다.

"술이나 마시러 가세! 소한, 내가 가서 주방장에게 맛있는 요리를 내오라고 하겠네. 자네 얼굴을 좀 보게. 그 여자 집에서 얼마나 고생을 했으면, 얼굴이 아주 형편없이 말랐어. 이제 돌아왔으니, 며칠 푹 쉬면서 몸보신을 좀 하게!"

소한이 고개를 숙여 자기 몸에서 나는 냄새를 맡았다.

"아무래도 먼저 좀 씻는 게 좋겠네. 나랑 같이 앉아 있으면 이 냄새에 다들 기절할 걸세."

"이런! 그 생각을 못 했군. 내가 가서 향란(香蘭) 잎을 가져다가 통에 띄워 둠세. 악취며 불길한 기운이 싹 다 사라질 걸세!"

진풍이 얼른 준비를 하러 달려갔다.

회랑에는 소한과 가일만이 남았다. 두 사람은 아무 말도 하지 않은 채 회랑 기둥에 기대 한참을 그렇게 서 있었다. 달이 구름 속을 서서히 지나가자 회랑에 어둠과 빛이 번갈아 이어졌고, 그것은 마치 시간이 화살처럼 빠르게 지나가는 듯한 착각을 불러일으켰다. 시간이 얼마나 지났는지조차 깨닫지 못하는 사이에 소한이 침묵을 깨고 물었다.

"준비는 다 됐는가?"

가일이 밤하늘을 올려다보았다.

"이런 적수를 상대하는데 어찌 감히 준비를 논할 수 있겠는가?"

소한이 웃으며 말했다.

"이번에는 어찌 이리 자신이 없는 것인가?"

"자신이 없다는 말이 맞을 걸세. 하나 설사 옥과 돌이 함께 다 타버린다 해도, 가만히 앉아 죽기를 기다리는 것보다야 낫겠지."

"그럼 됐네. 노반 공주네 감옥 밥은 정말이지 끔찍하더군. 일단 몸부터 씻고 난 후, 같이 금로주에 잠두콩을 먹으며 철 공자를 어떻게 상대할지나 상의해보세."

"어쩌면 죽을 고비에서 가까스로 살아날지도 모르지."

가일이 홀연 이런 말을 했다.

소한이 가볍게 웃어넘겼다.

"내가 바로 자네의 이런 근성을 좋아한다니까. 늘 시큰둥해 보이지만, 절체절명의 순간이 되면 절대 포기라는 걸 모르거든."

"설사 희망이 안 보이더라도 끝까지 전력을 다해야 후회가 없는 법이지. 우리가 비록 하찮은 신분이라 해도, 함부로 죽이게 둘 수야 없지 않은가?"

관원 심사는 기염의 예상과 전혀 다르게 진행됐다. 본래 그는 자신이 주관자는 아니어도 부주관을 맡게 될 거라고 생각했었다. 그러나 결국 시험장에조차 들어가지 못하는 신세로 전락하고 말았다. 심사에 참가하는 인원은 오왕부 편전에서 순서를 기다렸고, 기염과 서표의 직책은 바로 우림위가 호명할 때까지 이들을 관리하는 것이었다.

심사의 주관자는 손권이고, 부주관은 손등 태자와 노반 공주가 맡았다. 선조와 강동파·회사파, 문무 대신은 누구도 참관할 수 없었다. 심사는 이레 동안 진행됐고, 선발 관원은 536명이었다. 그중 한문 출신 자제가 298명을 차지했다. 심사가 끝난 후 손권은 모든 사람을 대전으로 소집해, 새로 관원을 선발하는 이유와 관리의 도에 대해 무려 한 시진 반 동안 훈계를 했다. 기염은 심사를 통과한 강동파와 회사파 자제들과 비교해서 한문 출신 자제들의 표정이 훨씬 진지하고 엄숙할 뿐 아니라 열정과 기대로 가득 차 있는 것에 주목했다. 특히 말미에 손권이 이번 심사를 거친 관원은 누구나 직접 상주문을 올려 보고를 할 자격이 있다고 말하자, 다들 환호성을 지르며 기뻐했다.

이 말 한마디에, 심사를 통과한 한문 자제들은 지존이 자신들을 직접 선발하고 특권을 부여했다고 여기게 됐다. 아마도 그들은 각 조서에 배치된 후에 빠르게 적응하며 새로운 활력을 불어넣고, 설사 기존의 강동파나 회사파와 맞먹을 수야 없다 하더라도 무시할 수 없는 세력으로 자리를 잡아갈 것이다. 지난 몇 년 동안 시행해온 평준·균수·주각 등의 정책이 토지·재물 등의 방면으로 강동파와 회사파의 영향력을 약화시켰다면, 이번 관원심사 정책은 조정에 대한 그들의 장악력을 약화시키는 데 일조했다.

이제 다음 단계는 무엇일까? 병권? 이것은 분명 아닐 것이다. 현재 병력을 손에 쥐고 있는 자는 대도독 육손이다. 그는 강동파 출신이라 해도 인내하며 자중할 줄 아는 인물이다. 그의 장자 육연이 모반 음모에 휘말려 주살됐는데도, 그는 여전히 충직하게 본연의 임무에 충실하며 단 한 마디의 불평도 내뱉지 않았다. 전종(全琮)·서성·하제(賀齊) 등과 같은 변방의 중장들도 손권의 두터운 신임을 받고 있다. 이렇게 실력 있는 장령들이 그를 뒷받침하고 있기에 손권은 안심하고 새로운 정책을 추진할 수 있었다. 치국과 강병의 두 마리 토끼를 다 잡았으니, 이제 다음 단계는 부민 정책이어야 한다. 드디어 신정책의 가장 힘든 고비를 넘겼으니, 농업을 제창하고 노역을 경감하고 법령을 엄격히 하는 등의 조항이 반포돼 널리 시행되면 백성들도 살 만한 세상이 머지않아 찾아올 것이다. 그때가 되면 호족 세도가들의 지방 장악력이 약화되고 정치·경제·군사·재정·인사 등 모든 것이 손권에게 집중되며, 내부 손실을 최소한도로 낮출 수 있게 된다. 어쩌면 20년 안에 국력이 대폭 증강해 위·촉 두 나라와 어깨를 나란히할 정도가 될지도 모를 일이었다.

"나를 따라오게."

손권이 두 손을 가지런히 모으고 서 있는 기염에게 다가가 나지막이 말했다.

기염은 즉각 그의 뒤를 따라 나섰다. 그는 한문 출신 자제들의 존경과 부러움의 눈빛을 온몸에 받으며 그들 사이를 지나갔다. 두 사람이 앞서거니 뒤서거니 오왕부를 나서자, 마차가 이미 밖에서 대기하고 있었다. 손권이 수레의 끌채를 밟고 올라가 뒤돌아보며 기염에게 올라타라는 손짓을 했다.

기염이 황공해 어쩔 줄 모르며 고개를 숙였다.

"신이 어찌 감히 그럴 수 있겠나이까?"

손권이 웃으며 기염에게 손을 내밀었다.

기염은 어쩔 수 없이 손권의 손을 잡고 마차에 올라탔다. 손권의 메마른 손에서 힘이 느껴지는 동시에 온기와 신뢰감이 전해졌다. 기염은 마차에 올라 가장자리에 무릎을 꿇고 앉으며 조심스럽게 손권과 거리를 유지했다.

손권이 자리에 앉아 목간 몇 개를 기염에게 건넸다.

"이것은 노반 공주가 염철 전매제와 관련해서 내놓은 방책이라네. 어떤지 한번 보겠는가?"

기염이 두 손으로 목간을 받아 펼치며 빠르게 읽어 내려갔다.

"공주께서 과연 보기 드문 인재답게, 제대로 된 방책을 내놓으신 듯하옵니다. 이대로 실시한다면 3년 안에 국고를 가득 채우고 군비를 강화할 수 있을 것입니다."

"자네가 가져가서 서표와 상의를 좀 해보도록 하게. 세부적으로 추가해야 할 부분이나 고쳐야 할 부분이 있는지, 선조의 관점에 국한되지 말고 좀 더 멀리 내다보고 살펴보도록 하게."

"명심하겠사옵니다."

기염이 목간을 접어 내려놓았다.

"자네가 일전에 말했던 농업 제창과 노역 감경, 법령 강화와 관련된 정책 방안들은 어찌 진행돼가고 있는가?"

"거의 틀이 잡혀가고 있습니다. 지존께서 보고자 하신다면 며칠 안에 소신과 서표가 다시 검토를 거쳐 보고를 올리겠나이다."

마차가 가볍게 흔들리는 가운데 손권은 눈을 감고 있었다. 그 모습은 마치 잠시 휴식을 취하는 듯도 하고, 또 무슨 문제를 생각하고 있는 듯도 했다. 기염은 어디로 가는지도 모른 채 어색한 분위기 속에서 그저 입을 다물고 기다릴 뿐이었다. 드디어 마차가 멈추자 손권이 먼저 주렴을 걷어 올리고 마차에서 내렸다. 기염도 그 뒤를 따라 내렸다. 그제야 그는 그곳이 역관 앞이라는 것을 알게 됐다.

"주치가 바로 이곳에서 죽었네. 본래 그를 태자태부 직에 앉혀 장온과 함께 새로운 정책에 힘을 실어주기를 바랐었네. 하지만 애석하게도 그 뜻을 이루지 못했지."

"만약 주 노장군이 살아 계셨다면 분명 지금 상황에 만족하셨을 것이옵니다."

기염은 장온을 언급하지 않았다. 장온은 첫 번째 감원 정책을 추진할 때 그와 갈등을 빚었고, 그 후에도 더 이상 태도를 표명하지 않았다.

손권이 홀연 화제를 바꿨다.

"자네가 느끼기에, 새로운 정책이 지금까지 추진되는 동안 저항을 크게 받았다고 보는가?"

"지존의 천위(天威)를 입었기에, 비록 불만을 가진 자들이 있었으나 정책의 추진을 막지는 못했나이다."

"사실 주치의 죽음도 어느 정도 역할을 했다고 보네. 새로운 정책의 추진을 앞두고 지지자였던 그가 독살됐으니, 그 정책을 반대했던 자들에게 혐의가 씌워질 수밖에. 한편으로는 가일이 사건을 철저히 수사하고 있고, 또 한편에서는 여일이 불만을 품은 자들의 명단을 수집하며 두 마리 토끼를 잡고 있네. 이런 상황에서, 진짜 어리석은 자가 아닌 이상 신정책을 더는 극렬하게 반대하고 나서기 힘들 테지."

기염은 내심 놀라지 않을 수 없었다. 그는 이런 것까지 생각하지 못하고 있었다.

"하나 여전히 적잖은 자들이 불만을 품고 조야에서 유언비어를 퍼뜨리고 있네. 그들은 감히 나를 상대로 비방을 할 수 없으니, 그 모든 화살이 자네에게 날아가고 있지. 얼마 전에 찻집에서 안 좋은 일이 있었다고 들었네."

기염은 개의치 않는다는 듯 대답했다.

"지존께서 이리 마음을 써주시니, 신은 더 이상 그 일을 마음에 두지 않을 것이옵니다."

"이미 여일에게 그자들을 체포하라 명했고 본시 그들을 엄벌에 처할 생각이었으나, 중신들이 계속해서 청을 올리는 탓에 어쩔 수 없이 가벼운 처벌만 한 후 풀어주었네. 기염, 이 새로운 정책을 지금까지 추진해오면서, 자네가 모든 이의 손가락질을 받으며 방패막이가 돼주었지. 심지어 누군가는 자네를 죽이려고까지 하고 있네. 자네는 이 일을 시작한 걸 후회하지 않는가?"

기엽이 공수를 하며 결연하게 대답했다.

"신은 후회하지 않습니다. 군주는 신을 국사(國士: 나라 안에서 견줄 만한 사람이 없는 뛰어난 인재)로 대해주셨으니, 신은 반드시 국사로서 그 은혜에 보답할 뿐이옵니다. 새로운 정책은 신의 평생 숙원이기도 했사옵니다. 신은 그저 호족 세도가의 세력을 약화시키고, 백성들이 풍족하게 살며 국가 사직에 보답하기를 바랄 뿐이며, 이 일을 위해서라면 만 번의 죽음도 불사할 만큼 충정을 바칠 것이옵니다!"

"죽는다는 말은 하지 말게."

손권이 온화하게 웃으며 말했다.

"아직 자네들이 도와주어야 할 일이 많은데, 자네들이 없으면 그 많은 일을 나 혼자 어찌 하란 말인가?"

마른웃음을 짓는 그의 머릿속에, 한문 출신 자제들이 각 조서에서 힘을 합쳐 변화를 위한 새로운 바람을 몰고 오고 백성들이 풍족하게 살아가는 모습이 그려졌다. 그의 시선이 역관 대문에 가 닿았고, 그 시선 속에 안타까운 마음이 묻어났다. 만약 주치 노장군이 아직 살아 있다면, 저리 고지식하게 고집을 부리는 태자에게 충고를 해주었을지도 모를 일이었다. 지금 태자의 태도는 부국강병에 전혀 도움이 되지 않았다. 모름지기 저군이라면 무엇보다도 자신의 위치를 정확히 인지하고 있어야 마땅했다.

내이루 주인이 무슨 음모에 연루돼 죽었다는 소문이 성안에 파다하게 퍼졌다. 사람들 사이에 의론이 분분해지며, 이 주루가 더 이상 문을 열지 못할 거라고 다들 입을 모았다. 사람이 죽어서라기보다, 그가 죽은 배경이 명확하지 않아 그곳에 갔다가 또 무슨 화를 당할지 모른다는 두려움이 더 컸기 때문이다.

그런데 모두의 예상을 깨고 며칠 만에 새로운 주인이 내이루를 사들여 내부 수리를 시작했다. 그러나 수리를 시작하고 얼마 되지 않아 인부들이 예전 주인의 방 안 벽에서 비밀 공간을 발견했고, 그 안에는 기이한 부호가 가득 적힌 밀서인지 부적인지 모를 백서 몇 장이 들어 있었다. 주인은 뜨거운 감자를 건드렸다는 것을 직감했다. 그는 해변영의 가일이 이 사건을 조사하고 있다는 것을 알고 서둘러 이 밀서를 챙겨 경화수월로 보냈다. 공교롭게도 그날은 소한의 출옥을 축하하기 위해 가일·소한·진풍 세 사람이 함께 성을 나가 동호로 뱃놀이를 간 터라 아무도 그곳에 없었다. 주루 주인은 골치 아픈 일에 연루되고 싶지 않아 백서가 든 보따리를 경화수월 계산대에 올려놓은 뒤, 그들에게 전해주면 된다는 말만 남기고 줄행랑을 쳤다. 저녁이 되도록 가일은 여전히 돌아오지 않았고, 지배인은 그 보따리를 계산대 위에 그대로 올려둔 채 집으로 돌아갔다.

밤이 깊어져 길을 오가는 수레와 말도 점점 드물어지고, 삼경을 알리는 딱따기 소리가 울린 후 인적도 끊겼다. 검은 옷을 입은 자가 골목에서 튀어나와 주위를 살피며 조심스럽게 움직이더니 경화수월 앞에 멈춰 섰다. 그는 문 앞에 바싹 붙어 가느다란 쇠꼬챙이를 꺼내 자물쇠를 풀고 사방을 살핀 후 안으로 얼른 들어갔다.

안은 칠흑처럼 어두웠다. 검은 옷의 사내는 화절자로 불을 밝히지 않은 채 입구에 웅크리고 앉아 눈이 어둠에 적응하도록 기다렸다. 그는 주위 사물이 어렴풋이 보일 때쯤이 되자 벽을 더듬어 계산대까지 간 뒤, 그 위를 이리저리 더듬어 보따리 하나를 손에 넣었다. 그는 그것을 입구로 가져간 뒤 달빛에 의지해 그 안에 든 물건이 부호가 쓰인 백서라는 것을 확인했다. 검은 옷의 사내는 보따리를 등에 매고 조심스럽게 문을 열었다.

그는 밖에 아무도 없는 것을 확인하고 나서야 벽 모퉁이를 돌아 어둠 속으로 재빠르게 사라졌다.

검은 옷의 사내가 떠난 지 얼마 되지 않아 경화수월의 맞은편 지붕 위에서 인기척이 났다. 진풍이 땅으로 뛰어내려 검은 옷의 사내를 멀찌감치 떨어져 미행했고, 가일은 지붕마루를 따라 검은 옷 사내의 방향을 파악했다. 그들은 미행에 일가견이 있었고, 검은 옷의 사내는 여러 차례 뒤를 돌아보았지만 두 사람의 미행을 전혀 알아채지 못했다. 대략 일각의 시간이 흐른 후, 검은 옷 사내는 긴 길을 따라가다 조서 밖에 멈춰 섰다. 그는 사방을 둘러보며 아무도 없는 것을 확인한 후 담장을 넘어 안으로 들어갔다. 가일과 진풍은 조서 맞은편 골목에 서서 눈빛을 교환했다.

가일은 내이루에서 발견된 목간은 철 공자가 선조에 화를 전가해 태자 손등을 진흙탕 싸움에 끌어들이려는 미끼라고 생각했다. 그래서 그는 새로운 판을 짜고 소한에게 다른 사람 명의로 내이루를 사들여 음부가 잔뜩 쓰인 백서를 위조하게 했다. 비록 목간은 철 공자가 고의로 남긴 것이고 내이루가 소식을 전달하는 거점으로 쓰인 것만은 확실했지만, 주인이 기밀이 적힌 물건을 남겨두었는지 여부는 장담하기 힘들었다. 가일이 노린 것은 철 공자가 행여 기밀과 관련된 물건이 남아 있을 것을 우려해 사람을 경화수월로 보내 뒤처리를 시킬지도 모른다는 점이었다. 과연 가일의 예상대로 누군가 그 백서 꾸러미를 훔쳐갔다. 그러나 그자가 그것을 들고 선조 조서로 들어갈 줄은 그조차 예상하지 못한 일이었다.

진풍이 목소리를 낮춰 말했다.

"이보게, 이게 어찌 된 일인가? 철 공자의 사람이 정말 선조 조서에 잠복해 있었던 건가?"

가일이 고개를 가로저으며 말했다.

"철 공자가 우리의 작전을 알아챈 듯하네."

진풍이 욕지거리를 내뱉었다.

"제기랄, 도대체 뭐 하는 자길래, 이리 모든 걸 훤히 꿰뚫고 있단 말인가? 이 일은 극비리에 진행됐고 아무런 허점도 없었네."

가일이 한숨을 내쉬었다.

"허점은 없었다 해도, 이 판은 그리 좋은 수는 아니었어. 그가 백서를 훔친 후 아무런 의심을 품지 않았다 해도, 바로 철 공자에게 갈 리 없네. 분명 미행을 따돌리기 위해 이리저리 돌고 돌았을 테지."

"하나 설사 그가 안전을 위해 근거지로 바로 돌아가지 않았다 쳐도, 왜 하필 선조로 숨어 들어갔는지 도통 이해가 안 가네."

가일이 선조 조서의 대문을 주시하다 돌연 불길한 예감에 휩싸였다.

"설마⋯⋯."

그 순간 거리 초입에서 횃불 몇십 개가 보이고, 한바탕 어지러운 말 발자국 소리가 어둠을 가르며 다가오고 있었다. 기병 부대를 이끌고 질주해 오는 자는 바로 해번영 좌부독 우청이었다.

"어찌 된 일인가?"

진풍이 놀란 입을 다물지 못했다.

"저자들이 왜 나타난 거지?"

가일이 속삭였다.

"조용히 하게."

잠깐 사이에 기병 부대가 선조 조서 입구에 다다랐다. 해번영 도백이 말에서 내려 주먹으로 문을 쾅쾅 쳤다. 인기척이 들리지 않자, 우청이 휘릭 소리가 나게 앞을 향해 채찍을 휘둘러 지시를 내렸다. 그 순간 휘하의 해번위가 한꺼번에 달려가 선조 대문을 몸으로 밀쳐 열었다. 우청이 말에서 내려 횃불을 받아 들고 선조 대문을 등진 채 사방을 둘러보았다. 그녀의 얼굴에 득의양양한 미소가 어려 있었다.

진풍이 뛰쳐나가려 하자 가일이 그를 잡아당기며 말렸다.

"가 교위, 자네가 짠 계책 덕에 철 공자의 거처를 찾아내놓고, 왜 어둠 속에 숨어 있는 것인가? 설마 이 공로를 나에게 모두 넘겨주려는 것인가?"

우청이 큰 소리로 가일을 향해 소리쳤다.

"본관은 가만히 앉아 공을 가로챌 만큼 뻔뻔하지 못하네."

가일은 진풍을 뒤로 밀친 후 어둠 속에서 걸어 나왔다.

"우 부독이 여기는 어쩐 일이시오?"

"누군가 그 음부가 가득 쓰인 백서를 경화수월로 보냈다는 말을 듣고, 철 공자가 사람을 시켜 가로채 갈지도 모른다는 생각이 들었네. 그래서 아예 매복해 감시를 하는데 자네도 그 뒤를 밟는 것을 보고, 이 모든 것이 자네의 유인책이라는 것을 깨달았지. 자네의 이 절묘한 계책이 아니었다면 철 공자가 선조 조서에 숨어 있을 거라고 상상조차 하지 못했을 것이네."

"참으로 이상하오. 소관이 미행을 하는 동안 부독이 매복시켜놓은 감시자들을 단 한 명도 본 적이 없소."

가일의 목소리는 흔들림이 없었다.

"그런가? 가 교위가 미행에 집중하느라 남에게 미행당하는 것조차 알아채지 못했을 테지."

우청이 냉혹하게 웃으며 말했다.

"사마귀가 매미를 잡는데 참새가 뒤에서 노리고 있었다는 말이 딱 맞는 게지."

주위의 해번위가 그 말에 동조하듯 한바탕 떠들썩하게 웃어댔다. 횃불에 비친 가일의 표정은 여전히 담담했고, 그런 말에 전혀 아랑곳하지 않았다. 우청은 진풍에 대해 전혀 언급하지 않고 있었다. 이것만 봐도 그녀는 가일과 진풍이 동행했다는 사실조차 모르는 것이 분명했다. 우청은 기마부대를 이끌고 이곳까지 왔으니, 암암리에 감시했다는 것조차 사실 거짓말에 불과했다. 가일과 진풍처럼 예리한 감각을 가진 이들이, 이렇게 많은 사람이 자기를 미행하는 것조차 모른다는 게 말이 되지 않았다. 그렇다면 우청은 그 검은 옷 사내의 목적지가 선조고 가일이 미행하리라는 것을 이미 알고 있었다는 말이 된다.

가일이 아무 말도 없자, 우청이 냉소를 지으며 뒷짐을 지고 선조 조서 안으로 걸어 들어갔다. 그녀의 뒤를 따라 해변위들이 우르르 몰려 들어갔다. 가일이 어둠 속에 있는 진풍을 향해 눈짓을 보내고, 그들을 따라 선조 안으로 들어갔다.

해변위들은 횃불을 높이 들고 곧장 후원으로 갔다. 양옆 곁채에 머물던 서리들이 소란스러운 소리에 일찌감치 잠에서 깨어나 창문을 열고 놀란 눈으로 밖을 내다보았다. 우청이 검을 뽑아 들고 해변위들을 앞세워 후원의 한 방으로 성큼성큼 걸어갔다. 이 방은 선조상서 기엄의 거처로, 밤을 새워 공무를 처리할 때면 그는 늘 이곳에 머물렀다. 그러나 오늘 밤 방 안에는 아무도 없는 듯, 불빛조차 새어 나오지 않았다.

해변위가 다가가 문을 열고 방 안을 수색하더니 보따리 하나를 들고 나왔다. 검은 옷 사내가 경화수월에서 나올 때 등에 매고 있던 보따리였다. 우청이 두어 걸음 나아가 장검으로 보따리를 푸니, 역시나 기이한 부호가 가득 적힌 백서들이 잔뜩 들어 있었다.

"과연 예상을 한 치도 빗나가지 않는군. 기엄은 철 공자와 관련이 있네!"

우청이 소리쳤다.

가일이 얕게 한숨을 내쉬었다.

"왜 그러는가? 무슨 문제라도 있는가?"

가일은 잠시 침묵을 지키다 끝내 아무런 이의도 제기하지 않았다.

우청은 선조 조서 안으로 들어갔지만 다른 곳은 수색할 생각조차 하지 않은 채 곧장 기엄의 거처로 갔고, 별로 힘들이지 않고 백서가 든 보따리를 찾아냈다. 누가 봐도 기엄에게 죄를 뒤집어씌우기 위한 정해진 수순이었다. 이런 판을 짠 사람은 철 공자가 확실했다. 상대의 계책을 미리 알아내고 그것을 역이용할 줄 아는 능력이 상당히 노련하고 교묘했다. 문제는 우청이었다. 그녀는 다소 성급하게 행동하면서, 누구라도 한눈에 간파할 수 있는 허점을 드러냈다.

만약 기염의 혐의를 벗기려고 든다면 반박할 증거가 없는 것도 아니었다. 검은 옷의 사내는 기염이 방에 없을 때 백서를 가져다놓았을 가능성이 매우 높다. 또한 그자를 잡지 못한 상태에서 백서만 있다면 인증은 없고 물증만 있는 셈이니, 기염이 백서와 관련 있다는 것을 증명할 방도가 없다. 하지만 가일은 지금 상황에서 반박을 해봤자 아무 소용이 없을 뿐 아니라 도리어 화를 자초할 뿐이라는 것을 누구보다 잘 알고 있었다.

"성안을 샅샅이 뒤져 기염을 찾아내고, 해번영 감옥으로 압송해 밤새 문초를 하거라!"

우청이 큰 소리로 지시를 내렸다.

"선조랑 서표도 당장 체포하라!"

우청은 지시를 내리자마자 바로 해번위들을 이끌고 선조를 빠져 나갔다. 가일은 기염의 방으로 들어가보았다. 방 안의 가구는 흐트러짐이 거의 없었고, 물건을 찾기 위해 뒤진 흔적조차 보이지 않았다. 다시 말하면 이곳을 수색하러 들어간 해번위가 아주 눈에 띄는 장소에 놓여 있던 그 백서 보따리를 발견한 것이다. 만약 기염이 정말 훔친 보따리와 관련이 있다면, 그렇게 중요한 물건을 심지어 그가 없을 때 누구나 쉽게 드나들 수 있는 방에 두었을까? 가일은 고개를 가로저었다. 그는 선조 조서를 나와 생각에 잠긴 듯 문 앞에 서 있었다.

진풍이 검을 들고 어둠 속에서 뛰어왔다.

"제길, 판은 우리가 짰는데, 본전도 찾지 못하고 뒤통수만 얻어맞은 꼴이 됐군."

가일이 고개를 번쩍 들며 물었다.

"우리가 원래 무엇을 하려 했지?"

"이보게, 벌써 정신이 오락가락하는 것인가? 그야 당연히 철 공자와 관련된 자를 유인하려는 것이었지."

"우청은 반첩·진송·오기·손오 네 사람과 전부 알고 지냈고, 게다가 오늘 밤 이런 일까지 벌였네. 그렇다면 우청이 철 공자의 지시대로 움직이고 있다는 결론이 나오고, 진송·오기·손오의 죽음을 진두지휘한 자는 우청이 확실하네."

진풍의 입이 떡 벌어졌다.

"그게 사실이라면 당장 우청을 잡아다가 손권에게 바로 넘겨야 하는 것 아닌가?"

"우청은 해번영 좌부독이니, 확실한 인증과 물증이 없으면 그녀의 죄를 입증하기 쉽지 않을 걸세. 더구나 철 공자가 왜 이렇게 했는지, 솔직히 지금도 잘 이해가 가지 않네."

"자네가 예전에 철 공자의 진짜 목적은 손등을 벼랑 끝으로 몰아넣는 거라고 하지 않았는가?"

"오늘 밤 상황으로 보면 철 공자의 다음 목표는 선조상서 기염이네. 기염이 손등을 끌어내니, 확실히 좋은 수이기는 하겠군. 하지만 내이루에서 목간을 발견했을 때, 이해가 잘 안 되는 부분이 있기는 했었네. 이렇게 하는 것이 시기적으로 너무 늦기 때문이지. 기회라면 그전에도 이미 많았는데, 왜 이제야 손을 쓰는 것일까? 특히 오늘 밤에야 기염을 체포했네. 지금은 감원 정책은 물론 새로운 관원을 심사하는 일까지 모두 마무리가 된 상태가 아닌가? 만약 손등에게 불리한 일을 꾸미는 거라면, 새로운 정책을 추진하는 과정에서 기염에게 손을 썼어야 앞뒤가 맞네. 그때 했다면 손등의 명망과 위신에 지금보다 훨씬 큰 타격을 줄 수 있었을 걸세."

"그러게 말일세. 지금 철 공자가 이렇게 나온다는 것은, 관직에서 밀려

난 자들을 대신해 분풀이를 해주는 것처럼 보이기도 하네. 하지만 지금 와서 분풀이를 해봐야, 새로운 정책도 모두 마무리가 된 마당에 아무 소용이 없지 않은가?"

가일은 무슨 생각이라도 번뜩 떠오른 듯 진풍을 똑바로 쳐다보면서 물었다.

"분풀이?"

"자네가 계속 밖으로만 돌아서 경화수월 쪽 소식을 아직 모르는가 보네. 근래 들어 우리 경화수월에, 자리에서 쫓겨난 관원들은 물론 세도가 자제들이 한자리에 모여 한바탕 불만을 터뜨리고 갔다네. 그곳 여인네들끼리 하는 얘기를 들어보니, 그자들이 하나같이 기염을 욕하며 죽이지 못해 안달이 나 있었다더군."

가일이 눈살을 찌푸리며 물었다.

"그자 말고 또 누구를 욕했는지, 들은 거 없는가?"

"아, 기염을 천거한 그 중랑장인지 뭔지도 있었는데, 이름이 뭐였더라? 아, 장온! 그리고 손등도 있었네. 이 세 사람이 처음부터 새로운 정책을 제안하지만 않았어도 지금 이 사달이 나지 않았을 거라고 말했다더군. 특히 기염은 손권을 등에 업고 세도를 부리는 원흉이라며, 못 죽여서 안달이 나 있었다네."

진풍이 머리를 긁적였다.

"지금 철 공자가 기염을 모함하고 있으니 하는 말인데, 그 철 공자가 그들을 위해 대신 화풀이를 해주는 게 아니겠는가?"

가일은 안개 속을 더듬으며 모호한 실체를 향해 다가가고 있었다.

"장온…… 손등…… 설마 철 공자의 진짜 목적이 다른 데 있는 것일까?"

"그자는 반첩을 보내 자네를 죽이려고 하지 않았는가? 자네를 죽이는 것도 목적이었을 테지."

"아니네. 이것 말고도 더 중요한 목적이 분명히 있네. 그렇지 않다면 이제 와서 기염에게 손을 댈 리 없겠지."

"이거야말로 갈수록 태산이군."

진풍이 경악하며 말했다.

"설마 그자가 손권을 죽이고 오나라를 무너뜨리려 하는 것인가? 그렇다면 이 철 공자라는 자가 엄청난 능력과 배후를 가지고 있어야 하지 않는가? 진주조나 군의사 같은 배후 말일세."

"일석삼조가 되는 것인가?"

가일이 군은 표정으로 혼잣말처럼 중얼거렸다. 밤바람에 그의 옷자락이 나부끼며 찬 기운이 독사처럼 온몸을 휘감고 들어왔다. 문 양옆에 달린 등롱 두 개가 바람에 한바탕 몸부림을 치다 끝내 꺼져버렸다.

육손이 선향 세 대를 집어 들고 예를 갖춰 향로에 꽂고 화절자로 불을 붙였다. 불꽃이 타오르며 선향을 조금씩 집어삼키더니 금세 붉은 불씨만이 남아 천천히 타 들어갔고, 단향목 냄새가 점점 짙게 피어올랐다. 향로 뒤쪽에 있는 높은 대에 영패가 하나 놓여 있고, 그 안에 한수정후(漢壽亭侯) 관우의 영패라고 적혀 있었다.

관우가 참수당한 후 육손은 맥성 외곽에 의관총(衣冠塚)을 만들고 그 앞에 사당을 지었다. 그리고 매년 이맘때가 되면 비바람을 무릅쓰고 항상 이곳에 와서 관우를 위해 제사를 지냈다. 그의 이런 행동은 주변 백성들의 칭송을 받았고, 촉한 조정과 재야에 모두 좋은 인상을 남겼다. 그 덕에 훗날 오·촉은 우호 관계를 맺었고, 촉한 사신 등지가 무창을 방문했다 돌아가는 길에 일부러 이 사당에 들러 추모를 하기도 했다. 손권도 특별히 서신을 보내, 육손의 이런 행동이 충의를 두루 갖춘 공명정대한 대장부의 본보기라며 추켜세웠다. 그 후 자신의 옥새를 육손에게 하사해 촉한 제갈량과 직접 교신할 수 있는 권한을 부여했고, 심지어 손권 본인이 촉한에 보내는 문서조차 그 초안을 육손에게 먼저 보내 훑어보게 했다. 만약 육손이 보기에 잘못된 부분이 있다고 생각되면 그 내용을 고친 후 손권의 옥새를 찍어 직접 보낼 수도 있었다. 손권의 총애와 신임이 이렇다 보니, 육연의 모반 사건은 애초에 존재하지도 않았던 것 같을 정도였다.

육안(陸安)이 사당으로 들어와 두 손을 모은 채 아무 말 없이 옆에 섰다.

"무창 쪽에서 또 무슨 소식이 있는 것이냐?"

육손이 물었다.

"새로운 정책도 막바지에 이르렀고, 관원을 심사해 선발하는 일도 마무리가 됐습니다. 둘째 나리께서, 잘 아는 조서에 가서 상황을 좀 살펴봐야 하는지 여쭤봐달라 하셨습니다."

"그럴 필요 없다. 모(瑁)에게 자제하고 있으라고 전해라. 어쩌면 이것은 단지 시작에 불과할지 모르니, 앞으로 일련의 변고가 있을 가능성을 염두에 두어야 한다."

"둘째 나리께서 또 말씀하시기를, 이번 개혁안을 주도한 기염이 해번영좌부독 우청에게 붙잡혀 갔고, 기염을 철저히 조사해줄 것을 요구하는 상소가 이어지고 있다 하옵니다. 기염이 개혁안을 추진하기 전에 우리 쪽에서 이미 그에게 서신을 보내 신중하게 행동할 것을 권하지 않았습니까? 그래서 둘째 나리께서 계속 추이를 관망해야 하는지 물으셨습니다."

"기염을 잡아들였다고?"

육손이 미간을 좁히며 물었다.

"죄명이 무엇이더냐?"

"해번영에서 함정을 만들어 기염의 죄를 밝혀냈다고 합니다. 우청은 기염이 바로 주치·오기를 독살하고 황학루에 불을 질러 손오를 죽게 만든 배후 인물이고, 개혁안을 추진하기 위해 자기와 생각이 다른 자들을 제거하고 권력을 독식하려 했다고 여기고 있습니다. 조정의 문무 대신들 대다수가 이 기회를 빌려 기염을 제거하고자, 계속 둘째 나리 댁으로 찾아와 함께 상소를 올려줄 것을 청하고 있습니다. 하지만 둘째 나리께서는 기염이 지존의 총애를 받고 있는 자이다 보니 선뜻 동조하지 못하고 계십니다.”

“우청이 함정을 파서 기염을 잡아들였다……. 해번영 좌·우 부독이 모두 지존의 사람이니라. 만약 기염이 지존의 총애를 그리 받는 자라면, 우청이 왜 그를 잡아들인단 말이냐?”

“그렇다면 기염이 날개를 잃은 것입니까? 지존이라는 큰 산이 뒤에 없다면, 이제 그도 벼랑 끝에 내몰리게 되겠군요. 그럼 둘째 나리께, 상소를 올리는 자들과 행동을 함께하라 전해야 할까요?”

“아니다. 우리 육씨 집안은 이 일에 개입해서는 안 된다. 모에게, 지금은 내가 대군을 이끌고 변방을 지키고 있으니 조정의 분쟁에 개입하지 말고 본분을 지키고 있으면 된다고 전하거라.”

육안은 선뜻 이해가 되지 않았다. 하지만 당장은 고개를 끄덕일 수밖에 없었다.

육손 역시 육안의 속내를 모르지 않았으나, 더는 아무 말도 하지 않았다. 그는 향로의 선향이 모두 타버린 것을 보며 공수를 하고 절을 올린 후 사당을 나왔다. 대군을 손에 쥐고 있는 자체만으로도 지존의 의심과 시기를 불러일으켜 화를 불러올 수 있는 상황이었다. 작년에 그는 승상 손소와 함께 상서를 올려, 손권에게 황제라 칭할 것을 권하며 완곡하게 충심을 드러냈다. 일찍이 종조부 육강이 손책과 원수가 됐고 아들 육연마저 모반을 도모한 탓에, 육손은 정신을 바짝 차리고 본연의 임무에 충실하며 매사 신중하게 행동해왔다.

예로부터 군주와 신하 사이의 의심과 견제는 늘 있어왔던 일이었다. 진나라 시대에 왕전(王翦)은 60만 대군을 이끌고 초나라 정벌전에 나서면서,

밭과 가옥을 하사해달라고 왕에게 청해 사람들의 멸시를 받았다. 하지만 육손의 생각은 달랐다. 진시황은 천성적으로 의심이 많은 자였다. 왕전은 군대를 장악해 반역을 도모할지도 모른다는 의심을 거두기 위해 가산과 재물 외에 더 바라는 것이 없다는 뜻을 내비친 것이었다. 천하의 명장과 명신은 많다 해도, 그들 중 그 끝이 좋았던 사람은 극히 드물었다. 육손은 명리에 욕심을 두지 않았다. 그는 그저 육씨 가문이 대대손손 번창하기만을 바랄 뿐이었다.

그래서 그는 육씨 가문의 근본을 흔드는 일이 아니라면 조정 일에 거의 개입하지 않았다. 어쨌든 그가 대군을 손에 쥐고 있는 이상, 조정 일에 적극적으로 참여하는 순간 지존의 의심을 사고 눈엣가시가 되는 것도 시간 문제였다.

육안이 옆에서 헛기침을 하며 육손의 주의를 환기시켰다.

"왜 그러느냐? 또 할 말이 남은 것이냐?"

육안이 고개를 숙이며 말했다.

"둘째 나리께서…… 얼마 전에 큰 공자님의 무덤을 다녀오셨는데 잡초가 무성하게 덮여 있었다고 하시면서, 사람을 보내 봉분도 올리고 모양새를 좀 갖춰도 되는지 물으셨습니다."

육손이 고개를 들어 하늘을 바라보았다. 파도와 같은 흰 구름이 마치 바람에 구겨진 비단처럼 하늘을 가득 덮고 있었다.

"나리께서는 적장인 관우의 사당까지 지어주시지 않으셨습니까? 둘째 나리께서는, 설사 큰 공자를 우리 가문의 사당에 모시지는 못해도 무덤을 제대로 만들어주는 정도는 괜찮지 않느냐고 생각하십니다. 그 일이 일어난 지 벌써 2년이나 지났고 지존께서 더 이상 그 일을 언급하지 않으시니, 이제 그 정도는 해도 되지 않을까요?"

육안은 육손이 아무런 반박도 하지 않자, 대담하게 한마디를 더 보탰다.

"게다가 큰 공자께서도 우리 육씨 가문을 위해 그리하신 게 아니옵니까?"

"안 된다. 무덤에 봉분을 올리는 일은 절대 해서는 안 된다."

육손이 피곤한 기색을 드러내며 손을 내저었다.

"모에게 전하거라. 육가의 재산을 몰수당하는 일이 없도록 하려면, 앞으로 이 일 자체를 거론해서는 안 된다."

그 말을 한 후 육손은 문득 무언가 떠오른 듯 물었다.

"그동안 기염의 뒷배가 태자 손등이라는 소문이 쭉 돌지 않았느냐? 기염이 체포되고 난 후 태자의 반응은 어떠했느냐?"

"태자가 지존께 상소를 올려, 기염이 억울하게 모함을 당한 것이 분명하니 해번영 가일에게 수사를 맡겨달라고 청했다 하옵니다."

육안이 대답했다.

"어리석도다."

육손이 얕게 한숨을 내쉬었다. 태자의 곁에 분별 있는 자들이 진정 단 한 명도 없는 것인가? 어찌 이리 어리석은 수를 둘 수 있단 말인가?

"둘째 나리도 태자가 지나치게 감정적으로 일을 처리하니, 이 혼탁한 물에 발을 담가서는 안 된다고 말씀하셨습니다."

육손이 살짝 고개를 끄덕였다. 또 하나 마음에 걸리는 일은, 일전에 가일이 손등을 통해 노반 공주에게 소한을 풀어달라고 청을 넣은 것이었다. 그런데 지금 손등이 나서서 또 가일에게 이 일의 수사를 맡겨달라고 청하고 있다. 어쩌면 태자는 가일을 믿을 만한 신하라고 생각하고 있을지 모른다. 그러나 다른 속셈을 가진 사람의 눈에는, 이것이야말로 가일이 손등의 심복이라는 확실한 증거로만 보일 뿐이었다.

육손이 저 멀리 무창 방향을 바라보았다. 그의 눈앞에 늘 무표정하고 별다른 감정이 없어 보이는 그 젊은이가 또 떠올랐다. 비록 그가 직접 자신의 아들을 죽음으로 몰아넣었지만, 육손은 그를 증오하지 않았다. 어쩌면 그는 가일이 나타나지 않았어도 육연의 계책은 실현될 가능성이 없었다는 것을 이미 알고 있는지 모른다. 또 어쩌면 이 젊은이의 삶이 젊은 시절의 육손 자신과 너무나 닮아 있어서인지도 몰랐다. 그것은 홀로 너무 많은 짐을 짊어지고 살얼음판을 걷듯 외롭게 살며, 충의와 겸손조차 형식적일 수밖에 없는 그런 삶이었다. 심지어 살아가는 것조차 일종의 책임과 의무감에 지나지 않았다.

노반 공주의 마차가 거리를 지나 오왕부 입구에서 반 리 남짓한 거리에 멈춰 섰다. 천 명에 가까운 자들이 그 앞에서 사람이 간신히 드나들 수 있는 통로만 남긴 채 앉아 있으니, 더는 마차가 지나갈 수 없었다. 공주는 어쩔 수 없이 주렴을 걷어 올리고 마차에서 내렸다. 그녀의 예상과 달리 누구도 그녀에게 말을 걸지 않았다. 그들은 모두 침묵을 지키며, 그녀가 오왕부를 향해 걸어가는 모습을 지켜보았다. 이들의 화려한 옷차림으로 보아, 조서 관원이거나 사족 출신이 분명했다. 그중에는 익숙한 얼굴도 적지 않게 섞여 있었다.

오왕부로 오기 전부터 공주는 이들이 이틀 밤을 새우며 이곳에 앉아 있다는 것을 알고 있었다. 그들은 모두 손권에게 기염을 참수해달라고 청하기 위해 모인 자들이었다. 원래 누구도 감히 이런 생각을 하지 못했었다. 어쨌든 기염이 추진하는 새로운 정책의 배후 실권자가 태자고, 지존의 허가를 받았다는 것을 알기 때문이었다. 그러나 며칠 전 해번영에서 기염을 체포해 심문하면서 다들 변화의 기미를 감지하기 시작했다. 그들은 다방면으로 상황 파악에 나섰고, 마침내 기염의 방에서 발견된 증거가 주치 독살 사건과 관련이 있다는 것을 알아냈다.

"핍궁인가?"

공주는 누구도 들을 수 없을 만큼 작은 목소리로 이 말을 내뱉었다.

그녀는 미간을 좁히며 이 천 명의 사람들 틈을 천천히 빠져나가 입구에 도착했다. 문을 지키던 우림위가 궁문을 열어 틈새를 만들어주었다. 공주는 곧장 들어가지 않고 뒤돌아서서, 침묵시위를 벌이고 있는 천 명의 사람을 바라보았다. 그 순간 그녀는 알 수 없는 엄청난 압박감을 느꼈다. 평준·균수·주각 등의 방책은 물론 기염의 감원 정책에 이르기까지, 그 추진 과정에서 적잖은 반대에 부딪혀왔다. 어떤 지방 호족 세력들 중에는 심지어 자객을 동원해 정책을 추진하는 관리를 죽이기까지 했다. 그러나 그중 감히 손권을 향해 압력을 행사한 자는 아무도 없었다. 천 명에 가까운 자들의 핍궁은 더더구나 상상조차 할 수 없는 일이었다.

상황이 이렇게 돌변한 이유는 간단했다. 대군을 손에 쥐고 있는 육손과 주환·서성 등은 이번 신정책의 추진 과정에서 손실을 거의 입지 않았고 손권에 대한 충심이 깊다 보니 직접 나서서 이 정책을 반대할 리 없었다. 장소처럼 주도면밀하고 멀리 내다볼 줄 아는 자들 역시 나서기를 원하지 않았다. 이렇다 보니 설사 대다수 관원과 사족이 신정책에 불만을 품고 있다 해도, 우두머리가 없는 오합지졸에 불과했다. 또한 조야에서 신정책의 배후 인물이 태자 손등이고 앞에 나서서 일을 처리하는 자가 기염이라는 것을 모르는 자들이 없었다. 이 두 사람 중 한 명은 관대하고 인의를 중히 여기는 인물이고, 나머지 한 명은 청렴결백하니 사적으로도 흠잡을 만한 것이 전혀 없었다.

그러나 지금 기염이 주치를 독살한 사건에 연루돼 체포됐고, 이것은 흡사 난공불락의 성에 금이 가는 것과도 같았다. 다른 마음을 품은 자들이 이 기회를 놓칠 리 없었다. 천 명의 관원과 사족이 오왕부 밖에 앉아 침묵시위를 벌이는 것도 그들이 암암리에 손을 쓴 결과물이 분명했다.

노반 공주는 들릴 듯 말 듯 한숨을 내쉬었고, 눈을 들어보니 어느새 대전 앞이었다. 대전에 들어서 보니 손권은 서탁 앞에 앉아 무언가를 쓰느라 여념이 없었다. 공주는 눈치껏 조용히 옆으로 가서 앉았다.

잠시 후 손권이 고개를 들며 물었다.

"그자들이 아직도 밖에 앉아 있느냐?"

"네. 보아하니 답을 듣기 전까지 자리를 뜰 것 같지 않사옵니다. 아바마마, 무슨 대책이라도 생각해두셨사옵니까?"

밖에 앉아 있는 자들은 오나라 사족 계층 중 거의 절반에 해당했다. 그만큼 이 일을 아주 신중하게 처리해야만 했다.

손권은 붓을 내려놓으며 미소를 지었다.

"지금까지 정신없이 일을 하다 보니 허기도 지고, 공주부에서 먹었던 양고기 요리가 생각나는구나."

"아바마마께서 드시고 싶으시다면 지금 당장 만들어 올리라고 하면 되지 않사옵니까? 소녀의 관저에서 드셨던 그 맛이 안 날까 걱정되신다면, 제가 당장 그 요리사를 불러오라 명하겠습니다."

손권이 손을 내저었다.

"아니다. 지금이 식사 시간도 아닌데, 그리하는 것도 모양새가 좋지 않느니라."

공주가 웃으며 말했다.

"그게 무슨 말씀이세요? 아바마마는 일국의 군주가 아니시옵니까? 언제 무엇을 드시든, 누가 감히 뭐라 한다고 그러시옵니까?"

손권이 정색을 하며 말했다.

"내가 바로 일국의 군주이기 때문에 더 행동의 제약을 받는 것이란다. 군주의 사소한 행동조차 곁을 지키는 이들에게는 엄청난 파장을 불러올 수 있는 법이니라. 이 양고기만 해도 그러하다. 내가 오늘 이 시각에 양고기를 먹게 되면, 나의 시중을 드는 많은 이들은 내가 언제 또 양고기를 먹고 싶다고 할지 모르니 늘 그 고기를 준비해둘 수밖에 없게 되겠지. 갑자기 양고기를 먹고 싶다는 내 욕심 때문에 이런 관행이 생긴다면, 이 어찌 사치를 조장하는 것이 아니겠느냐?"

공주는 그 말을 들으며 허리를 숙여 대답했다.

"소녀의 생각이 짧았사옵니다."

손권이 담담하게 물었다.

"기염은 늘 자신을 조조(鼂錯)에 비유하고는 했지. 혹 조조의 일을 알고 있느냐?"

"물론이옵니다. 전 왕조의 사마천(司馬遷)이 쓴 『사기(史記)』에서 본 적이 있사옵니다. 소녀가 한가할 때마다 즐겨 읽다 보니, 조조에 대해서도 어느 정도 알고 있습니다. 조조가 한나라 경제에게 계책을 바치고 변법을 시행하며 새로운 정책을 널리 보급하는 과정에서 유비(劉濞)를 중심으로 한 7국의 반란을 초래했지요. 경제는 원앙(袁盎)의 계책을 받아들여 조조를 동시(東市)에서 요참(腰斬)해 유비가 공격을 할 명분을 잃게 만들었고, 주아부(周亞夫)에게 대군을 이끌고 가 반란을 평정하게 만들었습니다."

노반 공주는 번뜩 떠오르는 생각이 있었다.

"아바마마, 기염을 죽이시려는 겁니까?"

"저들의 요구는 바로 기염을 참수하는 것이다."

손권의 표정은 전혀 흔들림이 없었다.

"지난 몇 년 동안 대부분의 신정책은 모두 기염의 이름으로 추진돼왔다. 그러니 저들은 기염만 죽이면 신정책의 추진을 멈출 수 있다고 여기는 것이다."

"아바마마, 이제 막 시행되는 정책이 이런 이유 때문에 폐지돼서는 안 된다고 생각하옵니다."

"신정책의 진짜 목적이 무엇이라고 생각하느냐?"

손권이 물었다.

공주가 침착하게 대답했다.

"표면적으로는 불필요한 인원을 줄이고 관리 체계를 개혁하는 것이지만, 실제 의도는 강동파와 회사파의 권세를 약화시키고 그들이 우리 손씨 가문을 암암리에 배척하고 실권을 빼앗지 못하도록 막는 것이옵니다."

"바로 그거니라. 하지만 등이는 여전히 나에게 사족들의 입장을 살펴야 한다고 말하고 있으니, 참으로 답답할 노릇이지. 예로부터 제왕이 유약하고 무능하면 신하가 윗사람을 기만하고 아랫사람을 속이며 그를 꼭두각시로 만들었다. 심지어 그 자리를 대신 차지하기도 했지. 그런 예를 멀리서 찾을 필요도 없다. 위나라 조조가 한제를 꼭두각시로 삼으며 권세를 부린 것만 봐도 알 수 있지."

손권이 한숨을 내쉬었다.

"우리 조정에 제갈량 같은 유능한 신하가 없다는 것이 참으로 안타까울 뿐이구나."

노반 공주는 잠자코 듣고만 있었다. 유비는 죽기 전에 제갈량에게 뒷일을 부탁했고, 제갈량은 유비의 기존 신하들을 주축으로 삼고 타지를 떠돌던 사인들을 불러들여 요직을 맡기며 후진을 양성했다. 장완(蔣琬)·비의(費禕)·마속(馬謖) 등은 모두 호족 세도가 출신이 아니었고, 촉나라 땅에 사는 호족은 모두 조정에 들어가 주축으로 자리 잡기 어려웠다. 이렇게 조심스럽고 치밀하게 호족의 참정을 억제해, 제갈량이 죽은 후 유선이 어리석은 군주라도 권력을 찬탈하지 못하도록 모든 조건을 만들어놓았다.

"저자들이 기염을 참수하기를 원하는 이상, 내 저들의 소원을 들어주어야겠지."

손권이 돌연 웃음을 터뜨렸다.

"기염을 죽이고 난 후에도 새로운 정책이 계속 추진된다면 누군가 나서서 반대를 할 것이고, 그러면 난 저들에게 그 이유를 분명히 밝히면 그만이니라.”

공주가 입술을 깨물었다.

“아바마마, 기염은…….”

“안다. 기염이 뛰어난 신하라는 것을 내 어찌 모르겠느냐? 그가 없었다면 새로운 정책도 이렇게 순조롭게 추진되지 못했을 것이다.”

손권이 잠시 뜸을 들였다 다시 말을 이어갔다.

“하나 너도 명심해야 할 것이 있다. 왕이 된 자에게 신하는 모두 바둑판 위에 있는 바둑돌에 불과하니라. 그 돌을 남겨둘지 아니면 버릴지는 앞으로 쓸모가 있는지 여부에 달려 있을 뿐이다. 그 돌이 그전까지 했던 역할 따위는 전혀 중요하지 않느니라.”

“명심하겠사옵니다.”

공주가 공수를 하며 절을 올렸다.

“소녀가 걱정되는 것은, 죄의 진상을 제대로 밝히지 않고 서둘러 참수를 하면 반발 또한 만만치 않으리라는 것입니다.”

“지금 그가 죽기를 바라는 건 내가 아니라네. 바로 저 밖에 있는 자들이니라.”

손권의 표정이 싸늘하게 변했다.

“기염은 저들에게는 화풀이 대상일 뿐이고, 나에게는 그 화를 잠재우고 원한을 풀어주는 바둑돌인 셈이다. 기염이 일련의 사건과 연관돼 있는지 여부에 관심이 있는 자가 정말 있을 거라 생각하느냐?”

공주는 아무 말도 하지 못했다.

“물론 나 역시 기염이 주치 독살 사건과 무관하다는 것을 잘 알고 있다. 하지만 그렇다 해도 기염은 죽을 수밖에 없느니라. 나 역시 조아만(曹阿瞞: 조조)이 왕후(王垕)를 희생양으로 삼았듯 기염을 죽이는 것뿐이다. 조조도 했던 일을 나라고 못 하겠느냐? 그런 이치를, 나뿐만 아니라 세상사에 밝고 처세에 능한 신하들도 모두 알고 있느니라. 밖에 있는 천 명 중에 장소를 보았느냐? 손소와 고옹은 있느냐? 그자들 역시 신정책을 이미 거스를 수 없다는 것을 알고 있다. 그러니 기염을 죽여 저들의 원망을 일단 잠재우고 난 후에 일을 신중히 도모하려는 것이다."

"하오나 등 오라버니 쪽에서 어제 상주문을 올려, 기염의 억울함을 호소하며 철저한 수사를 청하지 않으셨습니까? 아바마마께서 지금 하신 말씀을 직접 전하기 불편하시다면, 소녀가 넌지시 그 뜻을 전하는 것은 어떨까요?"

"그럴 필요 없다. 등이는 성정이 너무 유하고 올곧아, 이런 방법을 받아들이지 못할 것이다."

손권이 실망스러운 기색을 살짝 드러냈다.

"그 아이는 기염이 억울하게 죽는 것이 싫어, 불만을 드러내며 상주문을 올린 것이다. 참으로 어리석기 짝이 없는 행동이었느니라. 만약 그가 기염을 비호하고 나선다면, 저 문무백관과 호족 세도가들의 화살이 누구를 겨냥하겠느냐? 저군으로서 조정의 흐름조차 간파하지 못하고, 옳고 그름을 따지며 사소한 것에 얽매여 있으니, 어찌 큰일을 도모하겠느냐? 등이가 좋은 아이라는 것은 내 어찌 모르겠느냐? 다만 제왕가에 태어난 것이 안타까울 뿐이니라."

노반 공주의 속눈썹이 희미하게 흔들렸다. 잠시 후 그녀는 몸을 깊이 숙여 절을 올린 후 물러갔다.

해번위 열 명이 횃불을 높이 들고 앞장서자, 축축하고 어두운 감옥의 통로가 대낮처럼 훤해졌다. 우청은 뒷짐을 지고 그 뒤를 느긋하게 뒤따라갔다. 통로의 맨 끝 감옥에 갇혀 있는 사람은 바로 선조상서 기염이었다. 며칠 전까지 대단한 권세를 누리던 풍운아는 이제 감옥에 갇힌 죄수가 됐고,

더구나 우청이 그를 직접 잡아들였다.

우청은 다른 사람의 인생을 좌지우지하는 이런 느낌을 최대한 즐기며, 일부러 천천히 걸어 들어갔다. 그것은 마치 그들의 숨통을 조이는 듯한 쾌감을 안겨주었다. 통로 끝자락에 다다르자, 기염이 느긋하게 문에 기대 서 있는 것이 보였다.

우청이 호통을 쳤다.

"무엄하다! 본관을 보고도 어찌 예를 행하지 않는 것이냐?"

"무엄하다 했느냐? 나야말로 2천 석의 녹봉을 받는 선조상서고 자네는 고작 천 석의 녹봉을 받는 해번영 좌부독이거늘, 어디서 감히 위아래를 따지느냐!"

기염이 말할 가치도 없다는 듯 코웃음을 쳤다.

"우청, 내 앞에서 해번영의 위세 따위 부릴 생각 말거라!"

우청이 냉소를 지었다.

"죄인 주제에 감히 뻔뻔스럽게 흰소리를 치는 것이냐?"

"아직 세 번의 심문을 거쳐 죄를 검증하지도 않은 판에, 지금 나를 죄인이라고 말하는 것이냐? 누가 너에게 그런 권력을 주었지? 참으로 뻔뻔스럽게 큰소리를 잘도 치는구나!"

"네놈의 방에서 증거가 발견됐고, 그것만으로도 네놈이 황학루를 불태우고 주치를 독살한……."

"닥쳐라!"

기염이 버럭 소리를 질렀다.

"누가 가져다 놓았는지도 모르고 진위조차 밝혀지지 않은 백서 몇 장으로 무엇을 증명할 수 있다는 것이냐? 너희 해번영은 이런 식으로 사건을 해결하느냐? 그럼 내가 사람을 시켜 네 방에 조비의 가짜 서신을 몰래 가져다두면, 그것만으로도 네가 위나라 첩자라는 증거가 되는 것이냐?"

우청은 순간 말문이 막혔다. 그녀는 본래 부하들을 잔뜩 대동하고 와서 기염에게 본때를 보여줄 작정이었지만, 도리어 망신만 당하고 있었다. 그녀가 어쩔 수 없이 손을 내젓자, 해번위들이 모두 물러가고 기염과 그녀 둘만이 남았다.

"기염, 네놈의 언변이 아무리 좋다 한들, 이 화를 피할 수 있다고 보느냐? 살고 싶으면 나와 손을 잡는 수밖에 없다."

기염이 팔짱을 끼고 도전적으로 그녀를 노려보았다.

"손을 잡아?"

"지금까지 일어난 사건들의 배후이자 자네에게 지시를 내린 자를 불면 된다."

"무슨 사건을 말하는 것이냐? 방금 네 입으로 말한 주치 독살 사건이라면, 주치 태부는 불필요한 관원을 자르는 정책을 지지했던 분이시다. 내가 그분을 독살하는 게 말이 되느냐?"

"주치는 새로운 정책을 지지했고, 그를 죽인 자는 그 정책을 반대한 자일 가능성이 크다. 너희들은 이 점을 이용해 새로운 정책에 반대하는 자들을 불안에 떨게 하고, 감히……."

"닥쳐라! 그 말대로라면 처음부터 내가 먼저 자살이라도 했어야 했느냐? 그럼 누구도 감히 나를 반대할 리 없을 테니 말이다. 도대체 그 머리로 어찌 해번영 좌부독 자리까지 간 것이냐?"

우청은 파랗게 질린 얼굴로 분노를 참아냈다.

"주치를 독살하고 손오를 불에 타 죽게 한 일련의 사건은 치밀한 계획 아래 주도면밀하게 벌어졌고, 자네 혼자 힘으로 그리 큰 판을 짰을 리가 없다. 더구나 이 모든 사건에서 한선의 흔적이 발견됐으니, 분명 한선의 지시를 받고 움직인 것이 틀림없다. 그러니 살고 싶으면 한선이 누구인지 불거라."

"한선?"

기염이 기가 막힌 듯 웃음을 터뜨렸다.

"그러니까, 고작 그 한선의 영패 때문에 이 모든 사건을 한선이 꾸민 거라고 단정한 것이냐? 맙소사! 해번영 좌부독이라는 자가 어떻게 이 정도로 멍청할 수 있단 말이냐? 이번에 불필요한 관원을 자를 때 내가 왜 너같이 무능한 자를 남겨둔 거지?"

우청이 허리춤에서 장검을 뽑아 들고 강한 척 위세를 부렸다.

"기염! 이 검으로 지금 당장 네놈을 죽일 수도 있다!"

기염이 머리를 창살 밖으로 내밀며 이죽거렸다.

"자, 자, 자, 네 주제에 할 배짱 있으면 어디 베어보거라!"

검을 쥐고 있는 우청의 손이 희미하게 떨렸다. 하지만 그녀는 여전히 이를 악물고 화를 억누르며 말을 이어갔다.

"기염, 다시 한번 말하겠다. 이것이 네가 살 수 있는 유일한 기회⋯⋯."

"죽는 게 두려웠다면 내 어찌 새로운 정책을 추진할 수 있었겠느냐?"

기염이 우청을 조롱하듯 말했다.

"우청, 더 말해봐야 입만 아프니, 그만 포기하거라."

"설사 죽는 게 두렵지 않다 해도, 원망조차 남아 있지 않다고 말할 수야 없겠지."

우청이 인내심을 가지고 설득을 이어갔다.

"너를 부추겨 이번 정책을 추진하게 한 자들이 결정적인 순간에 손을 떼고, 네놈 혼자 모든 관원과 세도가 문벌들의 분노를 감당하게 내버려두고 있다. 이런 자들이 편안하게 자리를 지키며 살도록 두고 볼 수 있겠느냐?"

"지금 장온 중랑장을 말하는 것이냐?"

기염이 웃으며 말했다.

"이 일은 그를 탓할 수 없다. 그는 새로운 정책을 통해 관리 사회를 어느 정도 쇄신하고 불필요한 인력을 자르는 정도에서 나를 도와준 것뿐이다. 사실 그는 고·육·주·장 네 호족 가문 출신이고, 그 역시 새로운 정책으로 손해를 볼 수밖에 없지. 그럼에도 그는 대의를 위해 작은 이익을 희생했고, 이것만으로도 이미 어려운 결정을 해준 셈이다. 다만 그는 두셋 정도에서 멈추기를 바랐는데, 내가 일고여덟까지 그 강도를 밀고 나가면서 그가 용인할 수 있는 범주를 넘어섰을 뿐이다."

우청이 눈썹을 치켜떴다.

"장온 같은 일개 중랑장 하나 없애자고 이렇게 큰 판을 짜서 네놈이 모함을 하게 만들겠느냐?"

"이렇게 큰 판을 짜?"

기염이 눈빛이 번뜩였다.

"그 말은, 지금까지 일어난 일련의 사건에 네가 개입돼 있었다는 것이냐? 우청, 네가 진정 살기를 포기한 게로구나. 강동파와 회사파 중 누구를 등에 업고 있는 것이지?"

"함부로 지껄이지 말거라. 이 사건들은 네놈이 한선의 이름을 빌려 신정책에 반대하는 자들을 제거하기 위해 벌인 일이고, 장온 역시 너와 공모한 죄가 드러났다. 또한 네놈들 배후에 누군가 있는 것이 확실하다."

기염이 고개를 가로저었다.

"그리 한참을 떠들어대더니 결국 본색을 드러내는구나. 내가 모함해주기를 바라는 자가 태자 전하였더냐?"

"태자? 만약 태자가 이 일련의 사건을 주도한 배후 인물이라면, 저군의 자리에서도 쫓겨날 것이다."

우청의 눈빛이 날카롭게 빛났다.

"폐위된 태자 따위가 뭐가 그리 무섭겠느냐?"

"네가 정녕 미친 게로구나."

"기염, 사실 우리 주공께서 줄곧 너의 재능을 높이 평가하며 보기 드문 인재라고 생각하고 계셨느니라. 지금이야 어쩔 수 없이 벼랑 끝으로 떠밀리고 있지만, 네가 말 한마디만 잘하면 죽음을 면할 수 있고, 앞으로 주공께서 네게 다시 재기할 발판을 마련해주실 것이다. 사실 손등이야말로 너를 나락으로 떨어뜨린 원흉이 아니더냐? 그자가 우유부단하게 굴며 결정적인 순간에 뒤로 숨지 않았다면 네가 뒷배를 잃어버릴 일도 없었을 테고, 해번영 또한 어찌 감히 너를 건드렸겠느냐?"

기염이 물었다.

"네 주공이 누구냐?"

"천기를 함부로 누설할 수야 없지."

"내가 태자를 모함한다고 해서 지존이 과연 믿겠느냐?"

"지존이 믿고 안 믿고는 상관없다. 지금 회사파와 강동파가 새로운 정책을 대대적으로 반대하고 나서지 못하는 이유는, 그것을 막을 그 어떤 핑계거리도 없기 때문이다. 인정에 호소할 수도 없고 이치나 법으로 따질 만한 근거도 없으니 그리할 수밖에. 만약 지존의 아들이 신정책을 추진하기 위해 무고한 자들을 함부로 죽인 것이 사실로 밝혀지면 조정 안팎으로 압력이 가해질 것이고, 결국 지존도 어쩔 수 없이 타협점을 찾을 수밖에 없게 될 것이다. 설사 태자가 폐위되지 않는다 해도, 그가 지난 수년간 쌓아온 인정과 관용의 덕을 지닌 저군의 이미지가 하루아침에 무너져버릴 테지."

"듣고 보니 맞는 말이군."

기염이 고개를 끄덕였다.

"만약 내가 네 말대로만 하면 태자 전하의 앞날에 먹구름이 끼는 것만은 확실하겠구나."

우청은 기염이 드디어 걸려들었다는 생각에 회심의 미소를 지었다. 그녀가 마른기침을 하며 주의를 환기시켰다.

"기 상서가 알아들은 것 같으니 다행이네. 가능한 빨리 자술서를 쓰고 대질 심문을 하고 나면 곧 이곳을 나갈 수 있을 것이네."

"꿈도 야무지구나. 내가 그리할 것 같으냐?"

"왜지?"

우청이 반사적으로 물었다.

"너를 믿지 못해서가 아니다. 나는 어릴 때부터 성현의 책을 읽으며 자랐고, 군자의 도를 행하며 살아야 한다고 배워왔다. 그런 내가 자기 목숨 하나 지키겠다고 흑백을 전도해가며 태자의 결백을 더럽힐 수 없다."

"하, 단지 그것 때문에?"

우청은 화가 치밀다 못해 헛웃음이 터져 나왔다.

"네가 어리석은 줄은 알고 있었지만, 이리 악독한 자일 줄은 생각도 못 했다. 내 눈이 더럽혀지기 전에 당장 꺼지거라!"

우청이 이를 부득부득 갈며 소리쳤다.

"기염! 네놈이 내 손안에 들어온 이상, 살아서 여길 나갈 수 있을 것 같으냐? 여기는 해번영 좌부독 감옥이고, 내 허락 없이는 여일조차 이곳에 마음대로 들어올 수 없다! 바깥으로 무슨 소식을 전할 수 있을 거라는 헛된 망상은 애당초 버리는 게 좋을 것이다. 내가 너에게 한 모든 말은 이곳에 그대로 묻힐 것이고, 지존 역시 너를 구하지 못할 것이다!"

"지존? 지존이 과연 나를 구하겠느냐? 해번영은 지존에게 직속돼 있으니, 네가 나를 잡아들이려면 당연히 지존의 허락을 받아야 한다. 잡을 새가 없어지면 좋은 활도 깊이 간직해야 하는 것처럼, 누구라도 쓸모가 없어지면 버림을 받게 되는 법이지. 지존은 나를 죽여 관원과 사족들의 화를 잠재우려 하는 것이다. 네가 감히 나를 이용해 태자를 끌어내리려고 하는 것만 봐도, 지존이 이미 나를 버리는 패로 삼았다는 확신이 섰기 때문이겠지."

우청은 기염이 모든 상황을 꿰뚫고 있다는 것에 놀라 말문이 막혀버렸다.

"신정책을 추진하기 시작하면서부터 나는 이미 죽을 각오를 했기에 아무것도 거리낄 것이 없었고, 모든 수단을 동원해 맹렬한 기세로 밀고 나갈 수 있었다. 시간이 길어질수록 반대파의 압박이 강해지리라는 걸 너무나 잘 알고 있었으니 더 그럴 수밖에. 그렇게 되면 지존께서도 나라는 패를 일찍 버렸을 거고, 새로운 정책도 중도에 물거품이 되고 말았겠지."

기염이 길게 한숨을 내쉬었다.

"다행히 나는 속도를 내 일을 마무리 지을 수 있었고, 관원 심사 선발도 마무리됐다. 농업 제창이나 노역 감경과 법령 강화 방안도 모두 지존께 올렸으니, 머지않아 한문 출신의 자제들과 힘을 모아 전면적으로 시행이 될 것이다. 나는 늘 자신을 조조(鼂錯)에 비유해왔다. 하나 그는 신정책이 추진되기 전에 동시에서 요참의 형을 당했지. 그러나 나 기염은 신정책을 순조롭게 추진해 세도가 호족의 권세를 약화시켰고 백성들의 생활을 풍요롭게 만들었으니, 이제 죽어도 여한이 없다!"

우청은 마치 바보를 보듯 기염을 쳐다보았다.

"지존이 널 죽일 거라는 사실을 이미 알고 있었던 것이냐?"

"물론이다. 지존께서 얼마 전에도 앞으로 내 도움이 필요하다며 어찌나 그럴싸하게 속이시던지, 어쩌면 몇 년은 더 살려두겠구나 착각을 할 정도였다."

기염이 호탕하게 웃었다.

"네놈이 죽음을 감수하겠다는 이유가 고작 새로운 정책 때문이라는 것이냐?"

우청이 비꼬듯 말했다.

"군자는 의(義)에 밝고 소인은 이(利)에 밝다고 했다. 너 같은 자는 영원히 나를 이해할 수 없을 테지."

기염이 우청을 흘겨보았다.

"내가 보기에, 신정책이 추진돼 백성이 그 혜택을 받는 것과 구차하게 목숨을 부지하고 평생을 죄인처럼 사는 것 중 어느 것이 더 가치 있는 일인지 너무나 명확했을 뿐이다. 설사 나를 어리석다고 욕한다 한들, 나는 전혀 개의치 않는다."

"죽기 전에도 그리 큰소리를 칠 수 있는지 두고 보마."

우청이 치를 떨며 말했다.

"한 가지 안타까운 점은, 서표까지 이 일에 연루돼버린 것이다. 그것만 아니라면 나는 죽어도 한 치도 부끄러울 것이 없다."

우청이 손바닥을 치자 옥졸 몇 명이 통로 끝에서 걸어 나왔다.

"해번영 감옥의 고문 기술이 얼마나 악명이 높은지 기 상서도 익히 알고 있을 테지. 굳이 이 길을 가겠다고 하니, 참으로 안타까울 뿐이네."

기염이 크게 웃으며 말했다.

"너희 해번영 감옥의 악명이야 세 살배기 아이도 아는 것이 아니더냐? 세간에 떠도는 소문대로라면 살가죽 벗기기, 등뼈 부러뜨리기, 손가락 자르기, 가슴 찌르기 등 고문의 종류만 해도 열여덟 가지나 된다지? 오늘 내그 모든 고문을 경험해볼 기회가 드디어 찾아왔구나. 인색하게 굴 것 없이, 어디 맘껏 한번 하나하나 선보여보거라!"

우청의 낯빛이 파랗게 질렸다.

"원한다면 내 얼마든지 해주지. 기 상서가 얼마나 버티는지 내 두고 보겠네!"

제8장

◆

진퇴양난

너무 빨랐다.

선조에서 백서를 찾아내고 기염을 체포해 해번영 대옥에 가두기까지 세시진도 채 걸리지 않았고, 날도 아직 밝지 않은 상태였다.

조야 전체를 흔들고 권세가 하늘을 찌르던 선조상서가 고작 백서 몇 개 때문에 우청에게 잡혀 이 지경까지 추락하고 말았으니, 상식적으로 도저히 이해할 수 없는 일이 벌어진 것이다. 악명 높은 해번영 안에서도 동료들 사이에 사사로이 말이 오가며, 우청의 도를 넘은 행동에 혀를 내두를 정도였다. 아무리 강동파·회사파와 대부분 관원 및 사족의 지지를 받고 있다 해도, 신정책을 추진해온 기염을 이런 식으로 대한다면 그 배후에 있는 태자와 지존의 분노를 불러일으키지 않을까? 지존의 직속 기구인 해번영이 지존의 지시도 없이 총애하는 신하를 함부로 잡아들인다는 것은 이치에 전혀 맞지 않았다.

또 하루가 지나갔고, 천 명이 넘는 관원과 사족들은 여전히 오왕부 앞에 앉아 청원을 했다. 우청이 감옥에 가서 기염을 심문했는데도 지존은 전혀 간여하지 않았다. 그제야 해번영 관원들은 이 일이 어떻게 돌아가고 있는지 깨닫게 됐다. 우청은 지존의 뜻을 받들어 기염을 체포했고, 그렇게 그녀는 또 한 번 큰 공을 가로챘다. 우부독 여일은 이 사실을 알고 불같이 화를 내며 오전 내내 도위 몇 명에게 호통을 쳐 화풀이를 했고, 심지어 탁자 위에 있던 아끼던 운무(雲霧) 벼루조차 집어던질 정도였다.

그렇지만 오후에 해번영으로 돌아온 우청의 표정은 별로 좋아 보이지 않았다. 아무래도 기염 쪽 일이 잘 풀리지 않은 듯했다. 열여덟 개의 형벌을 모두 다 썼고, 기염은 몇 번이나 혼절을 거듭하며 온몸에 멀쩡한 피부가 하나도 남아 있지 않을 만큼 피범벅이 됐는데도 여전히 말을 바꾸려 하지 않았다. 우청은 세상에 이런 어리석은 사람이 있다는 것이 이해가 되지 않았다. 어떻게 단지 스스로에게 부끄럽지 않기 위해 이렇게 끔찍한 고통을 견뎌낼 수 있단 말인가? 이런 식으로 고문을 계속한다면 감옥에서 기염의 숨이 곧 끊어질 판이었다. 그제야 우청은 이를 갈며 어쩔 수 없이 고문을 멈췄다. 비록 지존의 암묵적 지시를 받아 기염을 잡아다가 죄를 뒤집어씌우기는 했지만, 형장으로 압송해 모두가 보는 앞에서 참수를 해야 했다. 만약 아무 이유 없이 감옥에서 죽게 만들면 그녀의 입장이 곤란해진다. 우청은 조서로 돌아가서도 생각할수록 화가 치밀어 올라 당장 영맥을 불러들이라 명했다.

영맥이 문 안으로 들어서기도 전에 우청이 대뜸 물었다.

"수사는 어찌 진행돼가느냐?"

영맥이 공수를 하며 대답했다.

"주치부터 손오에 이르기까지 그들이 죽은 현장마다 한선의 영패가 나왔지만, 소관은 그것이 누군가의 눈속임에 불과하다고 보고 있습니다. 이 일련의 사건에 한선이 개입했을 가능성은 아주 낮아 보입니다. 화를 전가하려는 수단이 비교적 조악한 것으로 보아, 한선의 소행은 아닌 듯합니다."

우청이 그를 잡아먹을 듯 노려보았다.

"내가 묻는 것은 가일이다. 그동안 무창성과 공안성에 사람을 보내 조사를 시키지 않았느냐? 왜 지금껏 보고를 올리지 않는 것이냐?"

"단서를 찾기는 했지만, 중도에 다 무용지물이 돼버린 통에 아무것도 건진 것이 없습니다."

"그 말은, 지난 반년 동안 조사를 하고도 가일에 대해 아무것도 알아낸 게 없다는 것이냐?"

우청의 얼굴에 서늘한 미소가 드러났다.

영맥의 창백한 얼굴에서 아무런 표정도 읽을 수 없었다.

"우 부독, 가일이라는 자가 워낙 간교해 상대하기가 쉽지 않습니다. 그자가 오나라에 온 후에 그를 죽이려는 자들이 많았지만, 지금까지 누구도 그의 털끝 하나 건드리지 못하고 있습니다."

우청이 영맥을 뚫어져라 쳐다보았다.

"자네는 내가 가장 믿는 사람이네. 다른 사람이 알아내지 못했다고 하면 그럴 수 있다고 생각하겠지만, 자네는 다르지. 도대체 정말 알아낼 방도가 없는 것인가, 아니면 알아낼 생각이 없는 것인가?"

영맥이 공수를 했다.

"부독께서 소관에게 시간을 조금만 더 주십시오."

우청이 가타부타 아무 말도 하지 않은 채 대뜸 질문부터 했다.

"듣자 하니 얼마 전에 가일이 자네를 찾아갔다지?"

"네. 이 일련의 사건이 자신과 상관이 없다고 했고, 소관 역시 그렇게 여기고 있습니다. 하지만 그렇다고 해도 그가 한선과 완전히 무관하다는 의미는 아니옵니다."

"자네의 목적은 처음부터 끝까지 한선을 찾는 것이군. 자네 처가 한선의 손에 죽은 일 때문이겠지. 하지만 그것은 사적인 일이네."

영맥은 아무 대답이 없었다.

"하나 한 가지는 명심하게. 자네는 해번영의 도위고, 공무가 사적인 감정보다 앞서야 한다는 것을 말일세. 지금 해번영의 공무는 바로 가일을 죽이는 것이네."

영맥이 고개를 숙이며 대답했다.

"명심하겠사옵니다."

"이 일련의 사건이 한선과 연관돼 있다는 단서를 모두 정리해 올리도록 하게. 그 내용의 개연성이 아무리 억지스럽고 어색해도 상관없으니, 어떻게 해서든 가일과 연관시켜야 하네. 알겠는가?"

"네. 하오나 지금 가지고 있는 단서만으로는 가일의 죄를 물을 수 없습니다."

영맥이 고개를 들었다.

"기염 쪽에서 무슨 진전이 있으셨는지요?"

"그쪽은 내가 알아서 할 테니, 참견할 것 없다."

영맥이 허리를 굽혀 절을 한 후 물러갔다. 그는 자신의 방으로 들어가 지금까지 모은 영패들을 꺼내 탁자 위에 올려놓고 자세히 살펴보았다. 잠시 후 그는 창가 쪽에 있는 서가에 가서 백서 하나를 꺼내 들었다. 백서를 조심스럽게 펼치자 색이 약간 검은 한선의 영패가 드러났다. 영맥은 영패를 들고 탁자 앞으로 돌아와 가볍게 한숨을 내쉬었다.

이 한선의 영패는 그의 처 임열이 죽고 난 후 온 집 안을 샅샅이 뒤져 벽돌 아래서 간신히 찾아낸 것이었다. 얼마 전 사건 현장에서 발견된 한선의 영패와 비교해보니, 무게가 약간 다르다는 것을 빼면 완전히 똑같았다. 손에 들고 있는 한선의 영패가 조금 더 가벼웠다. 이런 이유 때문에 그는 처음부터 한선이 이 사건에 개입했는지 여부에 의심을 품고 있었다.

영맥은 손에 든 영패를 품에 넣고 문을 나서 집으로 향했다. 비록 우청이 지시를 내리기야 했지만, 그는 서두를 생각이 전혀 없었다. 영맥은 가일에게 가능한 많은 시간을 벌어주어야 했다. 지금 단언할 수 있는 사실 하나는, 우청이 철 공자의 지시를 받고 있다는 것이다. 하지만 철 공자의 신분은 여전히 오리무중이고, 아무런 단서도 나오지 않고 있다.

기염은 조당의 암투 속에서 세력을 잃었지만, 영맥은 그런 일에 관심조차 두지 않았다. 하지만 우청이 이 기회를 틈타 가일을 모함해 죽이려고 하는 이상, 그는 이 사실을 어떻게든 가일에게 일깨워주어야 했다. 다만 어떤 방법을 써야 할지 신중하게 생각해볼 필요가 있었다. 주백의 아들이 살해당한 후부터 그는 경거망동을 최대한 자제해왔다. 더구나 방금 우청의 질문으로 미루어 짐작해볼 때, 그녀가 영맥에게 감시자를 붙이고 일거수일투족을 감시하고 있는 것이 확실해졌다.

진기는 더 이상 믿을 수 없게 됐다. 그렇다면 조명은? 이런 생각을 하다 보니, 어느새 집 앞이었다. 저 멀리 뚱뚱한 체구의 사내 한 명이 서 있는 것이 보였다. 영맥도 아는 이였다. 그는 길 건너 금영(金盈) 전당포 주인으로, 평소 인사 정도 하고 지내는 사이였다. 그는 영맥을 보자마자 활짝 웃으며 다가왔다. 영맥이 걸음을 늦추며 오른손을 허리춤에 찬 장검에 올려놓고 손잡이를 만지작거렸다.

"이보게, 이제 돌아오는가? 오늘 두 번이나 집에 찾아갔는데 없어서, 해번영으로 찾아가야 하는지 생각 중이었네."

"무슨 일로 날 찾으셨소?"

유묘(劉淼)가 억지웃음을 지으며 물었다.

"일단 집으로 들어가서 얘기 나누세."

영맥이 고개를 끄덕였다. 3년 전에 근방에 사는 이웃들을 하나도 빼놓지 않고 탐문 수사를 했고, 다들 특별할 것 없는 사람들이었다. 유묘는 무창에서 나고 자란 토박이고, 전당포도 부친이 하던 일을 물려받아 하고 있었다.

그의 부인이 워낙 알뜰하고 야무져서, 집도 그럭저럭 잘사는 편이었다.

영맥이 유묘를 데리고 안뜰을 지나 방 안으로 들어갔다. 방 안은 딱 필요한 물건만 있을 뿐 썰렁했다. 긴 탁자 하나와 나무 침상, 그리고 자질구레한 가구들을 제외하면 더 이상 아무것도 없었다. 유묘가 고개를 내저었다. 그는 영맥이 이렇게 청빈하게 사는 것이 도무지 이해되지 않았다.

영맥이 그에게 탁자 앞에 놓인 방석에 앉으라고 손짓을 한 후 자신도 맞은편에 앉았다.

"무슨 일이시오?"

"제수씨가 그리된 지도 꽤 됐는데, 자네는 아직도 후처를 들일 생각이 없는 건가?"

영맥이 고개를 가로저었다. 이제 그는 이런 이야기를 꺼내는 것조차 귀찮고 짜증이 났다. 임열이 죽은 그해에 중매쟁이 몇 명이 잇달아 찾아와 혼담을 넣었지만, 그는 완곡히 거절했다. 지금 눈앞에 있는 이 공처가가 나를 찾아온 이유도 설마 중매를 하기 위해서일까?

"자네 집을 좀 둘러보게. 이게 어디를 봐서 조서에서 일하는 관원의 집인가?"

유묘가 웃으며 말했다.

"제수씨가 어디 하나 흠잡을 데 없이 좋은 사람이었다는 걸 누가 모르겠나? 하지만 이미 저세상 사람이 된 지 3년이 흘렀네. 지난 3년 동안 장가도 가지 않았으니, 그 정이 얼마나 깊은지 누가 모르겠는가? 하지만 사내는 곁에서 챙겨주는 여자가 있어야 하네. 세 가지 불효 중에 대를 못 잇는 불효가 가장 크다고 하지 않는가?"

영맥의 눈에 순간적으로 서늘한 빛이 스치고 지나갔다. 이자의 말이 맞았다. 오늘이 바로 임열이 죽은 지 3년째 되는 날이었다. 그런데 다른 이도 아닌 이자가 왜 이날을 기억하고 있는 거지? 왜 날 찾아온 거지?

"혹시 혼담이라도 넣으려고 날 찾아온 것이오?"

그의 말투는 평소처럼 담담했다. 하지만 탁자 아래 핏줄이 올라올 정도로 꽉 쥔 그의 오른손만큼은 그의 감정을 고스란히 드러냈다.

유묘가 억지웃음을 지으며 말했다.

"그건 아니고, 3년 전에 받은 부탁이 있어 이리 찾아온 것이라네."

그가 품안으로 손을 넣어 정교하게 만들어진 밀함을 꺼내 영맥에게 건넸다. 영맥은 밀함을 바라만 볼 뿐, 받을 생각조차 하지 않았다.

"이것은 3년 전에 자네 처가 자네에게 전해달라고 맡긴 물건이네. 자네가 이걸 받으면 그때 백 냥을 더 받으라고 했지."

영맥은 어리둥절한 표정으로 손을 뻗어 밀함을 건네받았다. 밀함은 연철로 만들어졌고, 길이는 한 자, 너비는 두 치, 높이는 손가락 두 마디 정도의 크기였다. 모양이 정교하고 표면은 매끄럽게 다듬어져 있었다. 영맥이 밀함을 뒤집어보았지만, 그 어디에도 열 수 있을 만한 틈새가 보이지 않았다. 하지만 흔들어보니 안에 무언가 들어 있는 듯 가볍게 소리가 났다.

"이것이 무엇이오?"

영맥이 목소리가 잠겨 있었다.

"그건 나도 모르네. 3년 전 그날 아침에 제수씨가 우리 전당포로 와서 이 물건을 나에게 맡겼다네. 처음에는 이 상자를 담보로 맡길 생각인가 보다, 그리 생각했지. 그런데 자기가 죽고 난 후 3년이 지나는 날 자네가 아직 장가를 들거나 이사를 가지 않았다면 이 상자를 전해달라고 하더군. 그 당시에 생각지도 못한 말에 정신이 얼떨떨해서 어떻게 해야 할지 몰라 무척 당황하고 있는데, 제수씨가 황금 한 덩어리를 계약금이라며 건네지 뭔가?"

유묘가 어색하게 웃으며 말을 이어갔다.

"그러니 어쩌겠는가? 한 동네 사는 이웃끼리 서로 도울 수 있으면 도와야지. 안 그런가?"

"그리고 어찌 됐소?"

영맥의 감정은 전에 없이 평온했다.

"나는 상자를 들고 집으로 돌아갔고, 제수씨와 약조한 대로 누구에게도 그 사실을 말하지 않았지. 근데 며칠이 지나자 생각할수록 미안한 마음이 들더군. 자네 부부가 말다툼을 해서 제수씨가 화가 많이 나는 바람에 이 물건을 맡긴 걸지도 모른다는 생각이 들었지. 그래서 상자를 들고 자네 집에 가서 충고를 좀 해줄 생각이었네. 비록 내가 평생 살면서 금덩어리를 본 적은 없지만, 그깟 돈 때문에 부부 사이를 망칠 수야 없지 않은가? 우리 집사람도 하루 종일 나를 못 잡아먹어 안달이지만, 그래도 부부는……."

"그래서 그다음에 어찌 됐소?"

"아차차, 이런 정신머리 보게나. 내가 또 옆길로 샜군."

유묘가 영맥을 힐끗 보며 고개를 숙였다.

"내가 자네 집 근처에 왔는데, 관원들이 집 앞에 잔뜩 와 있었네. 무슨 일인지 주변에 물어보고 나서야 제수씨가 살해당한 사실을 알게 됐네. 나는 너무 무섭고 겁이 나서 가까이 가보지도 못하고 이 상자를 들고 얼른 집으로 돌아갔지. 그때서야 제수씨가 분명히 어떤 일에 휘말렸다는 생각이 들더군. 며칠 동안 나는 그 일에 나까지 연루될까봐 좌불안석이었고, 겁이 나서 아무것도 할 수 없었지. 그렇게 한동안 쥐 죽은 듯 지내며 사건이 조용히 해결되고 나서야 마음을 놓을 수 있었다네. 그리고 가만히 생각해보니 제수씨가 그런 부탁을 한 데는 다 이유가 있을 것 같아 이 상자를 약속대로 내가 맡아두기로 결심을 굳혔고, 지금까지 어렵게 이걸 간직하고 있었네. 오늘이 바로 3년째 되는 날이고, 제수씨 말대로 자네가 아직 장가도 안 가고 이사도 하지 않았으니 이렇게 상자를 전하러 온 것이네."

"만약……."

"만약 자네가 이사를 갔거나 새로 장가를 들었다면 이 상자를 앞길에 있는 대장간에 가져가서 녹인 다음 자물쇠를 만들어 자네에게 주라고 했네."

"집사람이 이 밀함을 건네며 또 무슨 말을 했소? 표정은 어떠했소?"

유묘는 그때의 기억을 애써 더듬어보았다.

"평상시와 별다르지 않았네. 근데 제수씨가 황금을 꺼낼 때 내가 얼마나 놀랐는지 모른다네. 그래서 그게 어디서 난 거냐고 물었는데, 그저 웃기만 하고 알려주지는 않더군. 상자 안에 뭐가 들었는지도 묻지 않았네. 돈을 받았으니 고객인데, 지킬 건 지켜야지."

영맥의 창백한 얼굴은 표정의 변화조차 없었다. 그가 밀함을 탁자 위에 놓으며 말했다.

"유 형, 지금 당장 내 수중에 백 냥이 없으니, 이렇게 하는 건 어떻겠소? 내게 옥패가 하나 있는데, 그걸 대신 받는 건 어떻소?"

유묘가 연신 손을 내저었다.

"무슨 소린가? 내가 돈 때문에 이리 찾아온 게 아니네. 이웃끼리 서로 도울 수도 있지, 무슨 돈인가? 제수씨 부탁대로 이걸 전했으니 됐네."

말은 그렇게 하면서도 그는 자리에서 일어나지 않은 채 그저 어색하게 웃고만 있었다.

영맥은 몸에 지니고 있던 옥패를 빼서 유묘에게 건넸다. 유묘는 한 번 사양하는 척하더니 이내 그것을 받아 이리저리 돌려보았다. 이 옥패는 재질도 부드럽고 조각도 정교하게 잘 돼 있어 백 냥은 훌쩍 넘을 듯했다. 그는 옥패를 얼른 품에 넣고 일어나 속으로 쾌재를 부르며 문을 나섰다. 영맥은 그 자리에서 꼼짝도 하지 않은 채 앉아 멍하니 밀함을 바라만 볼 뿐이었다. 뜬금없이 그의 눈앞에 나타난 밀함은 그에게 엄청난 충격을 가져다주었다. 이제 임열이 한선에게 살해당한 진상을 더 이상 밝히기 어렵다고 생각했고, 마지막 희망을 가일에게 걸고 있던 차였다. 유묘의 말과 행동으로 볼 때, 별다른 능력도 없고 계략을 꾸밀 만큼 머리가 좋지도 않은 듯했다. 다행히 시정잡배라도 약속을 지킬 줄은 알았다. 물론 그에게 유리한 조건이 붙어 있었기에 가능했던 일이었다.

영맥은 한숨을 내쉬며 밀함을 뚫어져라 쳐다보았다. 그의 마음은 어느새 3년 전으로 되돌아가 있었다. 그때 그는 실타래 모양의 사탕을 사 들고 집으로 돌아갔고, 대문을 여는 순간 그의 눈에 들어온 것은 온통 핏빛이었다. 또다시 극심한 두통이 어지럼증과 함께 찾아왔다. 그것은 마치 거센 파도 위를 떠도는 일엽편주를 타고 정신없이 떠도는 듯한 느낌이었다. 그의 온몸이 불같이 뜨거워지고 식은땀이 비처럼 흘러내려 온몸을 적시더니, 다시 바람에 날려 얼음 동굴에 떨어지는 것 같았다.

그렇게 얼마의 시간이 흐르고 나서야 영맥은 정신이 돌아왔다. 창밖으로 보이는 차가운 별이 하늘에 걸려 있고, 짙은 어둠이 모든 빛을 삼켜버렸다. 그는 화절자로 불을 붙여 기름등을 밝혔다. 작은 불꽃이 어둠 속에서 일렁이며 쓸쓸한 빛을 만들어냈다. 그는 철로 정교하게 만들어진 밀함을 들고 손가락으로 표면을 서너 번 문질러보았다. 하지만 그 어떤 비밀 문양이나 틈을 발견할 수 없었다. 만약 이 상자를 흔들었을 때 소리가 나지 않았다면 영맥은 이것이 그저 쇳물을 부어 상자 모양을 만든 쇳덩어리에 불과하다고 여겼을 것이다.

영맥은 유묘의 말 속에서 아내 임열이 자신의 죽음을 미리 알고 이 밀함을 남겼다는 것을 미루어 짐작할 수 있었다. 3년 후 다시 혼인도 안 하고 이사도 안 갔을 때 이 밀함을 전해달라고 한 것만 봐도, 그녀가 얼마나 고심해서 이 조건들을 내걸었을지 상상할 수 있었다. 확실히 그녀다운 일 처리 방식이었다. 만약 이 조건들에 부합하지 않았다면 그는 이 밀함을 보지 못했을 것이다. 이미 임열을 잊은 이상, 다시 지난 일을 끄집어내서 무슨 소용이 있겠는가?

영맥은 한숨을 내쉬며 손바닥에 밀함을 올려놓고 가볍게 쓰다듬었다.

이 밀함 속에 지난 3년 동안 영맥을 괴롭혔던 사건의 진상을 풀 열쇠가 들어 있는 것은 아닐까? 임열이 이 밀함을 남기며 이런 조건들을 내건 것은 내 마음의 한을 풀어주기 위해서가 아닐까 싶었다. 밀함은 아무도 열어볼 수 없게 틈새 하나 없이 만들어져 있었다. 3년 전에 이미 3년 후를 생각해 모든 것을 치밀하게 준비해놓은 것이다. 영맥이 눈을 감자, 그 장난스럽게 웃던 어여쁜 얼굴이 뇌리 속에 또 스쳐 지나갔다. 그녀를 향한 뼈에 사무치는 그리움은 시간이 흘러도 사라지지 않았다.

창밖을 보니 먹구름이 걷히고 둥근 달이 하늘 높이 떠 있었다. 휘영청 밝은 달빛이 창살을 통해 영맥 위로 흩뿌려졌다. 그는 자리에서 일어나 밀함을 향해 예를 갖춰 절을 올렸다. 그 순간 그의 창백한 얼굴에 따스한 미소가 떠올랐다.

영맥은 잠시 후 검을 뽑아 들었다.

시퍼런 검광이 달빛 아래서 힘차게 허공을 가르고 내려왔다.

'쨍' 소리와 함께 눈부신 불꽃이 터져 나오며 어둠을 산산조각 냈다.

손몽이 비선계(飛仙髻: 양쪽으로 대칭이 되게 높게 쪽을 찌어 올린 머리) 머리 모양에 금비녀를 하고, 소매가 넓은 이중 옷자락의 심의를 입고 달빛 아래 서 있었다. 그 모습은 마치 하얀 옷을 입은 선녀처럼 아름답기 그지없었다.

가일의 시선이 그녀를 지나 저 먼 곳을 향했다. 기엄이 체포된 후 태자 손등이 그를 두둔하는 상주문을 올렸지만, 손권은 묵살한 채 아무런 반응도 보이지 않았다. 천여 명의 관원과 사족이 오왕부 앞에 앉아 기엄을 참수해달라고 요구하고 있지만, 이에 대해서도 손권은 가타부타 말이 없었다. 해번영 안에서도 의론이 분분했다. 우청은 이미 사흘 밤낮으로 기엄을 고문해 그를 초주검으로 만들어놨지만, 여전히 원하는 진술을 받아내지 못했다. 그전까지 그녀는 기엄이 그저 말만 앞세워 허세를 부리는 거라고 생각했지, 이 정도로 대쪽같이 자기 뜻을 굽히지 않을 줄은 몰랐다.

　오전에 제갈각이 가일을 찾아와, 노반 공주가 손등에게 전갈을 보내 기염의 죽음이 기정사실이 됐으니 더 이상 경거망동하지 말 것을 권했다고 알려주었다. 그러더니 그는 가일의 능력을 한껏 끌어내리며 무능함을 욕하고 한참을 비아냥거리다 갔다. 하지만 가일은 그의 말을 전혀 개의치 않았다. 철 공자가 모든 면에서 한 걸음 앞서가는 것도 사실이었다. 가일은 벼슬길에 들어선 후 가장 힘든 시간을 보내고 있었다. 지금 이 사건은 허도에서 한선을 수사할 때보다 그를 훨씬 힘들게 만들었다.

　"또 사건 생각을 하고 있는 거예요?"

　손몽이 어느새 그의 곁에 다가왔는지, 기분 좋은 향기가 이내 코끝에 와 닿았다.

　가일이 고개를 끄덕였다. 손몽이 치맛자락을 살짝 들어 올리며 가일의 옆에 바싹 붙어 앉았다.

　"일전에 당신 입으로, 철 공자의 진짜 목표는 태자 손등이라고 하지 않았나요? 만약 사건 수사가 너무 힘들고 자신과 별다른 이해관계가 없다면, 손을 떼는 편이 나아요."

　"손을 떼라……."

　가일이 잠시 고심하다 이내 고개를 가로저었다.

　"철 공자가 처음 존재를 드러낸 건 반첩을 시켜 나를 죽이려 한 때부터였소. 지금 이 수사에서 손을 떼면, 가만히 앉아서 죽음을 기다리는 것이 될지도 모르오."

　"설사 수사를 한다 해도 철 공자와 싸워 이길 수 있을까요?"

　손몽의 콧잔등에 주름이 잡혔다.

　"거의 반년의 시간이 흘렀는데도, 그가 도대체 누구인지조차 밝혀내지 못했잖아요?"

"그렇다 해도 해봐야겠지. 난 늘 운이 좋은 편이니, 이번에도 그 운을 믿어볼 수밖에. 왠지 모르게 이 일련의 사건이 곧 마무리될 것 같은 예감이 계속 드오. 어쩌면 며칠 후에 철 공자를 찾아낼 수 있을지도 모르지."

손몽이 코웃음을 쳤다.

"꿈 깨요. 그건 그렇고, 기염이 철 공자의 계략에 걸려들어 죽는다 해도 신정책의 추진은 막지 못할 거고, 태자까지 연루되는 일도 일어나지 않을 거예요. 그럼 철 공자가 그동안 치밀하게 준비한 계책들이 모두 실패로 끝나는 거 아닌가요?"

"장담하기 어렵소. 철 공자라는 자는 다른 사람에게 모든 희망을 걸 만큼 무모하지 않으니, 또 다른 길을 분명 열어두었을 가능성을 염두에 두어야 하오. 그자가 지금 움직이지 않는 건 단지 때를 기다리는 것뿐일 거요."

"때라……. 지존이 며칠 안에 태자에게 감국을 맡긴 뒤 군대를 이끌고 북상해 조비를 상대할 거라는 말을 들었어요. 그렇게 되면 아마도 태자가 직접 기염의 참수를 결정하게 될 거고, 자연스럽게 태자는 이 사건에서 발을 뺄 수 있게 되겠죠."

가일은 생각에 잠긴 채 아무 말이 없었다. 지금 기염을 체포하고도 형을 집행하지 않아 강동파와 회사파의 감정이 격해져 있는 만큼, 기염에 대한 처분을 둘러싼 갈등이 최고조에 달해 있었다.

그런데 손권은 하필 이런 시기에 북상을 선택했고, 이 수습하기 힘든 국면을 손등에게 떠넘기려 하고 있었다. 손등은 성격뿐 아니라 이념과 사고방식 면에서도 이 사건을 잠재울 만한 적임자가 아니었다. 손권이 무슨 생각으로 이런 결정을 내린 것일까?

"사실 지금 이미 우청이 철 공자의 지시를 받고 있다는 것을 알아낸 이상, 지존께 보고를 올리고 우청을 철저히 조사해보는 게 낫지 않겠어요?"

"지존은 의심이 지나치게 많은 사람이오. 정확한 증거가 없는 상태에서 과연 그 말을 믿어줄 것 같소? 우청이 기염을 잡아들인 것만 봐도, 지금 지존에게 우청은 나보다 훨씬 중요하고 신뢰하는 존재라 할 수 있소. 다행히 우청은 우리가 자신을 주시하고 있다는 사실을 아직 전혀 눈치 채지 못하고 있소. 나는 바로 이 점을 이용해 철 공자를 밖으로 끌어낼 생각이오."

"하지만 우청의 수하 영맥이 당신을 한선이라고 의심하며 수사를 하고 있잖아요?"

"그거라면 걱정할 것 없소. 내가 이미 그를 만나, 그 부인의 죽음을 밝혀주기로 약속을 했소. 그 역시 우청과 철 공자의 관계를 의심하고 있으니, 나와 함께 공조 수사를 해줄 거요."

손몽이 얇은 입술을 오므리며 고개를 끄덕였다.

"그거 잘됐네요. 영맥은 지난 몇 년 동안 해번영에서 인정받는 뛰어난 인재죠. 그자의 도움을 받을 수 있다면 이 사건을 파헤칠 가망이 생긴 거네요. 물론 아주 작은 가능성이라도, 그게 어디예요?"

"사건을 마무리 짓고 나면 손 군주를 통해 혼담을 넣을 생각이오."

"어머, 난 아직 혼인해주겠다고 말한 적도 없거든요?"

손몽의 얼굴이 살짝 붉게 물들었다.

가일이 홀연 웃으며 말했다.

"만에 하나 사건을 해결하지 못하고 내가 먼저 죽는다 해도 난감할 일은 없겠군."

손몽이 공연히 화를 냈다.

"죽으면 나야 좋죠. 매일 귀찮게 구는 사람도 없고 이런 골치 아픈 사건에 더 이상 끼어들지 않아도 되니, 발 쭉 뻗고 쉴 수 있겠네요."

"그러고 보니 요 몇 년 동안, 사는 게 힘들면서도 죽고 싶다는 생각은 해본 적이 없었던 것 같소."

"사는 것도 쉽지 않지만 죽는 것 역시 어렵죠. 죽는다고 해서 모든 걸 끝낼 수 있는 건 아니니까요."

손몽이 탁자 위에 있던 찬합을 끌어당겨 뚜껑을 열었다. 그 안에는 형형색색의 각종 간식이 잔뜩 담겨 있었다. 하나같이 여인들이 즐겨 먹는 것들이었다. 그녀가 가늘고 긴 손가락으로 무엇을 먹을까 잠시 고민하다 붉은 경단 하나를 집더니, 가일의 입가에 가져다 댔다.

가일은 난처한 표정으로 손을 내저었다.

손몽이 협박하듯 화를 냈다.

"입 벌려요!"

가일이 어쩔 수 없이 입을 열자, 손몽은 장난스럽게 웃으며 경단을 흔들어 보이더니 자기 입으로 쏙 집어넣었다.

가일은 고개를 가로저으며 직접 경단을 하나 집어 들었다.

"이 경단을 처음 먹은 게 공안성에 있을 때였죠?"

손몽이 물었다.

"그렇소. 공안성에 있을 때 시댁에서 쫓겨난 모녀를 만나 구해준 적이 있지. 그 후 내가 부상을 당하자 그 모녀가 도움을 주기도 했소. 하지만 결국 둘 다 살해당하고 말았지."

가일은 자조 섞인 한숨을 내쉬었다.

"이 세상은 착한 사람에게 참 가혹한 거 같소. 선한 사람이 그 보답을 못 받으니 말이오."

"죄책감 갖지 말아요. 이 세상이 원래 그렇게 생겨먹은 걸요. 평범한 백성이든 벼슬아치든, 다들 살기 위해 아등바등하지만 뜻대로 되는 건 아니니까요. 당신이 그 모녀를 죽인 것도 아닌데, 너무 깊이 생각하지 말아요."

"하지만 두 사람은 결과적으로 나 때문에 죽은 게 맞소."

"당신이 그런 생각을 하며 사니까, 전천 낭자도 잊지 못하는 거예요."

손몽이 머리카락을 그러모았다.

"두 사람이 함께한 시간도 그리 길지 않은 걸로 알고 있는데, 도대체 왜죠? 지금처럼 양심의 가책 때문인가요? 아니면 그녀를 죽도록 좋아해서?"

"그 문제라면 지난 몇 년 동안 수도 없이 스스로에게 물어보았소."

"답을 얻지 못했나요?"

"모든 문제에 다 답이 있는 것은 아니라오."

"아직도 이렇게 망설이면서 어떻게 혼담을 넣을 결심을 한 거죠? 도대체 진풍이 당신한테 무슨 말을 했기에 갑자기 생각이 바뀐 건지 너무 궁금해요."

"혼담을 넣고 나면 그때 말해주리다."

손몽이 입을 삐쭉거렸다.

"생각해보니 들을 필요도 없겠네요. 그 입에서 무슨 대단한 말이 나왔겠어요?"

가일은 안개가 피어오르는 것이 느껴지자 어쩔 수 없이 자리에서 일어섰다.

"시간이 늦었으니, 그만 돌아가봐야겠소."

손몽이 눈을 흘기며 물었다.

"또 경화수월로 돌아가는 건가요? 아가씨들이 기다리고 있기라도 하나 보죠?"

"나처럼 재미없는 사람한테 그런 여자 복이 있기나 하겠소? 만약 손 군주가 혼인을 허락해주면 우리 둘이 경화수월에서 살지 군주부에서 살지 생각해봤소?"

"그런 생각을 왜 해요? 소한에게 지금까지 번 돈을 다 맡겨두지 않았어요? 그걸 일단 다 찾아서 진풍을 앞세워 천하를 두루 돌아다닌 후 거처는 그때 가서 다시 생각해봐요."

"그리 말하는 걸 보니, 나에게 시집을 오고 싶기는 한가 보오?"

손몽이 황당한 표정으로 그를 쳐다보다 버럭 화를 냈다.

"어머! 기가 막혀! 당장 꺼져요! 전에는 목석처럼 굴더니, 이젠 능구렁이가 다 돼서 지금 나를 놀리는 거예요?"

가일이 미소를 지으며 돌아서자, 손몽도 일어나 기둥에 기대 그가 점점 멀어지는 모습을 지켜보았다. 그녀는 그렇게 한참 동안 어둠 속을 주시하고 나서야 정자 밖을 향해 손짓을 했다. 어둠 속에서 '푸드득' 소리가 한 차례 들리는가 싶더니 새까만 비둘기가 그녀의 손 위로 날아와 앉았다. 손몽이 비둘기의 배 부분을 더듬어 가늘고 긴 대나무 관을 풀어낸 후 비둘기를 다시 날려 보냈다. 그녀가 빛에 의지해 대나무 관의 입구를 부러트려 열고 그 안에서 돌돌 말린 백서 하나를 끄집어냈다. 펼쳐 보니 그 위에 기괴한 부호들이 가득 적혀 있었다. 손몽은 그것을 한번 본 후 백서를 기름등 가까이 가져가 불을 붙여 태우고 그 재를 허공에 날려버렸다.

그런 후 그녀는 고개를 들어 가일이 떠나간 곳을 무표정하게 또 바라보았다.

기염의 한쪽 눈은 이미 멀었고, 다른 쪽도 퉁퉁 부어올라 틈새를 통해 조금이나마 주위를 볼 수 있을 뿐이었다. 열 손가락의 손톱은 이미 다 뽑혀 나갔고, 손과 발의 힘줄 역시 전부 끊어졌으며, 온몸에서 성한 피부를 찾기 힘들 정도였다. 기염은 듣고 말하는 것만 간신히 할 수 있을 뿐, 이미 사람의 몰골이 아니었다. 그런데도 불구하고 우청은 여전히 그의 입을 통해 원하는 말을 듣지 못했다.

기염은 옥졸을 통해 서표가 고문을 견디다 못해 며칠 전에 혀를 깨물고 자진했다는 소식을 전해 들었다. 손권은 이 사실을 알고 우청을 크게 질책했다. 손권은 기염을 참수해 관원과 사족들의 불만을 잠재우는 것만 원할 뿐, 우청이 손등을 모함하려 한다는 사실은 전혀 모르고 있었다. 우청 역시 몸을 사리느라 요 며칠 지나치게 과한 고문을 삼가고 있었다.

기염은 차갑고 축축한 돌 벽에 기대 텅 빈 마음을 추슬렀다. 어젯밤 이미 단두반(斷頭飯: 사형수들의 마지막 한 끼)을 먹었으니, 참수당할 날이 바로 오늘이라는 것을 그 역시 모르지 않았다. 하지만 그의 마음속에 별다른 파문은 일어나지 않았다. 다만 서표에게 미안한 마음이 들 뿐이었다. 서표는 그와 여러 해를 같이하며 신정책을 추진하는 데 큰 의지가 돼주었다. 그러나 마지막 순간까지도 기염은 서표에게 진상을 밝히지 않았다. 결국 그가 서표를 속여 불귀의 객이 되게 만든 셈이었다. 하지만 그는 후회하지 않았다. 만약 서표가 그의 계획을 더 일찍 알았다면 같이 불구덩이에 뛰어들었을까? 이 세상에 그처럼 명리를 따지지 않고 퇴로조차 남겨놓지 않은 채 벼랑 끝으로 달려가는 미치광이가 또 있을까? 큰일을 도모하려면 반드시 희생이 따르니, 서표가 구천에서 이 사실을 안다 해도 분명 나를 용서해줄 테지.

기염이 스스로를 위로하는 사이에 통로 끝에서 어지러운 발자국 소리가 들려왔다. 그는 애써 허리를 펴고 꼿꼿이 앉기 위해 안간힘을 썼다. 낯빛이 창백한 해번영 도위가 해번위 몇 명을 대동하고 걸어오고 있었다. 그는 희미하게 미소 짓고 있는 기염을 보는 순간, 충격을 받은 듯 그 자리에 우뚝 멈춰 섰다. 그러다 이내 기염의 곁으로 빠르게 다가가 해번위들에게 그를 밖으로 끌어내라고 지시를 내렸다.

"자네가 영맥이군."

기염의 갈라진 목소리가 들렸다.

"나를 아십니까?"

영맥이 의아한 눈빛으로 물었다.

"조서에서 5백 석 이상의 봉록을 받는 관원들 중 내가 모르는 이가 있겠는가?"

기염이 웃음을 보였다.

"특히 자네처럼 유능한 인재라면 더 기억에 남는 법이지."

"과찬이십니다."

"우청은 밖에서 기다리는가? 왜 안 들어왔지?"

"우 부독은 형장에 계십니다. 제가 그곳까지 모시고 갈 것입니다."

영맥은 그와 말을 섞을 생각이 없었지만, 물어보는 말에 대답을 안 할 수도 없는 노릇이었다.

"우청에게 내 불평을 몇 마디 할 생각이었지. 어젯밤 단두반에 곁들여 나온 술이 너무 적어 내 맘껏 취하지를 못했네. 누가 형을 집행하는가?"

"원래 지존께서 태자 전하께 형 집행을 명하셨습니다. 하지만 태자 전하께서 악질에 걸린 것 같다 하시어 형장으로 가실 수 없게 된 탓에, 제갈각이 대신 임무를 수행할 것입니다."

"태자가 참으로 어리석군. 형 집행을 해서라도 나와의 연결 고리를 끊어내야 하는 것이 아닌가? 더구나 병을 핑계로 지존의 어명을 저촉했으니, 지나치게 치기 어린 행동이네."

기염이 탄식을 내뱉었다.

"지금 지존 슬하에 자손이 적으니, 나중에 다시 아들을 얻게 되면 이 저군의 자리도 위태로워지겠군."

이런 말을 하는 사이에 그는 해번위들의 손에 이끌려 이미 감옥 밖으로 나갔다. 가을 햇살이 머리 위로 내리쬐어 눈을 뜰 수조차 없을 지경이었다. 그 햇살이 그의 몸에 배어 있는 음산하고 습한 기운들을 모두 날려버리니, 오랜만에 기운이 나고 몸이 가뿐해지는 느낌마저 들었다. 그는 만족스럽게 숨을 깊이 들이마셨다가 속이 후련해질 때까지 내뱉어보았다. 해번위가 그의 목에 끼워져 있던 형틀과 다리에 찬 족쇄를 풀어준 후 호송용 수레에 태웠다. 호령 소리와 함께 수레가 해번위의 호위를 받으며 서서히 동시 방향을 향해 나아갔다. 갑자기 불어오는 가을바람에 누렇게 시든 낙엽이 휩쓸리며 호송차 앞에서 회오리를 치듯 빙그르르 돌다 눈 깜짝할 사이에 흩어지고, 또 허공을 날다 땅으로 떨어지더니 사람들의 발과 수레바퀴에 깔려 가루가 돼서 사라져버렸다.

"인생의 부침이 너희와 다를 바가 없구나."

기염이 수레에 앉아 혼자 중얼거렸다.

쭉 뻗은 길 양옆으로 몰려드는 사람들이 점점 많아졌다. 그들 중 적잖은 이들이 기염을 곱지 않은 시선으로 바라보며 손가락질을 해댔다. 백성들은 문무백관에 대해 무지했지만, 그들 중 선조상서 기염을 모르는 이는 많지 않았다. 어쨌든 얼마 전까지 불필요한 관원을 자르고 관리 체계를 정비하면서 그간 위세를 떨치던 사족의 자제들이 줄줄이 벼슬을 그만두고 집으로 돌아오는 초유의 사태가 벌어졌고, 그 모든 것을 진두지휘한 자가 바로 기염이었다. 당시만 해도 그는 멋진 말을 타고 무창성 여기저기를 누비고 다니며 늠름한 자태를 뽐냈었다. 그랬던 그가 지금은 머리를 풀어헤치고 만신창이가 된 모습으로 호송 수레에 앉아 형장으로 끌려가고 있었다.

장사꾼 하나가 웃으며 말했다.

"내 저 꼴을 보니 10년 묵은 체증이 확 내려가는 것 같소. 저자가 무슨 관리 조직에 손을 대는 것도 모자라서, 평준·균수·주각 같은 정책까지 내놓아 관아를 아주 난장판으로 만들었다지 뭐요? 저놈 때문에 백성들이 굶주리고 동오가 무너질 판이었는데, 다행히 우리 지존께서 영명하시어 저자가 죗값을 받게 됐으니 얼마나 다행인지 모르겠소."

서생 한 명이 짐짓 걱정스러운 듯 한숨을 내쉬었다.

"하늘이 만든 화는 피할 수 있을지 몰라도 자신이 만든 화를 어찌 피하겠소? 저자는 새로운 정책을 빌미로 뒤로 적잖은 돈을 빼돌리고 예쁜 여자만 보면 첩실로 들이며 악행을 저질렀고, 수많은 세도가 집안이 저자로 인해 풍비박산이 났소. 오늘 저자가 죗값을 받는 것도 그나마 하늘이 도운 셈이니, 얼마나 다행인지 모르겠소. 벼슬길에 오르기 전에는 백성을 구제하고 나라를 바로잡겠다고 입버릇처럼 말하던 자들도 나라 녹을 먹기 시작하면 저자처럼 온갖 나쁜 짓을 해가며 법을 어기니, 참으로 개탄스러울 따름이오."

옆에 있던 아름다운 여인이 서생을 존경스러운 눈빛으로 바라보았다.

"공자께서는 나라와 백성을 위하는 마음이 이리 큰 데다 심성마저 올곧고 선하니, 장차 분명 좋은 관원이 되실 것이옵니다."

그 서생이 여인의 허리를 툭툭 치며 오만한 표정을 지었다.

채소 광주리를 메고 구경을 나온 노파가 뒤에 있는 사람의 힘에 떠밀려 비틀거리다 하마터면 길거리에 쓰러질 뻔했다. 그녀가 돌아서며 욕설을 퍼부으려다가, 열몇 살 정도로 보이는 소년 몇 명을 보는 순간 멋쩍게 웃으며 입을 다물었다. 그 소년들은 호송 수레에 탄 기염을 보자 계속해서 손가락질을 하고 야유를 보내며 도발했다. 하지만 기염은 하늘만 바라볼 뿐, 아무런 반응도 보이지 않았다.

대장인 듯 보이는 소년은 기대했던 반응이 나오지 않자 도리어 짜증을 냈다.

"처형장으로 가는 자들은 다들 억울하다고 고래고래 소리를 지르든지 욕을 퍼붓던데, 저자는 입이 달라붙기라도 했나? 왜 찍소리도 안 하는 거지? 아이, 재미없어!"

또 다른 소년이 입을 모아 휘파람을 불며 기염을 비웃었다.

"겁에 질려 말문이 막혔나 보지."

대장 소년이 노파가 지고 있던 광주리에서 채소를 한 움큼 꺼내 기염을 향해 던지자, 공교롭게도 그 채소가 그의 뺨을 때리고 떨어져나갔다. 하지만 기염은 고개를 돌려 담담한 눈빛으로 그들을 힐끗 보았을 뿐, 더 이상의 반응을 보이지 않았다.

노파가 광주리를 챙겨 자리를 뜨려 하자, 대장 소년이 잽싸게 그 광주리를 빼앗아 채소를 또 한 움큼 집어 가일을 향해 던졌다.

"자, 너희도 빨리 던져! 우리가 힘을 합쳐서 본때를 보여주자!"

소년은 재미난 놀이라도 찾은 듯 신이 나서 소리쳤다. 그 말에 주위에 있던 다른 소년들도 우르르 몰려들어 광주리에서 채소를 집어 너 나 할 것 없이 기염을 향해 힘껏 채소를 던졌다. 얼마 지나지 않아 주변에 있던 더 많은 사람이 그들을 따라하며 손에 집히는 대로 돌과 물건을 집어던졌고, 상처투성이였던 기염의 얼굴이 또 피로 범벅이 됐다.

조정에서 무슨 싸움이 벌어지고 있는지 일반 백성들이 어찌 알겠는가? 그들의 머릿속에서 관원은 청관(淸官)과 탐관(貪官)으로 단순하게 나뉜다. 하지만 사실 그들은 청관과 탐관조차 제대로 판별하지 못한 채, 누군가의 말에 이리저리 휩쓸려 동조할 뿐이었다. 누군가 탐관이라고 말하면 잡아먹을 듯 욕을 하고 손가락질하며, 누군가 청관이라고 하면 눈물을 짜내며 동정과 안타까움을 드러낸다. 심지어 많은 사람의 마음속에서 청관과 탐관의 구분은 그리 중요하지 않기도 하다. 또한 곧 사형장에서 죽게 될 사람이 그들보다 돈과 권력만 있으면, 그자를 구경거리로 삼으며 맘껏 수모를 주고 분풀이를 해도 된다고 여겼다. 누구도 수레를 타고 처형장으로 끌려가는 죄수가 어떤 사람인지, 어떤 사연이 있는지 관심조차 두지 않는다. 그들이 원하는 것은 단지 한 차례 감정을 배설하고 그런 무용담을 사람들과 나누며, 별것 없고 시시한 인생에 약간의 즐거움을 더하는 것뿐이다.

그들은 지금까지 이 긴 대로를 통해 수없이 많은 죄인들의 호송 수레가 지나가는 것을 보며 살아왔다. 그런데 이번에 지나가는 죄수의 수레는 유독 재미가 없게 느껴졌다. 이런 광경은 '내세에도 대장부로 다시 태어나겠다'고 뻔뻔하게 소리치던 악명 높은 해적들과 비교가 되지 않을 정도로 그들의 화를 자극했다. 그래서 그들은 아무 물건이나 집히는 대로 던졌고, 그 강도가 갈수록 더 세졌다. 영맥이 미간을 찌푸리며 검을 들어 바닥에 깔린 돌멩이를 걷어낸 후 해변위들에게 진압을 지시했다. 그가 고개를 돌려 기염을 슬쩍 살핀 후 말을 채찍질하며 호송 수레와 나란히 속도를 맞춰 움직였다.

"영 도위, 자네까지 이런 수모를 겪게 해서 미안하네."

기염이 담담하게 웃으며 말했다.

영맥이 잠시 주저하다 결국 그에게 물었다.

"기 상서와 관련된 사건에 대해 저도 대충은 들어서 알고 있습니다. 기 상서께서 목숨을 걸고 한문 출신의 백성들을 위해 이번 정책을 추진했지만, 저들은 저리 시비를 분간하지 못한 채 어리석고 경솔하게 굴고 있습니다. 저런 이들을 위해 목숨까지 내놓는 것이 과연 가치가 있는 일이라 생각하십니까?"

"나도 아네. 세상 사람들은 대부분 어리석고 경솔하지."

기염이 정색을 하며 말했다.

"바로 그런 이유 때문에 누군가 나서서 저들을 위해 살길을 열어주어야 하는 것이네. 그 옛날 삼려대부(三閭大夫) 굴원(屈原)이 멱라강(汨羅江)에 투신해 죽은 것 또한 어찌 자신을 위한 것이라 하겠는가?"

"저들이 기 상서를 어찌 대하든 상관없다는 것입니까? 이런 오명을 남기고 가도 개의치 않으시는 겁니까?"

"물론이네."

기염이 웃으며 말했다.

"이제 곧 죽을 사람이 그런 일을 신경 써서 무엇 하겠는가? 지금은 그저 남겨진 일들이 순조롭게 진행되기를 바랄 뿐이네. 내가 죽고 난 후에도 새로운 정책들이 폐지되지 않는다면, 그것만으로도 안심하고 눈을 감을 수 있을 것 같네."

영맥은 고개를 가로저었다. 오래전부터 그는 이런 식으로 살신성인하는 유생들의 마음을 이해할 수 없었다. 그들은 세상을 위해 마음을 정하고 백성들을 위해 사명을 세워야 한다는 성인의 가르침을 계승한다지만, 이 광활한 세상천지에서 누가 죽고 사는지 어찌 일일이 다 신경 쓸 것이며, 명예와 이익을 추구하느라 급급한 세상 사람들에게 누가 충신이고 누가 간신인지를 구분하는 게 무슨 의미가 있겠는가?

영맥은 잠시 이런 생각에 빠져들었다.

"떠나기 전에 가 교위가 물어봐달라고 한 말이 있습니다. 우 부독이 심문을 할 때 누구를 끌어들여 사실을 날조해 모함을 하려 했습니까?"

"없었네."

기엽이 조금도 주저하는 기색 없이 곧바로 대답했다.

"우 부독도, 기 상서는 똑똑한 사람이니 어찌 처신해야 할지 알 거라고 전해달라 하셨습니다."

"물론이네."

영맥은 고개를 끄떡인 후 말을 몰고 해변위들 쪽으로 달려가 인파를 해산시켰다.

기엽은 다시 고개를 들고 청명한 하늘을 바라보며 씁쓸한 마음을 떨쳐버렸다. 우청이 그를 벙어리로 만들지 않고 영맥을 보내 호송을 하도록 만든 것은 그의 마음을 완전히 꿰뚫고 있기 때문이었다. 기엽의 바람은 한문 출신 자제들이 조정에서 입지를 넓히고, 새로운 정치가 순조롭게 추진돼 세도가 문벌 중심의 정치판을 뒤엎는 것뿐이었다. 태자의 안위 따위는 그가 고려해야 할 문제가 전혀 아니었다.

우청이 태자를 모함하려 했다는 사실이 기엽의 입을 통해 새어 나간다해도, 아무런 증거도 없는 마당에 과연 누가 믿겠는가? 설사 누군가 믿는다 해도 그게 무슨 의미가 있겠는가? 강동파와 회사파는 신정책을 반대하기 때문에 기염을 죽이려 하고, 지존 손권은 그들의 분노를 잠재우기 위해 기염을 죽이려 하고 있다. 기염이 도대체 철 공자인지 아닌지에 대해 관심을 두는 사람이 과연 있기나 할까? 우청은 기염을 체포해 직접 심문을 한 인물이다. 그런 그를 철저히 조사하는 것 자체가 기염의 무죄를 증명하려는 것이 아니고 무엇이겠는가?

어질고 선량한 성정을 지닌 태자라면 무모하게 나서서 진상 규명을 고집할 수도 있을 것이다. 그러나 이것은 지존의 뜻을 거역하는 행동일 뿐 아니라 세도가 호족들과도 등을 돌려야 하는 일이기 때문에, 태자의 과감한 결단을 기대하기 힘들었다. 게다가 철 공자의 작전은 너무나 치밀했다. 지존은 해번영 교위 가일에게 철 공자의 수사를 명했지만, 해번영 좌부독조차 그의 사람인 이상 진상을 밝힐 희망 따위를 애초에 기대하기 힘들었다. 아마 결국 태자는 뭇 화살의 표적이 되고, 사건은 흐지부지 마무리될 것이다. 게다가 사건 수사를 질질 끌수록 갈등이 깊어지지만, 기염 하나 죽이면 모든 일이 간단하게 해결될 수 있다. 다만 기염은 자신이 죽고 난 후에 행여 신정책이 폐지되고 한문 출신의 벼슬길이 끊어질까봐 걱정이 앞섰다.

자신이 죽는 것은 상관없었다. 심지어 태자가 죽는다 해도 알 바 아니었다. 신정책이 추진되고 백성이 그 혜택을 누릴 수만 있다면 죽음조차 가치 있는 일이었다.

호송 수레가 덜컹거리며 길에 있는 경계석을 건넜다. 기염의 시선이 동시에 있는 처형장으로 향했다. 우청이 뒷짐을 지고 기세등등하게 원문 앞에 서 있었다. 그 뒤로 제갈각이 조복을 입은 채 무표정하게 상석에 앉아 있었다.

영맥이 돌아서서 해번위에게 호송 수레의 문을 열라고 명한 후, 기염을 단두대 위로 데리고 갔다. 참수인은 이미 손에 귀두도(鬼頭刀)를 들고 나무 말뚝 옆에 서서 명을 기다리고 있었다. 우청이 제갈각을 향해 물었다.

"형을 언제 집행할 것이오?"

제갈각의 마음이 복잡해졌다. 지존 손권이 군대를 이끌고 북상하면서 손등에게 형 집행을 맡긴 것은 회사파·강동파 사족과의 갈등을 완화할 수 있는 여지를 주기 위해서였다. 그러나 손등은 기염의 억울함을 풀어주기 위해 평민으로 강등하고 변방으로 유배를 보내 노역을 시키려 했다. 그의 생각을 알게 된 제갈각·진표·장휴가 손등을 찾아가 한참 동안 논쟁을 벌였고, 결국 고담까지 나서서 기염을 죽여야 한다고 주장하면서 이 일을 막을 수 있었다. 비록 손등은 기염을 풀어줘야 한다고 더 이상 고집을 피우지 못했지만, 형장까지 가서 형을 집행하는 일만은 하고 싶지 않았다. 기염이 공을 세우는 일에 급급한 것은 사실이지만, 그 모든 것이 백성과 조정을 위한 것이었으니 그를 자기 손으로 죽이는 것이 한없이 부끄럽게 느껴졌기 때문이다. 상황이 다급해지자 제갈각은 앞뒤 따질 겨를도 없이 손등이 급병을 앓고 있다고 거짓말을 하고 대신 형을 집행하러 왔다.

단두대 앞에서 무릎을 꿇고 있는 기염을 보자, 그의 얼굴에서 평소의 경박한 표정이 순식간에 사라졌다. 그는 한참을 망설이다 은으로 만든 술병을 들고 기염에게 다가갔다.

"기 상서, 태자께서 자네의 마지막 길에 이 술을 하사하셨네."

기염은 사양하지 않고 팔 사이에 병을 끼고 한 모금을 들이켰다.

"정말 좋은 술이군. 단두반보다 훨씬 맛이 좋소."

제갈각이 물었다.

"태자께서 내게 대신 물어봐달라 했네. 철 공자가 자네를 함정에 빠뜨린 것은 태자를 끌어들여 모함하기 위해서였지. 하지만 자네가 옥에 갇힌 그 날부터 지금까지 태자에게는 아무런 변고도 일어나지 않았네. 자네가 태자를 위해 모든 오명을 뒤집어쓰고 마지막 길을 가게 됐으니, 마음속에 원한이 어찌 없겠는가?"

"돌아가서 태자 전하께 말해주시오. 내가 이 길을 가기로 한 것은 천하와 백성을 위해서일 뿐이니, 마음의 짐을 짊어질 필요가 없다고 말이오. 언젠가 태자께서 지존의 자리에 오른 후에도 신정책을 계속 추진해나갈 수 있다면, 난 그것만으로도 구천에서 웃을 수 있을 것이오."

제갈각이 무슨 말을 하려는데, 우청이 뒤에서 소리쳤다.

"제갈 공자, 시각이 이미 지났소!"

제갈각은 어쩔 수 없이 일어나 형 집행을 명하는 패를 바닥에 던진 후 돌아서 자리로 돌아갔다.

기염은 고개를 옆으로 한 상태로 여전히 하늘을 바라보고 있었다.

"가을 하늘이 높고 청명하니, 죽기에 딱 좋은 날이구나."

귀두도가 휘익 소리를 내며 허공을 가르고 내려가자, 뼈가 잘려나가고 뜨거운 피가 사방으로 튀었다. 우청이 기염의 죽음을 확인하기 위해 앞으로 나아가려는데, 갑자기 눈을 뜰 수 없을 정도로 광풍이 휘몰아쳤다. 곧이어 먹구름이 몰려오고 천둥 번개가 내리치더니, 폭우가 하늘을 뚫을 기세로 쏟아져 내리며 흙 비린내가 진동했다. 제갈각은 몸을 숙여 예를 표하며, 빗물을 타고 흐르는 피가 역병처럼 주위로 번져나가는 것을 바라보았다. 그는 평소와 달리 진중한 표정으로 앞으로 나아가 기염의 머리를 주워 조복 자락에 감싼 후 빗속을 뚫고 걸어갔다.

경화수월.

진풍이 술을 한 모금 벌컥 들이마셨다. 그는 술기운이 오르는 듯, 살짝 붉어진 얼굴로 전어를 하나 집어 통째로 입에 넣고 오독오독 씹어 먹었다. 소한은 무슨 생각에 잠겨 있는 듯, 손에 든 빈 술잔을 바라만 보고 있었다. 가일이 일어나 금로주를 들고 두 사람의 술잔을 가득 채운 후 또 자신의 술잔을 들고 건배를 하려 했다.

소한이 웃으며 말했다.

"이보게, 자꾸 술을 먹여서 얼렁뚱땅 넘어갈 생각 말게. 내 오늘 이 술자리가 영 편치 않네."

진풍이 투덜거리며 말했다.

"소한, 꾸물거리지 말고 얼른 술잔이나 비우고 나서 말하게."

소한이 술잔을 비우고 가일에게 물었다.

"원래 우리 계획은 철 공자를 유인해내는 거였지만, 결국 그자가 먼저 알아채고 그걸 이용해 기염을 죽였네. 이제 어찌 할 생각인가?"

"사실 그것은 연환계였네. 철 공자가 첫 번째 작전을 간파하면서 두 번째 목적도 이미 달성한 셈이지. 옛 내이루에서 발견된 목간과 검은 옷의 사내는 모두 기염을 모함하기 위한 철 공자의 작전이었네. 사실 난 그가 기염을 이용해 손등을 벼랑 끝으로 몰아넣으려 한다고 생각했었거든. 그런데 기염이 죽고 난 후에도 태자가 건재한 것을 보면서, 나는 또 다른 가능성을 염두에 두게 됐네. 어쩌면 태자를 연루시키려는 것은 철 공자의 목적 중 하나일 뿐이고, 그에게 기염은 반드시 죽여야만 하는 존재였을지도 모르네."

진풍이 물었다.

"왜 기염을 꼭 죽여야 했는가?"

진풍이 물었다.

"설마 철 공자가 강동파나 회사파라서, 기염을 죽여 신정책을 폐지시키려고 한 것인가?"

"기염이 참수된 후에 사족들은 이제 곧 신정책이 폐지될 거라고 여기며 몇 날 며칠을 기뻐 날뛰었지."

소한이 말했다.

"하지만 지존은 그럴 생각이 전혀 없는 듯하네."

"그럼 기염을 왜 굳이 죽여야만 했는가?"

진풍이 전어를 또 하나 집어 입에 넣었다.

소한이 가일을 쳐다보았다. 가일은 그 이유를 설명할 생각이 없는 듯 말을 돌렸다.

"게다가 우청과 철 공자의 관계는 원래 우리 생각처럼 그리 단순한 종속 관계가 아니네. 이번 일을 거치면서 우청이 이미 자신의 모든 것을 철 공자에게 걸었다는 것을 알 수 있었네. 해번영 좌부독조차 이렇게 목숨을 걸고 충성하는 것을 보면, 철 공자의 신분은 왕실 종친 그 이상일 것일세."

"하지만 지존 슬하에 태자 손등과 태자 자리를 놓고 싸울 만한 자손이 없지 않은가? 둘째 아들 손려는 열두 살이고, 셋째 손화도 이제 막 태어났네. 그렇다고 손등의 숙부들이 왕위를 넘볼 가능성은 더 없지 않은가? 이 사건은 정말 갈수록 골치가 아프군. 재작년 태평도 사건이 아무리 흉악하다 해도, 단서를 따라가다 보면 해결이 됐지. 근데 이번 사건은 혼탁한 물과 마주한 것처럼, 그 깊이는커녕 그 안에 뭐가 있는지조차 전혀 알 수가 없네. 사건 해결의 실마리조차 찾을 수가 없을 지경이지."

"사실 실마리가 전혀 없는 것도 아니네. 며칠 전에 해번영의 영맥 도위가 주치 등을 독살한 견기약에서 촉중(蜀中) 검각(劍閣)에서 나는 최외초(崔嵬草)를 발견했네."

"군의사가 연관돼 있는 것인가?"

진풍이 물었다.

"제길, 이 철 공자가 왕실 종친인 것도 모자라 촉한과도 결탁돼 있었나 보군."

"최외초가 기이한 독을 품고 있지만, 그렇다고 그곳에서만 나는 풀도 아니네. 영맥이 견기약 속에 든 최외초가 촉중 검각에서 나온 거라고 단정 짓는 이유라도 있는가?"

소한이 술잔을 들어 한 모금을 마셨다.

"검각에서 나는 최외초만이 말려서 가루로 만들었을 때 분홍색을 띠고, 다른 곳에서 나는 것은 모두 자색을 띠기 때문이네. 본래 영맥이 검각으로 사람을 보내 조사를 하려 했네. 하지만 우청과 철 공자의 관계를 알게 된 이상, 해번영에 소속된 사람은 내가 더 이상 안심이 되지 않네."

"내가 가겠네!"

진풍이 양고기를 한 점 집어 통째로 삼키며 얼른 끼어들었다.

"작년에 거록(鉅鹿)에 다녀온 후로 한 번도 세상 구경을 못 했더니, 이 두 다리가 너무 무거워 들리지도 않을 판이네."

가일이 소한을 쳐다보았다.

"이번 일은 거록에 가는 것보다 훨씬 위험하네. 철 공자는 교활하고 주도면밀한 자라, 진풍이 아무리 싸움을 잘한다 한들 그자의 상대가 되지 않을 걸세."

소한이 가일의 눈을 한참 동안 바라보며 아무 말도 하지 않았다.

"쳇! 소한, 지금 이곳 장사가 걱정돼서 그러는가? 아무리 그래도 가일의 일보다 더 중요한 일이 무엇이 있단 말인가? 그사이 돈 좀 적게 번다고 무슨 큰일이 나는 것도 아니지 않은가?"

소한이 미간을 좁히며 말했다.

"촉중 검각은 길이 멀 뿐 아니라 험난하기로 유명하네. 오고 가는 길이 아무리 순조로워도, 이것저것 조사를 하다 보면 적어도 석 달은 필요하지. 그래도 상관없는가?"

"검각 쪽에 이미 손을 써놨네. 자네들이 말을 타고 가능한 빨리 그곳에 도착하면 검각 요새 옆에 있는 양직(梁稷) 찻집에 가서 강유(姜維)라고 불리는 젊은이를 찾게. 그가 자네들의 조사를 도와줄 것이네. 밝혀낸 게 있다면 그것 역시도 그가 밤낮으로 말을 타고 달려 전해줄 것이고."

가일이 옆에 있는 평평한 나무 상자를 툭툭 치며 말했다.

"다만 한 가지 조건이 있네. 이 나무 상자를 원래 모습 그대로 그에게 전해주어야 하네."

진풍이 일어나 나무 상자를 집어 들었다.

"아주 묵직하군. 이 상자 안에 무엇이 든 건가?"

"그건 내가 강유와 약조한 물건이니, 그에게 반드시 가져다주어야 하네. 잃어버려서도 안 되지만, 절대 함부로 열어서도 안 된다는 걸 꼭 명심하게. 그러지 않으면 모든 일이 수포로 돌아갈 것이네."

가일이 거듭 당부를 했다.

"그 강유라는 자는 믿을 만한 사람인가?"

소한이 걱정스러운 듯 물었다.

"물론이네. 형주 공안성에서 생사를 함께한 사람이기도 하지."

가일은 몇 년 전 그와의 일을 떠올리며 말했다.

"우리 둘이 떠난 뒤에 철 공자가 갑자기 문제라도 일으키면 혼자 감당할 수 있겠는가?"

소한은 왠지 모르게 오늘따라 유난히 말이 많았다.

"손몽 낭자가 있지 않은가? 내 뒤에 군주부가 버티고 있으니, 철 공자도 함부로 하지 못하네. 너무 걱정 말게. 내가 죽는 일은 없을 테니."

가일이 다시 세 사람의 술잔을 가득 채웠다.

"언제 출발해야 하는가?"

진풍이 나무 상자를 툭툭 치며 말했다.

"빠를수록 좋네."

"소한?"

진풍이 소한을 보며 말했다.

"이보게, 소한?"

진풍이 소한을 쳐다보았다.

"자네가 안 가면 정말 의리가 없는 걸세!"

소한이 가일을 빤히 바라보다 결심한 듯 입을 열었다.

"가겠네. 반드시 가야지. 내일 당장 떠나세."

가일이 일어나 잔을 들었다.

"길이 아무리 멀고 험하다고 한들, 가다 보면 결국 도달하게 돼 있지. 잘 부탁하네!"

세 사람이 술을 한입에 털어 넣고 서로를 보며 호탕하게 웃었다.

영맥은 밀함을 우청에게 바친 후 시선을 내리깔고 서서 그녀의 답을 기다렸다.

우청은 손에 든 밀함을 자세히 살펴보았다. 예리한 무기로 절단한 듯, 절개 부분이 매끄러웠다. 밀함 속에는 색이 바래버린 백서 하나가 들어 있었다. 그것을 펼쳐보니 수려한 필체의 작은 글자가 눈에 들어왔다. 우청이 기름등을 밝혀 백서의 내용을 읽어 내려간 후 그것을 접어 다시 밀함에 넣고 영맥에게 건넸다.

그녀는 눈을 감고 잠시 생각에 잠겼다.

"자네 부인이 이 밀함을 남긴 것이 확실한가?"

영맥이 고개를 끄덕였다.

"백서에 쓰인 글자는 분명 제 처의 필적입니다."

"필적은 얼마든지 모사가 가능하네. 심지어 진짜와 가짜를 구분할 수조차 없을 정도지."

"그래서 소관이 첩자 명단에 제 처의 이름이 있는지 확인하기 위해 우부독께 청을 드리러 온 것입니다."

우청이 고개를 끄덕이며 해번위 한 명을 불러 후실에서 구리 함을 가져오라고 명했다. 그 함은 오랜 세월의 흔적을 드러내듯 녹색으로 얼룩덜룩

부식돼 있고, 자주 열고 닫은 탓에 자물쇠만 반들반들 광이 났다. 우청이 일어나 아무 거리낌 없이 서가에 숨겨둔 열쇠 꾸러미를 꺼냈다. 이 자물쇠는 세 개의 열쇠를 꽂아야만 열리게 만들어져 있었다. 영맥의 얼굴에 미미한 표정 변화가 일어났다. 그는 여러 개의 열쇠를 써야 열리는 자물쇠가 있다는 말을 듣기만 했을 뿐, 본 적은 없었다.

우청이 영맥을 향해 구리 함을 밀치며 말했다.

"해번영 첩자는 좌·우 부독이 따로 관리하고 있고, 첩자가 하나씩 늘 때마다 그들이 직접 이 동판에 이름을 새겨 넣게 만들고 있네. 나는 2년 전에 좌부독 자리를 이어받았네. 자네 처가 첩자라면 적어도 3년 전에 이름이 새겨졌을 테지. 그때 일은 내가 알 수 없으니, 자네가 알아서 찾아보게."

영맥이 고개를 끄덕이며 감사의 인사를 올렸다. 그는 구리 함에서 동판을 하나 꺼내 눈을 가늘게 뜨고 위에 새겨진 글자들을 꼼꼼히 살피며 읽어 내려갔다. 그날 밀함을 연 후 영맥은 그 백서의 내용을 읽고 또 읽었다. 백서에 쓰인 내용은 예상 밖이었지만, 이치에 어긋나는 것도 아니었다. 그럼에도 그는 그녀의 말을 받아들이기 힘들었다.

임열은 영맥에게 시집오기 전부터 이미 해번영의 첩자였다. 그녀는 시정에 섞여 들어가 살며 상부에서 지목한 자의 뒤를 캤다. 3년 전 임열은 임무를 수행하는 과정에서 우연히 해번영 교위 가일의 행적이 수상하다는 것을 감지했다. 그녀는 조심스럽게 가일의 뒤를 밟았고, 그가 소식을 전달할 때 쓰는 비둘기를 잡고 나서야 그와 한선의 관계를 알게 됐다. 하지만 그녀는 더 확실한 증거를 찾기 위해 조사를 하는 과정에서 한선에게 꼬리를 밟히고 말았다. 결국 그녀는 고심 끝에 영맥에게 화가 미치지 않도록 모든 것을 혼자 떠안고 가기로 결심했다. 백서에서 그녀는 자신이 죽고 난 후 3년이 지나도록 영맥이 이 사건에 매달려 있다면 그 집착을 내려놓아 달라고 신신당부했다. 한선은 그가 상대할 수 없을 만큼 대단한 인물이라는 말도 잊지 않았다.

지난 3년 동안 영맥은 이미 임열의 신분에 대해 어느 정도 의심을 품고 있었다. 그러나 백서를 본 순간 그는 한동안 그 자리에서 꼼짝도 할 수 없었다. 날이 밝고 난 후 그는 아무 일도 없었던 것처럼 평소대로 해번영으로 가서 당직을 섰다. 어제 그는 기염을 형장으로 호송하고 난 후에야 밀함과 백서를 우청에게 가져가 첩자 명단을 확인해달라고 청을 올렸다.

눈 깜짝할 사이에 영맥은 이미 동판 여덟 장에 새겨진 명단을 모두 확인했다. 하지만 그 안에 임열의 이름은 보이지 않았다. 이제 마지막 한 장이 남아 있었다. 그는 떨리는 마음으로 차갑고 매끄러운 동판 위에 올려놓은 손가락을 서서히 움직이며 이름을 확인해나갔다.

"너무 걱정하지 말게. 거기 없다면 내 눈 딱 감고 여일 우부독한테 가서 그자가 가진 첩자 명단을 보여달라고 말해보겠네. 중대한 사안이니만큼, 쉽게 거절하지 못할 것이네."

"찾았습니다."

영맥의 손가락이 작은 글자 위에 머물며 움직일 줄을 몰랐다.

'임열, 자는 수청(秀淸), 건안 23년 초.'

"자네 처가 해번영 첩자였던 게 확실해졌군."

우청이 고개를 가로저었다.

"만약 임열이 자네의 안위를 걱정하지 않았다면 그 정보를 상부에 보고했을 거고, 가일 역시 일찌감치 목이 잘려나갔을 것이네."

영맥은 아무 말 없이 그저 동판 위에 새겨진 글자만을 만지작거릴 뿐이었다.

"자네가 밀함의 백서를 가져온 이상, 이 사건을 더 이상 미룰 수 없겠군. 가일 이 쥐새끼 같은 놈은 가능한 빨리 목을 쳐 죽이는 게 상책이네."

하지만 영맥이 고개를 가로저었다.

"지금 이것만으로 가일의 죄를 묻기 어렵습니다."

"아네. 명단은 임열의 해번영 첩자 신분만을 증명할 수 있을 뿐이지. 그러나 백서에 기록된 일은 모두 임열이 직접 써 내려간 것이네. 물론 임열이 어떤 목적을 위해 가일을 모함했을 수도 있지. 그게 아니면 그를 오해한 것일 수도 있고. 만약 가일이 이런 식으로 변명을 한다면 우리도 달리 방도가 없을 것이네."

우청이 냉소를 지었다.

"우리가 그의 신분을 간파한 이상, 함정을 파서라도 끌어들이는 수밖에. 어떻게 생각하는가?"

영맥이 공수를 하며 말했다.

"가일을 단죄해야, 한선의 실체를 밝혀 제 처의 복수를 할 수 있을 것입니다. 혹시 부독께서 달리 생각해둔 방도가 있으신지요?"

"노반 공주를 독살하려 했다는 죄명은 어떠한가?"

영맥은 놀란 눈으로 우청을 바라볼 뿐, 아무 대답도 할 수 없었다.

"당연히 진짜 죽이자는 말은 아니네. 내일이면 지존께서 노반 공주를 보내 그간의 노고를 치하해주실 예정이네. 그 자리에는 해번영 도위 이상 관원들이 모두 참석할 걸세. 그때 공주가 마실 술에 견기약을 넣는 거네. 물론 아무 문제도 일어나지 않도록 아주 극소량만 넣어야겠지."

우청이 금빛 도는 둥그런 패를 꺼내 들었다.

"내가 이미 몇 년 전에 발견한 한선의 영패를 본떠서 똑같이 만들어두었네. 이것을 미리 준비해둔 견기약과 함께 가일의 자리에 숨겨두고, 공주가 이상한 낌새를 채는 순간 우리가 바로 나서서 가일을 그 자리에서 잡아들이면 되네. 모든 사람이 지켜보는 가운데 인증과 물증이 모두 확실하니, 가일도 별수 없이 올가미에 걸려들 수밖에. 게다가 이 밀함에 든 백서까지 있으니, 지존도 더는 가일을 두둔하고 나서지 못할 것이네."

"우 부독의 생각에 그저 탄복할 뿐이옵니다. 다만 독을 언제쯤 넣어야 할지……."

"자네는 걱정할 것 없네. 내가 이미 사람을 시켜 준비를 해두었네."

우청은 이 일에 대한 자신감을 드러냈다.

"가일이 동오에 들어온 후 5년의 세월이 흘렀네. 그사이 나는 어떻게 하면 그자를 무너뜨릴지만 생각해왔지. 그런데 이제야 드디어 기회가 찾아왔군. 가소롭게도 그자는 내가 자기를 어찌할 수 없을 거라 여기고 있겠지만, 그런 착각을 할 날도 이제 얼마 남지 않았네!"

영맥은 여전히 주저하는 기색을 드러냈다.

"우 부독, 가일의 죄를 증명한다 해도, 그가 기염처럼 입을 다문다면 어찌 한선과의 관계를 밝혀낼 수 있겠습니까?"

우청의 얼굴에 냉혹한 미소가 떠올랐다.

"아직 손몽이 남아 있지 않은가? 자네도 알다시피 손몽은 가일과 혼인을 약조했던 죽은 전천과 놀라울 정도로 닮은꼴이네. 게다가 가일이 조만간 혼담을 넣을 거라는 소문이 들리더군. 가일의 죄를 증명하기만 하면 우리는 손몽을 인질로 삼아 모든 사실을 실토하게 만들 생각이네. 손몽과 한선 중에 누가 더 중요한지 가일이 모르지 않을 테지."

영맥은 그제야 고개를 끄덕이며 허리를 굽혀 절을 올렸다.

"그럼 소관은 우 부독의 지시에 따르겠나이다."

우청은 여전히 웃고 있었다. 그녀의 눈가에 서늘한 빛이 스쳐 지나가고, 웃음소리는 어느새 흐느낌 소리로 변해갔다. 영맥은 우청과 가일 사이의 해묵은 원한을 알고 있었기에, 아무 말 없이 눈치껏 그곳을 나왔다. 가일이 진주조에서 석양도위(石陽都尉)를 지낼 때 개갑도(鎧甲圖)를 훔친 사건을 해결하는 과정에서 해번영 강하군 책임자 강철(姜哲)을 포함해 일흔네 명을 죽였다. 소문에 따르면 강철은 바로 우청의 정부(情夫)였다. 복수의 칼날을 갈

424

아온 지난 5년 동안, 원수와 해번영 안에서 마주쳐야 했던 그녀의 기분이 어땠을지 짐작이 가고도 남았다. 그리고 드디어 5년 만에 사랑했던 연인의 원수를 직접 갚을 기회가 생겼으니, 그 마음이 또 얼마나 통쾌할 것인가? 어쩌면 우청은 너무 기쁜 나머지 도리어 눈물이 나는 것일지도 모른다.

영맥이 달빛 아래 드리워진 자신의 희미한 그림자를 바라보며 한숨을 내쉬었다.

"가련하고도 애달프도다."

그는 우청을 향한 것인지 그 자신을 향한 것인지 모를 말을 혼잣말처럼 중얼거렸다.

가일이 해번영에서 아무리 겉도는 인물이라 해도, 오늘 밤 이 연회만큼은 오지 않을 수 없었다. 주치 독살 사건 등 일련의 사건과 관련해서 손권이 수사권을 쥐여준 사람은 그였지만 결과적으로 그 사건을 해결한 자는 우청이었다. 노반 공주가 직접 우청의 노고를 치하하러 오는 자리에 가일이 참석하지 않으면 모양새가 좋지 않았다. 다들 손권이 싸움을 부추겨 그가 원망을 품은 거라고 입방아를 찧을 게 분명했다. 지금 가일은 자신의 처지를 감안해, 쓸데없는 분란을 줄이고자 최대한 몸을 사리는 편이 나았다.

그리 넓지 않은 해번영 관청은 안에 10여 개의 상이 꽉 들어차 있었다. 여기 오기 전까지 가일은 자신의 자리가 거의 끝에 있을 거라고 생각했다. 그런데 막상 들어와 보니 그의 자리는 심지어 노반 공주와도 아주 가까운 곳에 있었다.

맞은편에 앉아 있는 우부독 여일은 손에 쥔 옥구슬만 계속 만지작거릴 뿐, 좁고 긴 얼굴에 아무런 표정을 드러내지 않았다. 그의 등 뒤에 서 있는 우부독 소속 교위와 도위 대여섯 명 역시 표정이 없기는 마찬가지였다. 반면에 우청은 풀을 빳빳하게 먹인 관복을 차려입고 들뜬 기색을 감추지 못했다. 영맥은 서열에 따라 두세 명의 도위 뒤에 앉아 고개를 숙인 채 생각에 잠겨 있었다.

문 밖에서 노반 공주의 도착을 알리는 소리가 울려 퍼지자, 다들 앞 다투어 일어나 그녀를 맞으러 문으로 향했다. 그들이 나가기도 전에 공주가 이미 들어서며 모두에게 앉으라고 손짓을 한 후 상석으로 걸어갔다.

여일이 공수를 하며 정중하게 그녀를 맞았다.

"전하께서 당도하신 줄도 모르고, 미리 맞이하러 나가지 못한 죄를 너그러이 용서하소서."

공주가 웃으며 말했다.

"내 이리 간소하게 행차한 것은 그런 번거로운 절차들이 싫어서이기도 하네. 그런데 해번위들이 이리도 빨리 알아챌 줄 누가 알았겠는가? 이것만 보고도 해번영이 왜 부왕의 신임을 받는지 알 것 같네."

우청이 웃으며 모든 것을 그녀의 공으로 돌렸다.

"공주께서 지존께 말씀을 잘 해주신 덕에 해번영이 지존의 신임을 받을 수 있었던 것이옵니다."

"우 부독, 너무 겸손할 필요 없네. 자네들의 능력이 그런 신임을 불러온 것이지, 나와는 상관이 없네. 이번에 기염 사건을 해결해 강동파와 회사파의 원망 섞인 목소리도 잦아들었고, 부왕 역시 안심하고 북상해 조비를 상대하고 있으니, 자네의 공이 참으로 크네."

우청의 미소가 더 짙어졌다.

"전하께서 황망할 정도로 이리 칭찬을 해주시니, 소관 앞으로도 혼신의 힘을 다해 공을 세워 보답하겠나이다."

여일이 끼어들었다.

"우 부독이 이번에도 지존의 덕을 본 셈이군. 비록 기염이 배후 인물을 밝히지 않았지만, 다행히 강동파와 회사파의 불만을 꺾었으니, 이 또한 큰 공이라 할 수 있겠지."

우청이 비꼬듯 말했다.

"여 부독이 말 한번 잘했군. 지존의 덕을 아무나 볼 수 있는 것도 아니지……."

공주가 눈치껏 끼어들었다.

"해번영의 좌·우 부독이 지난 몇 년 동안 적잖은 공을 세운 것도, 두 사람이 이리 선의의 경쟁을 하며 공을 다툰 덕이라 생각하네. 잠시 후 술을 마실 때도 서로 빼지 말고 그리 해주길 바라네."

그녀가 손뼉을 치자 하인들이 술과 음식을 내왔다. 우청과 여일도 더 이상 말씨름을 하지 않은 채 노반 공주의 잔에 술을 따랐다. 가일은 웃는 모습이 꽃처럼 어여쁜 이 여인을 보며 내심 놀라움을 금하지 못했다. 공주는 태자 손등보다 사람을 다루는 기교가 훨씬 뛰어났다. 자리에 앉아 있던 교위와 도위들이 대담하게 앞으로 나가 술을 올렸고, 공주 역시 거리낌 없이 그들을 대해주었다. 그러다 보니 술자리 분위기도 금세 무르익어 떠들썩해졌다. 교위와 도위들도 자신들이 신임을 얻고 있다는 생각에 들떠 하나같이 웃음꽃을 피우고 있었다. 하지만 가일은 이런 분위기에 휩쓸릴 생각이 전혀 없었다. 그는 혼자 술을 따라 마시며 다시 영맥을 쳐다보았다. 두 사람의 시선이 허공에서 부딪쳤고, 약속이나 한 것처럼 고개를 끄덕이며 눈빛을 주고받았다.

표면적으로 보면 주치 사건 등 지난 일련의 사건이 모두 해결된 것 같지만, 사실은 전혀 그렇지 않았다. 그 후 철 공자의 움직임은 계속됐지만, 가일이 그를 찾아내기 위해 할 수 있는 일은 그다지 없었다. 설사 한선의 힘을 빌린다 해도 그 결과는 마찬가지였다. 결국 가일은 승부수를 던지기로 했고, 그 결과를 장담할 수 없지만 우청을 통해 철 공자에게 더 다가가보기로 했다.

이런 생각을 하는 와중에 돌연 우청의 목소리가 들려왔다.

"가일, 자네는 왜 나와서 전하께 술을 올리지 않는가?"

가일이 고개를 드니, 공주도 웃는 것인지 아닌지 모를 애매한 표정으로 그를 쳐다보고 있었다.

"어째서 그러느냐? 아직도 소한을 잡아다 가둔 일을 마음에 두고 있는 것이냐?"

공주가 물었다.

가일이 일어섰다.

"아니옵니다. 소한이 풀려날 수 있었던 것도 공주 마마의 넓은 아량 덕이었습니다."

"그럼 얼른 나와서 공주 마마께 술을 올려 사죄드리지 않고 뭐 하느냐?"

우청이 냉소를 지었다.

가일은 공주 앞으로 나가 술병을 들어 잔을 채우고 두 손으로 바쳤다. 공주가 한 손으로 술잔을 받아 들고 입에 대려는데, 갑자기 가일이 손을 들어 그 잔을 쳤다. 술잔이 떨어지며 안에 있던 술이 공주의 몸에도 튀었다. 그녀가 화가 난 표정으로 가일을 쳐다보았다.

"전하께 무례를 범한 것을 용서하십시오. 하오나 이 술은 마시면 안 됩니다."

가일이 허리춤에서 은침을 꺼내 술을 묻히자 침이 까맣게 변했다.

"독이 들었느냐?"

공주의 눈썹이 치켜 올라갔다.

"가일! 네놈이 감히 독을 타 전하를 모해하려 한 것이냐?"

우청이 벌떡 일어나며 소리쳤다.

"여봐라! 당장 저놈을 포박하라!"

해번위 10여 명이 달려 들어왔다. 공주가 주저하는 사이에 여일이 나서서 가일의 앞을 막아섰다.

"우 부독."

여일이 물었다.

"가일이 독을 넣었다면, 왜 잔을 엎었겠는가?"

"여일! 지금 가일을 비호하는 것인가?"

우청이 비꼬듯 물었다.

"설마 자네도 저자와 무슨 내통이라도 한 것인가?"

"우 부독, 해번영에서 잔뼈가 굵은 자네가 이리 허술하게 일을 처리해서야 되겠는가? 범인을 잡아들이려면 먼저 어찌 된 상황인지 들어봐야 하는 거 아닌가?"

여일이 뒤돌아 공주를 향해 웃으며 말했다.

"안 그렇습니까, 전하?"

공주가 고개를 끄덕이며 가일을 쳐다보았다.

"방금 우 부독이 제게, 전하께 술을 올리라 했습니다."

가일이 말했다.

"내가 술을 올리라 했지 독을 타라고 했느냐?"

"그 전에 전하 앞에 있는 술병이 모두 비워져 있어 하인이 새로운 술병을 가져다놓더군요. 술병을 바꿔놓으면서 하인이 우 부독과 눈빛을 교환하는 것을 봤습니다."

사방이 쥐 죽은 듯 조용해지며, 모두의 시선이 우청을 향했다. 우청이 가소롭다는 듯 물었다.

"그러고 보니 네놈이 술잔을 엎은 것이 나를 모함하기 위해서였느냐? 네가 말한 그 하인이 누구인지 어디 불러다 대질을 시켜보지 그러느냐?"

"우 부독, 상황을 원하는 쪽으로 몰고 가는 능력이 역시 탁월하시오. 그 자를 불러다 대질을 시킨다면, 사전에 지시받은 대로 내가 독을 탔다고 말하지 않겠소?"

"네놈이 무슨 헛소리를 지껄이는지 모르겠구나."

우청이 소리쳤다.

"포박하라!"

해번위가 성큼 다가서자 여일 뒤에 있던 도위들이 일제히 일어나 그들을 막아섰다.

우청이 검을 뽑아 들며 격분해 소리쳤다.

"여일, 지금 뭐 하자는 건가?"

"그 하인이 자네와 눈빛을 주고받는 걸 나도 봤네."

여일이 등을 구부리고 웃는 모습은 마치 한 마리 늑대를 보는 듯한 착각을 불러일으켰다.

"그뿐이 아니네. 가일이 술을 따르기 위해 나갔을 때 또 다른 하인이 그의 자리에 작은 주머니 하나를 던져놓고 가는 것도 보았지. 만약 내 추측이 틀리지 않는다면 한선의 영패와 견기약 가루가 들어 있을 것이네."

도위 한 명이 잰걸음으로 다가와 작은 주머니를 여일에게 건넸고, 여일은 그것을 다시 노반 공주에게 올렸다. 공주는 그 주머니를 열어보지도 않은 채 상 위에 올려놓고 침착한 목소리로 물었다.

"우 부독, 어찌 된 일인가?"

우청의 얼굴이 파랗게 질렸다.

"전하께 아뢰옵니다. 소관 역시 당황스러울 뿐입니다. 가일이 전하를 독살하려 하는 것을 보았는데, 여 부독이 저자를 비호하며 소관을 모함하고 있습니다."

"우 부독, 너무 치밀하게 짜놓은 판이라 어디서 문제가 생겼는지 아직도 감을 못 잡은 것이오? 영맥이 부인의 죽음을 파헤치는 일조차 내려놓고, 왜 당신의 계획을 나에게 누설했을 것 같소?"

가일의 표정은 흔들림이 없이 차분했다.

"밀함 속의 백서는 누가 봐도 기가 막힌 한 수였지만, 우 부독이 영맥을 지나치게 과소평가한 것이 문제였소."

멀찍이 떨어져 있던 영맥이 자리에서 일어섰다.

"우 부독, 밀함의 백서가 가짜라는 것을 처음 보자마자 알아챘습니다."

우청은 아무 말이 없었다. 하지만 눈빛으로 사람을 죽일 수 있다면 그녀는 이미 영맥의 뼈를 부러뜨려 가루로 만들고도 남았다.

영맥이 고개를 숙였다.

"백서에 쓰인 필적과 말투는 의심의 여지가 없을 정도로 똑같았지만, 내 처가 해번영 첩자가 아니라는 사실만큼은 내가 장담할 수 있습니다. 그러니 제 처가 해번영 첩자라서 가 교위의 뒤를 조사하다 살해당했다는 것은 더 말이 되지 않습니다. 백서가 가짜라는 것을 알고 난 후 남은 문제는, 누가 무엇 때문에 그런 짓을 했는지였습니다. 그래서 우 부독을 찾아가 떠보았고, 부독은 아무 거리낌 없이 나에게 첩자 명단을 보여주며 가일을 모함해야 한다고 저를 이 일에 끌어들였습니다."

영맥이 우청을 쳐다보며 말했다.

"우 부독, 마음이 너무 급하셨나 봅니다. 가일을 모함하려는 계책을 한 번에 성사시키려 안달이 난 것도 모자라, 한선의 영패까지 준비했으니 말입니다. 만약 내가 우 부독을 찾아갈 거라고 예상하지 못했다면 이런 미끼들을 어떻게 미리 준비해놓을 수 있었겠습니까? 그래도 제 확신이 맞는지 한 번 더 확인하기 위해 당시 해번영 좌부독을 지낸 호종(胡綜)을 찾아가 사건 조사를 명분으로 에둘러 물어보았습니다. 그 결과 그 당시 제 처는 해번영의 첩자가 아니었다는 솔직한 답변을 들을 수 있었습니다. 그래서 어쩔 수 없이 이 모든 사실을 가 교위에게 알렸고, 여 부독에게도 보고를 올린 겁니다."

여일이 뒷짐을 지고 말했다.

"우 부독, 우리가 서로를 눈엣가시처럼 대하기는 했지만, 그 모든 것이 결국은 지존을 위해 공을 다투는 것이었네. 자네가 왜 철 공자라는 자를 위해 일하게 된 것인지, 그 이유가 궁금하군."

"철 공자? 무슨 증거라도 있는가?"

우청이 억지웃음을 지었다.

가일이 입을 열었다.

"반첩·진송·오기·손오 네 사람이 모두 우 부독과 연결돼 있었소. 이것이 단지 우연이라고 생각하시오? 황학루가 불에 타던 그날, 우 부독은 자신이 무엇을 하러 갔는지 솔직히 말해줄 수 있소? 또한 기염이 체포된 후 군주부 효위의 도움을 받아 그간 사건 현장에서 발견된 한선의 영패를 조사해보니, 놀랍게도 양주 명장 설해의 흔적이 나왔소. 지금 그자가 군주부 옥사에 갇혀 있으니, 원한다면 얼마든지 대질을 시켜줄 수 있소. 영패를 똑같이 만들어달라고 갔을 때, 비록 복면을 했겠지만 그 목소리만큼은 기억하고 있을 테니, 불러서 그의 말을 들어보는 것도 좋을 듯하오."

우청의 꽉 쥔 주먹 위로 핏줄이 튀어나오고, 그녀의 눈빛이 사납게 번뜩였다.

가일이 그런 그녀를 가련하게 쳐다봤다.

"지난 5년 동안 암암리에 나를 감시하며 죽일 기회만 엿보고 있었을 테지. 형주 공안성에서 나를 죽이지 못한 한을 풀기 위해 완벽한 명분을 가져다 붙여 나를 죽이고 자신은 뒤로 빠질 생각을 했을 거요. 하지만 안타깝게도 당신은 성격은 물론, 머리와 몸을 쓰는 방면으로 어느 것 하나 내 적수가 못 되오. 상상할 수 없을 정도의 고통을 감내하는 인내의 시간을 보내기 전까지, 복수는 그리 쉽게 우리에게 기회를 주지 않소."

우청의 입가에 냉혹한 미소가 그어졌다.

"그렇다 한들, 결국 내가 너보다 낫지 않겠느냐? 내 원수는 바로 곁에 있으니, 적어도 복수할 희망은 있는 셈이지. 하지만 네놈의 원수는 천 리 밖에 있지 않으냐? 하나는 닿을 수 없는 곳에 있고, 또 하나 역시 쉽게 접근조차 하기 힘든 고위 관직이니 네가 뭘 할 수 있겠느냐?"

가일이 한숨을 내쉬었다.

"그래서 당신이 가련하다는 것이오. 복수를 할 희망이 있는데도 불구하고 고작 5년간 어설프게 칼날을 갈아 이리 모든 걸 물거품으로 만들었으니 말이오."

우청의 호흡이 점점 차분해졌다. 분노에 떨며 주먹을 꽉 쥐고 있던 손도 어느새 자연스럽게 검 손잡이 위에 올라가 있었다.

"아무리 상황이 이렇게 됐다 해도, 그간 해번영을 위해 세운 공을 어찌 무시할 수 있겠소? 만약 우 부독이 철 공자가 누구인지 말해준다면, 어쩌면 지존께서 살길을 열어줄지도 모르오."

우청의 눈썹이 살짝 치켜 올라갔다. 가일의 이 말은 사람의 마음을 흔들기에 충분했다. 누구나 절체절명의 순간에 살아날 희망이 보이면 한순간에 무너지기 마련이었다. 그녀가 가일을 바라보는 눈빛이 살짝 흔들리는 듯 보였다.

"네 말만으로는 충분하지 않다."

우청의 시선이 노반 공주에게 향했다.

"만약 철 공자의 정체를 밝히면 지존께서 저를 죽이지 않을 거라고 보십니까?"

공주가 대답했다.

"적어도 내가 지존께 간청을 해볼 수는 있네."

우청이 허리를 숙였다.

"감사드리옵니다."

그 말이 떨어지자마자 그녀의 허리춤에서 검광이 번쩍이더니 곧바로 가일의 얼굴을 향해 날아왔다. 우청의 모든 공력이 이 한 번의 공격에 응축돼 있었다. 그녀는 허리를 굽혀 절을 하는 척하며 모든 공력을 모아 검을 뽑았고, 설사 가일을 죽이지 못하더라도 그의 한쪽 팔이나마 자를 수 있을 거라고 확신했다.

허공을 가르며 날아가는 검이 바람을 일으키며 가일의 살쩍으로 달려들었고, 다시 찰나의 순간이 지난 후 피가 사방으로 튀며 뼈가 부러지는 소리가 들렸다. 우청은 복부와 등에서 전해지는 극심한 통증을 느꼈다. 잠시 후 눈에서 가일이 점점 멀어지는가 싶더니, 나무 판이 우지끈 부러지는 소리가 그녀의 귓가에 들렸다. 우청은 일어나기 위해 발버둥 치며 가일을 응시했다. 가일은 거의 아무런 동작도 하지 않은 채, 고작 오른손에 들고 있던 검의 손잡이를 앞으로 두 치 정도 내보냈을 뿐이었다.

우청이 입가에 흐르는 피를 닦아내며 두 손으로 검을 쥐고 가일을 가리켰다.

가일이 나지막이 말했다.

"왜 이리 고집을 부리는 거지? 철 공자가 누군지만 말하면 살길이 열리고, 나를 죽일 기회도 다시 얻게 될 것이오."

"넌 철 공자의 상대가 되지 못한다. 너 역시 조만간 죽게 될 테지. 다만 내 손으로 너를 죽이지 못하는 것이 한스러울 뿐이다."

"우 부독이나 반첩처럼 자존감 높은 여인들이 왜 철 공자에게 이리도 목숨을 거는 것이오? 그가 여인의 마음을 사로잡을 만큼 멋진 사내라서 그러는 것인가?"

우청이 코웃음을 쳤다.

"내가 반첩처럼 어리석은 줄 아느냐? 내가 그런 말에 걸려들 줄 알았다면 착각이다."

가일이 대답을 하려다 말고 돌연 뒤로 몸을 날려 노반 공주를 밀쳤다. 공주가 그 힘에 밀려 몇 발자국 뒷걸음질을 쳤다. 그와 동시에 여기저기서 검을 뽑아 들기 무섭게 금속이 서로 부딪치는 소리가 난무하고 사방에서 불꽃이 튀었다. 공주가 사태 파악을 하기도 전에 여일이 이미 뜰을 가로질러 나갔고, 도위들 몇 명도 그 뒤를 따라나섰다. 남은 해번위들이 공주 앞을 막아서며 인간 벽을 세웠다. 영맥이 검을 들고 뜰 가운데로 걸어가 우청을 살폈다. 그녀의 창백한 얼굴에 아무런 표정이 없었다.

방금 뜰 밖에서 화살이 비처럼 쏟아져 들어왔지만, 공주와 다른 사람에게 향한 것은 모두 미끼에 불과했다. 그들의 진짜 목표물은 우청이었다. 그녀의 등에 적어도 예닐곱 개의 화살이 꽂혀 있었고, 화살 하나하나가 뼈를 뚫고 들어갈 정도로 박혀 있었다. 시위의 탄력이 아주 센 강궁(強弓)을 쓴 것이 분명했다. 공주가 해번위들을 밀치고 우청 앞으로 다가가 목에 손가락을 대보았다. 맥박이 미약하고 호흡이 어지러운 것으로 보아, 이미 죽은 목숨과 다르지 않았다.

공주가 씁쓸한 목소리로 탄식을 내뱉었다.

"이럴 필요가 있었을까?"

우청의 얼굴에 홀연 미소가 떠오르는가 싶더니, 눈빛이 점점 흐려지며 결국 그 빛을 잃었다. 공주가 손을 뻗어 그녀의 눈을 감겨준 후 일어나 어둠 속에 잠긴 문 밖을 바라보았다. 얼마 후 여일이 검을 들고 돌아오며 그녀 앞에 무릎을 꿇었다.

"소관이 무능해 대여섯 명의 궁수만 죽였을 뿐, 그 우두머리를 잡지 못했사옵니다."

"해번영?"

공주가 기가 막힌 듯 헛웃음을 터뜨렸다.

"우리 오나라에서 가장 은밀하고 악명 높은 조서의 좌부독이라는 자가 정체불명의 철 공자와 결탁한 것도 모자라, 그자의 수하들이 해번영 문턱까지 쳐들어와 소란을 피우고 달아났다. 세상 사람들이 우리 오나라의 해번영을 얼마나 우습게 보겠느냐?"

"오늘 원문에서 당직을 선 자는 우청 휘하의 도백 진기이옵니다. 소관이 일찌감치 그자를 상대로 감시를 여러 명 붙여놓았는데, 방금 들어온 보고에 따르면 모두 살해당했다고 합니다. 아무래도 철 공자라는 자의 소행인 듯합니다."

"그래서 어쩌겠다는 거지? 이 일을 이렇게 끝내겠다는 것인가? 해번영이 언제부터 사건을 이렇게 허술하게 처리했지?"

공주의 비난 섞인 목소리가 벼락처럼 여일의 머릿속에 내리꽂혔다.

"소관이 지금 당장 성안을 샅샅이 뒤져 진기를 체포하라 명하겠습니다!"

여일이 이를 꽉 깨물었다.

"만약 사흘 안에 아무런 진전도 없다면, 소관이 태자 전하께 청을 올려 해번영 우부독 자리에서 물러나겠사옵니다."

"해번영 좌부독 우청은 오늘 밤 기염의 잔당들 손에 죽은 것이네. 자네들이 쫓는 자들 역시 기염의 잔당들임을 잊지 말게. 알겠는가?"

그녀의 말에 누구도 이의를 제기하지 않았다. 이와는 별도로 해번영은 철저한 내부 수사 과정을 거쳐 의심이 가는 자들을 모두 색출하고 제거하는 과정을 거치게 될 것이다.

이때도 우청과 철 공자의 관계를 절대 수면 위로 드러내서는 안 된다. 감찰과 정탐의 임무를 수행해오던 해번영 안에서 부독의 직책을 가진 자가 내부 첩자 노릇을 하고, 심지어 선조상서에게 화를 전가해 그를 죽음으로 몰아넣기까지 했다. 이런 사실이 외부로 알려지면 조정에서도 서로를 의심하고 견제하는 분위기가 조성될 수밖에 없다. 게다가 기염의 억울한 누명을 풀어주기 위해 사건을 재수사하기라도 하면 강동파와 회사파의 반발이 격해지고 다시 정계에 파문이 일어나게 될 것이다. 민심과 국운이 하나로 연결돼 있는 이 사건 앞에서, 진상이 무엇이고 옳고 그름이 무엇인지를 논하는 것 자체가 무의미했다.

노반 공주가 가일 앞으로 다가갔다.

"가 교위, 사건 수사가 너무 느린 감이 없지 않네."

가일이 고개를 숙였다.

"소관이 담이 작은 탓이옵니다."

공주는 이런 대답을 듣게 될 거라고 예상하지 못한 듯, 순간 멈칫했다. 그녀가 의미심장한 표정으로 살짝 미소를 보였다.

"때로는 담이 작은 것도 나름 장점이 되는 법이지."

가일은 공수를 하며 더 이상 아무 대답도 하지 않았다.

공주가 가일의 곁을 지나치며 무심한 척 영맥을 힐끗 쳐다본 후, 해번위 수십 명의 호위를 받으며 떠났다.

여일이 뜰에 서서 명령을 하나하나 전달하는 동시에, 우부독 소속 해번위들이 썰물처럼 빠져나갔다. 마지막으로 여일도 남은 수하들을 이끌고 서둘러 관청을 나섰다. 반면에 수장을 잃은 좌부독 소속 교위와 도위들은 이도 저도 못 한 채 눈치만 보다 하나둘씩 자리를 떴다. 모두가 떠나고 나자 영맥은 우청의 시체를 등에 지고 좌부독의 방으로 향했다. 가일도 아무 말 없이 그의 뒤를 따라갔다.

영맥은 방에 들어가 우청의 시체를 침상에 내려놓고 그녀의 몸에 박힌 화살을 하나하나 뽑았다. 그는 천으로 핏자국을 닦은 후 마지막으로 우청의 매무새를 가다듬어주었다. 가일은 문에 기대서서 그 모습을 쭉 지켜본 후, 모든 것이 끝났을 때쯤 허망한 듯 말했다.

"우리가 죽을 때 자네처럼 우리 시체를 거둬줄 이가 있을지 모르겠네."

"나는 상관없습니다."

영맥의 표정은 여전히 그늘지고 차가웠다.

"죽고 나면 모든 것이 무로 돌아가니, 제 시체를 누가 거두든 말든 아무 의미도 없습니다."

"그럼 자네는 왜 우청의 시신을 거두었는가?"

"그녀의 휘하에서 일하는 동안 큰 어려움 없이 지내왔습니다. 만약 우 부독이 나를 이용해 가 교위를 죽이려는 일만 하지 않았다면, 그리 나쁜 상사는 아니었다고 봅니다."

"내가 어릴 때 찻집에서 책 읽어주는 이의 이야기를 들으며 자랐지. 그 때 들은 이야기에 등장하는 사람은 다 좋은 사람 아니면 나쁜 사람이었고, 그들이 싸우면 결국 이기는 것은 늘 좋은 사람이었네. 나중에 나이가 좀 들 어서야 좋은 사람은 좋은 사람끼리, 나쁜 사람은 나쁜 사람끼리 싸우기도 한다는 것을 알게 됐지. 그런데 그들끼리 싸우면 결국 이기는 사람은 좋고 나쁨을 떠나서 무조건 강한 사람이었네. 그 후 나는 진주조에 들어갔고, 그 때 가서야 알게 된 사실이 하나 있네. 좋은 사람과 나쁜 사람은 결국 자기 입장에 따라 달라지는 것이더군. 적국의 백성들 사이에서 평판이 가장 좋 은 사람이 만약……."

"내 처가 어찌 죽었는지 알아낸 게 있습니까?"

영맥이 가일의 말을 끊었다.

"없네."

가일이 뒤이어 물었다.

"내가 헛소리나 지껄이려고 자네를 따라온 것은 아니네. 자네에게 한 가 지 물어보고 싶은 게 있네."

"무엇을 말입니까?"

"자네는 밀함 속 백서를 보는 순간 가짜라는 것을 알았다고 했네. 왜 그 런 확신을 하게 된 건가?"

"이미 말씀드리지 않았습니까? 우청은 가 교위를 모함하기 위해 몇 년 전에 찾은 한선의 영패를 본떠 똑같이 생긴 영패를 만들었습니다. 그런데 제가 자세히 살펴보니, 저희 집에서 나온 그 영패와 다르더군요. 도리어 진송 사건 때 발견된 영패와 똑같았습니다. 철 공자가 만든 한선의 가짜 영패와 우청이 만든 가짜 영패가 똑같았던 거죠. 그렇다면 두 사람이 사용한 가짜 영패는 같은 곳에서 만들어졌을 것이고, 이것만으로도 밀함 속 백서가 단지 함정에 불과하다는 결론이 나오게 되는 겁니다."

"아니, 나는 자네가 왜 임열이 해변영 첩자일 리 없다고 단정 지었는지 그것이 알고 싶네."

가일이 영맥의 눈을 응시했다.

그의 길고 가는 눈에 실망의 기색이 스쳐 지나가며 눈빛이 어두워졌다.

"말하고 싶지 않습니다."

가일은 잠시 고심하다 어렵게 말을 꺼냈다.

"음……. 영 도위, 자네에게 충고 하나 해주겠네. 당장 아무 핑계나 대고 이 성을 빠져나가게."

"철 공자가 두려우신 겁니까? 그렇다면 가 교위는 왜 도망치지 않는 겁니까?"

"도망칠 수 있었다면 그리했겠지."

가일이 쓴웃음을 지었다.

"철 공자가 누군지 아는 겁니까?"

"안다 해도 단정 지어 말할 수 없네. 하나 적어도 십중팔구는 이미 확신하고 있는 상태네. 이 사건을 해결하는 건 그리 어렵지 않아. 다만 내 담이 그리 크지 않아서, 감히 그렇게 할 엄두조차 내지 못하는 것뿐이네."

"만약 가 교위가 생각했던 그 사람이 정말 철 공자라면, 나라고 도망갈 수 있겠습니까?"

영맥이 얼음장처럼 차가운 목소리로 물었다.

"가 교위, 철 공자가 손을 쓰기 전에 내 처가 왜 죽었는지 그 진상을 밝혀줄 수 있습니까?"

"최선을 다해보겠네."

가일의 말투 속에 복잡한 감정이 섞여 있었다.

"영 도위, 그동안 많이 고마웠네."

영맥은 손을 내저을 뿐 아무 말도 하지 않았다.

가일은 고개를 끄덕인 후 더는 머뭇거리지 않고 뒤돌아 걸어갔다. 뜰로 나와보니 하인들이 어느새 뒷정리를 시작하고 있었다. 앞으로 한 시진 안에 화살과 탁자, 핏자국, 술과 음식이 모두 말끔히 사라질 것이다. 하나의 이야기가 머지않아 연기처럼 사라지고, 그 이야기가 이제 사람들의 입을 타고 전해질 것이다. 이 이야기 속에 등장하는 사람의 좋고 나쁨은 진실과는 무관하며, 오로지 이익에 따라 결정될 뿐이다.

가일은 해번영 대문을 나와 거리에 서는 순간, 참을 수 없을 정도의 한기를 느꼈다. 만약 내가 의심하고 있는 그 사람이 정말 철 공자라면, 이제 어떻게 해야 나를 지킬 수 있는 거지?

비록 우청의 계획을 무력화시켰지만, 영맥은 성취감을 느끼기는커녕 도리어 공허한 감정에 휩싸였다.

그는 집으로 돌아가는 길에 전당포에 들르고 나서야 유묘가 살해당했다는 사실을 알게 됐다. 영맥이 미리 해번위를 보내 암암리에 감시를 했지만, 유묘는 물론 해번위 두 명까지 화를 피하지 못했다. 철 공자의 작전은 그가 짜놓은 판 위에서 치밀하게 연결돼 허점을 발견할 수 없을 정도였다. 영맥은 심지어 우청의 죽음조차 마지막 단서를 없애기 위한 철 공자의 치밀한 계획이 아니었는지 의심이 되기 시작했다.

집으로 돌아간 그는 잠시 앉아 있다 이내 벽 선반 쪽으로 가서 그곳에 숨겨놓은 3년 전 한선의 영패를 꺼냈다. 이 영패가 있었기에 그는 임열이 해번영 첩자가 아니라는 것을 확신할 수 있었다. 그러나 이런 이유 때문에, 그는 설사 죽음의 진실을 밝히는 데 유리하다 해도 이 사실을 발설할 수 없었다.

그는 지난 2년여 동안 이 영패를 가지고 안 해본 것이 없었다. 불에 그을려보기도 하고 물에 담가보기도 하고 빛을 비추기도 하는 등 다양한 방법을 써봤지만, 별다른 이상을 발견할 수 없었다. 그러던 어느 날 영패를 한참 동안 주시하던 그는 한선의 꼬리 문양에 보이지 않을 정도로 아주 작게 새겨진, 마치 '열(悅)' 자처럼 보이는 문양을 발견했다. 그는 마로 만든 하얀 천을 가져다 그 문양을 탁본해, 사흘의 시간을 들여 그 복잡한 글자 문양을 하나하나 크게 확대한 후에야 그것이 '열' 자라는 것을 확인할 수 있었다. 영맥은 그 글자를 한동안 멍하니 바라만 봤다. 2년이 넘는 시간 동안 자신의 아내가 한선의 손에 죽었다고 생각하며 살아왔는데, 결국 그의 앞에 드러난 결과는 지난 2년의 시간을 허무하게 만들기에 충분했다.

임열은 한선의 사람일 가능성이 컸다. 이것은 영맥이 한 달 가까이 모든 정황을 다시 돌아보고 추리해 얻은 유일한 결론이었다. 그 어떤 가설을 들이댄다 해도 영패에 새겨진 '열' 자만큼 확실한 증거는 없었다. 그는 이 사실을 누구에게도 알리지 않은 채, 임열이 한선의 손에 죽었다는 입장을 고수했다. 가일과 한선의 관계를 의심하면서부터 그는 여러 차례 가일에게 말로 암시를 하며, 임열이 왜 살해당했는지 알아냈느냐고 물었다. 영맥은 그 말 속에서 한선의 존재를 지워버리고 가일에게 사건 해결의 단서를 넌지시 알려주고자 했다. 그러나 가일은 알고도 모르는 척 숨기는 것인지, 매번 그의 말에 별다른 반응을 보이지 않았다. 우청이 죽고 난 후 가일은 그에게 임열이 왜 해번영 첩자가 아니라고 확신하는지 물어와, 그를 또 한 번

실망시켰다. 이것만 봐도 가일은 임열의 신분을 전혀 모르는 것이 분명했고, 그런 상황에서 임열이 피살된 사건의 진상을 알고 있을 리 만무했다. 어쩌면 철 공자가 체포되고 난 후 가일은 그 여세를 몰아 한선을 찾아내 영맥이 원하는 진상을 밝혀줄지도 모른다.

영맥이 이런 생각을 하는 사이에, 누군가 문 밖에서 다급하게 그를 부르는 소리가 들려왔다. 그가 고개를 들어보니, 조명이 해번위 네 명을 데리고 문 앞에 서 있었다.

"왜 그러는가?"

영맥이 일어서며 물었다.

"진기를 본 사람이 있기에 서둘러 영 도위께 달려왔습니다. 도위께서 어젯밤에 우청의 계획을 미리 간파하고 공을 세우셨는데, 여 부독은 계속 도위님의 공을 모른 체하고 계시지 않습니까? 제가 생각하기에, 여 부독이 우리 좌부독 휘하를 상대로 책임을 추궁하면 파면과 문책을 피하기 어려울 것입니다. 그러니 우리가 먼저 진기를 잡아 노반 공주에게 보내야, 여 부독이 거짓 진술로 우리를 모함하는 것을 막을 수 있습니다."

영맥이 잠시 생각에 잠겼다.

"이런 일은 가 교위를 찾아가 처리해도 된다."

조명이 다급하게 말했다.

"우리는 지금까지 우청을 따르며 줄곧 가일을 배척하며 지내오지 않았습니까? 그랬던 우리가 가일을 찾아가 부탁하면 과연 나서주겠습니까? 영 도위, 부디 거절하지 말아주십시오. 지금 우리가 먼저 진기를 잡아들이면, 노반 공주도 어제 우청의 정체를 밝혀낸 공을 봐서 우리에게 살길을 열어 줄 것입니다."

영맥이 고개를 끄덕였다.

"네 말도 일리가 있구나. 진기는 지금 어디 있느냐?"

"서성에 있는 한 폐가에 숨어 있습니다. 지금 당장 가서 여 부독보다 먼저 그놈을 잡아들여야 합니다."

영맥이 검을 집어 들고 그들을 따라 방을 나섰다. 조명은 해번위 네 명과 앞장서서 두어 걸음을 걸어가다, 영맥이 따라오지 않는 것을 알아챘다.

조명이 의아한 표정으로 물었다.

"영 도위, 왜 안 오십니까? 빨리 서두르셔야 합니다."

"진기를 제외하고, 우청이 좌부독 휘하에 심어놓은 첩자가 너희 다섯뿐이더냐? 내가 예상했던 숫자보다 훨씬 적구나."

"무슨 말씀이십니까?"

"네놈은 전체적인 상황 파악을 하고 대책을 생각해낼 만큼 머리 회전이 그리 빠른 편이 아니었지. 그런데 방금 너의 말은 이치에 맞아떨어지며 설득력까지 가지고 있으니, 이는 네가 생각해낼 수 있는 것이 아니었다."

영맥이 차가운 시선으로 그를 쳐다보았다.

조명이 잠시 멈칫하더니 말을 얼버무렸다.

"아, 그거라면 상황이 너무 다급해 제가 말씀을 못 드렸습니다. 이건 당연히 저 혼자만의 생각이 아니라, 여기 있는 네 사람과 같이 생각해낸 것입니다."

"설사 그렇다 해도, 서성이 바로 옆 동네도 아닌데 이리 급한 일을 알리러 오면서 너희 다섯 명이 모두 걸어서 왔다는 것이냐?"

"저희는…… 말을 타고 오가면 여 부독의 의심을 살까봐 걸어서 온 것입니다."

"여 부독과 수하들이 전부 떠나간 마당에, 누가 너희들을 의심한다는 것이냐? 그리고 너희들이 서성에서 진기를 발견했다 했느냐? 누가 발견한 것이냐?"

조명이 해번위 네 명을 돌아보며 아무나 한 명을 가리켰다.

"바로 저자입니다."

"저자의 체력과 내공이 참으로 뛰어난가 보구나. 서성에서 여기까지 뛰어온 자가 숨을 헐떡이기는커녕, 땀 한 방울 흘리지 않고 있으니 말이다."

영맥이 검을 뽑아 들었다.

"네놈들이 나를 유인해 무방비 상태를 틈타 죽이려 한 것이냐?"

조명의 눈빛이 이내 변하더니, 문을 닫고 해번위 네 명과 함께 영맥을 포위했다.

"네놈이 이리 명석하지만 않았어도 단칼에 고통 없이 죽을 수 있었을 텐데, 참으로 안타깝구나."

"주백의 아들도 너희들이 죽였느냐?"

"그렇다. 그놈이 너를 찾아가다 진기와 맞닥뜨렸지. 그자는 네 처가 죽던 그날 네가 묘사했던 여자를 본 적이 없었다. 하지만 며칠 전에 네가 말했던 그 비슷한 여자가 전당포 주인을 찾아가는 것을 보았지. 물론 그자는 그 여자가 우 부독이라는 것도, 밀함 백서를 맡기러 갔다는 것도 당연히 몰랐다. 하지만 너에게 그 말을 듣는 순간, 우 부독에 대한 의심이 확신으로 변할 수밖에 없었겠지. 그러니 진기가 그를 죽여 입을 막을 수밖에 없었다. 만약 우 부독이 내 말을 듣고 그때 너 역시 단칼에 죽여버렸다면 오늘 같이 이런 말로도 없었을 테지."

"우청이 그때 나를 죽이지 않은 건 밀함의 백서를 이용해 가일을 모함하기 위해서였다. 안타깝게도 잘못 둔 한 수 때문에 파국을 맞고 말았구나."

조명이 바닥에 침을 내뱉었다.

"우 부독이 나를 감옥에 가두고 네놈이 다시 나를 빼내게 만든 것 역시 고육지계에 불과했다. 그러니 오늘 내가 너를 죽인다고 해서 은혜를 원수로 갚는다는 식의 생각은 버리는 게 좋을 것이다."

영맥이 고개를 끄덕였.

해번위 네 명이 동시에 뛰어오르면서, 단양 철검 네 개가 서늘한 빛을 뿜으며 마치 독사처럼 영맥의 목·이마·심장·복부를 향해 공격해왔다. 영맥이 그들의 검을 피해 힘차게 뒤로 뛰어올랐다가 착지하려는 순간, 조명의 장검이 비스듬히 치고 들어왔다. 이 다섯 명은 늘 호흡을 맞추어온 듯 초식의 연결에 빈틈이 없고, 상대의 허점을 노려 매섭게 몰아붙였다. 영맥은 초식을 바꾸며 호흡을 끌어올리지도 못한 채 일단 검을 막고 봤다. 그 순간 두 개의 검이 또 그를 향해 공격을 해왔고, 영맥은 피하지도 못한 채 뒤로 두어 걸음 밀려났다.

뜰이 그리 넓지 않다 보니, 이런 식으로 몇 발자국 더 밀려나 벽에 부딪히는 순간 죽음을 피하기 힘들었다. 영맥이 미간을 찡그리며 검집을 뽑아들어 두 개의 검을 막았다. '챙강' 소리와 함께 해번위 두 명이 동시에 뒤로 물러섰고, 또 다른 두 명이 옆으로 달려들며 검광 두 개가 영맥의 두 어깨를 향했다. 영맥은 더 이상 피할 방도가 없어졌다. 그는 날아드는 검광을 보며 양손에 든 검과 검집을 해번위 두 명의 얼굴을 향해 날렸다. 두 사람은 몸을 옆으로 돌려 공격을 피했다. 그사이 영맥이 그중 한 명의 어깨를 잡아 자기 쪽으로 잡아당겼다가 검을 들고 달려드는 조명을 향해 밀쳤다.

그 순간 조명의 장검이 이 해번위를 뚫고 들어가며 피가 뿜어져 나왔고, 조명 역시 부딪힌 힘에 밀려 뒤로 몇 발자국을 물러섰다. 영맥은 이미 그 기세를 몰아 몸을 옆으로 날리며 발차기로 또 다른 해번위의 머리를 걸어차 쓰러뜨렸다. 나머지 두 명의 해번위가 서로 눈빛을 교환하며 함께 달려들었다. 영맥이 호흡을 가다듬고 발끝으로 장검을 들어 올려 해번위 한 명을 향해 차는 척하며 몸을 훌쩍 솟구쳐 가까이 다가갔다. 그 해번위의 시선이 분산된 틈을 이용해 영맥은 이미 또 다른 해번위의 손목을 잡아채 끌어당기고, 그 틈을 타 검을 이용해 나머지 해번위의 가슴을 찔렀다. 그런 후 그는 몸을 한 바퀴 돌며 검날로 이 해번위의 목을 긋고 자신을 향해 덤벼드는 조명을 향해 밀쳤다.

조명은 뒤로 물러나며 간신히 충돌을 피할 수 있었다. 그는 지난 수년 동안 영맥의 수하로 지내며 그의 실력을 누구보다 잘 파악하고 있었다. 그래서 그는 모든 방법을 강구해 급습을 계획했다. 그러나 그 계획이 들통난 후 조명은 영맥을 상대로 이길 수 있을 거라는 확신이 서지 않았다. 그럼에도 그는 요행을 기대했고, 다섯 명이 한 사람을 상대하니 승산이 있을 거라고 생각했다. 하지만 선향이 한 대 정도 타 들어갈 시간이 지났을 뿐인데, 남은 사람은 그 한 명뿐이었다.

조명이 바싹 마른 입술을 혀로 핥았다. 그는 장검을 든 채 다가갈 엄두를 내지 못했다.

영맥이 그를 보며 물었다.

"우청은 철 공자가 누구인지 말하기를 원하지 않았다. 너는 어떠하냐?"

"나는 그가 누군지 모른다. 내가 아는 건 우 부독이 그를 상당히 경외한다는 것뿐이다."

그 말이 끝나기 무섭게 사람이 하나 날아들어 와서 바닥에 쿵 소리를 내며 떨어졌다. 진기였다. 그의 목에 핏자국 선명한 상처가 여러 개 나 있는 것으로 보아, 이미 몇 시진 전에 목숨이 끊어진 듯했다. 조명이 공포에 질린 얼굴로 고개를 들자, 문이 서서히 열리고 부채를 든 문사와 술병을 든 뚱보가 걸어 들어왔다. 두 사람이 문지방을 넘어서자 문사가 문을 닫고 그 앞에 섰다. 뚱보가 술을 벌컥 들이마시더니 술병을 허리춤에 차고 거드름을 피우며 진기의 시체 앞으로 걸어갔다.

영맥이 나지막이 물었다.

"두 사람 역시 철 공자의 사람이더냐?"

문사가 미간을 좁히며 말했다.

"우리는 진기를 죽였을 뿐인데, 왜 그리 생각하는가?"

"진기를 죽이고 그 시체를 여기까지 가지고 왔으니 하는 말이네. 만약 여기서 내가 너희 손에 죽게 되면, 진기가 복수를 하기 위해 나를 찾아와 싸우다 다 같이 죽게 되는 상황이 만들어지기 때문이겠지."

문사가 웃으며 말했다.

"잘 아는군. 과연 우청보다 머리가 훨씬 비상해. 그녀가 너의 손에 죽었다 한들, 억울할 것은 없겠네."

뚱보가 허리에 손을 얹고 말했다.

"제기랄, 우리를 이런 시답지 않은 일을 처리하는 데 보내 뚜껑이 열릴 뻔했는데, 알고 보니 꽤나 골치 아픈 놈이었군."

고개를 든 영맥의 눈빛이 순간적으로 흔들렸다.

"양소, 서위?"

양소의 눈에 감탄의 빛이 어렸다.

"그리 빨리 우리를 알아보다니, 좀 더 실력을 갈고 닦으면 해번영의 새로운 부독으로 손색이 없겠군."

"해번영 안에서도 비밀리에 움직이는 최고의 자객 둘을 움직일 수 있는 자의 정체가 도대체 무엇이지?"

조명은 두 사람 역시 철 공자의 수하라는 것을 알아채자마자 천군만마를 얻은 듯 가슴을 쭉 펴고 실실거리며 아는 체를 했다.

"두 분 나리가 그런 분들이셨군요. 소인은……."

그 말을 하는 순간 조명의 눈앞이 흔들렸다. 서위가 어느새 조명에게 다가와 씨익 웃으며 그의 이마를 짚고 힘껏 밀쳐냈다. 다음 순간 조명은 활시위를 떠난 화살처럼 날아가 벽에 처박혔다. 서위는 아무 일도 없었다는 듯 두 손바닥을 치며, 벽에 처박힌 조명에게 눈길 한 번 주지 않은 채 돌아서서 다시 영맥 쪽으로 왔다.

"일을 성사시키기는커녕 도리어 망치는 놈이, 어디서 감히 입을 놀리는 것인지? 저런 놈은 죽어도 싸네."

"한 마디만 더 묻겠다. 우 부독이 이미 죽은 마당에, 철 공자가 왜 나를 죽이려 하는 것이냐?"

영맥이 물었다.

"우청은 죽었지만, 주공의 대사는 이제 막 시작됐네."

양소가 부채를 펼쳤다.

"안심하게. 자네의 황천길이 결코 외롭지 않도록, 수천수만의 사람이 자네와 함께 갈 것이네."

영맥이 얕은 한숨을 내쉬었다.

"애석하군. 아무리 많은 사람이 함께한다 한들, 내 죽어도 눈을 감지 못할 테니 말이네."

"임열이 누구의 손에 죽었는지 알고 싶은 건가?"

양소가 물었다.

"알고 있는가?"

영맥의 눈이 가늘어졌다.

양소가 부채를 가볍게 흔들었다.

"자네가 그 일에 계속 집착하지 않았다면, 오늘 같은 죽음을 맞이하지 않아도 됐을 테지."

"이 또한 내가 선택한 길이다."

영맥이 검을 앞으로 쭉 뻗었다.

서위가 가소롭다는 듯 웃었다.

"너 같이 똑똑한 인재를 내 손으로 죽일 때가 가장 통쾌하지. 특히 죽기 직전의 그 억울하고 분노에 찬 표정이야말로 아무리 봐도 질리지를 않아."

서위가 몸을 솟구치며 눈 깜짝할 사이에 영맥의 코앞까지 다가왔고, 주먹 날리는 소리가 귓가를 스쳐 지나갔다. 뒤이어 영맥의 날카로운 검날의 기운이 허공을 갈랐다.

서위의 눈빛이 반짝였다. 이렇게 날카로운 검의 기세를 본 것도 꽤나 오랜만이었다.

이번 대결은 분명 멋진 한 판이 될 듯하군.

제9장

◆

십면 매복

손몽이 백마 두 필을 끌고 와서 그중 한 필의 고삐를 가일에게 넘겨주며 물었다.

"어때요?"

백마 두 필은 딱 보기에도 강인하고 힘이 넘쳤다. 머리가 크고 이마가 넓으며 흉곽이 길고 깊은 데다, 온몸이 새하얗고 잡모가 하나도 섞이지 않은, 그야말로 최상 등급의 말이었다.

"손 군주가 북량(北涼)에서 사들인 말인데, 운종(雲鬃)이라고 불러요. 바람처럼 빠르고 지구력도 최고죠. 같이 타고 성 밖을 한 바퀴 돌고 올래요?"

"그럴 기분이 아니오. 철 공자 사안도 아직 해결이 되지 않았소."

"우청이 이미 죽었잖아요? 해번영에서 성안을 이 잡듯이 수색하며 잔당을 잡아들이고 있어요. 지금 같은 시기에는 철 공자도 더 이상 무슨 문제를 일으키지 못할 거예요. 안 그래요?"

가일이 고개를 가로저었다.

"만약 내 추측이 맞는다면, 철 공자의 계획은 마지막 한 걸음만을 남겨두고 있소."

"마지막 한 걸음요? 그가 하려는 게 뭐죠?"

손몽이 물었다.

효위 한 명이 달려와 가일을 슬쩍 본 후, 손몽의 귓가에 대고 소식을 전했다. 손몽은 효위가 멀어지고 나서야 웃으며 말을 건넸다.

"무창에서 80리 정도 떨어진 곳에 있는 황주현(黃州縣) 근처에 엄청 큰 단풍나무 숲이 있대요. 지금 단풍잎이 물들어 온 산이 울긋불긋 그야말로 장관이라고 하는데, 같이 보러 가지 않을래요?"

"효위가 방금 무슨 말을 전했소?"

가일이 물었다.

"별거 아니에요. 우리 일과 상관없는 거니까, 신경 쓰지 않아도 돼요."

손몽이 고개를 갸우뚱하며 말했다.

"어쨌든 우청도 이미 죽었는데, 철 공자든 뭐든 일단 잠시 머릿속에서 내려놔요. 나머지 일은 노반 공주와 여일에게 맡겨요."

"영맥에게 일이 생긴 것이오?"

손몽이 미간을 찡그렸다.

"당신과 상관없는 일이에요. 같이 황주에 안 갈래요?"

"내가 그에게 마음의 빚을 하나 지고 있소. 일단 당신은 여기서 기다리시오. 나는 잠시 그에게 다녀와야겠소."

손몽은 잠시 고민하다 이내 고개를 끄덕였다.

"좋아요. 그럼 같이 가봐요."

두 사람이 군주부를 나서 말에 올라탔다. 일각도 안 돼서 두 사람은 영맥의 집에 도착했다. 해번영 우부독 휘하의 도백 한 명이 두 사람을 보고 아무 말 없이 몸을 비켜서며 길을 열어주었다. 가일은 영맥이 나무판자 위에 누워 있는 것을 보았다. 가슴에 검에 베인 자국이 두 군데 남아 있었는데, 워낙 깊게 패어 뼈가 다 드러날 정도였다. 그의 옆으로 산산조각이 난 채 피가 묻어 있는 장검이 나뒹굴었다. 또 다른 시체 몇 구가 다른 곳에 나란히 놓여 있었다. 상처의 모양으로 보아 모두 검상을 입었고, 모두 영맥의 손에 죽은 것이 분명했다.

"이 시체들 중에 진기가 있는 것을 보니, 당신 말이 맞네요. 철 공자의 움직임이 멈추질 않고 있어요."

영맥의 시체 주위를 한 바퀴 돌아보던 가일의 표정이 굳어졌다. 그는 시체의 두 팔이 하나는 위, 하나는 오른쪽을 향하고 있고, 손가락이 살짝 굽어 있는 것에 주목했다. 그것은 마치 무엇인가를 알려주기 위해 마지막 발버둥을 한 흔적처럼 보였다. 시체에는 흙이 잔뜩 묻어 있고, 시체 옆 땅에도 발버둥 친 흔적이 남아 있었다. 가일이 몸을 굽혀 예를 갖춘 후, 그의 옷을 벗어 영맥의 시체 위에 덮어주었다.

그가 고개를 들어 해번위에게 물었다.

"자네들이 들어왔을 때도 시체가 이 모양이었는가?"

그 해번위가 고개를 끄덕이자, 가일은 곧바로 방을 향해 성큼성큼 들어갔다. 그는 문간에 서서 어지럽게 널린 가구들을 아랑곳하지 않고, 곧바로 벽돌의 수를 세어가며 무언가를 찾기 시작했다. 두 번을 세어본 후에야 가일은 비로소 희미하게 고개를 끄덕이며 한 위치로 성큼 다가가, 까치발을 딛고 톡톡 두드려보았다. 안이 비어 있는 듯한 소리가 희미하게 들리자, 그는 검을 조심스럽게 이음새에 넣어 벽돌을 뽑아냈다. 그러자 그 안에서 세월의 흔적이 묻어 있는 짙은 색의 나무 상자가 모습을 드러냈다. 가일이 상자를 열자, 둥근 모양의 눈부신 황금색 패가 눈앞에 나타났다.

"한선의 영패네요."

등 뒤에서 손몽의 목소리가 들려왔다.

"이건 사건 현장에서 발견한 건가요? 왜 여기다 숨겨둔 거죠?"

"예전에 영맥이, 아내의 죽음이 한선과 연관돼 있다고 의심하게 된 이유를 내게 들려준 적이 있소. 바로 그의 집 벽돌에서 한선의 영패를 발견했기 때문이었소."

"그럼 당신은 그게 여기 숨겨져 있는지 어떻게 안 거죠?"

"손 모양 덕이었소. 영맥이 죽기 전에 발버둥 친 흔적은 바로 저 손 모양을 만들기 위해서였지. 왼팔은 위를 향한 채 손가락 중 하나만 굽어 있고 나머지는 펴져 있소. 또 오른팔은 왼쪽을 향한 채 손가락 중 두 개는 굽어 있고 세 개는 펴져 있소. 다시 말해서 위에서 네 번째, 왼쪽에서 세 번째를 가리키는 것이오."

그가 한선의 영패를 들고 문가로 다가가 달빛에 그것을 비춰보았다.

"죽기 전에 그걸 알려주려 발버둥 친 사람이나, 그걸 또 찰떡같이 알아본 당신이나, 참 대단하네요. 이런 걸 일심동체라 해야 하나요?"

"그 정도의 머리도 없어서야, 이 바닥에서 어찌 살아남겠소? 우리 같은 사람은 무언가 부자연스러운 것이 하나라도 눈에 들어오면 그걸 단서로 삼아 사건 해결의 실마리를 풀어나가야 하오."

가일이 영패를 자세히 들여다보며 말했다.

"사실 사람들이 잘못 알고 있는 것이 있소. 영맥은 한선이 왜 자기 처를 죽였는지 밝히고자 한 것이 아니오. 그는 내게 그런 말을 한 적이 한 번도 없었소."

"말도 안 돼! 영맥이 그런 말을 하는 걸 나도 직접 들었는걸요?"

"아니, 영맥은 자신의 처가 왜 살해당했는지 밝히고 싶다고 했소."

"그게 뭐가 다르다는 거죠?"

"다르오. 한선의 영패가 발견되면서 대다수 사람은 임열이 한선의 손에 죽었다고 생각했소. 하지만 영맥은 이런 식의 말로 임열이 한선의 손에 죽은 것이 아니고, 심지어 한선과 연관돼 있다는 뜻을 은연중에 알려왔소. 나 역시 처음에는 그 말에 크게 개의치 않았소. 그러다 몇 번 자꾸 듣다 보니 그 말 속에 담긴 차이를 깨닫게 된 것이오. 하지만 내가 알아챘다는 사실을 그에게 드러내지 않았소."

손몽은 눈만 깜빡일 뿐 아무 말이 없었다.

"만약 영맥이 조금만 더 일찍 이 영패를 내게 보여주었다면, 내가 도울 수 있었을지도 모르겠소."

가일이 탄식을 내뱉었다.

손몽이 말을 돌렸다.

"사람은 누구나 죽어요. 그러니 그와 했던 약속 따위는 더 이상 마음에 담아두지 말아요. 당신은 앞으로 철 공자를 어떻게 상대할지나 잘 생각해 두도록 해요."

가일이 영패를 손몽에게 건넸다.

"매미의 배 부분 문양 속에 전서체(篆書體)로 아주 작게 '열' 자가 새겨져 있소."

손몽이 신기한 듯 들여다보았다.

"와! 어떻게 이렇게 정교할 수 있죠? 영맥의 부인 이름이 임열 아닌가요? 그녀의 이름에도 '열' 자가 있잖아요?"

"이건 한선의 객경이라는 표시요. 한선의 객경은 누구나 이런 영패를 하나씩 가지고 있소. 그리고 그 문양은 바로 객경의 이름을 전서체로 새겨 넣은 것이오."

손몽의 눈이 가늘어졌다.

"그렇다면 임열이 사실은 한선의 객경이었다는 거네요? 영맥이 이 사실을 안 건가요?"

"그는 모르고 있었던 게 분명하오. 그저 영패 속에 새겨진 아내의 이름을 발견하고 어렴풋이 한선과의 관계를 짐작만 하고 있을 뿐이었소. 그래서 누구에게도 이 사실을 말하지 않은 것이오. 그러고 보면 그가 지난 3년 가까이 수사를 하고도 진실을 밝히지 못한 게 전혀 이상할 것도 없소. 한선의 객경을 죽이고도 흔적조차 남기지 않을 정도의 적을, 그 혼자 어찌 대적할 수 있었겠소?"

손몽이 걱정스러운 듯 완곡하게 말했다.

"지금 남 얘기 할 때가 아니에요. 영맥은 이미 죽었고, 당신 혼자 사지로 내몰렸어요. 이제부터라도 먼저 자기 살길이나 찾도록 해요."

가일이 씨익 웃으며 말했다.

"요즘 들어 왠지 당신답지 않은 듯하오."

"그게 무슨 말이죠?"

"예전 같았으면 한선의 객경이 뭐냐고 꼬치꼬치 캐물으며 나도 모르는 사실을 알아내려고 안달이 났을 텐데, 지금은 그런 호기심이 다 사라져버린 듯해서 그러오."

가일이 손몽의 눈을 바라보았다.

손몽이 고개를 가로저었다.

"나이가 들어가는 증거죠. 예전에는 뭐든지 다 할 수 있고, 아무리 힘든 일도 견뎌낼 수 있을 거 같았죠. 그런데 지금은 내 자신이 한없이 작고 초라하게 느껴져요. 영맥을 봐도 그래요. 다들 그가 해번영에 10년 만에 나타난 보기 드문 인재고, 앞으로 당신을 뛰어넘을 거라고 입을 모았어요. 하지만 결국 저리 허망하게 죽고 말았잖아요? 그런데도 당신은 계속 이 사건을 추적해나갈 건가요? 당신은 자신이 철 공자의 적수가 될 수 있을 거라고 생각해요?"

가일의 얼굴에서 미소가 점점 사라져갔다.

"사실 우청의 계획을 간파한 후부터 나는 이미 이 모든 사건의 진상을 알아챘소. 영맥의 죽음을 통해 철 공자가 도대체 누구인지, 이미 8할 정도는 파악한 셈이오."

"그럼 왜 가만있는 거죠?"

가일이 고개를 가로저었다.

"지금은 내가 나설 때가 아니오. 설사 철 공자가 누구인지 밝힐 확실한 증거가 있다 해도, 내가 그를 또 어찌할 수 있단 말이오? 지금 문제는 철 공자가 나를 놓아줄지 여부요."

손몽은 잠시 아무 말이 없었다.

"그럼 모든 걸 내려놓고 나와 같이 황주로 가서 그곳 단풍이나 구경하면 되겠네요."

가일이 손몽을 보며 한참을 주저하다 마침내 손을 내밀어 그녀의 얼굴을 쓰다듬으려 했다. 하지만 손몽이 어깨를 움찔하며 뒤로 물러섰다. 가일이 안타까운 듯 한숨을 내쉬며 손을 늘어뜨렸다. 손몽이 다시 한 발자국 앞으로 나와 무슨 말을 하려다 이내 입술을 깨물며 입을 다물었다.

밖에서 다급한 발자국 소리가 들려왔다. 여일이 황급히 방 안으로 들어와 웃으며 말했다.

"가 교위, 다행히 여기 있었군. 안 그랬으면 한참 찾아다닐 뻔했네."

"무슨 일이오? 내가 갑자기 사라졌을까봐 겁이라도 나셨소?"

"그게 무슨 말인가?"

여일이 당황한 눈빛으로 손을 내저었다.

"태자 전하께서 내일 지존을 위해 기복(祈福)을 하러 성을 나가실 거네. 자네가 전하를 호위하도록 하게. 영맥 사건은 자네가 상관할 일이 아니니, 당장 돌아가서 짐을 챙기고 내일 늦지 않도록 하게."

"태자께서 내게 호위를 맡기셨소?"

가일이 물었다.

"자네 말고 또 누가 있겠는가? 태자 전하께서 자네를 특히 아끼신다는 말을 들었네. 게다가 자네는 군주부의 두터운 신임을 받고 있으니, 앞으로 출셋길이 활짝 열린 셈이군."

여일이 가까이 다가왔다.

"우청이 이미 죽었으니, 우리 해번영 좌부독 자리 역시 계속 공석으로 둘 수 없지 않은가? 내가 이미 지존께 자네를 적임자로 추천하는 서신을 올렸네. 만약 지존께서 윤허하신다면 조만간 교지가 내려올 것이네. 그때 가서 우리 좌·우 부독이 소모전을 피하고 힘을 합친다면 군의사와 진주조가 어찌 우리의 적수가 될 수 있겠는가?"

가일이 고개를 끄덕였다.

"여 부독의 뜻이 그러하다면, 나 또한 따라야겠지요."

여일이 가일의 어깨를 툭 치며 말했다.

"나중에 부독에 오르면 내가 한턱낼 터이니, 함께 코가 삐뚤어지게 마셔 보세!"

가일이 여일에게 허리를 굽혀 예를 행하며 그가 방문을 나서는 것을 지켜보았다.

손몽이 참았던 화를 터뜨렸다.

"속지 말아요. 저자는 겉으로만 호인인 척할 뿐, 실제로는 교활하기 그지없는 자니까요. 저자의 저런 말에 넘어가 진심으로 대했다가 뒤통수 맞은 사람들이 한둘이 아니에요."

"나도 아오. 해번영 우부독 자리는 정도를 걷는 자들이 앉아 있을 곳이 못 되오. 하물며 여일이 저리 오래 저 자리를 지키고 있는 것만 봐도 알 만하지 않겠소?"

가일이 영패를 품에 넣으며 말했다.

"날이 이미 저물었으니, 같이 밥이나 먹으러 갑시다."

"오늘도 송학루인가요?"

"취선거로 갑시다. 오늘 밤 무창성 안에서 당신이 먹고 싶은 요리가 있으면 내 그곳 요리사를 불러다 직접 만들어 올리라고 하겠소. 어떻소. 마음에 드오?"

"그런 호사를 누리게 해주겠다고요? 밥 한 끼 먹느라 전 재산 탕진하고 가난뱅이가 되는 거 아니에요?"

"가난뱅이? 지금 이미 가난뱅이로 살고 있는데, 뭐 더 아쉬울 게 있겠소? 돈이라는 건 죽을 때 싸 가지고 갈 수도 없으니, 살아 있을 때 실컷 쓰는 것도 괜찮겠지."

가일이 웃으며 방을 나갔다.

손몽의 표정이 복잡해졌다. 그녀는 잠시 주저하다 발을 구르더니, 얼른 그를 따라나섰다. 두 사람은 함께 영맥의 집을 나와 취선거 방향으로 걸어갔다. 맞은편 골목에서 여일이 나오며, 해번위 두 명에게 멀리서 미행하라고 지시를 내렸다. 그런 후 그는 뒤에 있는 도위 몇 명을 불러 음험한 표정을 드러내며 명을 내렸다.

"성문 각처에 우리 쪽 사람을 심어두고, 가일이 사사로이 성을 나가는 걸 보게 되면 당장 사람을 보내 보고를 올리도록 하거라! 누구라도 미행에 실패하는 자는 그 일가를 몰살시킬 것이다!"

천 리 밖 단양산(丹陽山).

군대 대오가 구불구불하게 이어진 좁은 산길을 따라 행군을 하고 있었다. 하나같이 철갑과 투구 차림을 한 우람한 체구의 병사들인 것으로 보아, 정예 부대가 확실했다. 오장(伍長)이 물주머니를 입에 대고서야 물이 한 방울도 없다는 것을 알아챘다. 그는 조금 초조한 표정으로 길가에 있는 큰 바위 위로 뛰어올라가 사방을 둘러보았다. 그의 눈에 들어온 것은 그 끝이 보이지 않는 행렬이었다. 옆을 지나가던 도백이 그를 잡아 끌어내리며 나지

458

막이 호통을 쳤다.

"자네 지금 뭐 하는 짓인가? 한(韓) 장군의 군령을 듣지 못했는가?"

오장이 마른침을 삼키며 말했다.

"형님, 이 산을 벌써 10여 일째 돌고 있습니다. 도대체 여기에 왜 온 겁니까?"

"그걸 누가 알겠는가? 위에서 시키니 그리할 뿐이지!"

도백이 자신의 물주머니를 그에게 던져주었다.

"대오로 돌아가게!"

오장이 혼잣말처럼 투덜거리며 대오 속으로 비집고 들어갔다.

저 멀리 높은 곳에서 주철 갑옷을 걸친 노장 한당(韓當)이 불쑥 튀어나온 바위 위에서 대오를 내려다보고 있었다. 그의 각지고 다부진 얼굴에서 매서운 살기가 뿜어져 나왔다. 한당은 손견을 따라 군대를 일으킨 인물로, 손가를 3대째 모시며 전쟁터에서 잔뼈가 굵었다. 그는 주치와 더불어 몇 안 되는 명망 높은 노장으로, 군심을 하나로 모으는 중추적 역할을 하고 있기도 했다. 그러나 지금 그의 뒤를 따르는 편장(偏將)과 부장(副將)들은 당황한 기색을 숨기지 못했다.

"얼마나 더 남았는가?"

한당이 물었다.

"척후병의 보고대로라면, 내일이면 저들의 본거지에 도착할 것으로 보입니다."

편장이 대답했다.

"장군, 고작 단양의 비적을 토벌하기 위해 장군께서 직접 5천 명의 정예 부대를 이끌고 온 것은 너무 과한 대응이 아닐는지요?"

또 다른 편장도 나섰다.

"장군, 요 며칠 척후병이 이미 여러 채의 병영을 정찰했는데, 개미 새끼

한 마리 없었다고 하옵니다. 그 도적들이 벌써 소문을 듣고 산속으로 깊이 숨어 들어간 게 분명합니다. 비록 내일 그들의 본거지에 당도한다 해도, 적과 교전할 수 있을지도 단언하기 어렵습니다."

"자네가 보기에, 도적을 잡아들이기 위해 병력을 분산해 동시에 치고 들어가야 할 것 같은가? 5천 정예 부대가 한데 모여 있다 보면 병력을 제대로 활용할 수 없고, 지나치게 신중해지는 부분도 생길 테지."

이번 행군은 극비였다. 하지만 일반 병사들은 말할 것도 없고 장령들조차 한두 명을 제외하면 진짜 목적이 무엇인지 아는 자가 없었다. 하지만 이미 목적지에 온 이상, 한당은 장령들에게 그 진실을 알려줄 필요가 있다고 생각했다.

"자네들은 본래 내 휘하가 아니고, 군대 안에서 선발돼 출병한 자들이네. 자네들뿐 아니라 병사들조차 각 군의 정예 부대에서 차출돼 나를 따라 출정 길에 오른 것이네. 왜 그런지 알고 있는가?"

다들 서로의 얼굴만 마주 볼 뿐, 아무런 말도 하지 못했다. 출정을 하기 위해 집결했을 때 그런 문제에 대해 이런저런 말이 오가기야 했지만, 하나같이 추측에 불과할 뿐 누구도 진실을 아는 이가 없었다.

"자네들은 전쟁에서 세운 공적이나 출신 성분이 아니라 엄격한 심사 과정을 거쳐 선발돼 의심의 여지가 없는 만큼, 이제 그 진실을 말해줄 때가 된 것 같네. 우리가 이곳으로 들어와 토벌하려는 상대는 도적이 아니라 바로 단양 호족이네."

부장 한 명이 이해할 수 없다는 듯 나서서 물었다.

"단양 호족이라면 이미 지존을 따르고 있는 자들이 아니옵니까? 지난 몇 년 동안 조정을 위해 식량과 재물을 바쳐왔고, 단양산에서 비적을 토벌할 때도 힘을 합칠 만큼 협조적이었습니다. 그런데 왜 갑자기 그들을 토벌한단 말입니까?"

한당이 손을 내저으며 말했다.

"나라고 그런 생각을 안 해봤겠는가? 군령이 내려온 이상 따르는 것이 우리의 일이니, 더 이상 따지고 들어봤자 아무 의미도 없네. 단양 호족의 위상을 자네들도 잘 알 것이네. 그렇기 때문에 이번 싸움은 그 어느 때보다 신중해야 하고, 단 한 번에 끝을 내서 그 어떤 후환도 남겨서는 안 되네."

장령들이 모두 공수하며 결연한 의지를 다졌다. 단양 호족은 손가와 오랫동안 인연을 맺어온 호족 세도가로, 손견이 군대를 일으켰을 때부터 암암리에 지원을 해왔다. 그러나 이 세도가는 지나치게 자신을 낮추는 행보를 보여왔다. 그들은 단양산에 은거하며 다른 호족 세도가들과 왕래조차 하지 않았다. 벼슬아치가 된 자들조차 모두 그리 주목받지 않는 조서에서 말단 관원으로 일했다. 반면에 군대에 있는 하급 군관의 상당수가 단양 근처에서 왔는데, 그들이 단양 호족과 연계돼 있는지 여부는 알 수 없었다. 그들을 선발해 토벌전에 나온 것 역시, 기밀 누설을 막아 단양 호족이 미리 방비하는 것을 막기 위해서였다. 그러나 지금 상황으로 볼 때, 병영을 몇 차례 기습 공격했던 일이 모두 실패로 끝났으니 기밀을 끝까지 유지하기 점점 힘들어질 것이다.

한당이 미간을 좁히며 말했다.

"전방에 심어둔 척후가 서른 명이나 되는데, 왜 아직 아무런 소식이 없는 것인가?"

부장 한 명이 나름 추측을 해보았다.

"아무래도 이상한 징후를 발견하지 못한 듯합니다."

"그렇지 않네. 평소라면 적의 움직임이 보이지 않더라도 나무꾼이나 촌락 같은 것을 발견했다고 돌아가며 보고를 올렸을 것이네. 그런데 오늘은 이상하리만치 보고가 올라오고 있지를 않네."

또 다른 편장 역시 의문을 제기했다.

한당이 고개를 끄덕였다.

"명을 전하게. 행군을 멈추고 그 자리에서 명을 기다리도록 하고, 자네들은 다시 백 명의 척후를 사방으로 보내 정보를 수집하도록 하게."

갑자기 호각 소리가 울리더니, 허공에서 돌연 바람을 가르는 소리가 들려왔다. 모두가 고개를 들어 하늘을 올려다보니, 맞은편 산허리에서 붉은 점 10여 개가 솟구쳐 오르고, 그것이 마치 별똥별처럼 정면으로 날아오고 있었다. 눈 깜짝할 사이에 다가온 붉은 점은 놀랍게도 불을 붙인 돌이었다. 모두가 혼비백산해 흩어지며 큰 소리로 명을 전달했지만, 이미 너무 늦고 말았다. 불붙은 돌이 대오 속으로 떨어지는 순간 땅이 꺼지는 듯한 굉음과 함께 비명이 터져 나오고, 살이 타는 냄새가 진동하기 시작했다. 주위에 둘러쳐진 숲에도 불이 붙자 짙은 연기가 치솟아 올라, 여기저기서 기침 소리가 끊이지 않았다.

한당이 정신을 가다듬고 먼 곳을 살피니, 맞은편 산허리에 위장용으로 만들어놓은 나무가 어느새 사라지고 그 뒤에 숨어 있던 적진이 모습을 드러냈다. 그곳에 투석기 10여 대가 놓여 있고, 한 무리의 병사들이 일사불란하게 움직이고 있었다. 좀 더 뒤쪽에 있는 산골짜기로 시선을 옮기자, 병사들이 빠르게 집결하고 있는 모습이 보였다. 원래 그곳에 매복해 있던 병사들이 집결해, 불길이 좀 잦아들면 돌격할 준비를 하는 듯했다. 그렇다면 단양 호족은 일찌감치 이 전투에 대비해 복병을 심어두고, 한당의 군대를 단번에 섬멸할 계획을 세우고 있었던 것이다.

한당은 드디어 전투를 벌일 수 있다는 것에 도리어 안도했다. 그는 5천명에 달하는 정예 부대를 직접 이끌고 산으로 들어와, 스스로 미끼가 돼서 단양 호족의 공격을 이끌어내려 했다. 상대방이 계속 싸움을 회피하고 십만대산(十萬大山)을 이용해 자신을 무너뜨리는 것보다, 차라리 이렇게 매복해 공격하는 편이 훨씬 나았다. 그가 아무 말 없이 곁을 지키고 있던 부장에게 눈짓을 보내자, 그가 품에서 네모반듯하게 접은 붉은색 깃발을 꺼내 펼친 후 깃대에 꽂아 힘차게 휘둘렀다. 뒤이어 후방 산머리에서도 붉은 기가 올라왔다.

한당은 후방 30리 밖에도 정봉(丁奉)이 이끄는 정예 부대 2만 명이 매복한 채 포위 공격을 기다리고 있다는 것을 알고 있었다. 붉은 깃발 신호는 일각이면 전달되고, 다섯 시진 안에 이곳을 포위해 단양 호족의 날개를 꺾게 될 것이다. 이것이야말로 눈앞의 이익만 보고 뒤에 닥칠 위기를 보지 못하게 만드는 계책이었다. 설사 5천 명의 목숨을 내걸어야 할지라도, 단양 호족을 일망타진할 수 있다면 이 정도의 희생쯤은 충분히 가치가 있었다.

한당이 앞으로 나아가 사령기를 낚아채 높이 들어 올리며 호령했다.

"전 장령들에게 전하노라! 모든 부대를 각 도위를 중심으로 이곳으로 집결시켜라. 창과 방패를 든 병사들은 외곽으로 빠지고, 궁수는 안쪽에서 진을 쳐 적을 막아라! 적이 공격하면 방어하고, 적이 물러서면 추격하며, 적의 복병들을 끝까지 물고 늘어져, 적어도 다섯 시진 동안 이 전투를 끌어야 한다! 겁에 질려 뒷걸음질 치는 자, 소란을 피우며 군기를 무너뜨리는 자, 대오를 이탈하거나 도망치는 자, 명령에 복종하지 않는 자는 모두 죽여도 좋다!"

부장과 편장들이 일제히 각자의 부대로 달려가 한당의 명령을 그대로 전달했고, 교위와 도위의 지시를 받은 도백이 병사들을 강제로 집결시키면서 상황이 신속하게 안정됐다. 산 중턱에 있는 투석거(投石車)가 공격을 멈추자, 산골짜기에서 집결한 적군이 한당 쪽으로 진격을 시작했다. 한당은 이미 대오를 정비하고 그들의 접근을 기다렸다가 교전을 벌였다. 하지만 이들의 전투력은 한당의 예상을 뒤엎었다. 그 전투력은 그가 이끄는 정예 부대보다 한 수 위였고, 지휘 체계 역시 안정적이었다. 장병들은 여러 갈래로 나뉘어 파도치듯 차례대로 돌격을 했고, 전방 부대가 지치면 곧바로 후

방 부대가 투입됐다. 몇 차례 돌격이 이어지고, 쌍방의 치열한 접전 속에 공격과 후퇴를 반복하며 시체가 쌓여갔다. 때로는 적이 한당의 코앞까지 몰려와 그가 직접 칼을 휘둘러 물리치기까지 했다.

전투는 해가 뜰 때부터 시작해 해가 질 때까지 이어졌고, 한당의 병사 5천 명 중 상당수가 전사했다. 살아남은 자들 중 절반이 부상을 당했고, 전투력이 남아 있는 병사는 많아야 6백 명을 넘지 않았다. 도적을 잡는 데 대군 정예 부대를 이끌고 올 필요가 있느냐고 한당에게 말했던 그 편장 역시 팔이 잘려나간 채 전사했다. 그러나 단양 호족의 부대는 여전히 집결해 진을 배치하며 또 한 번의 야습을 준비하고 있는 듯했다. 한당은 사령기를 발밑 깨진 돌 틈에 힘껏 꽂아 넣은 후 곧바로 사방 산봉우리를 둘러보았다. 하지만 정봉의 지원 부대가 당도할 기미는 어디에서도 보이지 않았다. 그 순간 한당은 정봉 역시 오는 길에 매복에 공격당한 것은 아닌지 의심이 들기 시작했다. 그게 사실이라면 백전노장인 그는 이곳에서 목숨을 잃게 될 것이다.

저 멀리 단양 호족의 부대가 이미 모두 집결한 것을 보니, 다음 돌격이 코앞에 닥친 듯했다. 이 6백 명의 병사라면 이번 한 번은 막아낼 수 있을 것이다. 한당은 우려의 감정을 드러내지 않은 채, 도리어 환수도를 뽑아 들고 대열 속으로 들어가 호탕하게 웃으며 외쳤다.

"정봉 장군의 지원 부대가 이미 포위망을 형성했으니, 우리가 이번 싸움을 버텨내기만 하면 된다. 이 싸움에서 살아남은 자들에게 부귀영화를 약속할 수는 없지만, 내 휘하로 들어오고자 하는 자들은 누구나 일 계급 승진을 시켜줄 것이다!"

과연 각 군에서 선발된 정예 병사들답게, 전투력이 바닥이 난 상황에서도 사기만큼은 아직 살아 있었다. 그들은 한당의 약속을 듣자마자 곧바로 천지가 뒤흔들릴 정도로 환호성을 질러댔다. 지금 적은 창을 든 병사와 방패병을 각각 전방과 중간에 배치해 달려들고 있었다. 한당의 곁에 있던 아군 병사들의 수가 점점 줄어드는 반면에 적의 수는 갈수록 많아지고 있었다. 선향 한 대를 다 태울 만한 시간이 되기도 전에, 6백 명 중 이미 절반의 손실을 입었다. 한당이 적병 한 명을 힘껏 베어 넘어뜨리고 얼굴의 핏자국을 닦아내며 돌진하려는데, 그의 곁에 있던 부장 한 명이 갑자기 실성한 듯 웃기 시작했다.

한당이 눈을 가늘게 뜨고 앞쪽을 바라보니, 맞은편 산 중턱 투석거가 설치돼 있던 적진이 불길에 휩싸여 활활 타오르고 있었다. 산 정상에도 어느새 수도 없이 많은 횃불이 들어차 있고 그 수가 점점 늘어났다. 눈 깜짝할 사이에 주변 산 정상에도 이미 붉은 점이 물결처럼 출렁이며 밀려 내려오고 있었다. 한당은 환수도를 내려놓고 침을 뱉으며 말했다.

"정봉이 드디어 도착한 모양이군."

단양 호족의 부대가 즉각 후퇴하며 전선에서 물러났고, 평탄한 지세에서 대오를 정비하고 적과 결전을 벌일 준비를 했다. 그러나 전세는 이미 굳어졌고 승부 또한 결정이 났다는 것을 누구나 알고 있었다. 한당 쪽은 남아 있는 병사들을 한데 집결시켜 저 멀리서 벌어지고 있는 전투를 지켜볼 뿐이었다. 한 시진이 채 지나지도 않아 지원 부대는 단양 호족을 전부 격퇴했다. 또 한 번 한당의 예상을 벗어난 것은 바로 모든 적군이 투항을 거부한 채, 부상병들조차 목숨을 걸고 최후의 일전을 벌인 점이었다. 전투가 끝난 후 오군은 살아 있는 자들을 단 한 명도 발견할 수 없었다. 이렇게 필사의 각오로 싸우는 용맹스러운 부대는 지난 수십 년 동안 전쟁터에서 잔뼈가 굵은 한당조차 본 적이 없었다.

정봉이 흙먼지와 재가 잔뜩 묻은 얼굴로 한당에게 다가와 이렇게 보고를 올렸다.

"소관의 지원 부대가 늦게 당도해 노장군을 놀라게 해드린 것을 용서하십시오."

"오는 길에 공격을 받은 것인가?"

"이곳에서 16리쯤 떨어진 곳까지 행군해 왔을 때 매복의 공격을 받았지만, 다행히 적의 수가 많지 않았습니다. 만약 그 수가 많았다면 아마도 오늘 밤까지도 이곳에 당도하기 힘들었을 것입니다."

정봉이 담담하게 보고를 올렸다.

"또한 화근을 철저히 뿌리 뽑기 위해, 지원을 오기 전에 3천 명을 차출해 단양 호족의 본거지로 보내느라 상당한 시간이 지체됐습니다."

한당은 그의 말을 전혀 개의치 않은 채 물었다.

"단양 호족의 본거지는 이미 손에 넣었는가?"

정봉이 고개를 끄덕이며 무슨 말을 하려다 이내 입을 다물었다.

"왜 그러는가? 그중 일부가 도망이라도 친 것인가?"

"아닙니다. 저희가 군령에 따라 본거지를 물샐틈없이 포위하고 공격을 기다리고 있을 때, 갑자기 본거지 안에서 큰불이 일어났습니다. 불길이 꺼진 후 들어가 보니, 불에 탄 남녀노소의 시체 3백여 구가 있었습니다. 다만 이상한 점은, 불길이 잡힌 후 본거지 안의 불에 타지 않은 곳들을 수색해보니 재물은 모두 남아 있는데 가문의 족보나 그곳에 살던 자들의 신분을 알 만한 문서 기록을 하나도 찾을 수 없었습니다. 지난 수년 동안 조정에서 일해온 자들 외에 암암리에 관련된 자들을 찾아낼 방도가 없어진 셈입니다. 이번 싸움은 표면적으로 우리가 이긴 것처럼 보이지만, 실제로는 그렇다고 할 수 없을 것 같습니다."

한당은 잠시 침묵하다 쓴웃음을 지었다.

"반드시 그렇지만은 않네. 자네가 발견한 그 3백여 구의 시체가 모두 단양 호족이 아닐 수도 있네."

"그럴 가능성을 배제할 수 없습니다. 아무래도 저들은 우리를 이기게 만든 후 그 소식을 보고하러 가게 만들려는 것 같습니다. 그렇다면 계속 수색을 해야 할까요?"

한당이 고개를 가로저었다.

"다시 남으로 가면 바로 십만대산이네. 그 넓고 험한 곳에 몇만 명이 숨어 있다 한들, 어찌 그들을 찾아내 상대할 수 있겠는가? 하물며 이번 전투에서 저들은 자네와 나를 상대로 위세를 떨치고 있네. 고의로 죽음을 자초했고, 우리가 더 이상 쫓아가 싸울 방도가 없게 만들었으니 말일세. 만약 우리와 끝까지 맞붙었다면 조정 전체를 진창으로 끌고 들어가는 것과 다를 바 없었네. 지금 지존께서 대군을 이끌고 장강에서 조비와 대치하고 있는 상황에서, 후방에 변고라도 생기면 자네와 내가 큰 죄를 저지르는 것과 다르지 않을 걸세."

정봉의 표정이 굳어졌다.

"단양 호족의 실력이 이렇게 대단한데, 어떻게 지금까지 그리 몸을 낮추며 긴 세월을 참아온 걸까요? 지난 수십 년 동안 자제들이 벼슬길로 나가 출세하는 것을 막고, 권세를 쫓는 기미조차 보이지 않았습니다. 도대체 무엇을 위해서였을까요?"

"이런 식으로 어둠 속에 숨어 있는 세력이 가장 무서운 법이지. 조정의 문무 대신들 중 도대체 누가 그들의 사람인지는 그들 자신만이 알고 있을 테니 말일세. 권력과 이익을 탐하는 것은 차치하고라도, 나라의 형세를 조종할 가능성도 무시할 수 없네."

한당은 더 이상 이런 얘기를 하고 싶지 않은 듯 화제를 바꾸었다.

"지존께서 이번에 새로운 정치 개혁을 시도하시면서, 자네와 나처럼 군대에 몸담고 있는 신하들을 전혀 건드리지 않은 것은 참으로 현명한 행동이셨네. 반면에 정계에 몸담고 있는 세도가 호족은 적잖은 손해를 입었으니, 그들의 불만이 커질 수밖에. 며칠 전 지존께서 그런 압박에 밀려 기엽을 죽이기도 했지만, 그들의 원망과 분노를 잠재우기에 역부족이었네. 듣자 하니 그들이 또 태자에게 청원을 넣을 준비를 하고 있다더군. 참으로 무모하기 짝이 없는 자들일세."

"설사 조정 중신들의 손에 병권이 없다 하나, 지존의 말 한마디에 일가가 몰살될 수도 있지 않습니까? 참으로 주제를 모르고 날뛰는 자들이 아닐 수 없습니다."

정봉이 뒤이어 물었다.

"한 장군, 이번 전황에 대해 어찌 보고를 올려야 하옵니까?"

한당이 시큰둥하게 대답했다.

"사실에 근거해 결과뿐 아니라 의심되는 점도 보고를 올리도록 하게. 나머지 결정은 지존께서 하실 것이네. 우리는 무장으로서 오로지 전쟁에만 간여할 뿐, 다른 것에는 신경 쓰지 않아도 되네."

정봉이 고개를 끄덕였다.

주위의 연기가 점점 걷히고 눈길이 닿는 곳마다 팔과 다리가 잘려나간 시체들이 널려 있었다. 한당이 한숨을 쉬며 구부정한 모습으로 산 아래로 내려갔다. 정봉이 고개를 돌려 단양 호족의 본거지 방향을 바라보았다. 한참이 지나서야 그의 입가에 홀연 미소가 스치고 지나갔다.

손등은 지존 손권의 전투에 앞서 기복을 하기 위해 출행을 했다. 이 행차는 규정에 따라 기마 부대 2백 명, 보병 부대 3백 명과 함께 움직여야 마땅했다. 그러나 손등은 이런 지나친 겉치레를 거부하며, 왕부 시위 20명만 이끌고 가려 했다. 제갈각과 고담 등의 거듭된 설득을 거치고 나서야 손등은 어쩔 수 없이 기병 50명과 보병 백 명을 데리고 가는 데 동의했다. 출행을 나서기 전에도 그는 배웅을 나온 사람들에게, 반나절이면 갔다 오는 노정인데 이렇게 많은 사람을 대동하고 갈 필요가 무엇이냐며 고개를 가로저었다.

기복을 하러 가는 행렬이 무창성을 나와 관도를 따라 황곡산으로 향했다. 가는 동안 가끔 행인들이 나타날 때면 경기병이 곧바로 그들에게 길을 비키라고 호통을 쳤다. 제갈각과 가일은 나란히 말을 타고 갔다. 그런데 평소 제멋대로 굴며 껄렁껄렁하던 제갈각의 모습은 온데간데없고, 오늘따라 유난히 표정이 굳어 잔뜩 긴장한 듯한 기색을 드러냈다. 한 시진 정도의 시간이 흐른 후 대오는 관도를 벗어나 황곡산으로 향하는 역로(驛路)로 방향을 틀었다.

가일은 소한이 청부를 맡아 짓던 황학루가 불에 탔던 사건을 홀연 떠올렸다. 지금은 제갈근이 다시 짓고 있다고 하나, 얼마나 지었는지 모를 일이었다. 당초 노반 공주는 태자의 체면을 생각해 소한을 풀어주었고, 더 이상 죄를 추궁하지 않았다. 얼마 지나지 않아 가일은 소한에게 나무 상자 하나를 건네며 진풍과 함께 검각으로 가라고 했다. 시간을 대충 따져보니, 지금쯤이면 이미 도착하고도 남을 시간이었다. 소한의 성격으로 볼 때, 가일의 의도를 알아챘다고 해도 진풍이 함부로 다시 돌아오게 만들지 않을 것이다. 이것은 가일이 두 사람을 위해 마지막으로 해줄 수 있는 배려였다. 어쨌든 오나라에서 지내는 동안 벗이라고 할 수 있는 사람은 그들 두 사람뿐이었다.

산기슭 아래에 도달하자 역로도 끝이 나 있고, 울퉁불퉁한 흙길이 산을 향해 이어져 있었다. 인적이 끊어지고 길 양옆으로 관목과 잡초만이 무성했다.

제갈각이 말채찍을 흔들며 가일의 주의를 끌었다.

"이보게, 한눈팔지 말고 정신 바싹 차리게. 어느 정신 나간 놈이 갑자기 튀어나와 태자를 해치려 할 수도 있으니, 한시도 경계를 늦추어서는 아니 되네."

가일이 고개를 끄덕였다.

"소문을 듣자 하니, 기염을 죽였다고 해서 신정책이 폐지되는 것은 아니라더군. 그러니 원한을 품은 세도가들이 앙심을 품고 이 모든 걸 태자 전하 탓으로 돌리며 흠집을 내려 할 것이네."

"그자들이 태자 전하께서 기복을 하러 떠나시는 틈을 이용해 무슨 짓을 할 거라고 보십니까?"

"길을 막고 청원을 하거나 의장대와 충돌을 빚을 가능성을 배제할 수 없겠지. 혼란 중에 태자 전하께서 다치기라도 하면 지존께 안 좋은 인상을 남길 수 있고……."

"그런 거라면 걱정 마십시오. 누군가 감히 길을 막으면 제가 기병과 함께 나가 죽여버리면 그만입니다."

가일이 대수롭지 않다는 듯 대답했다.

제갈각이 황당하다는 눈빛으로 가일을 쳐다보았다.

"자네 미쳤는가? 세도가 자제를 죽이고 나서 지존께 어찌 보고를 올리려 그러는가?"

가일은 아무 대답도 하지 않았다. 그는 귀를 기울이며 무슨 소리에 집중하고 있는 듯했다.

"이보게, 괜한 허세 부리지 말고……."

그의 말이 끝나기도 전에 가일이 제갈각을 향해 몸을 날리며 함께 말 아래로 나뒹굴었다.

제갈각이 반응을 보이기도 전에 사방에서 비명이 터져 나오고, 옆에 있던 누군가가 또 말에서 떨어졌다. 제갈각은 일어나려고 발버둥을 쳤지만, 가일이 그를 꾹 누르며 꼼짝도 하지 못하게 만들었다.

"움직이면 안 됩니다! 매복입니다!"

화살이 허공을 가르며 끊임없이 날아오고, 비명이 연이어 터져 나왔다.

제갈각은 방금 가일이 아니었다면 자신도 그 화살에 맞아 이미 목숨이 끊어졌을 거라는 사실을 깨달았다. 고개를 돌려 태자의 어가를 보니, 친위병 20명이 방패를 들고 그 주위를 에워싸고 있었다. 그렇지만 이상하게도 매복해 있던 궁수는 어가를 향해 화살을 쏘고 있지 않았다.

가일이 화살에 맞아 쓰러져 죽은 말에 기대 고개를 내밀고 조심스럽게 주위를 살폈다. 대오를 이끌고 가던 도위 네 명은 이미 모두 죽었고, 기병 50명 중 절반이 죽거나 부상을 당했다. 남은 자들은 말에서 떨어져 바닥에 엎드려 있었고, 놀라 도망치던 말들도 계속해서 화살에 맞아 죽어갔다.

아직 매복의 공격을 받지 않은 보병 백여 명은 호령에 따라 태자의 어가를 에워싸고 큰 원을 그리며 서 있었다. 방패를 든 병사가 먼저 가장 바깥쪽에 방패로 방어막을 치고, 창을 든 병사가 그 뒤로 물러나 단순한 방어진을 짰다.

"이게 어찌 된 일인가? 누가 감히 태자 전하를 공격하려 든단 말인가?"

제갈각이 분노에 찬 말을 내뱉었다. 가일이 제갈각을 끌어당기며 포복 자세로 보병들을 향해 기어갔다.

"먼저 기병을 향해 집중적으로 화살을 쏴 반격을 막고, 그런 후에 말을 쏴 도망조차 못 가게 하려는 작전입니다. 이자는 전쟁터에서 잔뼈가 굵은 사람이라기보다, 치밀하게 작전을 짜는 기재(奇才)가 분명합니다."

제갈각이 이미 방어진을 짠 보병을 힐끗 보며 말했다.

"설사 기병을 그리 죽인다 쳐도 보병이 방어진을 짜면 태자 전하를 죽이기 쉽지 않을 거고, 게다가 이곳에서 30리 밖에 군병이 주둔한 군영이 있으니……."

"그들은 없는 셈 쳐야 합니다. 태자께서 탄 마차는 철판이 둘려 있으니 화살이 뚫고 들어갈 수 없습니다. 상대는 이 점을 잘 알고 있기에 마차를 향해 화살을 쏘지 않은 겁니다. 머리가 좋은 사람이 분명합니다. 이번에 공격 수단으로 매복을 사용한 것도, 단지 태자만 죽이는 것이 아니라 이곳에 있는 그 누구도 살려두지 않으려는 치밀한 계산이 있었기 때문일 겁니다."

가일이 다시 물었다.

"아니 30리 밖에 군영이 있다는 것을, 그자가 과연 몰랐을 거라 생각하십니까?"

제갈각의 표정이 어두워졌다.

"그자가 바로 철 공자인가?"

"그자가 아니라면 누가 감히 태자 전하를 상대로 이런 일을 벌일 수 있겠습니까?"

두 사람은 이미 보병들이 있는 곳까지 기어 왔고, 방패를 든 병사들의 호위를 받아 마차 안까지 들어갈 수 있었다.

손등이 두 사람을 보며 쓴웃음을 지었다.

"원손 형님, 모든 게 내 잘못이오. 형님 말대로 8백 명을 데리고 나왔다면, 이런 백주 대낮에 누가 감히 공격을 해왔겠소?"

가일이 입을 열었다.

"태자 전하의 잘못이 아니니, 자책하지 마십시오. 8백이 문제가 아닙니다. 설령 3천 명을 대동하고 나왔다 한들 결과는 똑같았을 겁니다."

"가일, 헛소리 지껄이지 말거라. 철 공자가 무창 인근에서 몇천 명의 병력을 집결시켜 매복을 시킬 수 있으리라는 것이냐?"

제갈각이 격분해서 말했다.

손등이 참담한 심경으로 말했다.

"지금 그런 말을 하는 게 무슨 소용이오? 가 교위, 자네는 지모가 출중하다 들었네. 혹시 지금 이 위기에서 벗어날 방책을 가지고 있는가?"

가일이 손등을 바라보며 대답했다.

"없습니다. 이것은 불계패(不計敗)가 될 것입니다."

"쳇! 그게 사실이라면 좀 전에 차라리 화살을 맞고 죽게 놔두지, 왜 이 먼 곳까지 기어 와서 태자 전하께 우스갯거리가 되게 하는 것인가? 가 교위, 헛소리 집어치우고 얼른 방법을 생각해보게!"

"전하, 말이 화살에 맞아 전부 죽었으니, 이제 저들이 보병을 향해 돌격할 준비를 할 것입니다. 제가 나가 시간을 좀 끌어볼 수야 있겠지만, 이 또한 그리 오래가지 못할 것입니다. 적의 수가 적어도 5백은 넘을 테니, 살 가망이 없다고 봐야 합니다. 철 공자의 계획 속에서 태자 전하와 소신은 반드시 죽여야 할 대상입니다. 우리를 죽이지 않으면 다음 단계로 넘어갈 수 없기 때문이지요."

손등은 무슨 생각을 하는지 아무 말이 없었다.

제갈각이 다급해져 가일을 다그쳤다.

"이보게, 지금 그걸 말이라고 하는 건가? 만약 살아 돌아갈 희망이 전혀 없다면, 자네는 굳이 왜 따라온 건가? 왜 하필 나를 끌고 전하의 마차까지 온 것인가?"

"제가 죽기 전에 전하께 한 가지 여쭙고 싶은 것이 있습니다. 이 질문에 전하께서 부디 조금의 숨김도 없이 사실대로 대답해주시기를 바랄 뿐이옵니다."

밖에서 짧은 구령 소리가 들려오는 것으로 보아, 과연 적군이 보병을 집결시켜 돌격을 준비하는 것이 분명했다.

손등이 고개를 들며 물었다.

"가 교위가 묻고 싶은 게 무엇인가?"

"기복 행렬의 호위를 제게 맡기라고 한 사람이 누구입니까?"

손등의 안색이 창백해졌다.

"노반 공주네."

"틀림없습니까?"

"그 아이가 나를 찾아와서, 영맥이 철 공자에게 살해당했으니 나도 위험에 노출돼 있다고 했네. 그러면서 이번 기복 행렬에 자네를 호위로 데려가면 안심이 될 거라고도 했네."

"알겠습니다."

가일이 고개를 끄덕이며 마차에서 나갔다.

그의 등 뒤로 제갈각의 나지막한 목소리가 들려왔다.

"지금 저자가 무슨 생각을 하는 겁니까? 노반 공주가 철 공자라는 게 말이 됩니까?"

가일이 끌채에서 뛰어내려 앞을 내다보니, 멀지 않은 곳에 2백 명은 족히 돼 보이는 검은 갑옷과 복면을 한 보병들이 집결해 현양진(玄襄陣: 깃발을 많이 꽂아 적의 생각을 혼란하게 만드는 병법)을 펼치며 점점 다가오고 있었다. 그들 뒤로 궁수 백 명과 보병 백 명 정도가 이미 진을 형성하고 명을 기다리니, 엄청난 위협을 주기에 충분했다.

곁에 있던 오장의 목소리가 긴장한 탓에 갈라져 나왔다.

"가 교위, 상관들이 다 죽은 마당에 어찌 적을 막는단 말입니까?"

가일이 나지막이 말했다.

"당황하지 말고 내 호령을 따르게."

그가 비장한 목소리로 소리를 높여 명을 내렸다.

"태자 전하의 마차를 중심으로 운용진(雲龍陣)을 펼쳐라! 검과 방패 부대는 앞쪽으로 2열! 그 뒤로 창병을 1열로 배치하라! 모든 병사는 허리를 숙이고 몸을 낮춰 적의 공격에 대비하라!"

병사들은 우왕좌왕하며 진을 바꾸느라 정신이 없었다. 정예 병사도 아닌 백 명 남짓의 이들이 5백 명이 넘는 적을 상대로 도망치지 않은 것만으로도 이미 자기 역할을 다하고 있는 셈이었다. 가일은 이미 예상한 결과였지만, 쓸쓸한 마음을 감출 수 없었다. 오나라에서 지난 5년을 인내하며 살아왔지만, 마치 바둑돌처럼 결국 생사조차 자기 뜻과 상관없이 누군가의 손에 결정되고 있었다. 검은 복면을 한 2백 명의 병사들이 눈앞까지 다가 왔고, 저 멀리 있는 적병들도 대열을 짜고 전진하기 시작했다. 가일은 태자의 마차를 방어하며 매서운 시선으로 적을 주시했다.

눈 깜짝할 사이에 적은 이미 몇 발자국 떨어진 곳에서 환수도를 뽑아 들고 휘두르며 다가왔다. 이와 동시에 가일이 큰 소리로 명을 내렸다.

"검과 방패 부대는 무기를 들라!"

앞 열에 있던 대부분의 방패 부대가 방패를 들어 올려 적의 공격을 막았 다. 군령을 듣지 않은 일부 병사들은 상대와 검을 들고 싸웠고, 순식간에 10여 명이 쓰러졌다. 다행히 두 번째 열에 있던 방패 병사들이 제때 방패 로 빈 곳을 메워 진형이 무너지는 것을 막았다.

"창병은 틈새로 창을 뻗어 적을 공격하라!"

가일이 다시 큰 소리로 호령했다.

뒷줄에 있던 창병들은 정신을 어느 정도 수습하고 나서야, 좀 전에 가일 이 몸을 숙이고 있으라고 한 이유가 무엇인지 알 것 같았다. 그들은 목을 빼고 실눈을 뜬 채 진형 사이사이 틈새로 있는 힘껏 창을 찔렀다. 검은 복 면을 한 병사들의 칼은 네모난 방패에 튕겨 나갔고, 틈새로 튀어나와 찌르 는 창을 피하지 못해 순식간에 2, 30명이 쓰러지며 공세가 주춤해졌다.

"방패병! 방패 들고 전진!"

"창병! 틈새 공격!"

가일이 시기를 정확히 간파해 큰 소리로 호령했다. 병사들은 그의 지휘 에 따라 한 덩어리의 바위가 굴러가듯 적을 향해 나아갔고, 선향이 한 대 다 타 들어갈 정도의 시간이 흐른 후 적군 5, 60명을 물리쳤다. 뒤에 있는 마차에서 손등이 주렴을 걷어 올렸다.

"가 교위가 저리 뛰어난 지휘 능력을 가지고 있을 줄 몰랐소. 만약 이번에 살아 돌아갈 수 있다면 가 교위를 군영에 배치해 능력을 발휘하도록 하는 것이 좋겠소."

제갈각이 주렴을 내리며 말했다.

"전하, 나중 생각은 그만하시고, 지금은 이 위기를 어떻게 넘길지, 그것만 생각하셔야 합니다."

저 멀리서 징 소리가 들리고 검은 복면의 보병들이 신속히 후퇴했다.

"후퇴!"

가일도 호령을 내렸다.

그 말이 떨어지자마자 멀리서 궁수 백여 명이 활시위를 당겼다 놓으며 화살이 비처럼 쏟아져 내렸다. 방패병이 나무 방패를 들어 올려 창병들이 후퇴하도록 엄호를 했다. 가일이 인원수를 대충 어림잡아보니, 좀 전에 적의 공격에 진형이 무너지지는 않았다 해도 이미 서른 명 가까이 병력이 손실됐다. 다행히 첫 번째 전투에서 승리해 사기는 그럭저럭 괜찮은 편이었다. 이런 식이라면 많아야 두 번 정도밖에 버틸 수 없다. 그는 마음속으로 마지막 희망을 품어보았다. 만에 하나 제갈각의 말처럼 그 군영의 병사들이 서둘러 지원을 하러 와준다면 살길이 열릴지도 모를 일이었다.

그렇지만 찰나의 순간에 가일의 안색이 돌변하며, 그의 시선이 저 먼 곳을 향했다. 어디인지 모를 곳에서 가볍게 탁탁 소리가 들려오더니, 눈 깜짝할 사이에 천둥이 치는 듯 우르릉 쾅쾅 굉음으로 변하고, 검은색 탁한 기운이 먼 곳에서부터 언덕 뒤로 용솟음쳐 오르며 덮칠 듯한 기세로 몰려왔다.

온몸을 온통 검은색으로 휘감은 그들은 주철 갑옷을 걸치고 단철로 만든 창으로 무장한 중무장 기병들로, 그 수가 3백 명은 넘을 듯했다. 중무장 기병을 키우기 위해서는 상당한 시간과 비용이 들어간다. 중무장 기병 한 명을 키우는 비용이 보병 40명과 맞먹을 정도다. 중무장 기병 백여 명이 보병 천 명을 물리칠 수 있기 때문에, 적의 사기를 순식간에 와해시키는 데 이들의 존재는 가히 치명적이었다. 그리고 지금 3백 명의 중무장 기병까지 이 싸움에 합세를 하고 있었다. 이것만 봐도 철 공자는 태자 손등을 살려둘 마음이 전혀 없었다.

가일은 쓴웃음을 지으며, 어리둥절한 표정으로 서 있는 병사들을 뒤로 한 채 마차 옆으로 가 문을 두드렸다. 제갈각이 조심스럽게 주렴을 걷어 올리자, 새까맣게 몰려오는 중무장 기병이 그의 눈에 들어왔다. 이 세도가 공자의 얼굴이 금세 하얗게 질렸다. 태자 손등이 몸을 굽혀 마차 문을 나와 앞을 보는 순간, 중무장 기병이 어느새 코앞까지 다가와 있었다. 놀랄 법도 한 상황이었지만, 손등은 오히려 침착함을 잃지 않았다.

"이 세도가 호족들이 정말이지 밑천을 좀 들인 모양이군. 내 줄곧 그들에게 덕을 베풀어야 한다고 느꼈건만, 무늬만 신정책을 지지하는 나를 상대로 이 정도의 원한을 품고 있을 줄은 몰랐군."

가일의 목울대가 꿈틀거렸지만, 결국 하려던 말을 꾹 삼켰다.

"전하, 죽는 게 두렵지 않으십니까?"

"당연히 두렵네. 하지만 지금 이 상황에서 두려워한들 무슨 소용이 있겠는가?"

손등이 제갈각의 어깨를 툭 치며 말했다.

"원손 형님, 일어나야 더 잘 보이오. 이 중무장 기병이 돌진해 오는 장면은 우리 둘 다 태어나서 처음 보는 것이오."

제갈각이 쓴웃음을 지었다.

"어차피 죽을 마당에, 그까짓 게 뭐 대수겠습니까?"

그사이 중무장 기병은 마치 날카로운 칼로 두부를 자르듯 선두에서 진을 치고 있던 방패 부대를 가르고 들어왔고, 창병의 긴 창은 그들의 말에 입힌 갑옷 위에 흔적만 남긴 채 말발굽에 밟혀 짓이겨졌다. 그럭저럭 견고했던 대오가 순식간에 뿔뿔이 흩어지고, 보병들도 공포에 질려 사방으로 도망치기에 바빴다. 중무장 기병은 그들을 추격하지 않은 채 수백 보를 더 진격한 후, 공터에 집결해 쐐기 진형으로 바꿔 다시 돌진해 왔다.

검은색 탁류가 다시 밀려오자 이미 느슨해진 군진은 완전히 저항력을 잃었고, 일부 보병은 심지어 무기를 머리 위로 올리고 바닥에 엎드려 살려 달라고 애원을 했다. 하지만 험상궂은 가면을 쓴 중무장 기병들은 그들을 단칼에 베어버렸다. 비명, 절규, 애원 소리가 천지에 울려 퍼지고, 새빨간 피가 사방으로 튀며 흘러 땅을 적갈색으로 물들였다. 차 한 잔을 마실 정도의 시간이 흐른 후, 서 있는 보병은 단 한 명도 남아 있지 않았다. 묵직한 호각 소리가 울려 퍼지자, 검은색 탁류가 신속하게 빠져나가고 사방에는 시체들만이 널려 있었다.

제갈각이 의심스러운 듯 물었다.

"왜 아무도 우리를 죽이려 달려들지 않고 갑자기 철수를 하는 건가?"

"만약 제가 적군의 지휘관이라면, 이제 보병을 내보내 살아남은 자가 있는지 확인을 할 겁니다."

그 말이 떨어지기 무섭게 멀리서 줄곧 관전을 하고 있던 보병 백여 명이 3열로 진을 짜고 이쪽을 향해 행군을 하기 시작했다. 그러자 먼저 나섰던 그 보병들이 신속하게 대형을 펼치며 원진(圓陣)을 짜고 가일 등 세 사람을 에워싸며 멀리서 바라보았다.

"과연 자네의 말이 맞았군."

제갈각이 말했다.

"보아하니 철 공자와 자네는 비슷한 면이 좀 있는 것 같네."

가일이 고개를 흔들었다.

"저들을 지휘하는 자는 철 공자가 아닐 수도 있습니다."

"3백 명이나 되는 중무장 기병과 보병 4백 명, 궁수 백 명을 동원하고, 무창성 밖에서 태자 전하를 암살하려는 음모를 꾸몄네. 이런 전투에 철 공자가 안 나타나는 게 말이 되는가? 말도 안 되는 소리네."

제갈각이 웃으며 말했다.

"이제 곧 죽을 판에, 이 철 공자가 누군지도 아직 모르니 정말 분통이 터질 일이네."

손등이 한숨을 내쉬었다.

"무기는 흉기이며, 전쟁은 덕을 거스르는 것이고, 싸움이라는 것은 모든 일의 끝이라고 했지."

세 사람은 검은색 복면을 한 보병들이 서서히 다가오는 것을 말없이 바라만 볼 뿐이었다. 이들의 속도는 결코 빠르지 않았다. 그들은 죽은 동료의 시체를 등에 지고, 또 한편으로는 환수도로 시체를 하나하나 확인하며, 조금이라도 꿈틀거리는 기미가 보이면 간신히 붙어 있던 숨통마저 그 자리에서 바로 끊어버렸다. 전장을 끝까지 훑은 후에야 그들은 다시 제자리로 돌아갔다. 보아하니 이런 과정을 한 번 더 반복하려는 듯했다.

제갈각이 욕설을 내뱉었다.

"뭘 믿고 저리 여유를 부린단 말인가? 지원군이 절대 올 리 없다고 확신하지 않고서야, 저리할 수 있겠는가?"

"철 공자는 틀림없이 외곽에 순찰 기병 부대를 여러 군데 심어두었을 것입니다. 그러니 무슨 변고가 생기면 그때 가서 우리를 죽이려들 겁니다. 지금 저들이 원하는 것은 만에 하나 실수도 없게 만드는 것입니다. 우리는 이미 독 안에 든 쥐와 같으니, 지금 죽이나 나중에 죽이나 문제 될 것이 없지 않겠습니까?"

"사실 죽는 건 그리 두렵지 않은데, 죽음을 기다리는 기분이란 정말 이지……."

제갈각이 인상을 찌푸렸다. 그는 이제 웃고 싶어도 웃음조차 나오지 않았다.

얼마의 시간이 흐른 후, 검은 복면의 보병들이 드디어 돌아서며 쓸쓸하게 서 있는 태자의 마차와 마주했다. 제갈각이 하품을 하며 손등을 뒤로 살짝 밀쳤다.

"전하, 좀 있다 제가 먼저 죽으면 저승길에서 전하를 기다리고 있겠사옵니다."

"원손 형님, 다음 생에 다시 사람으로 태어난다면, 내 이 생에서 진 목숨빚을 꼭 갚겠소."

"어찌 그런 말을 하십니까?"

제갈각이 정색을 했다.

"제가 비록 우매하고 제멋대로이기는 하나, 군신의 도는 누구보다 잘 알고 있습니다. 군주를 위해 죽는 것이야말로 신하 된 자의 본분이오니, 전하께서는 그런 터무니없는 말은 절대 입 밖으로 내시면 안 됩니다."

호각 소리가 다시 울리자, 보병들이 앞으로 전진을 시작했다. 가일이 말에서 훌쩍 뛰어내려 싸늘한 눈빛으로 장검을 뽑아 들었다.

제갈각이 이상한 듯 물었다.

"가 교위, 검은 왜 뽑아 들고 그러는가? 자네 혼자 저 몇백 명을 상대할 수 있을 것 같은가?"

가일이 돌아보며 미소를 지었다.

"그건 불가능합니다. 하나 나란 사람은 원래, 벼랑 끝에 몰리는 한이 있어도 가만히 서서 죽기만을 기다려본 적이 없습니다."

제갈각이 순간 놀란 눈으로 가일을 쳐다보다가 호탕하게 웃음을 터뜨렸다.

"듣고 보니 맞는 말이네. 나 역시 사람은 못 죽여도 발로 몇 번은 걷어차줘야겠네!"

가일이 무창성 방향을 바라보았다. 지금 손몽은 무엇을 하고 있을까? 이제 곧 내가 여기서 죽은 걸 알게 되겠지? 그녀와 아직 해야 할 말이 많은데…… 일전에도 말을 해야 할지 말아야 할지 망설였는데, 이제 그럴 기회조차 사라져버렸군. 차라리 이게 나을지도 모른다. 그 말을 하고 나면 손몽이 어떤 반응을 보일지 가일은 상상조차 되지 않았다. 때로는 진실과 대면하는 것이 더 고통스러울 때가 있다. 차라리 서로 속고 속이며 잊는 편이 나을지도 모른다.

그의 주위로 돌연 죽음과도 같은 정적이 흘렀다. 가일이 이상한 기분이 들어 고개를 들어보니, 코앞까지 닥친 보병들이 갑자기 멈춰 서며 겁에 질린 채 더는 앞으로 나오지 못하고 있었다. 그가 돌아보니 제갈각이 고개를 살짝 들고 공포에 질린 얼굴을 하고 있었다. 손등 역시 담담했던 표정은 온데간데없이 온몸을 희미하게 떨고 있었다. 만약 제갈각이 부축하지 않았다면 그 자리에 털썩 주저앉았을지도 모를 일이었다. 가일은 주위의 빛이 점점 어두워지는 것을 느끼며, 뻣뻣해진 목을 간신히 돌려 하늘을 올려다보았다.

작열하던 눈부신 태양은 이미 옅은 황색의 원반으로 변한 채 좀 전까지의 빛과 온도를 잃었고, 왼쪽 아래 구석에 검은색으로 드리워진 작은 흠이 생겼다. 그리고 잠시 후 더 모골이 송연해지는 장면이 이어졌다. 이 검은 그림자가 살아 있는 물체처럼 서서히 움직이며 조금씩 태양을 집어삼키기 시작한 것이다. 가일은 머리 위에서 뼈를 에는 듯한 한기가 덮쳐오는 느낌에 휩싸였다. 잠깐 사이에 그의 온몸에서 식은땀이 흘렀다. 검은 그림자가 점점 커지더니 눈 깜짝할 사이에 태양의 절반을 집어삼켰다.

"개기…… 일식!"

검은 복면의 보병들 사이에서 절망에 찬 소리가 터져 나오고, 진형은 이미 무너져버렸다. 대다수 보병이 계속해서 뒷걸음질을 쳤고, 그중에는 무릎을 꿇고 하늘을 향해 끊임없이 절을 하는 자도 있었다.

손등이 혼잣말처럼 중얼거렸다.

"나라가 장차 도에 위배되는 잘못을 하려고 할 때면 하늘이 먼저 재해를 내려 경고를 한다지. 그 후로도 스스로 반성하지 아니하면 괴이한 일을 내려 경계하게 만든다 했지. 그래도 반성할 줄 모르면 재앙과 멸망이 닥친다 했네."

가일이 몇 발자국 뒤로 물러나 마차에 기대 하늘을 올려다보았다. 검은 그림자는 마치 탐욕스럽고 육중한 흉수처럼 서서히 움직이며 조금씩 빛을 갉아먹고 있었다. 저 멀리서 징 소리가 다급하게 울리자, 태자를 에워싸고 있던 병사들이 허둥지둥 황급히 움직이며 집결해 후퇴했다. 이와 동시에 하늘의 검은 그림자가 빛을 완전히 삼켜 땅 위에 어둠이 내려앉고, 백주 대낮에서 바로 황혼으로 접어든 듯했다. 다급한 호령 소리가 들리는 가운데, 중무장 기병과 보병이 북쪽으로 신속히 철수하는 모습이 어렴풋이 보였다.

제갈각이 손등에게 나지막이 말했다.

"전하께 고난이 닥치니 하늘에서 일식이 일어나, 세인들에게 장차 천하를 통일할 자는 바로 전하라고 경고하고 있습니다."

손등은 여전히 하늘을 주시하고 있었다.

"『한서(漢書)』를 보면, 전대의 황제들 중에서 하늘의 도를 바로잡아달라고 황제가 직접 스스로를 책하는 죄기조(罪己詔)를 발한 게 모두 합쳐 일곱 번이라고 기록돼 있소. 지금은 아직 진명천자(眞命天子)가 나오지 않았으니, 이번 일식은 하늘이 세인에게 경고를 하는 것일 뿐 나와는 상관이 없소."

"어찌 상관이 없을 수 있습니까?"

제갈각이 말했다.

"일식이 왜 다른 때도 아니고 전하께서 매복의 공격을 받고 있는 바로 이때 일어났겠습니까? 이런 기가 막힌 우연이 또 있겠습니까? 전하도 보셨듯이, 철 공자조차 하늘의 경고에 겁을 집어먹고 전군을 철수시켰습니다."

손등이 고개를 숙여 주위를 둘러보았다. 비록 빛이 너무 어두워 먼 곳까지 제대로 볼 수 없었지만, 시선이 닿는 곳 어디에도 이미 적군은 보이지 않았다.

그가 의아한 듯 물었다.

"승리가 눈앞에 있는데, 어찌 이리 쉽게 철수를 한단 말이오?"

제갈각이 냉소를 지었다.

"제아무리 담이 큰 자라 해도 감히 하늘의 뜻을 거스를 수 없었을 겁니다! 설사 그자가 진짜 미쳐서 하늘의 뜻을 거역한다 한들, 휘하의 그 병사들도 같은 마음일 수 없겠지요."

검은 그림자가 태양을 완전히 삼켰다가 다시 서서히 이동하자 빛이 조금씩 새어 나왔다. 선향이 반쯤 탈 정도의 시간이 지나자 검은 그림자는 완전히 사라졌고, 따스한 빛이 다시 천지에 내려앉으며 세 사람의 표정도 점차 누그러졌다.

"보십시오. 적군이 물러나자 일식도 끝나버렸습니다. 이보다 더 명백한 증거가 또 어디 있겠습니까?"

제갈각이 덩실덩실 춤을 추며 기쁨을 감추지 못했다.

손등이 미간을 좁히며 말했다.

"원손 형님, 일식이 본래 이런 것이거늘, 나와 무슨 상관이라 그러오?"

가일이 두 사람의 말을 끊었다.

"전하, 이곳은 오래 머물 곳이 못 되옵니다."

제갈각이 말했다.

"뭐가 무서워서 그러는가? 철 공자도 이미 줄행랑을 친 마당에, 누가 또 감히 덤벼들 수 있겠는가?"

그러나 그는 말만 이렇게 할 뿐, 잽싸게 말에서 뛰어내려 손등을 일으켜 세웠다. 세 사람은 길옆 잡초 밭 사이로 돌아 들어가, 울퉁불퉁 걷기 힘든 길을 따라 무창성 쪽으로 걸어갔다. 가는 내내 제갈각은 하늘이 감응해 재앙을 경고했다는 둥, 이런저런 장광설을 늘어놓았다. 손등은 몇 마디 반박을 하다 결국 아무 소용이 없다는 것을 깨닫고 그 혼자 떠들게 내버려두었다. 가일의 얼굴에서는 구사일생으로 살아난 자답지 않게 기뻐하는 기색을 찾아볼 수 없었다. 그의 표정은 물처럼 잔잔하고 고요했지만, 머릿속은 그와 정반대였다.

제10장

◆

황주의 단풍

진풍이 서서 고개를 쭉 빼고 역로 끝을 내다보았다.

그들이 밤낮으로 달려오는 바람에 도중에 말 대여섯 마리가 죽었다. 소한은 사흘 전 고삐를 쥘 힘조차 없을 때쯤이 돼서야 간신히 검각 요새에 도착할 수 있었다. 그러나 찻집과 여관을 모두 둘러봐도 양직 찻집이라는 곳은 어디에도 없었다. 두 사람은 어쩔 수 없이 아무 여관이나 하나 잡아 그곳에 묵었다. 일단 숙소를 잡고 난 후 진풍이 매일같이 역참 부근을 수소문하고 역로를 둘러보았다. 사흘 동안 진풍은 역로 끝자락에서 흙먼지가 일어날 때마다 잔뜩 기대에 부풀었다가 그 사람이 지나가고 나면 또 잔뜩 풀이 죽기를 반복했다.

해가 이미 완전히 지고 역로에도 거의 한 시진 가까이 오가는 사람이 단한 명도 없었다. 진풍은 그제야 내키지 않는 듯 발걸음을 돌려 숙소로 돌아갔다. 그가 문을 밀고 들어가 옆에 있는 물독에서 물을 한 바가지 퍼서 단숨에 들이켰다. 소한이 탁자 옆에 앉아 절인 소고기 한 접시를 진풍 쪽으로 밀쳤다. 진풍도 마다하지 않고 양반다리를 하고 앉아 접시를 들고 고기를 남김없이 먹어치웠다.

"여전히 아무 소식이 없는가?"

소한이 물었다.

"없네. 강씨 성을 가진 자가 있기는 했는데 이름이 강유가 아니었고, 말을 걸어보니 엉뚱한 대답을 하는 것으로 봐서 그는 우리가 찾는 사람이 아니었네."

진풍이 입속의 고기를 꿀떡 삼키며 물었다.

"가일이 우리한테 잘못 알려준 건 아니겠지? 지난번에 거록으로 사람을 찾으러 갔을 때도 이렇지는 않았네."

"그때랑 지금이랑 뭐가 다르다는 건가?"

"완전 다르네. 지난번에는 가일의 말대로 그곳에 도착하자마자 사람을 찾을 수 있었네. 그런데 지금은 그 강유라는 자가 이곳에 존재하지도 않는 사람처럼 느껴질 정도네."

"그리고 또 뭐가 다른가?"

진풍이 머리를 긁적였다.

"또 뭐가 있더라? 아, 지난번 거록에 갔을 때는 누군가 미행을 했고, 돌아올 때도 날 죽이려는 자들이 따라붙었지. 그런데 이번에는……."

"맞네. 이번에는 이상하리만치 쥐새끼 한 마리 따라붙지 않았지. 오는 동안에도 그랬지만 검각에 도착해 여관에 사흘을 머무는 동안에도 아무도 우리 주위를 얼씬거리지 않았네."

"우리는 견기약을 조사하러 온 것이네. 만약 일이 순조롭게 풀리면 단서를 찾아 진상을 밝히고 철 공자를 잡아들일 수도 있지. 그야말로 철 공자의 사활이 걸린 일이네. 그런데 지금 상황을 보면 철 공자는 우리의 이번 검각행을 신경조차 쓰지 않고 있네. 안 그런가?"

진풍이 이해가 안 간다는 듯 말했다.

소한의 시선이 그 나무 상자로 향했다.

"어쩌면 이 상자를 열어보면 알게 될지도 모르지."

진풍이 연신 손을 내저었다.

"그건 안 되네. 가일이 신신당부를 하지 않았는가? 이 상자를 절대 열지 말고, 강유에게 그대로 전해달라고 말일세."

"만약 강유가 나타나지 않는다면?"

"며칠 더 기다려보세. 분명 나타날 것이네. 아마 오는 길에 무슨 일이 생겨 지체가 되는 것일지도 모르지."

소한이 말했다.

"그래도 안 오면 여기서 죽을 때까지 기다릴 셈인가?"

진풍이 의혹에 찬 눈빛으로 물었다.

"자네 지금 무슨 말이 하고 싶은 건가?"

소한은 미소만 지을 뿐 아무 말이 없었다.

진풍이 잠시 주저하다 자리에서 일어났다.

"자네 뜻대로 하세. 이런 식으로 계속 기다리는 것도 좋은 방법은 아닌 듯싶네."

그가 파풍도를 들고 단칼에 자물쇠를 잘라냈다. 뚜껑을 열어젖히자 밝은 빛이 물처럼 넘실거렸다. 진풍의 눈이 휘둥그레졌다. 그는 한참을 멍하니 바라보고 나서야 고개를 돌려 물었다.

"이게 어찌 된 일인가? 그 강유라는 자가 원하는 것이 바로 이것이었단 말인가?"

상자 바닥에 가지런히 깔려 있는 금괴의 황금빛에 눈이 부실 정도였다. 소한은 마치 이런 결과를 예상이라도 한 것처럼, 눈을 감고 얕게 한숨을 내쉬었다.

"여기 오기 전에 석류 누이가 날 찾아왔다네. 가일이 지난 몇 년 동안 말겨두었던 수익금을 전부 다 빼내갔다고 하더군. 이 금괴가 바로 그 돈일 테지."

"그런데 이 금괴를 그 강유라는 자에게 왜 주려는 건가? 그자가 우리에게 줄 정보가 이 정도로 비싼 것인가?"

"그 강유라는 자가 아예 존재하지 않을 거라는 생각은 안 드는가?"

"존재하지 않아? 그게 무슨 말인가?"

"가일이 이 금괴를 쥐여주며 우리를 이 먼 곳까지 보냈네. 그게 무슨 의미인지, 아직 감이 안 오는가?"

진풍이 어리둥절한 표정으로 소한을 쳐다봤다.

"이번에 철 공자와의 싸움에서 그는 승산이 전혀 없다고 판단했을 거네. 그래서 이 돈을 찾아 우리에게 쥐여주고 무창성에서 멀리 떨어진 곳으로 보내려 한 것이네."

"말도 안 되네!"

진풍이 발을 구르며 말했다.

"당장 돌아가야 하네! 이런 식으로 우리를 속이고도 어찌 벗이라 할 수 있단 말인가!"

"관두게."

소한이 고개를 가로저었다.

"자네와 나는 몸과 머리 쓰는 방면으로 가일을 따라잡으려면 멀었네. 가일이 이렇게 결정했다면 다 그럴 만한 이유가 있어서일 테지. 아마 우리가 무창에 남아 있으면 도움이 되기는커녕, 도리어 그의 약점이 돼서 모두 위험에 빠지게 될 걸세. 내가 노반 공주에게 붙잡혀 간 그때도 어쩔 수 없이 손등을 찾아가 손을 잡아야 했던 것처럼 말일세. 우리가 지금 돌아가면 자칫 가일의 마지막 남은 살길조차 막아버리는 것이 될 수도 있네."

진풍이 방 안을 초조하게 배회했다.

"그럼 여기서 아무것도 하지 않은 채 그냥 있으라는 건가?"

"무슨 방법이라도 있는가?"

소한이 착잡한 심정으로 물었다.

"기다리세. 가일이 살아남으면 그때 가서 이 분이 다 풀릴 때까지 두들겨 패주세."

진풍이 눈을 부릅뜨며 말했다.

"만약 가일이 죽으면 어찌 하는가?"

소한은 가벼운 말투 속에 결연한 의지를 드러냈다.

"만에 하나 가일이 죽으면, 우리 두 사람이 목숨을 걸고 설사 10년, 20년, 심지어 평생이 걸리더라도 철 공자를 찾아내야겠지. 그가 누구든 우리 손에 잡히는 순간 시체를 갈기갈기 찢고 뼈를 부러뜨려 가루로 만들어버릴 것이네!"

"제기랄!"

진풍이 주먹으로 나무 상자를 내리치자 상자가 움푹 파이고 금이 갔다.

"뭐, 이런 개 같은 경우가 다 있단 말인가!"

어둠이 짙게 깔릴 때쯤, 가일 등 세 사람은 무창성 성문에 도착했다. 눈치 빠른 제갈각이, 저 멀리서 백마 두 필을 끌고 목이 빠지게 기다리고 있는 손몽을 먼저 알아보았다.

그가 가일을 놀리듯 말을 걸었다.

"자넨 정말 수완도 좋네. 이리 늦은 밤 시간까지 저리 기다려주는 여인이 있으니 말일세."

손등의 표정이 굳었다.

"가 교위, 오늘 자네 덕에 목숨을 구할 수 있었으니, 정말 고마울 따름이네. 다만 이 자리를 빌려 한 가지만 더 무리한 부탁을 하고자 하니, 자네가 꼭 들어주었으면 하네."

가일이 고개를 끄덕였다.

"오늘 일어난 일을 누구에게도 발설하지 말게. 특히 여일에게는 절대 보고하지 말아주게."

제갈각도 정색을 하며 말했다.

"가 교위, 우리 역시 생사를 함께한 형제라 할 수 있으니, 앞으로 무슨 일이 일어나든 이 마음을 잊지 않을 것이네. 다만 매복의 공격과 일식처럼 오늘 일어난 일은 절대 함구해야 하네. 이 일에 연루된 사람이 너무 많으니, 지존께서 돌아와 결정을 내릴 때까지 기다려야 할 것일세. 만에 하나 실수로 이 사실이 새어 나가 철 공자가 궁지에 몰리면 또 무슨 짓을 할지 누가 장담하겠는가? 그렇게 되면 나 역시 자네의 목숨을 지켜줄 수 없을지도 모르네."

가일이 공수를 했다.

"소관 역시 잘 알고 있으니, 전하와 제갈 공자께서는 안심하셔도 되옵니다."

손등은 가일의 대답을 듣고 나서야 앞으로 몇 발자국 걸어 나와 손몽에게 고개를 끄덕여 인사를 나눈 후 곧바로 성으로 들어갔다. 제갈각이 가던 길을 멈추고 턱을 만지작거리며 말했다.

"손 낭자, 가 교위를 기다린 것이오? 우리가 알고 지낸 세월이 벌써 몇 년인데, 이렇게 누군가를 눈이 빠지게 기다리고 있는 모습은 처음 보는 것 같소. 초조함 속에 근심이 어려 있고, 초췌한 모습 속에 연약한 여인의 모습이 숨어 있으니, 내가 봐도 참으로 아름답소. 가일이 왜 홀딱 넘어갔나 했더니……."

손몽이 제갈각을 노려보았다.

"꺼져요!"

제갈각이 호탕하게 웃으며 성큼성큼 걸어 손등을 따라잡았다.

가일이 부드러운 목소리로 물었다.

"얼마나 기다린 것이오?"

"당신이 성을 나간 후부터 여기서 기다렸어요. 살아 돌아와서 다행이에요. 안 그랬으면 황주로 단풍 구경을 못 갈 뻔했잖아요?"

손몽이 고삐를 가일에게 넘겼다.

"가요."

"지금?"

가일이 물었다.

손몽은 이미 말에 올라탔다.

"지금 서둘러 황주로 가면, 도착할 때쯤 날이 밝아 산을 물들인 단풍을 볼 수 있을 거예요."

가일이 고삐를 잡아당기며 말에 올라탔다.

"나도 성으로 돌아갈 생각이 별로 없던 차였는데 잘됐소. 같이 그곳에나 가봅시다!"

성문에서 2, 3리도 채 가지 않아 손몽이 샛길로 빠져나갔다. 가일도 아무 말 없이 말을 몰고 그 뒤를 따라갔다. 샛길은 인근 농민들이 오고가면서 만들어진 듯, 길이 평탄하지 않고 말 두 필이 간신히 나란히 걸을 정도로 좁았다.

그 길에 들어선 지 얼마 안 돼 손몽이 가일에게 물었다.

"아침만 먹은 거 아니에요?"

"괜찮소. 별로 배고픈 줄도 모르겠소."

가일이 대답했다.

손몽이 말안장에서 찬합 하나를 꺼내 가일에게 건넸다. 가일이 그것을 받아 말 등에 올려놓고 열어보니, 맥적이 담겨 있었다. 가일이 그중 한 조각을 집어 입에 넣었다. 이미 식었지만 짙은 향이 순식간에 입안으로 퍼져나갔다.

그가 나지막이 말했다.

"이른 시각부터 여기서 나를 기다리고 있었던 거요? 그사이 요기는 좀 했소?"

"입맛이 없어요. 평소 당신한테 얻어먹기만 하고 사준 적이 별로 없는 것 같아서 큰맘 먹고 한번 사봤으니, 하나도 남기지 말고 다 먹어야 해요."

가일이 웃으며 고개를 끄덕인 후 또 한 조각을 집어 먹었다.

"사실 붉은 경단을 넣어 오려고 했는데, 생각해보니까 여기까지 와서 지난 아픈 기억을 떠올리게 하고 싶지 않았어요."

손몽이 갑작스레 화제를 바꿨다.

"아는지 모르겠지만, 오늘 아침에 군주부로 비둘기 서신이 전해졌어요. 어젯밤 한당과 정봉이 이끄는 군대가 단양 호족을 상대로 대승을 거두고 돌아왔다더군요. 이번 출정은 병조에서도 아는 자가 없을 만큼 극비리에 진행됐던 게 분명해요. 게다가 해번영에서 조정 관원 중 단양 호족과 관련된 사람들을 전부 잡아들여 옥에 가뒀대요."

가일이 고개를 끄덕였다.

"예상했던 일이오."

"당신도 단양 호족의 천거를 받아 해번영에 들어갔잖아요? 이치대로라면 당신도 당연히 체포돼야 하는데, 이상하게 해번영 쪽에서 그런 움직임을 전혀 보이지 않고 있어요."

"꼭 좋은 일만은 아니오."

가일이 마지막 남은 맥적을 입에 넣고 우물거리며 말했다.

"맞아요. 꼭 좋은 일만은 아니죠."

손몽이 나지막한 목소리로 그 말을 반복했다.

가일이 손을 털며 말했다.

"우리가 이걸 먹으러 처음 간 곳이 송학루였지. 그때는 육연도 살아 있었소."

손몽이 호리병을 건넸다.

"자, 갈증이나 풀어요."

"이런 것까지 준비해 온 것이오?"

가일이 호리병에 든 술을 벌컥벌컥 마신 후 기분 좋게 말했다.

"금로주였소? 구하기 힘들지 않았소?"

"당신이 동오의 술을 별로 좋아하지 않는다고 해서 특별히 조위 쪽에서 구해 온 거예요."

가일이 고개를 끄덕이며 호리병을 안장에 걸었다. 두 사람은 더 이상 아무 말이 없었고, 말발굽 소리만이 달빛 아래 울려 퍼질 뿐이었다. 반 리 넘게 말을 타고 달리고 나자, 전방의 관목 수풀 속에서 한 사람이 걸어 나와 길 한복판에 서서 두 사람을 쳐다보고 있었다.

손몽이 날카로운 눈빛으로 그를 주시하며 손을 장검 손잡이 위에 얹었다. 가일이 말고삐를 잡아당기며 눈을 가늘게 뜨고 그를 살폈다. 그는 나이가 꽤 들어 보이는 나무꾼으로, 여기저기 기운 자국이 보이는 무명옷을 입고 등에 땔감이 담긴 지게를 지고 있었다.

"혹시 물을 좀 얻어 마실 수 있겠소?"

나무꾼이 길 한복판을 가로막고 서서 태연하게 웃는 얼굴로 물었다.

"이렇게 늦은 시각까지 땔감을 구하러 다닌 겁니까?"

손몽의 눈에 살기가 드러났다.

"땔감을 다 구하고 강변으로 가서 아는 이와 술을 좀 마실 생각이었소. 그런데 대군이 앞을 떡하니 가로막고 있으니, 이 늙은이가 지나갈 엄두가 안 나 어쩔 수 없이 길을 빙 둘러 오다 보니 이리된 것이라오."

"호리병에 반쯤 남은 술이 있습니다. 괜찮으시다면 그거라도 드시겠습니까?"

가일이 물었다.

"나무꾼 주제에 그런 걸 따져 무엇 하겠소?"

가일이 호리병을 풀어 일부러 살짝 힘을 주어 호리병을 좀 더 높이 던져보았다. 나무꾼은 당황한 기색 하나 없이 가뿐하게 뒤로 두어 걸음 물러서며 오른손을 앞으로 뻗어 제때 호리병을 낚아챘다. 그는 뚜껑을 열어 단숨에 그 안에 든 술을 벌컥벌컥 마셔버렸다.

그는 소매로 입을 쓰윽 닦은 후 웃으며 말했다.

"금로주라니……. 이리 귀한 술을 여기서 마시게 될 줄은 몰랐소. 내 이 술을 못 마셔본 지가 몇 년은 된 것 같구려. 오래전 조식이 술에 취하는 바람에 대군의 출정식이 늦춰졌던 것도 다 이 술 때문이었다지 않소? 유씨 성을 가진 늙은이한테도 이 귀한 술을 맛보게 해줘야 했는데, 내가 그 맛에 취해 다 마셔버리고 말았구려."

가일이 물었다.

"노인장께서 좋은 술을 알아봐주시니, 그걸 마신 보답으로 한 가지만 알려줄 수 있겠습니까? 앞쪽으로 대군이 가로막고 있다면, 어찌해야 강을 건널 수 있겠습니까?"

"무창성 부근에 크고 작은 나루터가 여섯 개 정도 있는데, 하나같이 대군이 포진해 있다오. 강을 건너는 일이 그리 쉽지는 않을 것이오."

나무꾼이 술 트림을 한바탕 시원하게 했다.

"아무래도 황주 단풍은 못 볼 것 같소."

가일이 미안한 눈빛으로 손몽을 쳐다봤다.

"허허, 젊은이가 성격이 참으로 급하기도 하오. 이 늙은이가 어려울 것 같다고 했지, 건널 수 없다고는 하지 않았소. 이 길을 따라서 앞으로 2리 정도 쭉 가면 잡초가 무성한 샛길이 나올 것이오. 그곳을 지나 다시 반 시진을 가면 얕은 여울이 있소. 그곳에 배 한 척이 정박해 있고, 유씨 성을 가진 늙은이가 타고 있을 것이오. 그에게 종씨 성을 가진 나무꾼이 두 사람을 배에 태워주라고 말했다고 전하면 알아서 강을 건너게 도와줄 거요."

"고맙습니다."

가일이 공수를 했다.

"별말씀을."

나무꾼이 껄껄 웃으며 허리춤에서 대나무 퉁소를 꺼내 들었다.

"귀한 술을 마시고 기분도 좋으니, 입이 또 근질근질하군. 내 두 사람이 가는 길에 한 곡조 뽑아주리다."

가일과 손몽이 말을 몰고 가자, 얼마 후 등 뒤에서 물 흐르듯 아름다운 선율의 퉁소 소리가 들려왔다.

가일의 고개가 저절로 뒤로 돌아갔다.

"저 노인의 퉁소 솜씨가 국수(國手)에 버금가니, 가히 일품이오."

"저자를 믿어요?"

손몽이 물었다.

"한번 시도는 해봐야겠지."

가일이 대답했다.

두 사람은 계속 앞으로 달려갔고, 잠시 후 노인의 말대로 잡초가 무성한 샛길이 나왔다. 가일은 말머리를 돌려 샛길로 들어섰고, 손몽은 내키지 않는 듯 잠시 주저하다 그를 따랐다. 아무 말 없이 한참을 달리고 나니, 관목과 잡초가 점점 더 무성해져 더 이상 길의 흔적을 찾을 수가 없었다. 가일이 길을 잘못 들었다고 생각하는 순간, 물 흐르는 소리가 들려왔다. 큰 관목을 돌아 나가자 거센 물살을 일으키며 끊임없이 흐르는 큰 강이 눈앞에 가로놓여 있었다. 그리고 멀지 않은 곳에 불을 밝힌 어선이 한 척 정박해 있었다.

가일이 말에서 내려 가까이 다가가 소리쳤다.

"계십니까?"

이윽고 백발의 어부가 선실에서 나와 황당하다는 눈빛으로 두 사람을 바라보았다.

가일이 공수를 하며 자초지종을 설명했다.

"어르신, 오는 길에 종씨 성을 가진 나무꾼을 만났는데, 이곳에 가면 강을 건널 수 있을 거라고 했습니다."

어부가 눈살을 찌푸리며 말했다.

"종가 놈이 괜한 짓을 했군!"

"뱃삯은 두둑이 드릴 테니, 한 번만 수고를 좀 해주십시오."

어부가 손몽과 가일을 번갈아 쳐다보았다.

"말은 여기 두고, 두 사람만 타고 가게."

가일이 돌아보자 손몽이 고개를 끄덕인 후 말에서 내렸다.

"말이 없으면 강을 건넌 후에 어떻게 황주에 가려고 그러오?"

가일이 물었다.

손몽은 입술을 깨물며 아무 말이 없었다.

가일이 한숨을 내쉬며 말 두 필을 나무 옆에 묶어두고 손몽과 함께 배에 올라탔다. 어부도 아무 말 없이 노만 저을 뿐이었다. 작은 배는 거센 물결 위로 떨어진 나뭇잎처럼 이리저리 흔들리며 맞은편 강 기슭을 향해 떠내려갔다.

가일은 뱃전에 기대 하늘을 올려다보았다. 하늘은 마치 끝이 보이지 않는 새까만 묵지(墨池: 먹과 벼루를 씻는 연못)와도 같았다. 옥쟁반처럼 생긴 휘영청 밝은 달이 그 위에 떠 있고, 그 주위로 별이 간간이 반짝이며 보석처럼 박혀 있었다. 가일은 형주로 가는 사신단을 태운 배에서 손몽이 그에게 살아남으라는 말을 해주었던 그날 밤을 떠올렸다. 그때도 이렇게 깊이를 알 수 없을 만큼 까맣고 적막한 하늘이었다. 인생이라는 것은 정말이지 기묘해 그 조홧속을 알 수 없으니, 5년의 시간이 흐르고 그때와 지금의 마음이 같을 수 없는데도 여전히 그는 갈피를 잡기 힘들었다.

그가 잠시 머뭇거리다 손몽에게 말했다.

"미안하오. 내 원래는 이 사건이 해결되면 군주에게 혼담을 넣으려고 했었소."

"배에서 내린 다음에 다시 얘기해요."

손몽의 손은 여전히 허리춤에 찬 장검 위에 올라가 있었다. 그녀의 표정 역시 얼음장처럼 차가웠다.

어부가 가소롭다는 듯 코웃음을 치며 손에 쥔 노를 힘주어 밀자, 배가 더 흔들리며 언제라도 뒤집어질 것만 같았다.

"이 장강에 빠져 죽는 것도 나쁠 것 없겠군. 골치 아픈 일들로부터 벗어날 수 있으니."

가일이 뱃전을 꽉 잡으며 혼잣말을 했다.

"사람은 다 똑같다오. 입으로는 죽어도 상관없다고 하면서, 정작 죽을 때가 되면 다들 살고 싶어 안달을 하지."

어부가 비웃듯 말했다.

"그쪽이 정말 죽고 싶으면 그 손만 놓으면 되오. 내 얼마든지 저세상으로 보내주리다."

가일이 쓴웃음을 지었다.

"어르신의 말이 옳습니다."

어부는 더 이상 아무 말 없이 노련하게 배를 저으며 거센 파도를 헤치고 두 사람을 강 건너 기슭에 데려다주었다. 가일이 배에서 내려 인사를 하려고 돌아서니, 어부가 이미 배를 저어 가고 있었다. 저 멀리서 노인이 답답하다는 듯 소리치며 경고를 했다.

"어서 도망치게. 필사의 각오가 없으면 감상 따위에 젖어서는 안 되네."

가일이 멋쩍게 웃으며 손몽에게 시선을 돌렸다.

"이제 어찌할 생각이오?"

손몽이 멀지 않은 곳에 있는 오두막을 가리켰다.

"일단 저기 가서 좀 쉬었다 가요."

말이 오두막이지, 대나무로 벽을 세우고 초가지붕을 얹어 모양새만 갖춘 곳이었다. 인근에 사는 사람들이 비를 피하거나 쉬기 위해 임시로 만들어놓은 것이 분명했다.

손몽이 안으로 걸어 들어가며 홀연 물었다.

"지난 몇 년의 세월 동안 후회는 없었나요?"

가일의 미소 띤 얼굴이 순식간에 딱딱하게 굳었다. 그가 손몽의 등을 보며 말했다.

"그게 무슨 말이오?"

"그때 허도 지하에서 장제가 당신에게 한선의 사람이 될지 선택을 하라고 했죠. 그때의 결정을 후회한 적이 없나요?"

가일은 한참을 침묵하다 나지막이 말했다.

"당신은? 혹 후회한 적이 있소? 전천이나 손몽으로 사는 삶이 만족스러웠소?"

손몽이 뒤돌아 가일을 바라보았다. 그녀의 촉촉한 두 눈에 슬픔이 가득 차 있었다.

"미안해요."

가일이 혼잣말처럼 말했다.

"왜 굳이 사실을 밝히려고 하지? 난 해번영 교위고, 당신은 손 군주의 친척 여동생으로 충분한 것을. 그전에 서로가 무엇이었든, 지금의 우리로 나란히 걸어가면 그것으로 충분했소. 생과 사가 뭐 그리 중요하겠소? 지금 나는 한선의 객경이오. 그럼 당신은 도대체 누구란 말이오? 허도에서 일어난 모든 것이 처음부터 정해진 판이었던 것이오? 당신에게 나는 도대체 무엇이었소?"

그가 고개를 숙이며 말했다.

"지난 몇 년 동안 서로 알고 지내면서 아무것도 눈치 채지 못하는 것도 불가능하오. 아무리 그럴싸하게 속여도 무의식중에 드러나는 작은 몸짓, 표정만큼은 내 눈을 속일 수 없었소. 하지만 나는 당신에게 물어볼 용기가 나지 않았소. 이런 날이 너무 빨리 올까 두려웠기 때문이지."

"미안해요."

손몽의 눈빛이 반짝였다.

"한선은 이미 당신을 버렸어요. 내 임무는 바로 당신을 죽여 입을 막는 거예요."

"그럴 거라 생각했소. 한선은 철 공자를 상대할 방도가 없으니, 이미 적에게 드러난 패를 모두 버리고 다시 때를 기다리며 은거할 것이오. 그들은 오나라 땅에서 단양 호족의 이름으로 당당하게 한 차례 전쟁을 벌이며 수천 명의 목숨을 앗아가고, 그런 후 해번영을 이용해 지난 몇 년 동안 그들과 연루돼 있던 관원들을 체포하게 만들었소. 이것은 바로 이미 그 세력이 뿌리째 뽑혔다는 허상을 심어주기 위한 것이오. 나처럼 아는 게 너무 많은 객경은 당연히 죽여서 입을 막는 것이 가장 좋소."

"영맥의 처 임열은 내가 죽인 거예요. 그녀는 원래 한선의 간객이었지만 영맥에게 마음이 흔들려 함부로 한선에게서 벗어나려고 했으니, 죽음을 자초한 셈이에요. 그녀를 죽이던 날 날씨도 오늘 같았죠. 그녀는 집에서 나와 많은 얘기를 나눴고, 결국 내 검에 죽고 말았어요. 나는 그녀에게, 영맥이 진실에 다가가지 않으면 살길을 열어주겠다고 약속했어요. 그날 그녀 집

맞은편 골목에 서서, 영맥이 먹을거리를 사 들고 대문을 열며 피로 물든 땅 위에 그대로 주저앉는 모습을 지켜봤죠. 그 순간 임열이 너무나 가련하게 느껴지더군요. 영맥도 가련하고, 나도 가련했어요. 나 같은 일을 하는 사람을 한선의 감객(監客)이라고 불러요. 객경들을 검열하고 그 주변에 잠복해 관찰하거나 보호·감시하는 일을 하죠."

가일이 물었다.

"그럼 예전에는 전천이라는 가명으로 위나라에 잠복해 있었던 것이오?"

"아뇨. 위나라에서의 나는 전천이고, 오나라에서의 나는 손몽이에요. 육연이 전에 한번 말한 적이 있지 않았나요? 아주 오랫동안 나를 보지 못했다고 말이죠."

가일이 지난 일을 떠올리며 물었다.

"그렇다면 대검객 왕월 역시 한선의 객경이었소?"

"맞아요. 조비가 그에게 나를 죽이라고 명했고, 나와 장제까지 합세해 세 사람이 그 판을 짠 거예요. 내가 가짜로 죽어 조비의 계획이 순조롭게 진행되게 만들기 위해서였죠. 그 후 당신은 나와 장제가 준비한 첫 관문을 통과해 한선의 객경이 되었고, 동오 해번영에 들어가 공안성에서 두 번째 관문을 통과했죠. 한선은 당신이 전천의 죽음을 가슴속에 깊이 담아두고 있다고 판단해, 나를 감객으로 만들어 손몽의 신분으로 당신 옆을 계속 지키도록 했어요. 그런데 지금 와서 생각해보니, 이건 정말 비열한 한 수였어요."

"그렇지만도 않소."

가일이 한숨을 내쉬었다.

"내 성격이 워낙 외골수이다 보니, 허도에서 그런 타격을 겪고 난 후 한동안 살고 싶은 생각이 별로 없었소. 만약 당신이 적극적으로 나서서 내게 힘을 주지 않았다면 나는 공안성에서 이미 죽었을 것이오. 지난 몇 년 동안 당신을 의심한 적도 여러 번 있었지만, 그렇다고 해서 당신의 뒤를 캐고 싶지는 않았소. 한선이 사람의 마음을 다루는 능력은 그야말로 최고의 경지가 아닌가 생각되오. 당신은 확실히 나에게 가장 큰 약점이었소."

"내가 비열한 한 수라고 말한 건 그런 뜻이 아니었어요."

손몽이 눈을 감았다.

"사실 난 전주의 딸 전천도, 손상향의 친척 여동생 손몽도 아니에요. 난 한선 일가의 일원이에요. 은거중인 대다수 가족들과 다르게, 우리 같이 감객으로 선택받은 사람은 어릴 때부터 다른 신분으로 세상을 살아가요. 특히 나처럼 두 가지 신분으로 사는 경우는 극히 드물어요."

"그럼 손상향과 손권은 모두 한선의 진면목을 알고 있다는 것이오?"

가일이 이내 고개를 가로저었다.

"아니, 그럴 리 없소. 만약 손권이 그걸 안다면 단양 호족을 공격할 리 없었겠지. 하나 만약 둘 다 모르고 있다면 한선이 어떻게 영향력을 행사하며 자신의 이익을 관철시킬 수 있단 말이오?"

"손권은 몰라요. 당시 한선이 손씨 가문에 힘을 실어주기로 결정하면서 손견은 어느 정도 알고 있었지만, 그 역시 온전히 알고 있었던 것은 아니에요. 손견이 유표(劉表)의 손에 죽고 난 후 손책은 한선과 관련된 내막에 대해 전혀 아는 바가 없었고, 손권 역시 다르지 않았어요. 하지만 손상향은 알고 있죠. 그녀는 손씨 가문에 한선의 입김을 불어넣는 존재라고 할 수 있어요. 그동안 손상향은 간접적으로 에두르며 한선의 지시를 은밀하게 추진해왔으니까요. 그렇다고 해서 손상향이 한선의 구속을 받는 객경은 아니에요. 그녀는 한선과 협력 관계일 뿐이죠. 이 세상에서 한선과 이런 관계를 유지하는 사람은 몇 명 되지 않아요. 손상향·사마의·제갈량 정도를 꼽을 수 있죠."

손몽이 말을 끝내고 두어 번 가볍게 기침을 했다.

"손상향과 한선의 관계가 이렇게 긴밀한데, 왜 손권에게 단양 호족을 건드리지 말라고 충언하지 않은 것이오?"

가일이 이해가 안 된다는 듯 물었다.

손몽이 나지막이 말했다.

"단양 호족은 단지 겉으로 드러나 있는 존재에 불과해요. 한선의 여러 일족 중 하나일 뿐이죠. 게다가 이번에 죽은 자들은 진짜 단양 호족이 아니에요. 몇천 명을 희생시켜 손권의 의심과 추적을 피할 수 있다면, 한선의 입장에서 볼 때 충분히 가치 있는 일이죠. 물론 한선이 모든 걸 쏟아붓고 손권과 적이 된다면 강동 땅을 전부 손에 넣을 수도 있을 거예요. 하지만 그렇게 하려면 막대한 비용이 들 뿐 아니라 몇만 혹은 몇십만 명의 목숨을 대가로 치러야 하죠. 게다가 호시탐탐 강동을 노리고 있는 조위와 촉한도 상대해야 해요. 설사 곧바로 전쟁이 벌어지지 않는다 해도, 속지에서 한선에 대한 경계 심리가 강화될 거예요. 어떻게 해야 이득이고 손해가 되는지, 그 답이 너무나 명확하게 나와 있는 셈이죠. 한선이 지난 9백 년 동안 명맥을 유지해올 수 있었던 것은 오로지 자세를 낮추는 전략을 취해왔기 때문이에요. 결국 그들은 가문의 혈통을 대대손손 이어가고 싶어하는 몇몇 귀족들에 불과할 뿐, 천하 통일에 대해서는 아무런 관심도 없어요.

사실 손상향 군주는 당신을 꽤 높이 평가하고 있어요. 이번에 한선은 당신을 버리는 패로 삼았지만, 손 군주의 생각은 달랐어요. 한당과 정봉이 단양 호족을 정벌할 때쯤 손 군주가 극비리에 북상해 한선 중 가장 핵심 인물을 만나 당신을 위해 선처를 호소하기도 했어요. 물론 뜻대로 되지는 않았지만요."

손몽이 손으로 눈시울을 닦아내며 홀연 웃었다.

"당신은 모르겠지만, 손 군주가 나를 당신에게 시집보내려고 여러 번 운을 뗀 적이 있었어요. 만약 공안성에서 돌아왔을 때 당신이 혼담을 넣었다면 우리는 지금쯤 부부의 연을 맺고 살고 있었을 테죠."

502

가일이 복잡한 심정으로 장탄식을 내뱉었다.

"지금 와서 이런 말이 다 무슨 소용이겠어요? 당신은 감정을 드러내는 일에 늘 서툴고 느렸는걸요. 다 내 탓이었어요. 당신이 전천을 그리워하는 감정을 드러내면 화가 났고, 그래서인지 당신이 나를 좋아하는 마음을 드러내도 마냥 기쁘지는 않았어요. 내가 나한테 질투하는 바보 같은 짓을 한 거죠."

가일은 손몽에게 손을 내밀었다. 손몽은 더 이상 그의 손길을 피하지 않은 채 한 발 앞으로 다가가 머리를 그의 어깨에 기댔다.

"이제 나도 이런 생활에 지쳤지만, 더 이상 멈출 방법이 없어요. 지금까지 당신이 포기하지 않고 살아주기를 바라며 곁에서 힘이 돼주려 했지만, 나 역시 누군가의 바둑돌로 사는 이런 인생을 계속 살아가야 하나 의문이 들 때가 많았어요."

"당신이 내게 했던 말 생각 안 나오? 살아남아야 좋은 일도 생기는 법이라고 하지 않았소?"

가일이 손몽을 꽉 끌어안았다.

"내가 살아남으려면 당신을 죽여야 해요."

손몽의 목소리가 애처로웠다.

가일이 그 말을 가볍게 웃어넘겼다.

"그것 역시 일종의 해탈인 셈이오."

"공안성에서 만난 그 모녀를 내가 죽였어요. 만약 부사인이 두 사람을 찾아내 고문을 하기라도 하면 당신의 거처가 드러나는 건 시간 문제였으니까요."

가일은 아무 말이 없었다.

"육연이 좋아했던 그 허 낭자 역시 내가 죽였어요. 그녀는 육연을 1년 동안 기다리다 사방으로 수소문을 하며 찾아다녔죠. 그러다 그녀가 해번영으로 찾아가기라도 하면 당신에게 불리해질 것 같아서……."

"그만 말해도 되오."

가일이 나지막이 말했다.

"그런 말을 해서라도 내가 당신을 미워하게 만들고 싶은 것이오? 나는 후회하지 않소. 설사 5년 전으로 돌아가 장제가 내게 다시 선택을 하라고 해도 내 결정은 똑같았을 거요. 비록 지난 5년 동안 우리가 서로를 바라만 볼 뿐 더 다가가지 못했지만, 서로 얼굴을 보며 그 시간을 함께 보낸 것만 으로도 나는 족하오."

"당신은 바보예요."

"날 선 인생살이에서 한 번쯤 바보같이 사는 것도 나쁘지 않소."

아무 말 없이 듣고만 있던 손몽이 갑자기 격렬하게 기침을 해대기 시작 했다. 가일은 불길한 예감에 휩싸여 손몽을 품에서 밀어내 얼굴을 살폈다. 그녀의 입가에서 새빨간 피가 흘러나왔다.

"어찌 된 일이오?"

가일이 절망적인 목소리로 물었다.

"바보! 내가 당신을 안 죽이면 살아서 돌아갈 수 있을 것 같아요?"

손몽은 눈가에 눈물이 맺힌 채 애처롭게 웃으며 말했다.

"이리 죽을 수는 없소……. 해독약, 해독약은 어디 있소? 우리가 둘 다 살아남을 다른 방도가 분명 있을 것이오!"

손몽이 손을 뻗어 가일의 얼굴을 어루만졌다.

"내가 할 수 있는 건, 당신을 여기로 데려오는 것밖에 없었어요. 이제부 터는 당신 힘으로 살아남아야 해요."

"왜 이래야만 하는 것이오? 우리가 같이 도망……."

"남자 하나 때문에 가문을 배신해놓고 어떻게 내가 얼굴을 들고 살 수 있겠어요?"

손몽이 씁쓸한 미소를 지으며 말했다.

"하지만 당신을 죽이는 일만큼은 절대 내 손으로 할 수 없었어요."

가일의 목울대가 꿈틀거렸다.

"그만 말하오. 내가 당신을 데리고 해독약을 찾으러 가겠소."

"당신은 정말 바보예요. 이 상황에서도 달콤한 말 한마디를 못 해주다니 말이에요."

손몽이 한숨을 내쉬었다.

"내가 죽고 나면 한선이 사람을 시켜 계속해서 당신을 추적할 거예요. 하지만 지금 당장 가장 중요한 건 철 공자의 칼날을 피하는 것임을 잊지 말아요. 우리가 운 좋게 강을 건너왔지만, 사방 백 리 밖이 온통 험준한 산으로 둘러싸여 있으니 작미관(雀尾關)을 통해서만 빠져나갈 수 있어요. 저들이 분명 그곳에도 군대를 배치해두었을 거예요. 절대 위험을 무릅쓰고 관문을 통과하려고 하지 말고, 기회를 살핀 후 때를 봐서……."

"당신과 함께할 것이오. 분명 방법이 있을 테니, 너무 걱정할 것 없소."

가일은 심장이 갈기갈기 찢어질 듯한 심정으로 손몽을 품에 안았다.

손몽의 호흡이 거칠어지고 목소리가 점점 잦아들었다.

"아직 나한테 안 한 말이 있어요. 진풍이 뭐라고 했기에…… 혼인을…… 결심한 거죠?"

심장을 칼로 에는 듯한 고통이 순간 몰려와, 가일은 목소리조차 내기 힘들었다.

"진풍이……."

그 순간 손몽의 손이 맥없이 축 늘어졌다. 그녀는 그렇게 가일의 품에 안겨 깊은 잠에 빠져들었다. 가일은 목이 메고 눈시울이 뜨거워졌다. 그는 고개를 숙이고 뺨을 손몽의 이마에 댄 채 아무 생각도 할 수 없었다. 그는 지난 세월 동안 생사의 이별에 무뎌질 만큼 자신이 단련됐다고 생각했다. 그런데 지금 이 순간이 돼서야 그는 자신이 통제할 수 없는 감정도 있다는 것을 깨닫게 됐다.

강물이 도도하게 굽이치며 동쪽으로 흐르고, 잿빛 구름이 낮게 깔린 가운데 시선이 닿는 곳은 어디든 광활한 강물과 맞닿아 있는 듯했다. 달은 일찌감치 두터운 구름 뒤로 숨어버렸고, 외로운 별 하나만이 저 멀리 하늘 끝에 매달린 채 서늘한 빛을 뿜어내고 있었다. 무리에서 떨어져 나온 기러기 한 마리가 허공을 가르고 차가운 서풍을 거슬러 올라가며 거친 울음소리를 냈다. 강 맞은편 기슭에서 구슬픈 거문고 소리가 들려오고, 애절한 통소 소리까지 어우러져 스산하고 적막한 분위기를 더했다.

가일은 차가운 바닥에 앉아 손몽의 시체를 부여안은 채 꼼짝도 하지 않았다. 그는 가슴을 치며 통곡하지도 않았다. 그저 그렇게 석상처럼 하염없이 앉아 있을 뿐이었다.

슬픔이 극에 달하는 순간, 그는 눈물조차 나지 않을 만큼 모든 것에 무감각해졌다.

천수군(天水郡) 기현(冀縣).

공조(功曹) 한 명이 방으로 들어와 품에 넣어두었던 목간을 전부 꺼내 바닥에 던지며 불같이 화를 냈다.

"강유! 자네 부친이 공을 세운 덕에 참군(參軍) 직을 물려받았으면 일이라도 열심히 해야 하는 것 아닌가? 지난 2년 동안 도대체 뭘 보고 배운 건가? 가장 기본적인 문서조차 제대로 쓸 줄을 몰라 이리 엉망으로 만들어놓고 하루 종일 농땡이만 부리는 꼴을, 내 언제까지 참아 넘겨야 하는가!"

하지만 이런 질책을 받고 있는 당사자는 술에 취해 몽롱한 눈빛으로 그런 말에 전혀 아랑곳하지 않았다.

"양(梁) 공조, 오늘 당직도 끝난 마당에, 일 얘기는 왜 또 하십니까? 설마 오늘밤 술자리에 안 불렀다고 지금 삐치신 겁니까? 그거라면 화 좀 푸십시오. 내일 저녁에 내 양 공조만 따로 술을 사드릴 테니. 이제 마음이 좀 풀리셨소?"

"자네 선대인만 아니었으면 자네 같은 사람을 거들떠도 안 봤을 것이네! 문재는커녕 무재도 찾아볼 수 없으니, 도대체 잘하는 게 뭔가?"

"제가 잘하는 일이야 차고 넘치지요. 제 능력이 뭔지 말해주면 아마 깜짝 놀라실 겁니다."

강유는 여전히 껄렁거리며 농담처럼 대답을 했다.

"말만 하지 말고 실제로 그 능력을 제발 좀 보여달란 말일세. 이런 식으로 일하다가는 마(馬) 태수한테 걸려 조만간 관직에서 쫓겨날 판이네. 그때 가서 자네 노모를 모시고 어찌 밥 빌어먹고 살려고 그러는가?"

공조는 강유가 정신을 차리지 못하는 것을 내심 안타까워하며 매섭게 다그쳤다.

"상관없습니다. 어차피 이 일도 몇 년 하고 관둘 생각이었습니다. 사내대장부라면 더 큰 일을 해야 하지 않겠습니까?"

강유가 껄껄 웃으며 대수로울 것 없다는 듯 말했다.

공조는 그의 허세에 찬 모습을 더는 참을 수 없다는 듯, 고개를 절레절레 흔들며 나가버렸다.

강유가 자리에서 일어나 문설주에 기대서 문 뒤에 세워둔 창과 검을 바라보았다. 그 순간 그의 입가에 희미한 미소가 그어졌다.

"그는 지금쯤 어떻게 지내려나?"

남군(南郡) 이릉현(夷陵縣).

육손이 성벽을 따라 천천히 걸어가고, 육안이 횃불을 손에 들고 묵묵히 그 뒤를 따랐다. 요 며칠 전선에서 잇달아 보고가 올라오고 있었다. 촉군이 빈번하게 군대를 이동하는 것으로 보아, 무슨 음모를 꾸미고 있는 것이 분명해 보였다. 올해 오·촉 두 나라가 강화 조약을 맺어 통상을 허용했고, 비록 일시적인 타협이라 해도 서로 정비와 양생이 필요한 시기에 병력을 이동하는 것이 의심스럽기는 했다. 이미 깊은 밤이었지만 육손은 여전히 안심이 되지 않아, 성벽에 올라와 직접 순시를 하는 중이었다. 지금 지존 손권은 장강에서 조비와 대치 중이고, 촉한도 눈앞의 이익에 눈이 멀어 맹약을 깨고 형주를 다시 탈환하려는 욕심을 부릴 수 있는 시기였다. 육손은 전선에 있는 각 부대에 경계를 더 강화하도록 이미 명을 내렸고, 척후병들을 더 차출해 감시망을 넓히고 정보 수집에 박차를 가했다.

천 리 밖에 있는 무창성에 어두운 기류가 용솟음치고 있었다. 회사파와 강동파를 막론하고 적잖은 사족이 암암리에 결탁해 무언가를 도모하는 중이었다. 육씨 집안에서도 젊은 자제들을 중심으로 술렁이기 시작했고, 육모(陸瑁)가 나서서 몇 차례 강하게 제압을 하기도 했다. 결국 본가의 조카 한 명을 가문에서 쫓아낸 후에야 사태를 진정시킬 수 있었다.

손권이 저 멀리 건업에 있으니 무창성 안에서 반란을 일으킬 수 있다고 여기는 사람은 아마도 이번에 멸문의 화를 당하게 될지도 모른다. 비록 손권이 군대를 이끌고 정벌전을 벌이는 방면으로 그의 부친보다 능력이 떨어진다 해도, 치국과 내정을 진두지휘하는 능력만큼은 천하에 그를 따라올 자가 거의 없었다. 육씨 가문은 육연 사건을 거치면서 표면적으로 아무런 처벌을 받지 않은 채 도리어 공을 치하받았다. 그러나 실제로 서로의 신뢰는 약간의 타격도 견딜 수 없을 만큼 이미 바닥까지 곤두박질쳤다.

육손은 잠시 주저하다 이내 돌아서며 육안에게 말했다.

"돌아가서 모에게, 가문에서 쫓겨난 그 아이에게 무창도위 직을 맡기라고 전하거라. 죽고 사는 건 그 아이 능력에 달려 있겠지. 젊은 나이에 예기가 있는 것은 칭찬받아 마땅하나, 그 또한 책임이 따르는 것이다. 자신이 초래한 재앙 때문에 육씨 가문 전체가 연루되게 만들어서는 안 된다. 만약 그의 목숨으로 그 재앙을 막을 수 있다면, 죽은 후에 우리 육씨 가문의 사당에 그의 위패를 모실 수 있게 할 것이다."

육안은 육손의 이런 결정이 더 이상 놀랍지도 않았다. 그의 장자 육연조차 버린 마당에, 이 육씨 가문의 주인은 가문을 위해서라면 그 어떤 짓도 마다하지 않을 것이었다.

육손이 갑작스러운 질문을 했다.

"최근 해번영 그 젊은이의 움직임은 어떠하냐?"

"가 교위는 아무래도 궁지에 몰린 듯합니다. 사건 수사도 진전이 별로 없습니다."

"똑똑한 자일수록 위험에 더 쉽게 내몰리는 법이지."

육손이 무창성 방향을 바라보았다.

"그자는 내 젊은 시절과 참 닮아 있더구나. 다만 안타깝게도 그자는 뒤를 지켜줄 든든한 가문도 없고, 나와 같이 운을 타고나지도 못했을 뿐이다. 그자가 이번에도 잘 견뎌낼 수 있을지 모르겠구나."

광릉군(廣陵郡) 회음현(淮陰縣).

장제가 손에 든 목간을 내려놓고, 부풀어 오른 귀밑머리를 쓸어내리며 기름등을 불어 끄고 막사를 나섰다. 광릉에 주둔한 지 두 달이 다 돼가고 양군의 대치가 이어졌다. 그사이 손권은 이미 서성이 이끄는 군영에 도착했고, 조비는 몇 차례 탐색전을 벌였지만 별다른 성과를 거두지 못했다. 지금의 상황은 지난날 한중(漢中) 부근에서 조조와 유비가 대치하던 때와 많이 닮아 있었다. 다만 지금은 양수(楊修)처럼 직언을 할 줄 알고 눈치 빠르며 똑똑한 신하도 없고, '계륵(鷄肋)' 같은 암구호도 없을 뿐이다.

장제가 난간에 기대, 강가에 정박해 있는 전함을 하염없이 바라보고 있었다. 한선의 반서(叛書)가 며칠 전에 이미 그의 손에 전달됐고, 그는 위나라와 오나라의 결전을 결코 희망하지 않는다고 밝혔다. 장제는 모객(謀客)으로서 조비에게 군대를 돌려 철수할 것을 권할 수도 있었다. 그러나 그는 이렇게 하지 않았다. 그는 조비가 무엇을 기다리는지 알고 있었다. 조비는 진주조가 무창성에서 진행 중인 작전의 결과를 기다리고 있었다. 지금 진주조 수장 만총은 이번 작전에 넘치는 자신감을 드러냈다. 그는 조비에게, 촉한 군의사와 처음으로 손을 잡고 벌이는 작전인 만큼 무창성에서 엄청난 파문을 불러일으킬 것이라고 호언장담했다.

그러나 장제는 이번 진주조 작전의 실패를 이미 예감하고 있었다. 한선은 이미 발을 빼고 무대 뒤로 물러나 잠시 손권의 칼끝을 피했고, 군의사와 진주조의 연계를 바라던 그 사족들은 아무런 성과도 거둘 수 없을 것이다. 다만 안타까운 점은, 원래 동오에 배치된 객경들조차 희생시킬 수밖에 없게 된 것이다.

장제는 난간을 툭툭 치며 착잡한 심경을 드러냈다. 그는 살짝 발돋움을 하며 저 멀리 무창성 방향을 바라보았다. 가일과 손몽은 지금쯤 어찌 되었을까?

건업성 밖 방호 제방.

서성이 수군을 시찰 중인 손권을 빠른 걸음으로 따라잡으며 굳은 표정으로 백서를 전했다.

"무슨 일인가?"

손권이 백서를 펼쳐보지도 않은 채 물었다.

"오늘 아침에 비둘기를 통해 전달받은 것입니다. 무창성에서……."

손권이 손을 내저었다.

"말할 것 없네. 그런 일은 무창성 쪽에서 알아서 처리할 것이네. 지금 나

510

는 조비를 상대하는 일 외에 다른 것에 신경 쓸 여력이 없네."

서성이 나지막이 말했다.

"말장이 미리 내용을 살펴보니, 상황이 심상치가……."

"걱정할 것 없네. 내가 병권을 쥐고 있는 이상, 누구도 감히 큰 파문을 일으킬 수 없네."

손권이 서성의 말을 자르고 곧장 앞으로 걸어갔다.

서성은 그 자리에서 꼼짝도 하지 않은 채 한참을 침묵하고 나서야, 무언가를 깨달은 듯 얼른 손권을 따라잡았다.

"아들과 딸이 이제 다 컸으니, 그 아이들에게도 경험을 쌓도록 기회를 줘야겠지. 만약 두 아이가 이번 시련을 잘 넘길 수 없다면, 그것 역시 자기의 몫이자 정해진 운명이 아니겠는가? 일찍 죽는다 한들 역사에 그 이름과 명성을 남길 수 있으니, 무능하고 어리석다는 오명을 짊어지고 죽는 것보다 훨씬 낫겠지. 안 그런가?"

서성의 이마에 식은땀이 배어 나왔다. 그는 감히 아무 말도 하지 못한 채 입을 꾹 다물고 있었다.

"우리 손씨 가문은 병력을 기반으로 난세에 정권을 잡았고, 줄곧 호족 세도가의 무시를 당해왔지. 그러나 출신이라는 게 뭐가 그리 중요하단 말인가? 예전에 기염이 했던 말처럼, 좋은 가문에서 태어나는 것도 죄라면 죄라고 할 수 있겠지."

손권이 홀연 웃음을 터뜨렸다.

"서성, 자네는 기염이 억울하게 죽었다고 생각하는가?"

"아니옵니다."

"이 세상에 억울하고 억울하지 않을 게 무엇이 있겠는가? 충신과 간신, 청관과 탐관은 모두 제왕을 위해 쓰일 뿐이 아니던가? 제왕에게 신하는 능신(能臣)과 용신(庸臣)으로 나뉠 뿐이며, 충신·간신·청관·탐관은 전혀 중요하지 않네. 안 그런가? 제왕 된 자가 이 점조차 간파하지 못한 채, 충신을 쓰면 마치 태평천하가 올 것처럼 어리석은 생각에 빠져서는 안 되네."

서성은 하얗게 질린 얼굴로 감히 아무 말도 하지 못했다. 그는 손권이 평소와 다르다는 것을 감지했다. 그렇다면 그가 오늘 한 말은 못 들은 척하는 것이 상책이었다. 손권이 갑자기 걸음을 멈추고 허리를 굽혔다. 서성이 잰걸음으로 다가가 보니, 손권이 길에 핀 난초 새싹을 내려다보고 있었다. 보아하니 바람에 날아온 씨가 길가 돌멩이 틈에 떨어졌다가 어제 내린 비를 맞고 싹이 튼 모양이었다.

"아주 좋은 난인 듯하옵니다."

서성이 얼른 화제를 돌렸다.

손권이 손을 뻗어 가차 없이 새싹을 뿌리째 뽑아 길가에 던져버렸다.

그가 의아한 눈빛으로 쳐다보는 서성을 향해 말했다.

"난이 길을 가로막고 있으니, 뽑아버릴 수밖에 없었네."

그런 후 손권은 허리를 꼿꼿이 편 채 저 멀리 있는 무창성 쪽을 바라보았다.

해가 중천에 뜰 무렵, 대나무 오두막 밖에 세 사람이 나타났다.

가일은 여전히 손몽을 안은 채 바닥에 앉아 싸늘한 눈빛으로 그들을 쳐다봤다. 한 사람은 뚱뚱한 몸집에 연갑을 입고 있었다. 그의 오른손에는 협도가, 왼손에는 술병이 들려 있었다. 또 한 사람은 말랐고, 검은색 심의 차림에 장검을 차고 있었다. 그의 손에는 대나무 부채가 들려 있었다. 그들 뒤로, 눈부신 명광개(明光鎧)로 온몸을 가리고 머리에 철구를 쓴 사람이 서 있었다. 그는 청동색 가면을 쓰고 있었다. 몸의 형체로 보아 여자임이 분명했다.

뚱보가 웃으며 말했다.

"여일이 일을 그르친 줄 알았더니, 아니었군. 작미관에서 밤새 기다려도 안 나타나더니 여기서 시간이 지체된 거였어."

옆에 있던 문사가 '촤락' 소리가 나게 부채를 펼치며 말했다.

"정이 깊었던 사이에 영원한 이별을 하게 됐으니, 그 슬픔이 오죽하겠는가? 우리가 이해해줘야지."

"당연히 이해하지."

뚱보가 웃으며 말했다.

"얼른 이자도 같이 보내 둘이 만나게 해줘야겠지. 나한테 그런 일은 식은 죽 먹기처럼 쉬우니, 너무 고마워할 필요 없네."

그가 고개를 돌려 중무장을 한 여인을 힐끗 본 후 한 발자국을 성큼 걸어 나가, 가일을 향해 살기로 가득 찬 검 끝을 겨눴다.

가일이 이미 차갑게 식은 손몽의 시체를 조심스럽게 바닥에 내려놓고 일어나 뚱보를 향해 말했다.

"서위."

"내 이름을 알다니, 내 칼에 죽는 것을 영광으로 알거라."

"너와 양소는 해번영에서 그림자처럼 비밀스럽게 움직이는 최고의 자객답게, 지난 수년 동안 많은 사람을 죽여왔지. 하지만 내가 보기에 두 사람의 실력은 기대에 미치지 못했다."

서위가 호탕하게 웃어댔다.

"가일, 네놈이 겁 없이 입만 살아 있구나. 해번영에서 보낸 지난 5년 동안 네놈의 실력은 고작 중상 정도로, 영맥과 비슷한 평가를 받아왔다. 그런 네놈이 감히 우리를 상대로 그런 망언을 하는 것이냐?"

"나는 공안성에 있을 때 강씨 성을 가진 벗에게 비술을 배웠다. 내가 네놈들이 생각하는 정도의 실력으로 어찌 지난 몇 년의 세월 동안 수차례 죽음의 고비를 넘기며 살아남을 수 있었겠느냐?"

가일이 담담하게 말을 이어갔다.

"영맥의 시체를 확인해보니, 적어도 서른 초식 정도를 받았더군. 심지어 무려 세 번을 찌르고 나서야 겨우 그의 숨통을 끊은 것을 보고, 네놈의 실력이 내가 생각했던 것보다 훨씬 형편없다는 것을 알 수 있었다. 더구나 네놈은 왼손에 상처까지 입었다. 비록 술병을 들고 그 상처를 감추고 있지만, 그것마저도 꽉 쥐지 못하는 것으로 보아 상처 또한 꽤 깊을 것이다."

"이리 웃기는 말은 내 살다 처음 들어보는군."

서위는 배를 잡고 웃어댔다.

"네놈의 그 말은, 내가 너의 상대가 안 된다는 것이냐? 네놈이 지금까지 요행히 살아남은 것은 수노나 암기 같은 수단의 덕을 본 것일 뿐, 네 무공이 뛰어나서가 아니었다. 어디 한번 맞혀보거라. 네놈이 과연 나와 붙어 몇 초식을 견딜 수 있을 거 같으냐?"

가일이 손가락 하나를 펼쳤다.

"한 초식! 한 초식 안에 너의 목숨을 끊어낼 것이다."

서위의 눈빛이 분노로 이글거렸고, 아무런 예고도 없이 그의 검이 공격해 들어왔다. 그는 이 검에 모든 공력을 싣지 않았다. 해번영에서 여러 차례 평가한 가일의 실력이 중상 정도였고, 5년 동안 가일이 매번 자신의 실력을 숨길 이유도 없었다. 게다가 우청을 살해할 당시, 그 역시 가일의 실력이 그의 상대가 되지 않는다는 것을 직접 눈으로 확인했었다. 서위는 뻔뻔스럽게 흰소리를 치는 이놈의 몸을 난도질해, 몸 안의 피를 모두 뽑아내 죽이기로 작정했다. 서위는 이런 식으로 허세를 부리며 큰소리치는 자들을 가장 혐오했고, 이런 자들이 서서히 고통스럽게 죽어가는 모습을 지켜보는 것을 즐겼다.

눈앞에 검광이 번쩍이는 상황에서도 가일은 여전히 검을 뽑아 들지 않았다. 서위의 입가에 섬뜩한 미소가 어렸다. 우청을 상대할 때도 가일은 지금과 다르지 않았다. 그것은 야마대(邪馬臺)의 왜인(倭人) 무사가 빠르게 검을 뽑아 드는 검술의 변형으로, 기회가 무르익기를 기다렸다가 단번에 적을 제압하는 데 사용됐다. 다만 안타깝게도 서위는 가일에게 검을 뽑을 기회를 줄 생각이 전혀 없었다. 그가 가볍게 기합 소리를 내며 손목에 힘을 싣자, 검 끝이 두 배 빠른 속도로 가일의 오른팔을 향해 날아갔다.

곧이어 서위의 눈앞에 불꽃이 일고 '챙강' 소리와 함께 그의 검이 가일의 어깨를 스쳐 지나갔다. 그가 발끝에 힘을 싣고 몸을 돌려 다시 가일을 베려 했지만, 손에 든 협도가 이미 두 동강이 나 있었다. 가일이 왼손에 쥔 비수를 손끝으로 한 번 돌리며, 가소롭다는 듯 그를 쳐다보았다.

"재간이 뛰어나다 한들, 결국 날카로운 무기를 이용해 잔재주를 피우는 것에 불과하구나."

서위가 살기로 가득 찬 눈빛으로 웃으며 말했다.

"이제부터가 진짜가 될 것이다."

"내가 이미 한 초식 안에 네놈의 숨통을 끊어놓겠다고 말했을 텐데?"

가일은 그 말을 남긴 채 양소와 갑옷을 입은 여인을 향해 돌아섰다.

서위가 코웃음을 치며 검을 들어 다시 가일을 베려는데, 온몸에서 힘이 빠지고 발걸음이 천근만근처럼 무거웠다. 그가 이상한 기분이 들어 고개를 숙여보니, 가슴이 붉게 물든 채 계속해서 피가 흐르고 있었다. 그가 목을 더듬어보니, 뼈가 드러날 정도의 깊은 상처가 나 있었다.

서위는 휘청거리며 앞으로 두어 걸음을 나갔지만, 이내 풀썩 주저앉으며 쓰러지고 말았다. 숨을 거두기 전까지도 그의 얼굴에는 믿을 수 없다는 표정이 드러나 있었다.

가일이 검은색 단검을 들고 양소를 가리키며 말했다.

"이제 네 차례다."

양소의 표정은 전에 없이 굳어 있었다. 그는 손에 들고 있던 부채를 던지며 허리춤의 장검을 뽑아 들었다. 갑옷을 입은 여인이 뒤로 몇 걸음 물러서며 팔짱을 끼고 경계를 늦추지 않았다.

"너는 몇 초식이나 견딜 수 있을 거라 장담하느냐?"

"서위는 네놈의 도발에 말려들어 상대를 너무 쉽게 생각하다 저리 죽은 것이다. 네놈의 실력이 좋다 한들, 서위가 진지하게 상대했다면 네놈 따위가 어찌 감히 서위의 적수가 될 수 있었겠느냐?"

"상대를 쉽게 생각해서 저리됐다? 그러는 네놈은 좀 다르다 말하는 것이냐? 설사 네놈들 둘이 다 덤빈다 해도 상황은 달라지지 않는다는 것을 아직도 깨닫지 못한 듯하군."

"나는 서위처럼 어리석지 않으니, 네놈의 그따위 말에 말려들 거라는 생각은 버리거라."

"자네가 해번영의 비밀 보고를 전달받았다면, 내가 평소 검을 쓴다는 것을 분명 알았을 것이다. 공안성에 있을 때 나에게 이 검법을 알려준 벗이 『검보(劍譜)』 한 권을 선물로 주었지. 지난 5년간 나는 하루도 거르지 않고 매일 밤 검술을 연마해왔다. 언젠가 대검사 왕월을 만나도 대적할 만한 그런 실력을 연마하고 싶어 배우기 시작한 검술이 이제는 완전히 몸에 배어, 네놈 따위를 단칼에 죽이고도 남을 정도의 실력이 됐지."

양소가 검을 앞으로 뻗으며 물었다.

"그 말이 사실이라면, 왜 덤비지 않는 것이냐?"

가일이 고개를 끄덕이는가 싶더니 이내 몸을 움직였다. 그러자 검은색 단검이 번개처럼 빠르게 움직이며 순식간에 양소를 열두 차례나 찔렀다. 양소는 반격을 가할 틈도 없이, 장검을 휘두르며 단검의 공격을 막기에 급급했다. 이 장검으로 말하자면 지난날 그가 사부를 배신하고 나올 때 사부를 죽이고 뺏어 온 명검이었고, 지난 30여 년 동안 이 검과 필적할 만한 병기를 만나본 적이 없었다. 그런데 오늘 본 가일의 검은색 단검은 그의 명검에 버금갔다.

두 사람은 눈 깜짝할 사이에 마흔 초식을 겨뤘고, 양소는 어느 정도 안심이 됐다. 비록 가일의 검술이 뛰어나다고 한들, 그가 입 밖으로 내뱉은 정도의 수준은 아니었다. 밤마다 검술을 연마하면 또 무엇 하겠느냐? 진정한 검술은 사람을 죽이는 기술이고, 그것은 생사를 건 대결을 통해 얻어지는 것이지 검보를 연마한다고 해서 얻어지는 것이 아니다!

양소는 갑자기 생각을 바꿔, 검은 단검이 찌르기를 기다려 일부러 허점을 남기고 뒤로 한 걸음 비틀거리며 물러섰다. 과연 가일이 그 속임수에 걸려들어 몸을 앞으로 내밀었고, 양소는 검을 돌려 내리쳤다. 그 순간 옆에 있는 대나무 오두막의 기둥 하나가 잘려나갔고, 위에 덮여 있던 짚이 스르륵 떨어져 내리며 그의 시야를 가렸다. 양소가 오른손으로 칼집을 빼서 앞으로 뻗자, 과연 가일은 그것이 칼인 줄 착각하며 단검으로 칼집을 거둬냈다. 양소는 속으로 쾌재를 부르며 앞으로 몸을 움직여 가일의 눈썹을 향해 장검을 찔렀다. 바로 이때, 떨어지는 지푸라기 사이로 가일의 입가에 서린 싸늘한 미소가 보였다. 양소가 이상한 낌새를 채고 대응을 하기도 전에 가일이 이미 왼손에 든 단검을 버리고 오른쪽으로 돌아 왼쪽 허리에 찬 장검을 뽑아 들었다. 곧이어 핏빛이 양소의 허리에서 쇄골까지 이어지며 순식간에 터져 나왔다.

양소가 비틀거리며 뒷걸음질을 치다 바닥에 주저앉았다.

"이럴 수가……. 이 정도일 줄이야……. 우리 두 사람이 이렇게……."

곧이어 서늘한 빛이 번쩍이며 양소의 가슴을 뚫고 들어갔다. 가일은 무표정하게 다시 장검을 뽑아 들고, 양소가 서서히 무너져 내리는 것을 지켜보며 검에 묻은 피를 털어냈다. 잠시 후 돌아선 그는 갑옷을 입은 여인이 아니라 진천의 시신 쪽으로 걸어가, 그녀를 조심스럽게 업고 그곳을 떠나려 했다.

갑옷을 입은 여인이 그에게 물었다.

"가일, 왜 그냥 가는 것이냐?"

"이 여인과 함께 황주로 단풍 구경을 가기로 약속했습니다."

가일이 나지막이 말했다.

"부디 막지 말아주시기 바랍니다."

"그렇게 찾아 헤매던 철 공자가 지금 네 앞에 서 있지 않느냐? 나를 죽일 수 있을지도 모르는데, 해보지도 않고 가려는 것이냐?"

가일은 이 여인을 그저 바라볼 뿐, 아무 말도 하지 않았다.

"놀랐느냐? 자네는 철 공자를 찾아내기 위해 온갖 궁리를 다 했고, 심지어 그가 왕실 종친이라고 단정 짓기까지 했다. 하지만 그게 나인 줄은 몰랐겠지."

여인이 옅은 미소를 지었다.

"과연 다들 철 공자가 당연히 남자라고만 생각할 뿐, 여자일 거라고 상상조차 하지 못하더구나. 한나라 고조의 황후 여후(呂后) 역시 여인의 몸으로 고조를 도와 천하를 평정했거늘, 여인이면 또 어떻겠느냐? 어쨌든 서위와 양소가 모두 죽었으니, 지금이야말로 나를 죽일 수 있는 절호의 기회이다."

"공주께서는 주도면밀하신 분이십니다. 매번 상대를 제압하며 한 발 앞서 나갔고, 항상 빠져나갈 구멍을 남겨두셨지요. 지금도 저는 공주께서 단지 이 두 사람만 데리고 여기 오시지 않았을 거라고 믿고 있습니다."

노반 공주가 고개를 끄덕였다.

"잘 아는구나. 당연히 빠져나갈 구멍을 마련해두었지. 서위와 양소는 한 치의 의심도 없이 승리를 확신했다. 여기 오는 길에도 서위는 내가 입은 이 명광개가 아주 멋지다며 한마디를 하더군. 그 말이 무슨 뜻이겠는가? 이렇게까지 입고 올 필요조차 없다는 뜻이었겠지. 하지만 결국 바닥에 쓰러져 있는 건 저 두 사람이구나."

"만약 공주께서 그 명광개를 입고 오지 않으셨다면 아마도 제 검이 이미 공주를 향해 있었을 것입니다."

"애석하게도 자네 손에 담로검(湛盧劍)이 들려 있다 한들, 이 운철(隕鐵)로 만든 명광개를 뚫을 수 없을 것이다."

"공주께서는 기필코 저를 죽일 작정을 하신 듯합니다."

"자네처럼 지나치게 머리 회전이 빠르고 검술이 뛰어난 자를 죽이지 않고서야, 어찌 발 뻗고 편히 잘 수 있겠느냐?"

"장온의 집에서 연회가 열리던 그날 밤 공주께서는 진주조와 군의사를 동시에 끌어들이고 의외의 살수 반첩까지 보냈으니, 틀림없이 나를 죽일 수 있다고 확신했을 겁니다. 하지만 결과는 예상과 다르게 흘러갔고, 반첩 역시 격분한 상태에서 철 공자의 이름을 말해버리는 실수를 저지르고 말았죠. 그때부터 당신에게 나는 반드시 죽여야 할 존재가 된 겁니까?"

공주가 말했다.

"자네가 허도·공안·무창에서 처리한 세 가지 사건을 자세히 살펴보았네. 만약 내 계획을 전면적으로 펼치려면 오나라 안에서 내 생각을 간파할 수 있는 능력의 소유자는 어쩌면 자네뿐이라는 생각이 들더군. 내 성격상 먼 훗날 위협이 될 만한 존재를 알게 된 이상, 가능한 빨리 제거하는 편이 낫다고 판단한 것이네. 반첩을 살수로 쓴 건, 자네와 일면식도 없고 주치와도 관련이 있기 때문이었지. 그녀가 자네를 죽이고 나면 그 여세를 몰아 주치를 태자태부 자리에서 사임하도록 몰아붙일 작정이었네. 그런데 지금 와서 보니, 그녀가 최선의 적임자가 아니었다는 생각이 드는군. 자네가 반첩을 간파하고 내 계획을 방해하는 꼴이 돼버렸으니 말이네. 그때 자네의 솜씨를 보며 의외라는 생각이 들면서도, 한편으로는 과연 내 생각이 틀리지 않았다는 걸 확인할 수 있었지. 그래서 우청에게 영맥을 시켜 자네를 뒷조사하라고 시켰고, 그 과정에서 의심할 만한 것이 많이 발견됐지만 단양 호족과 연관돼 있는 만큼 신중할 수밖에 없었네."

"그래서 그 후로는 더 이상 암살을 시도하지 않고 나를 이용해 태자 손등을 벼랑 끝으로 내몰 생각을 하신 겁니까? 어의 진송을 시켜 주치를 독살해 태자를 지지하던 군 세력을 잘라버리고, 그 사건에 고담을 연루시켜 태자를 진흙탕 속으로 밀어 넣었습니다. 태자태부 자리를 공석으로 남겨 이 모든 것을 강동파와 회사파의 권력 다툼으로 만들었으니, 그야말로 큰 그림을 머릿속에 그리고 치밀하게 짜낸 일석삼조의 계책이었지요."

"그럼 뭐 하겠느냐? 자네가 고담의 억울함을 풀어주고, 진송까지 수사망을 확대하지 않았느냐? 자네의 반응 속도는 내 예상을 뛰어넘을 정도로 빨랐지."

"그래서 손오를 보내 진송의 입을 막고 가짜 한선의 영패를 남겼군요. 공주께서는 영맥이 나와 한선의 관계를 의심하고 있다는 것까지 알고 계셨던 겁니다. 영맥은 한선의 영패를 발견하는 순간 나의 발목을 잡을 거고, 결국 난 수사를 제대로 하기 힘들어질 테니까요. 결국 공주의 진짜 목적은 내가 아니었던 겁니다. 공주께서는 오로지 내 발목을 잡아 수사를 난항에 빠뜨리려는 것뿐이었죠. 공주가 겨냥한 대상은 바로 손등 태자였습니다. 태자는 기염의 신정책을 지지하는 입장이었지만, 그것이 점점 급진적으로 변해가는 것을 보면서 생각이 바뀌었습니다. 하지만 조정의 문무 대신과 호족 세도가들, 심지어 백성들까지도 기염의 배후에 태자가 있다고 여기고 있었습니다. 그들이 이런 생각을 하게 된 건 태자가 직접 나서서 해명을 하지 않은 탓도 있지만, 한편으로는 공주 마마의 역할이 적잖은 몫을 했습니다. 태자는 저군으로서 관대하고 덕을 갖춘 인물로 좋은 평판을 얻고 있었지만, 기염의 신정책이 추진되는 과정에서 옹졸하고 비겁하며 나약한 소인배로 낙인이 찍혀버렸습니다."

"어쩔 수 없었다. 세인들이 평준·균수·주각 같은 정책이 나 같은 여자의 머리에서 나왔고 심지어 신정책조차 내 입김이 작용했다는 걸 알게 되면, 여기저기서 반발이 더 심해졌을 테지. 세상이 이러한 걸 어쩌겠느냐? 다들 여자는 남자보다 못하다고 생각하고, 하물며 나같이 문란하고 사치스럽다고 소문이 난 여자에게 그 잣대는 더 가혹할 수밖에 없다. 사람 때문에 정책이 폐지되는 경우는 수도 없이 많았고, 나는 그런 이유 때문에 신정책이 폐지되는 것을 원치 않았을 뿐이지. 신정책을 추진해 우리 손씨 가문에 득이 될 수 있다면, 오라버니의 그깟 평판에 흠이 가는 것쯤이 무슨 상관이겠느냐?"

노반 공주가 웃으며 말했다.

"뒤이어 공주께서는 기염의 신정책을 이용해 강동파와 회사파 사족들을 도발했고, 손가에 불만을 품은 사족들이 암암리에 결탁해 반대의 목소리를 높이고 그 화살이 결국 기염과 태자에게 향하도록 만드셨습니다. 이런 식의 차도살인(借刀殺人) 계책은 듣기에 쉬워 보여도, 그 안에서 벌어지는 세세한 변화와 연결 고리를 정확히 간파하고 있어야 할 만큼 치밀한 계획이 필요한 일이지요.

하지만 안타깝게도 공주께서 조정의 일을 막힘없이 처리하고 계시는 동안, 저는 좀도둑 한 명을 찾아내 철 공자가 왕실 종친이라는 확신을 더 굳히게 됐습니다. 공주는 그 사실을 알고 위협을 느낀 나머지, 저를 제거하는 일에 다시 집중할 수밖에 없었을 겁니다. 결국 우청에게 판을 짜게 해서 오기 등을 경화수월에서 죽게 만들었고, 그때도 어김없이 한선의 영패를 남겨놔 영맥이 저를 더 의심하게 부추겼습니다. 영맥이 저에 대해 더 깊이 파고들기 시작하면서 제 행동 반경은 좁아졌고, 결과적으로 철 공자를 수사하는 속도 역시 더 이상 한 걸음도 나가지 못하게 되더군요. 하지만 공주는 여기에 만족하지 않고, 소한이 황학루를 짓는 틈을 타 손오를 그곳으로 보내 불에 타 죽게 만든 후 소한을 옥에 가두어 사건 수사의 맥을 완전히 끊어놓았습니다. 그사이 공주께서는 신정책을 암암리에 밀어붙여 정상 궤도까지 올려놓았고, 관원 감축이 마무리되고 한문 출신의 선발이 막바지에 이르러 기염의 존재는 더 이상 필요하지 않게 됐지요. 공주께서는 태자의 부탁을 어쩔 수 없이 들어주는 척하며 그 기회를 이용해 소한을 풀어주었고, 그 일로 저와 어느 정도 신뢰 관계가 형성될 수 있었습니다. 공주의 예상대로 저는 손오 사건의 단서를 찾기 위해 공주부로 찾아갔고, 공주께서는 내이루에 미리 사람을 보내 모든 단서를 없애고 철 공자와 기염을 하나로 엮기까지 했습니다. 저는 철 공자를 수면 위로 끌어내기 위해 작전을 세웠고, 공주는 우청을 보내 상대의 계책을 이용해 기염을 체포하셨지요.

바로 이때쯤 강동파와 회사파 사족들의 인내심은 한계에 달했고, 그들은 오왕부까지 몰려가 청원을 올리며 기염을 죽여 신정책을 없던 일로 만들려고 했습니다. 아마도 그들은 손권의 총애와 신뢰를 한몸에 받고 있는 기염이 말도 안 되는 누명을 쓰고 죽을 거라고 생각지도 못했을 겁니다. 그런데 그들의 예상을 깨고 기염은 너무 빨리 죽었고, 기대했던 신정책의 중단은 일어나지 않았습니다. 주범이 죽은 이상 계속 핍궁을 할 명분마저 사라져버렸지요. 기염 같은 충신이 너무 쉽게 참형을 당하자, 원래 태자 손등에게 희망을 품었던 사족들조차 낙담을 하기 시작했습니다. 기염처럼 충직하고 맡은 바 소임에 충실했던 자조차 태자의 비호를 받지 못하는 것을 보면서, 지금까지 태자에 대해 가지고 있던 생각이 완전히 바뀌어버린 것이지요. 이제 그들에게 태자는 비열하고 비정한 사람이 돼버린 겁니다."

공주의 입가에 옅은 미소가 떠올랐다.

"맞네. 오라버니에 대한 좋은 평판은 내 손에 조금씩 무너져 내렸지. 그런데도 그는 여전히 상황 파악을 못 한 채, 자식으로서 부왕의 죄를 짊어지고 가는 것이 효를 다하는 것이라 여기고 있네. 제갈각을 비롯해 그의 사우가 나서서 민심 회복에 나서야 한다고 그리 충언을 했지만, 부왕을 불의에 빠지게 하면 안 된다며 끝내 거절했지."

가일이 얕은 탄식을 내뱉었다.

"우청이 기염을 모함해 거짓 신분을 폭로하게 만든 후, 공주께서는 저를 처리할 계획을 또 준비해놓으셨지요. 우청에게 임열의 유서와 해번영 첩자의 명단을 준비하도록 시키고, 영맥을 함정에 빠뜨려 그의 손으로 저를 죽이게 만드는 작전이었지요. 성공했다면 한선을 핑계 삼아 정당하게 저를 죽였을 거고, 실패하면 우청을 죽여 입을 막고 공주를 추적 수사할 만한 단서를 잘라버리면 됩니다. 어느 쪽으로 결말이 나든, 공주에게 불리할 일은 없지요."

"한 가지는 틀렸네. 자네를 모함해 궁지로 몰아넣고자 했던 것은 내가 아니라 우청이었네. 사실 자네를 사지로 몰아넣을 방도는 내게 얼마든지 있었지. 하지만 우청은 자네를 죽이는 것으로 만족하지 않고, 자네의 지위와 명예를 철저히 추락시키고 싶어하더군. 원한과 복수라는 감정이 사람의 눈을 멀게 하고, 상대의 모든 것을 철저히 파괴하고 싶게 만드는 것이겠지. 어쨌든 나는 그녀에게 기회를 주었네. 하지만 그녀는 복수에 실패했고, 그 대가는 죽음뿐이었네.

그러다 한 가지 호기심이 생겼네. 우청과 영맥이 살해되면서 자네는 나를 의심하기 시작했고, 손몽도 함께 떠나자는 암시를 하기도 했지. 그런데도 자네는 도망을 치지도 않았고, 부왕에게 모든 사실을 알리지도 않더군. 심지어 기복을 위해 성을 나서는 오라버니를 따라가기까지 했네. 설마 내가 오라버니를 죽일 수 없을 거라고 생각한 것인가?"

잠시 가일의 침묵이 이어졌다.

"천하가 넓다 하나, 보이는 곳마다 적이 도사리고 있는데 도망칠 곳이 어디 있겠습니까? 지존에게 모든 사실을 알린다 한들 또한 무슨 소용이 있겠는지요?"

"왜 소용이 없다는 것이지? 내가 철 공자라는 것을 증명할 만한 확실한 증거가 없어서?"

가일은 그 말에 개의치 않으며 담담하게 말했다.

"공주 마마는 철 공자가 아니십니다."

노반 공주가 격노한 목소리로 물었다.

"뭐라? 내가 철 공자가 아니면 누가 철 공자일 수 있겠느냐?"

"손권입니다."

숨소리조차 들리지 않을 만큼 무거운 적막이 흘렀다. 한참이 지난 후에야 공주가 반박을 했다.

"어디서 그런 말도 안 되는 소리를 지껄이느냐! 내가 철 공자고, 권력 싸움을 위해 오라버니를 궁지로 몬 것이다. 만약 부왕이 철 공자라면, 무슨 이유로 친아들을 모함한단 말이냐?"

"사실 이 일련의 사건은 그 진상이 아주 간단하고, 철 공자가 누구인지 밝히는 것도 어렵지 않습니다. 지금에 와서야 답답했던 안개가 걷히고 모든 것이 또렷이 보이기 시작했을 뿐이고, 이전까지는 이 방면으로 차마 생각조차 할 수 없었습니다. 지금까지 철 공자의 진짜 목적은 손등과 권력을 다투는 것이라고 여긴 것도 사실입니다. 하지만 사건이 발전하면서 이 문제가 그리 간단하지 않다는 것을 깨닫게 됐지요. 손등은 도덕군자를 자처하는 인물답게, 독단적이지 않고 이전투구를 일고의 가치조차 없다고 여기는 인물입니다. 그렇다면 그를 상대하는 데 굳이 이렇게까지 힘들고 복잡한 길을 선택할 필요가 있었을까요? 누가 봐도 이치에 맞지가 않는 선택입니다.

그러다 철 공자의 이런 일련의 조치가, 조정 내 강동파와 회사파의 권력을 약화시키고 한문 출신의 인재를 조정으로 끌어들여 손가에게만 충성을 바치는 제3의 세력을 형성하는 것일 수도 있다는 점에 주목했습니다. 게다가 염철·전답·식량과 관련된 정책을 추진할 때, 군에서 장령을 지내는 자가 있는 집안을 제외한 대부분의 사족이 자신들의 이익을 빼앗기고 손해를 입었습니다. 손가는 나라를 세울 때, 조가나 유가와 달리 강동파와 회사파 같은 사족의 도움을 많이 받았지요. 특히 손권은 정권을 잡았던 지난 20여 년 동안 계속해서 강동파와 회사파의 균형을 유지하기 위해 애써왔습니다. 얼마 전 조정에서 장소가 새로운 정책에 반대하며 중간에 나가고, 사족들 천여 명이 오왕부 앞에서 핍궁을 하는 등의 장면은 조위와 촉한에서 절대 볼 수 없는 것들입니다.

이런 점들이 강한 의심을 불러일으키더군요. 어쩌면 철 공자의 진짜 목적은 손등을 상대하는 것이 아니라 강동파와 회사파의 손에서 권력을 빼앗아 손가를 절대적 위치로 끌어올리고, 때를 기다려 황제로 즉위하는 것일지도 모릅니다.”

공주가 헛웃음을 터뜨렸다.

“가일, 네 생각이 너무 멀리 나갔다는 생각은 안 드느냐? 그 조치들은 강동파와 회사파를 자극하기 위해 내가 만든 것이고, 그들을 이용해 오라버니를 제거할 생각이었다. 어제 일식만 안 일어났어도, 손등은 이미 저자들의 손에 죽었을 것이다.”

가일이 고개를 가로저었다.

“그리 생각하십니까? 어제 공격을 한 자들이 정말 강동파와 회사파에 속한 병사들이었습니까? 방금 말씀드렸듯이 이번 신정책은 군에 별다른 영향을 미치지 않았고, 대부분의 군대가 손가에 충성을 바치고 있습니다. 무창성 부근에 중무장 기병을 포함한 천 명 가까운 말과 병사를 이동 배치하고 백주 대낮에 저군을 공격하고 있는데, 주변에 주둔 중인 군대의 장병들은 모두 귀머거리에 장님일까요? 그렇다면 이 상황을 설명할 수 있는 건 오직 한 가지뿐입니다. 그들은 무슨 일이 있어도 함부로 움직이면 안 된다는 군령을 받은 겁니다. 그리고 오나라에서 이런 군령을 내릴 수 있는 사람은 손권 한 명뿐입니다.

더구나 매복 부대는 일식을 본 후 황급히 철수를 했습니다. 보통 사람들은 일식을 보면 당연히 놀라고 두려워할 겁니다. 하지만 태자조차 죽이겠다고 덤벼드는 무려 8백 명이 넘는 정예병이, 태자를 코앞에 두고도 징을 울려 철수를 한다는 것이 말이 된다고 보십니까? 세상 사람들 중에 천인감응(天人感應)설을 모르는 자는 없습니다. 태양은 바로 만물을 자라게 하는 양기의 집결체이고, 일식은 제왕에게 잘못을 바로잡게 만들기 위한 일종의 경고라 할 수 있습니다. 만약 매복한 자들이 사족이라면, 설사 일식이 일어났다 해도 그것이 손권에 대한 경고라면 과연 공든 탑이 무너지는 것을 두려워하겠는지요? 하지만 매복한 자들이 손권의 지시를 받은 자들이라면 말이 달라집니다. 그들은 일식을 보는 순간 하늘이 손권에게 경고를 하는 것이라고 여길 것이고, 함부로 경거망동하지 못한 채 철수해 손권의 지시를 기다릴 수밖에 없었을 겁니다. 공주 마마, 어제 매복 부대의 대오 속에 공주께서도 계셨습니까?"

공주가 엄하게 질책을 했다.

"견강부회하지 말거라! 한 발 양보해서, 부왕이 철 공자라면 왜 손등을 살해하려 한단 말이냐?"

"손등이 지나치게 호인이기 때문이지요. 그런 이유로 그는 장차 오왕이 될 수 없습니다."

가일이 한숨을 내쉬었다.

"손가는 한문 출신으로 군대를 일으켜 천하를 정벌했고, 지난 40년 동안 3대에 걸친 영명한 군주가 나왔기에 힘겹게 이 나라를 지켜올 수 있었습니다. 이 작은 땅에 안거하는 것에 만족하는 세월이었지요. 손견과 손책은 나라를 세운 주인이고, 손권은 제왕의 능력을 발휘하며 오나라의 각 세력을 통합하는 데 심혈을 기울여 촉한·조위와 삼파전 구도를 만드는 데 성공했습니다. 하지만 손등은 우유부단할 뿐 아니라 관대하고 겸허한 군자의 성정을 가지고 있지요. 이번에 신정책의 추진 과정만 봐도 그렇습니다. 손등은 이 정책을 처음 제안한 인물이었지만, 추진 과정에서 손해를 보는 사람이 너무 많은 것을 보자 결국 중도에 포기할 생각까지 했습니다. 만약 그가 오왕이 된다면 어떤 상황이 벌어질지 불 보듯 훤하지 않겠습니까? 5년이 채 되지도 않아 그는 한나라 헌제와 똑같은 길을 걷게 될 것입니다."

공주는 잠자코 듣고만 있었다.

"아비보다 아들을 잘 아는 이가 또 있겠습니까? 또한 제 눈에도 보이는 것이 손권의 눈에 어찌 안 보일 수 있겠습니까? 그런 아들에게 손권이 어찌 가문의 대업을 넘겨줄 수가 있겠습니까? 하지만 손등 주위에 이미 적잖은 사람이 모여들었고, 장소·고옹·제갈근·진무(陳武) 등 중신의 자제들과 벗으로 지낼 만큼 친분이 두텁습니다. 또한 무당파 신료들조차 미래의 오왕에게 미리 붙어 살길을 도모하고 있습니다. 이들을 중심으로 또 하나의 작은 조정이 만들어지고 있다고 해도 과언이 아니지요. 그렇다고 함부로 저군을 폐위하면 저들의 강력한 반대에 부딪힐 거고, 성공을 장담하기도 힘듭니다. 하지만 지금 폐위를 하지 않으면 앞으로 10년 혹은 20년 후에 손등 주위로 지금보다 더 방대한 이익집단이 형성될 테니, 그때 가면 그들을 상대하기가 더 어려워질 겁니다. 하지만 이 난제를 풀 수 있는 방법이 딱 한 가지가 있습니다. 손등이 신정책을 반대하는 사족의 손에 죽는 것이지요.

물론 이렇게 불행한 일이 벌어지면 손권은 아들을 잃는 고통을 겪어야겠지만, 그의 슬하에 아직 두 아들 손려와 손화가 남아 있습니다. 손려는 이제 만으로 열세 살이 됐고, 육손을 비롯해 많은 이가 그를 심지가 굳고 무략(武略)이 뛰어나 강동의 패왕 손책의 기풍을 타고났다고 칭찬을 아끼지 않고 있지요. 손화는 나이가 아직 어리나 잘만 키우면 손등과 달리 대업을 이을 재목이 될 수도 있습니다. 설사 두 아들이 모두 저군이 될 재목이 못 된다 해도, 손권은 이제 불혹(不惑)이 지났을 뿐이니 아들이 더 생길 수도 있고 어쩌면 그들 중 저군이 나올 수도 있겠지요.

손등이 정말 죽는다면 손권의 근심은 사라질 것이고, 손가의 대업을 지킬 수도 있습니다. 또 이를 핑계로 오나라 안에서 궤도를 벗어나 불만을 품은 세도가를 일거에 제거할 수도 있을 겁니다. 이런 방법이야말로 지금까지 보여준 철 공자의 행보와 맞아떨어집니다. 공주 마마, 제가 말한 이런 이야기들이 정말 황당하고 억지스럽다고 생각하시는 겁니까? 아마 그 답은 공주 마마께서 이미 알고 계실 거라 생각합니다."

가일이 고개를 돌려 도도하게 흐르는 장강을 바라보며 지친 목소리로 말했다.

"처음부터 철 공자의 목적은 나를 죽이거나 손등을 상대하는 이런 작은 것이 아니었습니다. 그가 원하는 것은 정치를 바로잡고 대권을 장악하며 부국강병을 실현해 대대손손 이어지는 손가의 패업을 달성하는 것입니다. 주치·기염과 심지어 손등 태자조차 그 큰 그림을 위한 바둑돌에 불과할 뿐이니, 그들의 희생이 뭐 그리 대수겠습니까? 예로부터 제왕가의 권력 다툼 역시 이와 다르지 않아, 자식이 아비를 죽이고 아우가 형을 죽이는 일이 반복돼왔습니다. 공주께서는 여후가 되고자 하십니까? 여후 역시 유방이 죽고 난 후 그의 세 아들과 손자를 연달아 죽였다는 걸 아실 겁니다. 다만 공주께 한 가지 묻고 싶은 것이 있습니다. 설사 제왕가에 태어났다 하더라도, 핏줄조차 끊어낼 정도로 이렇게 잔인해져야만 하는 것입니까?"

두 사람 사이에 침묵이 이어지고, 한참 후 노반 공주의 갈라진 목소리가 들렸다.

"복병이 아직 멀리 있어 우리 두 사람의 말을 듣지 못한 것을 다행으로 알거라. 안 그랬으면 자네의 그 천인공노할 말들이 쥐도 새도 모르게 새어 나가, 군심은 물론 민심까지 뒤흔들어놓았을 것이다. 지금 생각해보니, 내가 자네를 죽이기로 한 결정은 옳았다. 가일, 오늘 아침에 무창성 안팎으로 계엄령이 내려졌고, 반장(潘璋)이 만 명에 달하는 군대를 이끌고 태자를 공격한 일에 가담한 세도가 호족들을 잡아들이려 하고 있다. 지금까지 철 공자의 잔당을 모두 숙청했으니, 이 일련의 사건도 이제 마무리가 된 셈이겠지. 내가 왜 자네를 죽이지 않고 그 같잖은 말을 다 들어주었는지 아느냐?"

가일이 담담하게 대답했다.

"단양 호족에 대해 물어보고 싶어서겠지요."

공주가 차분한 목소리로 응수했다.

"잘 아는군. 비록 한당과 정봉이 단양산에서 본거지를 공격하고 그들을 몰살했지만, 여전히 이해가 안 되는 것이 있다. 해번영이 그들과 연관된 관원들을 붙잡아 고문을 하고 여러 명이 죽어나갔지만, 쓸 만한 정보를 하나도 얻어내지 못했지. 그렇다면 이들은 정말 아무것도 모르는 것이 분명하다. 가일, 자네는 단양 호족의 천거를 받아 해번영에 들어왔으니, 그들과 관계가 깊다고 할 수 있겠지. 만약 자네가 그들에 대해 무언가를 말해줄 수 있다면, 내 자네에게 살길을 열어줄 수도 있다."

가일의 입가에 차가운 미소가 그어졌다.

"내가 그 말을 믿을 거라 생각하십니까?"

"그렇다면 더 말할 가치도 없겠군."

"설사 공주께서 살려준다 하더라도, 내가 살아남을 수 있을 거란 보장은 없습니다."

"그 말은, 단양 호족이 완전히 몰살된 것이 아니라는 것이겠구나. 그들도 자네를 죽여 입을 막으려 한다는 것이냐? 도대체 손몽 저 계집은 왜 죽은 것이냐?"

가일은 아무 말이 없었다.

노반 공주는 가일의 입을 통해 더 이상 아무 말도 들을 수 없다는 것을 알고 있었다.

"자네 같은 인재를 이렇게 죽여야 하다니, 참으로 애석하구나. 하지만 자네는 너무 많은 것을 알고 있고, 생각이 너무 많지. 이런 사람이 가장 위험하다는 것을 아는 이상, 살려둘 수가 없구나."

그녀가 뒤로 10여 걸음을 물러나며 손을 들어 향전(響箭)을 한 대 쏘아 올렸다. 그러자 저 멀리 대나무 숲에서 개미 떼처럼 많은 수의 병사들이 일제히 모습을 드러냈다. 그들은 방진을 짜고 일사불란하게 움직이며 서서히 다가왔다. 그 수가 천 명은 넘어 보였다. 군진이 다가오는 발걸음 소리가 마치 북소리처럼 들려오고, 여기에 살기까지 더해져 묘한 긴장감이 감돌았다. 눈 깜짝할 사이에 그들이 눈앞까지 다가와 있었다.

가일은 손몽의 시체를 대나무 옆에 기대 놓고 이마에 가볍게 입맞춤을 했다.

반석 같은 군진이 이미 노반 공주 뒤까지 와 있었다. 그녀가 청동 가면을 벗자 수려한 얼굴이 모습을 드러냈다.

가일이 돌아서며 그들을 마주했다.

공주가 손을 높이 들고 손짓을 하자, 보명 천여 명이 칼을 뽑아 들었다. 그 검광이 해를 가리고, 우렁찬 외침은 마치 우레와 같았다.

가일이 검을 뽑아 들자 그 검의 기세가 드높았다.

병사 천여 명이 소리를 지르며 몰려오자, 천지를 뒤엎을 정도의 흙바람이 일어났다. 가일이 몸을 숙여 앞으로 돌진하니, 그 모습이 마치 끝없이 어두운 심연으로 빨려 들어가는 유성과도 같았다.

그 순간 노반 공주의 눈썹이 희미하게 꿈틀거렸다. 그녀의 시선을 따라가 보니, 저 멀리 샛길을 따라 붉은 점이 점점 크게 변하며 마치 작열하는 화염이 질주해 오는 듯했다.

몸집이 크고 건장한 한혈마(汗血馬)가 입가에 흰 거품을 물고 있는 것으로 보아, 체력이 이미 극한에 다다른 것이 분명했다. 붉은 촉금으로 만든 날개 옷이 바람에 펄럭이고, 명광개 갑옷 위로 흙먼지가 얼룩져 있었다. 긴 활은 땀에 물들고, 청천(淸泉) 장검은 언제 잃어버렸는지 보이지도 않았다.

그럼에도 불구하고 말 위에 탄 기수는 여전히 용맹하고 기세등등했다.

노반 공주는 무표정하게 다시 청동 가면을 쓰며 가일을 바라보았다.

삶과 죽음은 어쩌면 찰나의 순간일지도 모르겠구나.

〈끝〉

삼국지 첩보전 제4권 강동에 감도는 살기

펴낸날	초판 1쇄 2020년 3월 10일

지은이	허무
옮긴이	홍민경
펴낸이	심만수
펴낸곳	(주)살림출판사
출판등록	1989년 11월 1일 제9-210호

주소	경기도 파주시 광인사길 30
전화	031-955-1350　　팩스 031-624-1356
홈페이지	http://www.sallimbooks.com
이메일	book@sallimbooks.com

ISBN	978-89-522-4190-0	04820
ISBN	978-89-522-4191-7	04820 (전 4권)

※ 값은 뒤표지에 있습니다.
※ 잘못 만들어진 책은 구입하신 서점에서 바꾸어 드립니다.

이 도서의 국립중앙도서관 출판시도서목록(CIP)은 서지정보유통지원시스템 홈페이지
(http://seoji.nl.go.kr)와 국가자료공동목록시스템(http://www.nl.go.kr/kolisnet)에서
이용하실 수 있습니다.(CIP제어번호: CIP2020006798)

책임편집·교정교열 이재황 서상미